COLLECTION FOLIO

Julie Wolkenstein

Adèle et moi

P.O.L

P.O.L éditeur, 2013.

Julie Wolkenstein, née en 1968, enseigne la littérature comparée à l'université de Caen. Elle est l'auteur de six romans, tous parus aux Éditions P.O.L.

Pour tante O.

L'accouplement permet de jouer simultané‑
ment les touches de deux ou plusieurs claviers en
n'en touchant qu'un seul, et donc d'actionner
simultanément l'ensemble des registres qui leur
sont associés.

Wikipédia, « Orgue »

LE 11 SEPTEMBRE

C'est sa première guerre, son premier grand voyage en train et la première fois qu'elle voit la mer.

Nous sommes le 11 septembre, Adèle a dix ans et demi.

Ce matin-là, il règne dans toute la ville une atmosphère de panique. Père n'est pas allé travailler, ce qui lui arrive assez souvent, mais d'habitude lorsqu'il traîne à la maison c'est en robe de chambre avec un air vaguement coupable et très nauséeux, tandis que Pauline s'agite ou agite les domestiques : il faut vider les cendriers, débarrasser les verres, les bouteilles, replier les tables à jeu, quelquefois aider une Amie-de-Père à retrouver son manteau de fourrure, qu'une autre Amie-de-Père a emporté par erreur, tout cela sous le regard triste et doux de Mère, immobile dans son cadre ovale, à droite de la cheminée.

Aujourd'hui, Adèle remarque qu'il n'y a que des mégots de cigares, pas de femmes hier soir et ils n'ont pas beaucoup bu. Dehors les gens courent, on sonne à l'improviste. Père est habillé. La nouvelle leur est parvenue vers dix heures.

Sa « jeune fille », qui n'est pas jeune, a fait ses bagages. Personne ne lui a demandé où elle irait. Adèle comprend qu'elle doit cesser pour l'instant de fredonner les chansons que sa « jeune fille » lui chantait dans sa langue, devenue soudain celle de l'ennemi. C'est dommage, elle commençait à peine à se débrouiller avec ses sonorités gutturales et Maria dont ce n'est pourtant pas le travail lui préparait de délicieuses pâtisseries aux saveurs différentes, trop grasses, trop sucrées, avec des épices bizarres, du pavot, des fruits secs.

Il fait un temps splendide. Si les fenêtres du salon sont restées fermées malgré l'odeur de tabac froid, c'est sans doute exprès. Collée aux carreaux, Adèle guette le passage des hommes en uniforme, applaudis par les passants.

Pauline ne la repère pas tout de suite, à demi masquée par les lourds rideaux de velours vert, elle s'apprête à quitter la pièce, ce qui ferait bien l'affaire d'Adèle, mais une détonation lointaine secoue brutalement les vitres et elle s'en écarte d'un bond.

Pauline la bouscule un peu : leurs bagages sont déjà prêts, Père l'a décidé, on les envoie loin d'ici, au bord de la mer. Arabella et ses parents passent les chercher dans moins d'une heure, direction la gare de l'Ouest.

C'est un autre 11 septembre que celui dont nous honorons depuis 2001 les victimes. Cette ville en émoi n'est pas New York. Maria n'est pas une employée de maison musulmane, mais une Fräulein, comme on appelait à l'époque les Allemandes chargées de garder les enfants riches, et qu'on ne recrutera plus beaucoup dans les décennies suivantes.

En vérité, je ne suis pas sûre qu'Adèle ait quitté Paris le 11, précisément. C'était avant le 18 septembre 1870 en tout cas, puisque à cette date le trafic sera interrompu et que les trains de Paris s'arrêteront à Dreux. Les Prussiens encerclent la capitale, la menace du siège se rapproche depuis quelques semaines déjà, mais je me dis que le 11 septembre est plausible : on décrète ce jour-là une taxe sur la viande de boucherie ; le spectre du rationnement, de la famine, peut avoir décidé un père de famille, même aussi insouciant que celui d'Adèle, à expédier les siens en Normandie, à la limite de la Bretagne, par le train qui depuis le mois de juillet relie Paris à Granville en onze heures et vingt minutes en moyenne. Pourquoi Granville ? Sans doute n'a-t-il pas choisi. Mais de vagues cousins, les parents d'Arabella, ont un point de chute là-bas, ils ont tout organisé, proposé de passer chercher les filles. Pauline n'est pas sa fille à lui. Juste celle de la femme qu'il a épousée, Aimée, la mère d'Adèle. Pauline a treize ans de plus qu'Adèle et, bien qu'un peu retardée, comme on ne le dit jamais mais le pense clairement dans la famille, elle est supposée, depuis la mort d'Aimée, l'année dernière, tenir la maison.

Onze heures et vingt minutes, le temps qu'il faudrait aujourd'hui à des Parisiens pour se rendre à Rio, c'est long pour une petite fille de dix ans. Ce matin de septembre 1870, le Paris-Granville n'a pas dû partir à l'heure, les arrêts se sont sûrement prolongés dans les quarante gares intermédiaires, et dans le meilleur des cas ils sont arrivés en pleine nuit.

À Granville il a fallu attendre encore qu'une voiture vienne les chercher, eux et leurs bagages.

Adèle ne connaît pas bien les parents d'Arabella. Elle les appelle Oncle Jean et Tante Jeanne mais ça ne veut rien dire. Père s'est montré incapable de lui expliquer leur degré de parenté exact — quant à Pauline, inutile de l'interroger, Adèle sait depuis toujours qu'elle est différente. Elle n'est **pas** la fille de Père, elle n'est **jamais** allée à l'école, n'est **jamais** invitée **nulle part** et, même si on ne parle **jamais** directement d'argent dans cette maison, Adèle est consciente que Pauline y occupe une position inférieure à la sienne, bien qu'elle soit **beaucoup** plus âgée.

Oncle et Tante lui inspirent plus de confiance que Père et Pauline. Ils se sont efforcés durant tout le trajet de paraître calmes, et isolés pour se concerter à plusieurs reprises, mais pacifiquement. Ils ont l'air résignés à ce que ce voyage dure éternellement, leur panier de pique-nique est inépuisable.

Une voiture, à Granville, finit par s'arrêter devant l'entrée de la gare, des gens la remplissent de bagages. Pauline, assise sur une malle, Adèle sur les genoux, s'est endormie, il faut qu'Adèle la réveille pour qu'on puisse charger cette malle, la dernière. Il n'y a que quelques kilomètres entre Granville et Saint-Pair : pas plus de vingt minutes à cheval. On commence par monter lentement la côte, raide, pour sortir de la ville, puis on bifurque vers la droite, toujours dans la nuit, et on traverse des champs silencieux.

Habituée au grondement du train, Adèle commence à peine à entendre ce silence lorsqu'il est rompu par un autre bruit, semblable à celui des machines qui l'a bercée depuis Paris. Elle croit un instant que la voiture a décrit une boucle, qu'on revient vers la gare et la locomotive encore fumante, mais non, ce bruit nouveau est plus pur, plus violent. Le temps est couvert. Les nuages cachent lune et étoiles. La voiture a tourné à gauche et les parents d'Arabella chuchotent : « Les filles ! Regardez là-bas : la mer ! » La route de la côte n'est pas éclairée, la lampe du conducteur lui permet tout juste de la suivre et ne porte pas même jusqu'au fossé.

En septembre, au moment des grandes marées d'équinoxe, la plage de Saint-Pair est entièrement recouverte, deux fois par jour, et s'il y a du vent, comme c'était peut-être le cas cette nuit-là, les vagues mesurent plusieurs mètres de haut. Lorsque la mer est pleine, elles atteignent le premier étage des maisons les plus proches du rivage. Cela ne dure que quelques minutes, mais j'imagine qu'Adèle a pu pénétrer dans la chambre qu'on leur a attribuée, avec Pauline, à cet instant précis.

La pension de famille Maraux fonctionne au ralenti depuis fin août, heureusement que les parents d'Arabella connaissent la propriétaire qui a eu le temps de préparer les chambres, mais pas pu fermer les volets à cause du vent (son mari est pêcheur, parti depuis plusieurs jours). Ainsi Adèle, qui a quitté Paris et son père sans savoir si elle ne les reverrait pas bombardée et mort, passé une quinzaine d'heures à bord d'un train (elle qui ne le prend d'habitude que jusqu'à Sèvres), dans une ambiance d'exode, pénètre-t-elle dans cette petite pièce biscornue, au premier étage de la pension Maraux, lorsqu'un mur d'eau se fracasse contre les vitres.

 La vague se retire, un voile de gouttelettes dévale les carreaux, les nuages s'écartent sous le vent, la lune paraît et Adèle se précipite vers la fenêtre, voit la vague suivante ramasser ses forces à quelques mètres de la maison, hisser ses monstrueuses épaules et foncer vers elle, l'écume balayant à nouveau le verre, verticalement. Adèle se retourne, voit sa sœur plaquée au mur, à côté de la porte qui donne sur le couloir et qui a claqué derrière elles aussitôt franchie. Des lambeaux du papier peint — des fleurs vertes — décollés par l'humidité volettent sous les courants d'air qui filtrent tout autour de la fenêtre. Sous ces lambeaux fleuris, il y a un autre papier, plus ancien, des rayures lavande. Adèle enregistre ces détails avant de se tourner de nouveau vers l'extérieur : le vent s'est un peu calmé et, à sa grande déception, la troisième vague est plus petite, elle se brise exactement au niveau de la barrière qui sépare le jardin de la plage. Loin sur la droite, on distingue la pointe de Granville, le phare à son extrémité, et une tour, à mi-chemin : demain, Adèle saura que cette tourelle rouge striée de noir, construite sur des rochers dangereux, s'appelle la tour du Loup.

 Rien de tout cela, ni la distance qui la sépare de Paris, ni le climat tendu qui a précédé cet interminable voyage, ni la marée d'équinoxe à son arrivée, ni l'état du papier peint (à moins d'être rénovée tous les deux ou trois ans, une maison, sur cette côte, a toujours l'air vétuste, les velléités de décoration y sont éphémères, le luxe ne s'acclimate pas), ni le nom de cette tour « du Loup » qui ajoute au lieu, pourtant bien différent des forêts de contes de fées, une connotation dangereuse supplémentaire, rien n'a entravé le coup de foudre qu'Adèle a dû ressentir cette nuit-là. Une dizaine d'années plus tard, après la mort de son père, ayant hérité d'une très grande fortune (elle seule, pas Pauline) et épousé Charles, elle achètera le terrain, au bout du village, à l'opposé de la pension Maraux, au-dessus des rochers qui ferment la plage de Saint-Pair, et y fera construire sa maison, en haut de la falaise. À l'abri des vagues.

2011

Mon père est mort l'an dernier.
J'ai ensuite passé plusieurs mois, avec des proches, à classer ses papiers. Nous avons fait vite pourtant, mais il gardait tout. Quatre ou cinq après-midi par semaine, à deux, ou trois, parfois quatre, nous avons dépouillé, de novembre à avril, des centaines, peut-être des milliers de documents : des dizaines de lettres reçues, souvent accompagnées des doubles au carbone qui les précédaient ou leur répondaient — parmi elles, une correspondance presque amoureuse et suivie, un flirt à distance, étrange et mêlé de récriminations, avec une inconnue plus âgée, Marie-Thérèse, dont il n'avait jamais parlé à personne, et beaucoup de courriers venimeux adressés à des organismes divers (centre de paiement des amendes, syndic, etc.) où il déchargeait sans doute sa mauvaise humeur les jours de pluie, avec beaucoup d'humour souvent, et dont je ne saurai jamais s'ils ont obtenu des résultats ; des tonnes de factures (gaz, électricité), relevés bancaires, certificats de garantie : gaz et électricité ayant éclairé et chauffé un appartement quitté dix ans auparavant, relevés émis par des

banques où il avait fermé ses comptes au siècle dernier, garanties couvrant des appareils obsolètes et mis au rebut sans doute (minitel, radiocassette, répondeur téléphonique de première génération) ; il y avait quelques tirages photos aussi, offerts par des gens dont il avait assisté aux fiançailles ou aux remises de décorations et où nous ne reconnaissions que lui ; certaines images archifamilières au contraire, déjà accrochées à nos propres murs, chez nous, ou collées dans nos albums ; peu de souvenirs vraiment personnels en revanche : quelques exemplaires du faire-part de son premier mariage, les feuillets jaunis d'un journal scout où il avait dû signer un article, à seize ans, mais sous un pseudonyme que nous ne repérions pas ; un dossier très épais de lettres de condoléances reçues à la mort de son fils cadet ; quelques carnets intimes tenus à l'adolescence, plutôt des agendas en réalité, où il notait surtout ses rendez-vous avec des prêtres, ou des amis dont la foi plus solide renforçait ou déstabilisait encore davantage la sienne, selon les jours, l'humeur.

Cette plongée dans l'intimité bordélique de quelqu'un que tous, chacun à notre façon, avions bien connu nous a peu appris au fond à son sujet. Plutôt une vérité générale que, plus on a de place pour garder ce qu'on devrait jeter, à l'instant ou plus tard, plus on amasse. Lorsqu'il a dépassé la soixantaine et s'est installé dans le grand appartement où il est mort, il avait déménagé plusieurs fois, vécu dans un très petit deux-pièces, mais accumulé dans les dix dernières années de quoi remplir des douzaines de sacs-poubelle que nous descendions tous les soirs, un peu éméchés — c'était l'hiver, la nuit tombait tôt et nous donnait donc toute liberté d'ouvrir le vin blanc qui amortissait heureusement le choc de découvrir parfois, entre deux séries de feuilles de remboursement jamais remplies ni adressées à la Sécurité sociale (renseignements pris, il était trop tard pour la plupart d'entre elles), un exemplaire de ses dernières volontés : il y en avait plusieurs, chaque fois rédigées à la veille d'une hospitalisation ou d'un voyage, dont le contenu variait peu. Le lendemain de sa mort, nous avions cherché en vain l'enveloppe qu'il affirmait conserver en permanence, bien visible, dans le tiroir de son bureau. En retrouvant après plusieurs semaines la liste, relativement récente, des arrangements qu'il souhaitait pour ses funérailles, nous avons découvert avec joie qu'à l'exception du prêtre (celui qu'il mentionnait l'avait précédé dans la tombe), nous avions suivi à l'instinct ses recommandations dans les moindres détails, choix de la musique inclus. On a dû déboucher une seconde bouteille d'ailleurs, pour fêter ça.

Ce qui demeure surtout, après toutes ces heures, rétrospectivement heureuses, où nous épluchions ces liasses, ouvrions sans cesse de nouveaux cartons, finissions par jeter un nombre scandaleux de chemises à élastique trop usées pour resservir, c'est le silence étrange et toujours observé de son vivant au sujet de ses ascendants : parents, grands-parents.

Il se trouve que sur la plage de Saint-Pair ou dans les environs, progressivement colonisés par la moitié des petits-enfants et certains arrière-petits-enfants d'Adèle, qui rachetaient des villas au bord de la mer ou d'anciens presbytères dans les terres, je fréquentais depuis l'enfance ma tentaculaire famille paternelle, connaissais mes oncles et tantes, mes quinze cousins, cinquante neveux à la mode de Bretagne, et pièces rapportées.

Il serait donc faux de prétendre que j'ignore tout de cette branche-là, avec qui je partage, même s'ils n'en occupent que la périphérie, des souvenirs de vacances : châteaux puis digues de sable éphémères, détruits chaque fois par la marée ; spectacles amateurs montés les étés pluvieux, dont l'élaboration comportait les habituelles tensions, clash avec le metteur en scène (moi) ou désertion de l'actrice principale (une cousine incapable de mémoriser son texte), finalement représentés devant un public essentiellement familial (mais assez nombreux pour remplir facilement la salle) ; boums organisées dans des caves où, après des années passées à sonder les murs pour découvrir un hypothétique passage secret qui relierait telle et telle villa, à l'âge où on ne lisait plus de *Club des cinq*, on se décidait à colorier les ampoules électriques au feutre rouge et à embrasser le correspondant anglais d'un neveu à la mode de Bretagne sur un vieux slow de Presley prêté par un jeune oncle ; parties de ping-pong ou de tennis, journées en mer ; virées en boîte, bains de minuit ; présentation de nos premiers-nés, échanges de conseils sur les régurgitations et les crèmes solaires antiallergéniques pour bébés, puis sur les orthodontistes et le montant de l'argent de poche de nos enfants devenus adolescents.

La banalité de nos activités et de leur souvenir, dans ce décor-là précisément nous réunit et les distingue pourtant des vôtres : cette plage, cette baie, la violence du climat, l'importance des écarts entre marées haute et basse, le paysage constamment modifié, les vagues battant les fenêtres du rez-de-chaussée comme la coque d'un navire et alternativement, le désert humide et scintillant à l'infini, la vue étale transformant nos points d'observation tantôt en postes de vigie, tantôt en minarets, créent sans doute entre nous une connivence particulière. Mais pour autant, d'Adèle, notre aïeule commune, d'elle à qui je me découvre aujourd'hui devoir à peu près tout ce que je suis, c'est-à-dire une Saint-Pairaise, je ne sais presque rien.

Sans doute est-ce par haine de son milieu et conviction que la littérature pouvait lui tenir lieu de racines que mon père s'est toujours tu sur ses parents (tous deux morts avant ma naissance) et grands-parents. Parce que nous l'interrogions peu aussi. Au milieu des monceaux de paperasse qu'il nous a laissés et dans une période où je me cramponne avec reconnaissance à cette identité intime que je me formule peut-être pour la première fois si nettement, à mon attachement exclusif à cette plage, à cette côte, un seul document concerne Adèle.

Et grâce à ce document je commence à voir en elle une sorte de bienfaitrice, une femme à qui me lient des hasards génétiques sans valeur à mes yeux, mais sans qui je serais radicalement différente. Parce que c'est elle, comme me l'apprend ce document, qui a choisi, presque cent ans avant ma naissance, de faire construire à onze heures de Paris où elle a toujours vécu (longtemps rue Barbet-de-Jouy où j'ai moi aussi habité enfant, mais pas le même immeuble), dans un village qui n'était pas et ne deviendrait jamais vraiment une station balnéaire à la mode, une maison de vacances battue par les vents et traversée de courants d'air, parce que c'est elle, Adèle, qui a débarqué à Saint-Pair un jour de septembre 1870, expédiée là avec de lointains cousins par un père veuf et coureur, parce que en cette saison pourtant souvent inclémente, elle a ressenti un choc suffisamment durable pour s'y établir dès qu'elle en a eu l'occasion.

Le document en question, une dizaine de pages dactylographiées, a été rédigé par une cousine de mon père, à peine plus âgée que lui, quelques années avant que je tombe dessus. Cette tante dont je ne connais que le prénom, Odette, y raconte la vie d'Adèle. Insomniaque, mon arrière-grand-mère a apparemment passé de longues soirées à lui confier ses souvenirs. Il ne contient d'ailleurs pas grand-chose sur Saint-Pair : au fil des générations, l'héritage d'Adèle s'est réparti de telle sorte que la famille d'Odette a cessé d'y venir. Elle insiste davantage sur la maison de Sèvres, *Les Binelles*. Mais c'est de ce mémorandum que je tiens mes premières informations sur mon arrière-grand-mère, Adèle, dont je ne connaissais même pas jusqu'alors le prénom et qui m'a transmis ce à quoi je tiens le plus.

Je n'ai pas vérifié quel jour les marées ont atteint leur plus fort coefficient, en septembre 1870.

Il est tout aussi possible qu'Adèle ait vu pour la première fois la mer dans la lumière blafarde du matin, quand le soleil peine à percer et enveloppe la plage d'une ouate surnaturelle.

J'ai attendu pour visiter le Mont-Saint-Michel sous la conduite d'un guide officiel et qualifié que mon père soit mort (il nous y emmenait d'habitude à l'improviste, sans se soucier de prévoir un conférencier). Le guide, un vrai mystique, presque un illuminé, nous a longuement décrit l'extase des pèlerins venus de toute l'Europe depuis le Moyen Âge lorsqu'ils atteignaient cette limite (d'où le Finistère voisin tire son nom) au-delà de laquelle ils entrevoyaient l'infini divin.

C'est peut-être ce qu'a ressenti Adèle, si je me trompe sur l'heure de son arrivée à Saint-Pair, si, la première fois qu'elle a descendu la côte qui mène au village, il faisait jour, si la mer était basse et le ciel voilé, gommant toute différence entre le ferme et le mouvant, puis entre l'eau et l'air.

Avec l'âge, elle est devenue une vraie bigote. C'est le seul souvenir d'elle mentionné par mon père : sa manie de colorier des images pieuses, confirmée par le témoignage d'une de mes tantes, interrogée depuis que je m'intéresse à Adèle, et qui se rappelle aussi l'avoir entendue, chaque fois qu'elle dormait dans une chambre contiguë à la sienne la veille d'un dimanche, se relever toute la nuit pour cracher sa salive, s'assurant ainsi de communier à jeun le lendemain.

Alors pourquoi pas, déjà, à dix ans, une révélation mystique un <u>matin</u> de septembre, devant ce sable beige ? Sans doute parce qu'il ne produit pas cet effet sur moi et que je serais incapable de le décrire. Je m'explique autrement la conversion tardive d'Adèle, sa piété transformée en fanatisme, après la Grande Guerre. Je suis convaincue que c'est une autre histoire. La suite de cette histoire. Pas son premier chapitre, pas celle de la fillette en exil fascinée par une marée dont le coefficient frôlerait les 130. Un premier chapitre conforme à l'artifice propre à la plupart des biographies : commencer le récit, non par la naissance du personnage, mais par une scène frappante, chargée d'illustrer son caractère et d'annoncer son destin.

Mon entreprise consiste à bâtir sur les silences de mon père. Elle a d'étroites limites : il y a des tas de choses que je ne saurai jamais. Je m'en tiens donc à la version romantique de la mer démontée manquant briser les vitres de la pension Maraux.

LA CROIX SAINT-GAUD

La semaine qui suit leur installation à la pension Maraux, le temps est estival, comme souvent après les marées d'équinoxe.

« Estival » au sens où on l'entend ailleurs, dans les régions qui connaissent de vrais étés : ici, répètent sans cesse les parents d'Arabella, une telle chaleur est rare, même en juillet. Tant mieux, car dans leurs malles bouclées en catastrophe, il y a surtout des vêtements légers.

À Paris, Adèle commençait à mesurer le raccourcissement des jours, le soleil tournait plus vite l'aile droite de la maison pour plonger vers les Invalides ; l'air plus tiède s'accordait aux mines anxieuses ; elle avait déjà ressorti son chapeau de feutre pour aller en promenade, le bleu ; elle le portait le lendemain de Sedan, ou le surlendemain, le jour où Père, rencontrant un de ses patients sur le boulevard où il a emmené Adèle pour avoir des nouvelles, a appris la proclamation de la République : Adèle n'est pas très sûre de saisir ce que ça signifie, mais elle se réjouit intérieurement. Enfin quelque chose de nouveau. Père est plutôt orléaniste. Mais elle, Adèle, ne fait pas bien la différence entre les empereurs et les rois.

À Saint-Pair en revanche, les après-midi s'étirent, davantage même qu'à Sèvres en juin. Tous leurs repas sont décalés. On fait la sieste, puis on suit la route de Jullouville, un chemin boueux d'habitude, paraît-il, mais dont Adèle chaque jour de ces premières vacances fait voler la terre sèche du bout de ses bottines, courant devant les grands avec Arabella, nu-tête, leur tresse battant le dos.

Elles se retournent chaque fois avant de gravir la côte, au sud de la plage, pour attendre les autres et regarder les hommes du village baigner leurs chevaux au milieu des mouettes. Ce n'est pas que Pauline et les parents d'Arabella marchent si lentement, mais on parle presque autant de la guerre ici qu'à Paris et les petites en ont marre, de ces commentaires mal informés et forcément inquiétants. Elles préfèrent le fatalisme de Mme Maraux qui leur apporte tous les matins le *Journal de Granville* dans la salle à manger de la pension en soupirant : « D'un sens comme de l'autre, faudra faire avec. »

De premières vraies vacances, oui, c'est à ça que ça ressemble, même si Paris est assiégé et qu'on est pour l'instant sans nouvelles de Père. Entre l'hôtel particulier de la rue Barbet-de-Jouy et la maison de Sèvres, *Les Binelles*, Adèle tourne en rond depuis toujours et surtout depuis la mort de Mère, l'an dernier. On l'en a soigneusement tenue à l'écart. Mère était aux *Binelles* avec Pauline quand c'est arrivé. Adèle à Paris, immobilisée par une entorse à la cheville, avec Père et Maria. C'est sans doute à cause de sa cheville aussi qu'elle n'a pas eu le droit d'aller à l'enterrement, même si personne n'a jugé bon de lui fournir d'explication.

La dernière fois qu'elles se sont vues, au chevet d'Adèle, la jambe serrée dans une bande, Mère était aussi jolie et élégante que d'habitude. Deux mois plus tard, de nouveau valide, lorsqu'elle a pu retourner à Sèvres, Adèle est montée jusqu'au cimetière de Meudon avec Père et un bouquet. Elle n'arrive pas du tout à raccorder ces deux images : Mère, déjà habillée pour prendre le train de Sèvres, penchée sur son lit, l'embrassant distraitement en donnant des consignes à Maria, et cette tombe dont la dalle vient d'être posée, près du mur du cimetière qui surplombe la voie ferrée.

Lorsque le train de Granville s'est arrêté à Meudon, l'autre jour, Adèle a levé les yeux au hasard, elle ne sait plus bien sur quelle colline repose Mère, et **prié**, ce qui lui arrive rarement. Maria a tendance à oublier, lorsqu'elle la couche. Maria au passé, Adèle en est secrètement convaincue : Maria donc *avait* tendance, lorsqu'elle la *couchait*, à négliger de lui faire faire ses prières. Mais l'autre jour, par-dessus le quai bondé de familles survoltées, Adèle a regardé en l'air et pensé très fort à Mère, plus joyeuse bizarrement de penser à elle ce matin-là comme à une présence bienfaisante qui approuverait ce grand voyage, que l'été dernier, aux *Binelles*, où elle fuyait en s'endormant l'idée de la stèle immobile à proximité.

Lorsque les autres les rejoignent, Arabella et elle, à la sortie de Saint-Pair, au-dessus du rocher Saint-

Gaud, ils quittent la route de Jullouville et attaquent tous ensemble la dernière montée, celle qui mène au calvaire. Oncle Jean, qui a l'air bien renseigné, leur a expliqué lors de leur première promenade que l'emplacement et le monument (un Christ en bois, sculpté au XVIIe siècle, presque grandeur nature) étaient déjà prêts, ainsi que les discours du curé et du maire. On devait l'inaugurer le 26 juillet, jour de la Sainte-Anne, qui est semble-t-il importante dans le village, elle y a un ruisseau, une chapelle et une rue. Et puis, à cause des « événements », on a retardé l'inauguration et modifié les discours. La croix est dédiée à saint Gaud, un ermite du Moyen Âge qui a aussi laissé son nom aux rochers qu'elle domine. Mais lorsqu'on a enfin inauguré la croix, le 15 août, il a moins été question de l'ermite que de la France et de Dieu qui pourvoirait à sa victoire (plutôt qu'à celle du pays de Maria, dont la religion, d'après ce qu'a compris Adèle, est moins honorable que la sienne, car moins <u>vieille</u>).

Il faut quitter la route de Jullouville à mi-hauteur à peu près — même Tante Jeanne enlève alors sa veste en toile et s'évente le visage avec son chapeau, le soleil est encore brûlant au-dessus des îles Chausey — et bifurquer sur la gauche. Le sentier est à peine tracé (les Saint-Pairais, même les plus pieux, n'ont pas eu beaucoup le temps d'y monter) et encore plus raide jusqu'à la croix elle-même, qu'Adèle trouve à la fois splendide et inquiétante mais que les autres se contentent de saluer comme la fin de leur exercice quotidien.

De là-haut, on voit non seulement toute la plage de Saint-Pair et Granville au nord, mais aussi celle qui s'étend au sud, jusqu'à la pointe de Carolles. Depuis leur arrivée, la mer, beaucoup plus calme que la première nuit, est chaque jour plus proche à l'heure où ils atteignent le calvaire et son bruit accompagne au même degré toute leur promenade, qui les en éloigne pourtant sensiblement. Mais Adèle aime aussi le miroitement du sable à marée basse lorsque, ayant distribué les provisions du goûter et fumé un petit cigare, assis sur l'herbe au pied de la croix, le père d'Arabella donne le signal du retour et jette sur son épaule le panier de pique-nique vide, en maugréant pour rire que la vie est mal faite et qu'il le préférerait léger comme ça à l'aller, quand ça monte.

Adèle traîne exprès au sommet, ramasse quelques fleurs sauvages d'un air innocent, gagne le maximum de temps pour que la mer se soit suffisamment retirée au moment où elle prendra le chemin du retour, lui offrant un panorama différent, la soie beige et humide de la plage à découvert. Tandis qu'Arabella dévale la pente en criant comme un bébé, Adèle s'attarde derrière les adultes, se plante à intervalles réguliers face à l'ouest et cligne des yeux pour accentuer les reflets de la grève, jouer à affronter sans jamais y arriver la réverbération qui aveugle aussi sûrement que le soleil lui-même, à l'aplomb de la tour du Loup.

LE WEEK-END « NO KIDS »

Ce scintillement, je l'anticipe moi aussi, pour peu qu'il fasse un peu beau, dès la gare de Vaugirard, une extension récente de la gare Montparnasse, ou gare de l'Ouest comme on l'appelait à l'époque d'Adèle.

Le train met trois heures aujourd'hui quand tout va bien. Il longe toujours le cimetière de Meudon où mon père est maintenant enterré à côté des parents d'Adèle, avec son fils cadet. Les autres membres de la famille, Dieu sait pourquoi, font tombe à part, je ne sais pas où exactement, j'ai horreur de venir me recueillir dans ces lieux qui ne m'évoquent rien, je n'ai même pas voulu assister à l'inhumation de mon père, mais c'est la première fois que je reprends le Paris-Granville depuis sa mort et à Meudon, où il ne s'arrête plus depuis longtemps, je lève les yeux au hasard, peut-être dans la mauvaise direction, et me réjouis qu'au moins sa « dernière demeure », un euphémisme que je déteste autant que ce qu'il désigne, soit associée à ces départs pour Saint-Pair, à celui-là en particulier où je vais rouvrir la maison pour la première fois et où j'ai décidé d'inviter, en plus des habitués, des amis plus éloignés qui ne la connaissent pas. Je me dis que ça peut m'aider à la voir sous un jour nouveau et pas seulement hantée par la présence de mon père.

C'est un rituel de la quarantaine, instauré il y a quelques années déjà, lorsque nos enfants ont commencé à partir en vacances de leur côté, ou bien avec leur père (beaucoup parmi nous ont, comme moi, divorcé) : réunir pour le pont, plus ou moins prolongé, du 14 Juillet, tous ceux de mes amis qui le souhaitent à la condition qu'ils n'amènent pas leurs enfants. Cela s'appelle le week-end «no kids» et aucune dérogation n'est accordée. Avec moi, dans le train, Cécile, qui n'est encore jamais venue, bien qu'elle n'ait pas d'enfants, a gentiment accepté de partir avant les autres et de m'aider dans ces tâches ingrates mais que j'aime bien au fond : pousser tous les volets, faire redémarrer la voiture, les courses pour quinze.

Elle me pose des questions sur ma famille, l'origine de son installation à Saint-Pair et je me mets à lui parler d'Adèle, de ce premier séjour, à l'automne 1870, de l'importance que j'accorde aux impressions qu'elle a pu ressentir, à dix ans, brutalement privée déjà de sa mère et maintenant éloignée dans une atmosphère de panique de son père, emmenée par des quasi-inconnus vers ce qui devait lui paraître le bout du monde, subissant malgré les circonstances ou grâce à elles un attrait si puissant qu'elle y reviendra une quinzaine d'années plus tard pour faire construire sa maison à côté de la Croix Saint-Gaud.

Je mentionne le mémorandum de tante Odette. Cécile est polie ou réellement intéressée et c'est une manière indirecte donc agréable de parler de mon père et de l'absence que je vais affronter dans quelques heures dans les pièces encore presque vides où j'entendrai l'écho de ses pas, affaiblis par la maladie les derniers étés, sur le plancher grisâtre, où je guetterai sa silhouette penchée contre la balustrade qui sépare le jardin de la plage, à quelques mètres de la salle à manger, surveillant la baignade de ses petits-enfants ou cherchant à reconnaître les voiliers qui attendent devant l'entrée du port de Granville l'ouverture des portes, leurs passagers grillés par le mélange impitoyable de la lumière du soleil et de son miroir marin autour des îles Chausey où ils ont passé la journée. Mon père qui les derniers étés cherchait visiblement à prendre appui sur cette balustrade, lui qui depuis toujours posait négligemment les mains sur elle, l'effleurait à peine. Je revois distinctement ces deux postures, imprimées dans ma mémoire visuelle, et pourtant c'est en musique que je traduis le contraste entre ces deux visions : si cette barre de granit était un clavier de piano, ses doigts, avant la maladie, n'en auraient tiré que des sons feutrés, au lieu du vacarme maladroit qu'ils auraient provoqué, après.

Cécile est polie, donc, et je résume pour elle ce que je sais d'Adèle, c'est-à-dire pas grand-chose.

Elle est née en 1860. Sa mère, Aimée, est morte brutalement quand elle avait neuf ans ; son père, Aimé, médecin, bel homme réputé cavaleur, tout aussi brutalement quand elle en avait vingt. Elle s'est mariée, a fait quatre enfants : deux fils, André (mon grand-père) et Victor ; deux filles, Anne-Adèle dite

Aliénor, et Marguerite (la mère de tante Odette). Entre son mariage et la mort de son mari, en 1908, je suppose qu'elle a mené une vie particulièrement préservée : elle avait beaucoup d'argent, des enfants en bonne santé, un mari moins privilégié au départ mais qui était devenu à Sèvres un notable ; elle partageait son temps entre l'hôtel particulier de la rue Barbet-de-Jouy, la maison de Sèvres et celle de Saint-Pair ; ni guerre, ni révolution, ni mort prématurée, la Belle Époque vue du bon côté, celui de la grande bourgeoisie fortunée. Il y avait, dans les affaires de mon père, outre une photo d'un portrait de la mère d'Adèle, Aimée, quelques clichés pris dans le parc de la maison des *Binelles*, à Sèvres, ou sur la plage de Saint-Pair ; je suis incapable d'identifier les enfants qui jouent au cerceau ou au ballon et qu'Adèle domine de toute sa taille (grande pour une femme de sa génération) et d'autres photos de la maison de *La Croix Saint-Gaud* à peine achevée — le jardin n'est pas encore planté — où tous posent aux fenêtres, elle depuis la pièce du milieu, au premier étage, dont je ne sais même pas si c'était sa chambre.

Et puis la série noire : veuve à quarante-huit ans, elle perd son second fils, Victor, probablement tué dans les Ardennes dès le mois d'août 14. En 1919, Aliénor, la première de ses filles, engagée comme infirmière depuis le début de la guerre, épuisée, meurt d'une méningite tuberculeuse à vingt-cinq ans. Adèle continuera jusqu'à sa mort en 41 à passer ses étés à Saint-Pair, marchant chaque jour des kilomètres, recevant alternativement la famille d'André et celle de Marguerite, survivant à tout ça, survivant enfin à mon grand-père, André, mort en 40 d'un infarctus. Pain blanc, pain noir, une vie assez banale au fond, sûrement représentative de ce que des centaines d'autres bourgeoises parisiennes nées dans les mêmes années qu'elle ont connu et dont la seule excentricité ou du moins le seul trait qui m'intéresse est la maison perchée sur la falaise, au-dessus du rocher Saint-Gaud.

Je m'aperçois que j'ai tendance dans ce résumé fait pour Cécile à souligner les coïncidences avec moi : le père trop bel homme, les quatre enfants, Saint-Pair. Et que plus je pense à Adèle, plus j'ai peur de ce qui m'attend, moi qui n'ai même pas, comme elle, perdu mes parents si jeune. Cécile l'a remarqué aussi et m'entraîne dans cette direction, les coïncidences, les répétitions ; c'est une déformation professionnelle : elle est psychanalyste et s'intéresse beaucoup aux transmissions héréditaires, aux blessures familiales. Moi pas, mais je la laisse faire, il faut bien occuper l'encore trop lent voyage.

Tard dans la nuit, lorsque presque tous les autres sont enfin arrivés (en ordre dispersé : ceux du 18 h 15, du 19 h 45, du 20 h 52 et même le dernier, celui que j'attends avec le plus d'impatience, par le 22 h 58), que tous sont montés se coucher, sonnés par le train, l'excès de mayonnaise, de vin blanc et, pour certains, le bain de minuit, je m'attarde comme d'habitude en bas, éteins les lumières, vérifie que les portes sont fermées et finis par me planter comme j'en ai le projet depuis que j'ai décidé de maintenir le week-end « no kids » cette année, de rouvrir la maison à cette occasion, finis donc par me planter devant l'affiche encadrée, offerte sans doute à mon père, il y a si longtemps que j'ai l'impression qu'elle a toujours été là, par des amis de passage, l'affiche accrochée à un lambris de pitchpin, dans le hall d'entrée : une reproduction de l'arrêté municipal pris en 1873, peu de temps après le premier séjour d'Adèle à Saint-Pair, qui dicte les conditions de la baignade sur cette plage :

Le Maire de la commune de St-Pair, soussigné,

Considérant qu'il est du devoir de l'Autorité municipale de prendre, dans l'intérêt des bonnes mœurs, les mesures de sûreté et de décence à observer à l'égard des Baigneurs et des Nageurs ;

Vu les lois des 16-24 août 1790, 19-22 juillet 1791, 18 juillet 1837 et les articles 474 et suivants du Code pénal, ARRÊTE :

Article 1er. — La partie de la plage, comprise entre la rivière qui divise la commune de St-Pair d'avec celle de St-Nicolas-près-Granville, et la coupure faite dans la dune par le ruisseau Sainte-Anne, est spécialement affectée aux bains des personnes habillées et se servant de cabanes pour se déshabiller et s'habiller et qui voudront ou non se baigner en famille, toujours sous la condition qu'elles seront entièrement vêtues.

Les hommes stationnant sur cette partie de plage devront se tenir à une distance convenable ou 80 mètres au moins de la partie de la plage ci-après indiquée, réservée pour les femmes seules, pendant le bain de celles-ci.

Article 2. — La partie de la plage comprise entre la coupure ouverte dans la dune par le ruisseau Sainte-Anne, et la gaule placée pour limite vers midi de ce ruisseau, est spécialement réservée aux femmes qui devront être vêtues pour se baigner, mais qui ne se serviront pas de cabanes pour se déshabiller et s'habiller.

Article 3. — La partie de la plage au-delà, vers midi de la gaule dont il vient d'être parlé, est réservée pour les hommes qui voudront se baigner en simple caleçon ; ceux-ci, pour se déshabiller et s'habiller, devront se tenir à une distance convenable de l'endroit réservé pour les bains des femmes, c'est-à-dire à 80 mètres au moins de la gaule de délimitation.

Article 4. — Il est interdit aux hommes de stationner sur la grève occupée par les femmes pendant les bains de celles-ci.

Article 5. — Sont exceptés des dispositions de l'article 4 qui précède, les médecins appelés par les baigneurs, avec l'autorisation du Maire.

Article 6. — Pendant toute la saison des bains, il est défendu de déposer aucunes immondices dans la partie de la grève et du plein de mars destinés aux bains des hommes et des femmes ou de baigner des chevaux ou laver des voitures à la mer.

Il est également défendu de se promener en bateau dans toute l'étendue de la grève affectée aux bains, sans l'autorisation du Maire de la commune de St-Pair.

Article 7. — Le garde champêtre de la commune ou tout autre agent de police, sont spécialement chargés de surveiller et d'assurer l'exécution des dispositions ci-dessus.

Les contrevenants à ces dispositions seront passibles des peines prévues par les lois en pareille circonstance, et l'on croit devoir rappeler à cet égard, aux parents et tuteurs, qu'ils sont personnellement responsables des délits commis par leurs enfants mineurs ou pupilles.

Article 8. — Tous arrêtés contraires au présent sont et demeurent rapportés.

Saint-Pair, le 1er juin 1873.
Le Maire, **CHESNAY.**

Granville. — Imprimé chez Noël Got, éditeur du *Journal de Granville*, rue du Pont.

J'ai beau être moi-même un peu abrutie par le voyage, les bulots mayonnaise, le chablis et la descente improvisée sur la plage où j'ai manqué tomber sur les rochers qui soutiennent la digue, donnant le signal d'une brève trempette au clair de lune que peu ont suivi (et naturellement pas mon dernier invité, celui du 22 h 58 qui ronfle probablement déjà dans mon lit), certains détails du texte de M. Chesnay me frappent.

Les premières lois régissant la conduite à tenir sur la plage datent de 1790 et 1791. Était-ce donc si important, dans ces premières années de la Révolution ? Y avait-il déjà beaucoup d'amateurs de bains de mer ? et surtout d'amatrices ?

Qu'en penseraient ceux qui aujourd'hui s'écharpent sur la nécessité de réserver certains horaires aux femmes musulmanes dans les piscines publiques ?

La répétition du mot « gaule » (trois fois dans les deux paragraphes particulièrement destinés à éviter que des hommes, eux-mêmes dévêtus, ne s'approchent des baigneuses) est-elle révélatrice ? Disait-on déjà, en argot, « gaule » pour « érection » et l'insistance de ce très sérieux échantillon de prose administrative s'explique-t-elle par un ressort inconscient qu'on interpréterait maintenant comme la hantise obsédante d'érections intempestives, de bosses se formant sous les « simples caleçons », supposées imperceptibles au-delà de « 80 mètres » ?

Le « garde champêtre » et les autres « agents de police » chargés de veiller à l'application de ces consignes en profitaient-ils pour se rincer l'œil ou l'interdiction d'approcher des baigneuses valait-elle pour eux aussi ?

Et les médecins « appelés par les baigneurs », l'étaient-ils pour garantir la fonction hygiénique alors attachée à cette activité, ou au secours d'éventuels accidentés ? Le père d'Adèle, lui-même médecin et si porté sur les femmes, est-il venu à Saint-Pair dans ces années-là ? Avec sa fille ? A-t-il évalué, tout en se promenant avec elle, les courbes des « Parisiennes », comme on appelait alors toutes les estivantes, qu'elles viennent de si loin ou pas ? Le pouvait-il seulement, telles qu'elles devaient se présenter, corsetées et dissimulées par des maillots bouffants ?

Je ne suis pas vraiment ivre, la température de la mer m'a réveillée. Je me demande à quoi pouvait ressembler Adèle, quelques années plus tard, si elle accompagnait ses enfants sur la plage, habillée comment ? Du coup, je me retourne pour regarder la reproduction du Caillebotte (pas le peintre, son frère, celui qui prenait des photos, ici de ses femme et fille à Saint-Malo) elle aussi encadrée et accrochée en face du règlement des bains de mer.

J'ai longtemps cru qu'il s'agissait d'un souvenir de famille. Les vêtements semblaient dater de l'époque où Adèle a fait construire sa maison, mais je ne me suis jamais demandé de qui il pouvait s'agir. Je n'ai jamais posé la question à mon père non plus, ce qui montre à quel point sa famille, entre nous, n'était pas un sujet. Aujourd'hui, je me dirais probablement qu'on y voit Adèle et l'un de ses enfants (fils ou fille ? difficile de trancher), si je n'avais pas visité cet hiver une exposition consacrée aux frères Caillebotte et découvert que MA photo a été prise à Saint-Malo, où il doit donc pleuvoir sur la plage aussi souvent qu'ici.

J'ai médit de Jules. Il ne ronfle pas du tout. Il s'est déshabillé et couché mais parcourt l'un des feuillets que j'ai sortis de ma valise tout à l'heure et posés sur ma table de chevet. Il s'agit de la photocopie d'un article paru dans la *Revue de l'Avranchin et du Mortainais* et consacré à Saint-Pair, à sa transformation en station balnéaire. Pas de quoi lire avec passion jusque tard dans la nuit : énumération des premières villas construites sous le Second Empire, dont certaines existent encore ; chronologie du lotissement progressif des terrains qui bordent la plage ; noms d'architectes, de résidents, de locataires lorsqu'ils étaient célèbres : la princesse Bibesco par exemple.

Jules lève les yeux quand j'entre dans la chambre. Il est étendu sur le côté, appuyé sur le coude, la tête reposant dans sa main gauche, et me regarde avec ironie. J'ai encore les cheveux mouillés et sans doute l'air, malgré tout, un peu pompette, bref j'aurais préféré me glisser près de lui dans le noir, et pas me montrer si dépenaillée au moment de nous retrouver en tête-à-tête, pour la première fois depuis trois semaines (c'est Cécile, la seule à ne pas boire, qui est allée le chercher à la gare : à 22 h 58, personne d'autre n'était plus en état). Je le lui dis. Il rit et grogne en même temps que je suis très bien comme ça et que j'ai intérêt à le rejoindre vite fait au lit. J'obéis volontiers.

Plus tard, tandis que nous partageons une cigarette et rêvassons debout devant la fenêtre ouverte (la mer s'est retirée, la plage est nue sous un ciel exceptionnellement clair, d'habitude Jules nomme pour moi des constellations dont je m'empresse de tout oublier), il m'interroge sur Adèle, lui aussi. Je ne lui réponds pas du tout comme à Cécile. De toute façon, je lui ai déjà parlé du mémorandum de tante Odette. Il s'étonne que je m'intéresse à cet article, l'historique du village rédigé par un contributeur de la *Revue de l'Avranchin* particulièrement érudit et snob. Je suis d'accord avec lui : c'est bien maigre, mais mon enquête est si paresseuse.

« Qu'est-ce que tu as à part ça ?

— Rien, ou pas grand-chose. Quelques photos. Dont une du portrait d'Aimée, sa mère. Elle est jolie, un peu triste. Elle porte des bandeaux bruns.

— Pardon ?

— Bah oui, des bandeaux. Et elle était brune.

— Des bandeaux, tu veux dire comme... un serre-tête ?

— Mais non, abruti, des bandeaux : les femmes se coiffaient souvent comme ça à l'époque. Comment tu fais quand tu lis des romans du XIXe pour imaginer à quoi ressemblent les personnages, si tu ne sais pas ce que c'est que des bandeaux ? Il y en est souvent question.

— Et il y a des notes en bas de page pour les abrutis ?

— Non. Mais il y a quelquefois des illustrations. La couverture de ma vieille édition de *Madame Bovary*, par exemple. La raie au milieu et les cheveux qui descendent de part et d'autre sur le front et encadrent le visage avant d'être attachés en chignon. Comme ça. »

Je tente de lui faire la démonstration avec les miens, mais ils ont commencé à friser avec l'humidité et la fougue de nos retrouvailles n'a rien arrangé. Il éclate de rire, pas convaincu.

« Ça te va moyennement. »

J'éteins notre cigarette, lui donne une légère tape sur les fesses et nous retournons nous coucher.

« Elle lui ressemble beaucoup, d'ailleurs. » (Je n'ai pas du tout sommeil et aimerais bien prolonger la conversation.)

« Qui ça ? Ressemble à qui ? » (Apparemment, il n'a pas vraiment sommeil non plus, en tout cas il garde à peu près le fil.)

« Aimée, la mère d'Adèle. Sur la photo de son portrait : on dirait la couverture de *Madame Bovary*. Enfin, dans mon édition Folio. Elle n'est pas récente.

— Mais encore ? Dans ta "doc" ? Quoi d'autre ?

— Adèle a vécu longtemps rue Barbet-de-Jouy.

— C'est où ?

— Dans le VIIe, près des Invalides. J'y ai habité aussi, quand j'étais petite. Mes parents louaient un appartement à l'autre bout de la rue.

— Quel nom ! J'imagine ce que dirait ta nouvelle copine. Cécile, c'est ça ?

— Quoi ? Qu'est-ce qu'elle dirait, Cécile ?

— Bah je sais pas... elle doit bien être un peu lacanienne, non ? Tu ne crois pas que ça peut avoir des incidences sur la vie sexuelle, d'habiter rue **BARBET-DE-JOUY** ? Qu'on se barbe forcément au lit ?

— Toi, tu cherches des compliments... »

Je ris pourtant moi aussi. Je n'y avais jamais pensé avant.

« Et la tante Odette ?

— Quoi, la tante Odette ? Elle n'a jamais habité là : Adèle a déménagé en 1913.

— Non, je veux dire : pourquoi tu ne vas pas la voir ? Lui poser des questions ?

— Parce qu'elle est à Annecy. Ne me demande pas pourquoi Annecy. D'ailleurs je ne la connais pas. Je n'avais jamais entendu parler d'elle avant de tomber sur son mémo.

— Tu as raison. Annecy, c'est bien connu, c'est le bout du monde !

— Oh, tu sais, tout ce dont elle se souvenait, elle l'a écrit dans cette espèce de... mémorandum. Elle n'y dit nulle part qu'elle aurait conservé quoi que ce soit d'intéressant. Les seuls documents qu'elle mentionne, ce sont des lettres d'amour échangées par Adèle avec son premier amoureux. Des lettres trouvées dans un "coffret de cuir rouge gainé de bleu dont les charnières sont sur le point de céder" qu'elles se sont empressées de détruire, quand elles ont rangé ses affaires après sa mort, Odette et sa mère. Tu trouves que je me décourage un peu vite ?

— Je trouve qu'il est très tard et que je vais me coller contre toi et m'endormir dans moins de quatre minutes. »

LA RUE BARBET-DE-JOUY

Tant pis pour Jacques-Juste Barbet de Jouy, dont j'ignorais tout jusqu'à maintenant et dont Wikipédia me cite les hauts faits : sa particule est usurpée ; il ajoute « de Jouy » à son patronyme lorsqu'il reprend la fabrique de toile du même nom en 1821. Il devient à la même époque maire de Jouy-en-Josas.

En 1836, il rachète au marquis Costa de Beauregard un splendide hôtel particulier, appelé successivement de Clermont et d'Orsay, rue de Varenne, du côté des Invalides.

Deux ans plus tard, en 1838, il le revend à un certain Duchâtel, ministre des Finances de Louis-Philippe, ministre par intérim aussi des Travaux publics. La même année 1838, une ordonnance d'État (je suppose que cela devait dépendre entre autres de ce ministère des Travaux publics et donc dudit Duchâtel) autorise le percement d'une rue sur les terres de l'hôtel d'Orsay, rue à laquelle Barbet de Jouy donne son nom et qu'il aurait « créée ». Il n'est pas du tout ingénieur (des Ponts, des Chaussées, que sais-je ?) mais industriel spécialisé dans le textile. Il *fait percer* la rue à laquelle il donne son nom sur un terrain qu'il a brièvement possédé mais aussitôt revendu à ce ministre dont Wikipédia précise qu'il est son ami.

Je ne suis pas experte en spéculation immobilière et n'éprouve aucune sympathie particulière pour les gens qui souhaitent absolument donner leur nom à une rue, surtout lorsque ce nom prétend à une noblesse usurpée, mais je trouve étrange l'enchaînement de circonstances qui le mêle au lotissement, sûrement avantageux, de cette parcelle et à la construction de cette petite rue silencieuse, coincée entre Matignon et les Invalides. Pour tout arranger, le frère de Barbet, député et Pair de France, qui poursuivra sa carrière comme ministre sous Napoléon III, a remis au travail les « mauvais pauvres », les « paresseux » de Rouen, dont il était maire, en créant des ateliers de charité. Il fallait bien lutter contre la mendicité et l'assistanat. J'aime de moins en moins ces Barbet.

Tant pis pour lui (et pour les connotations graveleuses que Jules m'a fait remarquer pour la première fois) : ni quand j'étais petite et que nous y vivions, mes parents et moi, ni depuis, chaque fois que nous évoquons entre nous ces années-là, nous n'avons jamais prononcé les quatre syllabes de « Barbet-de-Jouy », beaucoup trop longues lorsqu'il nous fallait donner notre adresse, encore plus longues lorsqu'il s'agit simplement de situer un souvenir, mais quelque chose comme « Baar-bédjouy », qui accentuait presque exclusivement la syllabe initiale et avalait le reste. Tant pis pour lui, victime de cette déformation posthume, tant pis pour les plaisanteries lacaniennes que «Barbet-de-Jouy», correctement articulé, aurait justifiées. Tant mieux pour moi : je peux donc continuer à dissocier nettement ce personnage douteux de la prononciation barbare, exotique, dont notre dialecte strictement familial a pour toujours affublé son nom.

À part un grand immeuble «moderne», c'est-à-dire datant des années 1960 ou 1970 que j'ai l'impression d'avoir toujours connu, au coin de la rue de Chanaleilles, la rue n'a pas dû tellement changer entre l'enfance d'Adèle et la mienne. Une rue de banlieue au fond, résidentielle, comme on dirait aujourd'hui : pas un commerce, ou presque (le café, au coin de la rue de Babylone, ne compte pas). Gaie pourtant, sans doute parce qu'elle est orientée nord-sud et souvent ensoleillée, dans mon souvenir en tout cas (je ne la prends que rarement, ce n'est pas une rue qu'on «prend», il faut vraiment un truc spécial à y faire pour s'y rendre), peut-être ensoleillée par les sonorités de la seule qui y donne, celle de Chanaleilles, justement.

Aimé Duval, le père d'Adèle, a dû commencer par y acheter un terrain. Il soignait de grandes familles du quartier : a-t-il fait jouer des pistons ? Toujours est-il que le mémorandum de tante Odette est formel : le premier souvenir conscient d'Adèle, c'est la palissade qui masquait le chantier et que son père lui désignait, petite, comme l'emplacement de leur future demeure.

Et je suis sûre que la coïncidence a décidé mon père, un siècle plus tard, à louer l'étrange appartement où j'ai grandi, au dernier étage du n° 1 de la rue : quelques centaines de mètres le séparaient du n° 26 où sa grand-mère, Adèle, avait organisé un lunch pour son mariage en 1883, où son propre père, André, était né et avait à son tour pour son mariage en 1913 donné un bal mémorable.

Et peu importait qu'au n° 1 il pleuve dans ma salle de bains (le propriétaire, un baron octogénaire, tenait à procéder lui-même aux réparations et ma mère préférait vider tous les matins des bassines d'eau de pluie que de voir le vieillard inspecter le toit en équilibre sur une gouttière) ; peu importait que d'autres locataires soient obligés de traverser notre appartement pour gagner leur chambre ; que l'ascenseur n'ait pas fonctionné depuis l'entre-deux-guerres ; que le hall d'entrée de l'immeuble laisse deviner, derrière des vitres crasseuses, une ancienne serre, ou une salle de bal, saturée de vieux meubles et d'objets cassés dont la poussière bloquait complètement les rayons du soleil, bien que ce débarras donne plein sud ; peu importait, puisque le hasard avait voulu qu'il se libère quand ma mère, de nouveau enceinte, parla de déménager.

Je reconstitue ces motivations maintenant que mon père n'est plus là pour les confirmer : il aimait bien le quartier, rien de plus. Peut-être.

Est-ce que l'indicatif de notre numéro de téléphone, commençant par 705, pour SOLférino, le central d'appel original, Adèle l'a connu et utilisé, dans les dernières années où elle a vécu là, jusqu'à la Grande Guerre ?

Relisant ce passage, longtemps après, j'ai maintenant la réponse à cette question : je suis tombée par hasard (en cherchant sur internet des informations sur le mari d'Adèle) sur une version numérisée de l'annuaire parisien de 1912 et y ai trouvé, entre deux publicités, l'une pour une clinique de chirurgie esthétique, l'autre vantant un remède contre la constipation, son numéro de téléphone. L'indicatif n'était pas le même. C'est en 1913 qu'ont été mis en place ces indicatifs alphabétiques correspondant au quartier des abonnés : l'année où Adèle a déménagé et vendu l'hôtel particulier de la rue Barbet-de-Jouy. Mais, bien qu'il n'ait pas validé mon hypothèse et fait de nous, à soixante ans d'écart, deux filles du « Solférino », j'ai bien aimé ce moment de mon enquête. J'ai ressenti une émotion aussi absurde que profonde en lisant ce numéro périmé — et en découvrant par la même occasion que figurait aussi, à une autre page, celui de mes arrière-grands-parents maternels. Pour un peu, je les aurais composés, ces numéros, et on m'aurait répondu.

Je me demande pourquoi c'est cette image entre toutes qu'Adèle a élue comme son premier souvenir : cette palissade ? Parce que en vérité personne n'a de premier souvenir. C'est intentionnellement qu'on se choisit ce genre de point de départ : la première chose, la plus ancienne qui ait frappé notre mémoire. Je prétends que mon « premier souvenir » date du jour où ma mère m'a emmenée pour la première fois à l'école. Je sais que le trajet m'a paru long et que j'ai voulu qu'elle me porte ; je sais que j'ai cru que l'école était le bâtiment tout blanc qu'on aperçoit en remontant la rue de Varenne, qui se trouve en vérité rue de la Chaise, et que je me trompais. Mais je sais aussi que ça m'arrange de citer cette expérience-là comme le commencement de ma vie consciente, que ça me paraît coller avec mon goût pour l'école, et qu'il vaut mieux proposer aux rares personnes qui vous posent ce genre de question une réponse aussi satisfaisante, sans chercher plus loin, sans qu'ils cherchent, mais surtout sans que j'aie besoin moi-même de chercher dans les mois précédant mon entrée au Cours d'Hulst un souvenir moins joyeux (au hasard : la mort de mon petit frère ?).

Si je consultais Cécile, elle trouverait sûrement une explication à la palissade d'Adèle : métaphore d'un psychisme qui identifie tout obstacle, toute invisibilité à un travail de construction ? derrière toute porte close, une promesse de nouveauté ? Ou est-ce moi qui projette mon propre optimisme ? Ce qui est certain, c'est qu'Adèle a prouvé par la suite qu'elle aimait ça : elle aimait que sur le rien, un terrain vague, vaguement entrevu, s'élève un jour, à l'abri pour l'instant des regards des passants, « sa » maison. Puisqu'elle revivra cette attente plus tard, à *La Croix Saint-Gaud*. On pourrait croire qu'elle y trouvait un plaisir lié à la table rase, la liberté de repartir de zéro. Je ne suis pas loin, par moments, m'exagérant sa témérité, de voir en elle une pionnière, une colonisatrice, une grande bâtisseuse. Pourquoi pas ? Et d'imaginer qu'elle-même se sentait toute neuve, sans passé, sans parents.

Pourtant, si elle avait voulu tirer un trait sur son père, elle n'aurait pas sollicité et obtenu du Conseil d'État qu'il modifie son nom et celui de son mari pour conserver son nom de jeune fille et porter les deux, espacés d'un trait d'union ; et, plus étonnant encore pour l'époque, exigé et obtenu que son mari le porte aussi. C'est ce monstre qu'ils ont transmis à leur descendance et que j'ai porté vingt-deux ans : Armand-Duval. Adèle Duval n'a pas voulu s'appeler Adèle Armand. Et j'en déduis, outre qu'elle devait être finalement assez attachée au passé, et pas seulement amatrice d'immeubles en construction, que lorsque Adèle, à l'âge où elle s'est mariée, voulait quelque chose, on lui obéissait.

RIGOLETTE

Il y a presque un mois que je suis à Saint-Pair. Les premiers jours, tout était rempli d'autre chose que de souvenirs : la maison pleine de monde, le coffre de la voiture plein de ravitaillement dans un sens, de cadavres de bouteilles dans l'autre, les poubelles se répandant sur le chemin dans l'attente d'une hypothétique visite des éboueurs (ils viennent en principe le jeudi, mais lorsque le jeudi est aussi le 14 Juillet, que font-ils ? dialogue rituellement répété chaque fois que le jeudi tombe un jour férié, oubli chaque fois de ce qui s'est passé finalement le jeudi des précédents Noël, Ascension, ou 8 mai) et, par chance, la mer pleine aussi aux heures les plus propices à la baignade, au début de l'après-midi et autour de minuit, le ciel enfin, lui, vide.

Pas un nuage ces premiers jours. Aucune nostalgie.

Quel temps il a fait après ? Je ne sais plus très bien, variable je dirais, sans grand risque de me tromper. Des semaines seule avec Jules, nos habitudes, à l'intérieur, à l'extérieur, l'habitude surtout qu'un grain finisse toujours par nous précipiter au coin du feu plusieurs jours d'affilée ; les volets secoués par les bourrasques, les DVD récents achetés dans la résignation au Leclerc, et puis tout aussi soudain le soleil trop fort pour déjeuner dehors, l'examen faussement sérieux d'un emplacement pour la piscine, dans le bout de jardin minuscule qui sépare la maison de la plage.

J'ai dû téléphoner une trentaine de fois au service local de Météo France. Toutes les cinq heures, il diffuse un message préenregistré, rédigé par un véritable as de la rhétorique, un anonyme admirable dont les périphrases nous fascinent, et lu d'une voix impassible par différents fonctionnaires qui, eux, commencent par se présenter et dont je connais donc bien les noms, le ton, la diction.

Si je suis la seule à la maison à les consulter aussi frénétiquement et à entretenir avec eux une relation presque intime, en tout cas familière, je rapporte fidèlement à Jules leurs prédictions, pour leur forme plus que pour leur fond. Même lorsque tout (chaleur, lumière, horizon dégagé) invite les vacanciers à l'optimisme, surtout ceux qui comme moi passent généralement leurs vacances en Normandie, « Météo France Cherbourg-bonjour » ne verse jamais dans le triomphalisme. Mesure, prudence, litote.

Écoutés depuis d'autres régions réputées plus clémentes, ces bulletins pourraient laisser croire que nous sommes à plaindre, peut-être est-ce d'ailleurs le motif secret de leur manque d'enthousiasme : protéger notre région des assauts des touristes ? Nous pouvons disséquer leur style et leurs raisons des heures durant. Que signifie, par exemple : « Des éclaircies parfois belles » ? Est-ce qu'il en existe de moches ? Ou bien : une après-midi « où c'est l'impression de soleil qui l'emportera » ? Ce jour-là précisément, où j'ai un peu négligé de m'enduire de crème, les marques de mon maillot, dessinées en blanc sur mon dos écarlate, ont donné rétrospectivement, au terme d'une exégèse animée et de caresses douloureuses, un sens à leur prévision. Mais c'est loin d'être toujours le cas et je me demande régulièrement quel genre d'antidépresseur consomme l'auteur, ou quelle éducation il a reçue qui modère à ce point sa confiance en l'avenir météorologique et libère au même degré sa créativité littéraire.

C'est un été plutôt gai qui va s'achever. Jules est parti depuis deux jours. Les enfants arrivent nombreux, je vais les accueillir et m'éclipser. C'est hier soir seulement, alors que je m'en croyais désormais exemptée, après un mois passé ici, que la peine m'a submergée. J'ai rangé un peu les tiroirs de ma commode (j'attends toujours le dernier moment pour effacer les traces de la présence de Jules : j'aime que mes yeux tombent, en entrant dans la chambre, sur son peignoir de bain bleu marine abandonné sur un fauteuil, le cendrier à demi plein sur sa table de nuit, les livres qu'il a décidé de laisser, sûr de ne pas les relire ailleurs, mais j'ai eu envie de mettre un peu d'ordre dans mes affaires, pour compenser).

Au fond du dernier tiroir, le plus grand, celui du bas, traînaient un short de tennis en toile blanche dont la moitié des boutons manquaient, un pull en lambswool gris criblé de trous et un tee-shirt publicitaire, probablement offert à mon père à l'occasion d'une régate, jamais porté. Je n'ai pas hésité ; j'ai passé tout l'hiver à trier, à jeter : je n'ai jamais été fétichiste, je le suis devenue encore moins, si c'est possible, et ces objets-là, j'ai su tout de suite que je n'en voulais pas. Je n'ai pas attendu le lendemain. Il était plus de dix heures, le soleil s'était couché mais il faisait encore jour et j'ai fourré le tout dans un sac en plastique. Comme si cela ne suffisait pas, j'ai décidé d'aller jeter le sac aussitôt dans la grande poubelle qu'on cache dans un réduit, dehors, à gauche de la maison. C'est en revenant vers le perron et en entendant le bruit du ressac, particulièrement paisible ce soir-là, que la colère et les larmes sont montées. Les traînées de rose dans le ciel, le friselis des vagues à quelques mètres de la balustrade et leur bruit surtout, j'enrageais que mon père ne puisse plus en profiter.

Tout le mois qu'a duré son séjour, Jules s'est beaucoup moqué de ma paresse. Si je lui parlais tant d'Adèle, pourquoi n'allais-je pas enquêter sérieusement ? Je lui faisais valoir que Wikipédia m'avait déjà amplement renseignée sur Barbet de Jouy.

Mais aussi sur la femme aux bandeaux, celle qui figure sur ma vieille édition Folio de *Madame Bovary* et ressemble à la photo d'Aimée, la mère d'Adèle, ou plutôt à la photo de son portrait que j'ai trouvée dans les papiers de mon père.

C'était la dernière semaine, le jour où nous sommes allés visiter le Mont-Saint-Michel avec un guide sur la recommandation d'une cousine qui le connaît, l'avait prévenu, lui, de notre arrivée et nous avait promis, à nous, qu'il nous montrerait des endroits interdits aux autres touristes.

Il faisait assez beau cette après-midi-là, après plusieurs jours de pluie que nous avions passés à nous défier mollement au Scrabble entre deux siestes ; les chaises longues presque neuves repliées à la hâte et remisées sous l'auvent de la terrasse au tout début de cette dégradation qui s'était éternisée (Météo France Cherbourg, évidemment, pavoisait : les voix guillerettes le confirmaient toutes les cinq heures avec la gaieté contenue qu'elles réservent aux mauvaises nouvelles : « rien ne permettait d'espérer un retour de l'été »), les chaises longues rouillaient à toute allure sous les regards résignés que nous leur jetions à travers les vitres ruisselantes du salon. On aurait dit des insectes moribonds, jetés sur le dos, leurs pattes d'aluminium battant l'air froid.

Mais « ça s'est levé », finalement, pile au moment où nous sommes montés dans la voiture. Blagues rituelles de Jules sur la manie locale qui consiste à répéter que « ça » — « ça quoi ? », demande toujours Jules, « qu'est-ce qu'elle dirait, ta copine lacanienne (Cécile n'est pas du tout lacanienne, je le lui répète depuis un mois mais il y tient) ? Le "ça", c'est un truc sexuel, non ? Pourquoi tu crois qu'ils se demandent à longueur de journée ici si "ça va se lever" ? À se réjouir quand "ça se lève", à en profiter, le temps que ça dure, pour constater à tout bout de champ que "ça s'est levé" ? Des obsédés, les Normands. Ne pensent qu'à l'érection. Regarde, ton règlement des bains de mer, ce truc que tu m'as montré, dans l'entrée, où il n'est question que de "gaule" ».

On n'avait plus le temps d'aller au Mont-Saint-Michel par la route de la côte, le guide aurait risqué de nous attendre. Nous l'avons prise au retour du coup, ce qui est encore mieux, on roule alors le soleil dans les yeux, comme Adèle lorsqu'elle revenait de ses promenades à *La Croix Saint-Gaud*.

De toute façon, c'est Jules qui a conduit tout le temps. Au retour, il était de bonne humeur, avait apprécié la visite, surtout la partie réservée aux pistonnés que nous étions, grâce à la recommandation de ma cousine : accéder à l'escalier de dentelles, tout là-haut, c'était encore permis quand j'étais gamine, je suis presque sûre que j'y avais déjà été, mais aujourd'hui, avec les nouvelles normes de sécurité... Moi, ce que j'avais préféré, c'est, dans l'une des chapelles, le pan de mur mis au jour derrière l'autel, sans doute un vestige du premier monument de culte élevé sur le Mont, il y a plus d'un millénaire, et que tous les guides invitent démocratiquement tous les touristes à caresser de la main. Jules s'en est abstenu, mais moi pas : je ne suis pas suffisamment athée pour n'être pas superstitieuse, et je trouve ça remarquable qu'aucune consigne administrative n'ait encore songé à interdire ce geste, dans le but absurde de préserver une pierre que tant d'autres mains ont déjà caressée.

Nous avons donc parlé croyances, et plus érection du « ça », pendant le trajet du retour, roulant vers un soleil faible mais indéniable que mes Pythies de la météo seraient bien obligées de mentionner d'une voix redevenue sinistre, au prochain bulletin.

C'est ce soir-là que, de nouveau harcelée par les moqueries de Jules sur mon enquête, moi-même très gaie et volontaire pour les provoquer, les amplifier, j'ai voulu chercher pour lui dans la bibliothèque un exemplaire de *Madame Bovary*. J'ai contourné la table basse où gisaient les reliefs de notre dernière partie de Scrabble (il gagnait, heureusement que la pluie a cessé, nous ne l'avons jamais reprise, mais je n'ai pas encore rangé le jeu, toujours dans mon souci de prolonger les traces de sa présence ici) et j'ai grimpé sur le bras d'un fauteuil : les «F» sont rangés assez haut. Par chance, celui qui s'y trouvait était le même que le mien, un Folio qui devait dater du début des années 1980, époque où mon père a aménagé cette pièce, jusqu'alors uniquement meublée d'une table de ping-pong, pour la transformer en bureau et y a fait venir de Paris la majeure partie de ses livres de poche.

Je suis ensuite descendue à la cave où sont entassés les quelques cartons contenant ses seuls papiers vraiment personnels qu'un déménageur a transportés ici au printemps, en même temps que certains de ses meubles, quand nous avons eu fini notre interminable tri et que son appartement de Paris a été vidé, avant que je rouvre la maison : je n'ai pas eu le courage de les déballer, j'ai tout le temps. J'ai assez vite exhumé la photo du portrait d'Aimée et suis remontée dans la bibliothèque pour montrer à Jules (qui avait profité de mon absence pour se replonger dans son journal) qu'Aimée et la femme peinte sur la couverture du Flaubert ont un air de famille. La coiffure y est pour beaucoup, mais aussi l'expression du regard, pensive, un peu triste.

«Je vois, a commenté Jules en m'attirant près de lui sur le canapé. Te voilà bien avancée. Tu es la réincarnation de ton arrière-grand-mère. La preuve : sa mère ressemblait à la couverture de ton bouquin. Elle se mettait des bandes dans les cheveux…

— Des bandeaux. Bandeaux, pas bandes. Et elle

ne les "mettait" pas dans ses cheveux : c'étaient des mèches de SES cheveux qu'elle coiffait comme ça.

— OK, des bandeaux, ton arrière-arrière-grand-mère "se coiffait en bandeaux" comme Madame Bovary.

— Comme le personnage que le responsable de Folio a choisi pour illustrer cette édition il y a trente ans. Même pas sûr que ce soit elle. » J'ai retourné le livre et déchiffré à haute voix.

« Illustration : Joseph-Désiré Court. Jamais entendu parler.

— Google-le, Sherlock Holmes !

— Ne me taquine pas. C'est précisément ce que je vais faire. »

Contrairement à *Nana* par exemple, l'héroïne de Zola qui a rétrospectivement donné son nom à un tableau de Manet, lui-même utilisé par Folio dans l'édition de mon adolescence, *Madame Bovary* n'a apparemment pas inspiré de peintre, et en tout cas pas ce Joseph-Désiré Court, même si c'est aussi un personnage de roman qu'il a représenté ici. Il s'agit, Wikipédia est formel, de Rigolette, figure secondaire des *Mystères de Paris* d'Eugène Sue. Et sous ses airs sages, malgré ses prunelles prudemment levées vers une cage à oiseaux suspendue sur sa gauche et ses doigts chastement occupés à un ouvrage de broderie, Rigolette, ici peinte, nous précise la légende, « cherchant à se distraire pendant l'absence de Germain », c'est-à-dire quasi sous les traits d'une princesse médiévale attendant fidèlement que son mari rentre des croisades, est, chez Eugène Sue, une « grisette, toujours sérieuse et digne », dit encore Wikipédia.

Sérieuse et digne, je veux bien, mais une grisette, c'est une fille aux mœurs légères. Nana a d'ailleurs commencé sa carrière comme ça.

Jules a raison. Tout ce que j'ai, c'est une vague ressemblance entre la mère d'Adèle et le portrait d'un personnage de fiction qui se prostituait avec sérieux et dignité. Me voilà bien avancée, en effet.

Et comme je commençais à ressentir douloureusement l'absence de son bras, dans quelques jours, autour de mes épaules, comme maintenant (pourquoi ai-je le malheur de toujours anticiper le manque, gâchant systématiquement nos derniers moments ensemble, pourquoi cette hantise de ne jamais le revoir, qui me pousse à laisser traîner le plus longtemps possible les traces de sa présence, à ne pas ranger le peignoir qu'il porte ici, ni le livre qu'il y a lu ?) je me suis lovée davantage contre lui sur l'étroit canapé : je n'avais plus qu'à éteindre mon ordinateur portable. N'étant pas encore « Rigolette cherchant à se distraire pendant l'absence de Jules », mais comme elle « toujours digne et sérieuse », je me suis distraite avec lui.

ANNECY

En septembre suivant, lorsque mon amie Anna m'appelle pour me proposer d'aller parler de nos livres à la bibliothèque d'Annecy, je n'ai guère avancé dans mes recherches. Jules est reparti dans son île, là-bas, moi, rentrée à Paris, nous ne devons nous retrouver à Saint-Pair qu'aux vacances de Noël, le tunnel impitoyable de l'automne ouvre sa gueule obscure, prêt à nous avaler, petit à petit, pour nous recracher enfin le 25 décembre dans une ambiance détestée de papier cadeau et de crème au beurre. La bibliothèque d'Annecy, me précise Anna, demande si nous sommes libres le 10 décembre. Je dis oui sans hésiter.

Le train traverse des champs marron, longe des lacs gris, tout ça sous une pluie molle, tandis qu'Anna et moi corrigeons courageusement nos copies. Je n'ai pas contacté les cousins susceptibles de me donner les coordonnées de tante Odette. C'est pour elle que j'ai accepté ce voyage et j'imagine déjà le rire désapprobateur de Jules quand je lui révélerai que j'ai passé deux jours à Annecy sans même connaître son adresse.

Nous sommes attendues à la bibliothèque à six heures, le train arrive à quatre. Blotties sous un parapluie, nous arpentons les rues pavées, admirons les canaux, les vitrines ornées de guirlandes précoces, allons même jusqu'au bord du lac où la nuit tombe déjà, achetons des toques en fausse fourrure à une chapelière incroyablement disponible, après avoir essayé tout le magasin ; nous buvons un vin chaud et, dans la relative tiédeur du bistrot vide, nous félicitons mutuellement de notre humeur malgré tout enjouée (grandement améliorée par nos chapeaux de folles et par la chaleur faussement inoffensive de nos verres, leur goût de cannelle et de clous de girofle).

L'ivresse légère s'est dissipée quand nous prenons place sur l'estrade, devant le public habituel (beaucoup de femmes seules, d'âges variés), plutôt fourni cette fois. Nous jouons notre rôle : questions, réponses, ça roule. Apéritif, puis dîner dans un restaurant typique avec les responsables de la bibliothèque, trop de tartiflette, trop de génépi, mauvaise nuit dans une chambre non-fumeur et seulement pourvue d'un velux, impossible à ouvrir sous cette pluie continue.

Le lendemain matin, Anna se lève beaucoup plus tôt que moi. Elle doit rentrer à Paris par le premier train. J'ai prévu de prendre le suivant et le regrette, lorsque, de toute façon réveillée avant l'aube, je l'entends vaguement quitter la chambre voisine. À défaut de rendre visite à tante Odette, qui vit d'ailleurs peut-être dans la périphérie d'Annecy, que je n'ai pas prévenue et dont j'ai oublié le nom de famille, si je l'ai jamais su, je me résigne à refaire la balade de la veille, sans vin chaud cette fois, jusqu'à ce qu'il soit l'heure de partir pour la gare.

Je suis en train d'essayer ma toque devant le miroir de la salle de bains, hésitante, l'ôtant, la remettant, regrettant déjà mon achat, quand le téléphone sonne. Pas mon portable, mais l'appareil que les hôtels continuent de fournir bien qu'il ne serve plus à grand-chose. Ce ne sont ni les gens de la bibliothèque, ni la réception (deux hypothèses que j'ai à peine le temps de me formuler, avant de décrocher, ma toque à la main). La voix, inconnue, est plutôt fraîche pour quelqu'un qui, selon mes calculs hasardeux et déjà oubliés, doit avoir plus de quatre-vingts ans. C'est elle, c'est tante Odette qui m'a retrouvée, finalement.

En attendant le taxi que le réceptionniste a commandé pour moi, je me demande si je vais continuer à la vouvoyer, elle qui m'a dit « tu » tout de suite, raconté qu'elle avait assisté hier soir, au bout à droite de la quatrième rangée, à ma prestation, qu'elle a travaillé longtemps à la bibliothèque, qu'elle y va encore, une fois par semaine au moins, qu'on l'y considère un peu comme une mascotte, une relique, qu'on la consulte toujours sur le programme des rencontres littéraires, que c'est elle qui a suggéré mon nom. Qu'elle a un peu hésité à décrocher son téléphone, mais que, si j'ai le temps, elle aimerait bien m'inviter à déjeuner. Elle habite le long du lac, un peu loin à pied a-t-elle précisé, surtout par ce temps.

J'enfonce crânement ma toque sur mon front en voyant la voiture s'arrêter devant l'entrée de l'hôtel.

Personne ne m'attend à Paris. Il y a d'autres trains en fin d'après-midi. Je jubile en songeant au récit que je ferai finalement à Jules de mon séjour ici, même si rien de ce que tante Odette peut me raconter n'éclaire la vie d'Adèle, même si je dois être déçue.

C'est ce qu'on appelle une « résidence pour seniors » (et pas une maison de retraite comme me l'a expliqué le chauffeur de taxi), plutôt luxueuse il me semble, bien que je ne sois heureusement pas spécialiste, dont les salons, au rez-de-chaussée, prolongés d'une terrasse couverte d'où l'on aperçoit le lac, sont vides à cette heure. La plupart des pensionnaires déjeunent, soit dans leurs appartements, soit dans une salle commune située sur l'arrière.

Tante Odette est venue m'accueillir dans le hall et me fait les honneurs de ce qu'elle appelle « l'hôtel ».

« C'en était un dans le temps, m'explique-t-elle, l'Hôtel du Lac. Il y a encore quelques lettres visibles, peintes sur la façade nord. » Elle trottine devant moi sur des talons de six centimètres qui lui permettent tout juste d'atteindre ma taille, moyenne. C'est le seul indice qui trahisse vraiment sa date de naissance : elle appartient à une génération où les femmes étaient nettement plus petites. Pour le reste, de dos, on lui donnerait la soixantaine et même de face elle est peu ridée, peut-être liftée, jolie, soigneusement maquillée, souriante. Ses cheveux blonds coupés court, encore assez épais, son tailleur de laine blanc cassé me font penser à ma grand-mère maternelle, qui a elle aussi longtemps conservé une silhouette assez juvénile pour qu'on la suive dans la rue — des messieurs respectables : l'un d'eux l'avait un jour raccompagnée jusque chez nous, au troisième étage de la rue Barbet-de-Jouy, où mon père avait dû lui demander poliment de dégager, tandis qu'elle, haussant ses épaules athlétiques, prétendait qu'elle ne comprenait pas ce qu'il lui voulait.

J'aimerais dire à tante Odette que je la reconnais ou que je l'ai repérée hier soir dans le public de la bibliothèque mais je n'ai pas envie de lui mentir et franchement je ne me souviens de personne en particulier, les lecteurs assez passionnés pour ressortir de chez eux un soir de pluie et venir m'écouter me mettent mal à l'aise, j'ai l'impression d'avoir affaire à une sorte de secte dont je ne suis pas, je n'ai jamais eu envie de rencontrer les écrivains dont j'aime les livres (et qui, de toute façon, sont presque tous étrangers ou morts).

Elle me rappelle que nous nous sommes déjà croisées avant, à différents mariages (il y en a au moins deux par an dans la famille de mon père et quand j'étais petite nous y allions quelquefois), qu'elle me revoit même dans ma robe de demoiselle d'honneur, une après-midi de janvier, à Saint-Thomas-d'Aquin. S'il n'y avait pas des photos de l'événement, conservées par ma mère dans un album de cuir à la reliure fatiguée, je ne crois pas que j'aurais vraiment mémorisé la robe, de velours bleu lavande ; est-ce qu'on me l'a raconté, ou ai-je vraiment le souvenir de glissades sous les buffets avec mes cousins, seul remède à un ennui féroce, entre deux séances de pose aux côtés des mariés ?

Tout en me faisant retraverser au pas de course les longues salles peu meublées du rez-de-chaussée de « l'hôtel », Odette s'excuse de m'avoir attirée dans ce guet-apens, me prévient que le repas qu'elle a prévu est sans doute trop léger, qu'elle n'a plus beaucoup d'appétit depuis son opération et finit par me pousser dans un ascenseur surdimensionné, probablement capable de supporter plusieurs fauteuils roulants en même temps.

« J'habite au dernier étage. Privilège de l'ancienneté. Il y a même une terrasse. Quelquefois, la vue est belle. Personnellement, je ne me suis jamais attachée à ces paysages. C'est beaucoup trop encaissé pour moi. Tu vas toujours à Saint-Pair, non ? C'est à ça que tu pensais hier, à la bibliothèque, quand tu as parlé de la Normandie ? Attends, je passe devant. C'est là-bas, au bout du couloir. Et s'il te plaît, arrête de me vouvoyer. Tu es ma nièce après tout. »

Je la suis dans un minuscule vestibule aveugle, elle me débarrasse de mon manteau et de ma toque et m'invite à la précéder dans le salon.

Je ne jette pas un seul coup d'œil aux fenêtres : une faible éclaircie, pas vraiment « belle », selon les critères de ma météo normande, offre peut-être à ce moment précis un joli spectacle mais d'abord je n'aime pas les lacs moi non plus et ensuite j'ai bien trop à faire avec les deux tableaux accrochés face à moi, au-dessus d'un canapé étroit.

C'est bien plus tard dans l'après-midi, quand la lumière du jour et le nombre de trains possibles auront sérieusement diminué, que je me rendrai compte de mon peu de curiosité pour le panorama. Durant la quasi-totalité de ma visite, je n'ai cessé de regarder alternativement mon hôtesse et, au-dessus de sa tête, les deux portraits identiques, non : quasi identiques, de la mère d'Adèle, Aimée.

C'est Odette qui, aussitôt disposés sur la table basse des assiettes de sandwiches triangulaires et deux grands verres d'eau gazeuse, croise en prenant place sur le canapé mon regard fasciné, c'est elle qui rectifie : « quasi » identiques, me croyant d'abord uniquement surprise par l'exposition côte à côte des deux images, avant de découvrir que j'en reconnais le modèle, et aussi le cadre ovale en bois dédoré : même si je suis incapable de lui dire si celui dont la photographie a échoué dans les affaires de mon père est plutôt celui de droite ou de gauche.

Les différences sont minimes : il faut vraiment les voir réunis pour les discerner. D'ailleurs, Odette ignore lequel a été peint en premier, lequel est une copie. Elle m'explique longuement que c'était une pratique courante, à l'époque. Deux, pas pour le prix d'un mais presque : lorsqu'on passait commande au portraitiste, on demandait souvent plusieurs exemplaires, un pour Paris, l'autre pour Sèvres, probablement.

« J'ai trouvé ça plus drôle de les accrocher l'un à côté de l'autre. De toute manière, même avant, quand j'habitais dans le centre-ville, près de la bibliothèque, je n'avais que deux pièces, ç'aurait été ridicule d'en mettre un dans ma chambre et l'autre dans le salon, qu'est-ce que tu en penses ?

— J'en pense surtout que personne, dans la famille, ne devait y tenir beaucoup, pour qu'ils aient atterri tous les deux chez toi.

— Sans doute pas. C'est une histoire étrange. Quand Adèle est morte, en 41, j'avais seize ans. J'ai aidé ma mère à vider l'appartement où elle vivait depuis la fin de la Première Guerre. Ton grand-père, mon oncle André, était mort l'année d'avant, et puis de toute manière c'est toujours comme ça n'est-ce pas : un boulot de fille, les rangements, les tris, le grand nettoyage après l'enterrement. Bref, c'est sur ma mère que c'est tombé. Et puis elle a mis l'appartement en vente. En 42 ou 43, le jour de la signature, chez le notaire, elle a découvert qu'il y avait aussi une cave, qu'on n'avait évidemment pas pensé à aller regarder. Le notaire lui a laissé une clef et demandé de la vider aussi... mais sers-toi, sers-toi, c'est presque tout pour toi, je te l'ai dit, je n'ai pas très faim. Tu bois du vin ?

— Hum... J'ai encore un peu mal au crâne : hier soir...

— Oh, j'imagine : génépi, tout ça. Elles sont impitoyables, mes petites collègues. Bon, qu'est-ce que je disais : ah oui, la cave. Ma mère l'a fait sans moi, mais je me souviens qu'elle était très surprise par ce qu'elle y avait trouvé : des cartons de vaisselle ancienne, des photos d'inconnus, des livres en allemand. Et puis, presque trente ans plus tard, ma mère est morte à son tour, et à mon tour je me suis chargée de tout (j'avais deux frères, tu sais ? Charlie et Xavier, deux jumeaux, ils sont morts maintenant, mais nous n'étions pas très proches et comme je viens de te le dire, les hommes n'ont jamais l'air directement concernés dans ces cas-là) : trier, jeter, mettre l'appartement de mes parents en vente. À mon tour j'ai été chez le notaire, la même étude, mais c'était une femme qui s'occupait de moi : la fille ou la nièce de l'autre sans doute. Et là, elle en profite pour m'expliquer qu'il y a eu une erreur au moment de la vente de l'appartement d'Adèle. C'est fréquent dans les immeubles parisiens m'a-t-elle dit : la cave que ma mère avait vidée n'était pas la bonne, mais celle des voisins, ceux qui habitaient l'appartement du dessous. Revendu récemment. C'est en exhumant de vieux règlements de copropriété qu'elle s'en était aperçue. La famille dont ma mère avait récupéré les affaires par erreur pendant la guerre était partie sans laisser d'adresse, quelques mois plus tôt. Un nom allemand, j'en suis sûre. Je suppose qu'ils se sont enfuis, dans le meilleur des cas. Ils n'ont jamais réapparu. De toute manière, ma mère avait aussitôt donné la vaisselle et les livres à une amie qui s'occupait des ventes de charité de la paroisse. Où est-ce que j'en étais ? Ah oui, la cave d'Adèle : elle portait le numéro 54 et pas 56. Personne ne s'en était soucié avant, mais les nouveaux acquéreurs tenaient à disposer de "leur" cave : il a d'abord fallu rectifier les actes et puis (elle était pointilleuse, l'héritière de l'étude) aller vérifier qu'il n'y restait rien. Et c'est là que j'ai découvert ces deux portraits d'Aimée. Ils étaient horriblement poussiéreux, mais à part ça, plutôt bien conservés. Je ne les avais jamais vus, ni chez Adèle à Paris, ni aux *Binelles*. Je n'ai jamais été très sûre de moi en matière de décoration mais j'ai pensé que c'était une bonne idée, originale, de les juxtaposer comme ça. Donc oui, tu as raison, personne n'avait l'air d'y tenir beaucoup et surtout pas Adèle, pour les avoir remisés tous les deux dans une cave dont elle ne possédait même plus la bonne clef... Elle ne m'a jamais beaucoup parlé de sa mère, d'ailleurs. Et quand je te dis qu'ils ont dû être peints à l'occasion du mariage de ses parents (Aimé et Aimée, tu te rends compte ?) et exposés l'un à Paris, rue Barbet-de-Jouy, l'autre aux *Binelles* — tu connais la maison de Sèvres ? Non ? —, au fond, je n'en sais rien. Je ne les avais jamais vus avant, cela j'en suis sûre, ni l'un ni l'autre. »

Odette s'interrompt soudain pour me tendre autoritairement l'assiette de sandwiches. J'en prends un au saumon en espérant que quelques glucides combattront ma gueule de bois et me garde bien de la relancer. Je ne m'attendais pas à ce qu'elle parle aussi vite et avec tant de détails de ce qui précisément m'a attirée jusqu'à Annecy ; sa mémoire a l'air excellente mais je ne veux surtout pas qu'elle perde le fil. Elle doit avoir des scrupules pourtant, craindre de m'ennuyer avec ses histoires de caves et de clefs et change légèrement de sujet.

« C'est horrible tu vois, tu n'es pas là depuis cinq minutes que j'ai déjà mentionné au moins une demi-douzaine de morts. Et je ne compte pas les voisins, j'ai oublié leur nom, des Juifs allemands j'en mettrais ma main à couper. Et je ne t'ai même pas parlé de ton père. Alors que c'est pour ça que j'ai eu l'idée de t'inviter. Je regrette beaucoup de ne pas être venue à son enterrement, tu sais. Lui n'en manquait jamais un seul. Mais c'est arrivé la veille de mon opération. Je l'ai appris deux jours après et de toute manière j'étais incapable de bouger. Mais je me suis dit qu'à défaut, je pourrais peut-être te raconter quelques souvenirs. »

Ce qu'elle a fait. Elle le voyait surtout l'été, à Saint-Pair, du vivant de leur grand-mère, Adèle, lorsque les deux branches de la famille s'y croisaient.

La maison de *La Croix Saint-Gaud* n'était pas tout à fait assez grande ni les relations entre ses beaux-enfants assez bonnes pour qu'ils y cohabitent tous plus de quelques jours. André, mon grand-père, y passait en général le mois d'août avec femme et enfants, dont mon père, puis tous laissaient la place à la cadette, Marguerite, la mère d'Odette qui restait jusqu'à fin septembre (les « grandes vacances » étaient réellement « grandes » à cette époque). Mais durant ces quelques jours, une semaine à peine, où les cousins se partageaient les chambres du second étage, filles et garçons séparés comme il se doit, souvent tête-bêche dans de vieux lits vite devenus trop courts, ils avaient le temps de renouer les mêmes préférences ou de rouvrir les mêmes hostilités. Mon père était le préféré d'Odette, parmi les garçons.

« C'est bête, dit-elle, mais il était si beau, si blond, si insolent. Bien sûr, j'étais obsédée par mes grandes cousines, ses sœurs, plus âgées que moi et donc infiniment plus intéressantes, qui d'ailleurs cherchaient surtout à me semer. Elles partaient se cacher dans un coin du jardin pour épiloguer sur les mérites comparés des garçons qui leur avaient vaguement fait la cour sur la plage cet été-là et qu'elles n'étaient pas sûres de retrouver le prochain. Il y avait plusieurs hôtels à Saint-Pair, dans les années trente, des estivants qui ne possédaient pas de villas et qui ne revenaient pas systématiquement, surtout quand ils avaient eu deux mois de pluie d'affilée, ce qui peut arriver, comme tu sais. Il y avait des tas de cachettes dans le jardin à l'époque, des bosquets, des herbes hautes, le petit bois qui nous séparait de la route de Jullouville, et elles les connaissaient mieux que moi. Je suppose qu'il a dû beaucoup changer maintenant.

La dernière fois que j'y suis allée, c'était en 1940. Nous nous étions tous réfugiés là-bas dès le mois de juin. Adèle, qui venait d'avoir quatre-vingts ans, accusait le coup. C'est là, je crois, qu'elle m'a raconté pour la première fois ses souvenirs de septembre 1870, son départ précipité de Paris, cet autre exode, vécu dans l'inconscience de l'enfance, la découverte de la mer effaçant aussitôt les angoisses liées à la guerre. Moi, j'ai presque tout occulté de ce dernier été. Ton grand-père, André, qui a fini par nous rejoindre, déjà très affaibli, est mort, en septembre, du cœur. Nous nous sentions tous tellement coupables, tous, même les plus jeunes, comme si tout ça, la défaite, l'humiliation, tout était notre faute. On nous incitait quand même à aller jouer sur la plage, mais le moindre frémissement de joie (joie de sauter dans les vagues, joie de se sécher au soleil, joie de battre les grands à la course, joie de pique-niquer au pied de la falaise, tu dois les connaître par cœur, comme nous jadis, ces recoins du rocher Saint-Gaud) ravivait aussitôt notre honte, notre faute. J'ai oublié les détails. Bizarrement, la dernière image qui me reste de Saint-Pair, aujourd'hui, date de l'été précédent. 1939. L'ambiance, différente, était déjà pesante. Surtout la semaine intermédiaire. Cette année-là, je ne sais pas pourquoi, c'était nous qui étions venus les premiers, en août. Et puis tes grands-parents sont arrivés, ce devait être vers le 25, parce qu'il n'était question que du pacte germano-soviétique et tout le monde était dans un état de nerfs... Les grandes personnes j'entends. Moi j'avais quatorze ans et je me rappelle seulement qu'il faisait un temps sublime et que nous, les enfants, nous en avons profité pour fuir en permanence le salon où ils s'engueulaient dès qu'ils parlaient politique, c'est-à-dire sans arrêt. Ton père avait commencé à faire du bateau avec un copain dont le parrain possédait un des premiers voiliers, sur le port de Granville. Et cette semaine-là, il était parti plusieurs jours en mer avec eux. Mais il était là, le dernier soir, la veille de notre retour à Paris : les adultes avaient dû convenir d'un cessez-le-feu tacite en l'honneur de ma mère, dont l'anniversaire tombait le 31 août et ils s'étaient bourré la gueule (y compris mon frère Xavier, qui a vomi par la fenêtre de sa chambre). Du coup, tout le monde était d'excellente humeur. On ne prenait jamais de repas dehors, d'habitude. Mais ce soir-là, il faisait si chaud qu'on a servi le dessert sur la pelouse. Les femmes "s'habillaient" encore pour dîner, à cette époque. En tout cas, dans mon souvenir, il n'y a que des robes blanches, flattant les visages très bronzés de ma famille et même ceux déjà hâlés, au bout d'une petite semaine, de la tienne. Et du champagne. Il est possible que j'invente, pour le champagne. Ce n'était pas le genre de la maison. On (enfin, pas moi, les grandes personnes), on buvait du *Brandy Alexander*. Un cocktail à base de cognac, de crème fraîche et de liqueur de cacao. Ne me demande pas pourquoi. Et d'ailleurs, il est même possible que je confonde avec un autre soir, avec un autre anniversaire de Maman (on le fêtait toujours là-bas), plusieurs années avant. Possible que j'aie imaginé cette dernière soirée où nous étions tous réunis comme une garden-party tchékhovienne à cause de ce qui s'est passé après : l'invasion de la Pologne, le lendemain, peut-être à l'heure où mon frère, Xavier, dégueulait dans le jardin, l'hiver, atroce, l'exode, la mort de ton grand-père, puis celle d'Adèle, et les bombardements bien sûr. Nous on habitait la maison de Sèvres et on se racontait qu'on courait moins de risques qu'à Paris mais on descendait quand même à la cave et moi j'avais surtout peur des rats. À cause d'Adèle d'ailleurs : quand elle me parlait de la guerre de 1870 et du siège, il était toujours question de ces rats que les Parisiens avaient fini par manger, quand ils n'ont plus rien eu d'autre à se mettre sous la dent. Elle avait presque l'air de regretter de ne pas pouvoir en témoigner personnellement. Elle était à Saint-Pair cet automne-là.

— Je sais. »

C'est la première fois que je l'interromps. Elle ne doit pas avoir souvent de la visite et même si elle se rend encore une fois par semaine à la bibliothèque, ça ne représente pas lourd, comme dose de conversation. De toute façon, dans une bibliothèque a priori on ne bavarde pas, ou alors en chuchotant. Je me rends compte qu'elle parle assez bas, pour une femme de son âge. Déformation professionnelle ?

« Tu sais ? Quoi ? Les rats ? Le premier séjour d'Adèle à Saint-Pair ?

— J'ai lu ton texte. Je l'appelle ton "mémorandum". *Le mémorandum de tante Odette*. Je l'ai trouvé quand on a trié les affaires de mon père, l'hiver dernier. Entre filles, la plupart du temps. Rien n'a changé de ce côté-là... Tu le lui avais envoyé ? »

Elle attrape un sandwich (des rillettes de thon et de la salade verte, excellent, je viens d'en dévorer deux et ma migraine va beaucoup mieux) et le mordille, l'air un peu gêné. « Oui. J'ai fini par lui écrire un mail, il y a... dix ans ? déjà ? On ne se voyait plus qu'aux enterrements (il était très assidu aux enterrements, ton père, plus qu'aux mariages il me semble). J'avais un peu honte parce que ça ne valait vraiment rien, littérairement, mais je me suis dit que ça l'amuserait peut-être et puis un mail, c'est moins formel qu'une lettre. Il y avait mon texte en fichier joint. Ça me flatte qu'il ait pris la peine de l'imprimer… même s'il ne m'a jamais répondu. Il t'en avait parlé ?

— Jamais. Il ne parlait jamais de ses…

— Ancêtres ! C'est ça le mot que tu cherches ? Je ne suis pas coquette tu sais, j'ai eu quatre-vingt-six ans cette année et je suis une ancêtre moi-même. Enfin, une ancêtre sans descendants, je ne suis pas sûre que ça se dise. Ça ne m'étonne pas de ton père, ce silence. Il avait des relations bizarres avec le reste de la famille. Au fond, je pense qu'ils l'exaspéraient. Enfant en tout cas, il avait toujours l'air d'en avoir un peu honte. Et pourtant, il est resté fidèle à Saint-Pair et puis, comme je te le disais, impeccable dans les enterrements. Il n'avait pas besoin de se mettre dans les premiers rangs, il était si grand qu'on remarquait de toute façon sa présence. Et qu'il ne communiait pas.

— C'est la seule chose qu'il ait jamais mentionnée, au sujet d'Adèle : qu'elle était très pieuse, limite bigote. Alors que toi, dans ton "mémorandum" (je peux l'appeler comme ça ?), tu ne parles presque pas de religion…

— "Mémorandum"… C'est un peu prétentieux non ? En réalité, ça n'avait pas de nom. C'était… un exercice je suppose. La bibliothèque avait organisé un cycle d'ateliers d'écriture, cette année-là. Je n'y travaillais déjà plus mais j'habitais encore à côté et j'y passais plus souvent qu'aujourd'hui. Il n'y avait pas beaucoup d'inscrits et les petites (je les appelle "les petites" mais celles-là sont aussi à la retraite maintenant et elles étaient déjà vieillottes, il y a dix ans, et Claire et Monique sont mortes depuis), les petites craignaient qu'il n'y ait pas assez de monde et que l'animateur (un prof qui venait de Dijon et qu'on payait beaucoup trop cher à mon avis) ne soit vexé. Elles m'ont plus ou moins suppliée d'y assister. Du coup, j'ai bien dû pondre quelque chose. Et ma grand-mère Adèle me paraissait un sujet assez neutre, présentable, en rapport avec mon âge et mon statut dans le groupe (en fait nous étions très nombreux et je n'ai pas eu besoin d'y retourner, les séances suivantes étaient combles des semaines à l'avance, c'est incroyable cette manie qu'ont les gens de vouloir écrire, moi, lire, ça me suffit amplement). »

Je remarque alors qu'il n'y a pas un seul livre dans ce salon. Très peu d'objets d'ailleurs. J'imagine bêtement les intérieurs de vieilles dames remplis de bibelots, mais elle n'en a pas. C'est pour ça que les portraits d'Aimée attirent tant le regard, dans tout ce vide. Odette a suivi mes pensées et me donne l'explication à laquelle je suis en train d'aboutir toute seule :

« J'ai très peu de livres à moi. Je les range dans ma chambre. Je n'aime pas accumuler. Je n'ai pas d'enfants et quand je vais mourir pas de filles pour s'intéresser à mes affaires — ou pour me maudire d'en avoir conservé. Quand j'ai envie d'un livre, je l'emprunte à la bibliothèque. Ils me consultent toujours pour les nouvelles commandes. Tu veux encore un sandwich ? C'est du Parme, le dernier. S'il te plaît... Sinon je serai obligée de le jeter. »

J'obéis, bien que je n'aie plus très faim (ni du tout mal au crâne). Odette avale discrètement quelques pilules avec une gorgée d'eau gazeuse et me propose de venir avec elle dans sa « kitchenette » pendant qu'elle prépare le café. Je la suis dans l'étroit vestibule en espérant apercevoir sa chambre et les livres préférés qu'elle y cache mais la porte est fermée.

Il y a à peine la place pour deux dans sa « kitchenette » qui donne sur un puits d'aération sinistre et je la regarde depuis l'embrasure s'activer autour d'une machine à expressos rutilante, hésitant à la relancer sur Adèle. Je m'avise qu'au fond je ne sais rien de sa vie à elle, Odette, et que son CV de vieille fille, exilée en Savoie entre les étagères en formica d'une bibliothèque municipale, est presque trop stéréotypé pour être honnête. En même temps, je ne sais pas du tout comment l'interroger directement. Je ne risque pas de la blesser par mon ignorance, elle a compris que mon père ne m'avait sans doute jamais parlé d'elle, que j'ai découvert son existence grâce au mémorandum. Je me jette donc à l'eau, après avoir rapidement passé en revue plusieurs entrées en matière qui ne mettraient pas trop l'accent sur sa solitude affective, son train-train provincial, ce passé qui me semble aussi gris que ce lac sous la pluie, tandis qu'elle regagne le salon munie du plateau où elle a posé deux petites tasses de café serré et une boîte de macarons.

« Pourquoi tu es venue t'installer à Annecy, si tu n'aimes pas les panoramas encaissés ?

— Tu prends du sucre ? Non ? Essaie les macarons au moins : les beiges, là, sont au caramel au beurre salé. Ce sont mes préférés. On vend toujours des caramels mous, à la boulangerie de Saint-Pair ? Celle du bas, le long de l'église ? Lamende, ils s'appelaient, quand j'étais petite.

— Lamende. Oui, moi aussi, quand j'étais petite c'était à celle-là qu'on allait. Pas chez Couchouron, sur la place. On trouvait ça trop joli, une boulangerie-pâtisserie qui s'appelle Lamende. Et oui, merci, les caramels sont aussi mes préférés. Mais maintenant je vais chez Couchouron. Lamende a fermé depuis longtemps. C'est une épicerie bio maintenant. »

Si j'ai pensé un instant que ces souvenirs de friandises lui servent à détourner la conversation, j'ai eu tort. Elle prend le temps de déguster un demi-macaron mais finit par me répondre.

« Pourquoi je me suis installée à Annecy ? La vraie raison, je ne l'ai jamais donnée à personne, figure-toi. Jamais. J'aurais tellement aimé pouvoir en parler, si tu savais... Mais au fond, pourquoi pas à toi ? Qu'est-ce que ça peut bien foutre maintenant ?... Ça te dérange si je fume une cigarette ? »

J'éclate de rire. Depuis que j'ai reposé ma tasse de café, je ne pense qu'à ça mais redoutais le froncement de sourcils réprobateur, le discours moralisateur. Je remarque maintenant qu'il y a plusieurs cendriers dans la pièce, qui ne sent pas le tabac pourtant. L'après-midi prend une excellente tournure. Je sors mon propre paquet et attends qu'elle poursuive.

« Personne n'est au courant. Ni dans la famille. Ni parmi mes anciens amis, ceux de Sèvres ou de Paris. Ce qu'il en reste. Ni ici, évidemment, encore moins. Ça t'intéresse vraiment ? »

Elle tire une longue bouffée de la Vogue, très fine, qui dans ses jolies mains évoque les fume-cigarette d'autrefois, se laisse aller un peu en arrière contre les coussins du canapé et croise les jambes. Elle a soudain l'air d'une femme beaucoup plus jeune, beaucoup plus que nous deux en tout cas.

« Il faut peut-être que je remonte carrément en arrière, pour que tu comprennes. Tu as le temps ?

— J'ai le temps. Il y a plusieurs trains en fin de journée. Je devais prendre celui de midi mais je n'ai pas changé mon billet. J'ai l'embarras du choix.

— Ma mère, Marguerite, avait presque une génération d'écart avec ton grand-père. Une guerre, celle de 14, entre eux. Je veux dire : ton grand-père, André, n'avait que treize ans de plus qu'elle, mais il était déjà adulte, marié, et venait de devenir père quand la guerre a commencé. Alors que ma mère était encore une gamine. Lui était un homme du XIXe siècle. C'est dans cette ambiance que ton père et tes tantes ont été élevés. Ma mère, elle, c'était différent. Sans excès, elle était sérieuse dans son genre. Mais elle a fait ses études secondaires à Victor-Duruy, dans un collège public, laïque, coupé ses cheveux et ses jupes comme toutes les filles de son âge, dans les années vingt. Et épousé mon père qui n'était pas... qui n'était pas le genre Armand-Duval. Bonne famille bien sûr. Mais prof de lycée. Philosophe. Et "progressiste", comme on disait pudiquement à *La Croix Saint-Gaud*. Et moi, j'étais la petite dernière. Mes frères avaient fait des études, il n'était pas question que je sois traitée autrement. C'est pour ça que ça ne se mélangeait pas beaucoup, l'été, à Saint-Pair. Et que tes tantes me snobaient. Non seulement j'étais plus petite qu'elles, mais moins bien habillée, et puis une réputation d'intellectuelle. C'est peut-être aussi pour ça qu'avec ton père je m'entendais plutôt mieux. Va savoir. Je reconstruis peut-être, là encore, parce que en réalité je n'ai aucun souvenir d'avoir jamais parlé littérature avec lui. Bref, je suis devenue prof d'anglais. J'ai eu des... comment appeler ça ? Des flirts. Des aventures. C'était les années cinquante. Je vivais seule. J'avais un boulot. Je ne dépendais pas financièrement de mes parents. Je me suis bien amusée. Je n'ai jamais eu envie de me marier. Chaque printemps, j'accompagnais mes parents à un ou deux mariages et au lieu de regarder la mariée, comme toutes les jeunes filles normales, et de m'imaginer en robe à traîne, au bras de mon père, les yeux baissés mais un peu maquillés quand même (pas la bouche, jamais ! ni les ongles), derrière le voile de Grand-Maman (celui d'Adèle en l'occurrence, quand c'était une cousine, une nièce), remontant l'allée en ayant l'air à la fois de saluer et d'ignorer les parentes assises exprès à l'extrême bout de leur banc pour mieux pouvoir ensuite critiquer la taille du bouquet ou les détails du chignon. Non. Je regardais le marié, posté devant l'autel dans une queue-de-pie de location, inquiet d'avance à l'idée de confondre les alliances et concentré sur l'expression que tous guettent sur son visage et qui doit, a-t-il cru comprendre, s'éclairer au spectacle jalousement gardé secret jusque-là de sa promise, nimbée de taffetas blanc, rêvant peut-être à un autre spectacle, lui aussi souvent jalousement préservé jusqu'à la nuit prochaine, ou censé l'être, dans les années cinquante du moins, chez les Armand-Duval en tout cas, de sa femme entièrement nue. Et ça ne me donnait aucune envie de passer ce genre de nuit avec ce genre d'homme, surtout lorsque (je m'ennuie toujours beaucoup dans les mariages) je passais le temps en observant des spécimens du marié à des âges plus avancés. Le jeune père serviable qui profite de ce que le petit dernier braille pour soulager sa femme, elle-même perdue dans la contemplation nostalgique de ces noces et le souvenir fuyant des leurs, se fraye (en souriant d'un air résigné de mari docile aux voisins qu'il dérange) un chemin jusqu'au bas-côté de l'église qu'il remonte en chuchotant des remontrances feintes au braillard calé sur sa hanche et finit par émerger, enchanté, au soleil, sur les marches de pierre, où l'attendent la poussette du gosse, d'autres poussettes contenant d'autres gosses en partie calmés par le balancement que d'autres pères, évadés comme lui, impriment distraitement aux roulettes en les agitant de la main gauche, tout en fumant avec délices de la main droite. Ceux-là ne m'inspiraient pas beaucoup de sympathie non plus. Je savais (parce qu'on me mettait souvent aux mêmes tables que les couples avec enfants en bas âge, aux dîners assis qui suivaient, servis dans un château loué comme les queues-de-pie, ou la grange de la maison de campagne d'une des familles : sans doute parce que étant assez tôt considérée comme vieille fille, je posais des problèmes au moment de l'élaboration des plans de table et que celles-là, de toute façon, étaient sacrifiées, les jeunes parents ne restent jamais plus de dix minutes à leur place, il faut tout le temps qu'ils aillent vérifier si le bébé dort, si l'aîné s'est vraiment fait mal à la cheville en se bagarrant dans le jardin mal éclairé avec une demoiselle d'honneur infernale, quelle idée de l'avoir prise !), bref je savais (pour avoir passé près d'eux une petite demi-heure en tout avant que ne commencent les discours) que le modèle mariédepuis-huit-ans ne supporte absolument plus la compagnie des femmes et que tout ce dont il a envie, quand il n'est pas au bureau, c'est de se retrouver comme au bureau, entre hommes. Dans les mariages, ils se regroupaient aussi souvent que possible, se jetant sur le moindre prétexte : enfant à surveiller dans une autre pièce, cigare puant à fumer sans indisposer ses voisines, vérification du matériel qui doit servir à projeter des photos ridicules des mariés enfants et adolescents, ou à régaler au micro l'assemblée d'anecdotes supposées délicates. Ceux-là m'ennuyaient, mais ce n'était rien à côté de ceux, plus vieux encore, qui aux autres tables buvaient comme des trous et s'enchantaient ensemble d'être tous du même bord politique, pas franchement "progressiste". D'ailleurs, mon père n'assistait que très rarement à ces festivités, autre casse-tête pour les maîtresses de maison qui ne savaient pas où mettre ma mère. Je n'ai pas regretté de n'avoir pas eu d'enfants, non plus. J'en voyais bien assez comme ça à l'école où j'enseignais. Et puis, à cette époque, avec le genre de vie que je menais, c'était un joyeux miracle de ne jamais tomber enceinte. Le temps a passé très vite. En 65, l'année de mes quarante ans, mes deux parents sont morts. Mon père, d'abord. Un cancer fulgurant. Ma mère s'est mise à parler encore plus bas qu'avant. C'était une femme très douce, en surface. Elle ne faisait pas de bruit, n'aimait pas que les autres en fassent. Elle s'est comme... estompée, en quelques mois. Elle a attrapé la grippe l'automne suivant et c'était fini. Bizarrement, je me suis sentie tout à fait abandonnée. J'étais leur seule fille. Et célibataire, officiellement. Bien sûr, je partais en vacances de mon côté, souvent j'allais camper avec mes "petits amis", comme on disait, comme je ne le disais pas nettement à mes parents, tout progressistes qu'ils étaient, mais le reste de l'année, j'habitais à deux rues de chez eux, y dînais plusieurs fois par semaine, faisais leurs courses quand ils tombaient malades, je n'étais pas si autonome que ça. Et mes vieilles amies de lycée, elles, étaient accaparées par leurs gosses. Bref, je me suis retrouvée, au début de la quarantaine, très libre et très isolée. J'habitais le XIVe arrondissement. J'avais moins de "petits amis". Je me suis mise à fréquenter des femmes comme moi. Des collègues du lycée. Célibataires. Ou veuves. Il y en avait beaucoup plus, à l'époque, des veuves de cet âge. Je vais me refaire un café, moi. Tu en veux un ?

— Si je peux fumer une autre cigarette avec, volontiers ! »

Je mets à profit ces quelques minutes de solitude pour mieux étudier les deux portraits d'Aimée, dont les explications, les justifications ironiques d'Odette sur son célibat m'ont distraite : rien à voir avec les jeux des sept erreurs (sauras-tu les reconnaître ?). Les fleurs blanches qui ornent sa coiffure, les boucles d'oreilles, des dormeuses en or ciselé qui brillent sous les bandeaux bruns, le col blanc brodé qui voile chastement l'échancrure de la robe, l'arrondi du menton et surtout cette tristesse qui m'avait déjà frappée dans ses yeux, tout y est. L'infime décalage que leur rapprochement met en lumière et sur lequel glisse sans fin mon regard, le tremblement, l'impression de mouvement rappellent plutôt ces petits blocs de papier dont chaque feuillet semble représenter la même image légèrement altérée mais qui, lorsqu'on les fait défiler du bout du pouce, à toute vitesse, offrent l'équivalent d'un dessin animé, racontent une histoire. De jolis gadgets qui devaient exister déjà à l'époque d'Aimée, précurseurs du cinéma dont elle n'a pas vu la naissance, mais Adèle, sa fille, si. Qui n'a pas dû y aller beaucoup d'ailleurs, quand elle était jeune en tout cas : un divertissement populaire, forain, inconvenant. J'essaie, en clignant des yeux, d'imprimer aux portraits d'Aimée ce genre de vie, de leur donner un mouvement, et me demande quelle histoire raconterait cette illusion d'optique, lorsque Odette reprend place sur le canapé. Quelque chose s'est passé, dans la cuisine, qui a laissé des traces de larmes sur ses joues délicatement maquillées et c'est cette histoire-là qui retient de nouveau mon attention, que je relie malgré moi à celles d'Aimée-au-front-résigné, d'Adèle-la-bâtisseuse, de Marguerite-la-progressiste, ses arrière-grand-mère, grand-mère et mère et qui mènent bizarrement jusqu'à moi.

Celle d'Odette finit mal, comme ses pleurs furtifs, étouffés par le ronronnement de la machine à café mais dont ses yeux brillent encore, le laissaient présager.

« C'étaient les vacances de Pâques, au printemps 1971. J'avais une amie, Régine, prof de maths dans le même lycée que moi, divorcée. Elle voulait suivre une cure amaigrissante. Elle n'en avait pas vraiment besoin à mon avis, mais elle croyait que cinq ou six kilos de moins lui apporteraient un nouvel homme, une nouvelle vie. Elle m'a proposé de venir avec elle, ici. Ici même. C'était un hôtel, comme je te l'ai déjà dit. Un palace même, à l'origine, mais qui avait peu à peu perdu ses prétentions au luxe et proposait des tarifs intéressants. J'aurais préféré Saint-Malo, ou n'importe quoi d'autre au bord de la mer, mais j'ai toujours été très conciliante, c'est comme ça... Tu vas voir à quel point. »

Je lui offre du feu et dois retenir sa main au-dessus de la flamme, soudain prise de tremblement. J'allume ensuite ma cigarette et garde les yeux baissés sur ma tasse de café pour lui laisser le temps de se calmer. Elle parle toujours d'une voix basse (qu'elle doit à sa mère, donc, et pas à toutes ces heures passées dans la bibliothèque mal chauffée d'Annecy, elle devait faire partie de ces profs qui tiennent leur classe sans jamais hausser le ton, j'en ai connu quelques-uns et elle sait capter l'attention comme eux : j'en suis la preuve vivante, je ne l'ai quasi pas interrompue et il y a presque deux heures que je suis là) mais son débit est moins pressé qu'avant.

« On m'avait donné cette chambre, une suite à vrai dire, mais pas chère du tout. Il faisait très beau ce printemps-là et j'ai beaucoup profité de la terrasse, où je bouquinais en maillot de bain pendant que Régine suivait ses cours de gym, ses programmes de massages. »

Je jette enfin un coup d'œil en direction de la terrasse mais la pluie est dense et, même au dernier étage de l'Hôtel du Lac, le jour de novembre qui s'est à peine levé décline déjà. J'imagine Odette à quarante-cinq ans, en bikini, et me demande pour la seconde fois ce qu'elle aime « bouquiner ». Elle aspire une longue bouffée de sa Vogue et me fixe comme si elle doutait brusquement de la réalité de ma présence, puis se lance.

« C'est parfaitement banal et si j'en avais parlé à qui que ce soit à l'époque, je n'aurais raconté que des banalités : les contours de sa bouche en gros plan la première fois qu'on s'est embrassés, sa peau, tendre et dure, la caresse de sa mèche de cheveux sur mon ventre, ses doigts qui paraissaient si innocents, inoffensifs et qui savaient toujours où et comment se poser sur moi, tout ça que tu connais aussi, j'espère pour toi ? »
Je pense à Jules et j'acquiesce. « Il travaillait ici ce printemps-là, remplaçait le médecin affecté au centre de soins, parti prématurément à la retraite. Il recevait les curistes comme Régine, les pesait, leur demandait ce qu'elles prenaient comme médicaments (des anxiolytiques, des somnifères en général), leur conseillait de diminuer les doses et leur prescrivait un régime. Je n'aurais pas dû le rencontrer, normalement. Mais Régine l'a salué, un dimanche après-midi où nous étions allées toutes les deux nous promener au bord du lac. Il était avec sa femme, très enceinte, on s'est arrêtés pour bavarder quelques minutes. Sur le moment, franchement, je n'ai rien vu venir. Lui, oui. Il a prétendu après que je l'avais immédiatement bouleversé. Qu'il avait su tout de suite qu'il se passait quelque chose qui changerait sa vie, beaucoup plus que le ventre proéminent de sa femme, et qu'en même temps, les deux événements étant liés, ce quelque chose serait forcément aussi malheureux qu'heureux. Moi, comment voulais-tu que j'imagine quoi que ce soit ?

— Parmi tes "petits amis", il n'y avait jamais eu d'hommes mariés ? »

J'ai conscience que ma question est un peu brusque, mais tant qu'à faire, puisqu'elle a décidé de se confier, je préfère être sûre de tout comprendre.

« Si, bien sûr. Et je suppose que si tu me le demandes, c'est que tu ne me juges pas mal. Il y en a eu. Plusieurs. Mais je te l'ai dit, j'étais libre, je ne voulais ni mariage ni enfants. Je ne menaçais personne.

— Mais là c'était différent ?

— Oui. Là, c'était différent. Il n'était pas seulement marié. Il avait vingt-quatre ans. J'en avais vingt et un de plus. Et, contrairement à ce qu'on raconte aujourd'hui sur les années 1970, crois-moi, à Annecy, un jeune étudiant en médecine (il venait de terminer son internat à Lyon), avec une vieille comme moi... En tout cas, ce dimanche après-midi, au bord du lac, je l'avais regardé comme un intrus, un étranger qui ralentissait notre promenade et à qui nous n'avions rien à dire. Le lendemain, pendant que Régine entrait dans une cabine de soins où il savait qu'on la retiendrait au moins deux heures (c'était lui qui planifiait les emplois du temps des curistes), il est monté ici, sans prévenir. J'étais sur la terrasse. J'ai entendu frapper à la porte, j'ai rajusté mon haut de maillot et suis allée lui ouvrir. J'étais un peu étourdie par mon bain de soleil, je m'étais relevée trop vite de ma chaise longue, je crois que je titubais, même, en le faisant entrer. Il était essoufflé, comme s'il avait monté les six étages à pied. Je n'ai pas eu besoin de lui demander pourquoi il était venu. Ce jour-là, ce n'est pas sa jeunesse qui m'a frappée, juste le désir mêlé de stupéfaction que je lisais dans ses yeux. J'ai dû faire mine de nous servir un verre d'eau, là, dans la kitchenette, mais je ne crois pas que lui ait touché au sien. »

Elle marque une pause, jette un coup d'œil nostalgique et sans équivoque au canapé sur lequel elle a repris une position plus accordée à son âge, un peu tordue, et éclate de rire.

« Ce n'est pas le même, mais il lui ressemblait ! Le canapé, je veux dire. J'ai eu le réflexe de pousser le verrou de la porte d'entrée, comme dans le tableau de Fragonard, tu sais. Sauf que ce n'est pas moi qui l'ai forcé, non, on ne peut pas dire... Voilà. Ça a commencé comme ça. Bêtement. Un coup de chaud. Et puis je suis rentrée à Paris, j'ai repris mes cours, sa première fille est née en juin. Il a demandé à rester comme vacataire à l'Hôtel du Lac, quand le médecin en titre partait en vacances, et j'y suis revenue, toujours dans cette chambre, l'été suivant, à la Toussaint, à Noël. Je me suis inventé de petits problèmes de rétention d'eau, rien de grave, mais le climat était sain (c'était ça que j'expliquais à des gens comme Régine). Je passais mon temps à lire, des livres que j'empruntais à la bibliothèque. Chaque fois qu'il le pouvait, il montait. Entre deux consultations. C'était pratique. Je ne crois pas que personne s'en soit jamais rendu compte, à l'Hôtel. Il a eu deux autres enfants. Je ne posais pas de questions. Je survivais entre deux séjours ici grâce à mes souvenirs. J'ai, ou du moins j'avais une excellente mémoire et je peux te dire qu'heureusement, le plaisir, quand on est amoureux comme nous l'étions, s'en souvenir, l'anticiper, c'est facile et ça permet de tenir. Tu vois ?

— Je vois très bien. Et ça a duré ?...

— Trente ans. On s'est rencontrés au printemps 1971. En 1977, j'ai demandé ma mutation à Annecy. Mais des profs d'anglais, il y en avait beaucoup, et pas de poste à pourvoir. Alors, comme ils commençaient à me connaître, à la bibliothèque, j'ai fini par demander s'ils n'auraient pas besoin de quelqu'un. C'est bien tombé. J'ai eu de la chance, en un sens. Voilà. Voilà pourquoi je me suis installée au bord d'un lac, moi qui n'aime que la mer. J'avais un deux-pièces dans le centre-ville, je me suis fait quelques amis qui n'étaient pas au courant. Je le croisais quelquefois avec sa famille, la petite dernière, Laurence, aimait beaucoup lire, elle venait souvent à la bibliothèque. On se saluait de loin. Et il venait me voir presque tous les jours. Régulièrement, quand sa femme emmenait les filles au chalet, sans lui, il restait toute la nuit. Ils avaient un chalet où ils passaient des week-ends et une partie des vacances. Et puis, de temps en temps, je prenais une chambre d'hôtel à Aix-les-Bains et il m'y rejoignait. On ne se montrait pas ensemble, évidemment. Mais on se retrouvait au casino et je le regardais jouer. Je n'ai jamais rien compris à la roulette mais j'adorais le regarder jouer. Je me mettais debout derrière lui, je faisais semblant de m'intéresser à ce qui se passait à la table, mais seulement de m'y intéresser en général, sans le fixer. De temps en temps je plaçais un jeton au hasard. C'était excitant, c'était spécial, d'être réunis, même clandestinement, dans un lieu public. Je me mettais sur mon trente et un, j'étais contente qu'il puisse me voir habillée, je veux dire… » Pour la première fois elle rougit un peu. « Ce n'est pas que j'étais toujours nue, d'habitude, mais "habillée", pour le soir. Déguisée, si tu veux… » Elle ne rougit plus. Elle sourit comme pour elle-même. « Je ne regrette absolument rien.

— Et comment ?…

— Comment ça s'est terminé ? Pas comme prévu. Pas du tout. Enfin, je dis "prévu", mais en fait on n'en parlait jamais. On ne "prévoyait" rien. Rien d'autre que notre prochain rendez-vous. On ne voyait pas plus loin. »

Elle n'a plus de Vogue. Sa main reste en suspens au-dessus du paquet vide. Elle a l'air soudain absent. Je lui tends une Marlboro. Le silence dure. Je remarque pour la première fois le clapotis insistant de la pluie sur la terrasse. J'imagine le soleil précoce d'avril sur son corps encore ferme, son ventre plat de femme épargnée par les grossesses, un bikini de couleur vive (je ne sais pas pourquoi, je l'imagine jaune canari, tranchant sur sa peau bronzée, une coupe démodée, un tissu spongieux comme ceux qu'on me faisait porter enfant — Pâques 1971 : j'avais onze ans, est-ce que j'étais à Saint-Pair ? est-ce qu'il y faisait assez beau pour se mettre en maillot ?), j'imagine un garçon de vingt-quatre ans, l'âge de mon fils aîné, je fixe le canapé, j'attends qu'elle reprenne son récit. La Marlboro, plus forte que ses Vogue, la fait tousser. Elle chasse le nuage de fumée dont je ne suis pas sûre qu'il lui pique réellement les yeux, qu'elle frotte vigoureusement, sans plus se soucier de son maquillage.

« Il est mort. Il y a onze ans. Et trois mois. Et demi. En 2000. Un accident de voiture. Il était allé passer la dernière quinzaine d'août avec sa famille dans le chalet qu'ils avaient, là-haut. Moi j'étais en Bretagne pour le week-end. Le mariage d'une petite-nièce. Émilie. On devait se voir le lundi, à mon retour. J'ai attendu toute l'après-midi. Je ne l'appelais jamais. Même sur son portable. Trop dangereux. Il pleuvait. Un temps gris et sale, comme aujourd'hui. Je ne sais pas pourquoi, j'ai compris très vite. Dans la soirée, je n'avais toujours pas de nouvelles et je suis allée marcher dans les rues, au hasard. Je ne sais pas ce que j'espérais au juste. Je n'ai pas osé aller jusque devant chez lui. Normalement, il devait rentrer seul, le dimanche. Les enfants étaient encore en vacances jusqu'au jeudi. Mais je ne voulais pas risquer de tomber sur lui, en famille, sortant de l'immeuble, ou y rentrant. Je me sentais ridicule et encore une fois, je savais que ce serait inutile. J'ai attendu le lendemain. Je ne me suis même pas déshabillée. Je ne me suis pas couchée. J'ai passé la nuit dans un fauteuil, mon téléphone sur les genoux. La bibliothèque ouvrait à neuf heures. Je suis arrivée juste avant Caroline, elle était stagiaire à l'époque (tu as dû la voir, hier soir). J'étais matinale. Personne ne s'est étonné. Je l'ai aidée à mettre tout en ordre avant l'arrivée des premiers lecteurs. Il ne pleuvait plus mais le ciel était toujours aussi couvert. Je savais qu'il s'était passé quelque chose et je savais qu'on m'en parlerait, à un moment ou à un autre. Annecy, ce n'est pas très grand, et Max (il s'appelait Maxime mais je l'ai toujours appelé Max), tout le monde le connaissait. C'est Mme Ersant, une habituée, grande amatrice de biographies non autorisées de célébrités, vaguement apparentée à sa femme, qui a fini (il était onze heures et quart) par mettre des mots précis sur la catastrophe dont j'étais déjà sûre. La pluie. La route en lacets qui desservait leur chalet. L'avant-dernier virage. Bref. Je suis veuve. Et tu es la première à qui je le dis.

J'ai assisté à la messe, le vendredi suivant. J'avais le prétexte de connaître un peu sa petite dernière, Laurence, si quelqu'un s'était étonné de m'y voir.

Mais l'église était pleine à craquer et personne ne m'a remarquée. Je me suis assise au fond. De toute façon je ne communie pas, moi non plus. Je ne suis pas allée au cimetière. Ni ce jour-là ni depuis. J'ai toujours eu horreur de ça. Ce qui a été le plus dur, c'est de me taire. Pendant quelques semaines, Laurence n'est pas revenue à la bibliothèque. Je le savais parce que je continuais à y passer, comme si de rien n'était, je ne voulais pas qu'on me pose de questions. Et je regardais régulièrement le fichier des emprunts, pour vérifier. Je crois qu'au fond j'espérais que sa mère ait trouvé quelque chose. Max a toujours été très prudent, on ne s'est jamais écrit de lettres, mais après l'accident, je me disais qu'elle avait pu tomber sur une trace : un numéro inconnu dans le répertoire de son téléphone portable, par exemple, et qu'elle devinerait peut-être. J'en avais peur mais aussi un peu envie. Je ne voulais pas qu'elle souffre, non, elle avait suffisamment de raisons pour ça (même si elle, au moins, pouvait le montrer), mais que quelqu'un comprenne, me comprenne. Et puis Laurence a fini par revenir et s'est toujours montrée parfaitement naturelle avec moi, depuis. Excuse-moi, je n'avais vraiment pas l'intention de t'imposer ce mélo. Mais ça fait du bien. »

Et curieusement, en effet Odette a l'air soudain mieux. Il est quatre heures et demie, il fait très sombre dehors. Elle se lève pour allumer la lumière et s'absente une minute.

« Ne t'inquiète pas, ce n'est pas du tout une habitude, mais là, j'ai envie d'un verre. Je t'en sers un ? C'est de l'armagnac. Un peu fort à cette heure-ci, mais après tout le soleil est couché et tu as encore au moins deux trains directs ? » Ce n'est pas non plus dans mes habitudes (et je n'ai pas bu d'armagnac depuis l'été de mes dix-sept ans, chez une amie, dans le Lot-et-Garonne), mais j'accepte de bon cœur. D'ailleurs, la fin de son histoire est moins triste, étrangement, ou bien est-ce l'alcool ?

« J'ai fait... je suppose que ça s'appelle une dépression nerveuse ? Mais je me suis soignée toute seule. C'est-à-dire pas. Je ne me voyais pas aller consulter un médecin, qui l'aurait forcément connu, Max, et à qui je n'aurais pas pu dire franchement pourquoi j'étais détruite. J'ai attendu que ça passe. En vérité, ça n'est jamais "passé". Mais j'ai trouvé un... moyen. Un truc pour continuer.

— Cet appartement ?

— Oui. Tu as compris. Cet appartement. En 2004, l'Hôtel du Lac qui périclitait depuis longtemps déjà a été racheté et transformé en résidence pour vieux. J'ai été au courant très tôt. J'ai mis mon deux-pièces en vente et j'ai fait le siège de la société qui gérait la transformation des locaux jusqu'à ce qu'ils me réservent la suite 612, comme je continuais à l'appeler. Mes amis, à Annecy, ont bien essayé de m'en dissuader. Ils ne me trouvaient pas assez vieille, ça leur faisait peur, d'imaginer qu'eux aussi en seraient bientôt là. Je m'en foutais. Ce n'est pas... Ce n'est pas idéal, comme solution, mais c'est mieux que rien. Après tout, c'est ici que j'ai nos meilleurs souvenirs. Pas foutus en l'air par la mort, le deuil, le silence, comme là-bas, rue Vaugelas. Je dois avoir des chips, si tu veux ?

— Je veux bien. » Je sens qu'elle a besoin de s'affairer un peu, à l'écart, et je ne suis pas mécontente de rester seule un moment. Je cherche un moyen, non pas de conclure mais de donner forme à son récit, si tardif, trop probablement, même s'il l'a apparemment délivrée. Elle revient, un bol de chips dans une main, d'olives dans l'autre.

« C'est pour ça que tu as reconstitué un décor aussi...

— Impersonnel ? C'est ça que tu veux dire : quelque chose qui ressemble à un lieu de passage ? Peut-être. Je le suis. De passage. Et puis il y a les portraits d'Aimée tout de même... À toi maintenant : j'ai répondu à ta question — et le moins qu'on puisse dire, c'est que j'ai été cash avec toi. Alors : pourquoi es-tu venue ? J'ai regardé tu sais, sur le site internet de ton éditeur. On ne peut pas dire que tu acceptes si souvent les déplacements en province, les signatures dans des librairies ou des bibliothèques, quand elles sont installées à plus de cinq cents kilomètres de chez toi. Et je suis bien placée pour savoir ce que la bibliothèque te paye... Alors pourquoi Annecy ? Tu avais l'intention de venir me voir ? »

Je suis obligée d'être « cash » avec elle. En effet. (Et je comprends maintenant pourquoi elle émaille ses propos de tournures, d'expressions qui jurent avec son état civil : pas le jargon des jeunes, pas la langue que parlent mes enfants, ça, non, mais de légers anachronismes, étonnants chez une femme de son âge et de son milieu. Trente ans avec Max. Un homme de ma génération, en gros.)

« Oui, je savais que tu habitais Annecy. Mais tu vois comme je suis velléitaire... J'allais repartir sans t'avoir contactée. » J'avale une olive et finis mon verre. Odette me regarde, l'armagnac a rosi ses joues et ses yeux secs brillent de nouveau. J'hésite. « Ce n'est pas vrai, ce que tu disais tout à l'heure : que ta biographie d'Adèle, ton "mémorandum" n'a aucune qualité littéraire. Et au fond, tu as raison, c'est bizarre parce que non seulement je ne vais pas souvent rencontrer mes lecteurs, mais comme lectrice, moi-même, je n'ai aucune envie de voir "en vrai" les écrivains que j'aime. Mais disons que, cette fois, je suis venue pour parler avec l'auteur de ce "mémorandum". Il y a un point de vue, dans ton texte. Qui m'a donné envie de te connaître.

— Tu es gentille... Enfin, pas envie au point de m'appeler, n'est-ce pas ? Mais gentille. Et en même temps, je t'avoue que je suis un tout petit peu déçue. » Je lève un sourcil, qui la fait rire. « J'espérais, enfin j'espérais tout à l'heure, quand tu as reconnu les portraits et que tu as vaguement essayé de me faire parler d'Adèle, que je pourrais peut-être me débarrasser du peu qui encombre ma chambre, et qui n'intéresse manifestement personne d'autre... »

Si j'étais un personnage de bande dessinée, un énorme point d'interrogation surmonterait mon visage. Elle le voit et rit de nouveau. « Eh bien... On dirait que non, finalement, je ne vais pas être déçue. C'est de ça que tu rêvais : des lettres ? des photos ? un journal ? »

« Dans un coffret de cuir rouge gainé de bleu, dont les charnières sont sur le point de céder »... Je me ressers quelques gouttes d'armagnac. « Dans ton mémo, tu disais pourtant en avoir brûlé tout le contenu, quand tu as vidé l'appartement d'Adèle avec ta mère. Et que tu t'en servais comme boîte à bijoux...

— Tu m'as regardée ? Tu as regardé autour de toi ? Tu trouves que j'ai une tête à posséder assez de bijoux pour en remplir un coffret ? Je n'ai que cette bague et elle ne quitte jamais mon doigt : c'est une améthyste. Une pierre qui est censée prémunir contre l'ivresse. Tu vois, je peux boire autant d'armagnac que je veux. » Je ris à mon tour. « Non. Bien sûr que je n'ai rien brûlé. D'ailleurs, ma mère n'était plus là quand j'ai découvert le coffret. Il était dans la cave n° 54, avec les portraits. Il est rangé dans le placard de ma chambre, il m'encombre, tu ne seras pas venue pour rien. Mais je n'ai pas menti, pour les charnières. Elles sont très usées. Et ça m'étonnerait qu'il tienne dans ton sac de voyage, si c'est ce truc minuscule que tu as posé dans le vestibule... »

Dans sa chambre, Odette n'a pas réussi à entretenir tout à fait l'illusion. Elle ne pouvait pas ressembler à ça, dans les premières années de ses amours avec Max, quand elle descendait systématiquement à l'Hôtel du Lac pour les vacances scolaires et réclamait la suite n° 612 en souvenir du bain de soleil, du verre d'eau, du verrou, du canapé et du Fragonard.

Un pêle-mêle, accroché au-dessus du petit bureau, saturé de photos d'enfants interchangeables (« des filleuls, des petits-neveux », m'explique-t-elle sans perdre de temps, elle n'a pas besoin de mes commentaires polis sur des visages dont je me fous), et sur le bureau même une pile bien rangée de papiers, maintenue par un énorme coquillage blanc (« un lambi, rapporté de Martinique par Caroline », la jeune stagiaire qui lui a ouvert les portes de la bibliothèque, le surlendemain de la mort de Max), des lampes de chevet anciennes, montées sur des bougeoirs en bois tourné, quelques traces d'elle dans ce sanctuaire absurde qu'elle a voulu conforme aux sentiments qu'il a hébergés : installés dans le provisoire et l'anonymat. Et puis les livres, une douzaine, sur l'étagère à droite du lit, dont je ne peux pas lire les titres d'aussi loin — la chambre n'est pas très grande mais Odette s'est d'emblée accroupie devant le placard ouvert, à l'autre bout, dont elle extrait pour moi son « coffret de cuir rouge gainé de bleu ».

Je ne me souviens pas par cœur de tous les détails du mémorandum, mais celui-là m'avait frappée, évidemment, bien que, aussitôt après l'avoir mentionné, Odette ait prétendu avoir détruit sans même les lire les documents qu'il renfermait. Mon imagination s'était brièvement envolée pour retomber aussitôt et elle galope de nouveau devant le spectacle de cette soudain très vieille dame (assise de guingois à même la moquette beige, les jambes dont je remarque enfin les taches brunes sous le collant chair repliées sous elle, les talons carrés de ses escarpins trop hauts dont elle n'a jamais ôté le prix, l'étiquette est encore là, collée à la semelle, à moitié effacée, le crâne apparent sous les cheveux bien entretenus, cette presque tonsure des gens âgés qui vivent seuls et ne se regardent jamais de dos, sauf chez le coiffeur qui sait bien, lui, comment placer son miroir pour masquer leur calvitie, la même que celle des nourrissons), qui exhume pour moi, du dernier tiroir de sa penderie, tout en bas, une boîte de taille moyenne, environ cinquante centimètres de long, trente de large, trente de haut, effectivement tendue de cuir rouge, gainée de bleu pâle, et dont elle tripote le fermoir de cuivre, à la fois impatiente et prudente : le cuir est un peu usé aux coins, le rouge y a bruni, et le cuivre du fermoir et des charnières s'est oxydé mais, si l'on considère qu'Adèle le possédait déjà vers vingt ans (dans le « mémorandum », Odette signale, en passant, en mentant, qu'elle y a retrouvé puis brûlé sans la lire une correspondance amoureuse tenue juste après la mort du père d'Adèle, donc vers 1880), et qu'il a passé plusieurs décennies dans une cave désaffectée, il a remarquablement tenu le coup.

« Allume, tu veux bien ? Il n'y a pas de prise commandée, sauf celle du plafonnier mais comme je l'ai fait enlever… » Je me dirige donc successivement vers le bureau, puis vers les tables de chevet dont j'allume les lampes, ce qui me donne l'occasion de repérer deux titres sur l'étagère, à droite du lit, deux romans, dont l'un en anglais, tandis qu'Odette soulève le coffret toujours clos et le pose sur le lit. Je ne me retourne pas tout de suite, d'abord parce que les deux titres que je viens de déchiffrer me perturbent, projettent une ombre suspecte sur le récit qu'elle m'a fait de ses amours avec Max, ensuite parce que je devine qu'elle préfère ne pas être vue, s'efforçant de se relever, les jambes sans doute engourdies, risquant de chanceler, de révéler encore davantage ses faiblesses. Je fais semblant de regarder par la fenêtre qui donne sur une impasse à l'arrière de l'hôtel jusqu'à ce que j'entende le placard se refermer.

« Prends-le s'il te plaît. Il est un peu lourd pour moi. Et puis, je me demande… Il est déjà tard, tu veux y jeter un coup d'œil avec moi ? Ici ? Ou l'emporter, le garder pour après ? »

Je ne m'étais pas posé la question, mais à cet instant je comprends que je vais attendre encore, que je ne l'ouvrirai pas avant quelques jours. Que c'est à Saint-Pair qu'il faut que je poursuive mon enquête. Je le lui dis. Elle hoche la tête, l'air rassurée.

Nous n'avons pas parlé de nous revoir. Pas fait semblant de nouer le début d'une relation suivie, pas même échangé nos numéros de téléphone.

« Je te le donne. Tu ne me dois rien. Ce n'est pas parce que je t'ai raconté ma vie que tu es mon "obligée", comme on aurait dit à l'époque d'Adèle. Je déteste les obligations. Et les interdits. Fais ce que tu veux avec. Tu verras, il y en a, des "points de vue", comme tu dis, comme tu aimes. Le Journal ne m'a posé aucun problème, Adèle a une écriture très lisible. Très expressive aussi, pleine de majuscules, de mots soulignés, comme si elle changeait de "police", des italiques, des caractères d'imprimerie. Les lettres non plus, dans mon souvenir, sauf celles d'Aliénor peut-être, sa fille aînée, surtout les dernières années, quand elle est... Je t'appelle un taxi. »

Elle me tend un grand sac en plastique Fnac dans lequel je glisse précautionneusement le coffret, et sort de la chambre. J'éteins les lumières une à une et la suis. Elle a déjà raccroché quand je la rejoins. « Dans cinq minutes en bas. Tu devrais pouvoir prendre le 17 h 50. » J'enfile mon manteau, coiffe ma toque, j'hésite une seconde : nous nous sommes embrassées à mon arrivée, machinalement, formellement. Que faire, après ces heures d'intimité inattendue, recommencer ? Comme si de rien n'était ? Oui, nous ne trouvons pas mieux. Elle me raccompagne jusqu'à l'ascenseur et l'attend avec moi. « J'aimais mieux l'ancien, évidemment, une cage de verre, avec des lambris d'acajou, pleins d'éraflures, mais ça avait une autre gueule, tu peux me croire ! » Je la crois. Les pans coulissants d'acier du nouveau se referment bruyamment sur son visage rêveur et je glisse vers le bas, vers le monde extérieur, loin des souvenirs romanesques d'une inconnue dont je sais surtout qu'elle a choisi de conserver, dans son étroite bibliothèque personnelle, parmi la douzaine d'heureux élus qui garnissent son étagère, *Vingt-quatre heures de la vie d'une femme*, de Zweig, et *Hôtel du Lac*, d'Anita Brookner. J'ai peut-être affaire à une mythomane. Dieu sait ce que je vais trouver dans son coffret ?

LES BINELLES

    Contrairement à celle qu'Adèle fera construire à Saint-Pair, ou à celle de la rue Barbet-de-Jouy qu'elle a vue sortir de terre, derrière sa palissade, la maison de Sèvres, rue des Binelles, a toujours existé. Adèle y est née et y a vécu, d'abord seule avec Mère et Pauline, puis avec Père, jusqu'à l'âge de six ans, jusqu'à ce que la palissade qui masquait le chantier de la rue Barbet-de-Jouy s'efface devant les hauts murs flambant neufs et qu'elle pénètre enfin dans le hall poudré de plâtre.
    À Sèvres, rue des Binelles, où Adèle mourra aussi, le temps passé depuis toujours, la régularité des jours laissent affleurer peu de souvenirs distincts. Elle est là comme dans une seconde enveloppe corporelle qui prolongerait sa peau et qui englobe les pelouses en pente, les cris d'animaux, la blancheur décrépie de la façade, et plus bas la «petite maison», l'orangerie et le ruisseau insignifiant dont on la dissuade de s'approcher à cause du CROCODILE : une fable menaçante qu'elle répétera à ses enfants (car il y a toujours des moments, dans la journée, où les mères, grandes sœurs, tantes ou nourrices relâchent

leur vigilance et laissent les petits sans surveillance). Une enveloppe qui englobe aussi la voie ferrée en contrebas, les visites impromptues des amis, les levers de soleil sur la grande ville, au loin, qu'elle attend des heures, toutes ces nuits où le sommeil ne vient pas.

Elle n'imagine pas d'autre nid, plus stable, plus sûr, même si la maison principale a été nettement agrandie après son mariage et si le vacarme furieux des trains, tout au bout du parc, retentit de plus en plus souvent au fil des ans, interrompt les conversations (« Tiens, le train de Dreux a du retard ! »), perdant peu à peu la connotation menaçante qu'il revêtait dans l'esprit de ses parents, encore traumatisés par LA CATASTROPHE DE MEUDON.

Malgré le récit, fait à mi-voix et surpris à moitié quand Adèle est toute jeune et fait le détour, entre deux séances de balançoire, par la table où les adultes prennent le goûter (sous prétexte de chiper une part de tarte aux framboises, en réalité pour glaner une bribe de conversation interdite), le récit de cette catastrophe survenue dix-huit ans avant sa naissance : les wagons fermés de l'extérieur et les centaines de passagers carbonisés sur place, récit plus tard entendu plus longuement mais avec moins d'attention que lorsqu'elle n'y avait pas droit ; malgré le crocodile dont elle guette longtemps le sillage mordoré entre les herbes, dans un fond d'eau, sous les quolibets d'Arabella venue passer l'après-midi et toisant son amie de ses deux années d'écart, moquant sa naïveté (« Un CROCODILE ? N'importe quoi ! ») ; malgré l'anxiété suffocante de Pauline, toujours sur leur dos, toujours armée de « petites laines » aux jours les plus chauds ; malgré tout ça, Adèle jusqu'à ses neuf ans s'y sent protégée : rien ne peut lui arriver. Elle est la préférée de Père. Mère se tient en retrait. Pauline ne compte pas. Adèle Duval, dans son univers mental, est une Princesse. « Elle se mariera, vivra heureuse, aura beaucoup d'enfants. »

Quelques signaux pourtant doivent l'alerter, mais elle les ajoute à sa légende personnelle, ils l'embellissent, font d'elle une princesse spéciale, moins ordinaire qu'Arabella, qui a beau avoir deux ans de plus, semble (jusqu'à l'exode vers Saint-Pair en tout cas) désespérément banale à Adèle : ses parents ne sont ni beaux, ni jeunes, ni amoureux, au mieux Arabella joue un second rôle (suivante de la Princesse).

Les signaux sont :

1. Le nom de famille de sa demi-sœur Pauline : ANNE. Comme Mère avant son mariage. Pauline Anne.

2. Le petit dé à coudre marqué à ses initiales à elle, Adèle : A.D., offert par un demi-frère, plus vieux que Pauline et dont on ne parle jamais, sauf pour se féliciter qu'il soit parti « aux Colonies ».

3. Le souvenir flou mais tenace dont on lui a assuré, les quelques fois où elle l'a évoqué devant Pauline ou Bonne-Maman (la mère de Mère, une TRÈS grosse dame qui vit au fond du parc, dans la « petite maison », mais qu'on n'invite jamais à prendre un vrai repas dans la « grande »), qu'il était

imaginaire : ses parents, un jour de neige, l'ont emmenée à Saint-Romain, la messe a duré beaucoup moins longtemps que d'habitude et ils se tenaient tous trois au pied de l'autel. Même si la scène ne correspond absolument pas à la dernière page de ses livres de contes, celle où les mariés, souvent couronnés par la même occasion, sortent de l'église sous des arceaux fleuris (comme dans le Perrault illustré par Gustave Doré publié et offert à Adèle par leur ami et voisin, M. Hetzel), elle a l'impression qu'il s'est passé ce matin-là quelque chose de solennel. Et d'inexplicable, car la chronologie n'est-ce pas, c'est bien : ils se marièrent, PUIS eurent beaucoup d'enfants. Or, si Adèle était présente, c'est donc que ses parents ne se mariaient pas. Alors quoi ? Elle a compris qu'elle ne pouvait accorder officiellement à cette image, qu'on lui garantit fausse, la qualité de « premier » souvenir. Ce sera donc la palissade de la rue Barbet-de-Jouy, que personne ne conteste.

4. Ils sont beaucoup TROP beaux. Mère porte des robes aux couleurs sages, grises, lavande, olive ; mais lorsque, pour sortir, elle sème des brillants dans ses cheveux noirs, découvre ses épaules et serre son corset au maximum, on dirait l'Impératrice **elle-même**. Quant à Père, Arabella en est visiblement amoureuse et Adèle apprendra vite à reconnaître les mentons rengorgés et les cils palpitants des autres Mères, lorsque, après la guerre de 70, veuf, Aimé viendra quelquefois assister aux spectacles que les sœurs du couvent des Oiseaux où Adèle sera pensionnaire organiseront à Noël et avant l'été et leur baisera la main.

5. Pauline est un peu dérangée. Elle, elle a peur de TOUT. Une des choses qu'Adèle apprend très vite,

c'est qu'il vaut mieux taire à Pauline tout ce qui n'est pas parfaitement attendu. Par exemple qu'Adèle a faim (alors qu'on sort de table), ou mal dormi, ou qu'on a déposé pour elle, Pauline, un paquet il y a trois jours, sans penser à l'en avertir depuis.

Les conséquences sont minimes, il est vrai : un cri d'effroi, plusieurs cris dans les cas les plus extrêmes (l'annonce d'un RHUME est une petite apocalypse, à éviter absolument, même s'il affecte quelqu'un qu'on ne connaît pas, comme le neveu de M. Hetzel ou la couturière de Bonne-Maman) et de longues lamentations, stratégies rétrospectives, débats sur les mérites comparés de la menthe poivrée et des cataplasmes, l'intervalle optimal entre le déjeuner et le goûter, la durée VRAIMENT réparatrice d'une sieste. On s'habitue, mais on se fatigue vite d'expliquer sans fin à Pauline que quelques mûres cueillies sur une haie ne provoqueront pas d'intoxication, que mal dormir une nuit ne tue personne, surtout pas les gens qui ne travaillent pas le lendemain, ou qu'un paquet de fils de soie livré le mercredi ne sera pas périmé le samedi.

Lorsque quoi que ce soit qui ne trouve pas d'écho immédiat dans le cerveau fort réduit de Pauline lui est rapporté (autant dire une infinité de sujets : politique, esthétique, ou même intime lorsqu'il ne s'agit pas de sentiments «normaux», selon les normes de Pauline, qui sont plus étriquées que celles d'une duègne), ses yeux s'écarquillent et sa mâchoire descend brusquement, révélant jusqu'à la luette sa bouche béante. Rien n'y fait. Elle a toujours été comme ça. A toujours eu l'air d'une petite vieille. Heureusement qu'elle n'est que sa DEMI-sœur.

Les signaux sont là, qui ne signifient rien.

Adèle peut les occulter des mois durant.

Plus tard, bien plus tard, elle les déchiffrera et verra à quel point ils sont liés aux *Binelles*, c'est-à-dire à sa seconde peau, c'est-à-dire à elle, Adèle.

En 1882, elle sera obligée de demander elle-même Charles en mariage, dans l'orangerie des *Binelles*, près du ruisseau au crocodile, quelques secondes après le passage du Paris-Surdon. Charles est d'accord, ça ne fait aucun doute, n'empêche qu'il lui faudra prendre l'initiative, à elle, Adèle, et que ça a un rapport avec les signaux. Ce n'est pas grave. Les Princesses sont obligées de faire les premiers pas lorsqu'elles épousent un cadet méritant, un Prince en exil. Et Charles est sans nul doute les deux. Il a de plus le bon goût de n'être pas déguisé en batracien. Il ressemble au portrait de Guillaume d'Orange reproduit dans le livre d'histoire que Père feuilletait autrefois, Adèle sur les genoux.

Guillaume d'Orange est son premier amour. À Sèvres, ce samedi d'août où elle demandera Charles en mariage, ils parleront du crocodile. Qu'elle ne s'est jamais représenté comme un reptile carnassier mais comme un bijou flottant, une parure d'émeraude oblongue dont la pensée, au cours d'interminables après-midi d'été passées les pieds dans le ruisseau en cachette de Pauline (que «ça tuerait»), fait frissonner Adèle mais agréablement. Elle associe son glissement furtif, son scintillement poli et sa menace contenue, civilisée dans cette campagne si urbaine, au mystère que les corps d'hommes, malgré les planches d'anatomie et les leçons assez précises de Père qui n'est pas médecin pour rien, n'ont pas tout à fait perdu.

Quand ce mystère aura été révélé à Adèle et que le mot «crocodile», qu'ils utilisent dans l'intimité, Charles et elle, pour désigner sa queue, sera moins utilisé, quand ils auront vieilli, que Charles sera élu maire de Sèvres (et pourtant, sous son écharpe tricolore, le «crocodile» est bien là), Adèle continuera de superposer toujours à l'apparence diurne de son mari, impeccablement vêtu, sa nudité de la nuit : ils ne remettent pas toujours leur chemise lorsqu'il fait chaud aux *Binelles* et, plus rarement, à *La Croix Saint-Gaud*.

Wikipédia, dans son « article détaillé » consacré aux maires de Sèvres, ne mentionne pas Charles Armand-Duval, mon arrière-grand-père, le Prince en exil « demandé » par Adèle ; la liste s'interrompt entre 1858 et 1945. Aujourd'hui, c'est François Kosciusko-Morizet. La rue Barbet-de-Jouy, opération immobilière soutenue par un ministre et lui profitant directement ; *Les Binelles* qui me mènent indirectement à une ministre de Sarkozy : heureusement qu'à Saint-Pair les liens d'Adèle avec l'élite conservatrice se distendent, que la vie amoureuse peu conventionnelle de ses parents et leur amitié avec des personnalités plus subversives (Hetzel, leur voisin de Sèvres, s'est exilé sous le Second Empire et a publié *Les Châtiments* de Hugo en Belgique) l'ont un peu marginalisée, je me reconnais mieux dans ces marges.

Je suis très peu allée à Sèvres. Le partage de l'héritage d'Adèle a éloigné la branche d'Odette de Saint-Pair et attribué à la mienne les seules dépendances des *Binelles* : la « petite maison », l'orangerie. Et pourtant, le jour de ma naissance, un dimanche de Pentecôte, ma mère a ressenti les premières douleurs le matin et s'est rendue à la clinique, à Boulogne, où on lui a dit de revenir le soir (le travail n'était pas assez avancé) et comme ils n'étaient pas très loin, mes parents ont passé ces dernières heures à Sèvres, dans le jardinet de l'orangerie. Un film en Super-8, pris par un de mes oncles, la montre, très enceinte, au milieu de cousins en tenue de tennis (on aperçoit le grillage à l'arrière-plan, le court se trouve le long de la voie ferrée, le bruit des balles est souvent couvert par le grondement des trains).

Je me souviens seulement de quelques après-midi ensoleillées, de pique-niques dans l'orangerie sommairement meublée, d'expéditions sur la parcelle contiguë pour tenter d'apercevoir l'intérieur de la « petite maison ». C'est le mémorandum d'Odette qui m'a récemment révélé sa taille modeste, comparée à celle des *Binelles* elle-même où je n'ai jamais mis les pieds (vendue déjà à cette époque par les parents d'Odette ? Ou clôturée ?), mais elle me paraissait immense à l'époque, par rapport à l'orangerie. Elle était toujours fermée mais nous espérions découvrir quelque chose (fantômes de meubles, jouets cassés ?) à travers les vitres encrassées. J'avoue que j'ai beau essayer de m'en souvenir, je ne sais pas si j'y suis jamais entrée.

Mon père, qui a certainement été invité aux *Binelles* aussi souvent que tante Odette, du vivant d'Adèle, n'en parlait jamais. Sèvres, dans sa bouche et dans mon esprit, était simplement synonyme de parties de tennis dont il revenait tard le dimanche à l'heure du déjeuner lorsque j'étais enfant, organisées avec ceux de ses copains que la proximité de la voie ferrée ne dérangeait pas, faisait rire même (l'un d'eux a replacé ce gag dans un film, transformant les trains en avions et affublant les joueurs de casques anti-bruit). Et puis, bien sûr, l'adjectif « sévrienne » revenait souvent dans la bouche de mon père, pas pour désigner les habitantes de la banlieue où il passait ses week-ends lorsqu'il était petit, mais des femmes savantes auxquelles il prêtait des qualités supérieures et dont il rêvait que je fasse partie.

Il y a les promesses des contes, auxquelles Adèle croit ferme. Et puis LA menace, l'affreuse menace contenue dans SA chanson.

Su'l'pont du Nord un bal y est donné (bis)
Adèle demande à sa mère d'y aller (bis)
Non non ma fille, tu n'iras pas danser (bis)
Monte à sa chambre et se met à pleurer (bis)
Son frère arrive dans un bateau doré (bis)
Adèle ma sœur qu'as-tu donc à pleurer (bis)
Ma mère n'veut pas que j'aille au bal danser (bis)
Mets ta robe blanche et ta ceintur' dorée (bis)
Et nous irons tous deux au bal danser (bis)
La première danse le pied lui a tourné (bis)
La seconde danse le pont s'est écroulé (bis)
Les cloches du Nord se mirent à sonner (bis)
La mère demande pour qui les cloches sonnaient (bis)
C'est pour Adèle et votre fils aîné (bis)
Voilà le sort des enfants obstinés (bis)

Le Pont du Nord fait partie du répertoire de Père. C'est lui qui apprend à Adèle le piano et pas Mère qui joue rarement et n'aime pas chanter non plus, prétend qu'elle chante faux, qu'elle risquerait de contaminer sa fille. Père (il n'y a pas de père, dans la chanson) a une belle voix grave et même lorsqu'il n'est d'humeur qu'à jouer, Adèle, dès qu'elle sait lire, suit et quelquefois entonne les paroles inscrites sous les notes, dans le grand livre des chansons françaises à la reliure bleue.

Adèle n'irait pas jusqu'à dire que *Le Pont du Nord* est sa préférée. Ce serait absurde, tant elle lui fait peur à tant lui parler d'elle, Adèle.

Dans ses projets d'avenir, avant le Prince il y a les bals. Elle n'a jamais entendu parler d'aucun bal qui soit donné sur un pont ailleurs que dans les chansons mais il n'empêche (lorsque Mère sera morte elle se sentira rétrospectivement coupable de l'avoir affrontée en pensée lorsqu'elle était vivante) : Adèle en est sûre, comme dans les contes d'ailleurs, sa mère n'aurait pu que s'opposer au désir qu'aurait sa fille d'aller danser, déjà ça, mais probablement se faire aimer et même embrasser À SA PLACE. La cause est entendue et ce n'est pas **ce** point particulier qui fait peur à Adèle, dans SA chanson.

Mais il y a la présence du grand frère, sans doute un substitut du père qui autorise et aide clandestinement à réaliser ce désir. Voire un frère amoureux, un frère incestueux, comme l'était peut-être celui qui lui a offert le dé à coudre en argent marqué à ses initiales et qui a depuis disparu, dont on ne parle jamais (il y a tant de choses dont on ne parle jamais, dans cette maison) mais qui, s'il était resté, l'aurait sûrement emmenée sur son bateau doré, Adèle.

Et puis bien sûr la conclusion : ce que sanctionne l'écroulement du pont, c'est, a longtemps cru Adèle, avant de savoir lire et déchiffrer elle-même les paroles de la chanson, ce sont les enfants « aux p'tits nez ». Il se trouve que, depuis toujours, le nez d'Adèle suscite des commentaires par sa petitesse, surtout de la part de Bonne-Maman dont la phrase rituelle (« Cette enfant n'a pas de nez ! ») l'inquiétait énormément à l'âge où elle apprenait à nommer les parties de son corps (celles du moins que la décence permet de nommer, bien avant la mort de Mère et les leçons d'anatomie plus complètes prodiguées par son père médecin) : Adèle, convaincue donc de ne pas avoir de nez, se passait alors systématiquement la main sur le visage et se demandait, profondément troublée, quel était cet appendice, minuscule c'est vrai mais présent, s'il n'était pas un nez ?

Lorsque le malentendu finit par être levé et le sens du mot « obstiné » révélé à Adèle, la chanson ne perd pas pour autant son pouvoir terrifiant car l'obstination est aussi, précisément, un trait de caractère qui lui est souvent reproché.

« Les cloches du Nord » ne signifient rien de très clair non plus, sinon que le Nord, comparé à Avignon dans l'autre chanson où l'on danse sur un pont, est synonyme de tragédie.

Plus tard, c'est bien sûr à la mère qu'elle s'identifiera. Chaque fois qu'un de ses enfants obstinés disparaîtra, elle repensera à ces cloches et à ce que la chanson laisse entendre mais ne formule pas.

Passé l'âge de la rébellion adolescente ou de son anticipation, l'âge où son envie de danser ne sera jamais contrariée (son père aime tant sortir lui-même) sinon par le deuil qu'elle devra porter de lui, puis passé l'âge de distribuer autorisations et interdictions à ses propres enfants, elle comprendra combien SA chanson est cruelle : ce n'est pas tant la fille, Adèle, qui en est l'héroïne, que sa mère, elle qui demande «pour qui les cloches sonnaient» et à qui quelqu'un (qui?) répond ce mensonge partiel : «pour Adèle et votre fils aîné». Car enfin, si le pont s'est écroulé, ils ne peuvent être les seules victimes ! Et plus que de l'obstination des enfants, Adèle verra dans cette chute la punition de la mère, condamnée à regretter éternellement de n'avoir pas mieux interdit ou au contraire accompagné cette sortie. Que se serait-il passé si elle était venue avec eux ? Aurait-elle convaincu Adèle de rentrer après la première danse, celle qui lui a valu déjà une entorse («le pied lui a tourné»)? Si l'écroulement du pont est (comme l'établit implicitement la chanson) la conséquence de leur désobéissance, alors n'est-ce pas elle, la mère, qui a causé, peut-être même désiré la sanction? Le sentiment de culpabilité se sera largement déplacé alors : fini le temps des infractions bénignes et excitantes ; finie la jeunesse pressée de courir des risques mineurs. À leur place, rien que la perte (de sa fille, Anne-**Adèle** et de **son frère aîné**) et la conviction qu'elle, leur mère, en est seule responsable.

Adèle commence son Journal au printemps 1871. Elle est rentrée de son premier séjour à Saint-Pair, a passé l'hiver à Sèvres mais la révolution «gronde» et son père l'exile de nouveau, toujours avec Pauline, à Pontoise cette fois, chez *des amis* (une amie, pour être exact, mais le pluriel est de rigueur, «ne me demandez pas pourquoi»). Il y a des Prussiens partout qui lui rappellent Maria, disparue comme Adèle l'avait prévu. Adèle met à profit ses rudiments d'allemand pour servir d'interprète à l'occasion.

À la Commune, elle ne comprend pas grand-chose : les adultes chuchotent, terrifiés ; les domestiques aussi, contenant, eux, des regards fiévreux. Personne n'explique rien aux filles.

Même si Pauline a l'âge de comprendre, elle n'en a pas les capacités. Je suppose qu'on diagnostiquerait aujourd'hui chez elle un TED (trouble envahissant du développement) qui sous sa forme la plus sévère correspond à l'autisme mais qui, à un stade mineur, entrave seulement la communication, qu'elle soit verbale (le sujet ne saisit pas les sous-entendus, l'ironie, par exemple), ou non verbale (il ne maîtrise pas l'expression de son visage) ; le sujet a du mal à s'adapter à son interlocuteur, ses centres d'intérêt sont restreints, ses activités répétitives ; dans les cas les moins graves (comme celui de Pauline, me semble-t-il), le sujet affecté d'un TED développe des stratégies pour masquer ces anomalies et il peut arriver que l'entourage ne les remarque qu'à peine. Mais Adèle et son père, à qui ces classifications récentes n'auraient pas apporté grand-chose (on ne sait pas à quoi sont dus ces troubles ni comment les soigner), sont conscients du problème et préfèrent en sourire.

Dans les premières pages de son Journal, Adèle ne note pas beaucoup d'événements historiques, mais davantage ses quelques excursions dans les environs de Pontoise, le dimanche. (Il faut préciser que ce Journal, elle l'a tenu toute sa vie de manière très intermittente, des mois entiers se passent sans qu'elle y touche, elle y revient chaque fois avec la velléité d'être plus constante, chaque fois démentie : heureusement pour moi, les lettres sont là pour remplir les blancs.)

C'est une vraie campagne, le Vexin, pas comme Sèvres. Une ou deux fois, elle pique-nique sur les collines ; en plein air, les conversations des grandes personnes s'animent ; le vin bu au soleil les échauffe et ils omettent de baisser la voix. Adèle est assez douée pour feindre de regarder ailleurs, elle traîne le long des sentiers en contrebas, tandis qu'autour des restes du déjeuner, à la lisière du petit bois où les autres enfants cherchent l'ombre et des fraises sauvages, les femmes écoutent en silence les commentaires des rares maris.

De toutes les réformes « démentes » que les communards engagent, seules celles concernant « l'émancipation des femmes » retiennent vraiment son attention (même si, bien sûr, elle inclut chaque soir dans ses prières l'archevêque de Paris, depuis qu'il est retenu en otage, ce qui n'empêche pas qu'il soit finalement fusillé). Adèle guette et identifie parfaitement les termes « union libre » et « égalité des salaires » et le premier, qu'elle comprend pourtant plus mal et qu'on prononce en regardant discrètement dans sa direction (pourquoi donc?) et en s'assurant (mais on se trompe !!!) qu'elle est bien occupée à donner du sucre aux chevaux parqués de l'autre côté du sentier, la fascine nettement plus que le second. Il s'accompagne, chez les hommes (toujours eux, les femmes : non) qui le prononcent, d'une mimique qu'Adèle a appris à connaître, réservée aux sujets « indécents ».

La fin du printemps et les échos de la chute des fédérés que même dans la triste maison de Pontoise on a du mal à cacher aux plus jeunes la convainquent, par association d'idées, que « l'Union des femmes », c'est mal. Elle que son père, dans les dix années qui vont suivre, élèvera pourtant comme un garçon manqué (un garçon qui ne serait pas du tout porté sur les études, nuance), emmènera chasser et instruira dans le détail des « réalités de la vie ».

Fin juin, lorsqu'elle retrouve enfin *Les Binelles*, Adèle a changé. Elle a onze ans, des poils sous les aisselles et sur le pubis, de minuscules seins ont commencé à lui pousser. Il n'est plus question de retourner à Saint-Pair cet été-là et pourtant c'est à cela qu'elle pense sans cesse, ou plutôt chaque fois qu'au bas de la pelouse des *Binelles* (en piteux état, le jardinier s'est courageusement battu aux côtés des Versaillais mais n'a pas eu beaucoup le temps de tondre) passe en crachotant le train de Granville. Elle sait qu'Arabella doit y aller en août mais Père, lui, a d'autres projets. Il est veuf depuis deux années et celle qu'il vient de passer dans Paris assiégé puis insurgé, les blessés qu'il a soignés pendant des mois, la présence des « Boches » l'ont persuadé qu'il fallait profiter de la vie, c'est-à-dire des femmes (Adèle notera plus tard dans son Journal qu'il y a certainement « eu quelque chose » avec l'Amie-de-Père qui les a hébergés à Pontoise).

En vérité, il n'a vraisemblablement pas attendu que la grande Histoire l'y autorise : dans un message envoyé à Pauline et Adèle à Saint-Pair, par ballon, en octobre 1870 (et conservé dans le « coffret de cuir », etc.) il dit, dans une syntaxe incohérente, que « ces cochons d'Allemands » ont ruiné ses bonnes résolutions, mais Adèle ne se souvient même pas de les lui avoir entendu formuler, ces « bonnes résolutions », elle se souvient surtout des nombreuses visites de condoléances que Père a reçues entre la mort de Mère et le début de la guerre, des visites qui se prolongeaient souvent et durant lesquelles Pauline transmettait aux membres de la maisonnée l'ordre de ne pas « déranger ».

Du coup, cet été-là, ce sera la Côte d'Azur. Adèle et Pauline sont commodément installées dans une pension de famille à quelques rues de la villa où Père, lui, est invité en joyeuse compagnie. Rien ne la séduit comme à Saint-Pair : la patronne de la pension est désagréable, les palmiers sont plus poussiéreux que ceux qui décorent, plantés dans leurs pots en barbotine, le salon de la rue Barbet-de-Jouy et les orangers moins exotiques ici qu'aux *Binelles*. Les plages de galets ne réfléchissent pas la lumière du soleil. Quant à la mer, elle ne bouge pas, ou si peu.

LES OISEAUX

Il y en a de deux sortes, qui correspondent chacune à un versant de la vie d'Adèle, dans la période suivante.

Ceux dont le couvent où elle est pensionnaire porte le nom et ceux que Père lui apprend à viser et à abattre lorsqu'elle en sort, du moins tous les week-ends où la chasse est ouverte.

Le couvent des Oiseaux a beau se trouver à dix minutes à pied de la rue Barbet-de-Jouy, le règlement veut qu'Adèle y dorme : et encore Père a-t-il obtenu qu'elle rentre dîner à la maison le mercredi soir en plus des week-ends. Une dérogation exceptionnelle qui lui permet de s'expliquer à elle-même l'ostracisme dont elle fait l'objet. Non, ostracisme est trop fort et d'ailleurs elle ne connaît pas le mot. Mais elle a la conviction que les bonnes sœurs et les autres élèves la traitent un peu différemment, qu'elle est « à part ». Plus tard, bien plus tard, lorsqu'elle découvrira de nouvelles raisons à ce relatif isolement, elle aura aussi l'âge de comprendre que ce sentiment de n'être pas à sa place est typique de l'adolescence et que presque toutes ses camarades l'éprouvaient sans doute aussi.

Et puis il y a les perdrix, les pigeons, quelquefois les faisans qu'elle se contente d'identifier au début, que Père lui désigne avant d'épauler et de faire feu, puis qu'Adèle, les premières fois où il lui prête son arme, manque systématiquement, enfin parvient à arrêter en plein vol, presque sans exception. Jusqu'à ses vingt ans, jusqu'au dernier week-end, elle n'a pas de problème avec le fait de tuer des animaux. Elle prend un réel plaisir à manger du gibier.

Ces deux mondes ne se recoupent pas. Il y a parmi ses amies (car elle a de vraies AMIES au couvent des Oiseaux, qu'elle considère et qui se considèrent aussi comme des «cas», et cette certitude les rassemble mais, se dira-t-elle un jour, si elle s'était confiée à d'autres encore, à celles qui ne faisaient pas partie de SA bande, elle aurait constaté chez elles le même sentiment d'inadéquation), il y a parmi elles d'autres filles dont les pères chassent et qui les accompagnent, mais aucune qui «braconne» comme elle, Adèle, entre quatorze et seize ans, sans permis. Et elles ne fréquentent pas les mêmes chasses.

Au couvent des Oiseaux, l'instruction, sommaire, est supposée convenir aux filles de cette génération et de ce milieu. Née dix ou vingt ans plus tard, Adèle aurait pu (à condition de le vouloir avec force) en recevoir une autre. Mais, selon l'Annuaire Universel, le seul objectif de ce pensionnat, à l'époque d'Adèle, est de leur donner une éducation «basée sur une piété solide, d'orner leur esprit de connaissances utiles et de cultiver leur goût pour les travaux à l'aiguille et les arts d'agrément. Les élèves les plus avancées sont initiées par des leçons spéciales à l'intelligence des chefs-d'œuvre de l'art. L'enseignement des langues vivantes (allemand, anglais, italien) et des arts d'agrément (piano, chant, dessin) fait l'objet de leçons particulières qui se payent à part».

Adèle fait partie des «plus avancées» et a donc le privilège d'écouter une fois par mois la sœur Marie-Rémi paraphraser laborieusement des extraits choisis d'*Iphigénie* et des *Femmes savantes*, des sermons de Bossuet et même, en dernière année, un peu de Chateaubriand. Certaines élèves prétendent lire en cachette, pendant les vacances, des romans rangés tout en haut des bibliothèques familiales : *La Princesse de Clèves* ou *La Nouvelle Héloïse* par exemple. Des ouvrages exclus du programme. Leur conclusion vertueuse ne doit pas atténuer aux yeux de sœur Marie-Rémi (à supposer qu'elle les ait lus) les provocations qui précèdent : certes la princesse ne couche pas mais elle ne pense qu'à ça ; quant à Julie, l'héroïne de Rousseau, elle est l'illustration parfaite de ce qui se passe quand on confie l'éducation d'une jeune fille à un homme. D'ailleurs, comme le soufflent les grandes en faisant la queue au réfectoire (Adèle en grandissant continue d'avoir toujours une oreille qui traîne), le premier a été écrit par une FEMME, dont on soupçonne qu'elle était la maîtresse de La Rochefoucauld, et le second par un PROTESTANT. Cette précision est sans doute destinée à compenser la déception que ces « grandes » ont éprouvée, s'il est vrai qu'elles les ont lus en entier, devant le manque de scènes croustillantes (et *Les Liaisons dangereuses*, si leurs parents le possèdent, doit être mieux caché).

L'indigence des leçons de sœur Marie-Rémi ne déclenche pas chez Adèle une passion pour la lecture. Comme ses camarades et un certain nombre de leurs descendantes (dont je fais partie), elle a dévoré la comtesse de Ségur. Née la même année que la Bibliothèque rose, elle possède toute la collection, reliée en percaline, aux tranches jaspées. Beaucoup moins appréciés aujourd'hui (par les enfants que je connais en tout cas), les romans de la comtesse, « née Rostopchine » (une voisine d'Adèle à Paris : elle vit rue de Varenne), lui suffisent longtemps. Leur moralisme ne la dérange évidemment pas : ils correspondent parfaitement aux règles de conduite en vigueur à la maison et plus tard à la pension. Les principaux péchés sont les mêmes : la gourmandise excessive, la malpropreté, les sévices aux animaux, le mensonge et globalement la désobéissance. Elle y retrouve pourtant aussi les ombres qu'elle aimait, plus petite, dans les contes de fées : sadiques, sauvages et fantômes sauvent leur univers de l'ennui familier. Et comme autrefois avec Gustave Doré, elle peut passer des heures à observer les illustrations, surtout les plus sombres, illustrant des scènes nocturnes, l'encre noire hachurant grossièrement le papier autour du halo blanc d'une faible bougie tenue par un enfant téméraire et inévitablement châtié.

À l'adolescence, elle développe son esprit critique en complétant sa collection avec les titres de Zénaïde Fleuriot. Qui sait encore ce qu'a écrit Zénaïde Fleuriot ? J'en ai lu au moins un, n'en ai aucun souvenir sinon que le déménagement des personnages, ruinés, dans un entresol de la rue du Bac, au-dessus d'une rôtisserie, y était présenté comme le comble de la déchéance sociale. C'est peut-être l'une des raisons pour lesquelles j'avais tant d'a priori contre l'appartement (un deuxième étage et pas d'odeur de poulets pourtant) de la rue du Bac pour lequel, à dix ans, j'ai quitté « Baar-bédjouy ». Adèle n'est peut-être pas une lectrice exigeante, mais elle est capable de citer avec ironie Zénaïde Fleuriot : « Il n'est point si aisé qu'on l'imagine de rendre intéressante une œuvre qui peut être mise dans toutes les mains, et franchir les seuils les plus sévères » et Adèle d'ajouter qu'en effet, ce n'est pas « aisé » et que l'auteur ne réussit d'ailleurs pas très bien à se rendre intéressante. Et puis, elle qui n'a jamais oublié Saint-Pair se délecte aussi de celle-là (Zénaïde est bretonne) : « Je mourrai avec la passion de la mer : elle me produit l'effet d'une zone intermédiaire entre la terre et le ciel. » Son père (sur qui elle teste ses réflexions littéraires et à qui elle demande d'un air insolent ce qu'est d'autre la mer, en effet, quand on la contemple du rivage, que la « zone intermédiaire entre la terre et le ciel » ???) lui apprend à cette occasion le sens du mot « lapalissade », qui lui plaît beaucoup, peut-être, allez savoir, par association d'idées avec sa palissade à elle, son premier souvenir. À la réflexion, mon amie Cécile, si elle lisait ces documents, conclurait que cet écran, élu comme origine de la mémoire d'Adèle, ressemble fort à celui dont elle a longtemps senti la présence, entre elle et la vérité, entre elle et leurs secrets à eux, ses parents. Que traversent malgré tout les *signaux*.

Vérification faite, j'ai lu *Le Petit Chef de famille*, de Zénaïde Fleuriot. L'emménagement rue du Bac se faisait je crois après la mort du père (ce que confirmerait le titre), d'où ce sentiment de déclassement résumé par l'odeur de graillon. J'ai dû commencer la suite, intitulée *Plus tard*, mais j'avoue que je ne l'ai pas fini (et je suis du genre obstinée pourtant, moi aussi, comme lectrice en tout cas).

Aux Oiseaux, Adèle fait partie des privilégiées et elle a droit aux « leçons particulières qui se payent à part ». C'est comme ça qu'elle se met sérieusement au piano et au chant. Ce ne sont pas les sœurs qui assurent les enseignements optionnels (d'où la nécessité de les facturer séparément) et Mme Brioni, chargée des cours de musique, est une excellente pédagogue.

La musique jouera dans la vie d'Adèle le rôle qu'ont eu les livres dans la mienne, plus ou moins. La musique, autorisée, encouragée parce qu'elle célèbre Dieu, ne pose pas les problèmes de censure qui interdisent aux sœurs et à leurs élèves l'étude des trois quarts du patrimoine littéraire.

À défaut d'y recevoir un enseignement digne de ce nom (elle possède en sortant des Oiseaux des rudiments d'histoire, de géographie, et d'anglais : guère plus que Pauline au fond qui n'est jamais allée à l'école mais sait lire, écrire, compter, que la Terre est ronde, majoritairement recouverte d'eau, et que la France est un pays béni parce qu'elle dispose de trois climats, le continental, l'océanique et le méditerranéen — et encore, elle aurait du mal à les situer), Adèle fait en pension l'expérience, une certaine expérience de la vie sociale : contradictoire et un peu effrayante, c'est-à-dire assez juste.

Exagérées par son regard d'adolescente, elle s'emploie constamment à décortiquer les particularités de toutes ses camarades, à observer la variété de leurs visages, mimiques (qu'il faut apprendre à contrôler), silhouettes (que l'obligatoire robe bleu marine échoue à uniformiser), dictions, boutons, cheveux, vocabulaire. Elle se sent entourée de MONSTRES, passe des heures, en classe, en récréation, dans le dortoir, à comparer et à hiérarchiser le dégoût vague qu'elles lui inspirent (même ses « meilleures amies » sont des MONSTRES dont il a fallu apprivoiser l'odeur et les tics de langage). Les sœurs, elles-mêmes toutes vêtues pareil et toutes absolument uniques, tentent de leur inculquer une conception sinon égalitaire, du moins charitable des relations humaines. Adèle est logiquement tiraillée entre le constat quotidien de leurs différences et le discours bien-pensant diffusé comme un bruit de fond. Tiraillée entre la normalité apparente de sa situation (elle ne remet rien en cause, son séjour au couvent des Oiseaux lui paraît d'autant plus légitime qu'il se trouve rue de «Sèvres», s'inscrit donc tout naturellement dans son espace mental intime, celui qui repose en équilibre entre «Baar-bédjouy» et *Les Binelles* et s'étend, dans ses rêves, jusqu'à la plage de Saint-Pair — mais ne comprend nullement les séjours sur la Côte d'Azur que son père aime tant) et les sentiments violents que l'ambiance feutrée de la pension n'évacue pas : Berthe Duchâtel est VRAIMENT TROP GROSSE, Marie-Hélène sent TROP MAUVAIS. Il faut faire semblant de les aimer. À force, elles finissent souvent par devenir vos «meilleures amies» et Adèle prend chaque année la défense d'une fille qu'elle a haïe, dont la seule vue l'a rendue malade celle d'avant. Elles en sont toutes là. D'ailleurs Adèle se sent elle-même, la plupart du temps, MONSTRUEUSE. Mais au moins elle sent bon : le mercredi soir, lorsqu'elle rentre dîner avec Père, elle a droit à un second bain dans la semaine, ce dont les autres sont privées.

Deux univers étanches. Les « oiseaux » changent de sens avec Père. Ils tombent d'un coup, à la verticale, dans des fourrés d'où on les leur rapporte encore sanguinolents. Et le soir, accommodés sur place par la cuisinière du chasseur ami de Père qui les reçoit pour le week-end ou par la leur, le dimanche, une fois rentrés à Paris, Adèle suce leurs petits os et recrache proprement les plombs, quand il en reste.

Elle n'a pas de frères et passe la grande majorité de ses jours et de ses nuits entourée de filles. Père est donc le seul homme qu'elle connaisse et il se trouve (c'est plutôt rare à l'époque) qu'il s'intéresse vraiment à elle. Peut-être parce qu'elle est son seul enfant (si on oublie une première fille, née lorsqu'il avait vingt ans de ses amours éphémères avec une couturière venant travailler « à la journée » chez ses parents, petite fille élevée, mariée et dotée « très correctement », dont le fils devint médecin). Il s'est toujours adressé à Adèle comme à une grande personne, sinon comme à un garçon. Il lui parle de tout. (La première fois qu'elle a ses règles, elle n'est donc pas bouleversée comme beaucoup de ses contemporaines, a fortiori quand elles sont orphelines de mère.)

Père lui parle, mais il l'écoute aussi. Le mercredi soir est entièrement consacré à Adèle. Pauline dîne avec eux, bien sûr, mais elle ne se mêle quasi jamais à la conversation. Elle marmonne une prière que les deux autres entendent à peine puis s'absorbe dans la mastication des quantités astronomiques de nourriture qu'elle consomme. Elle aussi est TROP grosse. Lorsque Père ou Adèle lâche une réflexion «vraiment choquante», sa bouche s'ouvre en grand, pleine ou pas, et ses petits yeux bouffis de graisse vont et viennent craintivement de sa demi-sœur à son beau-père. Mais la plupart du temps elle ne semble même pas les écouter. Il faut vraiment qu'un événement touchant sa vie à elle ou qu'elle considère comme tel (en général l'annonce d'une naissance, d'un mariage ou d'une mort) l'excite au plus haut point pour qu'elle prenne la parole. Curieusement, elle n'est pas découragée par le manque d'attention réciproque qu'ils lui témoignent et chaque semaine parvient à glisser au moins un mot concernant la maladie du chien de la locataire du premier (la famille n'occupe pas les appartements de l'aile nord de l'hôtel particulier de la rue Barbet-de-Jouy, côté cour) ou la fermeture d'une boutique du quartier. Pauline ne semble pas affectée par leur absence de réaction mais écarquille là encore les yeux, immanquablement étonnée que ses propres préoccupations soient si peu partagées. Au fil des ans, elle finira par pincer les lèvres davantage, en constatant que la rotation des convives ne change rien à l'affaire (après la mort de Père, le mariage d'Adèle, le sien à elle, Pauline, et plus tard encore lorsque les petits Armand-Duval auront à leur tour le droit de partager les repas du soir, personne jamais ne lui manifestera davantage que de l'indulgence ou, certains jours, une exaspération contenue : elle interrompt parfois un échange animé pour annoncer, les joues empourprées et la bouche de travers, emportée par son audace, sûre de son effet, que «les Untel ne sont pas allés dîner chez les Telautre», sans se soucier d'être la seule autour de la table à les connaître et sans même prendre la mesure du flop qui couronne son intervention).

Adèle, elle, raconte longuement des anecdotes de pensionnaire que la bienveillance de Père l'encourage à développer. Elle apprend ainsi à rendre ses histoires amusantes. Elle devient une petite «langue de vipère», c'est vrai, mais toujours drôle et capable d'autodérision. Mettre en scène ses déconfitures fait partie de son répertoire : du moins celles que ni Père ni elle ne jugent sérieusement déshonorantes (Pauline, si : sa mâchoire se relâche parfois dangereusement et une goutte de potage peut même s'échapper aux commissures, les mercredis où Adèle est particulièrement en forme, mais elle ne rit jamais).

Cette relation exclusive avec Père d'un côté et l'univers exclusivement féminin de la pension de l'autre garantissent l'étanchéité des deux sphères où vit Adèle, même si les Oiseaux fournissent la matière essentielle de ses récits du mercredi. Jusqu'au jour où les frontières d'un coup s'effacent : Adèle évoque avec un respect à peine mâtiné d'insolence la visite d'une « ancienne » (dont je préfère taire le nom), une dame très élégante, coiffée d'un chapeau moyennement sobre, qu'on leur a citée comme un modèle de piété et de charité et qui leur a fait une conférence sur un orphelinat d'Indochine qu'elle contribue à financer, réunissant des fonds en organisant chez elle des ventes de linge brodé par ses amies. Elle est venue recruter parmi les élèves des volontaires douées pour la broderie (Adèle n'en fait pas partie, elle brodera toujours avec une lenteur légendaire : très jeune séduite par le personnage de Pénélope, elle a remarqué que feindre une intense concentration sur son ouvrage lui épargnait beaucoup de corvées — répondre à Pauline, par exemple). Le cerveau de Pauline est précisément stimulé par le bavardage de sa sœur, ce soir-là : non qu'elle ait été frappée par l'exotisme du mot « Indochine », elle ne sait absolument pas où c'est mais a appris depuis longtemps à ne pas poser de questions qui révéleraient l'étendue de son ignorance. Ce qui l'a réveillée de sa léthargie masticatoire, c'est le nom de la dame : « Sa fille s'appelle Alexandrine ! » (Pincement éloquent des lèvres et sourcils froncés.) « Je trouve ça bizarre comme nom. » Surdité totale, réellement *bizarre* aussi aux yeux de Pauline, des autres à ce jugement pourtant sincère sur un sujet qui lui tient à cœur.

Père en revanche relance Adèle sur le « modèle de piété » : vraiment, on la leur a présentée comme une sainte, cette Mme de X ? Il allume un cigare (dont Adèle a très tôt appris à retirer la bague, couper le bout et aimer l'odeur), remplit son verre, esquisse un sourire, sert aussi sa fille qu'il fait boire un peu depuis ses douze ans, au motif que le vin fortifie (Pauline, elle, n'aime pas ça), demande encore des détails sur les qualités innombrables de la visiteuse, vantées avant, pendant et après sa conférence par les sœurs, attend de voir si Adèle interprète correctement son insistance, ses silences et finalement son fou rire, lorsqu'elle en vient au « dévouement exemplaire de cette bonne Mme de X à son mari infirme ». Mme de X a sans doute eu plus d'amants qu'il n'y avait d'élèves présentes à sa conférence, siffle-t-il, essoufflé, entre deux hoquets. Adèle finit son verre et éclate de rire à son tour. La mâchoire de Pauline descend de plusieurs crans. Cette révélation fera le tour du dortoir des moyennes le lendemain soir : la « langue de vipère » s'est assuré un certain succès comme narratrice à l'école, grâce aux encouragements de Père.

Mais c'est une exception : en général les dîners du mercredi sont simplement l'occasion de confronter deux sphères distinctes, l'une féminine, l'autre masculine, sans qu'elles s'interpénètrent. Et après le dîner, Adèle et son père jouent du piano à quatre mains, sans se parler, sans Pauline, jusqu'à ce que le feu meure dans la cheminée du salon.

Tous les week-ends, ils quittent Paris, soit pour Sèvres, soit pour chasser. Adèle est presque toujours la seule de son sexe à participer à ces parties de chasse : les amis de Père préfèrent laisser femme et filles à la maison mais tolèrent et peu à peu apprécient la compagnie d'Adèle, devant qui ils peuvent, à l'imitation de son père, fumer, picoler et même raconter des histoires légères (après tout, une fille de médecin...). De plus elle ne se croit pas obligée de s'évanouir en voyant leurs proies s'entasser dans leur gibecière, les ailes dégoulinantes de sang le matin, ni de faire la fine bouche le soir quand on les leur sert à dîner. Elle a même un sacré coup de fourchette, les longues marches dans la nature lui font le plus grand bien, Père en est persuadé, elles lui ouvrent l'appétit sans la menacer du même embonpoint que Pauline. Et puis, elle excelle dans de nombreux jeux de cartes et pas seulement ceux qu'on enseigne aux dames. Pour couronner le tout, elle fait des progrès remarquables comme tireuse et gagne définitivement sa place au sein de cette communauté virile le jour où elle tue son premier faisan (un régal).

Mais ce n'est pas là, Père en est conscient, qu'elle va trouver un mari.

La *meilleure-meilleure-amie* d'Adèle reste Arabella, bien qu'elle soit pensionnaire en Angleterre (sa mère est «anglophile», comme en témoigne le prénom TRÈS spécial qu'elle a choisi pour sa fille) et qu'elle ait deux ans de plus. Ou peut-être justement grâce à cela.

Arabella a tout fait avant elle : entrer en pension, rallonger ses jupes, relever ses cheveux, avoir ses règles, assister à des bals, flirter avec des garçons («flirter» est un américanisme que les jeunes filles dans ces années 1870 ne sont pas plus censées comprendre que pratiquer mais la pension d'Arabella, dans le Suffolk, reçoit quelques Américaines et elle apprend à Adèle le mot et ce qu'il signifie). Arabella n'a pas connu d'âge ingrat, jamais eu UN SEUL bouton, son corps s'est métamorphosé du jour au lendemain sans passer par les obligatoires étapes intermédiaires (hanches et mollets alourdis, membres malhabiles, démarche hésitant entre les cabrioles de l'enfance et la dignité de l'adulte), ses cheveux ont conservé leur blondeur presque blanche et c'est de très loin la meilleure danseuse du monde (c'est-à-dire du monde d'Adèle).

Arabella est consciente de tous ces avantages ou du moins du regard admiratif qu'Adèle porte sur eux et elle en joue. Mais Adèle ne déteste pas se laisser gentiment dominer, elle dont la demi-sœur est incapable de jouer ce rôle.

Par ailleurs, comme souvent avec une meilleure amie, et même si Arabella lui semble un modèle difficile à égaler, Adèle trouve et savoure chez sa meilleure-meilleure-amie un reflet exagéré de son propre tempérament : Arabella, c'est « Moi-en-pire ». Elle est encore plus gâtée, égoïste et obstinée qu'Adèle (pour qui ce sont, à tout prendre, plutôt des qualités : Marie-Hélène, la seule élève des Oiseaux qu'elle continue à voir et qui occupe sans s'en plaindre le rang de « seconde-meilleure-amie » est craintive, effacée et influençable, ce qui est bien pire).

Heureusement, si Arabella la sadise un peu, elle lui marque aussi une forme de déférence tacite due sans doute à la situation familiale et sociale particulière d'Adèle : sa mère morte brusquement, son père qui l'élève comme un garçon manqué. Si elle se donnait la peine d'y réfléchir, Adèle interpréterait ce respect étrange comme un autre *signal*. Mais dans ces années instables, cet entre-deux, elle a provisoirement cessé de s'intéresser aux *signaux*. La vie elle-même absorbe toutes ses capacités de déchiffrement et le conformisme propre à l'enfance cède lentement mais sûrement la place à des désirs vagues de conquérir (mais quoi ?) et de se singulariser (mais comment ?).

JACQUES

Les Bricourt père et fils ne chassent pas. Adèle les voit régulièrement lorsque Père l'emmène au concert ou à l'opéra. Jacques est enfant unique et a perdu sa mère comme elle. Ils partagent la même loge.

Ils assistent ensemble à la première représentation donnée au nouvel Opéra de Paris. Adèle a quinze ans, Jacques dix-sept. Ils sont tous les deux un peu empotés, pas habitués aux tenues de soirée qu'on leur a fait faire. Le programme de cette « première » ne comporte que des morceaux choisis, dont l'ouverture de *La Muette de Portici* d'Auber et les deux premiers actes de *La Juive* d'Halévy.

Avant de partir, Père et Adèle se sont fait servir une légère collation au salon, arrosée d'un peu de champagne, en présence de Pauline qui a refusé horrifiée de « se couper l'appétit », puis entendu (sans écouter ni sembler comprendre) Père résumer à sa sœur les deux livrets. Son mutisme lui vaut aussitôt, de la bouche moqueuse d'Adèle, le surnom de « Muette de Portici », qui la suivra jusqu'à la mort ; quant à Rachel, l'héroïne d'Halévy, qui (comme la muette d'ailleurs) finit brûlée vive, elle a beau être

« israélite » (ou du moins élevée comme telle), elle fascine aussitôt Adèle à cause du secret qui entoure sa naissance, de l'amour exclusif que lui porte son (faux !) père, de ses amours contrariées avec le prince.

Elle a déjà croisé Jacques Bricourt à des concerts mais ils sont tous deux intimidés de se revoir ainsi déguisés, dans le décor somptueux du nouvel Opéra. À la sortie, leurs pères décident de les renvoyer en voiture, il est trop tard pour les emmener dîner avec eux sur les boulevards. Assis côte à côte dans l'obscurité, ils ne se sentent aucunement paralysés comme ils le seraient sans doute s'ils avaient un ou deux ans de plus, plutôt libérés par l'absence de leurs parents et commentent le spectacle. Jacques demande à Adèle pourquoi elle ferme les yeux dès qu'il y a des chanteurs sur scène.

« Je ne supporte pas de les voir. Les musiciens seuls, ça va. Au contraire, j'aime bien les regarder jouer. Mais j'ai du mal avec les chanteurs. Je ne supporte pas leurs gestes, leurs grimaces. Je n'y crois pas et ça me gâche le plaisir. C'est pareil au théâtre. D'ailleurs je n'y vais plus jamais. Je suis distraite par le craquement des planches sous leurs pieds. Et ils postillonnent. Et, à la fin de la pièce, ceux qui se sont beaucoup agités sentent mauvais. »

Après coup, quand Adèle décidera de tomber amoureuse de Jacques (vivement encouragée par Arabella : elles s'écrivent beaucoup, n'étant pas ensemble à l'école, et Adèle a conservé pas mal des lettres reçues à cet âge, dans le coffret rouge), elle regrettera ce moment de franchise, se demandera si elle n'a pas eu tort de confier si ouvertement à Jacques son dégoût pour les « planches » et s'il ne risque pas d'avoir mal compris ses raisons, de la croire anormalement rebutée par tout ce qui touche au corps (postillons, odeur), elle qui justement commence à s'intéresser beaucoup (là encore encouragée par Arabella) à ce qu'un garçon pourrait faire avec son corps à elle, avec ses mains ou ses lèvres, déjà, en attendant mieux.

Mieux, c'est-à-dire ce qui se passera APRÈS le mariage. Ce n'est pas parce que Arabella flirte et pousse sa cousine à l'imiter qu'elles sont « émancipées ». Simplement, elles se savent (et elles ont raison) protégées par leur statut de tout dérapage. Embrasser et même se coller un peu, oui, préconise Arabella. Le reste, les garçons susceptibles de les embrasser ou de se coller à elles sont trop bien élevés pour y penser sérieusement. Elles ne risquent rien et se marieront toutes les deux pures sinon comme l'agneau, etc., du moins comme l'exige leur confesseur (qu'elles fréquentent moins assidûment dans ces années-là).

Arabella (qui n'a jamais rencontré Jacques et ne sait de lui que ce que lui en écrit Adèle) est convaincue qu'il a toutes les qualités requises pour faire un premier « béguin » idéal : il est un tout petit peu plus âgé qu'Adèle, la fréquente avec l'approbation conjointe de leurs deux pères et toutes les réponses d'Arabella (je ne dispose pas des lettres d'Adèle) donnent un avis favorable à l'affaire : « Tu dis qu'il est un peu timide, ça veut dire que tu lui plais ! » ou « Il préfère le bel canto à la musique religieuse : ça prouve qu'il a un tempérament passionné », etc. (Il faut préciser qu'Arabella n'aime pas beaucoup la musique.

Elle ne l'avoue qu'à des très proches comme Adèle, qui a ordre de ne pas l'ébruiter : une jeune fille de l'époque aime <u>toujours</u> la musique. Et le dessin. Et la broderie. Arabella ne s'intéresse qu'aux airs qu'on joue dans les bals et ne s'assied à son piano que pour essayer, médiocrement, de reproduire ceux sur lesquels elle a dansé avec des cavaliers séduisants.)

En vérité, comme le prouve lucidement son Journal, Adèle se force un peu à tomber amoureuse. Elle aime la compagnie de Jacques parce qu'elle est liée à des soirées où en général elle n'est pas déçue («même si le quatuor qui jouait ce soir n'est pas très brillant, il y a quand même eu de beaux moments») alors que le bilan des quelques bals où elle est invitée à partir de seize ans est pour l'instant négatif : plusieurs semaines d'excitation fébrile et une journée de préparatifs enivrants avant, quelques minutes encore plus intenses dans la voiture qui l'y conduit, et puis, dans la nuit, le bruit de la porte cochère de la rue Barbet-de-Jouy qui se referme sur elle, Adèle, et la laisse, dépitée, monter l'escalier mal chauffé, souvent seule (Père reste plus tard et Pauline n'est pas invitée), éternuant à cause de ses bras nus au-dessus des gants de satin et des fleurs fanées qui pendouillent de son chignon et qui ont pris la poussière une soirée entière dans des salles insuffisamment briquées pour l'occasion. Entre les deux, quelques valses avec de bons danseurs (déjà mariés) et beaucoup trop avec des garçons de son âge qui ne savent pas mener, transpirent beaucoup et n'ont pas toujours bonne haleine non plus.

Je fais partie d'une génération qui a cessé d'utiliser le mot «bal» au présent. Il m'est arrivé dans les années 1980, un siècle après Adèle, de faire la fête avec des gens sans doute très semblables, socialement et géographiquement, à ceux qu'elle rencontrait dans ces « bals ». Mais, pas plus qu'elle, qui n'a jamais vraiment appartenu au monde qui la recevait, je n'étais régulièrement ni officiellement invitée à ce que nous appelions, nous, des « soirées ». Et, comme je lisais petite fille les mêmes contes de fées qu'Adèle et me suis longtemps projetée (tout en sachant ces espoirs vains) dans un futur où mon apparition dans une salle de « bal » provoquerait, telle celle de Cendrillon, l'admiration médusée de l'assistance, je regrettais beaucoup que le terme soit tombé en désuétude. Mes fantasmes étaient entretenus par les maigres récits que je soutirais à ma mère : elle, trente ans avant moi, utilisait encore le vocabulaire d'Adèle et avait assisté à deux « bals » (elle était aussi, pour diverses raisons, relativement marginalisée pour une jeune fille de bonne famille) et elle me décrivait, quand j'insistais, les deux robes, commandées et réalisées sur mesure pour elle chez *Heim Jeunes filles*, maison de couture spécialiste de l'élégance bon chic bon genre qui n'existait déjà plus dans mon enfance et dont le nom, d'ailleurs, me faisait moyennement rêver. Il y en avait une en taffetas écossais je crois, et une autre rose et blanche mais de toute façon ma grand-mère s'en était apparemment débarrassée depuis longtemps et je n'ai jamais pu les voir.

À Jacques, Adèle n'associe que de bons souvenirs. Et elle n'a pas menti à Arabella en lui écrivant qu'il est beau : grand, maigre, très brun, d'immenses yeux noirs et une légère cicatrice sur la lèvre supérieure qui ajoute à son charme. Il se montre toujours prévenant avec elle et ils aiment tous les deux la musique (pas toujours exactement la même cependant).

Adèle se contente de se raconter (et à Arabella) qu'elle attend avec impatience leur prochaine soirée salle Pleyel, et que Père a suggéré de l'inviter à déjeuner à Sèvres le mois prochain. Mais lorsqu'ils rentrent seuls ensemble en voiture (c'est-à-dire la plupart du temps : Jacques prépare son deuxième bachot et doit se lever tôt pour réviser — c'est du moins la raison officielle donnée par Père, il est possible que les deux veufs préfèrent aussi dîner ailleurs que « sur les boulevards », ou bien avec des « personnes » qu'ils ne souhaitent pas montrer aux enfants et réciproquement), Adèle s'aperçoit chaque fois, lorsque la porte cochère de Baar-bédjouy claque lourdement dans son dos, qu'ils ont passé tout le trajet à critiquer le concert et qu'à aucun moment elle n'a eu ne serait-ce que *conscience* de la présence physique de Jacques à ses côtés, dans le contexte pourtant doublement favorable de la promiscuité et de la nuit. Elle s'abstient de le préciser à Arabella qui part du principe que si Jacques est beau il est nécessairement aussi « attirant » et que tout ça va finir par un VRAI baiser. Mais elle, Adèle, sait (ce que ne sait peut-être pas Arabella, avec ses deux ans de plus et son éducation « cosmopolite ») qu'un premier béguin devrait lui inspirer autre chose que la sympathie complice qu'elle éprouve pour Jacques.

Il viendra déjeuner à Sèvres, plusieurs fois. Et on le laissera parcourir les allées du parc avec Adèle sans surveillance, elle lui montrera la rivière au crocodile et l'orangerie et l'écoutera évoquer ses projets (il veut faire « son » droit). Il n'y aura jamais de VRAI baiser. Invariablement, la présence réelle de Jacques provoque chez elle une sorte d'amnésie partielle : elle oublie tout à fait le Prince imaginaire décrit dans ses lettres à Arabella. Mais ils s'aiment bien, leurs pères s'en aperçoivent et Père se croit même tenu d'affirmer à Adèle qu'ils ont « tout le temps ». Ce qui n'est pas faux (Adèle a alors dix-huit ans, Jacques vingt et il est loin d'avoir achevé « son » droit) mais pas tout à fait juste non plus : Marie-Hélène est déjà mariée.

Il faut dire que Marie-Hélène n'est pas une référence. On lui a « présenté », à peine sortie des Oiseaux, un vieux garçon (TRENTE-QUATRE ANS !!!), antipathique, riche, vivant avec sa mère dans un sinistre château de famille en Touraine. Elle a commencé par résister, grandement poussée par Adèle qui confirme à cette occasion sa réputation de « terreur des mères de famille ». Six mois plus tard, Marie-Hélène écrit pourtant à son amie : « Je veux que tu sois la première à savoir mon bonheur ! » Adèle se précipite chez elle pour connaître le nom du fiancé et savoir comment elle s'est débarrassée du premier prétendant et le « bonheur » en question se révèle n'être autre que le même <u>vieux</u> garçon. Dont la mère de Marie-Hélène lui a assuré qu'elle l'aimerait, « car on aime toujours son mari ».

Jacques a beau n'avoir aucun des défauts du « bonheur » de Marie-Hélène, Adèle n'est pas fâchée que Père lui suggère d'attendre. À peine la pensée la traverse-t-elle que Père ne paraît pressé de marier ni Pauline ni sa fille : l'une tient sa maison, l'autre le flatte et le distrait. Pourquoi ne pas continuer comme ça ?

LA PALOMBIÈRE

La dernière partie de chasse d'Adèle a lieu fin septembre 1880. Elle a vingt ans et Père l'emmène chez des gens qu'elle ne connaît pas, dans les Landes où elle n'a jamais mis les pieds.

Elle ne sera pas la seule « dame », lui a-t-il expliqué avec le sourire taquin qu'il arbore depuis qu'elle a fait « *ses* débuts dans le monde » (équivalent féminin du « *son* droit » de Jacques) et pendant l'interminable nuit de train qui les emmène à Bordeaux, puis dans l'autre train, plus petit, qui traverse les Landes, Adèle se demande vaguement s'il y a une nouvelle Amie-de-Père à l'horizon. Elle n'y croit pas vraiment. Père a soixante-deux ans. Sa barbe, noire autrefois, a beaucoup blanchi et il se tient moins droit, surtout après dîner, quand il s'est resservi plusieurs fois de liqueur. D'ailleurs, il y a longtemps qu'elle a cessé de redouter (« redouter » est excessif, elle n'y a jamais assez cru) la perspective d'une belle-mère que les contes comme les romans de la comtesse s'accordent à juger menaçante.

Dans le compartiment de première classe où ils passent la nuit, Adèle ne ferme pas l'œil et remarque

que la respiration de Père, entre deux ronflements, s'interrompt de manière inquiétante. Une « apnée du sommeil », comme elle sera incapable de l'expliquer aux gens qui l'interrogeront sur l'état de santé de son père, les jours suivants. Elle a de plus en plus souvent conscience qu'il vieillit mais c'est cette nuit-là qu'elle en déduit pour la première fois que les rôles vont un jour s'inverser et qu'elle devra veiller sur lui, et, au passage, devenir adulte. Elle le comprend en constatant que malgré son égocentrisme de fille unique et gâtée, les cahots et les coups de frein qui l'empêchent de dormir la gênent moins que la crainte qu'ils ne réveillent ou incommodent Père, dont elle imagine constamment les muscles relâchés et le squelette usé encore diminués par cette seule nuit de train. Ou bien alors reconstitue-t-elle, récrit-elle ainsi cette insomnie à cause de ce qui l'a suivie.

Adèle est d'abord séduite par ces paysages nouveaux. Père ne l'a jamais emmenée si loin — pour chasser : ils sont retournés presque chaque année sur la Côte d'Azur qu'Adèle continue à ne pas aimer. Lorsqu'ils arrivent enfin chez les amis de Père, l'après-midi s'achève ; le soleil, déjà bas en cette fin septembre, qui filtre à travers les troncs des pins sur le chemin sablonneux qui mène au relais, rappelle brutalement à Adèle les retours de la Croix Saint-Gaud, dix ans plus tôt, presque jour pour jour. La lumière est dorée et humide, on sent bien qu'elle est encore gorgée de l'eau de mer qu'elle vient d'effleurer.

Elle adore aussi, tout de suite, la vieille maison blanche et basse tapie dans le bois, sa salle à manger ovale surtout où les amis de Père, dont deux en effet sont venus accompagnés de leur femme (Adèle comprend bientôt qu'ils vivent tous dans le coin), sont en train de boire du thé et qui, donnant à l'ouest, est baignée de cette même couleur blonde comme du caramel liquide. Les murs courbes sont décorés de panneaux de bois peints représentant des scènes pastorales, dans des tons pastel que l'exposition de la pièce a pas mal délavés.

La qualité de l'hébergement, au fil de ces années où Adèle accompagne Père dans ses parties de chasse, est très variable. Elle a l'habitude de dormir dans des conditions spartiates ou, aussi bien, dans des monuments historiques (les deux, inconfort et magnificence, allant d'ailleurs quelquefois ensemble), cela lui est un peu égal. Mais ici c'est différent et l'orage qui éclate avant le dîner, protégée comme elle a bizarrement le sentiment de l'être par les pins serrés autour de la maison, la met en joie. Seule dans sa chambre où elle est montée se changer pour le dîner, elle compte soigneusement les secondes qui séparent l'éclair du tonnerre et calcule avec enchantement les progrès faits par l'orage dans sa direction. Depuis leur arrivée, elle se sent complètement déchargée des inquiétudes liées à Père, à la faiblesse qu'elle lui a soudain découverte, dans le train.

Ils dînent tellement tôt que, l'orage une fois passé, le soleil reparaît et coule ses derniers rayons horizontaux à travers la pinède, caresse, inoffensif, les visages des convives et les cloisons courbes de la salle à manger. Adèle s'attarde, bavarde encore un peu avec les deux « dames » (qui semblent attendries par le duo de chasseurs aguerris qu'elle forme avec Père), pour le seul plaisir de retrouver dans les taches de lumière maintenant d'or rouge qui dansent sur les bergères peintes le souvenir des soirées avec Arabella et ses parents dans la salle à manger de la pension Maraux, à Saint-Pair, dix ans plus tôt, peu de temps après la mort de Mère.

La pièce est sombre en revanche lorsqu'ils s'y retrouvent tous le lendemain matin, même si le jour vient de se lever. La barbe de Père paraît plus noire dans cette atmosphère blafarde et ses pommettes sont plus colorées que la veille, à la descente du train de nuit. Peut-être est-ce grâce aux nombreux verres d'armagnac qu'il a bus hier soir après le dîner. Ou bien, se dit Adèle, parce qu'il n'y a aucune occasion au monde où il ait l'air si détendu, si serein qu'à la chasse. Et ce n'est pas parce qu'il aime faire couler le sang : cette fois, par exemple, où il affiche son sourire le plus paisible, il s'agit d'une chasse au filet et ils y vont désarmés.

Ils suivent le garde en silence le long du sentier jusqu'à la palombière. C'est la première fois qu'Adèle en voit une et la visite l'enthousiasme : à Sèvres, avec Arabella, elle a souvent tenté de construire des cabanes. Une année où on avait élagué les arbres et pas eu le temps d'enlever les branches avant les vacances de Pâques, elles en avaient profité pour arranger une large hutte au fond du parc tandis que Pauline sautillait tout autour en criaillant qu'elles étaient folles, qu'elles allaient se salir et déchirer leurs vêtements, que d'ailleurs c'était dangereux, et elles pas assez couvertes, comme d'habitude. Comme d'habitude, les petites l'avaient ignorée et avaient passé une semaine extraordinaire à jouer à la dînette sous les branchages à peu près jointifs.

Dans la palombière, Adèle trouve une version perfectionnée de ces cabanes rêvées mais jamais vraiment réalisées et parcourt les couloirs étroits qui relient son « quartier général » aux différents « sols » et « postes de guet ». L'installation est vaste et elle doit marcher courbée (elle est très grande pour une femme de cette génération) sur plusieurs dizaines de mètres et c'est encore à des émotions enfantines que ces tunnels camouflés la ramènent, aux parties de cache-cache aux *Binelles*, à la certitude chancelante d'avoir choisi la meilleure planque, à l'espoir toujours déçu qu'Arabella ne la découvre pas.

Comme novice et comme invitée, Adèle a le privilège de monter s'asseoir avec le maître de maison et le garde-chasse sur le principal banc de guet, d'où elle peut surveiller « l'espion » (une palombe domestiquée), les « piocs » qu'on fait sortir de la cabane de sol la plus proche et le vol de palombes qu'ils sont susceptibles d'attirer. De chaque côté du « sol » le plus proche (une simple clairière artificielle où les oiseaux sont censés venir se poser), elle devine les filets de chanvre dont les reflets luisants sous le camouflage lui rappellent aussi Saint-Pair, les cordages tendus le soir pour amarrer les barques de pêche, sur le port de Granville.

À intervalles réguliers, lorsque « l'espion » penche la tête et que les piocs sont poussés au milieu du « sol », Adèle attend les roucoulades de la « palombe de cabane », dressée à imiter le cri de leurs proies. Une fois seulement, quelques oiseaux viennent se poser et le garde-chasse dont Adèle sent le corps tout proche, sur le petit banc, roucoule à son tour. Des appeaux, manipulés depuis une autre cabane, celle où se trouve Père (autant qu'Adèle, de l'autre côté du labyrinthe des couloirs, puisse en juger), s'y mettent aussi. Mais les bêtes s'envolent aussitôt.

La matinée passe et le temps se couvre. L'orage s'est définitivement éloigné mais il tombe une pluie fine. Le garde a baissé le capuchon de la cabane de guet qui doit les camoufler au cas où un vol s'approcherait, mais il est exprès un peu « dégarni » pour pouvoir observer le ciel, et les gouttes le traversent facilement. Adèle frissonne sous son chapeau. Il est onze heures environ lorsque « l'espion » penche de nouveau la tête et que le second vol obscurcit les arbres au-dessus d'eux. Cette fois les palombes (une quinzaine environ) se posent sur le sol et y restent, mises en confiance par les appeaux manœuvrés depuis la cabane de Père, vers la droite.

Le frère de leur hôte est chargé du filet. Il surgit brusquement de la cabane de gauche et, se jetant en arrière, il tire sur la corde. Les deux pantes du filet, difficiles à manier à cause de l'humidité, se rabattent pourtant l'une sur l'autre et enferment les palombes qui roucoulent de terreur. Tous les participants s'extirpent de leur cachette pour admirer leur prise.

Les « oiseaux » changent de sens avec Père. Ils tombent d'un coup, à la verticale, dans des fourrés d'où on les leur rapporte encore sanguinolents.

Ce jour-là il n'y a pas de fusils, les oiseaux se sont posés calmement et battent encore vigoureusement des ailes, emmaillotés dans leur cage de chanvre. Mais, depuis le banc de guet où Adèle, son chapeau ruisselant de pluie, s'est redressée dès qu'on a relevé le capuchon dégarni de la cabane pour assister, elle aussi, au succès de leurs ruses, elle voit un corps tomber d'un coup, à la verticale, près d'un fourré.

Lorsque, quelques secondes plus tard, le garde et l'hôte ramènent Père à l'abri du « quartier général », tandis que la pluie achève de désespérer les palombes captives qui roucoulent faiblement, sa tête est sanguinolente. En tombant, d'un coup, à la verticale, près du fourré, il a cogné la tête sur une pierre. Même si c'est « du cœur » qu'il meurt quelques heures plus tard sans avoir repris connaissance, dans la maison blanche et basse, pas de sa blessure, Adèle, la nuit suivante et d'autres fois encore, bien plus tard, rêvera cette mort comme la chute d'un oiseau tiré en plein vol.

Avantages et inconvénients.

En dehors de la douleur qui viendra plus tard et que le choc curieusement amortit au tout début, les circonstances de la mort de Père présentent d'évidents inconvénients. Adèle est isolée au milieu d'inconnus à des centaines de kilomètres de chez elle et de ce qui lui tient lieu de famille. Elle n'a personne avec qui partager son angoisse puis ses difficultés à admettre qu'il est mort pour de bon : leur hôte n'est pas un intime, elle ne l'a jamais vu avant et s'il est éventuellement touché par la mort de son invité, c'est essentiellement parce qu'ils ont le même âge, consomment autant de cigares et d'alcools et qu'il visualise avec inquiétude ses propres coronaires d'une part, d'autre part parce que sa partie de chasse est foutue et qu'il y a toutes sortes de démarches pratiques compliquées à faire.

Avantages du point de vue d'Adèle : ces démarches, tous les adultes présents s'empressent de les lui éviter et elle est, jusqu'à son retour à Paris (dûment chaperonnée par l'une des deux « dames » à l'accent légèrement chantant), prise en charge comme une enfant.

Pour la toute dernière fois, elle qui n'est plus l'enfant de personne.

La conduite à tenir en cas d'infarctus dans une palombière en présence de gens du monde n'est pas codifiée dans les manuels de savoir-vivre (ni dans ceux qui ont trait à la chasse, d'ailleurs). On improvise. Adèle dégringole le long de l'échelle jusqu'au bas de son mirador, hésite une seconde entre les deux couloirs qui partent de la pièce principale, ne se résout pas à se plier en deux dans le noir et pousse la porte camouflée qui ouvre directement sur le « sol ».

Un instant arrêtée par le spectacle misérable des palombes prises au piège qui ne roucoulent plus mais battent encore des ailes sous la pluie dense, elle s'immobilise, laissant le temps au maître de maison de la suivre et de la bloquer avant qu'elle ne s'élance vers le corps de son père, toujours étendu près du fourré mais entouré maintenant de gens qui s'affairent, l'enveloppent dans sa pèlerine en caoutchouc et essaient de le soulever tout en maintenant sa tête en sang surélevée. Quelqu'un est déjà parti en courant. Les deux « dames » (Adèle ne connaîtra jamais leur prénom) se matérialisent subitement à ses côtés, la prennent chacune par un bras et l'entraînent le long du sentier dans la direction opposée au fourré, vers la maison.

Même à l'abri de la pinède, la pluie est drue mais aussitôt avalée par le sol sablonneux. Elles progressent en silence, rapidement, équipées en chasseuses averties de bottes et de vêtements imperméables et lorsqu'elles atteignent le perron de l'entrée — une longue pièce qui traverse la maison dans toute sa largeur et donne à la fois sur la forêt d'où elles viennent et sur l'allée principale qui permet de sortir de la propriété — Adèle entrevoit, par les deux portes-fenêtres grandes ouvertes à chaque extrémité, malgré la pluie oblique qui balaie les dalles noires et blanches, à l'intérieur, une voiture qui s'éloigne de l'autre côté.

Une femme de chambre les aide à se débarrasser de leur pardessus et de leur chapeau dégoulinants, à se déchausser. On est allé chercher le médecin. S'il est chez lui — c'est à dix kilomètres — il peut arriver dans moins d'une demi-heure. « Nous le connaissons, il est remarquable », ajoute l'une des « dames », la plus brune des deux, qui ne sait sans doute pas que le père d'Adèle appartient à l'Académie de Médecine, qu'il est (était?) le ponte favori du faubourg Saint-Germain. Adèle ne partage pas le snobisme de ses patients : Père lui a suffisamment répété que les « pontes » étaient souvent des ânes et qu'on trouvait quelquefois en pleine campagne de bien meilleurs praticiens. Cependant, avant de s'asseoir comme on l'en presse devant le feu allumé dans la salle à manger et d'accepter une tasse de café brûlant, elle se tourne vers « la plus brune » et, d'une voix dont le calme la surprend elle-même, demande s'il serait possible d'appeler un prêtre, aussi. La femme de chambre chuchote un mot à l'oreille de « la moins brune » qui lui répond que le presbytère jouxte la maison du docteur et que le messager a ordre de sonner aux deux.

Le prêtre arrive le premier. Père est déjà installé depuis une demi-heure sur un divan du salon, de l'autre côté de l'entrée et Adèle laisse son café refroidir. On a allumé les lampes, bien qu'il ne soit que midi. Le prêtre vient directement vers elle. Le docteur n'était pas chez lui mais on sait où le trouver, il accouche une femme vers Saint-Symphorien (Adèle n'a pas la moindre idée de la distance qui les sépare de Saint-Symphorien) et tout espoir n'est pas perdu : souhaite-t-elle, cependant, qu'il administre les saints sacrements ? Adèle opine en silence : pour la première fois de sa vie, il lui paraît parfaitement incongru d'appeler « Père » cet inconnu, assez jeune, très brun lui aussi, et dont l'accent chante chaleureusement, elle dont le Père, pour ce qu'elle en sait, a peut-être déjà cessé d'exister.

Le docteur surgit pile à la fin de la cérémonie. Le prêtre s'efface. Ils doivent avoir l'habitude de se croiser et ont entre eux des gestes de « collègues ». Adèle les observe avec un détachement farouche, elle qui, curieusement pour une époque où la mort est si intégrée à la vie familiale, n'y a jamais été directement confrontée. Sa mère est morte à Sèvres. Sa grand-mère aussi. Chaque fois elle, Adèle, était absente. Elle se dit, dans une attention exacerbée aux aspects pratiques de la chose, qu'il est heureux que le prêtre ait terminé avant que le docteur n'intervienne, elle imagine qu'ils ont chacun leurs priorités et se demande comment ils procèdent lorsqu'il faut interrompre l'extrême-onction ou l'examen médical.

Pour celui-ci, on les fait tous sortir de la pièce et ils s'installent ensemble dans la salle à manger, y compris le prêtre qui n'est pas contre un peu de café. Adèle se concentre sur sa propre tasse encore pleine d'un liquide tiède et attend. Personne ne dit rien. Les lampes n'éclairent pas assez pour qu'on distingue bien les scènes peintes sur les cloisons courbes vers lesquelles elle jette de temps à autre les yeux, incapable de regarder la porte qui mène à l'entrée et que quelqu'un a refermée. Lorsqu'elle s'ouvre, Adèle vient enfin de retrouver, elle en est presque sûre, la silhouette de bergère vêtue de rose qu'elle a préférée, la veille.

Le docteur est beaucoup plus âgé que le prêtre et complètement chauve. Il refuse d'un geste la chaise qu'on lui désigne et s'approche d'Adèle à qui il annonce d'une voix douce que c'est la fin. Elle peut, si elle veut, retourner au chevet de son père. Lui, de toute façon, reste là, même s'il n'y a plus rien à faire.

Aujourd'hui il est possible de survivre à un infarctus près de Saint-Symphorien. Il aurait peut-être suffi d'un cabinet médical équipé d'un défibrillateur à moins de dix kilomètres pour sauver le père d'Adèle. Mais à l'époque cela n'aurait pas eu de sens de regretter d'avoir perdu du temps. On en savait trop peu (on en aurait su trop peu même s'il avait fait sa crise cardiaque sur son lieu de travail, c'est-à-dire à l'hôpital) sur son état pour refaire l'histoire à coups de «Et si». Aucun examen ne permettait de poser un diagnostic. On avait peu de matériel. À part s'entendre pour dire que «c'était une belle mort», il n'y avait en effet pas grand-chose à faire.

Mon père a été sauvé d'une dissection de l'aorte par un médecin de garde qui a eu l'idée de pratiquer sur lui le seul examen (pourtant pas forcément le premier auquel penser) capable de repérer l'origine de son malaise, puis par une femme chirurgien qui a passé une nuit entière à bricoler son torse ouvert, enfin par un service de réanimation où deux ou trois personnes ont veillé en permanence, des semaines durant, sur sa vie.

Il « s'en est sorti ». Il n'a pas eu droit à cette « belle mort »-là, même si la sienne, des années plus tard, a été « belle » aussi, d'une autre façon et je suis convaincue que s'il s'en est sorti, ce n'est pas seulement grâce à l'excellence des experts qui se sont occupés de lui, mais aussi parce qu'il a choisi de s'accrocher au rab qu'on lui accordait, préféré souffrir mais durer. J'ai assisté à sa mort, comme Adèle à celle de son père et je comprends de quoi elle parle lorsque, dans son Journal, elle s'étonne et se félicite de la totale harmonie avec laquelle toutes les décisions ont été prises, dans ces heures-là. Toute suggestion était unanimement approuvée, tout geste bien placé, toute phrase bonne à dire.

Ce n'est peut-être pas toujours le cas. Peut-être le contexte hospitalier qui sauve bien des vies n'est-il pas adapté à l'échec : il y a un ennemi, ou du moins un interlocuteur, indéfini et multiple (« l'interne », « l'infirmière », en gros la dernière personne qu'un membre de la famille a réussi à coincer dans un couloir) qui doit exacerber les tensions de manière plus négative. Je dis « peut-être » parce que mon père a eu la chance, comme celui d'Adèle, de mourir dans une vraie maison. Chance pour Adèle en l'occurrence surtout : son père n'en a probablement même pas eu conscience. Chance aussi que la maison en question ait paru d'emblée familière à Adèle et qu'en même temps elle ait été destinée à ne plus jamais figurer dans sa vie qu'en souvenir.

D'un commun accord, ils veillent donc le malade ensemble puis, dès deux heures, le corps à tour de rôle. Des arrangements sont pris qui paraissent à tous les meilleurs. On finit par dîner quand même. Il n'est pas question des palombes attrapées le matin. Adèle mange avec une application docile les restes du civet de sanglier qu'on leur a servi la veille. La « plus brune » ne la quitte pas de la nuit, prenant ses tours de repos en même temps qu'elle, dans une chambre d'enfant attenante à celle d'Adèle. À l'aube, quand elles remontent se coucher pour la seconde fois, qu'elle rêve de Père abattu à bout portant et se fracassant sur le sable de la palombière aussitôt imbibé de sang, et qu'une première crise de larmes la réveille, elle n'est pas seule. Adèle se blottit dans ses bras, cogne une tête haletante contre le thorax large et plat de la « plus brune » (qui est gigantesque, elle ne s'en est pas rendu compte avant) et à cette dernière partie de chasse, c'est la douceur de la robe de chambre en laine blanche sous ses joues trempées qu'elle choisira d'associer.

À Paris, les manuels de savoir-vivre reprennent leurs droits. Il y a une marche à suivre qu'Oncle Jean, le père d'Arabella, maîtrise parfaitement, des convenances que Pauline respecte scrupuleusement.

Une foule se presse rue Barbet-de-Jouy puis à la messe pour plaindre la jeune orpheline dont tous les vêtements de deuil ont déjà été commandés lorsqu'elle descend du train avec la « moins brune » (l'autre a de jeunes enfants, elle n'a pas pu accompagner Adèle qui ne le regrette pas, préfère au contraire laisser leur brève intimité derrière elle, ne veut surtout pas se « donner en spectacle » de nouveau).

La pluie, les courants d'air n'ont pas cessé de secouer la maison blanche jusqu'à son départ. Adèle a attrapé un simple « refroidissement » mais qui l'a rendue aphone. Muette, elle reçoit les visites de condoléances, ce qui l'arrange bien. Tout ce qu'elle espère, c'est retrouver sa voix d'ici vendredi : elle veut absolument prononcer les intentions de prière, à l'église. Elle mâche sans arrêt des gommes à la réglisse qui accélèrent les battements de son cœur et l'empêchent de dormir. Le vendredi, sa voix est revenue, mais elle a perdu au moins quatre kilos.

Assise au premier rang de Sainte-Clotilde, entre Pauline et Oncle Jean, Adèle, qui s'est juré de garder les yeux secs et la gorge aussi dégagée que possible jusqu'à ce qu'elle ait dit ce qu'elle a à dire et maîtrise absolument son émotion, regarde les orateurs se succéder. Des collègues de l'Académie de Médecine louent le travail et la disponibilité de son père. Le prêtre n'a pas grand-chose à dire, sinon qu'il était un paroissien charitable : Aimé Duval donnait aussi facilement pour ses œuvres qu'il fréquentait peu régulièrement son église et le prêtre a peut-être eu vent, en confession, de ses conquêtes féminines.

Elles sont venues nombreuses, constate Adèle lorsqu'elle monte à son tour s'installer au pupitre et fait face à l'assemblée. Elle énumère d'une voix claire qu'elle force un peu pour que tous l'entendent les sujets consensuels sur lesquels tout le monde est toujours d'accord pour prier (maladie, misère, famine, guerre, etc.) et garde pour la fin les intentions plus personnelles.

Elle est la première à rappeler la mémoire de sa mère, Aimée Duval, dont personne n'a mentionné l'existence et elle pousse pour cela son timbre au maximum. Elle a de la technique. Ce n'est pas une chanteuse géniale mais elle sait y faire. Elle croise crânement le regard des deux académiciens qui ont tous les deux souligné son courage et sa dignité à elle, Adèle, dans l'épreuve, l'ont assurée du soutien affectueux de tous les membres de l'assistance, ce qui ne mange pas de pain, et fait comme si elle était née, telle Athéna, toute casquée et directement d'un corps masculin, sans qu'aucun utérus soit mis à contribution. Sa silhouette amaigrie, droite comme un i, son manteau de mérinos impeccable doivent, elle en est consciente, produire l'impression adéquate car les toux se succèdent à mesure qu'elle lit son petit papier soigneusement déplié sur le lutrin. Au début, elle s'agace simplement de ces bruits importuns qui l'obligent à hausser le ton puis, très vite, comprend que ces chats dans les gorges, nombreux et concomitants, sont dus à l'émotion non contenue de l'auditoire devant la vaillante orpheline.

Lorsqu'elle regagne sa place, elle peut enfin y céder à son tour, en principe, mais les efforts déployés depuis une heure pour se retenir de pleurer fonctionnent encore, par réflexe, jusqu'à ce que retentisse la prière en *ut* dièse mineur. C'est l'une des pièces pour orgue qu'Adèle préfère et c'est elle qui a fait demander à César Franck qui en est l'auteur et aussi l'organiste de Sainte-Clotilde s'il pouvait la jouer. Elle l'a oublié quand la musique commence et sa réaction est d'autant plus forte. Arabella qui a pris la place de son père à côté d'Adèle après avoir communié est rassurée de voir les larmes de sa cousine couler à travers le voile noir, elle la trouve enfin plus facile à consoler que tous ces jours derniers où elle l'a vue non seulement muette mais les yeux secs, lui serre furtivement la main tout en se disant que décidément, ce n'est pas très « dansant », l'orgue.

À Meudon, il y a pas mal de monde aussi, ce qui crée des embouteillages à l'entrée du cimetière, une impasse étroite où les voitures ont du mal à tourner. Du coup, la procession attend un peu à l'entrée sous un soleil déplacé, en cette fin septembre, qui fait transpirer Adèle sous son manteau de mérinos et son voile épais. Là encore, il y a beaucoup de femmes et elle en reconnaît certaines : celle de la Côte d'Azur, été 1872, celle qui est venue une fois avec Père admirer Adèle dans un spectacle musical, à la fête annuelle des Oiseaux, celle qui riait si fort lorsqu'elle lui rendait visite, derrière les portes fermées à clef du salon. D'autres dont Adèle a oublié les dates, les singularités. Aimé fut aimé de beaucoup, si ce n'est beaucoup aimé, ce n'est pas une découverte pour elle. Toutes ces fausses veuves s'avancent pour la plupart au bras de leur mari et leurs jupes font crisser les premières feuilles mortes lorsqu'elles se joignent au cortège qui s'ébranle derrière Adèle et rejoint l'extrémité opposée du cimetière.

La tombe, distincte de celle d'Aimée, se trouve presque adossée au mur qui domine la voie ferrée, elle s'en rend compte aussitôt : le terrain, assez pentu, descend vers ce mur et de là-haut, à l'entrée du cimetière, avant d'avoir atteint la tombe, on aperçoit même la gare de Meudon. Le prêtre, qui les attend depuis longtemps déjà (elle a reçu, soutenue par le père d'Arabella, les condoléances de dizaines de personnes à l'entrée de Sainte-Clotilde avant de prendre la route de Meudon), s'éponge le front (il souffre visiblement de la chaleur, lui aussi, malgré son surplis blanc) avant de prononcer quelques prières supplémentaires, d'où la mère d'Adèle persiste à briller par son absence.

Bien qu'ennemie par éducation des gestes trop démonstratifs, Adèle sent cette fois la colère l'envahir. C'est une sensation inédite mais qui lui est presque devenue familière, depuis quelques jours. Elle s'est surprise plusieurs fois, sans rien manifester cependant, à être soudain excédée par une remarque de Pauline ou même d'Oncle Jean, depuis qu'elle est rentrée de Bordeaux : une chose violente et inconnue jusqu'alors, qui lui monte au cerveau et à laquelle elle donne libre cours dès qu'elle est seule, jetant des objets qui ne risquent pas de se casser (un jupon, un lacet, une épingle à cheveux) en travers de sa chambre et exprimant son énervement à voix haute.

Elle s'est souvenue, la quatrième ou la cinquième fois qu'elle a dû monter dans sa chambre pour se calmer, d'une histoire drôle que Père aimait à raconter (une des rares de son répertoire qui pouvait convenir à un public de jeunes filles) : un petit lord anglais, fils unique, grandit entouré de l'affection et des soins constants de ses parents et d'une armée de domestiques, dans un splendide château, anglais lui aussi ; c'est un ravissant bambin, il jouit d'une parfaite santé mais il ne parle pas ; les années passent sans qu'il prononce jamais un seul mot ; il atteint ainsi l'âge de dix ans et, un matin, son valet de chambre lui sert son porridge dans l'immense salle à manger gothique du château ; le petit lord en goûte une cuillerée et, sans même se tourner vers le serviteur qui monte la garde derrière sa chaise au haut dossier sculpté, déclare : « Cela manque de sel. » Ses parents poussent des cris de joie, l'acclament, le félicitent, sa mère se lève, se précipite vers lui aussi vite que le lui permet la longueur de la table gothique (vingt mètres) et le serre contre son cœur, son père ne bouge pas mais essuie une larme virile (le serviteur, quant à lui, s'est déjà empressé de lui rapprocher une salière) et ses parents d'une même voix tremblante lui demandent, alors que sa question était formulée avec une diction si naturelle, qu'il maîtrise si évidemment le langage, pourquoi, POURQUOI donc il n'a jamais parlé AVANT??? À cet endroit de son récit, Père marquait toujours un temps, puis, imitant l'accent anglais à merveille, lui qui a suivi Louis-Philippe en exil à Claremont dans les années 1840 (un sujet qui n'a pas du tout été abordé à l'église, pas plus qu'aucun détail « politique », il faut dire), et essayant, avec moins de succès, de singer une voix enfantine : « Parce que, jusqu'à présent, tout était parfait. »

Eh bien, depuis que Père est tombé sur le sol de la palombière, Adèle qui, dans un réflexe qu'on qualifierait aujourd'hui de « résilient », s'est toujours efforcée auparavant d'oublier combien sa mère lui manquait et de se décréter très heureuse, trouve que plus rien n'est parfait et la colère monte en elle au moins deux fois par jour, comme une grande marée saint-pairaise.

Le silence du prêtre, de nouveau, alors qu'Aimée gît à trois mètres derrière leur dos, sous une dalle où Adèle se souvient encore être venue pour la première fois se recueillir avec Père, un matin d'août, onze ans plus tôt, provoque en elle une colère qui ressemble à une TRÈS GROSSE vague. Elle ne peut pas se contenter de se projeter dans l'avenir encore lointain où elle s'isolera dans sa chambre et maugréera des jurons interdits en piétinant son crêpe noir (un lunch les attend, rue Barbet-de-Jouy, il y en a pour plusieurs heures). Elle n'a pas le choix. Elle dramatise : elle saisit deux roses dans le panier que les employés des pompes funèbres ont disposé sur une sorte de guéridon à côté de l'excavation, en jette une sur le cercueil de son père, se signe, pivote sur elle-même puis, au lieu de rejoindre le prêtre et de regarder tranquillement défiler la cohorte des Amies-de-Père, elle se dirige droit sur elles (qui s'écartent docilement) et va se planter devant la tombe de sa mère où elle dépose la deuxième rose et se signe de nouveau. Adèle soutient tous les regards, y compris ceux de Pauline dont la mâchoire bée et, baissant le menton sous son voile, reprenant la contenance appropriée, s'éloigne de quelques pas dans l'allée.

En contrebas, derrière le mur, elle sent venir un grondement familier, celui qui interrompt les conversations quand on se tient dans l'orangerie des *Binelles* pour boire un thé glacé : le bruit du train se rapproche, Adèle peut imaginer derrière cet autre écran, ce mur qui lui rappelle soudain SA palissade, le convoi qui s'arrête quelques minutes plus tard (Meudon : combien de minutes pour que les voyageurs de cette époque, encombrés de jupes longues et de sacs malcommodes, aient le temps de quitter leur compartiment ? le Journal d'Adèle ne le précise pas), puis repart.

À l'ouest, au-dessus des arbres aux cimes déjà roussies, elle voit monter la fumée de la locomotive qui, dans une dizaine d'heures, achèvera sa course à la gare de Granville, mêlera ses vapeurs aux embruns.

Des mois se passent à répondre aux lettres de condoléances, à remercier tous ceux qui ont assisté aux obsèques et laissé leurs coordonnées dans le grand livre relié de cuir vert fourni par les pompes funèbres et placé en évidence à l'entrée de Sainte-Clotilde.

Pauline donne toute sa mesure dans ce genre de circonstances. Elle a sélectionné quatre lettres types dans son guide de savoir-vivre, une pour les personnalités, une pour les connaissances, une pour les vrais amis et une pour ceux dont on n'a pas la moindre idée de ce qu'ils faisaient là (en l'occurrence, les noms qui ne disent rien à personne sont tous des noms de femmes et Adèle, comme Pauline, ont en vérité une opinion très précise sur leurs liens avec Père, mais rien n'est prévu, dans le guide, pour les « personnes ayant entretenu avec le défunt des relations amoureuses clandestines et illégitimes » et d'ailleurs il y a peut-être dans le lot de simples patientes trop laides, trop vieilles — ou trop malades — que Père n'a pas essayé de séduire).

Adèle est encore mineure et c'est Oncle Jean, le père d'Arabella, son tuteur, qui se charge de tout le reste (en gros, l'argent) et Tante Jeanne qui donne les vêtements de Père à ses œuvres charitables. En avril suivant, Adèle a vingt et un ans et se met à signer elle-même des papiers (des procurations en général) qu'elle ne cherche pas à comprendre, toujours sous la surveillance de son tuteur.

De toutes les lettres de condoléances auxquelles Adèle répond, c'est celle de Jacques Bricourt qui la touche le plus. Elle reçoit très peu de visites, dans cette première année de deuil, et pas de visites d'hommes, à l'exception d'Oncle Jean. Mais elle entretient avec Jacques une relation épistolaire régulière, de plus en plus abondante. À distance, il retrouve les qualités abstraites de « béguin » que sa présence physique faisait systématiquement oublier à Adèle, dans le temps.

C'est cette correspondance que tante Odette prétendait, dans son mémorandum, avoir brûlée et qu'elle m'a confiée, avec le reste de ce que contenait le coffret rouge. Il manque apparemment beaucoup de lettres (certaines allusions ne se comprennent que comme cela) des deux côtés : Adèle a surtout conservé les plus sentimentales (les dernières), celles qu'elle a reçues de Jacques mais aussi <u>toutes celles qu'elle lui a écrites</u>. Elle s'adresse à lui avec une confiance surprenante, si on considère leur peu d'intimité. Elle lui parle beaucoup de son père au début, mais aussi d'elle-même, de son enfance, de Pauline, d'Arabella, elle lui parle même de Saint-Pair. De moins en moins de musique. Des souvenirs ils passent au présent. Ils essaient de préciser leurs sentiments. Tout cela sans jamais se rencontrer durant les sept ou huit mois que dure leur relation. Ils ne sont pas pressés. Jacques doit finir son droit, elle est en deuil, et peut-être redoutent-ils tous les deux (lui autant qu'elle) de se retrouver de nouveau face à face.

En général, c'est après une rupture qu'une femme récupère le tout, puis s'en débarrasse (si c'est celle qui a rompu) ou en fait un petit paquet noué d'un ruban qu'elle cache dans le tiroir secret de son bureau (si c'est elle qui souffre). Mais dans ce cas c'est évidemment le père de Jacques qui a rendu ses lettres à Adèle.

Un autre cauchemar, atrocement similaire à celui qui a suivi la mort de Père : un autre corps abattu d'un coup de feu dont la tête éclate, des morceaux de cervelle épars sur les pavés, un autre cadavre. Sauf que, cette fois, la scène s'est réellement passée, même si évidemment personne n'a mentionné ces détails répugnants devant Adèle qui s'est contentée d'imaginer, à partir des planches anatomiques de la bibliothèque de Père, à quoi devait ressembler le sol de la cour du 21, rue Jacob, ce vendredi soir de mai 1881.

Pauline, qui est très friande de faits divers (presque autant que des chroniques mondaines, ce sont les deux seules rubriques qu'elle lit dans les journaux), s'est passionnée tout de suite pour ce crime absurde commis « dans l'arrondissement voisin » (façon de parler : elles sont aux *Binelles* à ce moment-là), dont les protagonistes sont seulement désignés par leurs initiales.

UN JEUNE HOMME DU MONDE
TUÉ À BOUT PORTANT PAR UN FORCENÉ

Messieurs B. et V., étudiants à la Faculté de Droit, venus rendre visite à un ami résidant au 21, rue Jacob, à Paris, le 12 mai, ont vu, alors qu'ils pénétraient dans la cour, le gardien de l'immeuble, Germain R., visiblement pris de boisson, tirer sur des pigeons avec un fusil de chasse. Depuis une fenêtre du premier étage, Monsieur de L. (Officier de la Légion d'honneur), n'écoutant que son courage, tentait de le raisonner, sans succès. Le concierge le mettait en joue lorsque les deux jeunes gens se jetèrent sur lui pour le maîtriser. Mais le forcené visa Monsieur B. à la tête et fit feu. La mort fut presque immédiate. Puis il voulut retourner son arme contre lui mais Monsieur V. parvint à la lui arracher. Le coupable est actuellement aux mains de la police. L'enquête tente de déterminer ce qui a motivé cet acte de folie barbare. Monsieur de L. nous indique que rien dans les antécédents de Germain R., un ancien militaire, ne permettait de soupçonner un tel comportement.

Pauline est tout excitée par la qualité de « jeune homme du monde » prêtée à la victime. Adèle l'écoute à moitié, opportunément absorbée par un détail de sa broderie. Elle ne pense pas précisément à Jacques, mais, par association d'idées, il est un peu présent dans son esprit : elle se demande, brodant avec sa lenteur habituelle, si Pénélope, la femme d'Ulysse, n'était pas au fond plus amoureuse de son mari durant ses vingt années d'absence qu'avant ou après, si donc, comme elle avec Jacques, il n'est pas préférable de s'aimer de loin.

Pauline a disparu. Adèle est seule sur sa chaise

longue, installée au bas du perron, protégée du soleil par la marquise de verre. Elle laisse tomber son ouvrage et regarde instinctivement vers l'ouest, c'est-à-dire dans la direction du cimetière de Meudon et de Saint-Pair.

Pauline revient : elle a écrit quelques lettres à des connaissances du quartier, à Paris, pour leur demander si elles en savent davantage sur l'identité du malheureux garçon. Elle va les porter elle-même au bureau de poste, avec un peu de chance elles partiront dès aujourd'hui. Après le dîner, elle scrute la chronique mondaine et élimine scrupuleusement de la liste des victimes possibles tous les jeunes gens dont le nom commence par un B et qui assistaient ce même vendredi soir, les uns à un bal, les autres à un gala de charité. Adèle ne l'écoute que d'une oreille.

Elle met des heures à s'endormir cette nuit-là. Elle n'arrive plus à se souvenir de l'adresse exacte de cet ami, rencontré à la fac de droit, dont Jacques lui parle quelquefois dans ses lettres. Mais il habite rue Jacob, de cela elle est sûre. Et lorsque enfin elle sombre dans le sommeil (elle continue de prendre sans état d'âme, quand une insomnie se prolonge trop à son goût, les gouttes qu'on lui a prescrites après la mort de Père, le pharmacien de la rue Vaneau le connaissait bien, il est très complaisant avec Adèle), c'est pour subir une série de rêves confus qui s'achève par celui, récurrent, de la palombière.

Le lendemain, le père de Jacques, qui a passé deux nuits prostré dans la chambre vide de son fils, a trouvé les lettres d'Adèle et jugé qu'il ferait mieux d'aller lui annoncer la nouvelle en personne — elle a déjà perdu brutalement son père il y a moins d'un an et la relation qu'elle a nouée avec Jacques, dont il ignorait la récente transformation, mérite bien qu'il aille jusqu'à Sèvres (il a toujours eu de la sympathie pour Adèle).

Lorsqu'il gravit la rue qui monte de la gare vers *Les Binelles*, Adèle la descend en sens inverse. Elle devine immédiatement, à son costume sombre, à sa figure, à son dos voûté, que Jacques B. ne lui écrira plus.

ALLEGRO MAESTOSO

Peu à peu, Adèle a cessé de se cacher pour se mettre en colère. Elle est chez elle après tout, rue Barbet-de-Jouy, elle est majeure, elle est riche et lorsqu'un grain de sable s'introduit où que ce soit dans le déroulement de ses activités quotidiennes, elle fait de moins en moins d'efforts pour contenir son irritation. Elle n'a plus besoin de jeter des objets : la plupart du temps, elle se contente d'émettre des vibrations puissantes qui suffisent à la défouler. Son objectif devient plus raffiné : il s'agit de manifester sa mauvaise humeur avec assez de subtilité pour terrasser en silence celui ou celle qui l'a provoquée, idéalement, *qu'on se sente gravement en tort sans qu'elle ait besoin de l'expliquer.* Et l'assassinat stupide de Jacques la conforte encore dans la légitimité de ses accès.

En mars, elle s'est rendue pour la première fois depuis la mort de Père à une réception, mais en petit comité, donnée en l'honneur des fiançailles d'Arabella. Elle portait encore le deuil. En septembre suivant, elle assiste au mariage, à la Madeleine, en demi-deuil, c'est-à-dire vêtue d'une robe lilas sous un manteau de renard gris et puis au bal, mais elle n'a toujours pas le droit de danser, évidemment.

Arabella épouse un Anglais (un lord, plus bavard que celui de l'histoire que racontait Père). Elle l'a rencontré l'hiver précédent lors d'un long séjour à Londres chez une amie de pension déjà mariée dont la vie lui a soudain paru beaucoup plus enviable que celle de jeune fille « à marier » : elle est rentrée en France convaincue qu'à condition de choisir un garçon qui ait vraiment le sens de la fête et assez d'argent, le mariage était une expérience amusante. Elle est retournée à Londres, Henry est venu à Paris, a été présenté à ses parents. Tante Jeanne, l'anglophile, est ravie. Le jeune couple part vivre là-bas mais Arabella jure à Adèle (qui a déjà récupéré son manteau de renard et attend dans le hall qu'on aille chercher sa voiture, s'apprêtant à filer « à l'anglaise », précisément, sans interrompre son amie qui valse de bras en bras, manifestement décidée à « s'amuser » à fond avant sa nuit de noces) qu'elle l'invitera à Londres dès que les délais de rigueur en matière de deuil, pour une orpheline, le permettront et reviendra très souvent à Paris, « où Henry s'est déjà fait beaucoup d'amis ».

Jacques est mort depuis six mois mais comme personne, hormis M. Bricourt, ne se doute qu'ils étaient presque fiancés, Adèle n'a plus de raison, en vérité, de se cloîtrer chez elle. Elle n'ira pourtant pas rendre visite à Arabella cet hiver-là : elle préfère renouer avec les soirées musicales qui les ont rapprochés autrefois, Jacques et elle. En plus de l'Opéra (elle a repris l'abonnement de son père et comme elle ne peut pas s'y montrer seule, elle est obligée d'y traîner Pauline qui s'endort dans un coin de leur loge), elle se met à fréquenter un cercle d'amateurs qui se réunissent trois ou quatre fois par mois pour jouer ou écouter des artistes réputés, on y reçoit notamment Gounod et César Franck. Adèle, qui aux Oiseaux n'a étudié avec Mme Brioni que des compositeurs classiques et applaudi avec son père que des programmes assez grand public, découvre ainsi la musique contemporaine. Pauline, qui la suit par devoir et ne joue elle-même d'aucun instrument, garde ses commentaires pour elle, mais n'en pense pas moins que ces gens ne doivent pas avoir les oreilles constituées normalement, pas comme les siennes en tout cas.

En abordant cette période particulière de la vie d'Adèle, où la musique tiendra tant de place et décidera de son avenir, je me demande pour la première fois pourquoi et comment cet héritage m'a traversée sans me laisser aucune trace. Mon père jouait de presque n'importe quel instrument. Il avait appris le piano mais se débrouillait aussi assez bien avec un accordéon ou une guitare. Je l'ai vu s'initier en quelques minutes au saxophone. Il ne lisait pas de musique (je ne l'ai jamais vu faire en tout cas même si je suppose qu'il connaissait au moins des rudiments de solfège) mais il pouvait tout jouer, à l'oreille — notamment tous les génériques d'émissions télévisées pour enfants et plus tard chansons de variété française que j'aimais et lui réclamais. Il a bricolé du jazz avec des copains dans des caves, après guerre. Il prétendait avoir joué de l'accordéon un soir de fête de la musique, à la station de métro Rue du Bac, avec un certain succès (c'est cela que je supporte le plus mal, depuis sa mort, les accordéonistes dans le métro, ça me prend toujours par surprise et j'ai les larmes aux yeux). Mais il n'a jamais acheté de chaîne stéréo de valeur, très peu de cassettes ou de disques. Il écoutait quelquefois France Musique sur un poste portatif au son épouvantable qui lui servait aussi à prendre la météo marine. Dans mon souvenir, il s'en tenait aux grands classiques (Mozart, Schubert) et à un jazz lui aussi très classique. Mais au fond, je ne sais pas grand-chose de ses goûts. Nous n'en avons jamais parlé, pas plus que de ses parents ou grands-parents. En famille, en société, il se comportait comme un pianiste de bar, préférant animer discrètement l'ambiance sans se soucier qu'on l'écoute, sans jamais exiger l'attention ou le silence, lui-même dans ces moments-là semblait absolument distant. Son regard, déjà distrait en temps normal, fixait alors un point dont personne n'aurait pu dire où il se situait, sinon « ailleurs », nous signifiant ainsi que nous n'avions pas davantage besoin de tenir compte de sa présence que lui n'avait conscience de la nôtre. Un pianiste de bar, dois-je préciser, qui n'en ferait qu'à sa tête et ne chercherait pas à adapter son répertoire à son public.

À Saint-Pair, où l'humidité ronge d'année en année plus sévèrement un vieux piano droit, il aimait, les derniers étés, souvent le dernier soir de ces derniers étés, de préférence lorsqu'il faisait beau, plaquer quelques accords au milieu du cliquètement des couverts qu'on posait sur la table et des buts marqués au baby-foot (« la belle avant le dîner ! »), autrement dit dans un franc vacarme. Il jouait essentiellement *La Mer* de Trenet et un air chanté par Vian que peut-être personne d'autre que nous ne connaît, dont les paroles — impérissables et cependant périmées — donnent : « Ah si j'avais un franc cinquan-an-te / j'aurais bientôt deux francs cinquan-an-te / et si j'avais deux francs cinquan-te / j'aurais / bientôt / trois francs cinquan-te », et ainsi de suite, à l'infini (ou jusqu'à ce que le gigot soit cuit, ces soirs-là).

Le lendemain de sa mort nous étions nombreux, réunis autour de la table de la salle à manger dans l'appartement parisien où son corps reposait encore, à discuter de l'organisation des obsèques en rivalisant de blagues destinées à alléger l'atmosphère et qui y réussissaient parfaitement, lorsque, au moment de choisir les morceaux de musique, mon frère aîné a proposé « Ah si j'avais un franc cinquante ». L'idée n'a pas été retenue, mais l'avoir eue, c'était déjà très bien : parallèlement aux décisions fort traditionnelles que nous prenions, se profilait un second enterrement, alternatif, dont nous avions décidé qu'il nous ferait rire, ça aide. (Mon second fils joue lui aussi de plusieurs instruments sans avoir jamais pris de cours, il a de l'oreille et surtout le même regard à la fois fixe et vague que son grand-père. Il a pris le relais, à Saint-Pair, à l'heure de l'apéro, même si seul un public averti est maintenant en mesure d'identifier « Un franc cinquante » : le nombre de touches valides se réduit inexorablement.)

Tout cela ne dessine pas le portrait d'un authentique mélomane, j'en ai conscience, et explique peut-être ma propre inculture (même si, comme tous les enfants de bourgeois, j'ai pris des cours de piano pendant cinq ou six ans et fini par savoir jouer, comme tous les, etc., la sonatine G dur de Beethoven et un ou deux préludes de Bach). Toujours est-il que j'éprouve le besoin de me justifier au moment d'évoquer cette dimension-là du personnage d'Adèle que j'échoue tout à fait à imaginer. À vrai dire, je me sens dans ce domaine plus proche d'Arabella.

Le soir où Adèle fait la connaissance de Charles, au tout début du printemps 1882, leur hôtesse (les soirées musicales sont organisées à tour de rôle chez un membre de leur groupe mais n'ont jamais encore eu lieu chez Adèle, l'une des dernières à l'avoir rejoint) a invité un violoniste qui n'a pas osé se décommander mais qui s'excuse, dès son arrivée : il sent monter une forte fièvre, ne sera pas capable de jouer. Pauline, qui a une peur panique, entre autres, des microbes, bat en retraite dans le salon, bousculant deux chaises et trois invités au passage. La maîtresse de maison elle-même a reculé d'un pas et presse le musicien de rentrer se mettre au lit.

La soirée est compromise mais pas fichue pour autant : ils se réunissent aussi pour échanger avis et informations (programmes de concerts à venir, mérites comparés de ceux qu'ils ont entendus depuis leur dernière rencontre). Ils sont une vingtaine qu'Adèle fréquente depuis plusieurs mois et elle a repéré parmi eux ceux dont les goûts ressemblent le plus aux siens. Elle est suffisamment en confiance pour émettre des opinions personnelles. Elle préfère

César Franck à Saint-Saëns et Fauré à Tchaïkovski. Et si elle n'ose pas encore se mettre au piano, elle a déjà chanté plusieurs fois, depuis le jour où on le lui a demandé comme un service. Il y a de bien meilleurs pianistes qu'elle dans le groupe mais sa voix est l'une des plus agréables et on la sollicite régulièrement.

Mais elle n'a jamais vu le visiteur qui, introduit plus tard dans le salon, alors que de petits cercles se sont formés par affinités pour commenter telle ou telle nouveauté, se dirige discrètement vers le piano et, sur un signe de tête amical de la maîtresse de maison, se met à improviser, en sourdine, le regard libéré du souci de suivre une partition d'abord plongé dans le vague puis, mais toujours avec la même distraction, dans ses yeux à elle, Adèle.

Il est immense, le paraît encore plus lorsqu'il est assis, tant son buste est long, et large d'épaules. Il a les cheveux blond vénitien, drus, presque frisés et des yeux bleu clair dans un visage aux traits réguliers. Des yeux si absents, si peu insistants, qui la fixent sans la dévisager, qu'elle n'a pas le réflexe de baisser les siens.

Difficile aujourd'hui d'imaginer ce que pouvait s'autoriser à ressentir physiquement une jeune fille de cette génération. Le mémorandum de tante Odette insiste sur la répugnance qu'inspiraient à Adèle les mariages arrangés et sur l'amour réciproque qui l'unit très vite à Charles.

Le Journal le confirme : elle est d'emblée attirée par Charles Armand, cet inconnu, cadet d'une très bonne famille alsacienne réfugiée à Paris après la défaite de 1870, déclassée par l'exil et la ruine, qui a neuf ans de plus qu'elle et travaille pour un agent de change. Elle y confie son trouble (jamais ressenti avec Jacques) lorsqu'ils se regardent, longuement, sans pudeur, ce premier soir, s'étend sur les détails de son corps (moustache fournie, mains vigoureuses, larges épaules) et dit son désir pressant de le revoir. Elle a immédiatement reconnu en lui son premier amour de jeunesse, Guillaume d'Orange-Nassau, dit le Taciturne, dont elle a contemplé le portrait jadis jusqu'à savoir par cœur le modelé de la mâchoire, l'arrondi du menton, la barbe fine, le nez droit, le teint coloré et surtout le regard — plus sombre que celui de Charles, c'est vrai, mais l'expression «ténébreuse», absente et rêveuse à la fois, est la même.

La fois suivante, c'est Adèle qui est au piano, remplaçant au pied levé un habitué plus doué. Elle joue de mémoire (qu'elle a excellente, elle peine au contraire toujours un peu lorsqu'il s'agit de déchiffrer une partition qu'elle ne connaît pas) un concerto de Brahms avec le violoniste guéri. Grâce à sa mémoire, ses yeux sont donc aussi libres que ceux de Charles quand il improvise de se fixer ailleurs que sur son pupitre et, cela tombe bien, Charles lui fait face, retiré dans l'embrasure d'une porte, lui-même ainsi à l'abri des indiscrets. Puis on les présente et dans ce contexte moins formel que les réunions mondaines dont Adèle a l'habitude, ils peuvent se parler longuement en tête-à-tête. Début mai, il lui rend visite pour la première fois rue Barbet-de-Jouy, puis, quinze jours plus tard, aux *Binelles*, accompagné de sa mère et de sa sœur. Hors de question qu'ils s'isolent et Adèle note sa déception, dans son Journal, de ne pas avoir pu lui montrer tranquillement le parc. À Paris, elle s'efforce de se lier avec les mère et sœur dont elle ne s'explique pas bien la condescendance manifeste. Frédéric, le frère aîné de Charles, reste curieusement invisible lorsqu'elle est invitée à prendre le thé.

Alors que leurs pères avaient favorisé (sans penser à mal) de nombreux moments d'intimité avec Jacques (au retour de leurs soirées à l'opéra, sur la banquette arrière) qui n'avaient pour résultat que de les éloigner l'un de l'autre (eux que l'absence et le seul échange épistolaire avaient ensuite convaincus qu'ils étaient amoureux), Adèle n'est jamais seule avec Charles et pourtant c'est à cela qu'elle pense exclusivement — ou, en tout cas, rêve. Censure et autocensure peuvent bien sévir dans la journée, à l'état de veille, mais au matin elle suggère plusieurs fois dans son Journal qu'elle a « passé une partie de la nuit » avec lui. Le souvenir a beau l'en faire rougir, elle l'évoque avec enthousiasme et juge inutile de s'en ouvrir à son confesseur.

La seule photo d'elle jeune fille que je possède date de cette époque. Elle se tient bien droite, le regard assuré : rien à voir avec celui de victime qu'affiche sa mère, Aimée, dans les deux versions de son portrait ovale. Elle semble plutôt tenir de son père, physiquement.

Et les lettres sévères reçues d'Arabella ce printemps-là, en réponse aux récits détaillés de ses rencontres avec Charles, frustrantes en réalité mais excitantes en imagination et en rêve, renforcent mon impression qu'elle devait produire sur lui le même effet, que leur attirance était mutuelle (« fais très attention à toi : il va te compromettre, à force de te suivre partout quand vous vous trouvez ensemble en public », « non ce n'est pas très *discret* de sa part de se proposer systématiquement pour tourner les pages de ta partition quand tu joues : même une imbécile comme moi peut voir que tu ne lis pas la musique, de toute façon », et surtout cette phrase-là, dans un court billet posté le 12 juin : « Tu es complètement folle ! N'y va surtout pas ! »).

Grâce au Journal, je sais très précisément où Adèle avait l'intention d'aller cette semaine du printemps 1882.

À la dernière réunion de leur club, qui s'est tenue pour la première fois rue Barbet-de-Jouy, Charles a raconté comment il s'est remis depuis plusieurs mois à l'orgue. Le titulaire de Saint-François-Xavier, M. Renaud, a gentiment accepté qu'il vienne s'exercer de temps en temps, entre deux offices. Il aime avant tout improviser (comme le soir de mars où il a planté ses yeux bleu clair dans ceux d'Adèle) et l'orgue le lui permet beaucoup mieux que le piano. Adèle a une passion pour l'orgue (que connaissent tous les membres du groupe) et personne ne s'étonne de son vif intérêt pour les précisions que donne Charles sur cet instrument en particulier : il n'a pas été construit par la maison « Cavaillé-Coll », mais ce sont eux qui l'ont « relevé » il y a deux ans. Même lorsqu'il se lance dans l'explication de la technique de traction tubulaire pneumatique, elle l'écoute attentivement, attentive il est vrai autant aux mouvements de ses lèvres sous la moustache blonde qu'aux mots qui en sortent. À la fin de l'après-midi, dans les rayons de soleil encore vifs qui embrasent les tapis du salon d'Adèle, au vu et au su de tout le monde, Charles l'invite donc à venir l'écouter la prochaine fois qu'il ira à Saint-François-Xavier. Qui trouverait à redire à un rendez-vous donné dans une église ?

Le mardi suivant, Adèle se réveille en sursaut avant l'aube. Il est cinq heures du matin. Elle ne se rendort pas. Elle a déjà choisi la robe qu'elle va porter. Il fait très chaud, même la nuit, ce sera donc celle en mousseline crème brodée de plumetis vert pâle qui couvre bien les bras et la gorge mais dont le tissu laisse circuler l'air autour du corps, et dont la couleur met ses yeux en valeur : bref, la tenue idéale, décente, légère et flatteuse à la fois. Elle a tout le temps de s'habiller : elle doit LE rejoindre vers dix heures et elle reste longtemps à la fenêtre de son cabinet de toilette, guettant les premiers rayons du soleil sur les toits du Bon Marché.

Depuis qu'elle a rencontré Charles, elle ressent de nouveau le sentiment de puissance perdu à la mort de son père et considéré comme définitivement illusoire après celle de Jacques ; alors qu'elle croyait révolu ce qu'elle appelle intérieurement « le temps de l'insouciance », elle est soudain redevenue la petite fille et l'adolescente confiante qu'elle a été, sûre de la préférence de son père, convaincue que la chance lui sourira toujours (à peine altérée par les présages menaçants du *Pont du Nord*) et qu'elle est la *Vraie princesse* : l'autre nom de la *Princesse au petit pois* d'Andersen, choisie entre toutes par le Prince précisément parce qu'elle est la plus gâtée, la plus exigeante, celle dont un infime désagrément peut contrarier le sommeil, celle capable de repérer le petit pois malgré l'empilement des matelas.

Le «petit pois» qui l'a réveillée si tôt aujourd'hui n'est pas désagréable, au contraire. La hâte d'être à demain l'a poussée au lit de bonne heure. Elle a très bien dormi et chantonne en faisant sa toilette — un air qu'aimerait Arabella, pour une fois, une chanson à la mode qu'Adèle, même si elle n'est plus très souvent invitée à des bals depuis la mort de Père, a entendu partout cette année, même Pauline la connaît: «Dis-lui de revenir, je l'attendrai toute la saison, que l'été va venir, que je suis toute seule à la maison, qu'il fait bon dehors, les cigales de l'été vont bientôt s'arrêter, et tout appelle à l'amour... Comme ça sans raison... Comme ça sans raison, mais... Dis-lui de revenir, je l'attendrai toute la saison, que l'été va mourir, que je suis toute seule à la maison», chantonne-t-elle en faisant sa toilette. Les paroles sont sentimentales, les pensées d'Adèle, discontinues, tournent encore autour du lit et des matelas superposés de la *Vraie Princesse* et elle mesure parfaitement combien sa fascination pour l'orgue est secondaire dans son impatience que la matinée avance.

Pauline l'accompagne, comme convenu. Mais à l'entrée de l'église, en entendant la musique, si discordante à ses oreilles, remplir la nef (elle est incapable de dire si Charles improvise ou joue une de ces atroces musiques contemporaines), elle demande timidement à sa petite sœur si ça ne lui fait rien qu'elle reste en bas. Elle est terrifiée d'avance par le son que doit produire l'instrument d'aussi près, elle aura la migraine, c'est à peu près sûr. Adèle (qui n'en espérait pas tant et accepte aussitôt) a reconnu, elle, l'une des trois pièces récentes de César Franck, l'héroïque en *si* mineur qu'elle n'a entendue qu'une fois — elle l'a confié à Charles dont elle devine qu'il a choisi de la travailler exprès pour elle. Il fait très frais dans l'église et en montant l'escalier elle se frotte machinalement les bras, à peine voilés de mousseline.

Elle ne saurait dire si le son est vraiment plus fort quand elle atteint la tribune et découvre la face cachée de l'orgue, car Charles s'est arrêté de jouer pour manipuler les tirants de jeu. Dans le silence soudain, il se retourne et se lève pour la saluer, sans s'approcher davantage que la bienséance ne l'autorise mais l'espace, de ce côté de la tribune, est réduit malgré tout et Adèle peut sentir autant que voir briller dans ses cheveux, sous la lumière rose du vitrail, la lotion dont elle a déjà appris à lui associer le parfum.

Les guides de Pauline ne prévoient sûrement pas la conduite à tenir dans ce cas et ils hésitent tous les deux devant l'absence évidente d'autre siège que le banc d'organiste, long d'un mètre cinquante, que Charles finit donc par lui désigner en souriant. Soudain intimidée, elle s'assied à l'extrémité et lui demande de faire comme si elle n'était pas là et de reprendre le morceau de Franck.

Il s'installe lui aussi le plus loin possible d'Adèle mais il est plus corpulent qu'elle et elle ne soupçonnait pas, bêtement, que la pratique de l'orgue mobilise tant l'ensemble du corps. Lorsqu'il manie les tirants, son coude gauche frôle plusieurs fois la manche transparente d'Adèle ; mais ce sont ses cuisses surtout qu'elle remarque, les muscles saillants sous la toile fine de son pantalon tandis qu'il parcourt le pédalier. Lui-même, sitôt qu'il a recommencé à jouer, est complètement absorbé, autant que lorsqu'il improvise au piano et il ne semble pas conscient de leur indécente proximité. Ses pieds, selon qu'il appuie du talon ou de la pointe sur le pédalier, ses genoux lorsqu'il les écarte, les relève, ses bras qui vont et viennent d'un clavier à l'autre témoignent d'une aisance physique, d'une agilité maîtrisée de sportif et d'artisan tout à la fois. Le tempo du mouvement est l'*allegro maestoso*, le rythme rapide et le ton majestueux donc et Adèle très vite oublie aussi les convenances, se laisse aller à la double jouissance de la musique et du spectacle de ce corps en liberté. Il faut dire que, pour une fois, leurs regards fixés ensemble sur l'instrument ne se croisent pas, ce qui accroît la décontraction inédite d'Adèle.

Charles, une ou deux fois, tourne pourtant la tête vers elle et ses yeux n'ont plus leur vague, leur distraction habituelle. Il l'observe au contraire avec une acuité différente. Le morceau s'achève, il desserre son nœud de cravate (il fait nettement plus chaud que tout à l'heure, Adèle trouve aussi) et, sans la regarder franchement cette fois, lui demande si elle veut essayer.

Elle n'y avait même pas pensé mais dès qu'il le lui propose, elle retire ses gants de coton crème et pose un index hésitant sur le clavier du haut. Aucun son n'en sort. Elle rit, un peu nerveuse, de sa stupidité et laisse Charles guider sa main vers les différents boutons pour qu'elle teste toutes les possibilités de la note qu'elle a d'abord frappée en vain. Le contact cette fois est manifeste, direct, et cependant légitimé par un impérieux désir, qui s'est en partie substitué à celui de le toucher, lui, et qui pousse Adèle à découvrir l'instrument. Les deux se mêlent à vrai dire et elle est toujours extrêmement consciente, presque douloureusement, de la ligne de sa nuque, à peine perlée de sueur, de l'odeur de la lotion dans ses cheveux, plus forte que tout à l'heure.

Tandis qu'elle s'esclaffe et tâtonne (Pauline, assise dans la nef avec quatre ou cinq paroissiennes recueillies, doit savourer cet interlude), Charles l'initie au lexique et elle retrouve le plaisir des termes inconnus, érudits, ou dont le sens est modifié, plaisir lié au souvenir de son père et de ses leçons d'anatomie. Elle remarque d'ailleurs leur vocabulaire commun — « oreilles », « pied », « taille », mais aussi « gorge », « bouche », « lèvres inférieure et supérieure ». Et d'autres, que seule la fille d'un médecin dont les amis chasseurs ne prenaient pas toujours soin de fermer les portes, après le dîner, dans les relais où Adèle les a suivis, peut identifier comme sexuels : « boursette », « vergette », ou « frein ». Lorsque vient « sommier », ce qui a commencé comme un exposé technique résonne de plus en plus, avec une transparence désarmante, comme le commentaire suggestif de leurs arrière-pensées. Même Charles doit en avoir conscience, puisqu'il hésite un quart de seconde avant de lui expliquer les « jeux à bouche ». Sans transition, il se remet à jouer. Il improvise cette fois. Adèle reconnaît quelques motifs empruntés qu'il s'approprie et développe à sa façon. Le tempo, plus lent que tout à l'heure, ne diminue pas pour autant leur excitation, il lui donne seulement une solennité nouvelle. Lorsqu'il se retourne à nouveau vers elle, les pieds et les mains toujours en action, elle doit lui offrir un visage si visiblement amoureux qu'il approche sa «bouche», en effleure le bout de son «oreille», puis, cessant de jouer, presse son «pied» contre le sien, pose une paume tiède sur sa «taille» et, comme elle ne dit rien et ferme doucement les yeux, leurs «lèvres inférieures et supérieures» s'effleurent, s'entrouvrent, se reculent, se reprennent jusqu'à ce qu'ils aient en même temps conscience que ce silence prolongé peut les trahir auprès de Pauline et des autres dévotes. Adèle rajuste son chapeau et sourit largement à Charles qui appuie la pointe de son pied droit sur la tirasse, puis laisse ses doigts courir sur les touches du clavier de Grand Orgue tandis que celles du clavier de Récit s'animent simultanément sans qu'il ait besoin de les enfoncer : « Cette mécanique-là, chuchote-t-il, s'appelle l'accouplement : la tirasse enclenche un système qui permet de transmettre à l'identique ce que je joue ici. En l'occurrence, c'est une octave grave...

— Jouez-m'en une aiguë, s'entend demander Adèle.

— Celle-ci par exemple, enchaîne Charles, du Récit sur lui-même ; j'enfonce le *do* 2 mais écoutez, je joue en réalité le *do* 1 et le *do* 3. »

Il est midi moins vingt, bientôt l'heure du sexte, l'office du milieu du jour, et la nef bruisse de pas plus nombreux. Ils se lèvent en silence et Charles raccompagne Adèle jusqu'au milieu de l'escalier, juste à la bonne hauteur pour qu'on ne voie d'en bas que les volants de sa jupe, et lui serre longuement les mains. Il n'est plus vraiment nécessaire d'impliquer leurs lèvres, le seul contact des doigts de Charles à travers le coton des gants enclenche un autre mystérieux mécanisme d'accouplement qui transmet à leurs corps tout entiers une vibration parfaitement accordée. Arabella avait raison : ce premier rendez-vous, malgré l'église, ou précisément à cause d'elle et de la fausse impression de sécurité et de décence qu'elle donnait, n'était pas, du point de vue des usages, une bonne idée. Adèle s'en fout. Elle ne le lui racontera pas dans le détail, ni à son confesseur d'ailleurs ; pas pour le moment.

*LE ROMAN
D'UN JEUNE HOMME PAUVRE*

C'est que, contrairement à ce qu'elle aurait pu craindre, Adèle ne se sent NULLEMENT coupable. Elle n'en revient pas de sa chance : elle est persuadée (elle n'a pas tort, je repense aux confidences d'Odette à Annecy, régulièrement entrecoupées de « Tu connais aussi, j'espère pour toi ? » ou « Quand on est amoureux comme nous l'étions, s'en souvenir, l'anticiper, c'est facile et ça permet de tenir. Tu vois ? », et encore il s'agissait là d'une conversation entre femmes du xxe siècle, supposées plus libres mais qui n'ont pas toutes eu la chance d'Adèle), elle est persuadée, donc, qu'il est rarissime que deux corps soient à ce point faits pour déclencher de tels « mécanismes d'accouplement » ! Elle désigne ainsi dans son Journal les répercussions profondes, intimes, que le seul contact visuel ou le seul son de la voix de Charles (et même, dans les semaines qui suivent et la séparent de leurs retrouvailles, leur seul souvenir) provoquent en elle — à une époque qui, comme le révèle l'arrêté pris en 1873 par le maire de Saint-Pair, préconise une distance minimale de quatre-vingts mètres entre une baigneuse en costume de bain trois-pièces et le premier promeneur de sexe masculin.

Le lendemain du « fameux mardi », Charles lui fait remettre un billet dans lequel il lui demande très respectueusement la permission de lui écrire et ose espérer qu'elle trouvera parfois le temps de lui répondre. Pour la première fois depuis la mort de son père, Adèle en effet a des projets pour l'été : le précédent, elle était encore en grand deuil et sous le choc secret de la mort de Jacques, mais cette fois elle a accepté les invitations pressantes d'Arabella en juillet (lorsque la « saison » bat encore son plein en Angleterre) puis près de Saumur chez Marie-Hélène qu'elle n'a revue qu'une ou deux fois depuis son mariage et qui vit retirée dans son château de Touraine, tenant compagnie à sa belle-mère tandis que son VIEUX mari en profite pour passer le plus de temps possible à Paris. Elle a deux filles, Blanche et Rose, âgées de trois et un ans, qu'Adèle ne connaît pas. Elle a accepté les deux propositions bien avant de faire la connaissance de Guillaume d'Orange réincarné et s'en mord les doigts.

Arabella, elle, n'a pas encore d'enfants, et aucunement l'intention « d'attendre » pour l'instant (sans complément d'objet, « elle *attend* », en général suivi d'une date imprécise, comme « pour le printemps », annonce, prononcé par les parentes plus âgées d'une future mère, dans certains milieux traditionnellement prudes, que la jeune femme en question, nécessairement mariée, est officiellement enceinte et, lorsque c'est une première grossesse, constituait et constitue toujours la preuve que le mariage a été normalement consommé).

Du point de vue de l'amusement qu'elle espérait en tirer, sa vie avec Henry semble donner toute satisfaction à Arabella : elle a une somptueuse demeure Queen Anne dans le quartier de Mayfair, est invitée PARTOUT, commande chaque semaine de nouvelles robes, n'a plus affaire à la musique que pour danser, se passionne pour les compétitions d'aviron, les courses de chevaux, les régates, les matches de cricket. Elle a concocté à l'intention d'Adèle un programme exaltant qui la laisse sur les rotules lorsqu'elle reprend le bateau pour Calais après *The Glorious Twelfth*, à la mi-août.

Elles n'ont passé que peu de temps en tête-à-tête et encore, à l'occasion d'après-midi de *shopping* où Arabella, apparemment décidée à ignorer les qualités de «prétendant» de Charles, a habilement réduit la conversation à des commentaires ininterrompus sur celles des bijoutiers d'Oxford Street ou des produits vendus chez Harrods, bien supérieurs à ceux du Bon Marché. Henry a VRAIMENT «le sens de la fête et assez d'argent»: autrement dit, il les accompagne partout et les aide à le dépenser. Très élégant, très bon danseur et grand amateur de chevaux, il se montre charmant avec Adèle qui rentre définitivement convaincue que, pour sa part, la vie commune avec un homme dont les centres d'intérêt sont encore plus futiles que ceux d'Arabella serait un cauchemar. Peu importe si elle n'a rencontré aucune sympathie chez son amie pour ses propres amours, l'expérience lui a, par contraste, confirmé qu'elle cherchait autre chose: avec Charles, elle se voit de mieux en mieux passer le restant de ses jours à jouer alternativement de la musique sans regarder le pupitre, les yeux dans les yeux, et à se «coller» aussi, mais pas du tout de la manière à la fois mièvre et allumeuse avec laquelle Arabella envisageait cette activité dans sa période «flirt».

Les lettres de Charles sont étonnantes. Je les ai toutes, celles de ce premier été. Il s'y décrit sans complaisance, avec beaucoup d'humour et autant de mélancolie. Sans jamais lui «faire sa demande», ce qui de toute manière nécessite qu'il passe avant par la case « Tuteur » (même si Adèle, majeure, peut se dispenser de l'autorisation d'Oncle Jean pour l'épouser, ce qu'elle fera d'ailleurs), il se présente à elle avec franchise, détaille son caractère, son histoire, ses revenus.

Il évoque son enfance à Strasbourg dans la maison familiale de la Robertsau, les marches en forêt, les tartes à la mirabelle caramélisées et les pains de viande juteux confectionnés par la vieille Marie, les dimanches matin où son père, juge au tribunal de Strasbourg, l'emmenait, lui et pas Frédéric, son frère aîné, pêcher dans l'Ill. Adèle n'est jamais allée dans l'Est et ces descriptions lui paraissent aussi exotiques que s'il avait grandi aux colonies. Il s'étend longuement sur sa découverte de la musique, son premier professeur de piano, aveugle, puis son initiation à l'orgue, vers dix ans, sur le Silbermann de l'église Saint-Thomas (pour Adèle, cela seul suffirait à faire de lui un héros).

Il raconte la maladie de son frère Frédéric, une sorte de langueur, de désintérêt croissant pour la réalité (dépression chronique dirait-on aujourd'hui) qui l'a empêché de passer son bac et explique sa réclusion presque continuelle, surtout depuis qu'ils vivent à Paris. Il reste très discret sur ses sentiments à la mort de son père. Il avait dix-sept ans, il avait beau être le cadet c'est lui qui est devenu le « petit chef de famille », comme dirait Zénaïde Fleuriot, Frédéric s'étant déjà mis en retrait de la vie. Il prétend avec une légèreté appuyée s'être satisfait de ce nouveau statut qui lui valait de la part de la vieille Marie un surcroît de sucreries. Quinze ans ont passé et cette distance lui permet de fanfaronner, ou plutôt de dénoncer, à demi-mot, les fanfaronnades de l'adolescent qu'il était. On comprend bien — Adèle comprend bien — au rappel de leurs longs silences complices ces matins où il guettait la truite avec lui, que son père lui manque comme le sien manque à Adèle et ces moments à jamais perdus de communion tacite devant la nature qu'ils ont partagés eux aussi à la chasse la rapprochent encore de Charles (elle le lui écrit, dans la première de ses réponses, une lettre postée le 5 juillet de Henley-on-Thames, probablement dans le dos d'Arabella qui l'y a traînée pour assister à la *Royal Regatta*).

C'est pour dire la guerre et l'exil que Charles atteint des sommets d'*understatement*, un mot anglais dont Arabella vient de lui enseigner le sens et le caractère si typiquement britannique, mais qu'Adèle, tout bien considéré, trouve représenté à un degré infiniment supérieur sous la plume faussement détachée, ironique, pleine d'autodérision de son Alsacien de Charles que chez Henry et ses amis, toujours enclins à l'exagération, lui semble-t-il, surtout lorsqu'ils parlent d'un jeune pur-sang ou d'un vieux whisky.

Il raconte Strasbourg assiégée par les Prussiens, la terreur de sa mère et de sa sœur, le mutisme encore accusé de Frédéric pendant les bombardements et les derniers jours, fin septembre : on n'est plus très regardant sur l'âge des conscrits (il n'a pas vingt ans), il s'engage et se bat quelques heures avant la prise de la ville. Adèle sent son ventre se contracter à l'idée qu'il a risqué sa vie tandis qu'elle courait sur la plage de Saint-Pair, cet automne-là. Elle entend bien, dans les ellipses de Charles, l'arrachement inconsolable lorsqu'ils abandonnent la vieille maison de la Robertsau et tous les souvenirs du juge Armand pour se rapatrier à Paris, avec presque rien.

Il insiste beaucoup sur ce « presque rien ». Il gagne sa vie comme assistant d'un agent de change. N'a pas eu les moyens de passer son deuxième bachot. Il a à charge une mère qui ne se remettra jamais de cet exil, une sœur vieille fille, un frère infirme. Et il s'étend avec férocité sur ce « déclassement », cette « ruine » que sa famille subit en s'accrochant à la fierté de ses origines, de sa situation sans égale autrefois, de ses glorieux ancêtres. Lui, Charles, se moque de ces prétentions périmées ; pour un peu, il paraîtrait se féliciter de cette déchéance qui rend le snobisme de ses compagnes absurde, ridicule. Il n'a plus de père ni de patrie mais présente cette double perte comme une chance, celle de s'émanciper, de ne plus se soucier que de musique. Adèle essaie d'imaginer comment elle réagirait si elle devait se séparer des *Binelles*, quitter Paris, vivre pauvrement. Elle le trouve courageux, libre, drôle. Il n'y a chez lui ni regrets ni amertume, au contraire : elle voit en lui un « survivant » décidé comme elle à profiter de la vie au maximum.

Sur le quai du port de Douvres, au moment de quitter l'Angleterre, ce 13 août, elle enrage de devoir revenir pour repartir aussitôt chez Marie-Hélène, se rassure en recomptant pour la millième fois le nombre de jours passés, considérablement plus élevé que de jours à venir, sans Charles. Dès l'embarquement, elle sympathise avec le capitaine qui lui signale, à mesure qu'ils s'éloignent, les points les plus remarquables de la côte et parmi eux sa maison à lui, la plus haute, qui domine les falaises, simple, blanche, offerte au vent du large. Elle s'en souviendra bientôt, lorsqu'il faudra dessiner la sienne, à la Croix Saint-Gaud.

Les premières heures, Adèle a l'impression que la vie de Marie-Hélène ressemble à un roman de la comtesse de Ségur. Son amie est venue la chercher à la gare de Saumur avec sa fille aînée, Blanche, qui la bombarde de questions durant tout le trajet vers le château, aussi décousues et incongrues que charmantes. Le soleil lorsqu'elles arrivent allonge les ombres des arbres du parc dont Marie-Hélène lui fait les honneurs ; le goûter est servi dans une sorte de salon vitré où traînent des jouets rutilants, une dînette de porcelaine, un cheval à bascule, un puzzle de cubes que la petite Rose manie déjà avec intelligence ; la belle-mère est très sourde mais très aimable et Adèle se demande si elle n'a pas été immature et injuste autrefois, en se montrant si hostile au «prétendant» de son amie, qui a peut-être réellement trouvé là son «bonheur», un climat plus semblable à ses propres ambitions conjugales que la vie mondaine survoltée d'Arabella et Henry — à condition d'oublier l'absence du mari lui-même, dont personne ne parle.

Dès le lendemain, une promenade à la rivière sous un ciel plombé, perturbée par une pluie fine qui précipite les deux amies sous l'auvent d'une grange délabrée, est l'occasion de rompre cette illusion : les petites filles sont « modèles », certes, et Marie-Hélène ne se plaint directement de rien mais Adèle comprend qu'elle s'est résignée à subir les frasques parisiennes de son vieux Georges non plus grâce au dogme maternel (« On aime toujours son mari ») mais au secours permanent de son éducation chrétienne et à la conviction que tous les couples sont aussi malheureux que le sien.

Si les enfants de la génération des miens peinent à lire la comtesse de Ségur, c'est en partie (j'en ai connu qui s'en plaignaient) parce qu'ils sont déconcertés par la présentation des dialogues, imitée des textes de théâtre. Les répliques des personnages n'y sont pas introduites par une formule qui en explicite le ton, l'intention, laisse deviner les sous-entendus, encore moins accompagnées d'un commentaire qui en souligne les motivations. Réduites au simple échange verbal, elles supposent vraisemblablement chez l'auteur la certitude que ses jeunes héros n'ont ni arrière-pensées, ni intériorité. Je vais m'y hasarder aussi, pour voir (ce qui m'arrange : je n'ai jamais bien maîtrisé la mise en page des dialogues sur aucun logiciel de traitement de texte).

ADÈLE
Et ton mari ? Il ne te manque pas trop ?

MARIE-HÉLÈNE
Georges n'est pas... au fond j'ai beaucoup de chance. Il vient nous voir au moins une fois par

mois. Les petites l'ADORENT. Sa mère est très facile. À Paris je me plairais moins. Il a tous ces amis, des camarades de régiment, ils sortent beaucoup. Nous menons une vie tranquille ici, entre filles. Mais je suis bien contente que tu sois là. Tu es la première à me rendre visite. Avec mes parents bien sûr. Ils passent toujours Noël ici. Mais pas mon frère. Georges trouve que sa femme n'est pas... Enfin, j'ai bien fait d'insister pour t'inviter. Au début, il était contre, mais je ne me suis pas laissé faire ! Et toi ? Tu songes à te marier ?

ADÈLE
Oui.

MARIE-HÉLÈNE
Et tu ne m'as rien dit ! Je le connais ? Non, je suis bête, il y a si longtemps que je suis partie et tu dois rencontrer tant de monde. Comment s'appelle-t-il ? Je pourrais peut-être venir pour les fiançailles ? Au pire, pour ne pas gêner Georges, je dormirai chez Papa et Maman ? C'est quand ? Pardon : je ne te laisse pas répondre. Son nom d'abord ?

ADÈLE
Tu ne le connais sûrement pas. Il s'appelle Charles Armand. Quant aux fiançailles... Tu sais, nous n'avons encore parlé de rien précisément.

MARIE-HÉLÈNE
Mais tu viens de me dire que tu allais te marier ?

ADÈLE

Oui. C'est ce que je veux. Et lui aussi, j'en suis certaine.

MARIE-HÉLÈNE

Moi aussi, moi aussi : raconte !

ADÈLE

Il n'y a pas grand-chose à raconter. Je l'ai vu plusieurs fois au printemps, chez des amis qui font de la musique. Et une fois seule. Il m'a donné une leçon d'orgue. Il ressemble à Guillaume d'Orange. Tu te souviens de mon livre, du portrait devant lequel je passais des heures ?

MARIE-HÉLÈNE

Oui, bien sûr : le Taciturne. Moi j'étais amoureuse du Duc de Guise... On était bêtes, non ? Et il ne t'a pas fait sa demande ?

ADÈLE

Pas encore. Il est... d'une excellente famille, ça, pas de problème, bien plus « excellente » que la mienne, si tu écoutes sa mère et sa sœur. Mais quand ils ont quitté Strasbourg... Enfin, il n'a pas beaucoup d'argent.

MARIE-HÉLÈNE

Qu'est-ce que ça fait ? Tu en as pour deux, non ? Un vrai mariage d'amour : tu en as de la veine ! Comme dans le roman d'Octave Feuillet, tu sais : *Le Roman d'un jeune homme pauvre* ?

En l'occurrence, il est évident que la brute restitution de leurs phrases laisse de côté l'essentiel. Ce qu'elles pensent et ne disent pas, ce qu'elles choisissent de cacher à elles-mêmes ou à l'autre. Le sous-texte, lui, donnerait sans doute plutôt ceci :

ADÈLE

Donc ton Georges te séquestre à Saumur pendant qu'il fait la noce à Paris avec de vieux soûlographes rencontrés à l'armée, t'interdit de recevoir ta propre famille et se sert de toi comme gouvernante bénévole au service de sa mère. Il a probablement renoncé à ce que tu lui donnes un garçon. Tu vas pourrir sur pied dans ce parc où il ne doit faire beau comme hier que quelques semaines par an. Et tu ne me dis rien parce que tu gardes tes rares moments de révolte pour ton confesseur qui te convainc chaque fois que tu remplis parfaitement les desseins du Seigneur en te soumettant à la loi de ton mari. Moi j'aime un Prince en exil beau comme un dieu grec, il m'a embrassée sur la bouche et quand j'appuie le dos de ma main contre mes lèvres, que je les entrouvre, le soir, dans mon lit, j'arrive à me souvenir de ce que j'ai ressenti, je revois la lumière qui tombe du vitrail et je respire l'odeur de sa lotion et je n'ai pas d'autre objectif que de recommencer, plus que onze jours et je rentre à Paris, toute ma vie je ne veux rien d'autre que ça, son bras autour de ma taille, mes mains dans les siennes.

MARIE-HÉLÈNE

C'est donc ça, ces joues roses, ces yeux brillants. Mais qu'est-ce qu'elle va donner, ton histoire ? *Le Roman d'un jeune homme pauvre*, le bouquin d'Octave

Feuillet qu'on se passait sous le manteau aux Oiseaux, tu t'imagines que ça existe en vrai ?

ADÈLE
J'ai toujours détesté Octave Feuillet.

MARIE-HÉLÈNE
La vérité, ma pauvre, c'est qu'il dépensera ta dot, te caressera seulement quand il en aura envie, te fera mal quand il aura trop bu et ne sera pas là le jour où tu croiras mourir (et mourras d'ailleurs peut-être) en mettant ses enfants au monde. Profite. Reste seule. Tu as la chance d'être orpheline, personne ne peut t'obliger à te marier. Et ne va pas croire les autres, comme Arabella, qui t'expliquent qu'on est plus libre après. C'est pile ou face et toi tu as tout à y perdre.

ADÈLE
Je ne pense qu'à ça. Je compte les jours. Et si j'ai de l'argent et que ça l'arrange, tant mieux. De toute manière, je suis «moi» comme ça. Riche. Ce serait débile d'imaginer qu'il tombe amoureux de moi en en faisant abstraction.

MARIE-HÉLÈNE
Avec un peu de chance, il aura trop d'orgueil, ou peur que ton tuteur fasse des difficultés et il renoncera. Il n'osera jamais, si la différence de fortune est si grande.

ADÈLE
Ça m'est égal. S'il le faut, c'est moi qui le demanderai.

Le 28 août, Adèle quitte la Touraine. Le 29, un samedi, elle est aux *Binelles* et attend Charles qui doit venir seul, sans mère, sans sœur. Pauline est là, ça suffit bien comme chaperon. D'ailleurs Pauline est très occupée cette après-midi, elle a **deux** visites et **une** course à faire «dans le pays», comme elle appelle le centre de Sèvres.

Adèle a remis sa robe en mousseline à plumetis et décidé d'aller accueillir Charles à la gare.

Il fait presque aussi chaud que l'autre fois même si la lumière est plus sourde au-dessus de la colline de Meudon et elle garde son ombrelle ouverte, se tenant bien en évidence au bout du quai pour ne pas le manquer. Il s'est écoulé exactement soixante-dix-sept jours depuis sa leçon d'orgue. Elle a reçu cinq lettres en Angleterre et deux chez Marie-Hélène qui s'est bien gardée de la questionner sur leurs émetteurs et contenu. Elle-même en a écrit une quarantaine et envoyé trois. Elle retient son souffle en voyant le panache de la locomotive flotter là-bas avant le dernier virage, cherche vaguement son reflet dans les portes vitrées derrière elle, se reprend, un peu honteuse de sa coquetterie, ignore à moitié le salut d'une lointaine connaissance et s'en veut d'être aussi nerveuse, aussi impatiente, debout là à compter les secondes en maudissant le train qui lui semble s'attarder démesurément avant de parcourir les cinquante mètres restants, réprime l'accès de colère qu'elle sent monter contre son conducteur et serre très fort le manche de son ombrelle.

Contrairement aux prévisions d'Adèle, Charles a pris un billet de première classe et il est donc tout de suite là, devant elle, sa haute silhouette à portée de la main. Elle ne l'a jamais vu sourire ainsi, il ne ressemble plus du tout à Guillaume d'Orange, elle se rend compte qu'elle avait tout oublié de son visage durant ces soixante-dix-sept jours, plus de mille heures d'éveil passées à essayer de le reconstituer de mémoire avec une concentration farouche, *obstinée*, sans cesse déjouée par le souvenir, involontaire, lui, en tout cas incontrôlable, des rayons de soleil poussiéreux tombant sur les claviers et des nœuds du bois sur le dossier du banc quand elle a rouvert les yeux, le 13 juin, après leur baiser, rayons et nœuds inexplicablement « accouplés » à la douceur de la moustache frottant sa lèvre supérieure.

Charles soulève son chapeau sans cesser de sourire et lui offre son bras pour sortir de la gare. Juste ça : sa main droite à elle, gantée de coton blanc, légèrement accrochée au creux de son coude gauche à lui, le spectacle décent, normal, de deux personnes bien élevées gravissant la rue qui mène à l'entrée des *Binelles*. Et chacun des doigts d'Adèle, nettement séparés par le gant, entièrement absorbé par la surface sur laquelle il repose. Le majeur, plus appuyé, sensible aux contractions du biceps sous la veste de toile crème, le pouce et l'index caressant négligemment les plis du tissu sans rencontrer la chair, l'annulaire et l'auriculaire délicieusement piégés lorsque l'avant-bras de Charles, entraîné par le rythme de leur marche, remonte très légèrement.

Adèle tient son ombrelle un peu écartée pour ne pas le gêner et cligne des yeux dans la lumière intense : au moins ses joues empourprées auront-elles le prétexte de la chaleur. Elle a l'impression qu'ils n'ont pas prononcé un seul mot mais sans doute ont-ils échangé des propos aussi neutres que les dialogues de la comtesse de Ségur, si insipides en comparaison des sensations auxquelles ils s'intéressent exclusivement.

Arrivée à la maison, Adèle lâche enfin son bras et donne des consignes pour qu'on leur prépare du thé glacé. La seule fois où Charles est venu aux *Binelles*, elle lui a parlé de la légende du crocodile mais leur visite de l'orangerie, en bas, près de la rivière, a été presque gâchée par la présence de sa mère et de sa sœur, visiblement partagées entre leur agacement devant la taille de la propriété et la consolation de la trouver malgré tout décevante, rien à voir avec la Robertsau n'est-ce pas ?

Tandis qu'elle pose son ombrelle sur la console du hall, déboutonne ses gants en les observant avec un fétichisme nouveau, puis retire l'épingle de son chapeau, elle surprend dans le miroir le regard de Charles sur sa nuque et ses joues déjà roses se colorent encore, mais elle pourrait aussi bien continuer, se déshabiller entièrement, découvrir centimètre par centimètre sa peau sous ce regard.

Elle tremble un peu en se retournant pour lui faire face. Elle a eu beau crâner intérieurement en essuyant le scepticisme implicite de Marie-Hélène, elle se sent brutalement incapable de prendre la moindre initiative. Charles, lui, se contente de lui demander si elle veut bien l'emmener dire bonjour au crocodile, ce qui d'une part a le mérite de mettre fin à leur embarras, et donnera d'autre part naissance, dans leur jargon intime, à un durable double sens.

Ils descendent l'allée qui longe la pelouse en direction de la rivière sans se toucher. Pas directement du moins : les volants de la robe d'Adèle et surtout le haut de ses manches bouffantes frôlent forcément le costume de Charles — l'allée n'est pas large. Ils regardent droit devant eux, comme sur le banc d'orgue, infiniment conscients de leur isolement imminent.

La rivière est à sec, comme souvent à la fin de l'été, mais ils ne s'en approchent pas, de toute façon. À leur gauche, les portes de l'orangerie sont grandes ouvertes. « Il doit faire plus frais à l'intérieur » : aucun d'entre eux n'arrivera jamais à se souvenir, dans les nombreuses occasions où ils se re-raconteront la scène, qui a prononcé cette phrase mémorable. Il y fait plus frais, c'est vrai, et plus sombre aussi (Adèle vient de rentrer et les vitres n'ont pas été nettoyées depuis un moment, ce qui n'a rien d'étonnant : Pauline a encore grossi et limite ses lents déplacements à ce qui lui paraît <u>nécessaire</u>, comme les **deux** visites et **la** course de cette après-midi, et qui n'inclut pas les promenades d'agrément au fond du parc, même justifiées par quelque chose d'aussi essentiel à ses yeux que le nettoyage de carreaux).

Ils dérangent en entrant une nichée d'oiseaux installée dans le grand sapin qui surplombe la verrière et lèvent la tête à l'unisson pour les voir s'envoler. Ensuite, tout va très vite et très simplement. Charles la regarde droit dans les yeux, penche son visage vers elle en la saisissant aux épaules, ses mains tièdes chiffonnent distraitement la mousseline froncée de ses manches, elle se colle instinctivement à lui et perçoit pour la première fois la présence de ce qu'ils appelleront toujours ensuite entre eux « le crocodile » contre la ceinture de sa robe. Il l'embrasse longuement, le crocodile semble à Adèle l'objet le plus dur contre lequel elle ait jamais appuyé cette partie de son corps, ou plutôt non : il lui rappelle soudain une journée où Père et une Amie-de-Père l'ont emmenée à une fête foraine aux Tuileries.

Elle devait avoir treize ou quatorze ans, était un peu trop vieille déjà pour les attractions destinées aux enfants, trop jeune pour les autres, mais elle a fait trois tours d'affilée sur un cheval de bois noir et elle éprouve le même genre de vertige aujourd'hui que cette après-midi d'avril où, tournant avec le carrousel, elle a découvert puis cherché à reproduire une drôle de chaleur sous la pression de la hampe contre son pubis, différente mais pareillement agréable selon que son cheval montait ou descendait. Inutile de dire qu'elle n'a attrapé aucun anneau. Père et son amie ne se sont rendu compte de rien mais le fait qu'ils l'aient ensuite abandonnée devant un spectacle de marionnettes, au milieu d'une foule de bébés déchaînés ou terrifiés mais tous hurlants pour ne réapparaître qu'une heure après la fin de la représentation, un peu décoiffés, excusant leur retard par « le temps qu'il faut pour se faire servir un chocolat chez Ladurée » alors qu'il ne lui a pas échappé qu'ils venaient du côté opposé du jardin, celui qui se trouve en face d'un hôtel, a sans doute contribué à l'occultation générale par Adèle d'un souvenir globalement dérangeant.

Sur le moment, elle ne s'interroge pas davantage sur les résonances en elle de cette expérience passée et sur sa cohérence. À petits coups, de plus en plus experts, leurs bouches se prennent et se reprennent, leurs lèvres s'écartent, leurs langues se mêlent et Adèle note, dans les rares instants où elle arrive à se dédoubler et à considérer la scène d'un autre point de vue (c'est-à-dire le sien, très limité, tel qu'il se croyait pourtant supérieurement informé quelques minutes plus tôt en descendant l'allée), que ces mouvements qu'elle n'a jamais appris, l'inclinaison des visages, l'étrange manque de participation spontané des dents, l'infinie diversité des angles d'attaque et des points de contact entre lèvres et langues, tout cela lui vient tout naturellement. Très nouvelle aussi est la variété alternative du « mécanisme d'accouplement » : tantôt ce seul baiser propage sa chaleur dans tout son corps, tantôt au contraire elle a l'impression que toutes ses sensations sont concentrées en un point, qu'elle n'est plus qu'une bouche. (Elle note aussi le passage, dans un univers parallèle, du Paris-Surdon qui ébranle les vitres de l'orangerie.)

Uniquement absorbée par cette découverte inouïe (pourquoi donc ni Arabella ni Marie-Hélène ne lui ont-elles jamais parlé de ça ? du reste, encore, elle veut bien, ce serait trop indiscret, mais ce qui se passe quand on échange un VRAI baiser, elles auraient pu le lui raconter!), Adèle manque tomber lorsque Charles s'écarte enfin, laisse glisser ses mains de ses épaules à ses poignets, baisse les yeux et chuchote qu'il aimerait tant.

Heureusement, elle n'a pas oublié que, l'heure venue, ce serait à elle de formuler les choses clairement, en gros, de finir ses phrases. Qu'il ne pouvait « faire sa demande » sans qu'elle l'y aide un peu. Que c'est bien normal, puisqu'il est un Prince cadet en exil (arguments qu'elle s'est répétés tout le long de son séjour en Touraine, en prévision du moment où elle devra se jeter à l'eau). « Moi aussi j'aimerais tant. Il suffit de nous marier. » Charles écrase presque ses poignets de ses doigts musclés d'organiste puis, plantant ses yeux rieurs dans les siens, il pose un genou à terre. Le lin crème du pantalon qu'il a voulu éviter de salir dans le train en achetant, beaucoup trop cher, un billet de première classe pour venir voir Adèle frotte les dalles humides de l'orangerie, il se racle la gorge (même si ce n'est pas son premier VRAI baiser, il est assez ému lui aussi) et lui demande très sérieusement si elle consent à être sa femme.

Lui aussi a dû se tenir pas mal de raisonnements partisans, durant ces soixante-dix-sept jours, et il en a conclu qu'il ne pouvait pas laisser passer la chance, fût-elle microscopique, de faire un jour pour de bon, en tout bien tout honneur, à cette fille-là tout ce que, assis sur son banc d'orgue, il a désiré lui faire plus intensément qu'à aucune autre avant. Il se fout complètement de son argent. Ou plutôt, il s'en méfie et le déteste d'avance comme un obstacle à ses projets. Bref, il est pauvre mais amoureux. Comme elle, il est conscient que ce genre de rencontre ne se présente pas souvent, ne se présente quelquefois jamais dans une vie. Et que, les choses étant ce qu'elles sont (les villes assiégées, les parents mortels), c'est-à-dire fragiles, mieux vaut ne pas lâcher celles qui vous rendent heureux, elles se briseront bien assez vite d'elles-mêmes.

Lorsqu'ils finissent par remonter à la grande maison, anxieux d'être tout de même surpris par Pauline dont la paresse d'obèse risque de céder face au sens des convenances, le thé est tiède, malgré toute l'eau des glaçons qui l'ont dilué en s'y fondant.

L'argent, en effet, est un obstacle. Pas aux yeux d'Adèle mais aux yeux de son tuteur, Oncle Jean, le père d'Arabella. À la suite d'Adèle, il a rejoint leur fille, avec Tante Jeanne, dans le Wessex où, depuis *The Glorious Twelfth*, Arabella sacrifie au rituel séjour dans le château familial d'Henry en attendant patiemment qu'il soit temps de rentrer s'amuser à Londres. (Adèle a compris que sa cousine préférait recevoir ses parents dans ces intervalles un peu creux plutôt que de les sortir dans ses soirées chics.)

Mais Adèle ne s'avise pas tout de suite qu'elle aura besoin du consentement d'Oncle Jean et ils commencent à annoncer la nouvelle à la mère et à la sœur de Charles, à Pauline, à leurs amis musiciens qui leur font fête le jeudi de septembre où ils se réunissent pour la première fois depuis l'été : Charles y joue le prélude pour B.A.C.H. de Liszt au piano, tout va bien même si Adèle trouve sa future belle-famille assez froide avec elle — des gens de l'Est, réputés peu démonstratifs, enfin, à part Charles. Elle a même raconté en confession (sur le ton le plus impassible) les attouchements, les caresses qu'elle pratique avec son FIANCÉ. Car ils sont fiancés, sa bague — un diamant poire remonté sur un anneau tout simple — l'atteste.

Lorsque Oncle Jean débarque, il est furieux. Adèle a fini par écrire à sa cousine en octobre. Elle a déjà choisi le tissu de sa robe (de la faille très souple) mais se rappelle soudain l'existence d'Arabella en même temps que ses excellents tuyaux en matière de couturières et s'aperçoit qu'elle a complètement oublié de l'informer (pas plus que Marie-Hélène d'ailleurs). C'est ainsi qu'Oncle Jean a «pris connaissance de cette décision bien précipitée» et il aurait «avancé (son) retour s'il n'était déjà prévu le lendemain du jour où Arabella a reçu (sa) lettre», tant il est inquiet, explique-t-il à Adèle dans le billet comminatoire par lequel il la convoque, SEULE, à son bureau, dans les plus brefs délais.

Leur entrevue leur déplaît à tous les deux.

Adèle déteste cette parenthèse affreusement «formelle», et «technique», dans le ravissement permanent que sont ses journées, employées à penser à Charles, à écrire à Charles, à lire des messages de Charles, à parler de Charles et surtout, <u>surtout</u> à faire avec Charles toutes sortes d'expérimentations physiques, progressives et plus ou moins autorisées par le confesseur qui, faute de pouvoir indiquer une limite exacte entre le bien et le mal dans ce domaine, autre que le dépucelage, n'a pas convaincu Adèle de la nécessité d'attendre le mariage pour savoir ce qui se passe quand on lui masse les omoplates (22 septembre), mordille l'intérieur du poignet (3 octobre), plaque les épaules contre un mur de pierres froid alors qu'il fait si chaud dans la pièce

(17 octobre), caresse les genoux (15 novembre), les pointes des seins (10 décembre, après quoi d'un commun accord ils auront la sagesse de s'arrêter à ces figures déjà répertoriées, après tout, la cérémonie est prévue le 20 janvier).

Oncle Jean de son côté découvre avec un mélange d'inquiétude réelle et de mesquinerie outrée « l'inconscience » (et surtout l'obstination) de sa pupille. Il la reçoit dans la sinistre salle de réunion de l'étude de notaire qu'il a héritée de son beau-père, lui parle longuement de son ami, Aimé Duval, « qui n'aurait pas voulu que sa fille se décide si vite après sa *disparition* ». Adèle ne supporte pas les euphémismes du type « disparition » pour « mort ». Son père n'a pas « disparu », elle sait parfaitement où se trouve son corps (la tombe est contre le mur, tout en bas du cimetière de Meudon est-elle tentée de rappeler à Oncle Jean, le long de la ligne Paris-Granville qu'ils ont prise ensemble douze ans plus tôt : il faut qu'elle se raccroche au souvenir de Saint-Pair, où il l'a emmenée, aux pique-niques à la Croix Saint-Gaud pour ne pas le haïr). Elle se contente de répliquer que son père est mort depuis plus de deux ans maintenant, qu'elle en a vingt-deux, bientôt vingt-trois et « qu'il aurait sûrement souhaité qu'elle songe à son bonheur et à perpétuer son nom ».

Ici, le tuteur tique. Il fronce les sourcils et se penche légèrement en avant, pas sûr d'avoir bien entendu. « Oui, son nom », continue Adèle imperturbable. « J'ai demandé à Charles et il a accepté que nous déposions une requête auprès du Conseil d'État pour que nous portions tous les deux son nom et celui de mon père, avec un trait d'union :

Armand-Duval. Donc, oui, je vais pouvoir ainsi perpétuer son nom. Nous espérons fonder une grande famille, Oncle Jean », précise Adèle en le regardant droit dans les yeux, ce dont il n'a pas l'habitude chez une jeune fille.

Rien de concluant ne sort de ce premier rendez-vous, tant elle l'a pris par surprise. Il est estomaqué par son assurance, son mépris des usages et surtout la désinvolture avec laquelle elle envisage de placer sa fortune (quatre fois plus grande que celle d'Oncle Jean, c'est pour dire !) dans les mains d'un quasi-étranger sans autre revenu que son salaire d'employé et qui a trois personnes à charge. Il ne le lui dit pas aussi explicitement, la reconduit jusqu'à sa voiture, remonte dare-dare à l'étude et lance une enquête sur Charles. On lui donne des renseignements plutôt encourageants (excellente famille, plusieurs juges parmi ses ancêtres, mère très pieuse, donne toute satisfaction à son travail) et d'autres moins : aucune fortune personnelle, un frère souffrant d'une tendance à la « mélancolie » (« Qu'est-ce que c'est que ce machin, ma chère Jeanne, voulez-vous bien me le dire, sinon un terme pédant pour paresse ? ») qui le rend inapte à tout emploi.

Il re-convoque Adèle. Nous sommes cette fois début décembre, précisément après le toucher (et leur irrépressible, très léger écartement) des genoux d'Adèle et avant le titillement des pointes de ses seins, entre l'index et le majeur — oui : les deux seins en même temps et quelquefois les deux de la main droite, Charles est organiste, le pouce sur l'un, le petit doigt sur l'autre, fastoche, comme ça il a la gauche libre de lui caresser le menton, tout en l'embrassant sur la bouche, naturellement, bref Adèle n'est pas très motivée par les sermons d'Oncle Jean, elle a VRAIMENT des choses plus essentielles en tête, en ce moment. Sans compter le faire-part qui n'est pas encore rédigé, c'est pour cela qu'elle a tout de même obéi à l'invitation de son tuteur. Elle a le sens des usages, contrairement à ce qu'il croit, et elle préférerait que ce soit lui qui annonce son mariage dans le Carnet du *Figaro*.

Elle l'écoute sagement évoquer le spectre des «spéculations boursières» que son «fiancé» (il dit «fiancé», ce qui est en soi une petite victoire) pourrait être tenté de faire avec son capital à elle, Adèle. C'est normal, dans son métier. Mais ce serait imprudent. Si au moins il avait les diplômes nécessaires... Adèle rappelle à son oncle que si Charles n'a pas fini ses études, c'est à cause de la guerre, «guerre», souligne-t-elle en le fixant avec insolence (et en se rappelant cette fois leur séjour à Saint-Pair comme un argument en sa défaveur à lui, Oncle Jean, le «planqué»), «guerre où Charles s'est battu avant même l'âge réglementaire». Mais tant pis, elle cède, persuadée même que Charles, qui a peut-être peur qu'on le soupçonne d'en vouloir à sa dot, préférera le système absurde proposé par son tuteur : un contrat de mariage «sous un régime dotal qui soumet toute modification du capital à un juge des tutelles». Charles, en effet, paraîtra soulagé lorsqu'elle le lui expliquera (le «jour des pointes de seins» et c'est évidemment cet événement-là qu'ils en retiendront).

Oncle Jean, par ailleurs, refuse absolument de figurer sur le faire-part. « Je ne t'ai pas caché ma désapprobation. Je tiens à ce qu'elle soit publique. » Adèle fera donc part elle-même et libellera ainsi le carton d'invitation au lunch : « Monsieur et Madame Charles Armand recevront après la cérémonie religieuse, 26, rue Barbet-de-Jouy. » Leur requête auprès du Conseil d'État aboutira quelques années plus tard, parachevant une procédure globalement atypique, pour ne pas dire « scandaleuse », comme le dirent à peu près tous ceux qu'elle concernait, de près (Pauline, les mère et sœur de Charles), de plus loin (Arabella, ses parents, et même son mari, Marie-Hélène et le sien, évidemment, qui lui a presque interdit de revoir Adèle) ou même pas du tout, ni de près, ni de loin.

Bien plus tard, Adèle conviendra qu'au fond elle avait raison de ne pas adhérer au précepte de la mère de Marie-Hélène selon lequel « on aime TOUJOURS son mari ». À l'époque, elle avait compris ce « toujours » comme un « forcément » et en avait vu la niaiserie. Plus âgée, elle l'entendra comme un « tous les jours » et de ce sens-là aussi, elle mesurera l'inexactitude : il y aura, sinon des jours entiers, des moments, certains jours, où elle détestera Charles. Où elle se mettra très en colère contre lui. Comme ce lundi matin où, fatigué de l'attendre et décidé à ne pas manquer, lui, le train de Paris, il la précède sur le chemin de la gare, aux *Binelles*, et où, l'ayant rattrapé, elle lui casse son ombrelle sur le dos, au milieu du quai même où elle guettait son arrivée le cœur battant, quelques années plus tôt. Il en ramasse très calmement les morceaux sans rien dire, la laissant si déconcertée qu'ils éclatent de rire en même temps. C'est ainsi que se résolvent leurs disputes. Qui sont, il faut l'avouer, toutes déclenchées par elle, et aussi bénignes.

Mais à part ça, la confiance qu'Adèle éprouve à ses côtés dans la nef de Saint-François-Xavier, tandis que César Franck en personne joue le Kyrie de sa *Messe* inédite sur l'orgue où les mains de Charles se sont promenées juste avant qu'il les pose sur elle pour la première fois, cette confiance dans leur avenir est justifiée : ils seront heureux et auront beaucoup d'enfants.

LA FORÊT DE SCISSY

C'est Charles qui a l'idée de Saint-Pair. Les magazines féminins recommandent le soleil et le romantisme, c'est-à-dire l'Espagne ou l'Italie mais Adèle (qui en lit beaucoup moins qu'Arabella ou même Pauline, curieusement friande de conseils que rien dans sa vie ne lui permet de suivre) lui a souvent répété son manque de goût pour la Méditerranée. N'appartenant ni l'un ni l'autre à la noblesse, ils n'ont pas de « terres » à aller visiter. De plus, l'agent de change pour qui travaille Charles verrait d'un mauvais œil un départ prolongé. Puisque le but principal du voyage de noces (une coutume qui s'est alors suffisamment répandue en France pour qu'on ne la désigne plus, mais l'appropriation est encore récente, comme « voyage à la mode anglaise ») est de favoriser la découverte de la sexualité loin d'un cercle familial jugé peu propice à son épanouissement (dans le cas d'Adèle et de Charles, l'enjeu, on l'a vu, est capital), n'importe quel cadre un peu isolé devrait faire l'affaire et ils songent même, un temps, à se retirer tout simplement quelques jours aux

Binelles, puisque après tout c'est là qu'ils sont « allés voir le crocodile » pour la première fois.

Mais Charles, après s'être discrètement renseigné sur le coût du voyage et d'un séjour d'une semaine au Grand Hôtel Rachinel, un établissement flambant neuf du centre, en pleine expansion, de Saint-Pair (il tient absolument à offrir au moins cela, ce voyage, à sa femme qui a pris en charge toutes les autres dépenses affectées à leur mariage : frais de notaire, cartons d'invitation, photographe, champagne, etc.), fait à Adèle, dans le courant du mois de décembre, cette proposition qui achève de la persuader qu'elle a raison de l'aimer et de l'épouser, « d'aller regarder si par hasard il n'y a pas de crocodile aussi dans la baie du Mont-Saint-Michel ».

Elle commence par protester, pour la forme, qu'il serait plus « égalitaire » de choisir un endroit qu'aucun d'entre eux ne connaît, mais Charles lui rétorque qu'après tout, il a déjà sur elle l'avantage de certaine autre expérience (jamais il n'est venu à l'esprit d'Adèle de lui en vouloir de cette avance qu'il a sur elle, bien au contraire : elle est consciente de profiter de son savoir ; devine qu'elle, Adèle, l'inspire cependant beaucoup plus que ses précédentes conquêtes ; trouve qu'il vaut mille fois mieux un mari amoureux ET expérimenté, bref elle n'est pas jalouse de son passé) et qu'à Saint-Pair ils seront justement « à égalité », puisqu'elle n'a jamais vraiment vu « le crocodile », ni lui la mer.

La cérémonie religieuse commence à onze heures du matin ce samedi 20 janvier. À midi et demi les jeunes mariés font à pied les quelques mètres qui séparent l'église Saint-François-Xavier de la rue Barbet-de-Jouy où il leur faut encore feindre d'avoir assez d'appétit pour le lunch, eux qui ont l'estomac noué, non par l'appréhension mais d'impatience.

Vers trois heures, Adèle se retire dans sa chambre où Pauline l'aide à se débarrasser de sa robe de faille fermée dans le dos par une centaine de boutons de perle et à revêtir un ensemble de cachemire bleu marine bien plus commode pour voyager (et beaucoup plus rapide à défaire, la couturière d'Adèle a eu ordre d'y veiller : la veste s'ouvre par-devant, ainsi que le corsage de dentelle blanche à col montant qu'elle porte au-dessous, tout est fait pour faciliter l'introduction des mains de Charles, l'accès à ses seins). Leurs malles sont déjà parties.

À quatre heures, la voiture les dépose à la gare de l'Ouest toute proche, quelques minutes avant le départ de «l'express» de Granville (sept heures quarante minutes et dix-huit arrêts **seulement**). Charles a emprunté ce qui lui manquait à un collègue pour réserver un compartiment entier en première classe et glisser au contrôleur un pourboire garantissant une discrétion maximale pendant tout le voyage. Avant Houdan, ils ont donc pu vérifier que la couturière a scrupuleusement respecté les consignes d'Adèle : les trois boutons de sa veste et les douze agrafes de son chemisier de dentelle n'ont posé aucun problème ; quant aux lacets de son corset, Charles a dû se servir de son canif mais Adèle se dit qu'on verra bien à l'arrivée comment se débrouiller pour le rajuster sommairement (de toute façon il fera nuit et elle aura remis sa cape de voyage, assez ample pour donner le change devant le réceptionniste de l'hôtel). À partir de Briouze les jupes d'Adèle, nettement plus évasées que ne le veut la mode, démontrent à leur tour l'importance de la coupe, dans l'art du vêtement. Charles lui-même est de plus en plus débraillé. De sorte que lorsqu'ils affronteront enfin le concierge du Grand Hôtel Rachinel, quelques minutes avant minuit, ils auront les lèvres à vif et les jambes coupées.

À leur descente du train, encore flageolants et regrettant à moitié de n'avoir pas eu le cran de faire de ce compartiment leur chambre nuptiale, ils découvrent un paysage entièrement enseveli sous la neige (qu'ils n'ont pas remarquée avant : Charles a fermé leurs rideaux en quittant Versailles, sous prétexte qu'il faisait déjà presque nuit). Seuls quelques flocons continuent de tomber mais la couche est assez épaisse pour réverbérer la lumière de la lune, pleine ce soir-là, de sorte que lorsqu'ils arrivent en haut de la côte qui domine la plage de Saint-Pair (« Les filles ! Regardez là-bas : la mer ! » chuchotent les parents d'Arabella dans la mémoire d'Adèle) on y voit presque comme en plein jour. La mer est basse, qui seule aurait pu trancher de sa masse noire sur toute cette blancheur, les prés ventrus qui bordent la route sur leur gauche semblent jonchés de lys, la grève verglacée déroule à leur droite une surface de drap immaculé : « Ils ont bien fait les choses », plaisante Charles. « Je n'en attendais pas autant quand j'ai précisé que nous étions de jeunes mariés. » Adèle a beau se douter que Charles n'a pas donné ce genre de détails en réservant (tout le dernier étage de l'hôtel, une folie qu'il n'aurait jamais pu se permettre autrement qu'en «basse saison»), elle évite de croiser les regards du concierge, puis de la jeune fille qu'on vient visiblement de réveiller et qui expédie en quelques minutes la visite de leurs appartements.

Lorsqu'elle les laisse seuls, Charles a un court instant d'embarras qu'il ne cherche pas à masquer. Depuis la fenêtre où il a d'abord essayé d'apercevoir la mer (trop loin : comme la première fois, c'est encore un jour de grande marée qui coïncide avec l'arrivée d'Adèle mais la mer est basse) il se retourne vers elle et lui jette un regard intimidé. Elle laisse glisser au sol sa cape et s'avance en souriant vers lui : «Je ne suis pas du tout inquiète», affirme-t-elle. Et c'est la stricte vérité.

« Il y a très longtemps, jusqu'au Moyen Âge, Saint-Pair était à l'intérieur des terres. »

Le guide qui nous a fait la visite « VIP » du Mont l'été dernier avec Jules nous a donné les deux versions de l'histoire.

« Les îles Chausey (vous les verriez si le ciel se dégageait), là-bas, comme le Mont-Saint-Michel et le rocher de Tombelaine étaient rattachés au continent. On raconte que toute la baie était recouverte d'une forêt, la forêt de Scissy, probablement un lieu de culte païen. Et puis, en l'an 709, au mois de mars très précisément, un raz-de-marée extraordinaire aurait englouti la forêt et redessiné la côte telle que vous pouvez la voir actuellement, isolant notamment le Mont.

Rappel des faits (tout ce qui va suivre a été consigné, probablement au milieu du IXe siècle, par un chanoine local qui écrivait assez bien le latin, dans un texte intitulé *Revelatio ecclesiae sancti Michaelis in monte Tumba*, calligraphié un siècle et demi plus tard par le moine Hervard) : en 708, saint Aubert, alors évêque d'Avranches, est visité par trois fois dans son sommeil par l'Archange saint Michel qui lui demande d'ériger sur le mont Tombe (c'est ainsi qu'on l'appelait alors) un oratoire imité de celui du mont Gargano, en Italie. La troisième nuit, l'Archange lui touche le front de son doigt (comme l'atteste la trace laissée sur son crâne que vous pouvez admirer dans la cathédrale d'Avranches). Aubert décrète l'édification du sanctuaire et rebaptise le mont : "Mont-Saint-Michel-au-péril-de-la-Mer". Puis il envoie en Italie des moines chargés de se procurer des reliques de saint Michel. C'est en leur absence que se produit la catastrophe, de sorte qu'à leur retour, le 16 octobre 710 (dûment munis de deux saintes reliques), "ils entrèrent comme dans un nouveau monde qu'ils avaient laissé à leur départ plein de buissons épineux". Mais la *Revelatio* n'évoque pas explicitement de raz-de-marée.

La légende veut qu'un miracle ait ainsi purifié les lieux avant l'installation des reliques. En 1829, un érudit, l'abbé François Manet, publie *De l'état ancien et de l'état actuel de la baie du mont Saint-Michel et de Cancale, des marais de Dol et de Châteauneuf*, dans lequel il affirme l'existence du raz-de-marée de 709, provoqué par la conjonction d'un tremblement de terre et d'une marée d'équinoxe d'un coefficient exceptionnel, et l'existence antérieure d'une forêt sacrée appelée Scissy.

Mais en 1882, un scientifique, Alexandre Chèvremont, s'appuie sur une étude géologique pour invalider cette thèse. Son essai, *Les Mouvements du sol sur les côtes occidentales de la France dans le golfe Normand-Breton*, distingué par l'Académie des Sciences, démontre que la mer n'a gagné que très lentement du terrain.

Ce débat illustre parfaitement la montée en puissance des arguments scientifiques au détriment des superstitions chrétiennes au XIXᵉ siècle, n'est-ce pas ? » a conclu notre guide.

J'ignore si Charles ou Adèle connaissaient les travaux de Chèvremont, tout récents. Ce qui est certain (elle le raconte assez précisément dans son Journal), c'est que la forêt de Scissy et son engloutissement ont fait l'objet cette nuit-là de nombreuses allusions tandis qu'ils s'exploraient enfin à loisir.

Depuis qu'a commencé ce que nous appellerions aujourd'hui leur intensif « touche-pipi », ils ont pris l'habitude de se parler en même temps, ce qui a contribué à ne pas faire de ces moments des parenthèses gênantes mais au contraire à les intégrer naturellement à leur intimité. Aussi, lorsque Charles, appuyé sur les coudes au-dessus d'elle, écarte VRAIMENT ses genoux pour entrer en elle, marque un temps, la dévisage et lui sourit, arrive-t-elle (elle qui tout en adorant ce mélange des caresses et de la parole a souvent le plus grand mal à articuler des phrases complètes tant le souffle lui manque) à lui confier : « Vous aviez RAISON : c'est ici qu'il fallait venir, qu'il fallait que ÇA se passe... Mais je me dis que... nous risquons peut-être de déclencher un cataclysme, une catastrophe naturelle !

— C'est vous, la catastrophe naturelle », répond Charles en riant dans son oreille et il lui fait enfin ce que tous les deux considèrent aussitôt (oui : aussitôt, Adèle ne ressent aucune douleur et il y aura d'ailleurs très peu de sang sur le drap) comme la seule activité humaine qui vaille le coup.

Leur nuit de noces illustre donc elle aussi, à sa façon, les thèses contradictoires relatives à l'engloutissement de la mythique forêt de Scissy : elle a été lentement et progressivement préparée par des mois de préliminaires (point de vue géologique, temps longs) et les révolutionne aussi soudainement qu'un raz-de-marée (version légendaire).

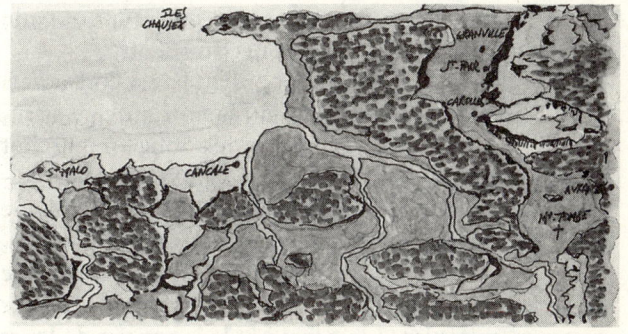

Le second séjour d'Adèle à Saint-Pair n'a pas grand-chose à voir avec le premier. Le vieux bourg lui-même a beaucoup changé dans la dernière décennie : en plus des hôtels, on a construit de nombreuses villas, toutes fermées à cette époque de l'année, toutes relativement près du « centre ».

Le temps qu'ils ne passent pas au lit est consacré à des promenades le long de la plage. La neige tient, malgré le soleil omniprésent, et les oblige à marcher bien serrés l'un contre l'autre, se soutenant mutuellement pour ne pas déraper. Une très fine couche de glace recouvre le sable et craque sous leurs bottines, des nuées de bébés mouettes se massent sur le rivage et ils rient ensemble en les regardant patiner sur leurs pattes minuscules. L'air froid et la longueur de leurs marches les remplissent d'une énergie joyeuse dont les chercheurs n'ont pas encore identifié l'origine (la production par le corps d'une hormone comparable à la morphine : l'endorphine).

La semaine commence comme un pèlerinage qui, dès le lendemain de leur arrivée, les conduit de la pension Maraux (la propriétaire se souvient très bien

La forêt de Scissy 247

d'Adèle et de sa famille, demande des nouvelles des uns et des autres, explique que son mari à elle est mort en mer, il y a cinq ans, et conclut : « D'un sens comme de l'autre, comme le temps passe » — révélant malgré elle les limites logiques de son expression favorite car s'il y a bien une chose qui ne passe que dans un sens, c'est le temps, comme s'amusent à le souligner, imbus de leur jeunesse, les amoureux, dès qu'elle a tourné le dos) à la Croix Saint-Gaud dont treize hivers normands (et douze étés aussi : ils ne sont pas toujours plus cléments) ont abîmé le bois du calvaire qui paraît un peu moins haut à Adèle — d'une manière générale, tout (les rochers de la pointe, la place de l'église, les barques des pêcheurs) a rapetissé, comparé à ses souvenirs, tout sauf l'infini du large, qu'il soit découvert ou non par la mer. Et puis, c'est nouveau ou du moins ne se l'était-elle pas formulé aussi nettement à dix ans, il y a l'impression curieusement harmonieuse que face à cet infini enfermé dans le cercle de la baie, cercle visible en entier les beaux jours, la pointe de Granville à droite, la côte bretonne jusqu'à Cancale à gauche, ils sont pourtant protégés, comme logés, bien attachés, au fond d'un utérus dont ils pourraient contempler la sortie et au-delà le vaste monde.

Munis d'un almanach où ils ont coché les heures et les coefficients des marées, et puisque le soleil brille du matin au soir (les après-midi sont plus longues déjà qu'à Paris, en cette fin janvier : même après son coucher, ses rayons diffusent par lambeaux une traînée rose au-dessus de l'horizon), ils calent leur sortie quotidienne sur les mouvements de l'eau, selon qu'ils préfèrent la voir affluer ou refluer à tel ou tel moment de leur promenade, selon leur humeur, toujours miraculeusement accordée. Lorsque la mer est pleine, ils divaguent sur la présence de chênes immergés dans toute la baie, jusqu'aux îles Chausey, dont les troncs tordus autrefois bénis par des druides et les cimes aiguisées hébergent peut-être des crustacés ; ils se réjouissent d'élaborer ces tableaux fantastiques, y ajoutent des clochers de granit colonisés par les coquillages, des murets en ruine marquant de dérisoires frontières au fond des eaux, allègrement franchies par des bancs de méduses.

Au fil des jours naissent entre eux mille rituels qui, inventés dans ce cadre, lient pour toujours leur intimité conjugale à cet univers-là, au sel, aux bourrasques, à la pulsation lumineuse, aussi inimitable qu'une signature, émise par le phare de Granville qui visite toutes les nuits leur chambre.

La toute première, ils n'ont presque pas dormi. Et c'est seulement au bout de plusieurs heures qu'Adèle, dans un moment de répit, la tête blottie dans le bras de Charles passé sous sa nuque, Charles qui a déjà pris la nouvelle habitude, dans cette position, de mêler leurs mains gauches, et de faire tourner machinalement l'alliance d'Adèle autour de son doigt, leurs corps entièrement exposés (ils ont vite rejeté les couvertures : Charles entretient régulièrement le feu dans la cheminée de la chambre de sorte que les courants d'air n'entravent pas le plaisir qu'ils prennent, aussi, à se regarder), c'est seulement vers quatre heures du matin qu'Adèle prend conscience, avec un frisson de plaisir mêlé de nostalgie aiguë, qu'elle connaît, qu'elle re-connaît le rythme de ce faisceau (quatre brefs éclats blancs suivis d'une pause de quelques secondes), ce signal intermittent, ces lueurs dorées balayant le plafond mansardé de pitchpin : comme à la pension Maraux, la fenêtre dont ils ont laissé les volets ouverts fait face au port de Granville. C'est le point culminant, pour Adèle, de ce retour en arrière.

Car très vite, au rappel du passé se substituent des visions communes d'un avenir possible ici. Plusieurs projets existent déjà : on va lotir des parcelles au sud du village. Deux Parisiens qui habitent non loin de la rue Barbet-de-Jouy, l'un entrepreneur, l'autre marchand de biens, se sont lancés dans l'urbanisation d'un quartier baptisé le «Nouveau Saint-Pair» : sont prévues la viabilisation des terrains, la création d'une rue bordée de trottoirs, la canalisation des quelques ruisseaux descendant du coteau. Renseignements pris, les dix lots, avant même d'être enregistrés, ont déjà trouvé acquéreurs. Ce qui n'empêche pas Charles et Adèle de rêver, les en empêche d'autant moins qu'ils sont tous deux aimantés par l'extrémité de la plage et s'imaginent plus volontiers tout là-haut, en surplomb de la pointe Saint-Gaud, à l'endroit du calvaire précisément, d'où l'on domine la moitié de la baie, loin au-dessus de la falaise, à l'abri des vagues.

Les plans immobiliers qu'ils élaborent, une fois parvenus tout en haut, en contemplant le panorama enneigé, sont aussi peu réels à leurs yeux que leur possible descendance — ils se contentent d'évoquer, pour rire, le gâchis représenté par tous ces «bébés Armand-Duval» qui laissent des traînées blanches sur les cuisses d'Adèle ou même sur le tapis lorsqu'elle s'arrache du lit pour tisonner le feu à son tour. De toute manière, le terrain sur lequel s'élève la croix est quasi vendu, le marché sur le point d'être conclu. Le seul (et vif : elle se met presque en colère lorsque le curé du village le lui apprend) regret d'Adèle, c'est que le futur propriétaire a décrété, à propos de la croix elle-même : « Quant au Christ, nous le brûlerons. »

Mais, s'ils ont tendance à rejouer ainsi *Perrette et le pot au lait* (comme sans doute une très grande proportion de jeunes mariés en voyage de noces qui, encore aujourd'hui, pour peu que leurs premiers vrais moments de solitude prolongée soient réussis, musardent devant les vitrines d'agences immobilières et convoitent sans aucune intention sérieuse ni moyen de passer à l'acte les plus belles maisons du coin où ils ont choisi de les passer), il se trouve que, contrairement à l'héroïne de la fable, il s'écoulera moins de deux ans avant qu'ils réalisent ce qu'ils considèrent pour l'instant comme un badinage sans conséquence.

Désormais, la vie d'Adèle tournera autour de ce repère. Elle aura ainsi l'occasion de constater, avec l'âge, qu'au fond Mme Maraux avait raison et que le temps passe en effet, curieusement, « d'un sens comme de l'autre ».

Les souvenirs se superposeront, étés après étés : les premiers pas des « bébés Armand-Duval » sur la plage, leurs derniers pas aussi, bien plus tard, puisque trois de ses enfants mourront avant elle ; l'engloutissement de leur jeunesse, de ce nouveau « temps de l'insouciance » qu'Adèle connaîtra ici, aussi inexorable que celui de la forêt de Scissy au début du VIIIe siècle ; les palissades élevées puis démontées devant les chantiers toujours plus nombreux : la construction de LA MAISON, à la Croix Saint-Gaud, et de dizaines d'autres villas, dont celle d'Arabella ; la destruction du Christ une nuit de tempête et la réfection de l'église grâce, en grande partie, aux dons d'Adèle ; l'ouverture du casino et l'édification d'un «Pavillon chinois», modèle réduit de la Pagode installée à peu près au même moment à Paris, à quelques mètres de la rue Barbet-de-Jouy ; la métamorphose de la plage où poussent chaque année de nouvelles cabines et le laxisme de plus en plus poussé de la municipalité sur le chapitre des maillots de bain ; Adèle vieillira et le temps lui semblera le plus souvent s'écouler dans cette seule direction, enlaidissant ses souvenirs, abîmant le paysage, tuant ceux qu'elle aime, réduisant le périmètre de ses promenades et de ses centres d'intérêt.

Mais heureusement, ici, ici surtout, le temps lui offrira quelquefois la grâce de refluer en sens inverse et de voir ressusciter, même pour un quart de seconde, subreptice, imprévisible, les époques plus heureuses qu'il avait paru couler définitivement vers le fond et qui remontent, refont surface à l'improviste, accélérant le pouls d'Adèle.

«D'un sens comme de l'autre», oui, comme la mer et ses immenses et vains voyages alternatifs (c'est dans la baie du Mont-Saint-Michel qu'on trouve le plus grand «marnage» d'Europe, c'est-à-dire la plus grande distance parcourue entre marées haute et basse) qui tantôt allonge ses crêtes d'écume pressées comme des chevaux de course, rivalisant de vitesse pour gagner la ligne d'arrivée, différente chaque jour (mais de ces infimes différences ils sont mystérieusement informés à la seconde près), dévastant les châteaux de sable patiemment, artistement érigés par les enfants ; tantôt reprend sa route dans la direction opposée, se retire tout aussi consciencieusement et découvre parfois en s'en allant vers l'horizon des reliques triviales (une bouteille, un godillot) mais si précieuses pour celle qui a cru les perdre pour toujours.

Depuis la mort d'Adèle en 1941, depuis ma naissance en tout cas, cent ans après la sienne, pour ceux dont je peux témoigner, les changements n'ont pas cessé : on a construit toujours plus de maisons, une piscine d'eau de mer sur la plage, aux rebords de granit englués d'algues où les pieds glissaient sans recours au moment (difficile, l'eau est froide) de se jeter dans le bain, modernisé le casino, aujourd'hui essentiellement dédié aux machines à sous, mais que j'ai connu avant, lorsque des croupiers aux smokings antédiluviens (cols pelle à tarte en acrylique luisant) y régnaient sur trois tables de « boule », mise minimum : 2 francs, à côté du dancing où officiaient Lucien « et ses disques », immortalisés dans un film de Rohmer, *Pauline à la plage* (Arielle Dombasle y danse un slow avec Pascal Greggory), sous des appliques aux abat-jour plissés incrustés de poussière (une atmosphère « durassienne », disait mon père qui m'y a emmenée pour la première fois quand j'avais quinze ans, on y était assez coulant sur l'âge des joueurs, à l'époque) ; ronds-points, sens giratoires, zones « 30 », toujours plus de voitures ; et pourtant sur la plage, depuis mon enfance, de moins en moins de monde : certains des plus courageux, parmi les premiers véliplanchistes du coin, sont toujours là (qu'Adèle n'a jamais vus à l'œuvre), quelques amateurs de cerfs-volants dont le grésillement de vieux transistor aux piles usées torture les oreilles à l'heure de la sieste, sous les fenêtres de la maison, mais très peu d'estivants, à se demander où passent leurs après-midi tous les vacanciers qui font en permanence la queue aux caisses des supermarchés.

Supermarchés où l'on a pu se procurer, au fil du temps, des denrées longtemps introuvables : mozzarella, vinaigre balsamique, basilic (années 1980), racines de gingembre, fruits et légumes bio (années 2000), produits de beauté autrefois exclusivement vendus dans la plus vieille pharmacie de New York et vantés dans les derniers numéros de *Elle* par les top models les plus prescriptrices du moment (années 2010), sans compter les films tout récemment édités en DVD. Quant aux coutumes vestimentaires, la plage autrefois bondée puis désertée est restée somme toute assez conservatrice : même au plus fort des années 1970, il n'y a jamais eu de seins nus sur cette plage, non.

J'avais moi-même un mois lorsqu'on m'y a amenée pour la première fois et mes souvenirs y sont donc encore davantage marqués par une forme de permanence qui résiste à tous ces changements. Adèle a connu Saint-Pair plus âgée et surtout elle l'a choisi, ce bout de côte dont, pour ma part, j'ai beaucoup de mal à me représenter l'effet qu'il peut produire sur ceux qui le découvrent plus vieux et qui y voient sans doute, surtout maintenant, tout autre chose que moi : une station balnéaire un peu *cheap*, dépourvue de toutes les ressources mondaines qu'on trouve à l'île de Ré par exemple (pour prendre un point de comparaison au climat comparable — et non, non, je vous assure, il ne fait pas plus chaud à l'île de Ré), mal desservie par un train qui certes ne met plus « que » trois heures mais qui n'ira jamais vraiment plus vite, dont les villas ont (pour les mieux intentionnés) le charme obsolète des vieux bateaux qui ne naviguent plus et qui sont chaque année davantage menacées, sinon par la montée des eaux, du moins par toutes sortes d'autres dangers : avaries obstinées que la plupart d'entre nous n'ont pas les moyens de réparer (volets, balustrades, toitures moisies ou arrachées), race de champignon (la mérule) s'épanouissant de préférence dans les boiseries humides (un incontournable lieu de plaisirs, pour celle-là, les villas de Saint-Pair), algues vertes, lotissement encore du moindre bout de parcelle exploitable (et construction dans la foulée de maisons qui se masquent tour à tour la précieuse « vue sur la mer »).

C'est ici, à Saint-Pair, dans une sorte de pli du temps que ma vie rejoint vraiment celle d'Adèle. Nous faisons chacune la moitié du parcours pour nous retrouver en un point qui n'est ni mon passé ni son avenir (celui qu'elle projette vaguement pendant ce voyage de noces hivernal) mais où nous pouvons cohabiter, et même nous confondre.

LES PHOTOS

Je n'ai pas encore parlé des photos. Parmi celles retrouvées chez mon père et datant d'avant sa naissance à lui (il y en a de plus récentes où on le voit enfant et Adèle très âgée, sur lesquelles je peux identifier mes oncles et tantes), seule celle du portrait d'Aimée, la mère d'Adèle, indiquait son nom, griffonné au dos. Les groupes posant en plein air, un peu flous, ne me disent toujours rien. Mais j'en ai découvert de nouvelles dans le coffret d'Odette qui ont le mérite d'être toutes soigneusement légendées.

D'Aimée il y en a une autre, sûrement postérieure à son portrait. L'expression est moins apeurée mais encore plus triste. Elle coiffe toujours ses cheveux en bandeaux mais les ramène davantage en arrière, découvrant le lobe de l'oreille. Elle a un peu grossi, un début de double menton, et porte une robe sombre, austère, encore agrémentée d'un même col en ruché blanc. Les mains sont croisées, une fine chaîne de montre serpente sur sa poitrine plantureuse. Elle est très belle, avec ses sourcils arqués, ses grands yeux dont les coins externes s'inclinent, sa bouche pulpeuse aux lèvres ourlées. Mais infiniment triste, même compte tenu de la longueur du temps de pose, à l'époque, qui figeait sans doute forcément l'expression.

Celles de son mari, contemporaines, ne donnent d'ailleurs pas du tout la même chose : c'est un bellâtre aux longs cheveux, barbe et moustache d'un noir profond, d'une élégance bien plus tapageuse qu'elle (gilet de tartan, ou chemise de smoking, cravate en soie noire impeccablement nouée) ; sous ses paupières tombantes, il glisse des regards à la fois langoureux et mutins. Mon père, pour se représenter quelqu'un qu'il ne connaissait pas et qu'on essayait de lui décrire, avait l'habitude de demander : «Par qui on le ferait jouer?» Eh bien, sans hésiter, je ferais jouer Aimé Duval par Robert Downey Jr (ce qui n'aurait rien dit à mon père).

Il y en a deux d'Adèle à dix ans (ou neuf plutôt : elle n'est pas encore en deuil et je suppose qu'elles ont été prises en même temps que celle de sa mère), un portrait coupé au-dessus de la taille et un autre en pied. Peut-être à cause du noir et blanc, ses yeux et ses cheveux retenus en une longue natte paraissent très sombres. Elle a les sourcils arqués, les coins des yeux tombants, la bouche bien dessinée et les lèvres pulpeuses de sa mère, ainsi que son menton, très arrondi, formant une petite boule qui devait trembler comme le mien lorsqu'elle retenait ses larmes. Elle a l'air très gaie sur ces deux photos. On n'a pas dû lui donner l'instruction de sourire (sans doute était-ce jugé inconvenant chez les sujets de sexe féminin et l'autorisait-on seulement aux hommes : Aimé, lui, ne s'en prive pas) mais l'ensemble du visage est détendu, confiant. Elle porte une robe à crinoline qu'on voit très bien sur la seconde photo, blanche avec de larges bandes horizontales écossaises, descendant à mi-mollet, sur une blouse blanche aussi à manches bouffantes, des bas blancs et des chaussures à brides. Son bras repose sur le dossier d'un fauteuil, comme sur la photo suivante, d'elle à vingt ans.

Sur celle-là, prise par Nadar, on voit mieux le dossier du fauteuil (le même ?), garni d'une affreuse tapisserie. Impossible de savoir si elle porte déjà (encore ?) le deuil de son père : la robe, très ajustée aux manches et à la taille, en tissu mat égayé d'un plastron plus brillant et des touches de blanc que font le col et les manchettes de dentelle, est (ou semble) noire mais son regard, innocent, ouvert, les commissures des lèvres un poil relevées ne collent pas avec les chocs successifs de la palombière et de la rue Jacob. Sans compter qu'une orpheline endeuillée devait avoir autre chose à faire que d'aller chez Nadar pour qu'il tire son portrait. N'avait rien le droit de faire, plus exactement. Ses cheveux bouclent un peu sur le front ; il est possible qu'Adèle ait simplement adopté la frange mise à la mode par la jeune princesse de Galles, Alexandra, et la frise au fer. Elle est jolie et « bien faite » comme on disait, ses épaules sont étroites et tombantes, sa taille fine et ses mains potelées. Elle a surtout un magnifique « port de tête » qu'on retrouve sur les seules autres photos que j'aie d'elle, beaucoup plus vieille, toujours aussi droite.

Charles ressemble modérément à Guillaume d'Orange-Nassau. Suffisamment beau, sans cette ressemblance, pour justifier le coup de foudre d'Adèle, il est blond vénitien, peut-être même (le sépia est un peu fané) tout à fait roux.

Je suis obligée d'imaginer les visages d'Arabella, de Jacques, de Marie-Hélène.

Et, plus étonnant, il n'y a aucune photo de Pauline.

D'après le mémo de tante Odette, il en existe pourtant, qui ont sans doute disparu. Mais elle y confesse son incapacité à « voir » le visage de Pauline, contrairement à ceux d'autres membres de la tribu qu'elle n'a pas connus non plus. Comme si Pauline n'imprimait pas, ni la pellicule ni le cerveau. Toujours d'après Odette, elle aurait toujours paru dix ans de plus que son âge. Elle restera un fantôme, ou plutôt un meuble de famille, moche, qu'on ne remarque d'ailleurs pas mais qui encombre.

Dans les mois qui suivent le mariage d'Adèle, c'est bien le problème, l'urgence : comment se débarrasser de Pauline ? Elle a trente-cinq ans, en paraît donc vraisemblablement quarante-cinq, pèse près de cent kilos et Père n'a jamais songé à la doter, de sorte qu'elle n'a rien. Autrement dit, elle est difficile, voire impossible à caser. Elle continue de vivre rue Barbet-de-Jouy, partage les repas du jeune couple en s'excluant de leur conversation comme elle le faisait du vivant d'Aimé, le mercredi soir, lorsque Adèle rentrait dîner. Mais l'affolement permanent de la « Muette de Portici », ses préoccupations absurdes pèsent malgré tout sur leurs tête-à-tête.

De son côté, Charles s'inquiète pour son frère, Frédéric. Sa mère et sa sœur, à qui Adèle verse une rente généreuse, se plaignent tout le temps. Plus du manque d'argent mais, comme elles ne peuvent directement critiquer le mariage de Charles qui leur assure ce confort (elles souffrent d'être entretenues par une personne qu'elles auraient hésité à recevoir, à la Robertsau, du temps de leur splendeur), elles se lamentent sans cesse sur l'humeur pénible de Frédéric, sa passivité, son inertie.

La solution adoptée est ingénieuse : elle consiste à marier les deux poids morts, Frédéric avec Pauline, préalablement embellie d'une dot conséquente. Adèle respire.

D'autant plus que personne, pas même Charles, n'assiste au dialogue qui précède la signature du contrat de mariage et qui, s'il n'apprend rien à Adèle sur les handicaps intellectuels de sa demi-sœur, aurait pu décourager la bonne volonté de l'autre partie, Pauline s'étant encore distinguée à cette occasion : en réponse à sa sœur qui lui rappelle qu'elles doivent se rendre « à l'étude de Me Fabre », Pauline panique, ses yeux se vident de toute expression, les coins de sa bouche s'abaissent brusquement et elle bafouille que, n'étant jamais allée à l'école, elle ne comprend pas pourquoi, sous prétexte qu'on va la marier, il lui faut aller « à l'étude » et d'ailleurs, quelle matière enseigne donc Me Fabre, sur quoi risque-t-il de l'interroger ? D'autant plus patiente qu'elle est sur le point de se débarrasser d'elle et soulagée que la scène se déroule en privé, Adèle lui explique calmement qu'étude a plusieurs sens, et la différence entre un notaire et un professeur. Pauline est à moitié apaisée. Il n'est pas sûr qu'elle ait retenu la leçon, mais elle est au moins avertie qu'il vaut mieux ne plus poser cette question.

Il est désormais exclu qu'elle cohabite avec les fraîchement rebaptisés « Armand-Duval ». Même aux *Binelles*, ils sont gentiment mais fermement invités, elle et son étrange mari, à résider dans la « petite maison », celle où est morte Bonne-Maman, au bout du parc, suffisamment loin de l'orangerie où Adèle et Charles commémorent régulièrement leur première chasse au crocodile.

Il faut croire que les mariages arrangés trouvaient grâce aux yeux d'Adèle, quand c'est elle qu'ils arrangeaient.

LA MAISON DU CAPITAINE

Assise sur le perron, une nourrice veille un bébé couché dans son landau, dont les minuscules pieds nus dépassent de la robe en dentelle et s'agitent au soleil.

La maison est toute blanche, crépie depuis peu. Ses fenêtres sont cernées de briques rutilantes. Elle est orientée sud-ouest, face à Cancale, et la lumière est aveuglante, ce matin, à l'heure où la mer commence à se retirer. Autour d'eux, le jardin est un désert. Les ouvriers ont sommairement déblayé le terrain des reliefs du chantier mais on n'a rien eu le temps d'y planter.

Le bébé a « pris » il y a une demi-heure, il est repu, très calme, joue juste à comparer ses sensations selon que ses pieds sont ou non exposés au soleil, sans vraiment maîtriser encore la coordination de ses pédalages et de cette alternance chaud/froid qui marque cependant profondément son appareil neuro-sensoriel : tous ceux qui, comme le petit André, fréquentent depuis leur plus jeune âge un climat comparable à celui de Saint-Pair sont entraînés à repérer et mémoriser la moindre variation de température et intimement structurés par cet écart chaque fois stupéfiant entre les degrés ressentis à l'ombre et au soleil, sur cette côte-là.

À mesure que la mer descend, un silence s'installe qu'André rompt parfois d'un cri de joie qui l'étonne et écarquille ses yeux.

Ses parents sont à la messe. Ils ne rentreront pas avant une bonne heure. La nourrice vient de Saint-Planchers, dans la campagne voisine où elle a laissé pour deux mois son propre bébé, une fille qu'elle juge secrètement plus prospère (d'au moins une livre) et plus éveillée, à sa sœur, elle-même pourvue d'un nouveau-né et d'un lait aussi abondant qu'elle-même.

Elle est là depuis une semaine et ne s'habitue toujours pas à la situation invraisemblable de cette maison : il ne serait venu à l'idée de personne, « dans le pays », de faire construire à un endroit pareil ! Insensible au caractère spectaculaire (ou « pestaculaire », un mot qu'elle ne connaît pas en tout cas et que répètent sans arrêt ses employeurs) de la vue, elle se moque intérieurement de la folie des Parisiens, capables de dépenser autant d'argent pour essuyer de plein fouet le moindre grain, dormir comme à bord d'un bateau (le mari de la nourrice est pêcheur mais elle a le mal de mer, elle n'est montée sur son chalutier qu'une fois, et même à quai elle a cru qu'elle allait vomir), secoués par les bourrasques, dans le bruit incessant des volets pourtant bien fermés mais dont les battants s'entrechoquent comme les dents d'un mourant. Heureusement que le temps s'est radouci depuis hier : sinon, il n'est pas dit qu'elle tienne tout l'été dans cette maison.

Le sommeil auquel le nourrisson a fini par céder (ses petits pieds maintenant parfaitement immobilisés dans la position où il l'a surpris, détendus au bout de ses jambes encore arquées comme celles d'une grenouille, l'un à l'ombre, l'autre au soleil) la gagne à son tour et elle sursaute en entendant le grincement du portillon en contrebas.

Adèle, ses jupes ramassées dans la main droite, son livre de messe dans l'autre, s'élance le long du raidillon et se précipite vers le landau. Ses pas, sur la terre meuble, ne font par chance aucun bruit susceptible d'éveiller l'enfant. Elle pose sur lui un regard attendri, hésite à couvrir ses petits membres nus, se raisonne, elle-même est en nage (il est vrai qu'elle a gravi la côte d'une traite, dans son impatience à retrouver «André» — tellement bizarre, que cette poupée qui il y a quelques semaines tambourinait encore aux parois de son utérus ait un nom si sérieux, si intimidant, si adulte !) et elle a souvent entendu son père expliquer qu'une exposition modérée au soleil limitait les risques de rachitisme. Elle reprend son souffle et fait signe à Charles, qui l'a laissée partir en avant et s'est attardé pour discuter avec le curé des travaux prévus pour l'église, de presser le pas pour la rejoindre et partager son admiration. Adèle est convaincue et le restera longtemps que leurs enfants sont en tout point réussis. Elle le théorise même : à force de les trouver beaux, intelligents et sages, ils le deviendront.

Charles se penche à son tour sur le landau puis se retourne et attrape sa femme par la taille. Au milieu du terrain pelé, ils se serrent l'un contre l'autre et contemplent, sous le regard sceptique de la nourrice, la grève éblouissante, découverte jusqu'aux pêcheries, à des centaines de mètres de la falaise, et dont les deux principaux bouchots, vus d'aussi loin, leur offrent un reflet de leur propre attitude : deux pieux plus hauts que les autres, très proches, que mon père un siècle plus tard surnommerait « les amoureux ».

Que s'est-il passé dans l'intervalle ? Entre le voyage de noces d'Adèle et ce premier été à *La Croix Saint-Gaud* ?

Trois mois après le retour des jeunes époux, Adèle visite une exposition rue Le Peletier. Le galeriste a la réputation de soutenir les avant-gardes les plus discutées mais la seule chose qui frappe Adèle, ce mercredi d'avril, c'est le sujet de prédilection de l'artiste, un certain Eugène Boudin.

Un grand avantage de sa situation de femme mariée, c'est qu'elle a le droit de sortir seule, d'aller où bon lui chante sans la présence accablante de Pauline, de la mère ou de la sœur de Charles. Elle se souviendra toujours du temps qu'il faisait ce jour-là, déjà très chaud pour la saison, de ce quartier neuf dont elle ne connaît que les salles de concert (Pleyel, à l'époque rue de Rochechouart, et l'Opéra-Comique) et où rien ne lui est familier, des touristes américains et des employés de bureau qui encombrent le boulevard, de la rue vide et ensoleillée où se trouve la galerie.

À l'intérieur, elle aperçoit quelques visiteurs. Heureusement, car Adèle n'a aucunement l'intention d'acheter et compte bien ne pas se faire remarquer. Elle est venue là pour se distraire, avoir quelque chose d'amusant à raconter à Charles ce soir. Lorsqu'il rentrera pour dîner elle aura effectivement beaucoup à lui dire, elle ne le soupçonne pas encore. Pour l'instant, elle se contente de jeter un coup d'œil au tableau exposé dans la vitrine (elle a eu le temps de reconnaître *La Meuse à Rotterdam* qui a valu à l'artiste le troisième prix au Salon il y a deux ans et dont on parlait dans le magazine qui lui a donné l'idée de venir là : une vue sinistre, un port au ciel plombé, rien qui lui plaise beaucoup) ; un rideau de velours prune tendu à mi-hauteur échoue absolument à le mettre en valeur, juge-t-elle, et interdit de voir ceux qui se trouvent de l'autre côté.

Un peu déçue, elle pousse la porte d'un air indifférent et salue d'un signe de tête l'individu qui lui paraît, parmi la demi-douzaine d'inconnus dont l'accoutrement, lui aussi différent de celui de ses voisins du VIIe arrondissement, ne l'aide aucunement à les situer, le plus susceptible d'être responsable des lieux. Puis elle s'approche du mur de gauche et c'est là qu'elle sent monter en elle un désir presque aussi intense que lorsqu'elle pense à Charles : les toiles accrochées sur ce panneau représentent toutes des plages (Trouville essentiellement, comme le lui apprennent les cartels sitôt qu'elle aura suffisamment retrouvé ses esprits pour les consulter) qui lui rappellent celle de Saint-Pair. Elle reste plongée un moment dont elle n'a pas conscience qu'il s'éternise dans la contemplation de ces scènes de baignade, de ces parasols, de ces cabines, de ce sable si réaliste qu'elle a l'impression d'en sentir le crissement mou sous ses bottines comme si elle faisait partie des groupes de bourgeoises peintes qui s'y promènent. Lorsqu'elle se retourne enfin, la galerie s'est vidée.

Le responsable (qui n'est pas du tout celui qu'elle a salué) s'est rassis derrière son bureau, au fond, et s'absorbe ostensiblement dans l'examen d'une pile de documents. Revenue à elle, Adèle se dit qu'elle ne doit surtout pas engager la conversation : dans l'état d'excitation où elle est, elle serait bien capable d'acheter un tableau, n'importe lequel pourvu qu'il y ait la mer, un ou deux drapeaux flottant au vent, marée haute ou basse, bref elle grimace un sourire gêné et s'enfuit.

Elle n'a plus qu'un objectif, s'approprier, non une de ces images, aussi ressemblantes soient-elles, mais leur sujet : mer, baie, estivants. Plus précisément, elle veut SA baie, SA mer, devenir elle-même une de ces estivantes, à **Saint-Pair** et pas ailleurs — pas à Trouville : où est-ce d'abord et qu'a-t-elle à y voir ?

Ensuite, la chance s'en mêle. L'obstination d'Adèle est probablement sans rapport avec le dédit de l'acheteur sacrilège qui projetait d'acquérir et de BRÛLER la croix.

Elle a écrit au maire et au curé de Saint-Pair pour leur faire part de son intention d'acheter le premier terrain disponible à condition qu'il domine la plage. Au maire elle précise que « le prix n'est pas un problème » ; au curé qu'elle est prête à « financer généreusement la restauration de l'église, si elle pouvait en devenir une paroissienne régulière » ; bref, elle a fait ce qu'elle pouvait. Seul un **miracle** (c'est comme ça qu'elle voit les choses et ses descendants, dont Odette qui le consigne dans son mémorandum, continueront de les voir ainsi) explique la rupture des négociations de la municipalité avec le blasphémateur et les réponses, quasi simultanées, du maire et du curé à Adèle, l'informant que la colline est de nouveau à vendre.

Il faudra patienter encore un an avant que l'acte soit signé et qu'Adèle, dont le juge des tutelles a examiné le dossier avant de lui donner le feu vert, prenne possession du terrain, à un prix qui n'est pas un problème pour elle, en effet, mais que le maire, au passage, a doublé. Puis un an de plus pour réaliser les études et élaborer les plans, deux, enfin, pour que la « maison du capitaine » soit achevée.

Adèle l'a voulue simple, sobre, semblable à celle autrefois aperçue sur les falaises de Douvres. Rectangulaire, surmontée de deux cheminées, un toit de zinc aux retombées d'ardoise. Le plan est fonctionnel : une entrée, un salon, une salle à manger et un bureau au rez-de-chaussée, trois chambres au premier étage, trois au second, une grande cave où est installée la cuisine. Les matériaux viennent de la région : les briques qui ornent le pourtour des fenêtres à l'extérieur, et à l'intérieur le bois de pitchpin, sombre dans l'obscurité mais qu'un simple rayon de soleil suffit à embraser, surtout au couchant, de lueurs écarlates. Les meubles aussi ont été fabriqués par des artisans du coin. Ils sont solides, sans fioritures, mais conviennent, aux yeux d'Adèle, à l'atmosphère rudimentaire de cabine de plage qu'elle entend conserver au lieu : il ne s'agit pas ici d'entraver, comme à Paris ou à Sèvres, avec des tapis et des vases précieux la liberté de mouvement des enfants (elle n'est pas pressée de voir s'interrompre son tête-à-tête amoureux avec Charles et les « bébés Armand-Duval » continuent de dégouliner allègrement entre ses jambes sans qu'aucun n'arrive à destination mais il y a tout de même toujours l'hypothèse des enfants) qui risqueraient, en remontant de la baignade, de laisser des traînées de sable sur les uns ou de casser les autres, dans l'excitation provoquée par l'eau froide.

Ces quatre années sont donc presque exclusivement consacrées à tout mettre en œuvre pour atteindre ce « moment parfait » (Adèle est très motivée, en règle générale, par la poursuite du « moment parfait », consciente profondément que c'est une ambition raisonnable — par fragments, elle se sent capable d'être heureuse, elle et Charles partagent cette sagesse), ce moment parfait où enlacés ils pourront se rassasier ensemble (non, pas se rassasier, mais la savourer pour la première fois, ils n'en seront jamais las) de cette création, la leur, nouveaux « capitaines » dominant de leur perchoir la plus belle vue du monde : les rouleaux, guère menaçants à cette distance, même en cette fin juillet où le coefficient est élevé, la pointe du rocher Saint-Gaud, à leurs pieds, séparant de sa barre calcaire striée de fissures préhistoriques la petite plage de Saint-Pair de celle, beaucoup plus longue, au sud, qui va jusqu'à la pointe de Carolles.

En septembre 1886, à l'occasion d'un rendez-vous de chantier avec l'architecte granvillais recommandé par le maire (une des rares fois où Charles a pu accompagner Adèle), ils sont allés en voiture jusqu'à cette pointe de Carolles visiter la Cabane Vauban, une vigie désaffectée qui occupe une position tout à fait comparable à leur maison et ils se sont réjouis d'être bientôt à leur tour les gardiens de la baie, au nord, à l'opposé, de veiller sur ce même décor. Charles a sorti « le crocodile », dans l'ombre de la cabane de schiste et de granit : Adèle garde un excellent souvenir de cette association entre le plaisir désormais familier qui est monté très vite, ses jupes troussées par les mains expertes de

Charles et le coin de mer découpé par l'ouverture pratiquée vers l'ouest, et ils ont commencé à rêver sérieusement, ce jour-là, aux nuits qu'ils passeraient dans leur future maison, sûrs de n'être pas dérangés. Et, même s'ils n'en ont pas de preuve formelle, ils voudront toujours croire qu'André a été conçu là.

Le bébé est né le jour où les peintres ont quitté le chantier.

La grossesse d'Adèle a un peu compliqué la surveillance de la fin des travaux qui du coup ont pris du retard mais cette coïncidence finalement lui paraît aussi tenir du miracle et le « moment » est d'autant plus « parfait » qu'à quelques mètres derrière eux ils entendent enfin le bébé s'agiter dans son landau — le soleil a tourné et, tombant maintenant sur ses mains, a rappelé « André » aux activités qui le mobilisaient avant sa sieste. Il pousse un bruyant soupir qui arrache temporairement ses parents à la contemplation satisfaite de cet espace infini qui ne leur appartiendra jamais, ni à personne d'autre.

Il se passe des choses dans le monde entre 1883 et 1887 mais peu qui concernent directement Adèle. En 1884 par exemple, sont promulguées des lois qui autorisent les ouvriers à se syndiquer (mais pas ceux qui construiront SA maison, alors pourquoi s'y intéresserait-elle?) et les couples à divorcer (mais dans son milieu toutes sortes de freins continueront de l'interdire — encore aujourd'hui, très peu de ses descendants, en tout cas la branche « André », celle que je connais, passent à l'acte : sur quarante-six mariages, on ne compte que huit divorces, c'est-à-dire environ un sixième, on est très loin des statistiques nationales). En revanche, l'invention par Lewis Waterman du premier stylo à encre à réservoir intégré a une incidence nettement plus forte sur la vie d'Adèle (comme en témoignent, très vite, ses lettres et son Journal, désormais écrits d'une plume monochrome, sans les progressives décolorations puis nouvelle densité de l'encre qui, autrefois, trahissaient les interruptions nécessaires au trempage de sa plume).

En 1885, les funérailles nationales de Victor Hugo scandalisent Pauline (qui n'a jamais lu une seule ligne de lui mais l'a toujours considéré, Dieu sait pourquoi, comme un dangereux gauchiste) mais enthousiasment Adèle qui a découvert *Les Travailleurs de la mer* (tardivement, elle n'a jamais été une grande lectrice et continue de dédaigner en général la littérature contemporaine : en 1885, paraissent *Bel-Ami* et *Germinal* qu'elle ignorera l'un et l'autre) et profité d'un séjour à Saint-Pair avec Charles, l'été 84, pour aller jusqu'à Guernesey visiter Hauteville House.

Elle se passionne pour la statue de la Liberté qui s'embarque du Havre en février et arrive à New York en juin suivant. D'abord parce qu'elle se sent cette année-là une âme de bâtisseuse et que sa maison, elle aussi, a vocation à dominer bientôt une baie «pestaculaire». Ensuite parce que Bartholdi, l'artiste, est, comme Charles, alsacien, et qu'Adèle et son mari, bien qu'au fond tous deux très excités par cette entreprise, se demandent longuement s'il faut approuver le maintien de ce don aux Américains, auxquels Charles ne pardonne pas d'avoir soutenu l'Allemagne en 70.

Ce que je découvre là dans son Journal m'amuse : il se trouve que j'associe également la statue de la Liberté à Saint-Pair mais pour une autre raison. Quand j'étais petite et qu'à la fin des vacances, une fois quittée la plage et fermée la maison, soûlés par cinq heures de voiture, nous arrivions enfin à Paris, mon père, au volant, avait pour habitude de nous désigner sa réplique en miniature, dressée sur l'île aux Cygnes à la hauteur du pont de Grenelle en déclarant : « Regardez ! Votre grand-mère vous attend ! », se référant à la silhouette encore fracassante pour son âge de notre grand-mère maternelle, dont j'ai déjà dit que les messieurs la suivaient toujours dans la rue quand elle avait quatre-vingts ans et aussi à son impatience coutumière de nous revoir, après deux mois de vacances.

De l'actualité de 1886, Adèle retient essentiellement la mise au point par Carl Benz du premier prototype d'automobile. Elle est d'un naturel impatient et anticipe déjà le gain de temps possible, à bord d'une telle machine, pour aller de Paris à Granville. En l'occurrence elle se trompe : on ne met plus cinq heures aujourd'hui, en voiture, mais rarement moins de trois et demie. Le train va plus vite.

La même année, Boulanger devient ministre de la Guerre et c'est une nouvelle occasion pour Adèle et Charles de parler « politique » : Charles est d'abord conquis par le « Général Revanche », lui qui ne s'est jamais résigné à la cession de l'Alsace aux Prussiens et continue, au grand dam de sa femme qui ne supporte pas d'en être séparé, à faire régulièrement ses «périodes» dans l'armée. Mais lorsque, début mai 87, alors qu'Adèle est sur le point d'accoucher, Boulanger interdit, après une première représentation chahutée par des patriotes, qu'on continue de jouer *Lohengrin*, ils tombent tous les deux d'accord, bien que pas spécialement wagnériens, pour trouver ça excessif.

Il y a fort peu de chances pour qu'Adèle ait jamais entendu parler d'un livre sorti en 1886 : *Psychopathia Sexualis*, du docteur Richard von Krafft-Ebing, et pas parce que son auteur est allemand.

En 1887 enfin, elle note seulement dans son Journal que débute la construction de la tour Eiffel : elle est obsédée par l'architecture pour des raisons personnelles, elle que sa grossesse empêche de suivre les finitions de SON chantier. Et reçoit des lettres d'Arabella, entièrement obnubilée par les festivités qui entourent le jubilé d'or de la reine Victoria, et qui regrette (mais pas Adèle) que sa cousine ne puisse venir en Angleterre pour l'occasion — quelle idée idiote de faire des enfants, elles ont bien le temps, Arabella « n'attend » toujours pas, elle.

TUDINE

Tudine est Bretonne et rousse. Elle est née en 1870 à Sauzon et vient de sortir de chez les sœurs. Au bureau de placement de Vannes, on lui a donné une liste de cinq noms, cinq familles parisiennes à la recherche d'une gouvernante et qui n'ont pas exigé de la candidate qu'elle ait de « l'expérience », seulement des « références ». Celles de Tudine sont excellentes, fournies par les sœurs et par une dame de Nantes dont elle a gardé les enfants trois étés de suite, à Belle-Île. L'agence lui avance le prix du voyage aller pour la capitale, qu'il lui faudra rembourser dès qu'elle aura perçu ses premiers « gages ». Si ça ne marche avec aucune des cinq familles, elle devra se débrouiller pour rentrer à ses frais.

Elle a vingt ans, une jolie figure incroyablement ronde, se dira Adèle en la recevant pour lui faire passer « l'entretien » — Adèle qui n'a que trente ans mais regarde déjà les joues des plus jeunes comme s'ils appartenaient à une autre espèce que la sienne, à celle des bébés, de ses deux petits garçons, André et Victor. André qui fait ses premiers pas au cours dudit « entretien ». Cet exploit est immédiatement porté au crédit de Tudine, qui plaît déjà beaucoup à Adèle.

Tudine est soulagée. Les choses ont plutôt mal commencé.

La première famille sur sa liste habite rue de l'Université. Le bureau de placement, qui fait bien son travail et renseigne les postulantes sur leurs éventuels employeurs encore mieux que les seconds sur les premières, lui a expliqué qu'il y avait là trois enfants : deux filles, Blanche et Rose, âgées de neuf et onze ans et un garçon de deux ans, Octave. Ils ont toujours vécu en province, près de Saumur, avec leur mère et leur grand-mère. Celle-ci vient de mourir, le château a été vendu et ils sont venus rejoindre leur père à Paris. Devant l'immeuble, Tudine a tiré la sonnette et une dame d'un certain âge lui a demandé gentiment ce qu'elle cherchait. Dès qu'elle s'est présentée et a expliqué par qui elle était attendue et pourquoi, la gardienne l'a regardée avec inquiétude, marqué un temps d'arrêt et fini par lui dire qu'elle ne devrait surtout pas « entrer » dans cette famille-là, que ce n'était pas une « place » pour une fille jeune et mignonne comme elle, que ce n'était pas « tenable », avec Monsieur. Tudine s'est sentie obligée d'honorer quand même son rendez-vous, ignorant quelles sanctions l'agence pouvait prévoir en cas d'abandon de poste. Elle s'est préparée à saisir le premier prétexte pour que l'affaire capote.

Malheureusement, lorsque Marie-Hélène lui expose ses conditions : horaires, responsabilités, rémunération, tout concorde avec la fiche que Tudine a elle-même remplie avec l'aide de l'agence. Même si

Madame a l'air normale, plutôt sympathique, Tudine fait, Dieu sait pourquoi, confiance à la gardienne et cherche désespérément un point de désaccord. Marie-Hélène, qui n'a apparemment rien perdu de sa naïveté, précise enfin que, jeune comme l'est Tudine, elle ne la laissera pas sortir. Il faudra qu'elle prenne ses demi-journées de repos à la maison (un endroit qu'elle juge donc plus sûr pour la vertu de sa gouvernante, la pauvre). Tudine, qui ne connaît strictement personne à Paris (même à Vannes, qui n'est qu'à une cinquantaine de kilomètres de chez elle, elle n'est allée que pour rencontrer les gens du bureau de placement puis pour y prendre le train, alors Paris...), répond illico que c'est tout à fait impossible, qu'elle a des amis ici qu'elle a l'intention de voir quand on lui donnera sa journée. L'affaire capote.

Adèle est la seconde sur sa liste et elle est peut-être aussi intimidée que Tudine à l'idée de cet entretien d'embauche. Jusque-là, elle s'est débrouillée avec les garçons (aidée, il faut le dire, par des nourrices qui les ont allaités et les domestiques habituels de la maison) et elle se sent un peu coupable de les confier à une inconnue. Mais elle a hâte aussi de se consacrer de nouveau à Charles et elle est décidée à recruter une gouvernante exceptionnelle, au risque de voir ses enfants la lui préférer.

Tudine vivra près d'elle jusqu'à la mort d'Adèle en 1941. Dans le mémorandum de tante Odette, qui compte douze pages, Tudine n'est mentionnée pour la première fois qu'à la dixième. Odette exprime d'ailleurs elle-même son étonnement et remarque comme une incongruité le fait d'avoir négligé jusque-là d'en parler. Tudine a survécu pourtant à sa patronne, Odette l'a bien connue et compense cet injuste silence en lui accordant une séquence biographique d'une page entière. Elle a épousé Yves, le valet de chambre de Charles. Elle a dû envoyer leur premier-né en nourrice (alors que, souligne Odette, Tudine avait suffisamment de lait et qu'Adèle, qui attendait au même moment sa fille, devait engager comme d'habitude une nourrice et n'avait donc pas besoin des services constants de sa gouvernante). Le bébé est mort du croup, âgé de deux mois, loin d'elle, sans qu'elle l'ait revu depuis sa naissance. Puis Tudine a eu une fille, Yvonne, elle aussi placée à la campagne jusqu'à six ans, qui est revenue vivre ensuite sous le toit des Armand-Duval et aurait été élevée «comme une des leurs». Jusqu'à quel point? Qu'est-ce qu'une famille de grands bourgeois de l'époque pouvait qualifier d'équitable: partageait-elle la chambre d'Anne-Adèle et de Marguerite, à *La Croix Saint-Gaud*? Portaient-elles les mêmes robes? Fréquentaient-elles les mêmes écoles, allaient-elles jouer chez les mêmes petites amies? Sans doute pas. Impossible de savoir où passait la limite. Ce que dit pourtant tante Odette, c'est que dans les années 1930, alors qu'Adèle et Tudine vivaient ensemble depuis plus de quarante ans, avaient ensemble vu mourir Charles, Victor, Anne-Adèle, puis Yves, le mari de Tudine, Adèle avait tissé avec elle des liens suffisamment forts pour que les deux seuls étés qu'elle ait passés alors loin de Saint-Pair, ce soit chez Yvonne, mariée et installée à Remiremont, qu'elles sont allées, ensemble.

PÂQUES 2012

J'ai dû m'interrompre quelques semaines, officiellement parce que j'avais trop de travail à côté, et je m'aperçois que ce n'est pas un hasard si j'ai marqué un temps d'arrêt au moment d'évoquer Tudine. Je vois bien (et croyais sincèrement que c'était la seule cause) que le sujet me dérange. J'ai du mal à trouver un équivalent, aujourd'hui, à la relation qui l'unissait à Adèle. Le Journal (qui mentionne longuement les escapades clandestines qu'elles feront chaque semaine à partir de 1920, j'y reviendrai) ne précise jamais si elles prenaient leur repas ensemble, par exemple. Et pourtant j'imagine que deux veuves cohabitant dans un appartement, même vaste, pendant vingt ans devaient préférer se tenir compagnie que se faire servir séparément. Je n'arrive pas non plus à concevoir l'absence totale de conséquences sur leur couple de la mort du petit garçon de Tudine : avaient-elles intégré les normes sociales au point que la responsabilité de la patronne n'ait pas entraîné de sentiment de culpabilité chez Adèle, d'amertume chez la gouvernante ?

Mais il n'y a pas que cela. Si j'ai laissé tomber si longtemps ce récit, pile au moment où j'y faisais apparaître cette jeune Bretonne, chargée à vingt ans, peut-être moins, de veiller sur le second bébé d'Adèle, je vois bien maintenant que c'est parce que, dans mon histoire à moi, il y a aussi une adolescente, une autre baby-sitter venue de Bretagne — d'où exactement, je n'en ai pas la moindre idée, pas plus que de son prénom. J'ignore toujours, lorsque je bavarde avec ma mère et mentionne tel ou tel prénom féminin, si elle ne le portait pas, «elle», la remplaçante de la «jeune fille» qui nous gardait, mon tout petit frère et moi. Oui, on disait toujours «jeune fille» quand j'étais enfant. Irène, notre nounou habituelle, était sans doute plus jeune que ma mère, mais pas de beaucoup, et elle avait de l'expérience. Mais ce week-end d'hiver où elle a dû s'absenter (prendre des vacances? aller rendre visite à ses parents?), celle qui la remplaçait et dont je ne connais pas le prénom (j'avais moi-même dix-huit mois et n'ai aucun souvenir conscient de cette époque à laquelle je parlais pourtant, m'a-t-on dit, couramment) avait seize ans. C'était une «jeune fille», vraiment. Elle doit être vieille à présent. Peut-être est-elle morte depuis longtemps.

Je ne sais pas (tous les paragraphes de ce chapitre pourraient commencer par «je ne sais pas») combien de temps elle est restée, combien de temps durait son remplacement.

Je sais seulement (non, tiens, en voilà un que je peux commencer autrement, mais il ne sera pas long) que ma mère avait préparé ce samedi-là pour des invités un plat auquel elle n'a jamais pu regoûter ensuite. Que mes parents et leurs invités sont montés, tard dans la soirée, jeter un coup d'œil au bébé, âgé de deux mois, qui dormait paisiblement dans son berceau. Que la baby-sitter dormait à l'étage avec nous, dans cet appartement bizarre du n° 1 de la rue Barbet-de-Jouy, un « duplex » comme on ne disait pas encore à l'époque, mais dont d'autres locataires utilisaient le deuxième niveau et devaient pour rentrer dans leur chambre emprunter l'escalier intérieur et passer devant la porte qui menait aux nôtres. Mes parents dormaient au premier. Avant l'aube, « elle » les a réveillés en criant que ce n'était pas sa faute. Je sais qu'on a appelé les pompiers et que le bébé a été emmené à l'hôpital. Il est mort.

Je ne sais pas exactement à quel moment (dans le camion des pompiers ? plus tard ?). Je ne sais pas non plus quand la baby-sitter a fait ses bagages, juste qu'elle est partie précipitamment, est rentrée chez ses parents en Bretagne, qu'il y a eu une autopsie, une enquête. Ce n'était pas une mort subite du nourrisson. Il y avait eu autre chose, un choc peut-être, ou l'avait-elle seulement « secoué » ? J'ai lu toutes sortes d'articles sur le syndrome du bébé « secoué ». Il en meurt parfois. Je sais que mes parents n'ont pas porté plainte. J'ai dû en parler deux fois avec eux, une fois avec chacun plus précisément. J'ai mesuré leur douleur, grande ouverte. Je ne souhaite pas en savoir plus.

Je constate simplement qu'au moment de raconter la vie de Tudine et la perte de son enfant, c'est à cet autre petit garçon que je pense, lui aussi mort à deux mois. Aux sentiments de culpabilité respectifs de la jeune Bretonne et de ses patrons parisiens, lorsque Tudine a perdu son fils, j'associe ceux de mes parents et de leur baby-sitter. Et mon sentiment de culpabilité à moi aussi, dans cette histoire, bien plus fort que mon léger malaise à la perspective d'aborder cette dimension d'Adèle (quel était son degré d'asservissement aux principes de sa classe sociale ? Quelle part intime y résistait ?), assez fort pour m'avoir fait délaisser quelques semaines mon sujet.

J'ai appris récemment à Jules ce que signifiait l'expression latine « in medias res » : au beau milieu des choses, en pleine action. Je venais de découvrir, dans un livre mettant en scène un personnage de romancière, que je n'étais apparemment pas la seule à préférer m'interrompre, à la fin d'une journée de travail ou avant une pause plus longue, « au beau milieu de quelque chose » ; sinon en pleine « action », du moins pas à la fin d'une séquence.

Jules, qui m'a rejointe à Saint-Pair pour les vacances de Pâques et à qui je confie mes scrupules au moment d'introduire dans la vie d'Adèle cette parenthèse précise me concernant, me demande à juste titre si je n'ai pas trouvé mon compte aussi dans cette interruption-là, si ça ne m'a pas aidée à suspendre mon récit ces dernières semaines, de savoir que je le reprendrai « in medias res », et au milieu de « choses » aussi dérangeantes. Il a raison, bien sûr, et mon sentiment de culpabilité (coupable d'avoir survécu, moi, à ce petit frère, peut-être même aussi d'avoir souhaité, comme toute aînée, sa mort ?) s'explique sans doute aussi par l'usage presque professionnel que je fais de cet épisode.

Chaque fois que Jules me rejoint à Saint-Pair, il me demande des nouvelles d'Adèle comme si ces intervalles de quelques semaines qui séparent nos retrouvailles correspondaient aux années écoulées dans sa vie à elle. Je joue le jeu et lui raconte l'histoire dans l'ordre, comme si je ne savais pas comment elle finit, ni ce qu'il reste à en découvrir.

Nous sommes maintenant au mois d'avril 2012 et Adèle, que j'ai fait naître en décembre dernier en rentrant d'Annecy, a presque quarante ans. Elle a trois enfants. Après André et Victor, est enfin venue un bébé fille qu'elle a curieusement choisi d'appeler Anne-Adèle : était-elle consciente que ce prénom composé inversait l'identité qui était la sienne, Adèle Anne, avant le mariage de ses parents, lorsque sa mère s'appelait encore Aimée ANNE, son identité illégitime ?

Bien plus tard, reconsidérant cette période de sa vie, Adèle en gardera une impression paradoxale de plein et de vide. Elle est très occupée : elle a trois maisons à « tenir » et trois enfants à élever, consacre des heures chaque jour à lire et écrire son courrier, à recevoir et rendre des visites : le temps file à toute vitesse. Cependant, avec le recul, elle a du mal à arrêter un seul moment, à distinguer l'enfance de l'un de celle des autres : ils se sont d'abord tous ressemblés, bébés chevelus et en bonne santé, se sont succédé dans le landau anglais et sur les genoux de Tudine ; puis leurs corps et leurs visages se sont marqués de cicatrices différentes, traces de chutes faites pourtant en général aux mêmes endroits (le perron des *Binelles*, la balustrade de granit et de briques qui sépare le jardin de *La Croix Saint-Gaud* de la route de Jullouville puis, plus loin, des prés qui dominent le rocher).

Interruption de Jules, qui me demande pourquoi, si le premier s'y est déjà blessé, elle a laissé les autres escalader cette rambarde. Elle ne les a pas « laissés », dois-je lui expliquer. Elle ou Tudine ont dû vociférer mille fois la même mise en garde. Je suis bien placée pour le savoir, lui dis-je en lui désignant par la fenêtre la balustrade de granit et de briques qui, à quelques mètres de nous, surplombe directement la plage. Moi aussi, j'ai hurlé « Attention ! » ou « Non ! » chaque fois que mes propres enfants, petits, s'en approchaient, à longueur d'étés, sans qu'il y ait jamais eu d'accident heureusement. Même les adultes, quelle que soit mon affection pour eux, je n'aime pas les voir s'y asseoir, ne peux me retenir de les en dissuader quand ils le font. Un vague oncle, depuis la rambarde du même genre qui sépare son jardin de la plage, un peu plus loin vers le village, s'est fracassé en bas quand j'étais enfant. J'étais stupéfaite qu'une grande personne puisse faire une bêtise qu'on nous interdisait si formellement. Il a survécu mais l'anecdote ressert souvent quand je surprends quelqu'un de la maison juché sur cette rambarde. « C'était la même, du temps d'Adèle ? » demande Jules. « Non, sans doute pas, tu imagines, après toutes ces années... La pierre s'effrite assez vite finalement, à l'échelle d'une vie en tout cas, alors à trois générations d'écart... Bon, je peux continuer ? »

André est colérique comme elle, Victor aussi doué pour la musique que Charles ; Anne-Adèle, on ne sait pas encore. Adèle l'a espérée, cette petite fille, et lorsqu'elle est enfin venue, après ces deux étrangers que sont ses fils, munis de crocodiles miniatures qu'elle s'étonne toujours d'avoir hébergés dans son ventre, Adèle l'a revêtue de robes outrageusement roses et fleuries, elle qui n'en porte jamais elle-même.

Seconde interruption de Jules : « Et des bandeaux ? Elle portait des bandeaux, Adèle ? », avec un sourire en coin. Je le félicite d'avoir retenu ma leçon sur les coiffures féminines au milieu du XIXe siècle, vieille pourtant de presque un an et j'ajoute que ce n'était plus du tout à la mode, mais que je n'en sais rien, dans la mesure où il n'y a aucune photo exploitable qui corresponde à cette période dans le coffret d'Odette. Ce sont des clichés pris en plein air, un peu flous, où je suis incapable d'identifier ni les adultes ni les enfants, donc pas Adèle : durant un peu plus d'une décennie, son Journal reflète bien ce mouvement permanent, impossible à fixer. Pas vraiment d'arrêt sur image. Des silhouettes de mères et de nurses indistinctes penchées sur des groupes d'enfants eux-mêmes indistincts.

Je reprends.
1899 : Anne-Adèle a six ans et joue, seule la plupart du temps, à des jeux de fille qu'elle détourne bizarrement. Elle aime fabriquer pour ses poupées des bandages, a soin de toujours ajouter des potions aux soupes imaginaires qu'elle concocte avec sa dînette. Sur le coup, personne ne s'en avise. Il ne viendrait à l'idée d'aucun membre de la famille qu'elle a peut-être hérité la vocation de son grand-père et se rêve en médecin.

Le médecin, ce sera André, l'aîné. Il le répète depuis qu'il a neuf ans. Adèle comprend qu'il n'ait pas envie d'imiter Charles : son travail chez l'agent de change puis aux Eaux et Forêts d'Indochine où il est entré grâce à elle l'absorbe toujours plus mais il n'en parle jamais à la maison. C'est un monde abstrait et peu attractif. Elle sait bien qu'il a besoin, non de gagner de l'argent, le sien à elle est plus que suffisant, mais justement d'afficher qu'il ne dépend pas de lui ni d'elle. Il poursuit sa carrière paisiblement, sans amertume ni revendication apparentes, tout comme il fait ses « périodes » dans l'armée, comme il s'est investi dans les affaires de la mairie, à Sèvres, est devenu conseiller municipal. Elle lui en veut pourtant. Il n'a pas à lui prouver son indépendance : elle est convaincue qu'il l'est, indépendant.

Presque chaque soir il se met au piano. Mais contrairement au père d'Adèle qui l'associait à sa musique, faisait de ces séances une fête intime, Charles se retire alors loin d'elle ; lorsque ses yeux tombent sur elle (le fauteuil où elle brode, toujours aussi lentement, est disposé au bout du quart-de-queue de manière à ce qu'elle puisse observer son visage : ses mains, elle n'a pas besoin de les voir courir sur les touches, elle a gardé cette préférence pour le son seul qui lui faisait dire à Jacques, en rentrant de Gaveau, dans une autre vie, qu'elle n'aimait pas le théâtre, l'odeur des comédiens, le craquement de la scène), son regard se pose sur Adèle et la traverse en même temps, comme si seule une part anodine de son attention butait sur cet obstacle ; elle ne la retient pas plus qu'une vitre. Ses iris bleu ciel semblent pâlir davantage, la pupille est opaque. Ses yeux, qui sourient souvent plus que ses lèvres lorsqu'il est heureux, se voilent, inexpressifs. Alors oui, indépendant elle sait qu'il l'est. L'argent ni toutes ces activités masculines qui l'éloignent d'elle n'ont rien à voir avec ça. Adèle évite autant que possible les mondanités liées à son travail ou à la mairie de Sèvres. Ils sortent peu, sauf pour assister à des concerts.

Au fil des ans, ils ont noué une vraie amitié avec Robert Bricourt, le père de Jacques, qui les y accompagne presque toujours et qu'ils emmènent ensuite dîner avec eux dans le même restaurant où ils ont leurs habitudes, mangent des huîtres l'hiver, des asperges au printemps, où Adèle exceptionnellement boit autant de vin qu'eux, du chablis. Ce sont des moments informels, intimes, où Charles et le vieil homme aux traits marqués par le drame jamais cicatrisé du meurtre de son fils, mais détendus par la musique qu'ils viennent d'entendre bavardent devant elle avec naturel, avec humour, se livrent, l'air de rien, sans chercher à la divertir et y parvenant pourtant très bien, mieux que les voisins de table auxquels elle n'a rien à dire et qu'elle subit parfois lorsqu'elle dîne « en ville ».

Jules qui vient de se réveiller de sa sieste (ce qui le met en général d'humeur libidineuse) veut des nouvelles du crocodile : est-il toujours aussi vigoureux ? Charles et Adèle le débusquent-ils toujours aussi souvent, avec le même enthousiasme ? Il m'a apporté en arrivant à Saint-Pair un article découpé dans *Libération* et consacré au « spasme génésique », nom savant donné à l'orgasme féminin par un médecin du XIXe siècle qui s'appelait Jules, comme lui. Jules Guyot — mon Jules à moi l'a googlé — est surtout connu pour ses travaux scientifiques sur la viticulture. Mais il a aussi écrit en 1852 un *Bréviaire de l'amour expérimental* publié après sa mort, en 1882, c'est-à-dire l'année même où Adèle a rencontré Charles. Un homme passionnant (insiste son homonyme qui se redresse un peu sur ses oreillers pour attraper ses cigarettes, le visage encore alourdi de sommeil) : il a inventé la capsule et le muselet des bouteilles de champagne, ça devrait m'intéresser. Je me demande surtout si le père d'Adèle, médecin lui aussi, de la même génération, partageait les vues du Dr Guyot sur l'importance du plaisir féminin ? Si quelque chose dans l'air d'un temps qui nous paraît, vu d'ici, si corseté explique l'initiation décomplexée et joyeuse d'Adèle à la sexualité ?

Évidemment, son Journal parle moins du crocodile qu'au début de son mariage. Il y a pourtant cette conversation entre Adèle et Marie-Hélène qui vient souvent passer quelques jours aux *Binelles*. Georges, le mari de Marie-Hélène, est devenu moins regardant sur ses fréquentations. Il tolère d'autant mieux l'amitié de sa femme avec Adèle que ces séjours aux *Binelles* de Marie-Hélène et de leurs trois enfants le laissent libre de poursuivre sa vie de noceur, légèrement, à peine affectée par le retour de sa famille à Paris, la vente du château tourangeau.

Marie-Hélène a bu pas mal de porto après le dîner, il fait très chaud, les deux amies se sont installées dans le jardin, les enfants sont tous couchés, Charles joue du piano à l'intérieur, les fenêtres grandes ouvertes, mais il ne peut rien entendre. Enhardie par le porto et/ou par la musique qui couvre peut-être, se dit-elle, ses paroles, Marie-Hélène explique l'arrivée de son petit dernier, dix ans après Blanche et Rose. Elle a parfaitement conscience d'avoir déçu Georges en ne lui donnant que des filles. Il lui en a voulu. Ils ne se sont pratiquement jamais... « embrassés » (dit Marie-Hélène) pendant dix ans. Et puis quand sa belle-mère a eu sa première attaque et que son mari a été obligé de passer trois mois près de Saumur avec elles, il était si anxieux le pauvre, si... susceptible : bref Marie-Hélène a essayé de le « distraire », ce qui a plutôt bien marché et en tout cas permis la naissance d'Octave. Marie-Hélène gâte Octave affreusement, d'ailleurs c'est lui qui s'est relevé et posté, l'air renfrogné, en haut du perron : elles ne l'ont pas entendu arriver à cause de la musique et Marie-Hélène sursaute puis se jette vers son fils à qui, Adèle le sait, elle autorisera encore un verre de lait et un câlin au moins avant de le remettre au lit : pour combien de temps...

Dans son Journal, évoquant le lendemain les confidences de son amie, Adèle compare leur sort, loue sa propre chance. Il y a visiblement eu visite au crocodile, ce soir-là. Pas à l'orangerie mais dans l'intimité de la chambre conjugale (depuis la naissance des enfants ils sont plus prudents). Charles, exalté par les heures de cette soirée d'été passées à improviser au piano, sûr, lui, de n'être pas dérangé par des enfants récalcitrants, a tenu Adèle éveillée jusqu'à l'aube, venue très tôt en ce début juin. Donc, oui, Jules, le Journal révèle qu'ils s'occupaient encore souvent du crocodile et avec enthousiasme. Pauvre Marie-Hélène, s'est dit Adèle, allant jusqu'à imaginer le contact qu'elle devine à la fois moite et froid du corps de Georges, cet homme qui aurait pu, sans l'intervention d'une concierge avisée, se glisser dès sa première nuit loin de la Bretagne dans la chambre (contiguë à celle d'Octave) et sous les draps de Tudine. Adèle en frissonne de dégoût.

Mais il y a les insomnies aussi. Adèle se couche de plus en plus tard. Ou se relève. Elle n'a jamais sommeil. Elle retrouve dans ces heures solitaires des habitudes d'avant son mariage. Rien à voir avec Charles, se dit-elle, et elle prend quelquefois du trional. Ces fameuses insomnies qui tiendront sa petite-fille Odette éveillée jusque passé minuit, quelque trente ans plus tard, qu'Adèle meublera de ses récits et qui inspirent directement le «mémorandum», donc ceci. Il se trouve que j'ai autant de mal qu'elle à aller me coucher.

Le jour où sa mère est morte, Charles est rentré directement rue Barbet-de-Jouy, n'est pas retourné au bureau, mais il a fait pire, selon les critères de Pauline en tout cas, en se mettant une heure au piano. Adèle a dû pousser sa demi-sœur scandalisée vers la porte. Depuis la mort de Frédéric, une mort qui n'a qu'officialisé son absence et pas changé grand-chose, sinon qu'il a fallu s'habituer à dire « mort » au lieu de « maladie » ou « fatigue », Pauline a tendance à s'incruster de nouveau dans la famille d'Adèle. Elle s'est mariée trop tard pour avoir des enfants à elle. Adèle se demande même parfois si leur mariage a été consommé, tant il n'a pas semblé effacer la mélancolie de Frédéric.

Nouvelle interruption de Jules qui s'étire dans le lit comme un chat sauvage (je déteste les chats, sauvages ou pas, mais Jules au réveil ressemble à ça, je n'y peux rien et il est donc le seul chat que j'aime) : « Il y en a eu, des morts, dis donc, depuis nos dernières vacances. » J'en conviens. Je reconnais que c'est un peu cavalier de ne les avoir mentionnés qu'au passage, comme ça : la mère de Charles parce qu'il a heurté le sens des convenances de Pauline en se mettant au piano le jour même ; celle de Frédéric parce que Pauline pèse du coup de nouveau sur Adèle. Mais c'est précisément de cette manière qu'Adèle en parle dans son Journal : sous l'angle exclusif des conséquences que ces morts ont sur sa vie. Elle est encore relativement jeune, même pour l'époque, n'a aucune sympathie particulière pour sa belle-mère ni pour sa belle-sœur (ah oui, Jules, elle est morte elle aussi, Adèle a dû repousser la date de son départ pour Saint-Pair cette année-là, c'est la seule réaction qu'elle consigne dans le Journal) qui l'ont toujours snobée tout en vivant à ses crochets.

Frédéric, c'est autre chose. Adèle l'a pris en pitié et le pleurera un peu. Elle n'est pas fille de médecin pour rien : elle connaît la définition et les symptômes de la « mélancolie ». Elle comprend que c'est une vraie maladie et ne la confond pas, comme Oncle Jean, avec la « paresse ».

Oncle Jean, tiens : encore un mort. Conséquence directe et heureuse sur Adèle : le contrat de mariage qui plaçait sa fortune sous tutelle (et qu'Oncle Jean, qui n'a jamais été très malin, a plutôt mal gérée, lui qui se méfiait de Charles) est modifié et Charles peut investir dans le cabinet d'agent de change où il travaille, devenir associé, se faire une bonne réputation, entrer finalement aux Eaux et Forêts d'Indochine.

Arabella a hérité, elle, assez d'argent de son père pour le projet soudain qu'elle va exposer à Adèle, ce mois de novembre 1899, dans ces semaines fiévreuses où chacun se demande comment fêter la prochaine Saint-Sylvestre, où tous les hommes politiques commencent leurs discours par : « À l'aube du XXe siècle », où il y a toujours, dans les salons que fréquente Adèle, quelqu'un pour expliquer que l'an 1900 n'en marquera pas le début, qu'il faudra attendre 1901, quelqu'un que personne n'écoute vraiment, ou qui ne dissuade en tout cas personne de rêver au prochain réveillon (c'est la symbolique qui compte, le changement de centaine, l'année prochaine, on y sera déjà habitué !).

Arabella curieusement est pourtant passée très vite ce dimanche après-midi de novembre sur la réception qu'elle compte organiser le 31 décembre dans l'appartement de ses parents, boulevard des Invalides, où vit toujours Tante Jeanne, mais suffisamment recluse et sourde pour qu'on puisse y danser toute la nuit sans qu'elle quitte sa chambre, sans peut-être qu'elle s'aperçoive même qu'une centaine d'invités, dont un fort contingent d'Anglais, défoncent son parquet « Versailles » à coups de talons.

Très vite, s'entend : Arabella a bien consacré une heure à l'évocation des différents menus entre lesquels elle hésite et aux échantillons de tissu qu'elle a apportés avec elle de Londres et qu'elle déploie sur le piano pour les montrer à Adèle (« je t'assure, vraiment, rien à voir avec ce qu'on trouve au Bon Marché »). Elle se débrouillera en revanche avec sa couturière parisienne. Elle doit l'avouer, les coupes françaises sont plus inventives.

Mais ce qui aurait pu normalement occuper toute l'après-midi (enfin, pas selon Pauline qui désapprouve ces débats frivoles en ce jour du Seigneur, mais qui l'a marmonné comme d'habitude sans être entendue — peut-être les châles superposés dont elle s'emmitoufle depuis si longtemps ont-ils fini par étouffer sa voix ?) ne dure donc qu'une petite heure. Non, le grand projet d'Arabella, en cet automne 1899, c'est sa nouvelle maison.

LE VIDE ET LE PLEIN

    Jules montre un brin de curiosité à propos de la maison d'Arabella. J'ai fini par le rejoindre au lit (l'après-sieste, c'est aussi mon heure), puis il a pris une douche et, vêtu de son peignoir bleu marine, celui que je ne me résous jamais à laver immédiatement après ses départs, pas avant d'être sûre qu'il va revenir, comme si, en le laissant traîner dans la chambre ou accroché dans la salle de bains, je conjurais la possibilité qu'il ne revienne pas, il s'est remis au puzzle qu'il a apporté pour ces vacances de Pâques, un petit puzzle en bois. Il paraît que les puzzles en bois n'ont rien à voir avec ceux que je faisais enfant, que c'est un jeu d'adulte, et je n'essaie d'ailleurs même pas de l'aider. Toujours au lit, je lui raconte de nouveau Adèle et il m'écoute d'une oreille, l'esprit parallèlement concentré sur les formes (ou les couleurs : il semblerait qu'il y ait deux techniques différentes, avec les puzzles en bois), la main tenant sa cigarette hésitant, suspendue vingt centimètres au-dessus du bureau, un miracle que les cendres ne s'éparpillent jamais sur ce qui commence à ressembler à un paysage (surtout ne jamais regarder le modèle avant, malheureuse Barbare que je suis !).

Avant de le renseigner sur la maison d'Arabella, j'évoque quelques-uns des autres points qu'Adèle développe dans son Journal et qui éclairent pour moi ce qu'ont été ces années-là où sa famille, son rôle de mère ont envahi sa vie, la remplissant et la vidant à la fois. Deux points surtout : les insomnies et les goûters d'enfants.

C'est l'activité sociale qui a largement dominé cette période. 3 enfants, c'est 3 goûters par an, multipliés par le nombre d'enfants invités chaque fois par Adèle — environ une quinzaine — qui rendent scrupuleusement cette invitation, chacun son tour, cela fait un total de 45 goûters en 1899, une moyenne de 4,5 par mois sur dix mois : les enfants nés en août et en septembre fêtent leur anniversaire avant ou après les grandes vacances, provoquant deux pics répartis entre juin et octobre, en fonction du degré de superstition des familles et selon qu'elles redoutent ou non de « fêter ça avant la date ».

Or Adèle les déteste.

Elle laisse libre cours dans son Journal aux colères qu'elle doit réprimer tout le long de ces après-midi passées au milieu de quinze autres mères à faire semblant trois heures durant d'admirer la vivacité, la beauté et l'intelligence de quinze rejetons difficiles à identifier : au rythme où ils traversent et retraversent le salon, dans un sens puis dans l'autre (pas tous en même temps dans le même sens, ce serait TROP beau), Adèle est même incapable de repérer le sien. Des heures passées à protéger les tasses de porcelaine où elles boivent leur thé (enfants en bas âge : goûters assez tôt l'après-midi, jeunes mères puisant encore dans le seul spectacle attendrissant de leur premier bambin penché sur ses trois bougies la force de supporter les hurlements d'encouragement des quatorze autres) ou bien les flûtes où on leur a servi pas mal de doigts de champagne (enfants nettement plus âgés : réceptions programmées en fin d'après-midi, heure décente pour s'enivrer et années d'expérience qui ont appris à ces mères de familles nombreuses que l'alcool est le seul moyen de supporter les quinze préadolescents déjà dégingandés et encore pourvus d'un timbre aigu de bébés qui entonnent dans un anglais unanimement mal prononcé « Happy birthday » autour de leur propre Gustave, Eugénie, Berthe, Léon devenu soudain à douze ans cet être hybride, poilu et globalement repoussant), des heures sans fin où on ne voit jamais tomber le jour.

L'hiver, parce qu'il semble faire nuit d'un bout à l'autre. Les rideaux de velours sombre sont déjà fermés lorsque les premiers invités arrivent, pour préserver une chaleur vite infernale : les enfants sont presque tout de suite débraillés et écarlates, les mères encore plus écarlates car moins dévêtues ; les guirlandes de papier crépon brandies dans les farandoles ou les luttes menacent à tout instant de s'enflammer, frôlant les flammes des bougies ou même (car certains, indifférents aux règlements ou bien en pleurs s'aventurent dans ce coin en principe réservé aux mères) le feu de cheminée dont elles-mêmes ont pris soin de s'écarter tant elles transpirent déjà. L'hiver on sert uniquement des gâteaux compliqués que les enfants n'aiment pas et vomissent et dont les mères finissent par se resservir plusieurs fois, dans de minuscules assiettes elles aussi trop fragiles pour être exposées à la sauvagerie ambiante.

Adèle a pris au moins dix kilos («VINGT LIVRES!» note-t-elle, moins inquiète que résignée, dans son Journal à l'automne 1899) depuis son mariage et incrimine vertement les sucreries englouties ces après-midi-là, remède (le seul quand on ne sert pas d'alcool) au vacarme, à l'ennui, à la rage dans son cas de devoir endurer tout ça une ou deux fois par semaine.

Lorsque enfin quelqu'un (le père de l'enfant qu'on fête, en général) interrompt ce calvaire et donne le signal du départ, il y a, l'hiver, l'interminable recherche de tous les vêtements dont André, Victor ou Anne-Adèle se sont dépouillés en arrivant, puis, au fil des heures tandis que la température grimpait, les semant à peu près n'importe où. Adèle se revoit, animée d'une énergie désespérée, si pressée d'en finir qu'elle pourrait à tout instant laisser éclater sa colère, tentant de reconnaître entre quinze autres identiques un bonnet, un veston, une écharpe, une paire de caoutchoucs les jours de pluie, les rassembler laborieusement, courir de nouveau après André, Victor ou Anne-Adèle qui a profité de cette diversion pour reprendre avec ses congénères des jeux d'une violence démente, tenter de le convaincre d'enfiler le veston (avait-il donc bien cette ganse rouge?), de nouer l'écharpe (qui ressemble beaucoup à celle de François, lui fait remarquer une autre mère), de mettre le bonnet (si : celui-là, Adèle en est sûre, c'est Tudine qui a brodé cette petite fleur sur le côté), sans succès bien sûr : il doit maintenant faire vingt-sept degrés dans la pièce et ces trois heures (et demie, enrage Adèle qui a aussi peiné à retrouver son manteau entre quinze fourrures similaires) se sont écoulées très différemment pour l'enfant, ivre lui aussi à sa façon, effaçant de sa mémoire la couche de neige ou la pluie glacée qui tombe dehors.

Au printemps, c'est pire. Quelques-unes des amies d'Adèle (car oui, elle s'est fait des amies parmi ces femmes auxquelles pour la plupart elle ne se sent liée par rien de significatif : ce n'est pas parce que leurs enfants sont contemporains qu'elles ont quoi que ce soit de commun, juge-t-elle, mais parmi elles il y a Camille, Géraldine et d'autres qui sont comme Adèle horrifiées par ces rendez-vous rituels, des compagnes d'infortune avec qui échanger des regards excédés au-dessus des assiettes menacées ou des redingotes interchangeables, des êtres humains normaux qui ne comprennent pas non plus qu'on les oblige à s'extasier sur des créatures qui le reste du temps sont peut-être relativement fréquentables — relativement, dans la mesure où ce sont tout de même des enfants, c'est-à-dire une cause perpétuelle de bruit et d'objets cassés — mais qui, ces après-midi-là, oublient TOUT de la civilisation et découragent TOUTE tentative de communication), quelques-unes des amies d'Adèle ont comme elle un jardin.

On pourrait croire que le fait d'organiser le goûter en plein air soit un avantage ? Pas vraiment. Pour peu qu'il fasse beau, la fête dure encore plus longtemps. La lumière du soleil tourne mais ne faiblit pas. Les balançoires multiplient les risques d'accident, les buissons déchirent les robes, les sorbets fondent partout, sur tout, c'est-à-dire aussi sur le dernier volant de la jupe d'Adèle ou les manches de son corsage, les ballons renversent la théière et surtout certains pères, toujours exemptés l'hiver de ces orgies, à l'exception du père invitant (convoqué, Adèle l'a déjà noté, pour y mettre fin), les pères sont alors ravis de les rejoindre en fin de journée et, tirant sur un cigare, réclamant un second cognac, balayant d'un même sourire épanoui le désordre des têtes blondes où ils n'essaient même pas de discerner leur descendant, savourant la fraîcheur du soir sous le platane, ignorant totalement l'exaspération de leur femme, ses haussements de sourcils suppliants ou ses coups de pied discrets (Adèle est plutôt du genre frappeuse), éternisent encore leur torture.

La seule chose qui amuse Adèle ce sont les déguisements. Elle peut passer des semaines à imaginer comment transformer Anne-Adèle (qui est blonde) en danseuse de flamenco ou à déterminer le détail qui permettra de distinguer la panoplie d'André (qui veut être Du Guesclin ou rien) de n'importe quel costume de chevalier. Mais cette phase plus constructive qui précède les goûters « déguisés » n'atténue pas le vacarme, l'ennui ni sa rage lorsque l'événement a enfin lieu.

Et : NON ! Adèle ne fait pas d'exception pour les anniversaires qu'elle organise elle-même. Non, elle n'a pas honte de le dire (en tout cas pas à Camille, Géraldine et quelques autres), elle n'éprouve pas, en voyant son propre enfant trépigner d'impatience puis d'excitation et enfin d'épuisement une émotion suffisamment bienveillante pour compenser l'épreuve qu'on lui impose trois fois par an.

À l'autre bout du spectre, tranchant radicalement avec la promiscuité de quinze petits corps animés de mouvements perpétuels et mal coordonnés (défaut de coordination de chacun, plus défaut de coordination entre eux), avec leurs braillements stridents, avec le calme mal simulé de quinze femmes échevelées (soucieuses de ressembler à une allégorie du « Bonheur Familial » et conscientes de ne pas y arriver), avec ces goûters qui étouffent Adèle (gâteaux crémeux compris), il y a les insomnies, où elle respire. Étrange distribution : au milieu du plein, le vide ; au milieu du vide, le plein.

D'un côté il y a ces journées entières où les autres (Pauline, Tudine, les enfants, les amies en visite, pas Charles, malheureusement, il est de moins en moins là : même aux *Binelles*, lorsqu'il les y rejoint, on le voit moins depuis qu'il travaille à la mairie de Sèvres) envahissent tout, sollicitent en permanence ses sens, où il n'y a jamais de silence, d'image immobile, où rien jamais n'est net ni durable, ces journées dont les goûters d'enfants abhorrés offrent une version extrême mais qui leur ressemblent toujours un peu, même à Saint-Pair où pourtant l'horizon est si vaste.

Non, ce n'est pas vrai : à Saint-Pair, elle n'éprouve pas la même sensation oppressante : les cris sont amplifiés mais dédramatisés par l'écho de la plage, les objets incassables, les goûters d'enfants très rares. Rares, parce que Adèle ne s'est jamais obligée à fréquenter les parents de ceux avec qui les siens font des pâtés de sable : elle prétexte qu'ils ne sont pas fréquentables, se taille ainsi une réputation de snob que mon père m'a parfois rapportée : « Qu'est-ce qu'ils vendent ? » aurait-elle inlassablement demandé lorsqu'on insistait pour qu'elle fasse la connaissance d'une famille récemment arrivée — et toutes les familles étaient forcément plus récentes qu'elle, qui s'était installée là la première ou du moins le prétendait. « Qu'est-ce qu'ils vendent ? » : pour dénoncer leur appartenance présumée à la classe sociale, méprisable, des commerçants. En réalité, son Journal le prouve, elle se fout pas mal de la profession de ces parents, de leur respectabilité : ce qu'elle veut, c'est rester tranquille, ne surtout pas reproduire sur cette colline, près de ce calvaire entouré de prés et surplombant un désert de vase ou d'eau selon l'heure, le genre de vie qu'elle mène à Paris et à Sèvres.

D'ailleurs, elle se couche beaucoup plus facilement à *La Croix Saint-Gaud*, malgré le tumulte des repas, trois fois par jour, les grandes tablées, le désordre des filets de pêche et des paniers de coquillages abandonnés dans le hall, des jeux de croquet ou de boules à demi enterrés dans le jardin, les allées et venues continuelles entre la cabine de bains familiale, à cinq cents mètres en contrebas, et le salon où Adèle aime s'allonger avec un livre, sur la banquette, dans un recoin du bow-window, sans cesse dérangée par le départ d'un enfant, le retour d'un autre, la visite d'un troisième. Malgré l'énergie dévastatrice qui anime ces débuts de personnes : André, Victor, Anne-Adèle et leur flopée de camarades du même âge qui choisissent invariablement pour passer les chercher à *La Croix Saint-Gaud* le moment où ils sont à la plage. Comment font-ils pour ne jamais se croiser ? se demande Adèle, éveillée pour la énième fois d'une sieste involontaire à peine ébauchée. Par quel MIRACLE des probabilités ou des lois physiques Victor est-il systématiquement en train de se baigner quand son ami Édouard (ou Valentin ? Adèle a encore plus de mal à distinguer les enfants étrangers les uns des autres à Saint-Pair, ils changent trop, d'un été sur l'autre, et on ne les voit jamais à Paris) frappe au carreau du bow-window ? Par quel miracle Édouard (ou Valentin) est-il retourné bredouille jusqu'en bas sans voir Victor qui est remonté de son côté et arrache à son tour Adèle à une demi-minute d'assoupissement ? Malgré tout, elle y retarde beaucoup moins souvent l'heure de se mettre au lit qu'aux *Binelles* ou rue Barbet-de-Jouy.

De l'autre côté, il y a ces moments suspendus, volés au sommeil (et, il faut l'avouer et Adèle le fait à demi-mot dans son Journal, à la tendresse de son mari, mais ce n'est pas leur raison d'être, elle en est sûre).

D'abord : attendre que TOUS soient couchés, chacun son tour, selon l'ordre prescrit mais pas toujours respecté. Anne-Adèle (qui ne dîne pas avec les grandes personnes) avant huit heures ; « les garçons » (ils ont beau avoir deux ans d'écart, ils forment un sous-groupe, nettement plus âgés que leur sœur et du même sexe, ils ont donc les mêmes horaires) à dix heures au plus tard ; et puis Charles — tout dépend du temps qu'il passe ensuite au piano, son regard distrait plongeant à travers elle. Sans compter les inévitables retards et régressions qui font dévier cette routine : cauchemar d'Anne-Adèle, pipi au lit de Victor, bagarre qui s'ensuit avec André qui le traite de bébé. Mettons onze heures, onze heures et demie quand tout va bien. La plupart du temps, Adèle commence par suivre Charles dans leur chambre. Chasse au crocodile encore parfois, ou pas. Minuit, minuit et demi : les paupières de Charles finissent par se fermer, Adèle est seule **pour la première fois** depuis qu'elle a ouvert les siennes, ce matin.

Elle attend quelques minutes encore que la respiration de son mari atteste qu'il est bien endormi. Elle sait qu'à son retour, plus tard, il l'aura cherchée dans son sommeil à travers le lit défait, que son bras tendu dans le vide reposera sur son oreiller à elle et qu'il prend toujours vaguement conscience, aux bruits légers qu'elle fait en se recouchant, à ses gestes, pourtant prudents, pour déloger ce bras, conscience de cette vie nocturne, de ces dizaines de minutes qu'Adèle se réserve presque chaque soir. Il ne lui en parle jamais directement, se borne à constater qu'elle a veillé bien tard, lorsque au matin c'est lui qui, quittant leur lit en premier, l'abandonne à son tour pour jouir du silence et des aurores suspendues qui sont ses plages de solitude à lui (lui qui a pourtant déjà son piano, se dit Adèle pour se justifier, lorsqu'elle se sent coupable de ces désertions) : « Tu as veillé bien tard », chuchote-t-il dans ses tresses défaites, mais sans lui en faire le reproche, essayant à son tour de déplacer sans la sortir tout à fait de son sommeil le bras qu'elle a posé en dormant en travers de son épaule, évitant à son tour de son mieux de faire craquer le parquet en y posant le pied, s'éclipsant à son tour de la chambre.

Car Adèle ne se contente pas de se relever, le soir : elle s'en va. Lorsqu'elle est à Paris, elle se rhabille partiellement et, sans allumer aucune lumière, parfaitement habituée à évoluer dans le noir du couloir, du palier puis de l'escalier (l'appartement qu'elle occupe avec Charles est au second étage, les enfants dorment encore au-dessus), familiarisée depuis plus de trente ans avec le seuil surélevé qui sépare le couloir du palier (premier obstacle), elle franchit sans hésiter le mètre cinquante qui la sépare de la première marche, étend sa main droite exactement assez pour caresser la rampe de pierre froide ; même lorsque aucun rayon de lune ne luit sur sa surface polie, elle descend l'escalier du même pas assuré que s'il faisait plein jour, savourant l'absence d'enfants cavalant à sa rencontre ou la doublant sans écouter ses mesures de précaution (André s'est démis l'épaule, à deux ans, en tombant de l'avant-dernière marche, elle était juste derrière lui, n'a pas eu le temps de le rattraper, pas plus que Tudine qui l'attendait sur le palier du premier étage ; Victor, bébé, s'est ouvert le front en le montant à quatre pattes ; Anne-Adèle, croisons les doigts, rien encore ; mais inutile de leur rappeler leurs accidents passés : même s'ils en étaient capables, ils refuseraient de s'en souvenir).

Elle atteint le palier du premier étage et pousse du même mouvement fluide, intuitivement calculé pour qu'il ne fasse aucun bruit, la porte du salon. De toute la maison, rue Barbet-de-Jouy, c'est la pièce qu'elle préfère. Celle où on — Père autrefois, Charles aujourd'hui — se met au piano (son père avec elle, Charles sans). Celle aussi, elle ne l'a pas oublié, où elle s'est cachée le 11 septembre 1870 derrière les rideaux, quelques heures avant de découvrir Saint-Pair. C'est dans ce salon qu'en juin 1882 (le 2 pour être précise) elle a accepté l'invitation de Charles à venir l'entendre jouer de l'orgue à Saint-François-Xavier, une date historique donc.

Elle l'aime encore plus lorsqu'il est vide. Dans ce vide, le plein : de souvenirs et de projets ébauchés debout près de la fenêtre qui donne à l'ouest. Pas celle d'où elle guettait, le matin du 11 septembre, les signes que l'ennemi avançait, l'autre, d'où elle peut regarder beaucoup plus loin. Côté rue, la vue est dégagée, certes, sa maison fait face à la trouée de la rue de Chanaleilles mais elle bute au bout de quelques mètres, rue Vaneau, sur un autre immeuble. La façade est correspond au versant diurne de la vie d'Adèle, celui qui rime avec passants, visites, celui dont elle a créé, aime mais redoute en même temps la continuelle animation.

La nuit elle se dirige spontanément vers l'autre, s'arrêtant quelquefois, toujours dans le noir, pour voler une cigarette dans le coffret de bois laqué, sur la cheminée, là où Charles le range toujours après en avoir fumé une dernière, avant de s'asseoir au piano (dans cet ordre). Lorsqu'il y a de la lune, elle jette un coup d'œil en direction des portraits ovales accrochés de part et d'autre de cette cheminée, croise dans la pénombre les regards indifférents de ses parents, tous deux si bruns, Mère l'air si triste, dont elle a oublié le visage vivant, lui a définitivement substitué cette image.

De cette fenêtre ouest le paysage qu'elle contemple doit être assez semblable à celui que je pouvais voir, enfant, de ma chambre, au n° 1.

On n'a pas encore construit l'immeuble de cinq étages qui occupe aujourd'hui le fond de la cour et arrêterait son regard. Même si ma chambre, elle, était plus haut perchée, on embrassait donc depuis son salon la même étendue de parcs qui séparent la rue Barbet-de-Jouy du dôme des Invalides et de la tour Eiffel. Les monuments étaient moins éclairés et le boulevard, au loin, encore plus calme. Les parcs, dans la journée, n'étaient pas ouverts aux mêmes visiteurs, aux mêmes résidents que dans mon enfance, mais l'ensemble, la nuit, n'a pas dû beaucoup changer : pas de fenêtres allumées où épier des voisins, pas de passants, rien que des branches noires derrière les vitres, à travers la fumée de sa cigarette.

Aux *Binelles*, elle descend aussi mais sans prendre la peine de se rhabiller. Elle y séjourne surtout à la fin du printemps, il fait assez chaud pour qu'elle se promène dans la maison en chemise, il y règne une ambiance plus décontractée qu'à Paris (même si moins qu'à Saint-Pair). La nuit là-bas paraît toujours plus claire. Ce sont les beaux jours et encore la campagne, à cette époque — le puzzle que Jules a apporté à Saint-Pair pour ces vacances de Pâques représente justement *Le Chemin de Sèvres* peint par Corot — quand Adèle était petite et même si le train, la ville ont sans doute déjà gagné du terrain quarante ans plus tard, on imagine qu'autour des *Binelles* subsistait encore quelque chose de cette vue bucolique que Jules a fini par reconstituer hier après-midi, assez lentement malgré la taille réduite du puzzle ; il n'était pas spécialement difficile non plus mais Jules n'y a pas consacré beaucoup de temps, il y a eu beaucoup de soleil cette semaine (malgré les prévisions maussades de mon service téléphonique de météo, qui, hélas, transféré à Caen, confiant la rédaction de ses messages à de purs scientifiques, ne formule plus les mêmes étranges euphémismes qu'avant). J'aimerais pouvoir aussi conserver, d'une fois sur l'autre, les traces de son passage que sont ces puzzles, et en particulier celui-là, le Corot, dont le sujet s'intègre au mien, mais Jules est bien trop maniaque et paranoïaque avec ses puzzles en bois pour les laisser ici. Il faut que je me contente de son peignoir et de ses bouquins, comme totems.

À Sèvres, le décor des insomnies d'Adèle est plus pâle, le ciel est plus dégagé, la lune plus visible, la descente de l'escalier relève moins de l'exploit, même si Adèle se sait capable de parcourir toute la maison les yeux fermés, s'il le fallait, aussi bien que rue Barbet-de-Jouy. Leur chambre est au premier étage, le salon au rez-de-chaussée. Lorsqu'il fait un peu frais, elle se tient dans ce salon, y retrouve le visage peint de Mère, identique (autant qu'elle puisse en juger, ne les ayant jamais vus côte à côte) à celui de Paris. Mais le plus souvent Adèle pousse sa promenade jusqu'au jardin. Elle ne s'éloigne pas mais reste un moment (combien de temps durent ses escapades en général ? elle ne le compte pas) debout devant le perron. Le dernier train est passé depuis longtemps, les seuls bruits sont ceux qu'elle a toujours connus (elle est née là, y mourra), ceux des grenouilles, de la chouette, parfois d'un chien qui s'est éveillé lui aussi et salue cette nature soudain transformée en photographie sépia, ou noir et blanc, une nature morte où Adèle se sent plus vivante que l'après-midi même, lorsqu'en plein soleil elle feignait de se concentrer sur sa broderie pour échapper au bavardage incessant de Pauline, à ses consignes mille fois répétées aux enfants de se couvrir davantage, levait juste un œil parfois en entendant Tudine reprendre le mythe du crocodile, brandir la menace liée au ruisseau presque asséché, en bas, à côté de l'orangerie et croisait le regard complice de Charles étendu sur l'herbe à ses pieds.

Avec la confession qu'elle pratique consciencieusement chaque semaine, ces promenades nocturnes sont ses seules occasions de s'entretenir avec elle-même : peut-être, comme à l'église, parle-t-elle d'ailleurs à voix haute, elle ne s'en rend pas compte. Elle n'a jamais raconté à son confesseur cette manie de survivre au sommeil des autres, qui à sa connaissance ne fait l'objet d'aucun interdit dans la Bible.

Elle s'attarde autant qu'elle en ressent le besoin, libre, à peine distraite par les centaines de «bébés Armand-Duval» qui glissent entre ses cuisses, collant légèrement le tissu de sa chemise à sa peau (il ne devrait plus y avoir de vrais bébés Armand-Duval, croit à tort Adèle, qui après tout fêtera en avril ses quarante ans), décide sans hésiter que c'en est assez pour ce soir et remonte apaisée vers la chambre, se glisse en silence contre le corps de son mari et s'endort vite. Très rarement, elle a recours au trional. Charles avec qui elle n'en discute jamais est le seul qui soit au courant.

HORS D'EAU

La maison dont Arabella finit par dérouler les plans sur le quart-de-queue du salon de la rue Barbet-de-Jouy, ce dimanche de novembre 1899, en calant les coins avec un vase et le métronome, a déjà un nom : ce sera *La Saigue*.

Arabella, qui ne s'amuse apparemment plus autant avec Henry à Londres et « n'attend » toujours rien, a passé de plus en plus de temps boulevard des Invalides ces dernières années, avec ou sans son mari, s'est mise à fréquenter des gens différents, beaucoup d'étrangers venus de l'est de l'Europe, pourvus de titres de noblesse impressionnants (impressionnants surtout par leur manque de voyelles), quelques artistes ; elle a fait un *come-back* relatif dans l'existence d'Adèle (Arabella parsemait déjà ses phrases d'anglicismes avant d'épouser Henry, suivant l'exemple de sa mère). De temps en temps, elle s'invite à déjeuner rue Barbet-de-Jouy, *flirte* avec Charles, se plaint qu'on ne la laisse jamais *baby-sitter* les garçons et disparaît ensuite pendant trois mois.

On lui a montré des photos de *La Croix Saint-Gaud*, on l'y a invitée, elle a accepté chaque fois avec entrain mais, au dernier moment, n'a jamais réussi à se libérer, pas plus qu'elle n'a remis les pieds aux *Binelles* où elle est pourtant la bienvenue quand elle veut et où, à l'en croire, elle rêve *absolutely* de retourner.

Jusqu'à ce *week-end* (une semaine entière en fait), fin août, cette année 99, qu'Arabella a passé chez « des amis » à Saint-Pair, pas chez sa vieille amie Adèle mais chez un couple de Polonais qui louaient un prieuré dans les terres. Adèle n'a d'ailleurs pas été conviée à lui rendre visite chez ses hôtes au nom imprononçable.

Arabella bien sûr est montée à *La Croix Saint-Gaud*, a admiré la vue, et Adèle, en lui servant de l'orangeade (il a fait très chaud ce jour-là) et des sablés au beurre salé, a espéré pouvoir ressusciter avec elle le souvenir de leurs promenades au calvaire, vingt-neuf ans plus tôt. Arabella n'a pas vraiment oublié ou du moins le prétend, mais l'échange, bref, déçoit Adèle. Elle a l'impression que son amie confond cette ascension avec d'autres promenades (sur la jetée du Plat Gousset, au nord de Granville, ou le long de la plage de Kairon). Elle évoque alors leur première nuit à la pension Maraux (qui a fermé et dont la propriétaire s'est retirée chez sa fille cadette, près de Caen), la marée d'équinoxe, les vagues démesurées assaillant leur fenêtre. Arabella croit qu'elle dormait plutôt, elle, côté terre. Adèle pardonne à Arabella sa mémoire confuse ou plutôt absente, met ces absences sur le compte de la mort d'Oncle Jean : sans doute vaut-il mieux éviter de lui rappeler ces moments heureux de leur enfance (les seuls, à vrai dire, qui lui aient jamais rendu Oncle Jean sympathique) et laisser la visiteuse, beaucoup plus motivée et bavarde alors, lui vanter les ressources mondaines de la côte, lui raconter sans fin les réceptions auxquelles elle s'est rendue tous les jours depuis son arrivée chez les Wczykhrschtow (?).

Adèle, elle, s'efforce d'éviter toute invitation de ce genre. Elle y parvient. L'été qui s'achève est le treizième qu'elle passe à *La Croix Saint-Gaud* et elle n'a jamais eu à déjeuner ou à dîner que quelques curés des environs, à commencer par celui de Saint-Pair auquel elle a donné beaucoup d'argent pour rebâtir l'église, inaugurée dès le second séjour d'Adèle (elle est particulièrement fière des vitraux rouge et bleu qui éclairent la salle des gisants, saint Pair lui-même et saint Scubilion : ce sont les seules preuves vraiment visibles de sa contribution financière et elle adore les signaler à ses enfants). Elle est donc indifférente aux descriptions exaltées qu'Arabella lui fait de tel manoir de Saint-Nicolas où elle a dansé, ou de telle très bonne maison de Granville où elle est tombée par hasard sur des amis (« Tu te rends compte ? ») rencontrés l'hiver dernier à Nice ! Adèle ne sait pas ce qui l'étonne le plus : qu'on puisse faire presque huit heures de train jusqu'ici pour mener exactement la même vie qu'à Paris, ne pas se contenter de fixer indéfiniment le scintillement argenté de la grève ou des vagues (non : ÇA ne l'étonne pas vraiment, venant d'Arabella en tout cas, même si ses récits révèlent aussi à Adèle l'existence d'un univers saint-pairais parallèle au sien où un certain nombre apparemment de Parisiens évoluent avec la même volonté d'oublier qu'ils sont au bord de la mer, à la « fin des terres », au bout du monde) ? Ou bien ce qui l'étonne, est-ce qu'elle, Adèle, ait su si bien les éviter ?

La semaine de mondanités trépidantes qu'Arabella a vécue là fin août ne lui a pas laissé le temps de monter une seconde fois à *La Croix Saint-Gaud* : « Pas une minute, *darling*, mais ce n'est pas grave, on se voit quand on veut à Paris ! » disait le billet qu'elle a fait porter à Adèle trois jours après l'orangeade et les sablés, c'est-à-dire la veille de son départ ; et Adèle a souri malicieusement en le lisant, songeant que tous les gens qu'Arabella a frénétiquement fréquentés durant cette semaine habitent aussi Paris...

Adèle ne s'est doutée de rien jusqu'à ce dimanche de novembre où elle jette un regard inquiet sur les plans mal étalés (le métronome, le vieux métronome alsacien, quasi l'unique relique de l'enfance de Charles et dont se servent aujourd'hui André et Victor, n'est pas assez lourd pour bien les maintenir en place). Un regard inquiet pour plusieurs raisons. D'abord, Arabella a confié la conception de sa villa à un cabinet d'architectes londonien. Adèle se souvient trop bien comme il est compliqué et long de faire construire une maison à trois cents kilomètres de chez soi, alors faire appel, en plus, à un architecte qui ne parle même pas français ! Les légendes (*dining-room*, *library*, etc.) crayonnées d'une mine grise et grasse en témoignent. Ensuite, les dimensions de *La Saigue* : Adèle n'ose pas demander à son amie si elle garde encore l'espoir (à supposer qu'elle l'ait jamais eu) « d'attendre », à son âge (elle a deux ans de plus qu'Adèle), et d'ailleurs elle ne voit nulle part, sur aucune des quatre grandes feuilles correspondant aux quatre niveaux (en comptant le sous-sol) de la villa, mentionnée de *nursery*. Neuf *bedrooms*, c'est beaucoup, lui semble-t-il, pour Arabella et Henry (et même Arabella toute seule, on ne voit plus très souvent Henry depuis quelques années). Adèle ne commente pas, soucieuse de n'avoir pas l'air envieuse (ce qu'elle n'est pas du tout, par nature), se demande juste avec un peu d'effroi si Arabella a l'intention, vraiment, de la remplir de ses nombreuses relations chics, parisiennes ou étrangères, et d'y danser tous les soirs.

Mais ce qui la tracasse surtout, c'est le choix imprudent qu'a fait son amie d'acheter son terrain dans cette partie de la plage. On l'appelle le « Nouveau Saint-Pair » et Adèle est au courant depuis un moment, grâce aux déjeuners où elle reçoit le curé, que l'expansion continue de la station balnéaire a décidé la mairie à viabiliser toute la portion qui s'étend de la rue de Scissy au rocher Saint-Gaud. On a déjà commencé à construire des digues, d'accord, mais la parcelle d'Arabella s'avance dangereusement sur le sable. Les plus grandes marées menaceront à coup sûr les fenêtres de la *library*, peut-être même les livres. Adèle repense au raz-de-marée légendaire de 709, se félicite d'avoir pu s'installer si haut au-dessus du village, à l'abri des vagues. Là encore, elle se tait. Moins cette fois pour ne pas donner la fausse impression qu'elle jalouse la position de *La Saigue* (qui ne peut pas sérieusement abîmer le panorama dont elle jouit, du haut de sa colline : elle verra la maison d'Arabella, oui, mais ce ne sera qu'un premier plan en contrebas et son regard sera vite absorbé par le reste de la baie) que par une sorte de crainte superstitieuse. Il ne sera pas dit que c'est elle, Adèle, qui aura annoncé la catastrophe si, comme elle en est sûre, elle finit par se produire.

Elle tressaille donc en entendant Arabella lui assurer que la maison sera « hors d'eau » avant Pâques. Pas parce qu'elle connaît trop bien les lenteurs des chantiers (elle qui a élu comme premier souvenir d'enfance le spectacle de la palissade qui, des mois, des années durant, masquait la future maison de la rue Barbet-de-Jouy) et qu'elle anticipe la déception de son amie, qui enchaîne déjà sur le calendrier délirant qu'elle croit possible (les finitions entre mai et juillet, la villa habitable dès l'été prochain !). Non, si elle tressaille, c'est à cause de ce terme technique dont Arabella (qui n'a jamais fait construire nulle part, elle, n'est pas comme Adèle-la-bâtisseuse) se gargarise : « Hors d'eau. » La maison sera bientôt « hors d'eau », d'accord. Mais si exposée pourtant à sa montée.

6 MAI 2012

«Pourquoi *La Saigue*?» me demande Jules. À cause de la petite rivière qui traverse le vieux bourg, juste avant l'église quand on vient de Granville. On ne le remarque pas forcément quand on le traverse mais il y a un petit pont à l'entrée du village, là où, aujourd'hui encore, subsistent quelques maisons de pêcheurs aux murs de granit et aux volets bleus, jamais rasées pour y construire des villas, sans doute transformées peu à peu par des Parisiens sur les conseils de revues comme *Côté Ouest*. Je ne sais pas, j'en fréquente moi-même très peu, ma famille exceptée. La rivière s'appelle la Saigue.

Nous avons prolongé notre tête-à-tête à Saint-Pair au-delà de la fin des vacances scolaires, ayant pris la précaution de donner procuration pour les deux tours de l'élection présidentielle. Ce soir, nous avons regardé ensemble le résultat du second, respiré un grand coup et ouvert du champagne. Comme tout, ces temps-ci, me ramène systématiquement à Adèle et que Jules fait parfois mine de s'intéresser à elle, nous débattons, au-dessus d'un gargantuesque plateau de bulots mayonnaise, des opinions politiques d'Adèle.

En novembre 1899, Dreyfus vient d'être gracié et libéré. Si j'en crois ce qu'on raconte dans les manuels d'histoire et la fameuse illustration comique représentant une famille réunie pour un déjeuner de communion qui finit par se bastonner parce que l'Affaire a été évoquée, il est impossible qu'Adèle et Charles n'aient pas choisi leur camp. Adèle qui se dit si peu mondaine voyait finalement beaucoup de gens, à commencer par les autres mères de famille, un après-midi par semaine, et même si les goûters d'enfants ne se prêtaient sûrement à aucune sorte de conversation, si on n'y prononçait que des demi-phrases sans cesse interrompues de «Lâche-la, Albert, elle ne t'a rien fait!» ou de «Oups! Ma tasse/Mon verre!», les maris lorsqu'ils les rejoignaient à la fraîche devaient bien en parler un peu, de Dreyfus. Depuis cinq ans, ils ont sans doute cessé de voir certains de leurs amis, s'en sont fait de nouveaux, ont suivi et commenté les rebondissements juridiques et politiques de ce long feuilleton, discuté sinon avec d'autres (pas d'accord), du moins entre eux, de la culpabilité ou de l'innocence de Dreyfus mais jamais, jamais il n'est mentionné dans le Journal. J'en suis donc réduite aux suppositions. J'aimerais bien croire qu'Adèle se sentait étrangère aux convictions de ses proches et nourrissait une sympathie clandestine pour Dreyfus mais c'est trop improbable. J'explique à Jules pourquoi.

«Ils sont tous les deux très dévots, elle et Charles. Lui est alsacien, il fait scrupuleusement ses périodes dans l'armée. Je ne suis pas très au courant, mais ça veut bien dire qu'il est encore plus ou moins militaire, non ? Leur voisin le plus prestigieux, rue Barbet-de-Jouy, c'est Paul Bourget. Il habitait au 20 et Adèle au 26. Quand j'étais petite, la voisine prestigieuse, c'était Romy Schneider, je te l'ai déjà dit ?

— Je suis censé connaître, Paul Bourget ? C'est pas une marque de collants ?

— Excuse-moi. Non. Tu n'es probablement pas censé. Mais à l'époque c'était un voisin super-chic. Un romancier. Ami d'Henry James. D'Edith Wharton. Réac. »

Jules (qui n'en a pas) est très attaché à mon smartphone et il me l'arrache régulièrement pour vérifier ou obtenir toutes sortes d'informations inutiles et indispensables, mais comme il est par ailleurs très soigneux, il prend cette fois le temps d'aller se laver les mains (ce qui est prudent avec les bulots mayonnaise et avant d'effleurer mon petit écran) et commence déjà à tapoter maladroitement (il n'a pas l'habitude et les doigts un peu trapus) sur mon clavier.

« "Traditionaliste... catholique... antidreyfusard... Action Française..." Super-chic. Réac.

— Il n'y a pas marqué ça ?

— Quoi ? Ah non, super-chic et réac, je ne fais que répéter ce que tu viens de dire. Attends... "Son œuvre, aujourd'hui incomprise voire méprisée et tombée dans l'oubli." OK, j'ai le droit de ne pas connaître.

— Tu as tous les droits...

— Ouais, enfin Wikipédia parle d'une "timide réhabilitation". Il y a même eu un colloque international sur lui en 2005. »

Satisfait, Jules éteint l'appareil et se ressert de bulots. Je marque quant à moi une pause (je viens d'en manger une bonne quinzaine rien que pendant qu'il parcourait la très longue notice de Paul Bourget) et je reprends ma démonstration.

« Voisin, donc : Paul Bourget. Et si j'en crois la proportion de mes oncles, tantes, cousins, neveux à la mode de Bretagne, tous ces descendants d'Adèle que je connais bien, qui doivent faire la gueule ce soir, qui ont à 90 % voté Sarkozy au deuxième tour mais peut-être pire au premier, je ne vois pas comment Adèle et Charles auraient pu ne pas être antidreyfusards. Ça te dit quelque chose, "l'affaire des fiches" ?

— Eh oh ! C'est une soirée de fête ou de révisions ?

— Ne t'inquiète pas, moi aussi j'avais complètement oublié, même si on a dû m'en parler en khâgne. Mais en me replongeant dans la période, je suis tombée là-dessus : c'est une conséquence directe de l'affaire Dreyfus. Le gouvernement veut républicaniser l'armée et demande notamment à des loges maçonniques de lui faire remonter toutes sortes d'informations concernant les officiers. Un fichage. Et quand je lis les rubriques qui figuraient dans ces questionnaires, je me dis que Charles devait cumuler les mauvais points. Par exemple : il est notoirement "VLM".

— Tu traduis ?

— "Va à la messe". Et même "VLM AL" : ce qui signifie "Va à la messe avec un livre". Non, Jules : pas un polar à lire en douce quand le sermon est chiant. Un missel. Facteur aggravant sans doute. Si Charles a été fiché, et c'est possible, puisqu'il était officier de réserve, on a sûrement coché aussi la case

"A assisté à la première communion de sa fille", "A ses enfants dans une jésuitière" (le collège Stanislas, c'est là qu'étaient inscrits ses fils), et "A une femme très fortunée". Pour "Reçoit *La Croix* chez lui", c'est probable. "A reçu la bénédiction du pape à son mariage par télégramme", ça, je n'en sais rien. Mais il avait le profil de "calotin pur-sang", ou de "grand avaleur du Bon Dieu". Tu imagines le scandale quand on a découvert l'existence de ces fiches... Mais si tu lis le Journal d'Adèle, c'est comme si ça n'avait pas existé. Cinq ans d'Affaire, et rien.

— Cinq ans. Comme nous avec Sarkozy», ponctue Jules, la bouche pleine.

Je reste silencieuse un instant.

«Tu as raison. En plus extrême, ça a dû ressembler un peu à ça. Deux camps opposés. Le nôtre soudé par la haine. Des amis qu'on ne voit plus.

— La haine, tu exagères. Et *La Saigue*, elle était finie dans les temps?

— Oui, étonnamment. Dès l'été suivant. Super-efficace, Arabella. Elle a engagé au moins deux décorateurs, fait venir ses papiers peints William Morris d'Angleterre, commandé des meubles sur mesure. Adèle se moque un peu de ses goûts, dans le Journal: des colonnes corinthiennes en bois installées dans le salon, de part et d'autre de la porte-fenêtre qui ouvre sur la véranda (on voit bien qu'elle n'a pas d'enfants!), de la véranda elle-même (combien de tempêtes elle va tenir?). Cela dit, si elle a été régulièrement informée des progrès du chantier, Adèle n'a pas pu voir la maison terminée cet été-là. Elle n'est pas venue à Saint-Pair. Pour la première fois depuis presque quinze ans, elle est restée à Sèvres, malgré la canicule.

— C'est vraiment con.

— Non, elle était obligée. Tu ne devines pas pourquoi ?

— Je devrais ?

— Tu as oublié l'arbre généalogique ?

— Euh...

— Marguerite. La mère de tante Odette. Finalement, peut-être ce même dimanche de novembre, peut-être parce que ce soir-là Adèle ne s'est pas relevée pour aller fumer dans le noir, précipitant le long de ses jambes une armée de bébés Armand-Duval, qu'elle est restée tranquillement allongée, et bien qu'âgée de trente-neuf ans et demi, elle est de nouveau tombée enceinte. Une grossesse plus surveillée que la première (elle est plus vieille, elle pèse plus lourd) : on l'a forcée à garder le lit pendant six mois. Heureuse conséquence, célébrée dans le Journal : pas un seul goûter d'enfants dans cette période. »

Nous sommes venus à bout des bulots. Comme la mer est haute ce soir, Jules se lève avec le grand bol de faïence blanche où nous avons jeté les coquilles vides, traverse la salle à manger, ouvre la porte-fenêtre et s'éloigne jusqu'à la rambarde. Je le regarde vider le bol par-dessus bord, rendre à la mer une partie de ce que nous lui avons pris. Le bruit des vagues étouffe celui des coquilles lorsqu'elles heurtent le bas de la digue, mais Jules est si près que, sans elles, je pourrais l'entendre. Il s'accoude un instant à la balustrade de granit, face au soleil couchant, allume une cigarette puis revient vers la maison, le bol à la main. J'ai profité de son absence pour plonger un doigt dans ce qui reste de mayonnaise et le lécher soigneusement. Jules reste debout dans l'embrasure, à moitié aveuglé par le coucher de soleil, tire sur sa cigarette et me relance sans se retourner :

« Pourquoi Sèvres ? Il devait y avoir de meilleurs médecins à Paris, non ?

— Oh, encore la politique figure-toi : Charles est candidat pour la première fois à la mairie de Sèvres, en mai 1900.

— Élu ?

— Oui, élu. Ça, Adèle le note dans son Journal. Et le regrette. Et regrette de le regretter. S'en veut de ne pas ressentir de fierté. Elle a l'impression de le perdre encore un peu plus. Le mémorandum de tante Odette ne précise pas quel parti il représentait, mais comme elle ajoute qu'en 1908 il est battu par les radicaux, ça confirme mon impression. J'ai feuilleté un bouquin récent sur les élections municipales sous la IIIe République et je ne suis pas historienne, mais il semblerait qu'on ait prôné depuis les années 1880 un "apolitisme municipal", en tout cas à Paris. Que Charles soit un homme de droite, c'est à peu près sûr et nationaliste aussi, mais je ne sais pas à quel point. »

Une vague plus grosse que les autres vient de s'abattre dans le bout de jardin qui nous sépare de la plage. Elle a fait un bond de deux mètres et laissé quelques flaques le long de la rambarde.

LES BINELLES, JUIN 1900

« Complètement alitée » : Adèle en est incapable. Elle consacre donc ses journées à négocier avec elle-même toutes sortes de compromis.

Comme elle tient à s'habiller et à descendre déjeuner, il n'y a aucune raison pour qu'elle n'en profite pas ensuite pour lézarder dans le jardin jusqu'au soir. De toute manière, personne n'intervient dans ces continuels débats intérieurs, elle fait les questions, les réponses, l'accusation, la défense et rend son jugement toute seule. Il y a des années qu'Adèle a cessé de prêter attention aux recommandations de Pauline et elle a obtenu ce printemps-là que sa demi-sœur lui foute la paix, « ordre des médecins ». Charles est bien trop occupé par ses nouvelles fonctions à la mairie de Sèvres et Tudine avec les filles. Anne-Adèle et Yvonne s'entendent très bien et préfèrent jouer à l'hôpital avec leurs poupées dans la maison que près du ruisseau mais il faut les rappeler sans cesse à l'ordre et aux consignes temporaires : non, on ne peut pas déranger Adèle le matin ; non, évitez d'aller courir autour d'elle quand elle se repose dans l'orangerie, etc. Si les petites commencent à les intégrer, c'est beaucoup plus difficile avec les garçons qui ne les rejoignent à Sèvres que le week-end et doivent chaque fois les réapprendre comme s'ils avaient complètement oublié l'état de leur mère dans l'intervalle, dans ces semaines qu'ils passent à l'internat du collège Stanislas (surtout André qui depuis tout petit recherche l'affrontement). La seule perturbation tolérée aux siestes d'Adèle dans l'orangerie, ce sont les parties de tennis qu'ils disputent à quelques mètres d'elle : un magnifique court tout neuf est venu compléter les transformations apportées aux *Binelles* depuis son mariage. Ajout d'une aile à la maison, amélioration générale de son confort, et ce court, donc, dont ni elle ni Charles n'ont l'usage mais que les garçons ont réclamé, le long de la voie ferrée, le même, pas trop mal entretenu, où mon père jouait le dimanche. Adèle n'a rien contre le bruit des balles ni même contre les halètements lorsqu'ils « servent », les cris triomphants ou exaspérés de ses fils et de leurs amis du voisinage, couverts à intervalles réguliers par le passage des trains.

À l'issue d'une de ces tractations solitaires, Adèle a décidé qu'on aménagerait un minimum l'orangerie pour qu'elle puisse y rester allongée des après-midi entières. Il y fait frais mais pas trop humide. Étendue sur une méridienne en osier garnie de coussins de jardin, elle n'a plus besoin de se donner une contenance convenable et a laissé tomber la broderie. Elle somnole, parfois réveillée par les coups de pied ou les retournements imprévus qui surélèvent brutalement la peau de son ventre et l'étoffe de sa robe. Elle a remarqué, beaucoup plus attentive au déroulement de cette grossesse qu'aux précédentes, qu'une lumière vive et chaude, lorsqu'elle succède d'un coup à l'obscurité, paraît réveiller sa fille (elle en est sûre, c'est encore une fille). Des nuages légers traversent le ciel par-delà les verrières tout autour d'elle et elle guette la réapparition du soleil, cherche à vérifier son hypothèse, l'oublie régulièrement quand elle s'assoupit ou pense à autre chose, c'est-à-dire souvent, et souvent à elle-même.

En avril, elle a eu quarante ans. C'est à cet âge que sa mère est morte. Et elle, non seulement est bien vivante mais va accoucher pour la quatrième fois. Du coup, elle a beau avoir pris encore beaucoup de poids depuis qu'elle est enceinte (l'inactivité n'arrange rien et elle avoisine les quatre-vingt-cinq kilos, ou plutôt les cent soixante-dix livres, comme elle le note dans son Journal, ce qui ne l'empêche pas de piocher constamment dans la corbeille de fruits déguisés posée par terre à côté d'elle), elle a beau voir ses cheveux châtains grisonner, elle ne se sent pas vieille du tout et l'orangerie ranime des souvenirs qui ne sont peut-être pas très recommandables, pas très décents, «dans son état». Pas plus que ne sont recommandables ni décentes les nombreuses occasions où Charles (très en forme depuis qu'il a gagné les élections, même s'il est de moins en moins disponible), après lui avoir fait promettre plusieurs fois qu'elle se sentait assez bien, la soulage et lui permet (par de simples caresses, le reste, «les médecins» sont formels, ils n'y ont pas droit) d'évacuer cette tension sexuelle omniprésente que la seule fréquentation assidue de l'orangerie ne suffit pas à expliquer. Adèle ne se souvient pas avoir ressenti la même chose quand elle attendait les autres. Heureusement, sa réclusion forcée lui évite de se confesser. Une bonne sœur vient lui donner la communion à domicile mais ne s'attarde pas.

D'ailleurs, elle n'a jamais beaucoup évoqué cet aspect-là de son mariage en confession. Elle est partie une fois pour toutes du principe que ce qui n'était pas interdit était autorisé. Elle se doute vaguement que ni les Évangiles ni les ouvrages religieux recommandés aux mères de famille ne pourraient contenir des allusions même indirectes à ce qu'elle fait avec Charles mais se félicite de ce vide juridique — les passages de l'Ancien Testament consacrés à ces questions regorgent de tant d'autres prescriptions que les chrétiens ne suivent pas qu'elle les considère globalement comme périmées. Lorsqu'elle se confesse (ou, ces temps-ci, se contente de prier longuement pour se préparer à la communion, en attendant que sœur Marie-Christine passe la lui donner), elle parle surtout de ses colères. Pourquoi cette faiblesse ? Cette impulsion qu'elle n'arrive pas à vaincre et qui se déchaîne, toujours exagérée, contre Pauline, Charles ou André. Ce sont eux qui prennent (et, dans le cas d'André, qui rend furieusement les cris). Jamais Anne-Adèle, sage, étrange, hors d'atteinte. Ni Victor, un pacificateur-né. Ni Tudine. Au fond, si Tudine ne suscite jamais sa colère c'est peut-être tout simplement parce que, contrairement aux beaux discours et à l'autosatisfaction bourgeoise et bien-pensante qu'affiche Adèle, Tudine reste une domestique et que l'éducation bourgeoise d'Adèle, justement, lui a appris qu'on ne se met jamais en colère contre les domestiques. Mais c'est aussi parce que Tudine s'est d'emblée sentie bien chez les Armand-Duval (surtout lorsque Adèle lui a expliqué qu'on attendait d'elle qu'elle suive la famille deux mois chaque été sur une plage dont elle s'est dit qu'elle lui rappellerait son Morbihan natal), que Tudine a vite compris ce qui énervait sa patronne et se débrouille parfaitement pour l'éviter.

Adèle laisse fondre une datte fourrée à la pâte d'amande sous sa langue et imagine avec délectation comment accueillir son mari le lendemain soir, quand il ramènera définitivement les garçons pour les vacances.

Arabella a fini par venir lui rendre visite, hier, elle qui n'avait pas remis les pieds aux *Binelles* depuis vingt ans. Elle a d'ailleurs jeté un regard rapide et indifférent à la maison, trop pressée de raconter à Adèle ce que sera la sienne. Il semble entendu que, d'elles deux, c'est Arabella qui détient la vérité en matière de décoration comme d'élégance vestimentaire, Adèle s'en fout, elle est trop détendue et heureuse pour discuter. Elle a cependant noté intérieurement qu'Arabella suit la mode avec une telle rage qu'elle risque de devoir repenser entièrement l'aménagement de *La Saigue* tous les cinq ans si elle veut rester dans le coup. À l'extérieur, la villa sera relativement classique, « dans le genre normand, avec des colombages et un clocheton, tu vois ? ». Arabella a l'air de le déplorer un peu, elle est passée en venant devant le Castel Henriette, un peu plus loin dans la rue des Binelles, et s'extasie longuement, regrettant que les murs de *La Saigue* soient déjà montés. « C'est sûr, ils n'ont pas ça à

Londres. Un type comme ce Guimard. C'est TELLEMENT MODERNE !!! » Adèle ne commente pas. Elle aime beaucoup le Castel Henriette, contrairement à la plupart de ses vieilles voisines sévriennes, mais pas seulement parce qu'il est MODERNE. Elle se demande quel effet ces façades qu'on dirait déformées par un regard ivre feraient sur la plage de Saint-Pair.

Elle écoute Arabella d'une oreille distraite et se concentre sur les impressions qu'elle ressentirait si elle était là-bas, allongée dans son bow-window, et pas dans l'orangerie des *Binelles*; elle arrive d'habitude quand ses yeux sont mi-clos à entendre les vagues, à imaginer la brise qui secoue les dizaines de petits carreaux vitrés, les cris des mouettes, des enfants qui remontent de la plage et font la course dans le raidillon, le grincement du portail. Il suffit pour ça d'un courant d'air, de la sensation familière d'un certain degré dans la température extérieure qui soudain, plus qu'un son, plus qu'une odeur, la transporte là-bas. Mais le bavardage d'Arabella et les échantillons de papiers peints, collés dans un grand cahier déployé sur les genoux d'Adèle, font écran cet après-midi et maintiennent à distance l'hallucination habituelle. Elle fait semblant de feuilleter le cahier, d'admirer les motifs « Chrysanthème », « Pomme » ou « Chèvrefeuille », mais la protubérance de son ventre arrête son regard et son attention. C'est à peine si elle fait consciemment le lien entre la vie éphémère qu'elle va donner et celle de la villa d'Arabella, entre sa future petite fille (elle en est sûre et songe pour la première fois, contaminée par les fleurs de William Morris étalées devant elle, à l'appeler Marguerite) et

La Saigue qu'elle sent promise elle aussi, à terme, à la disparition. Adèle est soudain moins calme, moins détendue que tout à l'heure. Elle ne réinvitera plus Arabella avant un moment.

C'était hier. Aujourd'hui, enfin seule de nouveau, elle ferme les yeux et laisse monter le fantôme de Saint-Pair, appelé tout autour d'elle par la seule force de son souvenir. La fraîcheur minérale de l'orangerie, le silence des animaux de la terre au-delà, tétanisés par la canicule, le scintillement du soleil à travers les verrières qui joue sur ses paupières closes la ramènent facilement chez elle. Si elle rouvrait les yeux, elle peut le croire, les vitres du bow-window rougeoieraient au soleil déclinant et, en les clignant, elle apercevrait dans une brume de chaleur le reflux paisible de la marée, poursuivi par des cris d'enfants qui tiennent à leur «dernier» bain, leurs lèvres violettes pas encore réchauffées depuis celui d'avant mais qu'on laisse faire, qu'on laisse pousser «une dernière fois!» dans des vagues horizontales, molles et laiteuses leur épuisette vide (la seule fois où on a dégusté la pêche des petits, à *La Croix Saint-Gaud*, toute la maison a été malade) ou un seau qu'il faut impérativement, à leurs yeux, remplir le plus souvent, le plus tard possible — jusqu'à ce que Tudine n'en puisse plus de les sommer de se rhabiller et de la suivre, de rentrer se dessaler et dîner — remplir leur seau d'eau de mer pour dissoudre du sable sec, devant la cabine de plage qui marque leur territoire, dérisoire empiétement, et achever «leur» château dont ils reviendront demain matin constater la destruction.

LA BANDE DU MARDI

L'époque des goûters d'enfants a au moins eu le mérite de créer des liens indéfectibles entre Adèle et ses compagnes d'infortune — celles des autres mères qui partageaient son aversion pour eux (les goûters et, il faut l'avouer, les enfants en général à l'exception des leurs). Avec Géraldine, Camille, mais aussi Alice ou Herminie, elles ont pris l'habitude de se retrouver le mardi, en plus des visites et des mondanités obligées, le plus souvent loin de chez elles, dans des lieux publics où il est devenu tout à fait décent, « à l'aube du XXe siècle », d'organiser des rendez-vous. Elles ont une préférence pour un salon de thé généralement désert situé à égale distance de leurs quartiers respectifs. On leur réserve toujours la même table près de la fenêtre, ou dehors dans le jardinet dès que le temps le permet.

Même si elles ont pas mal d'occasions de jouir d'une compagnie exclusivement féminine (les dîners « en ville », quand elles en donnent ou s'y rendent, s'achèvent selon l'usage par une séparation plus ou moins longue, les maris fument dans leur coin pendant que leurs épouses se confient les exploits ou les travers de leurs familles et de leurs domestiques, c'est d'un parfait ennui), ces thés-là sont très différents. Ils ne sont prescrits par aucun usage justement, elles en ont pris seules l'initiative et ont choisi leurs participantes. On n'y parle jamais des enfants ni des domestiques. En revanche, il est beaucoup question des mères, des maris et, de plus en plus avec les années, des amants.

Géraldine et Herminie ont dix ans de plus qu'Adèle, elles sont veuves depuis longtemps mais pas rangées pour autant. Alice et Camille ont dix ans de moins qu'Adèle. Alice a conclu avec son mari un pacte tacite qui les autorise à s'amuser discrètement chacun de son côté. Camille a une liaison ancienne et passionnée avec un homme qu'aucune ne connaît, dont elles ne savent d'ailleurs pas grand-chose d'autre que ses performances au lit.

Car c'est de sexe qu'il est le plus souvent question dans leurs conversations. Même Adèle a trouvé au sein de leur bande un personnage à incarner : la chanceuse (un peu bornée sans doute) qui a tout de suite décroché le gros lot et s'en contente, même si, avec le temps, Adèle est bien obligée de l'admettre, ça ne ressemble plus du tout aux premiers mois, avec Charles.

Elle doit faire un effort maintenant pour compter les années qui la séparent de «la dernière fois vraiment mémorable». C'était au printemps d'après la naissance de Marguerite. Ils sont partis en vacances près de Cannes. Adèle a eu soudain très envie de revoir la Côte d'Azur, le village où elle a séjourné avec son père dans les années 1870. C'est du moins ce qu'elle a soutenu à Charles. En vérité, c'est tout ce qu'elle a pu inventer pour le convaincre de quitter Paris (et surtout la mairie de Sèvres) à cette époque de l'année, sans les enfants.

De grands hôtels ont poussé partout mais la petite pension d'autrefois est maintenant une villa particulière qu'ils ont louée tout entière, rien que pour eux. La vue sur la mer, trop loin, trop bleue, conforte Adèle dans l'idée que rien ne vaut Saint-Pair, ce qu'elle proclame plusieurs fois par jour, mais lui plaît un peu quand même, et elle doit reconnaître qu'au moins, en ce mois de mai, ce n'est pas désagréable de la contempler jusque tard après le dîner, depuis la terrasse, à la fraîche — ce qu'on ne fait jamais à *La Croix Saint-Gaud*.

Bref, le deuxième soir (un dimanche, personne qu'eux dans la maison), vautrés dans des chaises longues, après une bouteille de vin de pays, ils ont commencé à s'embrasser et à se peloter jusqu'au moment où Adèle, bêtement, a suggéré de rentrer et s'est vu répondre: «Pourquoi?» Tout ça s'est terminé sur les coussins de toile éparpillés à même le sol de pierre, à l'abri de la verrière, avec la baie à l'arrière-plan, l'eau silencieuse et d'un bleu noir (à Saint-Pair, elle est plutôt d'un bleu gris, la nuit, et toujours striée d'écume, pas ici), sous le pinceau d'un autre phare qui a immédiatement transporté Adèle trente ans en arrière, la veille, quand ils ont dîné sur la terrasse pour la première fois, épuisés par le voyage.

Elle a sursauté sous le large faisceau de lumière qui a soudain balayé le parc autour d'eux: le phare est tout proche, pas comme à Saint-Pair où son clignotement, affaibli par la distance qui les sépare de

Granville, se contente d'allumer un éclat sur les boiseries de pitchpin de leur chambre, toujours au même endroit, à droite de la coiffeuse, avec la légèreté rythmée de petits coups frappés à la porte. Ici, elle l'avait complètement oublié, le phare de la Garoupe, à moins d'un kilomètre à vol d'oiseau, répand sur les pelouses une lumière de plein jour qui éclaire tout nettement, même la couleur des fruits aux branches des citronniers et des mandariniers.

Les soirs suivants, il a plu. Ils n'ont pas recommencé.

Adèle a déjà raconté ce souvenir à ses amies plusieurs fois. Sa vie à elle est désespérément régulière comparée aux leurs, et il va de soi que si elle n'apporte pas d'autre contribution à leurs échanges de confidences, c'est que rien depuis cette nuit méditerranéenne ne mérite vraiment d'être mentionné.

Dans leur jeu de rôles, elle est donc l'éternelle épouse, la matrone modérément satisfaite, satisfaite de ses désirs modérés. Ça lui va comme ça. Au fond, en plus d'être en paix avec sa conscience (et, oui : elle a bien le droit de fréquenter des femmes plus libres qu'elle, même son actuel confesseur convient qu'Adèle peut au moins espérer leur donner l'exemple et que leur compagnie n'est pas un péché), elle est convaincue que sa situation est la plus enviable et si elle n'insiste pas sur ses mérites, c'est pour mieux se faire accepter de ses amies. Elle a pris goût à leurs rendez-vous et passerait pour excessivement conformiste si elle ne formulait pas de temps en temps de vagues regrets.

Elle est sincère d'ailleurs lorsqu'elle assure à Alice ou à Herminie qu'elle se souvient avec nostalgie de tous ces détails amoureux des débuts, toute cette banalité des lettres attendues, lues trop vite, mal comprises, relues, montrées à l'une, à l'autre, auxquelles il faut répondre habilement, banalité des terreurs passagères (tient-il vraiment à moi ? est-ce que ça va durer ? combien de temps ?), affairement vestimentaire, séances chez la couturière où, devant la glace en pied, on évalue sa nouvelle robe du point de vue supposé de celui pour qui on la fait faire, banalité des premiers attouchements, du premier après-midi dans la pénombre artificielle d'une garçonnière ou d'une chambre d'hôtel gagnée précipitamment, toute voilette baissée. L'intensité de ces riens, elle l'a connue elle aussi du temps de ses fiançailles avec Charles et la revit ainsi par procuration.

Savoir que ça existe toujours et voir en même temps quels dégâts ça peut entraîner à leur âge (car leur feuilleton hebdomadaire en passe toujours aussi par le petit mélodrame habituel de la rupture, « petit » aux yeux d'Adèle s'entend), voilà deux excellentes raisons de tenir à cette intimité féminine.

La troisième raison, moins avouable (et dont Adèle ne dit rien à son confesseur), c'est le type de médisances qu'elle pratique avec ses nouvelles amies. Bien différents des discours convenus et quelquefois fielleux autorisés dans les dîners (qui stigmatisent le manque de piété, le laxisme éducatif ou la morale douteuse des absentes), leurs jugements, à l'égard de celles qui ne sont pas admises dans leur cercle, leurs commentaires ironiques reposent sur leur conviction commune qu'il est malsain pour les enfants qu'on s'occupe trop d'eux, que les plus assidues à la messe sont aussi les plus pingres et que les femmes fidèles ne savent pas ce qu'elles perdent. Ce qui est un bon moyen (Adèle est assez lucide pour le comprendre) de satisfaire à la fois leur esprit critique et leur prétention à une certaine marginalité.

Elle n'en éprouve pas vraiment de remords : non seulement elle n'a pas eu besoin de chercher en dehors du mariage les plaisirs après lesquels il est entendu qu'on a le droit de courir, mais, étant orpheline, elle ne participe pas non plus aux procès les plus fréquemment instruits par ses amies, ceux de leurs mères. À les entendre (leurs mères sont toutes encore vivantes même si certaines très âgées et a priori plus très nocives), ces filles grandies et même assez mûres, «rien ne leur est épargné» : leurs mères sont folles et méchantes, souhaitent plus que tout leur malheur, ne loupent pas une occasion de les rabaisser, exigent des confidences dont elles se foutent, donnent des conseils qu'on ne leur demande pas, feignent d'être malades quand elles ne sont que «nerveuses», tentent de capter l'affection de leurs petits-enfants et de les détourner d'elles, Alice, Herminie, Géraldine et Camille (sans succès, évidemment!), ou passent leur temps au contraire à dénigrer leur caractère et leur éducation, se montrent trop aimables (ou odieuses) avec leur gendre, blâment leur train de vie (soit elles sont trop coquettes et dépensières, soit elles se négligent), les trouvent toujours trop grosses ou trop maigres. Les deux seuls reproches constants, dans ce bombardement continu d'injonctions alternatives, c'est qu'elles ne s'habillent pas assez chaudement et ne sont pas assez disponibles.

Adèle se demande (avec la sagesse facile de celle à qui le sort a épargné ce fléau, qui ne sait pas de quoi elle parle, la veinarde, l'orpheline) pourquoi, si leurs mères les haïssent à ce point, elles réclament autant leur compagnie et se plaignent tant d'être délaissées. Et, même si elle se garde bien de leur dire, a fini par résoudre cette contradiction : sans doute ses amies voudraient-elles être aimées encore davantage de ces dragons (plus que leurs sœurs, belles-sœurs, plus que quiconque) et vengent leur insatisfaction dans ce déluge de récriminations, dans ces récits somme toute répétitifs mais qui provoquent toujours chez elles la même hilarité incrédule.

Adèle a vaguement essayé d'intégrer Arabella à la bande du mardi.

Arabella a eu du succès, les toutes premières fois : elle n'a pas d'enfants et un discours bien rodé sur les épanchements grotesques des pauvres fanatiques qui peuvent, des heures durant, se donner des nouvelles et se montrer les photographies d'enfants qu'elles ne connaissent même pas (une après-midi ENTIÈRE, la dernière fois chez Anne-Laure, un CAUCHEMAR ! Et les commentaires, vous imaginez, quand on n'a jamais vu les morveux en question, qu'est-ce qu'on trouve à dire, même pas «Comme il a grandi!» ou «Elle ressemble de plus en plus à son père», RIEN, RIEN à dire ! Et j'ai cherché pourtant...).

De plus, Arabella se prétend aussi (Adèle qui aime bien Tante Jeanne a du mal à la croire, mais il faut reconnaître qu'Arabella a vite compris les règles du jeu) victime d'une mère folle et méchante et n'est pas en reste lorsqu'il s'agit de donner des exemples de cette folie et de cette méchanceté. Quand Arabella est à Paris, elles cohabitent boulevard des Invalides. Théoriquement, c'est la fille qui est chez elle («Maman n'a que l'usufruit»). D'ailleurs, lorsqu'il s'agit de payer (les travaux, l'entretien), sa mère compte sur elle. Mais pour le reste, elle lui fait constamment sentir qu'elle est la maîtresse de maison, vient même en douce dans sa chambre changer les objets de place («La lampe de chevet, c'est une BLAGUE, enfin ça le serait si ça ne me mettait pas autant en rogne ; tous les soirs quand je rentre elle l'a déplacée de quelques centimètres, elle est obsédée par la SYMÉTRIE ! Sauf que, là où elle la met, elle n'éclaire rien... »). Là où Tante Jeanne se surpasse, c'est dans l'art d'adresser à sa fille des reproches allusifs sur sa stérilité. «Encore ce matin, elle me complimente sur ma nouvelle robe (bref regard circulaire d'Arabella qui n'est pas sûre que les amies d'Adèle l'aient remarquée, les amies d'Adèle obtempèrent et opinent), mais évidemment, ce qui suit, c'est : "Tu peux te le permettre, c'est vrai, tu as la taille si fine ! Pas comme Adèle" (excuse-moi Adèle, Maman t'adore par ailleurs). "La pauvre, c'est vrai qu'avec quatre enfants..." » Clin d'œil appuyé d'Arabella, réaction attendue de son auditoire, cris d'horreur rituels, anecdote similaire rapportée par Alice, on enchaîne.

Sur le chapitre du sexe aussi, Arabella a correctement tenu sa partie, redemandé des détails croustillants, laissé entendre que, lorsqu'elles seraient plus intimes, elle en donnerait elle-même d'étonnants (Adèle est persuadée qu'Arabella est très innocente, en est définitivement restée au *flirt*, peut-être même avec son mari, et n'a strictement aucune pièce à verser à ce dossier important, aussi important que le dossier «Mères méchantes et folles», dans leurs réunions). Mais l'occasion ne s'est jamais présentée. Arabella n'a eu à inventer (ou à révéler, après tout Adèle peut se tromper) aucune expérience amoureuse intéressante. Au bout de quatre séances, ses amies ont décrété Arabella trop *snob* pour faire partie de leur bande.

Adèle n'a pas pu leur donner tort : les étés qu'elles passent toutes les deux à Saint-Pair, depuis que *La Saigue* est terminée, n'ont fait que confirmer leur différence et les ont éloignées. Adèle peut admettre toutes sortes d'étrangetés chez sa plus vieille amie, mais elle est de plus en plus rebutée par la vie strictement mondaine qu'Arabella mène là-bas, insensible à la violence envoûtante du climat, tout juste consciente de la présence de la mer qui vient battre sa digue, habillée, meublée et accompagnée presque comme à Paris, évoluant dans cet univers parallèle qu'Adèle s'est si bien efforcée d'ignorer.

Arabella de son côté n'a d'ailleurs pas semblé regretter de n'être pas recrutée par la bande du mardi : elle a plus ou moins laissé entendre à son amie que ces rendez-vous exclusivement féminins l'ennuyaient. Elle a remercié Adèle de lui avoir permis de découvrir que ÇA existait (et derrière ce ÇA, elle suggère une réalité homosexuelle inavouée), mais elle «préfère lorsqu'il y a des hommes».

Adèle n'a jamais invité Marie-Hélène à ces mardis, cela va sans dire, Marie-Hélène qui n'a jamais enfreint les codes littéraires de la comtesse de Ségur, jamais soupçonné qu'il pouvait y avoir un autre monde, ou en tout cas la possibilité d'exprimer librement ce qui s'y passe, que celui des dialogues bienséants des *Petites Filles modèles*. Adèle, par loyauté, s'est contentée d'exiger de ses partenaires que Marie-Hélène soit exemptée de leurs moqueries. Ce serait trop facile, a-t-elle plaidé.

C'est de cette bande du mardi qu'Adèle parle le plus dans son Journal, dans les années qui suivent la naissance de Marguerite.

Elle est heureuse du calme progressivement revenu dans ses journées. Les enfants grandissent. L'été prochain, son «bébé» aura huit ans. Et elle est désormais la seule pour qui on organise un goûter d'anniversaire, les autres sont trop vieux, la moyenne est tombée à un goûter par mois et encore : de plus en plus souvent, Adèle qui constate que vieillir a l'avantage de vous permettre d'éviter les trucs qui vous emmerdent vraiment charge Tudine d'y conduire Marguerite et d'aller l'y chercher (Tudine qui a réglé, comme elle règle tous les autres problèmes domestiques, la question des vêtements toujours confondus, vainement cherchés, rarement retrouvés, en faisant faire aux enfants d'Adèle des manteaux dans des tissus aux couleurs criardes, des écossais l'hiver, du Liberty l'été, immédiatement identifiables au milieu des bleu marine ou des gris entassés sur un lit).

Les insomnies sont plus fréquentes et il arrive à Adèle de se relever plusieurs fois dans la nuit, en faisant de plus en plus attention dans les escaliers (elle n'a jamais perdu les kilos pris pendant sa dernière grossesse et elle ne se souvient pas toujours, lorsqu'elle décide d'aller chercher de nouveau le sommeil hors de sa chambre, à deux, trois heures du matin, si elle a ou non fini, depuis sa dernière escapade, par prendre une cuillerée de trional et si elle ne risque pas de manquer une marche sous l'effet de la drogue).

Il n'y aura pas de fête pour les huit ans de Marguerite. Au printemps, Charles meurt.

C'est le Journal d'Anne-Adèle qui rend le mieux compte des années suivantes. Adèle, elle, délaisse le sien.

Elle récupérera onze ans plus tard celui de sa fille, après l'enterrement. Elle l'a gardé. Dans le coffret de tante Odette, il ne prenait pas beaucoup de place : Anne-Adèle y consigne peu de choses et sous une forme très personnelle, beaucoup plus elliptique que sa mère.

ALIÉNOR

Anne-Adèle veut qu'on l'appelle Aliénor. À la naissance de Marguerite, elle a sept ans et n'aime pas son prénom.

Celui qu'elle s'est choisi est crypté. Elle aime bien écouter ses frères se réciter mutuellement leurs leçons, s'interrompre, se moquer l'un de l'autre. Personne ne fait attention à elle. Elle panse inlassablement ses poupées dans un coin de la salle de jeux. Elle retient l'histoire de la reine d'Aquitaine, Aliénor. Elle établit une parenté (erronée mais ça lui est bien égal) entre ce prénom exotique et noble et un mot latin que Victor a du mal à retenir, lorsqu'il ânonne ses listes de vocabulaire : *alien*, l'autre, l'étranger. C'est décidé, elle deviendra Aliénor.

Comme elle se doute qu'on risque de contrarier, peut-être même d'ignorer son désir de changer d'identité, elle a une idée : le bébé, Marguerite, auprès de qui elle passe beaucoup de temps (présence rassurante d'une grande sœur qui n'a jamais paru jalouse, fait peu de bruit, relais idéal lorsque Maman ou Tudine doivent quitter la pièce un moment), le bébé la rebaptisera. Anne-Adèle, dès qu'elles sont seules et que Marguerite est éveillée, s'adresse donc à elle en se présentant comme «Aliénor» : «Aliénor va ramasser ton hochet», «Aliénor te prête sa poupée baigneur», «Aliénor est là, tout va bien, rendors-toi», etc. De sorte que dès qu'elle commence à parler, sa petite sœur l'appelle docilement Aliénor. Passant pour une déformation enfantine, ce nouveau prénom est adopté par toute la famille.

Aliénor cesse aussitôt de s'intéresser au bébé.

Elle a depuis toujours le sentiment que sa propre place dans la famille, son simple droit d'exister tiennent à son apparente indépendance. Elle se fait peu remarquer, ne demande pas grand-chose. En retour, on lui fiche la paix. Elle est donc libre, entre autres, de ses préférences. C'est avec Victor qu'elle s'entend le mieux. Elle n'aime pas André. Elle n'a pas peur de lui, pas plus qu'au fond Victor n'a peur de lui, même si André se met dans des colères qui n'ont bientôt plus rien à envier à celles de Maman. C'est Victor au contraire qui joue les conciliateurs. Avec Yvonne, la fille de Tudine qui l'idolâtre, ils ravitaillent André lorsqu'il passe plusieurs heures à bouder dans sa chambre, après chaque combat homérique qui l'oppose à Adèle. Aliénor méprise les colères de son frère aîné et s'interdit de juger celles d'Adèle. Elle comprend très jeune que juger ses parents lui ferait plus de mal à elle qu'à eux. Comme elle n'arrive plus non plus à les trouver parfaits, elle refuse de se poser la question et parvient en tout cas à ne pas y répondre.

Parce qu'elle est silencieuse, elle est au courant de tout. Toute petite, elle sait que sa mère arpente la maison presque toutes les nuits. Un peu plus grande, ayant appris à lire, elle l'a d'abord crue somnambule. Elle a consulté l'un des nombreux livres de médecine de Grand-Père religieusement conservés dans la bibliothèque de la rue Barbet-de-Jouy qu'à part elle personne n'a semble-t-il ouvert depuis sa mort, pas même André qui prétend pourtant vouloir suivre ses traces et dont Aliénor ouvre aussi en cachette les manuels plus récents : il arrive que les somnambules soient capables de gestes précis et coordonnés, comme allumer et fumer une cigarette par exemple (même à Paris, l'odeur monte parfois jusqu'à la chambre d'Aliénor et la réveille). Mais la fréquence des promenades de sa mère est nettement supérieure aux crises constatées chez les sujets pathologiques. Aux *Binelles*, de sa fenêtre, elle voit souvent sa mère marcher dans le jardin, sous la lune. Son regard, de là-haut, est très expressif et sa démarche assurée ; elle éteint toujours soigneusement son mégot dans un des deux vases qui ornent le perron. Maman est donc plutôt insomniaque, ce qu'ignorent en tout cas ses frères et sœur, Tante Pauline, Tudine et Yvonne.

Papa, lui, doit bien le savoir mais ce n'est pas un sujet de conversation qu'elle peut avoir avec lui. Ils se parlent assez peu en général, Aliénor a l'impression de communiquer suffisamment et même mieux avec lui rien qu'en l'écoutant jouer du piano, depuis le coin du salon où elle s'installe par terre et feuillette interminablement les vieux volumes reliés de cuir de son grand-père dont elle connaît par cœur les lettres et dessins gravés sur la couverture, ces sillons dorés qui épousent d'une caresse familière les paumes de ses mains lorsqu'elle les ouvre, à la recherche de nouveaux savoirs mais relisant aussi les pages qu'elle préfère (toutes celles qui ont trait aux symptômes qu'elle a pu observer chez ses proches : outre l'insomnie d'Adèle, elle a détecté le TED de Tante Pauline, deviné la « mélancolie » d'Oncle Frédéric, est la seule à s'interroger scientifiquement sur les causes de sa mort, penche pour l'hypothèse du suicide).

Et si quelquefois, en observant sa mère depuis sa chambre mansardée, elle lui trouve un air plus égaré et le pas plus hésitant que d'habitude, Aliénor explique ces signes par le flacon qui ne quitte jamais la table de nuit d'Adèle et dont l'étiquette précise la composition. Le manuel de pharmacologie d'André l'a renseignée depuis longtemps sur les effets des barbituriques.

Elle a treize ans lorsque Victor se met à sécher les cours. Elle le sait avant tout le monde, dans la famille, et est sans doute la seule à savoir pourquoi.

Depuis quelques mois, depuis LA LOI (celle qui sépare définitivement l'Église de l'État et que Tante Pauline n'a pas fini de pleurer), l'hôtel Biron qu'on aperçoit du dernier étage de la rue Barbet-de-Jouy s'est vidé de ses pensionnaires. L'institution religieuse qui dispensait là depuis des décennies des savoirs équivalents à ceux qu'Adèle a acquis aux Oiseaux a dû fermer. Le grand parc qui s'étend jusqu'à la rue de Babylone est d'abord resté désert : plus de bonnes sœurs, plus de jeunes filles en uniforme, plus de cantiques braillés en plein air autour du bassin. Mais les bâtiments et l'extérieur se sont progressivement ranimés, offrant de tout autres spectacles.

Et c'est là que Victor, qui a obtenu de ne plus fréquenter Stanislas qu'en tant qu'externe, au motif qu'il serait plus tranquille chez lui pour réviser ses cours, se faufile presque chaque après-midi, à une heure où il est censé se trouver au lycée.

Dans son Journal, Aliénor ne donne pas de noms. Soit ça ne l'intéresse pas plus que ça, soit elle ignore que ce ravissant hôtel particulier début XVIIIe laissé à l'abandon après l'expulsion par l'État de la Société du Sacré-Cœur de Jésus est rapidement devenu ce qu'on appellerait aujourd'hui un squat. Les artistes qui l'investissent s'appellent Cocteau, Matisse, Isadora Duncan ou Rodin.

En 1916, quand il sera transformé en musée et accueillera toutes les collections et archives du sculpteur, Adèle aura vendu « Baar-bédjouy », Victor sera mort et Aliénor sur le point d'être nommée infirmière major à la Croix-Rouge. Plus personne ne se souciera alors des activités artistiques et sexuelles qu'abritait autrefois le tout nouveau « musée Rodin » à l'époque où Victor, adolescent, se mêlait avec la complicité muette de sa petite sœur aux danses sauvages de femmes à demi nues courant dans le jardin transformé en jungle, hantait les ateliers sous prétexte de donner un coup de main quand on livrait des blocs de marbre, surprenait des couples, hommes et femmes mais aussi hommes entre eux, femmes entre elles, et peut-être même, suggère Aliénor dans son Journal, se mêlait à leurs jeux (il n'y a rien, dans la bibliothèque de Grand-Père, qui traite de ces questions et elle en a donc conclu qu'aucun comportement amoureux n'était considéré comme pathologique ; or, ce qui intéresse essentiellement Aliénor, des innombrables domaines que ses propres études laissent de côté, c'est ce qui se diagnostique et peut éventuellement se soigner).

Elle est la première, du coup, à déceler les symptômes du cancer de l'intestin qui va tuer son père, en 1908. Elle a quatorze ans, s'ennuie prodigieusement à l'école et reste fidèle, par commodité, au caractère placide et solitaire que tout le monde lui prête. Elle ne dit rien à personne lorsqu'elle fait le lien entre l'amaigrissement subit de Charles, son ventre qui seul enfle à vue d'œil, son teint jauni, sa fatigue, ses premières syncopes. Elle ne dit rien parce que les livres neufs, ceux d'André (étudiant en deuxième année, trop absorbé par ses examens pour remarquer lui-même la maladie de leur père) qu'Aliénor compulse dès qu'il a le dos tourné, sont formels : l'opération qu'on pourrait tenter prolongerait sa vie de quelques semaines, de quelques mois à tout casser, mais lui imposerait des souffrances pires que le cancer lui-même.

Au fond, Aliénor est sans doute davantage armée pour le métier d'infirmière (auquel elle se consacrera frénétiquement quelques années plus tard) que pour celui de médecin (dont aucune fille de son milieu et de sa génération ne pouvait seulement rêver, de toute façon). Mieux faite pour soulager la douleur que pour s'acharner à sauver ce qui ne peut l'être. Ça ne l'empêche pas d'aimer les livres scientifiques : elle retient les noms, les schémas, s'oriente sans difficultés d'une note à l'autre, maîtrise les renvois, les index, connaît par cœur certaines planches anatomiques, se concentre sur les données qui n'ont pas changé depuis la jeunesse d'Aimé Duval, lève parfois les yeux (lorsque assise en tailleur à même le tapis du salon elle vérifie un terme compliqué, livrée à elle-même — Tudine occupée avec Marguerite, Yvonne, une élève nettement plus sérieuse et appliquée qu'elle, le nez dans ses manuels, Maman sortie avec ses amies, celles qu'elle voit toujours seule, au-dehors, sans Papa, Papa qui joue quelquefois du piano mais la laisse tranquille, ne désapprouve pas sa soif de connaissances médicales), elle lève les yeux vers le portrait de son grand-père qui constitue physiquement son idéal masculin : très brun, les paupières lourdes, le regard brûlant. Peut-être est-elle tombée amoureuse de lui avant de se passionner pour son métier.

J'ai passé moi-même plus de quinze ans dans les allées de ce parc autrefois rattaché à l'hôtel Biron. La moitié quand j'étais enfant et que le jardin du musée Rodin était ouvert au public en permanence. Je ne me souviens plus à quoi on jouait avec mes copines exactement : il n'y avait aucun aménagement destiné aux petits, pas le moindre toboggan, peut-être un bac à sable mais je n'en suis même pas sûre. On devait trouver notre bonheur juste en shootant dans les tas de feuilles mortes, ou apporter une corde à sauter. On allait souvent rôder tout au bout du parc et épier à travers les grilles les élèves du lycée Duruy que j'ai fini par rejoindre, arpentant, durant des récréations entières, la seconde moitié du terrain qui à l'époque d'Adèle ne faisait qu'un. Ni mes parents, ni les profs du lycée ne m'ont jamais raconté les heures subversives et anarchiques du squat. C'est en accompagnant une visite du musée Rodin, organisée avec la classe de ma fille un jour de neige, que j'ai lu tout ça dans une brochure. Tandis que la vingtaine d'écoliers que j'étais supposée encadrer essayaient de croquer dans leur petit cahier à dessin des statues dont les poses lascives les laissaient eux-mêmes de marbre, j'ai réussi à apercevoir, par les hautes fenêtres vite embuées des salles d'exposition, le chien-assis, au dernier étage du n° 1, correspondant à ma chambre de petite fille, et plus loin le toit de la maison d'Adèle. Le jardin lui-même était interdit d'accès ce jour-là en raison de la neige qui me le rendait de toute façon étranger.

Je connais donc bien les lieux où s'évadait Victor. Mais je brode aussi un peu. Les notes laissées par Aliénor sont de plus en plus évasives au fil du temps. Chaque automne, à l'époque de son anniversaire, elle rédige quelques lignes qui font le bilan de l'année écoulée et ces lignes m'évoquent bizarrement, par leur laconisme énigmatique, les formules que dispensait jusqu'à ce printemps le service météorologique de la Manche : bien sûr, Aliénor ne donne pas d'informations sur la force des rafales ni des vagues, ne précise pas les degrés de la température (sauf s'il s'agit du cadavre de son père), ne dit pas qu'une « impression de soleil l'emportera », ni qu'il y a eu « des éclaircies parfois belles » mais, destiné à n'être compris que d'elle, ce registre, scrupuleusement tenu aux alentours du 25 octobre, emprunte ce même ton désenchanté pour dire les faits, les données du réel, et commenter leur perception, la manière dont ils l'ont affectée. Ainsi en 1908 (Aliénor va avoir quinze ans), peut-on lire : « Mort de Père. Métastase cérébrale. La dernière fois qu'il s'est mis au piano, il a joué du Schumann. Pas d'improvisation. Il s'est contenté de suivre la musique. La maladie et la mort, il les lisait aussi sur sa partition.

Rien ne m'a surprise, moi non plus, sauf la température de son corps. J'avais beau savoir qu'il refroidirait, j'ai sursauté en embrassant son front glacé, juste avant la mise en bière. »

En plus de ces récapitulations annuelles, elle livre à son Journal des tourments dont la gravité évolue avec l'âge. Vers neuf ans : « Détestation ! le clan écossais choisi par Tudine pour mon nouveau manteau, violet et turquoise. J'ai honte. On me regarde dans la rue. » Vers onze ans : « Bouderies respectives de Maman et d'André : Tudine fait préparer pour dîner leur dessert préféré. Jours de colère : double dessert. Je n'aime ni bouder ni les desserts. » Vers quinze ans : « J'ai fugué. Quatre heures. J'étais tout près, dans les buissons le long de la ligne de chemin de fer, entre la maison et la gare de Meudon. Personne ne s'en est rendu compte. Même pas Tante Pauline. Personne ne m'a cherchée. »

Les pages les plus remplies sont celles des étés 1912 et 1913. Aliénor va avoir vingt ans et les vacances à Saint-Pair sont manifestement les moments les plus propices aux béguins, aux premiers baisers. À Paris, elle rencontre toujours les mêmes garçons de son âge qui vomissaient déjà sur leurs souliers vernis (et quelquefois sur les siens à elle) à la fin des goûters d'anniversaire. Ils vomissent plus discrètement maintenant (et plus pour les mêmes raisons : aux gâteaux trop crémeux ont succédé les flasques planquées dans la poche intérieure de leurs vestes, tétées à la dérobée, aggravant encore leur tendance collective à transpirer abondamment, car ces bals ressemblent aussi aux goûters d'enfants par leur température excessive et la danse, qui a remplacé le jeu des chaises musicales ou du furet, en rendant les joues rubicondes, accentue encore cette impression que rien n'a changé).

À Saint-Pair, favorisée par la réclusion d'Adèle qui a maintenant le prétexte du veuvage pour ne plus quitter sa banquette, l'abri paradoxal du bow-window vitré mais clos, la vie sociale des enfants est trépidante et relativement peu surveillée.

André, qui s'est déjà fiancé avec Suzanne, rencontrée, elle, à Sèvres, et attend pour l'épouser d'avoir fini ses études de médecine, ne se montre plus à *La Croix Saint-Gaud* qu'une petite semaine au mois d'août. Victor a commencé son droit, interrompu ses études pour accomplir son service militaire et les a reprises, mais il échoue invariablement à ses examens. En 1911, l'État rachète l'hôtel Biron et les squatters sont délogés mais Victor mène ailleurs, dans d'autres quartiers, quand il revient en permission, la vie de « bohème » découverte sous ses fenêtres et le regard complice de sa sœur. Elle ne lui pose pas de questions mais sait à quelle heure il rentre et s'étonne qu'il ait réussi à n'être jamais surpris par Adèle dont les expéditions nocturnes durent de plus en plus longtemps depuis la mort de Charles. Victor, lui, depuis qu'il a fini son service militaire, passe tout l'été avec eux à Saint-Pair et sert de chaperon théorique à Aliénor. Il est exact qu'ils quittent ensemble la maison mais rare que leurs chemins ne divergent pas sitôt le portail franchi.

Il existe là-bas non seulement UN univers parallèle, celui des mondanités dédaignées par Adèle, mais PLUSIEURS qui ne se mêlent pas forcément, question d'âge, infimes cloisonnements sociologiques, bref Aliénor est libre de fréquenter qui elle veut. Elle n'a pas d'identité bien définie et va d'une bande à l'autre. Elle ne participe pas aux activités diurnes des estivants (un exemple, elle ne joue jamais au tennis à Saint-Pair, bien qu'elle se débrouille assez bien, s'entraîne souvent sur le court des *Binelles* avec Victor et ses copines de Sèvres) et ils la cataloguent donc assez vite, dès le début de l'été, comme une créature exclusivement visible de nuit. Aliénor n'aime pas spécialement danser (elle méprise profondément le genre de musique facile et sentimentale qui accompagne leurs fêtes) mais elle a constaté que seules cette promiscuité des corps et la permissivité qui règne dans la grande salle du casino, passé onze heures, lorsque les parents vont se coucher, peuvent déclencher chez ses partenaires les discours ou même les gestes qu'elle attend. Dans la journée, lorsque parfois elle les croise par hasard, sa timidité, son maintien guindé, son érudition dérangeante dans les matières médicales découragent leurs approches. Mais dans la pénombre du casino, ils la regardent autrement.

Aliénor ne pense pas encore sérieusement au mariage, a gardé très peu d'amies depuis qu'elle a quitté les Oiseaux, n'a donc sous les yeux aucun autre exemple de fiancés que son frère et Suzanne qui ne lui font pas envie. À les voir, la préparation des noces n'est qu'une série d'occasions de débats grotesques. Elle aime bien Suzanne par ailleurs, une fille un peu renfermée, sérieuse comme elle, pas vraiment jolie mais séduisante avec son visage large aux méplats accusés et l'expression de défi qui traverse parfois ses regards. Mais elle n'est pas pressée de donner une forme définitive à sa vie, ce qui ne l'empêche pas de s'intéresser aux garçons, à ceux du moins qu'elle rencontre à Saint-Pair.

En août 1912, ils s'appellent Edmond puis Albert. Le premier est trop vieux et trop vulgaire pour qu'elle le considère comme un parti possible, mais il danse divinement bien et c'est la première fois qu'on l'embrasse comme ça. Le second est mieux élevé et elle est obligée de le provoquer pour qu'il arrête de la traiter comme une princesse. Celui-là, elle en tombe un peu amoureuse : les premiers soirs il se contente de courir lui chercher un nouveau verre d'orangeade aussitôt qu'elle a vidé le sien et de lui faire des compliments qu'elle ne croit pas mériter. Il lui faut une semaine pour oser lui proposer de la raccompagner jusqu'à *La Croix Saint-Gaud* sans le reste de la bande, deux semaines pour comprendre qu'il n'a pas besoin de prétexter la fraîcheur de la nuit pour l'enlacer en chemin (il fait en vérité un froid de canard la nuit à Saint-Pair, surtout cet été-là, mais Aliénor qui y vient en vacances depuis sa naissance est toujours chaudement vêtue) ; bref, il attend le 15 septembre pour lui rouler une vraie pelle, décevante après Edmond, mais entre-temps Aliénor, frustrée, a transformé ce garçon, sélectionné au départ par défaut, pour remplacer le premier, en béguin virtuel. Elle ne sait pas ce qui a pu se passer après leur dernière soirée au casino, suivie d'un dernier retour à pied par la route de Jullouville et d'un dernier baiser (Albert a fait de nets progrès : ou bien est-ce elle qui s'en est persuadée ?), toujours est-il qu'il n'utilise jamais le numéro de téléphone qu'elle lui a donné et qui se trouve d'ailleurs dans l'annuaire, si jamais il l'avait perdu (719-14).

Elle appartient à la première génération de jeunes filles dont les déceptions amoureuses prennent la forme d'un appareil mystérieux et désespérément muet, dont on évite de s'éloigner, dont on vérifie constamment le bon fonctionnement, qu'on regarde alternativement comme un oracle ou un ennemi, devant lequel on fait parfois, seule, folle, des incantations sauvages, qu'on hésite mille fois à décrocher quand même, pour demander un numéro retenu par cœur, tout en sachant pertinemment que NON, ce n'est pas à la fille de rappeler ; règle qu'on finit parfois par transgresser pour raccrocher aussi sec si par malheur quelqu'un répond, avec des battements de cœur furieux si c'est LUI (peut-être ? on ne connaît généralement de LUI que sa voix nocturne) ; première génération de jeunes filles à prononcer la question rituelle (chaque fois qu'on est obligée de s'absenter, ou qu'on a décidé de le faire pour épargner des nerfs torturés par l'attente, résolution mêlée de superstition : c'est justement quand je ne serai pas là qu'il se décidera) : « Un coup de téléphone pour moi ? », invariablement déçue d'un « Pas le moindre ». J'appartiens pour ma part à la toute dernière génération de jeunes filles à avoir connu sinon cette attente (la téléphonie moderne n'a rien changé à ça), du moins cette dépendance particulière à un poste fixe, qui entretenait mieux l'espoir («À tous les coups, IL a essayé d'appeler quand il n'y avait personne à la maison »). Les répondeurs, les répondeurs interrogeables à distance, puis les portables ont abrégé ces longues journées d'incertitude, d'illusions tour à tour abandonnées et reconstituées.

En 1913, c'est le tour de Gaétan. Aliénor l'a repéré l'été d'avant alors qu'elle flirtait déjà avec Albert et se réjouit de le voir réapparaître début août, dans la salle de bal du casino. Mais Gaétan lui file entre les doigts. Il la drague un soir, pas le lendemain, de nouveau le surlendemain. Et finit par lui préférer une Nantaise ingrate dont elle apprendra plus tard qu'il l'a épousée.

Le mariage d'André et Suzanne est célébré en septembre 1913.

J'ai des photos prises sur les marches de Saint-François-Xavier où on reconnaît Adèle, très corpulente en effet, arborant l'écharpe alsacienne, un grand nœud de satin noir lui barre la poitrine.

J'ai pénétré la semaine dernière pour assister à un enterrement dans cette église où j'ai fait ma première communion et n'étais pas entrée depuis, et j'ai été frappée de voir combien elle est neuve et riche, et laide — ce qui m'échappait tout à fait quand je la fréquentais enfant.

On donne ensuite rue Barbet-de-Jouy — l'expression est dans le mémorandum de tante Odette et vraisemblablement empruntée à Adèle — un bal « à tout casser ». Orchestre, « fontaine du tsar » (comme on appelait encore dans ma famille quand j'étais petite la pyramide scintillante de coupes en cristal sur laquelle on déverse du champagne qui les remplit toutes à peu près également d'un bouillonnement de mousse), aboyeur, la totale. Je suppose qu'on y casse d'ailleurs vraiment quelque chose, ne serait-ce que des coupes justement, mais ce « à tout casser » a surtout, rétrospectivement, des accents prémonitoires : dans quelques semaines l'hôtel particulier sera vendu et la série des morts pourra commencer.

Pour l'instant, Aliénor, dans une robe vert d'eau qui lui va plutôt bien (Adèle compte aussi sur cette fête pour mettre sa fille sérieusement dans la course), ne voit rien venir. Elle danse plusieurs fois avec Octave, le fils de Marie-Hélène, que l'indulgence inconditionnelle de sa mère n'a pas tout à fait gâté et leur idylle débute apparemment avec l'approbation générale des grandes personnes. Le fait qu'elle l'ait rencontré chez elle, dans le salon vidé pour l'occasion de presque tous ses meubles mais où, sur les rayonnages, veillent, amicaux, les vieux ouvrages de médecine de Grand-Père, le fait qu'Octave, lorsque l'orchestre épuisé aura joué jusqu'au milieu de la nuit et déclarera forfait (et tant pis pour les heures supplémentaires grassement payées, ils n'en peuvent tout simplement plus), qu'Octave se mette au piano et improvise une valse avec le même regard fixe et absent que son père provoque chez Aliénor une émotion très différente de celles qu'elle a éprouvées déjà au casino de Saint-Pair. Ils se revoient de plus en plus souvent, se donnent un premier rendez-vous, puis un second, etc. Mais le Journal d'Aliénor change brusquement de ton en mai 1914, et c'est celui d'Adèle qui m'explique pourquoi.

Adèle s'inquiète. Ça ne l'excuse pas à mes yeux ni a fortiori à ceux de sa fille qui la suspectera toujours sans jamais l'accuser directement. Mais elle s'inquiète assez pour transgresser cette règle absolue : ne pas fouiller dans les affaires des enfants, ne pas lire leur journal intime. En l'occurrence, c'est elle, Adèle, qui en a offert un à Aliénor dès qu'elle a su écrire. Elle le trouve facilement, il n'est pas cadenassé (Aliénor est trop certaine de n'intéresser personne dans la famille pour prendre la peine d'utiliser la clef miniature fournie avec le cahier relié de cuir bleu marine) et elle le lit en entier en commençant par la fin. Dans son propre Journal, elle ne commente pas les pages écrites par Aliénor dans son enfance et concentre son attention sur les plus récentes. Elle n'est pas vraiment surprise de découvrir ce qui est sur le point de se nouer entre Aliénor et Octave et s'en félicite. Elle le remet en place, en partie rassurée, prête à interroger sa fille, à partager son secret, à établir enfin avec cette enfant solitaire une relation complice.

Mais avant même d'avoir avec elle cette première conversation à cœur ouvert dont elle se réjouit comme une gamine, elle invite Marie-Hélène à la rejoindre aux *Binelles*. Marie-Hélène accepte volontiers, elle adore ces escapades à la campagne loin de son vieux mari, de plus en plus odieux avec elle à mesure que l'âge l'empêche de la tromper.

Le temps est instable cet après-midi-là et dès l'arrivée de Marie-Hélène il se met à pleuvoir des cordes. Elles s'installent donc au salon. Adèle ne tourne pas autour du pot. À peine le thé a-t-il infusé qu'elle expose à sa vieille amie les soupçons qu'elle nourrit au sujet de leurs enfants (elle se garde bien d'avouer le viol du journal intime).

Plus tard, en repensant à cet après-midi, elle se souviendra du ciel soudain aussi sombre qu'en novembre, des trombes d'eau détrempant le parc, sentira toujours l'humidité glacée qui envahit la pièce, la tasse dans ses mains qui ne les réchauffe pas, entendra de nouveau le silence tombé entre elles et que meublent seuls le sifflement des courants d'air et la pluie qui tambourine aux vitres, fixera le regard brutalement fermé de Marie-Hélène qui ne croise pas le sien mais s'arrête sur le portrait d'Aimée à droite de la cheminée avec une expression mêlée de stupeur et de dégoût.

Les signaux ont toujours été là, qui ne signifiaient rien.
Adèle a réussi à les occulter des années durant.
Aujourd'hui elle les déchiffre enfin.
Ces signaux *qui auraient dû pourtant l'alerter mais qu'elle a ajoutés à sa légende personnelle, qui l'embellissaient, faisaient d'elle une princesse <u>spéciale</u>, moins ordinaire qu'Arabella, qui avait beau avoir deux ans de plus.*

La vérité que signalait le souvenir du mariage de ses parents (auquel, au mépris de toute chronologie décente et malgré les dénégations de son entourage, Adèle sait bien qu'elle a assisté), que signalaient le nom de jeune fille de Pauline, ANNE, comme leur mère avant son mariage, et l'absence de tout père, que signalaient la disparition jamais regrettée d'un demi-frère parti « aux Colonies », la beauté inhabituelle de Mère, et même les conditions de son mariage à elle, Adèle, avec Charles, cette vérité Marie-Hélène la formule comme elle peut, à demi-mot. Ses yeux restent attachés au portrait ovale, au visage triste et ravissant d'Aimée Duval, née Anne, mère célibataire d'un fils expédié aux antipodes et d'une fille à moitié débile, puis maîtresse d'Aimé, de Père (qui n'a pas, lui, de second portrait accroché aux *Binelles*, il n'existe qu'à un seul exemplaire, conservé à Paris, déménagé avec le reste après la vente de « Baar-bédjouy » dans le nouvel appartement de la rue Récamier), donnant enfin naissance à Adèle ; Aimée épousée malgré son passé, un mariage qui l'autorise à oublier ce passé mais dont son regard tombant trahit les traces. Adèle elle aussi fixe le tableau, à la fois pour éviter le face-à-face avec Marie-Hélène et parce que cette contemplation commune remplit les blancs, éclaire Adèle mieux que de longues explications.

Ce qu'elle comprend, dans les silences plus que dans les mises au point de son amie (Marie-Hélène n'est pas du tout préparée à ce dialogue qui exclut les bienséances benoîtement énoncées chez la comtesse de Ségur), c'est d'abord qu'un mariage est impossible entre Aliénor et Octave, mais surtout, bien tardivement, que son vieux sentiment à elle, Adèle, d'être différente, né d'ailleurs à l'époque où elle a fait la connaissance de Marie-Hélène aux Oiseaux, sa conviction d'être « à part », ne relevaient pas seulement d'un inconfort adolescent typique, mais qu'elle était effectivement un monstre, qu'elle l'est toujours.

Elle comprend que sa mère, comme le personnage du tableau de Joseph-Désiré Court, « Rigolette cherchant à se distraire pendant l'absence de Germain », qui ornait mon Folio de *Madame Bovary* et auquel le portrait d'Aimée m'a immédiatement fait penser, était une « fille aux mœurs légères » : au mieux une grisette, au pire une prostituée.

LE SECRET DES *BINELLES*

Le mémorandum de tante Odette dévoile très sereinement ce secret de famille, qu'elle présente comme une histoire romanesque, une *Dame aux camélias* qui finirait bien. Je l'ai donc découvert plusieurs années après qu'elle l'a envoyé à mon père, en rangeant ses papiers, quelques semaines après sa mort. Il ne m'en avait jamais parlé, observant là-dessus comme sur tout ce qui touchait à ses parents, à son enfance, un silence dont je continue à penser qu'il était surtout indifférent. Non, j'exagère, mais s'il n'y était pas indifférent lui-même, il jugeait sûrement que ça n'avait aucun intérêt pour moi. Et ça ne m'intéresse pas tant que ça, c'est vrai. Que mon arrière-arrière-grand-mère ait couché avec des hommes pour de l'argent, et même que cet argent, peut-être davantage que les honoraires de son mari médecin, soit à l'origine de la « fortune familiale », fortune considérablement diluée il faut le dire après plusieurs générations de portées de cinq ou six enfants, se partageant aujourd'hui un capital divisé par quarante ou cinquante, ce n'est pas ce qui m'a attirée vers Adèle. Le lien, d'emblée, a été Saint-Pair, que je lui devais sans le savoir.

Mais si comme je l'imagine Saint-Pair est la clef d'Adèle comme elle est la mienne, si nous y avons vu toutes les deux, à un siècle d'écart, le lieu où nous pouvions idéalement coïncider avec nous-mêmes, il y a des chances pour que nous partagions d'autres choses. Et je reconnais dans sa situation sociale, toujours pressentie, à moitié sue mais tue et qui lui revient en boomerang au printemps 1914, une après-midi pluvieuse, avec cette vérité maladroitement formulée par Marie-Hélène sous le portrait ovale qu'elle, Adèle, restera toujours marginale dans le milieu qu'elle fréquente, je reconnais dans cette situation quelque chose qui m'est familier, que j'ai vécu moi aussi.

Mes deux parents avaient déjà divorcé quand ils se sont mariés, puis ont divorcé de nouveau l'un de l'autre avant que j'aie dix ans. Ils n'allaient pas à la messe, votaient à gauche, méprisaient ouvertement les codes de leur tribu respective, qu'ils n'avaient pourtant pas tous rejetés.

Par exemple, ils m'ont inscrite dans une école primaire catholique. Une dame obèse nous dispensait une ou deux heures d'éducation religieuse par semaine, obligatoires (sa corpulence est le seul souvenir que j'en garde). En «dixième» (CE1, disaient ceux qui allaient à la «communale»), la maîtresse, Mlle Noé, commençait toujours la journée en inscrivant au tableau noir une leçon de Morale. Une phrase assez simple que nous étions invitées à commenter. J'allais aussi au catéchisme et ne m'en rappelle pas grand-chose de plus, sinon qu'en sixième, à l'aumônerie de Victor-Duruy, j'ai passé un temps fou à fabriquer une sorte de fresque, faite de transparents en plastique coloré, représentant différents épisodes du *Petit Prince* de Saint-Exupéry. Après quoi j'ai décrété que je n'irais plus, que je ne voyais pas le rapport entre la passion obsessionnelle des « dames caté » (des mères de famille du quartier que leurs enfants grandis n'occupaient plus assez) pour Saint-Exupéry et la religion. Mes parents n'ont opposé aucune résistance. En vacances à Saint-Pair, après leur divorce, des tantes, des amies de la famille m'emmenaient quelquefois à la messe (et même, dans un village à l'intérieur des terres, à des messes en latin !), persuadées sans doute qu'elles étaient responsables du salut de mon âme, compromis par les errements amoureux de mon père (un cavaleur) et de ma mère (une protestante). Mon père les laissait faire. Ça n'a pas duré longtemps. Je me couche très tard, comme Adèle, et n'aime pas me lever le matin, surtout pas le dimanche (à l'adolescence, j'ai commencé à avoir le samedi soir des occupations sans doute peu propices au salut de mon âme qui imposaient encore davantage une grasse matinée le lendemain).

Je portais des kilts et des manteaux anglais à col de velours bleu marine mais mes parents se promenaient très naturellement tout nus dans l'appartement ; je jouais dans le parc du musée Rodin avec des petites filles qui ne connaissaient même pas le mot « divorce » ; j'assistais uniquement aux messes de Noël et de Pâques avec ma grand-mère maternelle qui limitait elle aussi sa fréquentation des églises à ces deux occasions : il fallait bien m'éloigner pendant que le père Noël et les cloches passaient à la maison. Et aux yeux de cette grand-mère, la vraie cérémonie et ses rituels (déballage des cadeaux, crackers et pudding rapportés de Londres pour l'occasion, ou bien chasse aux poules en chocolat) éclipsaient de loin la séquence précédente, préliminaire indispensable mais futile, qu'elle honorait pourtant en chantant à toute force « La-la-la » sur des cantiques dont elle ne connaissait pas les paroles, me couvrant de honte devant mes copines du caté assises quelques rangs devant, entre leurs deux parents, elles.

J'ai toujours vaguement pensé (quand je me donnais la peine d'y penser) que ma mère déjà avait hérité cette identité bancale, cette marginalité relative (ses propres parents s'étaient séparés quand elle était adolescente et la vie amoureuse de ma grand-mère, par la suite, fut, disons, originale). Mais je n'avais jamais soupçonné avant de lire le mémorandum de tante Odette que ma famille paternelle aussi, qui affichait un tel conformisme, une telle cohésion, soudée par la croyance inébranlable dans les mérites du collier de perles, du *Figaro* et des noces d'or (y compris lorsqu'elles couronnaient cinquante années d'ennui ou de muette détestation), je n'avais jamais soupçonné que de ce côté-là aussi le passé expliquait le statut incertain et le sentiment d'imposture dont j'ai hérité.

Aujourd'hui, je me demande qui était Aimée Anne. Lorsqu'elle rencontre Aimé Duval, elle a presque trente ans et deux enfants illégitimes. Elle possède une belle maison à Sèvres, entourée d'un terrain, vaste lui aussi, agrandi, parcelle après parcelle, grâce aux cadeaux de ses amants. Est-ce pour autant une prostituée ? Et quel genre de prostituée ? Répondant récemment aux questions de ma fille à son sujet, je me surprends à enjoliver : oui, elle couchait pour de l'argent. Mais combien de ses contemporaines le faisaient aussi, mariées à des hommes fortunés qu'elles ne choisissaient pas ? Marie-Hélène, par exemple, n'était-elle pas plus à plaindre, elle qui sacrifiait sa vie et parfois son corps à des principes obsolètes ? Aimée, au moins, était libre.

L'autre question qu'Adèle se pose peut-être, c'est pourquoi Aimé a épousé sa mère ? L'amour, plus fort que les préventions sociales ? Adèle elle-même, petite fille suffisamment attachante pour ne pas subir le sort de la première fille naturelle d'Aimé, dont il s'est contenté autrefois de financer l'éducation ? Ou bien l'argent : Aimée en aurait possédé beaucoup, aurait été une très bonne « gagneuse » et c'est sa fortune qui aurait tenté mon arrière-grand-père (thèse qui a les faveurs de certains de mes cousins et que l'acquisition du terrain de la rue Barbet-de-Jouy et la construction de l'hôtel particulier, dans les mois qui suivent leur mariage, pourraient accréditer). Dans la mort, ils se séparent : la tombe familiale où sont inhumés Aimé, mon père et mon petit frère est distante de quelques mètres de celle d'Aimée, enterrée, elle, à côté de sa mère, la « Bonne-Maman » du Journal d'Adèle, reléguée de son vivant au bout du parc des *Binelles*, dans la « petite maison ». Cet exil s'explique-t-il par la honte qu'elle inspirait aux jeunes époux, ou même par une sorte de revanche prise par Aimée sur une mère qui l'aurait prostituée et aurait tenu autrefois dans la « grande maison » un bordel dont sa fille aurait été le fleuron ?

Lorsque Adèle est enfin mise en demeure d'ouvrir les yeux sur la tache qu'elle a héritée et transmise à ses enfants, elle a plus de cinquante ans. Quels souvenirs a-t-elle encore d'une mère morte lorsqu'elle avait neuf ans ? Elle a deviné qu'elle avait besoin d'être défendue, le jour où, enterrant son père, elle l'a publiquement nommée, puis a fleuri sa tombe. Elle a bien senti les réticences de la famille de Charles. Elle sait et ne sait pas. Il lui faudra encore quelques années et quelques morts qu'elle interprétera comme autant de représailles divines pour affronter ce savoir et prendre des mesures pour le cacher.

Ma réaction à moi, en découvrant ce secret de Polichinelle, c'est qu'il n'y a pas de quoi en faire un fromage. Mais pour comprendre à quel point il a affecté la seconde moitié de la vie d'Adèle, il faut, il est temps, entamer la séquence des morts inadmissibles.

« VICTOR DEMANDE À SA MÈRE D'Y ALLER »

L'été suivant, Adèle s'installe à *La Croix Saint-Gaud* plus tôt que d'habitude. Il y a plusieurs raisons à cela.

Officiellement, le bébé, Jacqueline, sa première petite-fille, née comme il se doit neuf mois tout ronds après le mariage d'André avec Suzanne et le bal « à tout casser » qui l'a suivi, c'est-à-dire quelques jours après la visite de Marie-Hélène aux *Binelles*, est un peu chétif et « les médecins » (André, en l'occurrence, qui exerce depuis deux ans à la Salpêtrière) recommandent l'air de la mer. Elles sont donc parties entre femmes : Adèle, Suzanne et Jacqueline, plus Aliénor, Marguerite, Tudine et Yvonne.

Adèle a menti, après le départ de Marie-Hélène, deux mois plus tôt, aux *Binelles*, quand Aliénor est remontée de l'orangerie où elle a attendu vainement la fin de l'averse avec des amies venues jouer au tennis. Elles ont fini par traverser le parc en courant, tenant absurdement leur raquette à deux mains au-dessus de leur tête, riant d'emmêler leurs cheveux trempés dans leurs cordes, de balayer de leurs jupes (les mains sont donc occupées et ne peuvent les relever) l'épaisse boue des flaques : l'ourlet et une dizaine de centimètres au-dessus sont tout noirs quand elles pénètrent essoufflées dans le vestibule.

Adèle est restée seule dans le salon, n'a pas pensé à allumer les lampes ni à demander qu'on fasse du feu. La pièce est sombre et glaciale mais elle n'a pas bougé, ne s'est même pas levée pour raccompagner Marie-Hélène qui est partie comme une voleuse, balbutiant des excuses polies. Elle a toujours les yeux fixés sur le portrait de sa mère quand Aliénor, qui a renvoyé ses amies chez elles munies de gigantesques parapluies, impatiente de savoir pourquoi elle a vu, depuis l'orangerie, la voiture de la mère d'Octave descendre la route vers Paris, pénètre sans vraiment croire la trouver dans la pénombre du salon. Adèle ne lui ment que par omission, ce qui est mal aussi mais elle se réserve la possibilité de le confesser, plus tard. Elle lui dit que le père d'Octave est un incurable snob, qu'il n'acceptera jamais une belle-fille sans noblesse (et que, contre toute espérance, sa santé est assez solide encore pour qu'il vive longtemps). Elle est presque sûre de ne s'être pas trahie en tournant trop souvent les yeux, pendant qu'elle parle à sa fille, vers le portrait d'Aimée qui se fond maintenant dans l'obscurité des tentures, à droite de la cheminée.

Depuis, Aliénor boude. Sans les accès de colère qui précèdent les bouderies d'Adèle et d'André.

Officiellement, c'est donc le poids insuffisant de la petite Jacqueline qui a décidé de leur installation précoce à *La Croix Saint-Gaud*. En vérité, Adèle s'est sentie incapable de séjourner plus longtemps aux *Binelles*. Elle sait qu'il lui faudra du temps pour faire de nouveau coïncider ce lieu si familier, cette enveloppe, ce prolongement d'elle-même, avec les révélations de Marie-Hélène, ces révélations qui n'en sont pas, qui n'ont que donné forme à son vieux sentiment d'exclusion. Elle est rentrée à Paris deux jours plus tard, sous le prétexte très opportun de faire connaissance avec Bébé Jacqueline et n'y a plus remis les pieds.

Les départs pour Granville n'ont plus depuis longtemps le même caractère aventureux que dans sa jeunesse. Depuis l'atroce accident de 1895, lorsque la locomotive, emportée par son élan, n'a pas pu freiner au moment d'arriver gare de l'Ouest et s'est encastrée dans la façade, tuant sur le coup la marchande de journaux établie juste devant à qui Adèle achetait depuis toujours des magazines de mode avant de monter dans le train, le trajet est plus court, le train s'arrête moins souvent, traversant déjà sans les desservir quelques-unes des innombrables gares fantômes qui saluent aujourd'hui son passage, leur nom à demi effacé. Leur migration à toutes a donc pu s'organiser assez vite.

Depuis qu'elle est arrivée, Adèle s'est mise à marcher. Elle qui n'a jamais fait d'exercice et avoisine les quatre-vingt-dix kilos éprouve subitement le désir, non seulement d'être seule pour parler avec Charles, mais que ces conversations se déroulent en mouvement.

Pour parler « avec » Charles, pas tout bêtement « à » son mari défunt comme ses amies veuves (toutes celles de la bande du mardi le sont maintenant et leurs rencontres tendent à s'espacer : elles ne sont pas très douées pour mettre en commun leur chagrin, l'insouciance collait mieux à leur amitié).

Car Charles lui répond. Il est même plutôt plus loquace mort que vivant. Lorsqu'il est tombé dans le coma, un coma qui a duré douze jours exactement et dont il n'est pas sorti, Adèle a spontanément mis au point ces entretiens, fréquents, utiles, émouvants quelquefois, qui lui servent surtout à argumenter en faveur des décisions qu'elle prend seule, à se justifier, à convaincre Charles qu'elle a raison. Elle parlemente désormais à un rythme différent, imprimé à ses discours (elle prononce les siens à voix haute mais, seule marque sensible de l'absence de son interlocuteur, Charles lui répond directement dans sa tête, en silence) par la cadence de plus en plus vive des promenades de plus en plus longues qu'elle fait quotidiennement. Au bout de quelques jours, elle a commandé à un cordonnier d'Avranches une paire de chaussures spéciales, en toile grise, munies de barrettes et de boutons qui maintiennent parfaitement ses chevilles. Elle a déjà perdu du poids. Elle ignore tout des pouvoirs de l'endorphine mais les ressent assez pour que ses sorties deviennent une sorte d'addiction. Tous les matins elle scrute le ciel, et rares au fond sont les jours où il la décourage de partir.

Ce jeudi matin — le jeudi est aujourd'hui encore jour de marché — du mois de juillet 1914, Adèle traverse donc d'un pas rapide la place de Saint-Pair. Le dernier rendez-vous avec le prêtre qui doit baptiser samedi la petite Jacqueline n'a pris que quelques minutes. Elle se fraye un passage entre les éventaires de primeurs et de fruits de mer ; il est midi et demi, on commence déjà à remballer. Quelques tourteaux agitent encore leurs pinces au milieu des pains de glace, guettant vainement une occasion de s'évader. Il fait chaud sur la place abritée du vent et elle transpire un peu sous son chapeau de paille. Avant de se rendre au presbytère, elle a marché une heure dans la direction opposée, jusqu'à Kairon. Elle presse encore l'allure en longeant la rôtisserie dont les fumées lui piquent les yeux et s'engage dans la rue qui descend en pente raide jusqu'à la route de Jullouville. Le soleil, droit devant elle, tape fort. Elle met ses pas exactement dans ceux de la petite Adèle de dix ans qui quittait chaque jour la pension Maraux pour rejoindre le calvaire flambant neuf. La route est maintenant bordée de villas qui masquent la plage. Celle d'Arabella est sans doute fermée. Adèle ignore si sa cousine a l'intention d'y venir, plus tard, en août. Elle s'en moque d'ailleurs : elles ne se sont guère davantage fréquentées ici, à Saint-Pair, depuis la construction de *La Saigue*, que l'été où Arabella est venue à Saint-Pair chez ses amis polonais, il y a quinze ans.

Arrivée à la fourche où la route se sépare en deux, Adèle s'arrête quelques minutes. À droite, l'impasse qui mène jusqu'au rocher Saint-Gaud : elle hésite à prolonger encore sa promenade et à se rafraîchir sous les branches des pins qui ombragent le cul-de-sac. Quelques mètres après *La Saigue*, à gauche, un étroit raidillon qui monte entre des murs de pierre lui permettrait de rejoindre la route de Jullouville juste à la hauteur du portail de *La Croix Saint-Gaud*. Mais il est déjà presque une heure, la mer monte et

Marguerite doit s'impatienter. Après le déjeuner il lui faudra attendre deux heures la permission de se baigner.

Quand j'étais petite, on tenait encore compte de la menace d'hydrocution et les créneaux horaires propices à la baignade, déjà grandement tributaires de la météo et des marées, intégrant ce paramètre supplémentaire des deux heures nécessaires à la digestion, indispensable avant de se risquer dans l'eau froide, devenaient carrément microscopiques. On n'y prête plus aucune attention aujourd'hui mais les enfants ne se baignent pas plus souvent pour autant : ils ont, dès leur jeune âge, fréquenté des mers beaucoup plus chaudes et font les difficiles.

Adèle renonce à s'engager dans l'impasse, en partie pour ne pas décevoir Marguerite, mais surtout parce qu'elle a beaucoup repensé ce matin à son premier séjour ici et préfère reproduire à l'identique le trajet qu'elle faisait alors pour monter au calvaire. Elle ôte, comme Tante Jeanne il y a plus de quarante ans, son chapeau pour s'en éventer le visage et attaque la dernière montée.

Elle évite de se demander pourquoi cet été, plus que les précédents, s'imposent si souvent les souvenirs de septembre 1870. Elle a pris soin de ne pas modifier son abonnement annuel au *Journal de Granville*, scrupuleusement reconduit chaque été pour les mois d'août et de septembre, quand elle est arrivée à Saint-Pair, la dernière semaine de juin. Elle ne reçoit donc quasi aucune nouvelle. Au téléphone (qu'Adèle a fait installer l'année dernière, cédant aux pressions d'Aliénor que pourtant personne n'appelle jamais), André n'évoque pas non plus les rumeurs de guerre (et il gardera sans doute le silence lorsqu'il arrivera demain pour le baptême de la petite Jacqueline, avec Victor qu'il a choisi comme parrain), pour ne pas affoler Suzanne dont le lait risquerait de se tarir. Adèle désapprouve secrètement cette nouvelle mode suivie par le jeune couple. Suzanne est crevée, on n'arrive jamais à passer à table quand il faut, il y a toujours une tétée en cours et sa belle-fille finit par les rejoindre devant un bœuf carottes tiède. Mais au moins on n'a pas eu besoin de recruter une nourrice, ce qui tombe bien, leur départ ayant été décidé un peu vite.

En contrebas, à sa droite, Adèle constate que les volets de *La Saigue* sont toujours fermés. Aperçue ainsi, en surplomb, un point de vue qui rétrécit les distances, la maison semble encore plus dangereusement proche de la digue, de la plage. Les prévisions funestes d'Adèle ne se sont pourtant pas réalisées. La mer est tenue en respect pour l'instant, même si les papiers peints William Morris ont tendance à se décoller et ont déjà dû être remplacés à grands frais au moins deux fois en quinze ans.

Adèle se détourne, traverse la route et pousse la grille du portail. Encore quelques marches et elle apercevra une scène très semblable à celle qu'elle découvrait le premier été passé à *La Croix Saint-Gaud*, juste après la naissance d'André, lorsqu'elle revenait de la messe avec Charles et se précipitait vers son fils, sans un regard pour la si jeune fille aux seins lourds avachie sur le perron à côté du landau.

Le temps est exceptionnellement sec et le bébé Jacqueline repose sans doute en plein air, dans le même landau que ses père, oncle et tantes, à l'ombre d'une haie de troènes, à quelques mètres de la maison. En presque trente ans, le jardin est devenu aussi florissant que possible (et les possibles sont limités quand la végétation doit affronter autant de bourrasques, de sel, de lumière qu'à bord d'un bateau). En plus des haies de troènes et de ce qu'on peut aimablement qualifier de pelouse, il y a des sapins maintenant assez hauts le long de l'escalier de briques qu'Adèle monte prudemment, une fois refermé le portail, assez hauts pour offrir aux yeux des enfants l'équivalent d'une «forêt» de contes. Adèle s'arrête sur l'avant-dernière marche d'où, à travers les branches, on aperçoit le bow-window scintillant au soleil, la moitié du perron et un bout de la pelouse, et observe à son insu sa belle-fille, debout à côté du landau qu'elle secoue doucement pour endormir l'enfant.

Qu'est-ce qui a changé d'autre, depuis qu'Adèle, à la place qu'occupe aujourd'hui Suzanne, se penchait sur Bébé André, le premier été qu'elle a passé dans sa maison achevée? Le bruit de quelques automobiles qui se risquent en cahotant sur la route de Jullouville, encore un chemin de terre en vérité; le soir, lorsque Jacqueline hurle des heures durant (comme son père avant elle, se souvient Adèle qui avait jusqu'à présent fort bien réussi à effacer les souvenirs pénibles des premiers âges de ses enfants), avant que la nuit tombe vraiment (et en juin à Saint-Pair le crépuscule est interminable), avant que le ciel noircisse enfin (il est plus de dix heures et demie quand le clignotement du phare de Granville éclipse l'aura cramoisie laissée par le soleil au-dessus des îles Chausey), Adèle, au lieu de se mettre au piano pour couvrir les cris du bébé comme elle le faisait pour les siens, remonte la manivelle du gramophone-valise apporté de Paris il y a deux ans et passe des disques. Ses doigts commencent à se déformer sous l'effet de l'arthrose, elle ne joue presque plus de piano ; même pour la manivelle elle doit quelquefois faire appel à une main plus jeune. Victor ne restera pas. Il repartira lundi avec André. Inutile de faire accorder pour lui l'instrument maltraité par des dizaines d'hivers humides. De temps en temps, Marguerite qui a quatorze ans, pas mûre pour les bals du casino, trouve une partition *à peu près* adaptée aux touches encore valides du clavier, celles dont les notes fonctionnent *à peu près* normalement. Une sonatine de Beethoven, la G Dur, passe encore.

Depuis qu'Aliénor n'a plus le droit de voir Octave, elle s'est retirée dans un mutisme presque total. Elle passe le plus clair de ses journées là-haut, dans sa chambre, refuse absolument d'accompagner Marguerite et Yvonne à la plage. Plus grave, elle a refusé d'être la marraine de Jacqueline. Ce sera finalement Marguerite, « bien qu'elle soit un peu jeune », a mollement protesté le curé du village (pour la forme : on ne contrarie pas une paroissienne aussi riche et généreuse qu'Adèle).

À peine essoufflée, Adèle émerge enfin de la « forêt » de sapins. Sous les yeux cernés et amoureux de la jeune mère, elle sacrifie au moment obligé d'extase devant les progrès de la petite Jacqueline (qui a saisi d'elle-même son pied droit !) et le plein d'hormones que sa virée jusqu'à Kairon lui a permis d'emmagasiner neutralise presque le sentiment de culpabilité qu'elle éprouve en regardant le minuscule visage renfrogné de sa petite-fille (les méplats accusés hérités de Suzanne mais les yeux clairs d'André et de Charles), comme si la souillure transmise par Aimée à sa descendance était une maladie génétique, une tare dont elle, Adèle, vient de se découvrir affligée et qui explique la bouderie durable d'Aliénor, au deuxième étage de la maison, derrière ses volets clos.

Officiellement, il y a donc un bébé chétif. Sous le prétexte officiel, les inquiétudes inavouées d'André qui sait bien, lui, parce qu'il est un homme, parce qu'à la Salpêtrière on commence déjà à prévoir une réorganisation des services s'il faut accueillir bientôt des soldats blessés, que ses mère, femme, fille et sœurs seront plus en sécurité à Saint-Pair qu'à Paris ou même aux *Binelles*. Et, plus profondément enfouie encore, il y a la raison d'Adèle qui a sauté sur les deux autres, l'officielle et la politique, pour venir oublier ici, dans la « maison du capitaine », celle qu'elle a seule inventée, héritée de personne, refuge qu'elle s'est choisi à l'âge adulte et déjà orpheline, oublier le portrait d'Aimée, son passé et combien il pèse encore sur le présent.

Victor ne « demande » pas vraiment à sa mère d'y aller. Il n'a pas besoin de son autorisation pour répondre à l'ordre de mobilisation générale publié le 2 août. Et quand bien même elle la lui refuserait, une guerre n'est pas un bal donné sur le Pont du Nord, les interdits parentaux se heurtent à une nécessité d'un autre ordre. Adèle ne fera d'ailleurs pas avant plusieurs années, avant qu'Aliénor demande à son tour à sa mère « d'y aller », le lien entre ces deux départs, ces deux morts et la fatalité qu'elle lisait, petite, dans les paroles de la chanson dont l'héroïne portait son nom.

Victor est lieutenant de réserve et doit rejoindre le 118ᵉ régiment d'infanterie qui tient alors garnison à Quimper mais dont le troisième bataillon, auquel il est affecté, est détaché à Landerneau. Lorsque Adèle reçoit le télégramme, sa première pensée est que Victor pourrait passer par Saint-Pair. C'est presque sur son chemin. Le Paris-Granville circule toujours normalement. Landerneau, elle vient de regarder sur une carte, est à moins de trois cents kilomètres d'ici. Il s'arrêterait juste pour la nuit. Ensuite, on trouverait bien une voiture. Charles ne lui répond pas.

Elle s'est assise sur la falaise au-dessus du rocher Saint-Gaud et parle avec véhémence aux mouettes. Il est quatre heures et demie mais la mer est basse, partie très loin (forts coefficients ces jours-ci), et il n'y a personne sur la plage. Il a fait beau jusqu'à l'heure du déjeuner mais le ciel s'est progressivement couvert, même si la luminosité reste excessive, diffusée par une vapeur de bain turc qui efface la pointe de Cancale au sud et brouille la silhouette trapue de Granville au nord. Adèle gratte une motte de terre sablonneuse qui adhère à la toile grise de ses chaussures de marche avec un bout de coquillage (il y en a plein le champ qui couvre la falaise, les vagues montent souvent jusqu'à lui). Elle enchaîne, décidée sinon à obtenir l'acquiescement de Charles, au moins une réaction.

« Imagine le trajet que doivent parcourir la plupart de ses camarades : certains viennent de beaucoup plus loin que Paris, il a bien un peu d'avance sur eux, il pourrait en profiter pour passer embrasser sa mère, non ? » Adèle s'est échauffée, elle monte le ton et finit par décoller le paquet de sable de sa chaussure directement avec ses doigts. Charles ne dit toujours rien mais il la regarde d'un air apitoyé et légèrement suppliant, comme chaque fois qu'elle est sur le point de se mettre en colère. Elle fait un énorme effort de volonté pour se maîtriser, croise ses doigts maculés de sable sur ses genoux et reprend d'une voix plus douce.

« Non, tu as raison, c'est idiot, d'ailleurs s'il ne l'a pas proposé c'est qu'il n'en a pas envie. Il doit se dire que je risquerais, qu'on risquerait toutes de s'attendrir. De dramatiser. Les petites, surtout. Même Tudine... tu aurais vu sa tête quand je lui ai lu le télégramme. Suzanne n'aurait plus de lait. Très mauvaise idée, tu as raison. »

Adèle ferme les yeux quelques minutes, les rouvre, son regard se perd droit devant elle, dans cette buée d'où émergent des nappes phosphorescentes au ras de la grève et tout au fond une ligne blanche là où la mer s'est retirée. Adèle ne porte pas de montre à Saint-Pair. Elle consulte tous les matins l'horaire des marées et arrive à se repérer toute la journée d'un seul coup d'œil vers l'horizon.

« Ou alors, se lance-t-elle, je pourrais, moi, aller à Landerneau, peut-être dîner avec lui avant que son bataillon ne soit concentré et prêt à partir. C'est vrai qu'à mon âge, le voyage risque d'être assez fatigant, et il aurait peut-être honte de... Tu te souviens, quand il est entré à Stanislas, et que je lui ai proposé de venir le chercher le vendredi soir, juste la première fois, pour qu'il me raconte... Il a pris son air sombre, à onze ans, cet air ténébreux qu'il pouvait avoir ! J'ai compris, tu te souviens ? Je n'ai pas insisté. Enfin pas beaucoup. » Charles se décide enfin à intervenir. Sans doute est-elle assez avancée maintenant dans le renoncement à ses projets délirants pour l'entendre, le laisser la détourner définitivement de ce caprice en la faisant rire.

« Landerneau ! C'est comme le Diable Vauvert, non ? Ou Papeligosse ! On n'y pense pas comme à un endroit réel...

— Oh mais si », objecte Adèle qui trouve dans la tournure que prend leur conversation exactement ce qu'elle en attendait : de la légèreté, de la complicité, une vraie compagnie. « Je me suis renseignée, figure-toi !

— Ça ne m'étonne pas de toi ! Et où as-tu trouvé tes informations ?

— Tudine, évidemment. Une de ses amies, chez les sœurs, à Sauzon, était de Landerneau. Il y a deux explications différentes à l'origine de l'expression "faire du bruit dans Landerneau". La première, c'est que, chaque fois que quelqu'un réussissait à s'échapper de la prison de Brest, on tirait un coup de canon qui s'entendait jusqu'à Landerneau. La seconde est plus croustillante : le bruit serait celui du charivari organisé le soir de ses noces sous les fenêtres d'une veuve qui s'était remariée trop vite. À Landerneau, la coutume du charivari est restée vivace plus longtemps qu'ailleurs, semble-t-il.

— À Saint-Pair aussi, non ? Tu te souviens du vacarme que faisait la mer devant le Grand Hôtel Rachinel, un certain soir de janvier ? »

Adèle sourit presque.

« Ne m'interromps pas. Tudine m'a raconté aussi la célèbre anecdote de la "lune de Landerneau". Tu connais ? »

Charles fait non de la tête. Elle poursuit.

« C'est un nobliau breton qui arrive à Versailles. Il se montre extrêmement blasé. On lui fait visiter la galerie des Glaces : il la trouve moins bien aérée que la maison de la sénéchaussée de Landerneau (dont il vient). Le parc dessiné par Le Nôtre laisse à désirer. Il lui compare la perspective dont on jouit depuis le quai de Cornouailles, etc. Irrités, ses hôtes finissent par lui faire admirer le clair de lune au-dessus du canal. Réponse dédaigneuse du gentilhomme : "Oh ! Celle de Landerneau est bien plus grande !" »

Charles a les yeux qui rient.

« Tu devrais rentrer à la maison maintenant. L'herbe est humide, tu risques de prendre froid. Tu sais que tu es vraiment jolie ces temps-ci, tu as minci, ça te va bien. Tu flottes dans ta robe, regarde !

— Bah, ça suffit espèce de flatteur. Tu dis ça pour me consoler parce que je n'ai pas réussi à te convaincre de faire venir Victor ici, hein, avoue ? »

N'attendant plus de réponse, lucide mais flattée quand même, Adèle se relève en retenant de ses mains sur lesquelles le sable n'a pas séché la ceinture de sa jupe, devenue beaucoup trop large, c'est vrai.

Le 8 août, le 118ᵉ régiment d'infanterie quitte Quimper pour Vannes et se dirige d'abord vers le sud. Il traverse Redon, Lorient, s'arrête à Nantes et de là remonte vers le nord, passe par Angers, Le Mans, Versailles, bifurque vers l'est, Juvisy, La Varennes, Champigny, Meaux, jusqu'à Reims. Le 10 août, il atteint Challerange, dans les Ardennes.

« Accueil sympathique des populations sur tout le parcours », précise l'*Historique du 118ᵉ R.I.*, rédigé par le lieutenant Seguin et le commandant Bontz, deux de ses rares survivants, imprimé chez Fournier à Paris et numérisé par Julien Prigent. « Sympathique » paraît assez neutre. Peut-être est-ce une litote pudique. « En cours de route », poursuit l'*Historique*, « on apprend la prise de Mulhouse. Cette nouvelle soulève de nombreux cris d'enthousiasme. Tout le monde est joyeux ». Victor n'a pas eu le temps d'écrire une seule lettre, mais on peut supposer que ce fils d'Alsacien, si enthousiasme il y a eu, l'a pleinement partagé.

Le 3ᵉ bataillon cantonne à La Croix-aux-Bois le 10 août, à Fontenoy le 11, où il stationne le 12 et le 13, le 14 à La Berlière, le 15 à Buison, le 16 à

Rubécourt où il cantonne jusqu'au 20. Il occupe la croupe 290. Le 21 il est à Auby, en Belgique, où il cantonne. Là, il voit passer une division de cavalerie qui se replie après un combat victorieux. Nouvel enthousiasme dans les rangs.

Le 22 août, le 118e quitte Auby à cinq heures moins le quart du matin, rejoint sa division (la 22e) à Bellevaux à huit heures et demie et prend la tête de la colonne pour arriver à la voie ferrée de Paliseul deux heures plus tard. À midi il traverse Paliseul et marche sur Maissin. « Malgré la forte chaleur, la longueur de l'étape, le peu de nourriture pris en cours de route, le moral est excellent. » Les seuls renseignements communiqués sont qu'il faut « attaquer l'ennemi partout où on le rencontrera » et qu'une colonne ennemie se dirige précisément vers eux.

Deux kilomètres après Paliseul, on entend une fusillade et on croise « des chevaux et des cavaliers blessés » (dans cet ordre). À midi et quart, le 3e bataillon où sert Victor reçoit l'ordre d'aller occuper la crête 405, à un kilomètre et demi au sud-est de Maissin. « Le combat s'engage, c'est le baptême du feu. Les Boches sont retranchés là depuis plusieurs jours, dans les bois, les champs d'avoine et champs de blé. Les bataillons se déploient et progressent sous une grêle de balles. Dans un élan magnifique, les officiers, sabre au clair, les soldats, baïonnette au canon, se portent à l'assaut des positions ennemies, fortement défendues par des fils de fer et de nombreuses mitrailleuses. L'uniforme grisâtre de l'ennemi est tellement invisible que l'on ne se rend pas compte des points d'où partent les coups. »

Quatre heures plus tard, les Français se sont rendus « maîtres de Maissin et de ses abords ». Ils se replieront ensuite sur Paliseul, après avoir « organisé » les lisières nord et nord-est de Maissin, creusé des tranchées, laissé des tirailleurs. Les Allemands riposteront toute la nuit : « Les actes d'héroïsme accomplis dans Maissin sont nombreux, et leurs auteurs ont disparu. Certains affirment avoir vu des hommes postés aux fenêtres des maisons situées à l'issue du village qui auraient tué de nombreux ennemis, un à un, au fur et à mesure qu'ils se présentaient dans leur champ de tir. »

La 11e compagnie, celle de Victor, a « des débris qui ont pu rallier Paliseul dans la nuit. N'ayant plus qu'un caporal et sept hommes, elle est supprimée provisoirement ».

Impossible de savoir si Adèle a eu un jour accès à ces informations. L'*Historique du 118e R.I.* a été fabriqué par l'Imprimerie Fournier, à Paris (elle existe toujours, dans le XXe arrondissement) et l'imprimeur a sans doute envoyé des bons de commande à toutes les familles des soldats concernés. Je me demande si, à la place d'Adèle, je l'aurais commandé. Je n'ai pas de réponse. Si Victor faisait partie de ceux qui ont soutenu les contre-attaques allemandes, postés aux fenêtres de Maissin, abattant quelquefois un ennemi à bout portant, j'imagine que les dernières images qu'il a vues ressemblaient à toutes celles que diffuse aujourd'hui quotidiennement la télévision : le cadre tressaute, le cameraman panote, balaie une grand-rue ennuagée de fumée et de plâtre, il y a du soleil, les ombres des maisons, pauvres, laides, se découpent sur un sol progressivement jonché de corps, tout ça accompagné du bruit des balles, des explosions. Mais il est fort possible que Victor n'ait même pas atteint Maissin, qu'il soit mort dans les minutes qui ont suivi son « baptême du feu », le 22 août 1914, entre midi et demi et quatre heures.

Adèle est étendue sur la banquette du bow-window. La maison est silencieuse. Jacqueline, qui n'a quasi pas cessé de hurler ces dernières vingt-quatre heures, s'est endormie pesamment ce matin après le déjeuner durant lequel Suzanne a vainement tenté de la nourrir, là-haut ; ni l'une ni l'autre n'ont rien avalé mais on ne les entend plus ; Suzanne a dû s'écrouler à côté du berceau, histoire de profiter de cette pause dont Adèle, maintenant que ses souvenirs de jeune mère, au bout de deux mois de cohabitation avec le bébé, lui sont parfaitement revenus, calcule qu'elle peut durer jusqu'au lendemain ; ce qui ne veut rien dire, la petite ne « fera pas ses nuits » pour autant : elle démontrera juste qu'elle a une certaine autonomie, qu'elle peut oublier sa faim assez longtemps pour rendre à la maisonnée un optimisme salutaire.

Aliénor ne descend même plus pour les repas, depuis quelques jours, pas même hier pour l'anniversaire de sa petite sœur. Les autres sont toutes à la plage. Pour une fois, l'heure de la baignade coïncidera avec la fin de la digestion. Elles ont sûrement déjà enfilé leur maillot et s'échauffent en jouant pour que l'eau leur paraisse plus désirable. Adèle, adossée aux coussins de la banquette, ne peut pas voir les cabines de bois blanc plantées le long de la digue. Elle promène ses yeux, la tête vide, de la route qui mène au village à la ligne d'horizon. Il n'y a pas un nuage, pas un souffle de vent mais l'air est plus frais. Déjà le 1ᵉʳ septembre. On a fêté hier soir les quatorze ans de Marguerite.

Sur le chemin, marchant dans sa direction, à cinq cents mètres environ, un homme en tenue de ville s'est arrêté pour regarder lui aussi la mer qui monte et projette calmement des langues successives dont la lisière scintille chaque fois plus haut sur le sable mouillé. Pourquoi paraît-elle toujours plus pressée, quand elle achève son parcours ? Va-t-elle vraiment plus vite ou est-ce une illusion d'optique ? Adèle hésite à le demander à Charles. Mais, au fond, la réponse lui est assez indifférente. Peut-être même l'a-t-elle sue et oubliée. Et rien ne dit que Charles la connaisse.

Le marcheur a enlevé son chapeau, s'en évente et reprend sa route. À cette distance, impossible de voir ses traits. Elle cherche quel souvenir la silhouette de cet homme ravive en elle, la tête curieusement penchée en avant, le pas régulier, mécanique, désincarné. Elle repense soudain au père de Jacques, le jour où il est venu tout exprès aux *Binelles* lui annoncer la mort de son fils et où elle l'a vu gravir la côte depuis la gare, à sa rencontre, le dos voûté.

Un coup d'œil de nouveau vers le large et soudain cette vision absurde de la mer ARRÊTÉE. La seule vision impossible ici, dans ce décor où tout pourtant paraît permis : la fixité surnaturelle du rivage, à quelques mètres du but. Un moment de suspens (dans l'esprit d'Adèle qui refuse encore d'admettre ce que signifie ce souvenir du père de Jacques suscité par l'allure brisée de l'étranger) matérialisé par l'immobilité inconcevable de l'eau, comme bloquée par un mur invisible et qui attend là, sans avancer ni reculer. Attend peut-être qu'Adèle cesse de repousser la réalité, cet autre coup d'arrêt qui va détruire pour longtemps tout espoir de bonheur.

Elle ne cherche plus à identifier le marcheur (c'est André bien sûr, qui a préféré prendre le train pour Granville, comme autrefois Robert Bricourt pour Sèvres, et avertir sa famille lui-même) depuis qu'elle a distingué, quelques centimètres derrière lui, un autre garçon : car ce sont deux jeunes garçons qu'elle aperçoit maintenant à sa place. L'aîné, blond, énergique, souvent rieur, le cadet, plus brun, l'air ténébreux, si adulte, se bousculant à peine, chargés de jeux de plage (une raquette, un ballon, une bouée) et attaquant le raidillon sans hâte, épuisés par leur bain. Le marcheur, en contrebas, n'est plus visible. Mais Adèle entend parfaitement le grincement du portail et même les branches de sapin (trop denses, pas eu le temps de les faire élaguer avant l'été, personne à qui demander depuis le 2 août) dérangées au passage.

Lorsqu'elles s'écartent, au bout du jardin, Adèle n'a pas bougé. Elle s'attend vraiment à voir en surgir (et les voit) ses deux petits garçons.

Ils ont encore rapetissé. Ils font la course sur les derniers mètres, lâchent leurs jouets n'importe où sur la pelouse.

Ils vont réveiller le bébé, se dit Adèle. Sauf que la scène est muette, que le plus jeune s'est effacé sans qu'elle ait eu le temps de voir comment, que les jouets dispersés sont ceux de Marguerite et qu'André a vieilli de dix ans depuis qu'il est venu, il y a un mois et demi, pour le baptême. Lorsqu'il atteint le perron, un cri perçant rompt le silence. Jacqueline s'est réveillée.

Jacqueline mourra deux mois plus tard, sans avoir eu le temps de faire ses nuits. Mon père évoquait quelquefois cette sœur aînée dont la photographie, où elle pose nue sur de la fourrure blanche, comme on prenait alors les bébés, trônait dans la chambre de ses parents et dont le souvenir pieusement conservé endeuillait pour toujours ses successeurs, les forcément coupables survivants.

L'*Historique du 118ᵉ R.I.* range Victor au nombre des «tués». Sur le site internet «Mémoire des hommes», il est introuvable, ne bénéficie apparemment pas du statut clair de «Mort pour la France», qui assurait aux familles un certain nombre de dédommagements. Ce qui est sûr, c'est qu'Adèle, comme des centaines de milliers de femmes en deuil, a dû attendre la fin de la guerre et même un peu plus longtemps encore pour enterrer son fils, ou du moins un corps identifié, après plusieurs voyages dans les Ardennes, accompagnée d'André, comme le sien. Dans son mémorandum, tante Odette note qu'il fut seulement «porté disparu» et qu'Adèle a espéré son retour jusqu'au bout. Mon père, évoquant cette disparition dans un récit autobiographique, développe l'hypothèse qu'elle ait pu être volontaire, que Victor ait profité de l'occasion pour refaire sa vie ailleurs : je reconnais là un fantasme qui lui appartenait à lui, le rêve de rompre tout à fait avec ce qui le rattachait à une identité familiale et sociale inconfortables pour lui, lui qui a pourtant choisi de perpétuer et de me transmettre l'amour d'Adèle pour Saint-Pair.

Mort pour la France, au champ d'honneur, pour la patrie : les dénominations ronflantes ne manquaient pas pour qualifier la chose. La chose qui, plus sobrement, consiste aux yeux d'Adèle à voir sacrifier, **moins de deux semaines** après son départ pour Landerneau, un garçon pacifique, musicien doué, aux sourcils ténébreux, dont l'ombre marcherait à jamais dans ses souvenirs sur les pas de son aîné.

Le Journal décrit précisément cette hallucination récurrente : les traits du cadet ne se creusent pas, sa silhouette ne s'alourdit pas, sa foulée ne faiblit pas. Il entraîne au contraire André dans un monde fictif de jeunesse éternelle et leur mère continue de superposer à la vision de son seul fils survivant (courbé par la mélancolie, le corps épaissi, la démarche lasse) le duo qu'elle a rêvé ce 1er septembre depuis le bow-window, puis toujours reconstitué, préservé, hésitant simplement entre les différents âges (les courses haletantes de l'enfance, le balancement mal coordonné des membres à l'adolescence) auxquels elle a autrefois guetté leur retour de la plage.

Il y a une messe pourtant, dite pour Victor à l'église de Sèvres, comme s'il était vraiment mort, comme si son cercueil absent se trouvait réellement au bout de la travée centrale, là où les parents d'Adèle se sont mariés. C'est à cette autre cérémonie qu'elle songe ce jour-là, dont elle n'est pas supposée se souvenir mais dont elle revoit nettement certains détails (la robe puce de sa mère, la neige sur le perron à la sortie).

Elle assiste à ce simulacre de funérailles sans y croire. Elle cherche des diversions. Les noces tardives de ses parents, qui l'ont légitimée, remplissent cette fonction. D'autres moyens s'y ajoutent, inavouables. Elle se rappelle par exemple, sourde aux discours lénifiants du prêtre, la « Théorie de Camille », la plus délurée de la bande du mardi : les femmes, disait-elle, ont certes beaucoup de choses à envier aux hommes, sauf deux. Eux, faisait-elle remarquer, doivent affronter deux obligations qui nous sont épargnées : bander et se battre. Quand il le faut, dans les deux cas, leur responsabilité seule est engagée. Elle n'échangerait pas, concluait-elle, sa place contre la leur.

Adèle se raccroche aussi au souvenir de la scène violente qui a eu lieu la veille dans le salon des *Binelles*.

Aliénor, dont le mutisme ne s'est pas arrangé depuis le 1er septembre, a brusquement recouvré la parole mais le moins qu'on puisse dire est qu'elle a mal choisi et le moment et la manière. Elle est descendue juste avant le dîner comme d'habitude mais un livre à la main, trouvé, a-t-elle annoncé très solennellement, dans la chambre de Victor. Adèle n'a jamais surveillé de près les lectures d'aucun de ses enfants. Son goût pour l'art moderne se limite encore à la musique et le cercle de mélomanes qu'elle a cessé de fréquenter depuis la mort de Charles était tout aussi exclusif. Elle n'a donc jamais entendu parler de Rimbaud. Le volume qu'Aliénor serre dans sa main droite s'intitule *Poésies complètes*. Il a été publié en 1895 par Léon Vanier, ancien commis de librairie parisien devenu un éditeur « hyper-littéraire », selon Verlaine. Tout ça, Aliénor l'ignore aussi.

Elle a pénétré dans la chambre de son frère préféré (ce qu'Adèle se refuse à faire pour l'instant), s'est assise sur son lit et n'a d'abord rien projeté d'autre que de rester là, à penser à lui et à l'hommage funèbre qu'on prononcerait le lendemain. À tenter, elle aussi, de visualiser le cercueil absent, à se convaincre que c'est pareil, que Victor ne reviendra pas. Et puis, déçue de ne ressentir dans cette chambre aucune des émotions associées au mort (elle y entrait peu souvent de son vivant), elle s'est levée, plantée devant la fenêtre, a vu passer deux trains, puis effleuré du bout des doigts le dos des quelques livres abandonnés sur son étagère. Sans aucune curiosité, du moins au début, mais mue par le besoin physique de caresser des objets qui lui ont appartenu.

De la tranche de tête de celui-là — explique-t-elle en l'agitant sous les yeux fixes d'Adèle, de Pauline, d'André, de Suzanne (qui porte encore le deuil de Jacqueline mais est de nouveau enceinte), de Marguerite, de Tudine et d'Yvonne, tous submergés par ce flot de paroles après le silence d'Aliénor qui dure depuis des mois —, le dernier de la rangée, le plus récemment lu par Victor peut-être, ou relu, de sa tranche dépassait un marque-page en cuir vert, celui, rappelle-t-elle à l'assemblée tétanisée, qu'il réservait toujours à son livre favori du moment : « Regardez », poursuit-elle, et elle le dégage d'un geste théâtral des pages massicotées entre lesquelles il a été glissé, prenant soin de ne pas perdre la page ainsi marquée.

Elle hésite une seconde comme si la languette de cuir vert l'encombrait, la fourre dans la poche de sa jupe et, ouvrant grand le recueil, commence à lire à haute voix :

> *C'est un trou de verdure où chante une rivière,*
> *Accrochant follement aux herbes des haillons*
> *D'argent ; où le soleil, de la montagne fière,*
> *Luit : c'est un petit val qui mousse de rayons.*

À peine déconcertée par les enjambements téméraires de la première strophe (« D'argent », puis « Luit », rejetés aux vers suivants) qu'elle n'écoute que d'une oreille, Adèle se laisse aller au soulagement d'entendre Aliénor parler de nouveau, son élocution en rien modifiée par ses semaines de mutisme **obstiné**. Concentrée sur l'événement, Adèle n'attend rien de spécial de ce poème et associe, à toute vitesse, toutes sortes d'idées décousues, comme elle le fait sans cesse depuis le 1er septembre jusqu'à ce qu'il soit enfin l'heure de prendre son véronal (heureusement, elle a gardé d'excellentes relations avec le pharmacien de la rue Vaneau dont le père jouait aux cartes avec le sien et il lui délivre sans faire d'histoires tous les médicaments qu'elle réclame, à commencer par ce somnifère qu'elle a récemment substitué au trional). « Obstiné », l'adjectif dont elle se sert intérieurement pour qualifier le mutisme d'Aliénor, prend soudain une coloration nouvelle. Où l'a-t-elle déjà entendu, repéré, élu ? N'est-ce pas la morale de SA chanson ? « Voilà le sort des enfants obstinés. » Depuis le 1er septembre, Adèle est devenue experte dans l'art de rebrousser chemin quand ses idées décousues l'entraînent sur des pentes dangereuses et elle force son attention à revenir au poème ; dès la seconde strophe, il s'avère qu'elle aura encore plus de mal à dériver, à fermer son esprit au sens des mots sur lesquels Aliénor d'ailleurs s'attarde, insistante, la voix ferme :

> *Un soldat jeune, bouche ouverte, tête nue,*
> *Et la nuque baignant dans le frais cresson bleu,*
> *Dort ; il est étendu dans l'herbe, sous la nue,*
> *Pâle dans son lit vert où la lumière pleut.*

Le cresson n'est pas bleu, proteste en silence Adèle. Pas dans la salade qu'on servait toujours dans ce restaurant de la rue Saint-Lazare où elle dînait avec Charles et le père de Jacques. Non, le cresson ne l'aide pas. Même si elle envisage de poursuivre dans cette veine critique en relevant que d'ailleurs le poète se contredit en parlant aussitôt après d'un lit « vert ». Non, le sommeil prétendu du soldat ne la leurre pas un instant. Elle sait qu'il ne dort pas. Elle voit la bouche, son ouverture figée comme celle de Père, étendu dans le salon de la maison blanche et basse au milieu des pins, comme Charles sur le lit de leur chambre, à l'étage, une bouche d'où ne sortira plus rien, ni son, ni souffle. Elle baisse les yeux, s'absorbe dans la contemplation d'un dessin du tapis qu'elle connaît par cœur depuis cette après-midi pluvieuse où elle a reçu pour la dernière fois la visite de Marie-Hélène. Elle sait la suite, la devine.

Presque tout le monde l'a devinée. Seules Pauline, qui a « toujours eu du mal avec la poésie » (sa bouche est grande ouverte elle aussi, dont jamais n'a jailli une phrase pertinente ni un son juste, rien d'autre que le souffle sonore de l'incompréhension), et la petite Marguerite, attendrie, qui ne voit aucune malice dans la description de Victor (car c'est de lui qu'il est question, forcément, cela même Pauline l'a compris, sinon à quoi bon cette déclamation saugrenue, alors que le soufflé doit être presque cuit?), aucun élément discordant dans le tableau de cette nature idyllique, seules Pauline et Marguerite n'ont encore rien deviné et attendent gentiment que le soldat se réveille. Aliénor martèle encore plus lentement les pieds des deux tercets :

Les pieds dans les glaïeuls,
(Quelle horrible fleur, songe Adèle, Mère la trouvait vulgaire, réservée aux enterrements... stop, mauvaise pente.)
il dort. Souriant comme
Sourirait
(Encore un rejet! Une manie. Une affectation.)
un enfant malade,
(Ne pas penser à Jacqueline, au petit cadavre dans sa minuscule boîte blanche.)
il fait un somme :
Nature, berce-le chaudement : il a froid.
(Pas ce jour-là, même en Belgique. Une chaleur à CREVER. Stop. Pas CREVER.)
Les parfums ne font pas frissonner sa narine ;
(Même Marguerite commence à voir venir la chute. Son menton tout rond, sa «petite boule» comme disait Charles quand elle était au bord des larmes, enfant, se met à trembler. Pauline, elle, ne bronche pas. Elle pense au soufflé probablement.)

Il dort dans le soleil, la main sur sa poitrine,
Tranquille. Il a deux trous rouges au côté droit.

Après, désordre général. André se met en colère, traite sa sœur de tous les noms. Aliénor s'est tue, triomphante. Marguerite sanglote. Pauline bée. Les autres la regardent toutes, elle, Adèle, qui se lève et va prendre le livre des mains de sa fille **obstinée**, qui le lui cède sans difficulté. Elle sort de la pièce, «monte à sa chambre et se met à pleurer», comme dans SA chanson.

Le lendemain, encore engourdie par la double dose de véronal qu'elle a avalée à la place du soufflé (retombé, a-t-elle appris ce matin de Pauline pour qui c'est l'événement essentiel à retenir de cette soirée), Adèle substitue ceux du poème aux grands mots du prêtre.

Elle constate que sa méthode (enchaîner les pensées, contourner, s'éloigner, dissocier) a ses limites, que tout la ramène à Victor, à son cadet — pourquoi dit-on donc le «cadet de ses soucis»? Victor ne lui en a jamais vraiment causé, du souci, moins qu'André et le caractère volcanique qu'il a hérité d'elle.

Et pourtant les vers de Rimbaud produisent, dans l'église vide, un effet apaisant. L'image de son fils mort fera toujours défaut au puzzle que devient au fil des ans sa vie (André seul sera autorisé, en sa qualité de médecin, à assister à l'exhumation, en 1922, du corps donné pour celui de Victor, identifié grâce au louis d'or cousu dans la doublure de sa vareuse) mais tandis que résonnent les accords médiocres qu'un remplaçant trop âgé pour être mobilisé plaque sur l'orgue, derrière elle, elle trouve dans *Le Dormeur du val*, relu cent fois la veille au soir, retenu par cœur malgré la léthargie artificielle qui l'a gagnée peu à peu, un substitut à la pièce manquante.

Oui, le cresson, en masse dense, dans l'ombre que dessine la tête du dormeur, EST bleu.

Oui, la bouche de son fils reste «ouverte». Mais elle a retrouvé la béance bienheureuse de l'enfance, lorsque Victor, happé par le sommeil, le pouce encore tout près des lèvres, se mettait à ronfler doucement, ses membres soudain détendus oubliant leur recroquevillement utérin sous la capote marine du landau.

Et, non, cette fois Adèle ne le confond plus avec les autres bébés qui ont partagé ce landau dans ses souvenirs et s'y sont longtemps mêlés : seul Victor a sucé son pouce ainsi, dès sa naissance, dans les heures qui l'ont suivie il s'est mis à le téter goulûment, trouvant d'instinct comment bloquer son petit coude gauche dans la position adéquate, le maintenant de sa main droite, le laissant glisser de ses lèvres mais jamais très loin, à quelques millimètres, le reprenant bien vite, sans que rien d'autre, à peine un clignement de ses paupières, indique la fragilité de son assoupissement, le tétant de nouveau, mais moins vivement, le lâchant encore, degré par degré, moment de suspens (s'est-il enfin endormi pour de bon ?), ultime succion ou non, puis ce brutal abandon de son corps tout entier, le coude libéré, «la main sur sa poitrine».

Elle l'a observé plus souvent que les autres. L'arrivée de Tudine, accaparée par André, lui en a donné l'occasion. La maison du capitaine, habitée pour le troisième été consécutif, ne l'occupait plus autant que l'année où elle s'y était installée avec son fils aîné. Et ce souvenir-là — d'après-midi entières passées devant le perron, à projeter sur la bouche ouverte de Victor, parfois encore agitée des minuscules tressaillements qui survivaient à l'absence du pouce ou du sein, des pensées souvent sans rapport avec le visage de son fils — ce souvenir-là remplace celui d'André, juillet 1887, associé à la maison neuve : deux maternités simultanées, sa maison, son enfant. Le seul moyen de ne pas penser à Victor mort est de ne penser qu'à lui, et à lui dans cette mort qui le recrée nourrisson : « tranquille », « souriant ».

Même les « deux trous rouges » fournissent à son imagination, à sa frustration de n'avoir pas veillé son fils agonisant comme elle a veillé Père et Charles, les voyant mourir, de ses yeux, apaisée de sentir leur main dans les siennes, un support supportable.

Deux trous rouges, c'est mieux que rien. Mieux que le corps disloqué qui a commencé de la hanter et reviendra toute sa vie dans un cauchemar infiniment répété : décapité, un bras projeté ici, l'autre plus loin, les jambes aussi, morceaux disséminés et mêlés aux morceaux des cadavres voisins. Un cauchemar inspiré des monceaux de vêtements qu'elle a si souvent fouillés pour tenter de récupérer ceux de son rejeton, à l'issue des goûters d'anniversaires autrefois. Au lieu des gants et des souliers dépareillés, des cache-nez tricotés identiques, ce sont des mains sanglantes, des pieds arrachés, des gueules cassées qu'elle, Adèle, et toutes les mères de sa génération chercheront à identifier, rassembler, rapporter chez elles. La violence de sa rage ancienne, lorsqu'elle devait recomposer la panoplie de *son* petit sauvage avant de regagner le silence de la rue, puis l'abri familier de la rue « Baar-bédjouy », préfigurait celle qui ne la quittera plus avant des années, avant qu'André puisse enfin affirmer (en a-t-il jamais été vraiment sûr ?) qu'un Victor reconstitué, intégralement, oui, enfin, pourrait reposer dans le caveau de famille, pas la tombe de Meudon où sont enterrés les parents d'Adèle, mais le caveau tout neuf du cimetière de Sèvres où l'attendent Charles, Jacqueline et Aliénor.

Adèle n'en est pas là. Pour l'instant, elle se contente de la vision consolante de son fils endormi. Elle est parfaitement consciente que cette consolation tient au leurre sur lequel repose le poème. Elle n'en a pas été dupe, elle, contrairement à Marguerite, hier soir, <u>dès le premier vers</u>, dès le premier mot (« C'est un TROU »), elle a vu la tombe, elle a vu la fosse. Mais, après tout, jamais n'est contredite l'hypothèse du sommeil : il dort, tranquille. Et rien n'assure à Adèle qu'on ne peut pas survivre à deux coups de feu. Elle réussira parfois à maintenir cette version (son fils est vivant, dans le coma peut-être, prisonnier, amnésique, incapable de dire son nom) durant les quatre années de guerre et encore les suivantes, pendant qu'André remuera ciel et terre pour le retrouver. Il est médecin après tout, MERDE, va jusqu'à vociférer Adèle dans son Journal (mais vraiment en toutes petites majuscules), Adèle qui reproche à l'aîné la mort du cadet, et s'en confesse, est pardonnée pour cela, donc recommence.

À la sortie de Saint-Romain, elle décide de fausser compagnie aux autres (Tudine se chargera d'aller remercier le piètre organiste). Elle n'a pas cessé ses longues marches depuis qu'elle a quitté Saint-Pair en septembre dernier. Le printemps est précoce, elle est capable maintenant de parcourir près de dix kilomètres, elle a retrouvé sa minceur de jeune fille. Elle va suivre le chemin qui longe la voie ferrée, vers l'ouest, profiter des derniers rayons du soleil, les yeux mi-clos, tant lui sont familières les légères dénivellations sous ses pieds, et guetter la vibration des rails à l'approche du Paris-Granville (le dernier train de la journée, qui la mettrait à Saint-Pair vers onze heures ce soir si elle le prenait : elle savoure, aux *Binelles*, cette possibilité théorique, jamais réalisée, de dévaler la rue jusqu'à la gare de Sèvres, sauter dans un wagon de première classe et voir la nuit tomber sur SA plage).

Quand j'étais petite, nous nous servions toujours à Saint-Pair d'assiettes à dessert qui représentaient les grands moments de la geste napoléonienne, décorées de vignettes noires et blanches accompagnées de légendes qui étaient autant de citations, de phrases devenues historiques. Ces assiettes, fabriquées par un faïencier de Sarreguemines, ont d'abord servi, paraît-il, la propagande bonapartiste sous la Restauration mais la série que j'ai connue (et retrouvée souvent depuis, ailleurs, dans d'autres maisons de campagne bourgeoises) date du Second Empire et, revisitant l'Histoire, tend à auréoler Napoléon III des mérites de son aïeul.

J'avais ma préférée, la seule où figurait une femme (j'ai toujours eu plus de goût pour les robes d'époque que pour les uniformes militaires), agenouillée aux pieds de l'empereur devant un feu de cheminée : « Cette lettre est la seule preuve que j'aie contre votre mari... Brûlez-la, Madame », disait la légende. J'ignorais tout à cette époque de l'anecdote, destinée à illustrer la grandeur d'âme du héros : la dame, princesse de Hatzfeld, vient demander la grâce de son mari, gouverneur de Berlin, dont cette lettre prouve la trahison, et l'obtient, donc, touchant l'empereur par sa sincérité (après avoir clamé l'innocence de son prince, elle a reconnu sans hésiter qu'il s'agissait bien de son écriture) et surtout par son état (elle est alors enceinte de huit mois, ce que mon assiette ne laisse absolument pas deviner, tant les robes « Empire » ressemblent toutes à des robes de grossesse).

Je dis « mon » assiette parce que, fillette gâtée et paresseuse, toujours prompte à esquiver les corvées domestiques, je ne me faisais pourtant pas prier pour apporter sur la table les assiettes à dessert. Au début, je m'en remettais au hasard et les distribuais sans les regarder, espérant secrètement hériter de « Brûlez-la, Madame ». Mais j'ai vite appris à transformer cette distribution aléatoire en un tour de prestidigitation destiné à m'attribuer celle dans laquelle le dessert n'aurait pas tout à fait le même goût, où les tartes au citron de ma mère laisseraient des traces crémeuses scrupuleusement raclées pour découvrir les plis élégants de la robe, la flambée, la lettre brandie. J'ai probablement même superposé à cette scène dont personne autour de la table n'était assez fan de Napoléon pour me révéler le contexte une dimension légèrement érotique, vu dans cette attitude soumise de la femme et les pleins pouvoirs exhibés de l'homme une sorte de jeu amoureux.

Mais le tour de passe-passe que, soudain devenue serviable, j'accomplissais à la fin de chaque repas — dans ce chahut de vaisselle qui n'a pas changé depuis mon enfance, souvent scandé par le bruit des vagues, presque toujours par celui des coquilles de bulots vides déversées dans les hauts bols de faïence blanche, concert unique, distinct de tous ceux qui achèvent les repas pris ailleurs, indissociable des lumières changeantes qui animent la salle à manger comme une cabine de bateau, parfois complété par les sons désaccordés du vieux piano où s'est réfugié un dîneur peu disposé à donner un coup de main à ceux qui se pressent autour de l'évier —, ce tour je ne le jouais pas seulement à mon intention : un autre convive attendait que le sort (aidé de ma main de plus en plus habile) lui attribue SON assiette. «Honneur au courage malheureux», proclamait celle que mon père, lui, feignait de recevoir avec consternation, exagérant chaque fois sa surprise face à une telle constance du destin qui s'exerçait ainsi contre lui. C'est devenu une blague rituelle, entre nous, dont je riais sans la comprendre, comme d'une simple marque de complicité.

L'épisode représenté, vérification faite, se situe à Ulm en 1805. L'empereur salue les blessés autrichiens. Si mon père râlait tant (ou faisait semblant) lorsqu'il héritait de cette assiette (par hasard au début, guidé par moi ensuite), c'était sans doute pour souligner ce qu'il considérait comme son «malheur», sans en développer les raisons (échecs sentimentaux, doutes sur son travail d'écrivain ?) : l'hommage du chef vainqueur à ses ennemis devenait, posée devant lui (gourmand, pour un homme, ne refusant jamais un rab de dessert), l'image de sa propre mélancolie (et du plaisir qu'il prenait à l'entretenir).

On a volé ces assiettes, dans les années où se succédaient des petits cambriolages ; chaque hiver, à une certaine époque, une villa différente de Saint-Pair était dépossédée de quelques trophées dérisoires. L'été dernier, le premier depuis la mort de mon père, ma mère est revenue dans cette maison d'où leur divorce l'avait longtemps éloignée et m'a offert une série identique, dénichée chez un brocanteur du coin. Je ne mange plus de dessert depuis longtemps et n'ai même pas remarqué, lorsque les autres s'en sont servis, qui tombait sur laquelle.

Le Journal d'Adèle les mentionne — étaient-ce exactement les mêmes que celles de mon enfance, ou plus probablement leurs aînées ?

On jouait la même partie, donc, autour de la table, à *La Croix Saint-Gaud*. Ceux qui seuls avaient leur favorite, c'étaient Charles et Victor. Charles se saisissait subrepticement de « Général, demain vous coucherez à Toulon » et lançait à Adèle un regard entendu en en déchiffrant à haute voix l'inscription — il n'a pas oublié non plus leur nuit sur cette terrasse méditerranéenne, en mai 1901... Quant à Victor, son regard juvénile et pourtant ténébreux repérait immédiatement « Ne craignez rien, le boulet qui me tuera n'est pas encore fondu ». Mauvaise pioche, rétrospectivement.

NOVEMBRE 1916

Adèle a hésité avant d'accepter l'invitation de Robert Bricourt, le père de Jacques. Depuis la mort de Charles, elle a cessé tout à fait d'assister à des concerts et très vite Robert est tombé malade. Il a dû quitter Paris pour une maison de santé en Forêt-Noire. Ils se sont écrit régulièrement. Quand la guerre a éclaté, il a été transféré dans le sud de la France. Il lui a expliqué tout ça dans la longue lettre qu'il lui a adressée lorsqu'il a appris la « disparition » de Victor. Adèle a horreur de cet euphémisme (comme moi) lorsqu'il s'agit d'évoquer une mort, mais dans le cas de son fils, « disparition » est malheureusement le terme exact.

Elle passe toujours autant de nuits à le chercher, au milieu d'un tas d'autres corps démembrés, entourée d'une foule de mères aux regards hagards, dans une antichambre surchauffée et décorée de guirlandes de crépon. Elle n'a pas le choix : sans le véronal elle ne dort pas du tout. Avec, elle revit presque systématiquement cette scène cauchemardesque, erre autour de cadavres d'enfants disloqués.

Quelquefois, ses marches matinales l'ont particulièrement exténuée physiquement et ont libéré suffisamment d'endorphines pour alléger ses angoisses, alors le sommeil vient naturellement et elle peut rêver à autre chose, c'est-à-dire la plupart du temps à Saint-Pair. Peu importent les situations et les personnages qui varient complètement, la constante, le préalable aux récits qu'elle en fait à Charles au réveil, c'est : « Je suis à Saint-Pair. » Ce décor, d'emblée reconnu et nommé, varie d'ailleurs aussi. Souvent, rien dans les paysages, le dessin de la côte, l'architecture des maisons qui peuplent ces rêves « saint-pairais » ne ressemble à la réalité. Les chemins mènent vers d'autres plages, les villas gagnent ou perdent une aile, un étage, la végétation se dépayse, change les tamaris en mimosas, les sapins en palmiers, mais rien n'y fait : « Je suis à Saint-Pair. » Adèle émerge de ces rêves-là de bonne humeur et les raconte avec entrain à Charles.

Elle lui cache ceux relatifs aux goûters d'enfants-charniers. Elle lui parle peu de la mort de Victor, en général. Elle n'est pas sûre même de l'avoir jamais mentionnée. De toute manière, lorsqu'elle converse avec lui, le fait que les gens qu'ils évoquent soient vivants ou pas n'a aucune importance : eux-mêmes réussissent bien à communiquer en dépit de cette frontière.

Elle n'a plus remis les pieds à *La Croix Saint-Gaud* depuis l'été 1914 et oublie cet éloignement grâce à ces rares rêves apaisés. Plus aucun Parisien n'y prend ses vacances. Tante Jeanne est morte il y a six mois et Arabella a enfin pu rejoindre son mari à Londres. *La Saigue*, comme toutes les résidences secondaires du village, est restée fermée. Dans les rêves d'Adèle, les maisons sont ouvertes, vivantes, bien qu'aussi déformées que le Castel Henriette, la villa de Guimard, à Sèvres, rue des Binelles, dont Arabella regrettait de n'avoir pas imité les volutes, les courbes folles, au moment de faire construire la sienne.

Robert Bricourt a fini par rentrer à la fin de l'été 1916. Sa lettre ne le précisait pas, mais Adèle devine que la maison de santé où il séjournait a été réquisitionnée et qu'on a renvoyé sans plus d'inquiétude chez eux les civils comme lui. Elle n'a pas tout de suite répondu à cette première lettre reçue début septembre. Lorsqu'elle a fini par lui écrire, elle n'a pas proposé de lui rendre visite, ni de le recevoir. Ils n'ont jamais entretenu ce genre de relations, ne se voyaient que pour aller à Pleyel avec Charles. Charles est mort. La salle Pleyel est fermée « provisoirement ». Mais pas la brasserie Mollard, lui annonce Robert dans sa seconde lettre, début novembre. Il aimerait l'y inviter à dîner, « comme autrefois ».

Adèle a donc hésité. D'abord, elle vit maintenant presque exclusivement aux *Binelles*. Elle ne dort dans le nouvel appartement de la rue Récamier que lorsqu'une messe, dite en hommage à un mort de sa connaissance, généralement en l'absence du corps, l'oblige à venir à Paris et que l'horaire de la cérémonie ne lui permet pas de faire l'aller et retour dans la journée. Elle juge inconvenante l'idée d'aller dépenser de l'argent dans un restaurant de luxe, sait qu'Aliénor le lui reprochera.

Aliénor, depuis qu'elle s'est engagée comme infirmière à l'hôpital de Bellevue, montre une intransigeance redoutable à l'égard de tout ce qui ressemble à un divertissement. Marguerite n'a plus le droit d'approcher le piano. Adèle se réfugie dans l'orangerie pour se plaindre à Charles du dévouement excessif d'Aliénor qui trouve auprès de «ses» malades la confirmation quotidienne que ni elle ni Adèle n'ont à se plaindre, que Victor lui au moins n'a pas souffert. Charles lui répond calmement qu'Aliénor a toujours fait ça : panser, distribuer des médicaments, décider laquelle de ses poupées devait laisser son lit à une autre plus atteinte, compulser des journées entières les vieux manuels de médecine de Père, apprendre par cœur des planches anatomiques qui lui permettent aujourd'hui de ne voir dans les jeunes corps qu'elle soigne que des écorchés de laboratoire et pas des hommes.

Et aussi que les choses ont changé, qu'une jeune fille de vingt-trois ans n'est plus une simple marchandise qu'on expose aux (ou protège des) regards masculins, qu'Aliénor peut prendre seule le train et le métro, qu'il ne lui arrivera rien. C'est Charles qui parvient à convaincre Adèle d'accepter l'invitation de Robert. Lui aussi a la nostalgie de leurs dîners d'avant, de ces soirées où ils commençaient par communier en musique et qui se prolongeaient, assez tard, autour d'une bouteille ou deux de chablis.

Elle insiste pour passer chercher Robert qui loue un petit appartement rue de Monceau. Lorsque son taxi s'arrête devant la porte cochère, il est déjà là, incroyablement préservé, elle qui s'attendait à trouver un grand vieillard. Il n'est pas si âgé, se souvient-elle en lui faisant de la place à côté d'elle sur la banquette. Beaucoup moins que Père. Il s'est marié jeune, à vingt ans à peine, et Jacques est né très vite après.

Adèle a cinquante-six ans, mais Robert pas encore quatre-vingts et il porte beau, dans sa redingote noire. Heureusement qu'Aliénor ne la voit pas, se dit Adèle, elle serait choquée par le sourire franc, la joie inattendue qui illuminent le visage de sa mère à cet instant.

Sous les lumières vives du restaurant, bien camouflées du dehors à cause des survols possibles de l'armée allemande, il paraît bien sûr plus âgé, ses cheveux et sa moustache ont blanchi, mais il se tient droit et Adèle ne décèle aucun signe de la longue maladie qui l'a tenu tant d'années éloigné de Paris. Ils commandent des fruits de mer et du chablis, ignorent leurs voisins et ne parlent pas tout de suite de Victor. « La dernière fois que j'ai dîné ici, c'était avec toi. Et Charles, commence Robert.

— Après la première de *Boris Godounov* à Garnier. Le 19 mai 1908. Un mardi.

— Je n'ai pas ta mémoire... Même ça je l'avais oublié : à quel point tu as bonne mémoire.

— Je peux aussi vous dire quel temps il faisait. Assez chaud dans la journée et puis quand nous sommes sortis de l'Opéra, tiède. On a décidé d'aller à pied. Je portais une robe bleue. »

Robert ne sourit pas comme elle s'y attendait. Peut-être s'est-il malgré tout souvenu d'elle, ce soir-là, et, sinon de la couleur de sa robe, du moins de son embonpoint d'alors, de sa démarche de grosse.

« Pardonne-moi Adèle si je suis indiscret mais tu es en bonne santé ? Tu as énormément maigri depuis *Godounov*... »

Cette fois c'est Adèle qui sourit et le visage de Robert se décrispe.

«Je sais. Non, ne vous inquiétez pas, je n'ai rien. C'est depuis que je me suis mise à marcher. Je marche beaucoup. Plusieurs kilomètres tous les matins, une ou deux heures. Ça me fait du bien.»

On installe entre eux le trépied de fer et dessous deux beurriers de porcelaine, une coupelle argentée remplie de mayonnaise, une autre de vinaigre à l'échalote, deux rince-doigts et une corbeille de pain. Robert goûte le vin, fait signe de remplir leurs verres. Adèle qui n'a plus l'habitude de boire autre chose que du véronal vide le sien trop vite et la tête lui tourne. Elle n'a pas non plus revu un coquillage ni une pince de crabe depuis deux ans, depuis son dernier été à Saint-Pair et se sent soudain plus gaie que coupable, se rappelle combien elle appréciait la simplicité avec laquelle Robert évoquait la mort de Jacques autrefois, dans ce décor clinquant, attrape une huître, un citron, beurre une tranche de pain de seigle, avale le tout avec gourmandise et décide d'essayer de faire aussi bien que lui.

«Je ne dirai pas à Aliénor ce que nous avons mangé. Elle est déjà furieuse que j'aie accepté d'aller au restaurant. J'ai tendance à trouver ça immature, cette conviction que tout ce qui peut nous faire plaisir est une insulte à nos morts. Mais je suppose qu'elle, de son côté, me trouve bien plus immature qu'elle. Une vieille enfant facile à distraire. Victor me manque pourtant plus qu'à elle. Non d'ailleurs, ce n'est pas vrai.» Adèle constate que son verre est à nouveau vide. Elle se risque à décortiquer une langoustine, les gestes lui reviennent immédiatement. «Il lui manque peut-être plus. Ils étaient très proches. Mais elle au moins ne se sent pas coupable.

Est-ce que ça passe, Robert ? Est-ce qu'il y a un jour où on ne se dit plus : "C'est ma faute" ?

— Non. Pas vraiment. Rien ne passe vraiment. Mais je ne me suis jamais dit "c'est ma faute". Ni toi ni moi n'y sommes pour rien. Jacques, c'était un accident. J'ai eu — j'ai encore — droit aux "si". S'il n'avait pas fréquenté ce garçon, celui qui habitait rue Jacob. S'ils étaient entrés dans l'immeuble dix minutes plus tôt. Ou plus tard. Si j'avais insisté pour qu'il vienne avec moi chez ma sœur où nous étions invités à déjeuner tous les deux ce jour-là. Si ce fou était mort à Sedan, et pas devenu concierge, ni alcoolique. Si... Mais toi, même pas. C'est un dérivatif, note bien. Ça occupe, de se raconter comment les choses auraient pu se passer autrement.

— Moi je ne sais même pas comment elles se sont passées. Ni même si elles se sont réellement passées. André se démène pour avoir des informations. Il n'a encore rien trouvé. J'ai fait graver son nom sur le caveau, à Sèvres. Vous voyez, je m'applique à me comporter comme s'il était mort. Enfin, pas entièrement. Je ne parle pas avec lui. Avec Charles, oui. Mais Victor n'est pas, comment dire, pas assez mort pour ça. Vous devez me trouver un peu folle ?

— De parler avec Charles ? Pourquoi ? Je te comprends. J'ai toujours beaucoup aimé ça moi aussi, parler avec lui. Tu te souviens ? Oui, forcément tu te souviens, et mieux que moi.

— Vous parlez avec Jacques ?

— Non. Nous nous parlions peu tu sais. Il était si jeune. Je ne l'ai connu que quelques années, adulte, à peine adulte. Il n'était pas... fini. Il ne m'a jamais dit un mot de votre correspondance par exemple. »

Adèle est maintenant assez ivre et en même temps assez rassurée sur son habileté intacte à cureter un crabe. Elle fait craquer le coffre avec une pince dorée, trifouille l'intérieur, recueille dans son assiette filetée de vermeil un petit monticule de chair filandreuse, puis trempe ses doigts dans l'eau citronnée, les sèche sur son épaisse serviette amidonnée et trempe sa fourchette pleine de mayonnaise dans la chair blanc rosé. Elle n'a absolument prévu d'aborder aucun sujet en particulier ce soir, mais elle se rend compte que le moment idéal est venu d'interroger quelqu'un sur sa mère, de comprendre enfin précisément ce qu'on leur reprochait, à Aimée, à elle Adèle, ce qu'on reproche à Aliénor aujourd'hui.

« Vous nous auriez laissés nous marier ? »

Robert mange peu, lui. Il s'est contenté pour l'instant de quelques praires. Mais il a encore une bonne descente et il commande une seconde bouteille.

« Qu'est-ce que tu veux dire, Adèle ? Évidemment que je vous aurais "laissés" vous marier ! Ton père et moi nous n'étions pas tout à fait aveugles tu sais. Je ne dirais pas qu'on faisait exprès de vous renvoyer ensemble après le spectacle, mais on vous avait vus venir, ça oui. On n'était pas pressés, bien sûr, on avait tout le temps. Enfin, c'est ce qu'on croyait. Ça m'aurait beaucoup plu de t'avoir pour belle-fille. J'ai toujours eu plus ou moins l'impression que c'était le cas d'ailleurs. Charles et toi, vous étiez un peu mes enfants adoptifs, même si on ne se voyait pas si souvent. Pourquoi me demandes-tu ça, Adèle ? Qu'est-ce qui te fait croire que Jacques ne t'aurait pas épousée ?

— C'est à vous de me le dire. » Adèle, provisoirement repue, achève de grignoter un morceau de pain couvert de beurre salé. « Vous pouvez fumer, vous savez. Ça ne me dérange pas du tout.

— Je t'en offre une alors ?

— Allez. Aliénor le sentira. Elle a un flair de chien policier. Mais je m'en fiche. »

Robert lui tend un porte-cigarettes, puis se sert et ils aspirent tous les deux en silence. Adèle reprend. « C'est à vous de m'expliquer ce que je suis exactement. J'ai toujours eu le sentiment que Père m'avait élevée d'une manière... originale. Que j'étais différente. Mais je ne me posais pas plus de questions que ça. Jusqu'à ce qu'une de mes plus vieilles amies interdise à son fils de faire la cour à Aliénor, il y a trois ans. Elle n'a pas réussi à me dire la vérité en face. Elle avait l'air scandalisée. Elle a vaguement mentionné le "problème" que posait ma mère. Vous l'avez connue, n'est-ce pas ?

— Ta mère ? Bien sûr que je l'ai connue. Elle adorait la musique, tu sais. On a commencé à partager une loge, avec tes parents, quand tu étais très petite.

— Ils étaient déjà mariés ? »

Robert écrase sa cigarette, tripote sa fourchette à huître, la repose.

« Oui. Je crois. Franchement, ça m'était égal, depuis quand ils étaient mariés. Mais j'étais déjà veuf. Peut-être que ça aurait posé un problème à Valentine. Je n'en sais rien. Elle était jeune elle aussi quand elle est morte, sans doute un peu conventionnelle. Pas comme ta mère en tout cas. Elle était très belle, ta mère, ça tu le sais, et pas bavarde. Tu ne te souviens pas d'elle ?

— Ne détournez pas la conversation Robert. Qu'est-ce qu'elle faisait, exactement, avant de rencontrer Père ? Du théâtre ? Pire ? »

Robert soupire. « Tu sais quoi, Adèle, tout ça n'a plus aucune espèce d'importance. Aliénor épousera qui elle voudra, quand la guerre sera finie. C'est si vieux ces histoires. Je ne peux pas vraiment te répondre. Ce n'est pas que je ne veuille pas, mais je n'en sais rien. Il y a eu d'autres hommes avant ton père. Ils lui faisaient des cadeaux. Point. Pas un drame.

— Vous dites ça... Mais vous êtes si différent, vous. Pas comme Père. Parce qu'il y a eu d'autres femmes aussi... Vous étiez à son enterrement, vous avez dû voir ce défilé !

— Je ne suis pas comme ton père, tu as raison. Mais ne crois pas pour autant que j'ai eu une vie si raisonnable. Il y a eu quelqu'un. Quelqu'un que je n'aurais pas épousé. D'abord parce qu'elle était — est toujours à ma connaissance — mariée, mais même sans ça...

— Vous ne la voyez plus ?

— Non. Son mari s'est retiré, il y a dix ans, en Dordogne. C'est de là qu'ils venaient tous les deux. Il n'a jamais été question qu'elle le quitte. Elle est partie avec lui. Et puis je suis tombé malade. Mais je parle avec elle chaque jour. Tu t'étonnais tout à l'heure que je trouve naturel que tu parles avec Charles, avec un mort. Mais moi je parle aussi à une absente. Et elle me répond. »

À elle seule, Adèle a réussi à venir presque à bout du plateau. Sur un signe de Robert, on l'enlève. Le temps qu'on leur apporte et qu'ils boivent leur café, Robert s'emploie à la convaincre qu'on peut survivre à la mort d'un fils, qu'il y a de bons moments, qu'ils en ont eu beaucoup, tous les trois, ici, au milieu des fresques Art nouveau de la brasserie Mollard, et que ça suffit pour supporter le reste. Adèle ne le contredit pas, elle a bu trop de chablis pour ça.

Lorsqu'elle repensera à ce dîner, plus tard, dessoûlée, elle remarquera enfin qu'ils étaient presque seuls dans le restaurant, qu'il n'y avait pas cette rumeur montant régulièrement dans les aigus qui y régnait dans le temps, que les glaces ne reflétaient pas la foule habituelle, qu'on les a servis encore plus vite qu'avant, qu'elle a vu sans même la signaler au maître d'hôtel une souris filer entre les tables, dans le fond, près de la porte des cuisines. Dans son Journal, elle retranscrit leur conversation, souligne « quand la guerre sera finie », ajoute plusieurs points d'interrogation.

« ALIÉNOR DEMANDE À SA MÈRE D'Y ALLER »

L'hôpital de Bellevue, à Meudon, où Aliénor passe toutes ses journées du printemps 1915 à novembre 1918 a d'abord été une maison de repos spécialisée dans l'hydrothérapie, puis un hôtel luxueux, doté d'un casino, jusqu'où même les Parisiens venaient dîner en bateau-mouche.

En 1913, Paris Singer, le fils du magnat des machines à coudre américaines, l'a racheté pour y installer l'école de danse de sa maîtresse, Isadora Duncan. La même qui squattait autrefois l'hôtel de Biron, sous les fenêtres de « Baar-bédjouy ». La danseuse, comme les pagodes édifiées à peu près en même temps à Saint-Pair et rue de Babylone, réapparaît, en marge de la vie d'Adèle, à quelques mètres d'elle et à des années-lumière de ce à quoi ressemble cette vie, en surface en tout cas.

En 1914, le bâtiment est récupéré et transformé en hôpital militaire. Aliénor s'y engage comme infirmière dès le printemps 1915. Toutes les dames du quartier y travaillent, s'occupent de l'administration, du linge ou des soins, toutes sauf Adèle qui préfère marcher des heures le long de la voie ferrée et revient épuisée aux *Binelles* où se sont réfugiées Suzanne et sa seconde petite fille, Thérèse. Cette fois, Adèle reconnaît que l'allaitement maternel a du bon : impossible de recruter une nourrice de toute façon, et l'enfant pousse bien.

Aliénor part dès l'aube, rentre à n'importe quelle heure (son dîner se racornit sur le chauffe-plat, Pauline s'impatiente, tous les soirs c'est le même cirque) et dort même souvent là-bas. Elle sait, elle, pour Isadora Duncan. Victor lui a parlé de la danseuse, du temps du squat. Et ils l'ont épiée ensemble, quelques semaines avant l'été 14, un matin de printemps. Ils ont attendu derrière les grilles du parc et fini par l'apercevoir, en haut du perron.

Aliénor aussi a maigri, mais pas comme sa mère, dont le corps plus musclé que dans sa jeunesse est souple et endurant. Aliénor, elle, a vieilli ; ses cheveux commencent déjà à grisonner. Elle n'est jamais vraiment sortie de son mutisme. Simplement, si elle se tait aujourd'hui c'est qu'elle est trop fatiguée pour parler quand elle rentre le soir et que personne aux *Binelles* n'a vraiment envie de l'écouter raconter les souffrances et les morts qu'elle a vainement tenté d'éviter.

Un jour de décembre 18, elle explique à Adèle que, maintenant que la guerre est finie, elle n'a plus rien à faire à Sèvres. Sa mère ne la contredit pas, trop heureuse (non, pas heureuse car l'expression d'Aliénor l'inquiète), trop étonnée d'entendre la voix de sa fille de nouveau, pour autre chose qu'un «Bonjour» ou un «Non, merci Pauline, je n'ai pas faim». La suite confirme la première impression d'Adèle : les nouvelles ne sont pas bonnes.

Aliénor n'a pas eu besoin de demander «à sa mère d'y aller». Elle lui annonce tranquillement sa décision : elle va rejoindre la Croix-Rouge à Mayence,

elle veut continuer à se rendre utile, si elle peut.
« Non non ma fille » ne servirait à rien. Aliénor est
majeure et elle a pour elle, qu'elle ne se prive pas de
brandir, l'argument incontestable de l'héroïsme. Ce
n'est pas à un bal qu'elle a l'intention de se rendre.
Adèle ne discute même pas mais l'air de SA chanson
lui trotte en permanence dans la tête lorsqu'elle
entame ses marches matinales, elle doit sécréter pas
mal d'endorphines pour supporter que revienne le
dernier vers (« Voilà le sort des enfants obstinés ») et
il lui faut plusieurs kilomètres pour étouffer la rengaine et lui substituer un air plus neutre (la sonatine
G dur de Beethoven fait parfaitement l'affaire).

La seule photo que j'aie d'Aliénor date de cette époque-là. Elle a vingt-cinq ans et l'air d'une vieille dame. Ses cheveux clairsemés paraissent prématurément blanchis. Son visage, de profil, penché (sur un livre de médecine?), est usé, ses yeux inexpressifs.

« La première danse le pied lui a tourné. La seconde danse le pont s'est écroulé. Les cloches du Nord se mirent à sonner. La mère demande pour qui les cloches sonnaient. C'est pour Adèle et votre fils aîné. Voilà le sort des enfants obstinés. »

À Mayence, Anne-Adèle, de son vrai prénom, a soigné des soldats gazés. Certains étaient tuberculeux. À Metz, en juin 1919, elle meurt en quelques semaines d'une méningite infectieuse. C'est un uniforme **blanc** qu'elle porte et pas une robe de bal, et une croix rouge au lieu d'une ceinture dorée mais Adèle est obsédée par la conformité du destin de ses enfants avec SA chanson : le prénom d'abord, celui qu'elle a donné à sa fille, Anne-**Adèle**, sa complicité avec son frère (Victor était bien son **aîné**, sinon l'aîné des fils), leur **obstination** commune à toujours vouloir échapper à leur mère, le glas, la mort des deux annoncée à distance. Adèle traverse les jours qui suivent le rapatriement du cercueil, les funérailles (Aliénor précède donc Victor dans le caveau familial de Sèvres, les recherches d'André n'ont pas encore abouti), le don des vêtements (il y en a peu, ils sont pratiques, sobres, impersonnels) dans une léthargie absolue. Tudine, des années plus tard, confiera un jour à Odette qu'elle est immunisée contre les peines depuis qu'elle a enseveli Aliénor, que rien de pire ne peut lui arriver.

À la mi-juillet, la Croix-Rouge renvoie ses affaires personnelles : une montre, un médaillon qui renferme une photo de son père, quelques lettres reçues des *Binelles* et son journal intime, le cahier relié de cuir bleu marine qu'Adèle lui a offert pour qu'elle y exprime ses pensées secrètes et dont elle a ensuite violé le secret. Le colis est déballé par Tudine qui, sachant toujours quoi faire lorsque sa patronne n'a pas formulé de consigne spécifique, range la montre dans un petit coffret qu'Adèle ouvre rarement et où elle remise des bijoux sans valeur ou abîmés, et offre le médaillon à Marguerite. Quant au cahier, elle le dépose sur le secrétaire d'Adèle, bien en vue, sans déranger le marque-page de cuir vert qui dépasse de la tranche et qu'elle a immédiatement reconnu comme appartenant à Victor, la même languette semi-rigide qui désignait le *Dormeur* dans le recueil de Rimbaud et qu'Aliénor a fourrée dans la poche de sa jupe, la veille de la messe.

Lorsque Adèle monte se coucher ce soir-là, elle est trop épuisée, trop impatiente de trouver le sommeil pour ouvrir le journal de sa fille. Elle l'a tout de suite remarqué, au-dessus de la pile de lettres de condoléances auxquelles elle n'a pas encore eu la force de répondre, mais l'objet réveille, en plus de la colère qui l'anime contre ses enfants, contre leur obstination, contre leur mort, son sentiment de culpabilité. Robert Bricourt, qui est mort lui aussi il y a deux ans sans qu'ils se soient revus, avait tort : en ce qui la concerne, elle ne se sort pas du « Ce n'est pas de ma faute », qui est même devenu son mantra absolu, dans toutes les situations.

Reconnaître publiquement ses torts lui est aussi impossible que d'accepter, intérieurement, qu'elle n'est pour rien dans la mort de ses enfants. Son déni généralisé (elle se cramponne systématiquement à « sa » vérité, qu'il s'agisse de l'heure qu'il était hier à la même heure ou du temps qu'il fait là où elle n'est pas, elle sait toujours mieux que les autres ce qu'ils pensent et connaît mieux qu'eux leurs souvenirs, bref elle est incollable, impossible à prendre en défaut, elle a toujours raison, envers et contre tout et tous) est à la mesure de l'abîme de doute dans lequel elle se noie dès qu'elle n'est plus contredite, dès qu'elle fait seule face à ses responsabilités. Elle ne parle plus avec Charles. Les années de guerre ont progressivement éteint sa voix. Elle se contente des prêtres qui l'entendent en confession, j'y reviendrai.

Le lendemain matin, ses yeux à peine ouverts, les paupières encore engourdies par le véronal qui lui dessèche aussi la gorge au réveil, se posent sur le cahier. Il fait déjà très chaud. Pour la première fois depuis cinq ans elle va retourner à Saint-Pair, dans quelques jours, renouer avec la gaie transhumance des temps passés. Les malles ont déjà été descendues du grenier, dépoussiérées. Adèle se lève, s'approche du cahier, se détourne, va jusqu'à son cabinet de toilette, se sert un grand verre d'eau fraîche qui l'aide à se débarrasser de cette impression d'étouffer que le véronal lui laisse toujours au matin. Elle va enfin s'asseoir à son secrétaire, découvre la languette de cuir vert qu'elle identifie, comme Tudine, aussitôt, et précautionneusement ouvre le cahier à la page qu'Aliénor a marquée.

Elle reconnaît, au verso de la précédente, les phrases qu'elle y a déjà lues au printemps 14, avant la visite de Marie-Hélène. Apparemment, Aliénor a étendu son mutisme à l'écrit, rien noté dans les années qui ont suivi jusqu'à cette date, portée en haut de la page suivante : 12 décembre 1918. Adèle s'est toujours demandé si sa fille avait deviné l'indiscrétion, non, c'était plus grave que ça : l'infraction qu'elle a commise, si elle lui en a voulu et pourquoi, dans ce cas, elle n'a rien dit. Le marque-page de Victor constitue presque une réponse à la première de ces questions. En laissant, alors qu'elle était suffisamment bonne infirmière pour se savoir mourante, l'objet à cette place précisément, Aliénor a voulu, sa mère en est sûre, lui dire qu'elle savait. Et que la suite du cahier est destinée à être lue par elle, Adèle, qui a déjà lu le reste quand elle n'en avait pas le droit.

12 décembre 1918

J'ai pris le train tôt ce matin pour Paris, j'avais des courses à faire au Bon Marché (cette année, on fêtera Noël «comme avant»). À la gare, je suis descendue dans le métro. À la station Duroc, une femme m'a abordée. Je ne l'ai d'abord pas reconnue. C'était Blanche, la sœur aînée d'Octave. Elle a insisté pour qu'on aille boire un thé quelque part. Comme nos familles ne se voient plus (Maman n'est même pas allée à l'enterrement de Marie-Hélène l'année dernière), je n'ai pas compris pourquoi elle voulait tant me parler. Elle m'a traînée au bar du Lutétia. Elle a l'air d'une vieille dame. Plus que moi si c'est possible. Elle est allée droit au but (enfin aussi droit que ses bonnes manières le lui permettent). Octave est revenu il y a deux mois. Il est détruit physiquement et mentalement. J'ai posé des questions précises, je suis infirmière maintenant, je n'hésite pas. Il est invalide (jambes paralysées, aucun espoir qu'il remarche) et son cerveau aussi est atteint (pas eu d'explication médicale satisfaisante). Il est aphasique, vraisemblablement amnésique. On le nourrit à la cuiller. Il est un malade facile, n'a pas l'air de souffrir, sourit tout le temps. C'est Blanche qui s'occupe de lui, l'a pris chez elle. Mais leur vieux père, qui a dans les quatre-vingt-dix ans, ne se résigne pas à voir disparaître son NOM, à voir s'éteindre sa NOBLE famille. Il faut marier Octave. Les médecins garantissent qu'il est encore capable d'avoir des enfants (un seul, si c'est un garçon, suffirait). Mais Blanche, plus que le vieux, est consciente que ça ne va pas être facile de trouver une fille normale qui accepte de se reproduire avec un légume. Elle a donc «tout naturellement» pensé à moi. Ça fait trois semaines qu'elle hésite à me contacter. Deux tasses de thé de Chine plus tard, elle m'a, en gros, fait sa demande à la place de son frère. Il faudrait, pour être bien sûrs que ça marche, que je m'arrange d'abord pour tomber enceinte. On nous marierait après. J'ai réussi à peu près à lui faire dire que, si elle m'avait choisie, c'était parce qu'elle savait qu'on avait été amoureux, «autrefois», et que «toutes les raisons évidentes» qui empêchaient «autrefois» ce mariage faisaient de moi «aujourd'hui» la candidate idéale : en gros, je ne pouvais pas me permettre d'être trop sélective, mais eux, maintenant, n'ont plus trop le choix non plus. J'ai répondu que j'allais réfléchir, fait semblant de retenir son adresse, j'ai payé mon thé et repris le métro sans entrer au Bon Marché. Je me suis rendue directement aux bureaux de la Croix-Rouge. Il y a un départ groupé de volontaires la semaine prochaine pour Mayence. J'ai signé.

Adèle n'est pas d'accord avec la mort de sa fille. Son fils, c'était déjà beaucoup, mais elle s'est peu à peu convaincue qu'elle payait avec la mort de Victor pour les fautes de ses parents. Un péché = une sanction. La petite Jacqueline, elle a commencé à tiquer. Deux, c'est injuste. Mais trois, c'est trop. Ce calcul, elle n'en parle pas en confession. Pas plus que des démarches, les unes très simples (décrocher les deux portraits d'Aimée, celui des *Binelles* et celui de la rue Récamier, les reléguer tous les deux, à Paris, dans une cave dont elle n'est même pas sûre qu'elle soit bien annexée à son nouvel appartement — où elle a si peu habité, depuis qu'elle a quitté la rue « Baar-bédjouy »), les autres plus compliquées, qu'elle entreprend pour gommer cette tache, cette souillure. Son raisonnement, parfaitement déraisonnable et superstitieux, c'est qu'en cachant les traces de l'existence de sa mère, elle dupera les puissances supérieures, divines (ce raisonnement est à demi conscient, elle n'a donc pas à affronter directement son présupposé païen), et qu'elles la laisseront en paix. Comment croire au hasard, alors que la foudre s'est abattue sur le grand Christ en bois, la croix dédiée à saint Gaud qui flanquait sa maison, la nuit même où Aliénor est morte ? (Elle l'a découvert en retrouvant Saint-Pair l'été suivant, personne au village n'a eu le courage de la prévenir avant son retour.)

À la mairie de Sèvres, Charles n'a laissé que de très bons souvenirs. On y sait qu'Adèle a été durement éprouvée, qu'elle a eu son lot. Lorsqu'elle se présente à l'automne 1921 et demande à parler au nouveau maire, on la reçoit chaleureusement. Elle est introduite dans le bureau où elle est si souvent venue arracher Charles à ses stupides dossiers. Le nouveau maire a l'air d'un bébé. On les prend donc si jeunes maintenant ? Tous les candidats d'âge plus adapté seraient-ils morts ? Ce n'est pas ce qu'elle demande au bébé maire. Elle s'assied en exagérant (en créant de toutes pièces) une lourdeur de mère endeuillée qu'elle oublie parfaitement bien d'adopter quand elle marche vers l'ouest, chaque matin. Elle relève lentement son voile de crêpe et explique posément ce qu'elle voudrait : que le plan cadastral de la commune, ce document dont elle a bien compris qu'il constituait une sorte de Bible, une archive essentielle à l'établissement de toute vérité en matière de propriété (et donc d'acquisition), que ce plan soit modifié. Que n'y apparaissent plus les nombreuses parcelles qui constituent le terrain attenant aux *Binelles*, sa maison, héritée de Mère, et qui lui ont, une par une, été « offertes » par des hommes, en échange de ce que Marie-Hélène lui a dit et que Robert Bricourt n'a pas démenti. Qu'elles soient effacées, remplacées par un beau rectangle neuf, d'un seul tenant, ce qui est bien normal, n'est-ce pas, puisque l'ensemble lui appartient. Au bébé maire, elle ne parle pas d'Aimée, de la manière dont elle a augmenté peu à peu son patrimoine. Elle ne mentionne pas l'origine de ce puzzle qui dénonce les activités de Mère avant son mariage. Elle fait juste valoir que deux de ses enfants sont morts, qu'elle doit songer à la transmission de ses biens aux deux survivants, qu'elle veut « mettre de l'ordre » dans ses affaires.

Le bébé maire, s'il connaît le cimetière de Sèvres et le caveau de la respectable famille Armand-Duval, ignore sûrement qu'à Meudon, sous deux stèles séparées, reposent ses parents, ce couple déshonorant. Il renâcle un peu. Bien qu'à peine sorti des langes, il sait qu'Adèle a d'abord besoin d'un acte notarié qui homologuera la réunion de ces parcelles en une seule. Adèle le sait aussi et elle a déjà contacté Me Fabre. Il s'en occupe. « Mais le temps des notaires est différent du nôtre... » (Elle est prête même à feindre une certaine complicité avec le bébé, une connivence, au moins.) Ce dont elle veut s'assurer, c'est qu'une fois l'acte signé, la mairie acceptera de ratifier les modifications apportées et de les reporter sur le plan cadastral. Le bébé s'y engage. Ouf. Une trace de plus qu'elle aura bientôt réussi à dissimuler.

Son entreprise de camouflage progresse : de « là-haut », on ne verra peut-être plus rien.

Elle ne le formule pas exactement comme ça, mais, sinon, comment comprendre cette curieuse obsession ? Pourquoi tenir à ce point à corriger un plan que personne n'a jamais l'occasion de consulter, surtout lorsqu'il s'agit d'effacer des frontières intérieures, qui toutes traversent la même propriété ? Il n'y a pas assez d'avions à l'époque pour qu'Adèle imagine, surplombant ce puzzle dont la vie dissolue de sa mère est la clef, un autre regard que celui d'un Dieu vengeur. Elle répare ce qu'elle peut, comme elle peut. Elle n'omet pas pour autant d'observer avec une rigueur maximale les préceptes plus ordinaires de sa religion. Elle a toujours été pratiquante. Elle devient bigote.

MARS 1925

Comme tous les jeudis matin, Adèle quitte l'appartement de la rue Récamier à dix heures moins dix. Elle s'est levée à l'aube, s'est habillée chaudement et est sortie vers huit heures et demie pour sa marche quotidienne. Le jeudi, elle n'a pas toujours le temps de faire trois fois le tour des jardins du Luxembourg mais ce matin il fait très doux, une douceur diffuse sous un ciel couvert qui lui rappelle les matins de Saint-Pair où le soleil généralement se lève tard (lorsqu'il se lève). La météo en général ne la préoccupe pas (elle n'interfère pas avec son emploi du temps : même s'il pleut, elle sort) mais ne la laisse pas indifférente non plus : ce qu'elle traque dans la température de l'air parisien, la force de sa brise, son degré d'humidité, dans les nuances de bleu au-dessus du square Boucicaut, les flaques de lumière sur les pelouses du Luxembourg, la forme des nuages que déchirent les flèches de Sainte-Clotilde lorsqu'elle redescend par la rue d'Assas, c'est leur équivalent saint-pairais. Elle s'enchante, dans cette ville où ni les bruits, ni les odeurs, ni les paysages n'évoquent SA plage, de sentir souvent, malgré tout, parce qu'ils en arrivent directement, dans cet air, cette brise, cette température, ces couleurs, un reflet de SA mer, superposé par sa mémoire à tout ce qui l'entoure. Et ce matin elle est sortie plus tôt que d'habitude, le jeudi, a fait ses trois tours de Luco où toutes les chaisières la reconnaissent et la saluent, est remontée quelques minutes pour changer de manteau (le sien est trop épais par une journée si douce).

Elle sort de l'impasse et tourne à gauche dans la rue de Sèvres, dans la direction opposée aux *Binelles* qu'Adèle pourrait rejoindre en quelques heures de marche si elle prenait à droite (elle ne s'est jamais risquée à une si longue promenade mais elle s'en sent capable, surtout ce matin).

Elle passe devant plusieurs boutiques d'articles religieux (missels, chasubles, cierges, images pieuses) et savoure comme d'habitude le spectacle des belles vitrines où se déploient étoffes brodées et cire parfumée, médailles rutilantes, vases dorés, crucifix aux décors exquis, regrette de n'avoir pas le temps de s'arrêter pour les admirer plus longuement — heureusement à cette heure elles sont toutes fermées, Adèle n'a pas besoin de lutter pour ne pas entrer, acheter quelque chose peut-être —, quelle infinie succession de tentations avant d'arriver place Saint-Germain-des-Prés ! Mais il ne faut pas faire attendre le père Laplanche (qui lui-même est très ponctuel, contrairement à son prédécesseur, le père Laforgue).

Lorsqu'elle traverse le boulevard Saint-Germain, le soleil a enfin percé et baigne la place d'une lumière dorée sans rapport aucun hélas avec la Normandie, irisée par le gris des pavés. À la terrasse des Deux-Magots, il y a déjà du monde. Des touristes américains qui petit-déjeunent, l'air las, sans doute tout juste débarqués de la gare Saint-Lazare. Adèle presse le pas, comme toujours dans les quelques mètres qui la séparent de l'entrée de l'église, évitant ainsi d'avoir à reconnaître donc à saluer quiconque : elle a besoin de se croire un instant sinon invisible du moins inaccessible. Ce qu'elle se prépare à faire n'a rien de clandestin ni de honteux, loin s'en faut, mais nécessite un sas, un moment de recueillement, de quant-à-soi.

Elle entre, enlève son gant droit, trempe le bout de ses doigts dans l'eau bénite, se dirige rapidement vers l'allée qui mène au chœur, se signe, puis prend à droite vers la rangée de confessionnaux et s'assied sur le banc le plus proche de celui où officie le père Laplanche. Elle n'est pas seule dans ce coin sombre de l'église, mais les autres, comme elle, évitent les regards, concentrés sur le sol à leurs pieds, respectueux de l'anonymat de tous. Ce qui dérange le plus Adèle, c'est d'identifier celui (ou, le plus souvent, celle) qui l'a précédée. Elle est donc devenue très entraînée à repérer le grincement du prie-Dieu sur sa droite, le plancher du confessionnal qui craque quand on se relève, les pas qui s'éloignent sur les dalles et le son discret qu'émet le père Laplanche en se raclant la gorge, signal que son tour est venu.

Elle se lève aussitôt, toujours attentive à ne pas ne serait-ce qu'entrapercevoir les chaussures, le dos, n'importe quoi qui lui révélerait l'identité de celui ou de celle qui vient de quitter le confessionnal — ou même simplement qui lui confirmerait son existence, inconfortable. Elle sait à l'oreille distinguer quelle loge latérale vient d'être utilisée et s'installe systématiquement dans l'autre. Elle commence en général par avouer à la petite grille anonyme derrière laquelle, dans la pénombre, se tient l'étranger qui a provisoirement (les mutations, les promotions, les maladies, les morts du personnel ecclésiastique perturbent à peine ses habitudes) la charge de l'entendre, par lui avouer ce malaise qu'elle ressent à l'idée qu'elle n'est pas la seule à se confier à lui. Ce n'est pas de la jalousie, précise-t-elle d'un ton badin, plutôt un étonnement : comment ce lieu, cette oreille, ces réponses sibyllines peuvent-ils vraiment concerner d'autres qu'elle ? Ce n'est pas un péché très intéressant, n'est-ce pas ? Peut-être pas même un péché du tout ? La question, à peine formulée sérieusement, lui fournit en général une entrée en matière, sauf les jeudis où elle est vraiment mal, ce qui fort heureusement n'arrive plus que rarement.

Elle est de très bonne humeur ce matin et s'en inquiète. Serait-elle devenue soudain irresponsable ? A-t-elle oublié qui elle est, à quels amours coupables elle doit la vie ? Est-elle guérie de cette douleur, de ce manque qui l'ont torturée si longtemps, ont creusé en elle, depuis la mort de Charles jusqu'à l'enterrement de Victor (un corps, donné pour le sien, a enfin rejoint les autres dans le caveau de Sèvres, il y a juste trois ans), un gros trou dans lequel elle a cru s'ensevelir aussi mais que ses visites de plus en plus fréquentes, de plus en plus régulières aux curés de Saint-Germain, de Saint-Romain à Sèvres ou à ceux de Saint-Pair ont peu à peu, sinon comblé, du moins rendu habitable ? Ne doit-elle pas se repentir de ce mieux ? A-t-elle eu tort de vouloir effacer toutes les traces de la vie de Mère ? N'aurait-il pas mieux valu lui pardonner ? Engager ses propres enfants à lui pardonner aussi, plutôt que de leur taire ce que de toute manière ils apprendront un jour ou l'autre ? Ou pas ? Devront-ils le savoir ? Qu'est-ce qui est préférable : la connaissance coupable ou l'ignorance innocente ? Est-on jamais innocent ? Suffit-il pour cela d'ignorer d'où on vient, ce qu'on doit à ses parents, en bien et en mal ?

Le père Laplanche n'intervient pas. Durant un quart d'heure, une demi-heure, il laisse Adèle enchaîner les questions, les hypothèses, argumenter, plaider, requérir, explorer un chemin, s'y perdre, revenir en arrière. Elle ne lui en veut pas de ce silence. Cela fait partie de la méthode. Et elle va mieux, c'est certain, c'est le principal. « Aide-toi et le ciel t'aidera » : c'était le point de départ du sermon du père Millot, dimanche dernier. Ce qu'il y a de bien, c'est que s'il se tait, l'autre, derrière sa grille, Adèle peut cependant combler les blancs grâce aux discours dispensés publiquement lors de la messe, recourir aussi à des ouvrages très pédagogiques qui orientent ses questions et y répondent parfois.

Il arrive qu'elle-même reste quasi muette. Agenouillée, elle se contente de rentrer profondément en elle-même. Il y a des jours comme ça, où rien ne vient. Ce ne sont pas pour autant des moments gaspillés. Au bout de dix minutes, guère plus, quand son mutisme se prolonge, le père Laplanche se racle la gorge une première fois, très doucement pour ne pas que son prochain pénitent l'entende et croie que c'est déjà son tour. Adèle sort de sa léthargie, comprend que c'est fini pour aujourd'hui. Elle attend sa prescription (les prières habituelles en pareil cas, autant dire pas grand-chose, elle n'a rien de nouveau à expier) et se relève.

Mais ce jeudi, elle est intarissable. Dans l'écheveau de suggestions, souvenirs, autojustifications qu'elle a davantage emmêlé que déroulé aujourd'hui, il n'y a pas de réels péchés. D'ailleurs le diagnostic du père Laplanche est indulgent. Adèle est d'encore meilleure humeur qu'en pénétrant dans l'église une demi-heure plus tôt. Elle se met debout, lisse les plis de son manteau d'été (un peu léger ici, la pierre tout autour conserve encore la fraîcheur de l'hiver à peine achevé) et se dirige vers la chapelle de la Vierge. Elle glisse le gros billet habituel dans le tronc, s'empare d'un cierge, l'allume et le plante au hasard sur la herse, d'un geste machinal. Elle s'agenouille à même le sol, récite les prières prescrites, se relève encore, époussette le bas de son manteau, réprime un frisson (on gèle, vraiment, à l'intérieur) et se hâte vers la sortie, le cœur léger, l'esprit libre, pressée de retrouver le soleil sur les pavés de la place, les rires des touristes à la terrasse du café. Peut-être même va-t-elle pousser jusqu'à la rue Madame et passer aux Ateliers Chéret (il est presque onze heures, ils viennent d'ouvrir). André ne lui a pas formellement demandé d'aller pour lui choisir la médaille du bébé qu'attend Marguerite, dont il doit être le parrain. Mais il ne l'en a pas dissuadée non plus quand ils ont évoqué le sujet hier soir au téléphone. Ne le lui a pas interdit, certainement. Elle peut toujours y entrer (elle s'est déjà engagée dans la rue Madame, ces tergiversations sont bien hypocrites), se contenter de repérer les nouveautés (le magasin est le premier du quartier à proposer des modèles « alliant tradition et esprit contemporain »). Elle n'achètera rien, ou alors peut-être un de ces petits anges en bois doré, pour la collection de Thérèse, sa petite-fille. La rue Madame est orientée nord-sud, comme « Baar-bédjouy » et Adèle, clignant légèrement des yeux sous le soleil vers lequel elle marche tout droit, repère avec délices une tiédeur éphémère qui, caressant une fraction de seconde son visage, lui a donné brièvement l'illusion double, où se télescopent plusieurs souvenirs heureux, de longer la palissade qui abritait l'hôtel en construction de la rue Barbet-de-Jouy, un matin de printemps, agrippant la main de Père, et de remonter du village jusqu'à *La Croix Saint-Gaud*, les paupières plissées par l'éclaircie subite. Toute à son hallucination, elle dépasse l'entrée de la boutique sans la voir, prend Charles à témoin de sa distraction (depuis qu'elle se confesse régulièrement et retrouve peu à peu le moral, Charles se montre de nouveau), elle hausse les épaules et rit doucement sous sa voilette (la rue est vide à cette heure de toute manière), fait demi-tour et pousse la porte de la boutique d'un geste large de ballerine.

J'ai assisté il y a quelques semaines, à Saint-Germain-des-Prés, à une messe célébrée en souvenir de la mort d'un membre de ma famille. En plus de ceux qui, comme moi, étaient venus là exprès, il y avait le public habituel du samedi soir, nombreux (ça m'a surprise) et assez jeune (ça m'a surprise aussi, mais comme me surprend toujours de la même manière le nombre de gens, et pas tous âgés, qui vont au théâtre ou à l'opéra) et, comme au théâtre celle des autres spectateurs, leur ferveur m'était étrangère. En temps normal, ma propre indifférence (que je n'ai pas si souvent l'occasion de vérifier : quand je vais à l'église, c'est toujours pour enterrer ou marier un proche et je suis trop impliquée affectivement pour me demander à quoi je crois) ne m'aurait inspiré que de l'ennui, l'impatience d'en finir et de reprendre le métro pour retrouver des amis qui ignorent jusqu'à l'existence de cette messe du samedi soir. Mais là, occupée comme je le suis à reconstituer la vie d'Adèle, je me suis demandé comment traiter cet aspect essentiel que je ne peux pas partager.

Le marchandage superstitieux, je n'ai pas de mal à le comprendre. Le fait que des millions d'autres mères aient perdu un ou même plusieurs fils à la guerre n'est en rien une consolation. La mort de la petite Jacqueline (la mortalité infantile est assez faible en 14 et même dans sa génération de mères, beaucoup, à commencer par Adèle, ont été épargnées), quelques semaines après celle de Victor, lui a sans doute paru une épreuve excessive. Celle d'Aliénor, directement associée à son rejet initial par la famille d'Octave et le pathétique, le sordide retournement qu'elle consigne dans son journal intime, achèvent de convaincre Adèle qu'elle est damnée, que les torts de ses parents lui coûtent directement la vie de ses enfants, petits-enfants, que ce prix est trop élevé, mais qu'elle va essayer de le négocier. Ni le mémorandum de tante Odette ni le Journal ne m'aident à me la représenter comme une bigote. Ni les confidences faites à sa petite-fille préférée au long de ses veilles d'insomniaque ni celles réservées au Journal ne la dépeignent ainsi. J'en suis donc, une fois de plus, réduite aux hypothèses. Et celle du « rachat » est vraisemblable, mais pas suffisante.

Adèle se confessait chaque semaine. Je ne leur pose pas la question, mais je ne suis pas sûre de connaître, même chez mes quelques cousins ou amis les plus pratiquants, personne qui se soumette avec une telle régularité à ce sacrement. (Vérification faite : des études statistiques récentes montrent que les trois quarts des catholiques qui se disent croyants n'y vont même pas une fois par an.) Mais le réconfort qu'Adèle trouve dans la fréquentation hebdomadaire d'étrangers interchangeables (elle se confesse indifféremment aux prêtres disponibles à Saint-Pair, à Sèvres, à Paris) à qui elle ouvre son cœur, auprès de qui elle vide son sac et qu'elle rémunère sous forme de dons réguliers à leur paroisse, ce réconfort j'y vois (déformée que je suis par la distance qui me sépare d'elle, temporelle et culturelle) un équivalent évident à la psychanalyse. Il y a tant de points communs : fréquence des séances, efficacité supposée de la verbalisation des tourments intimes, rétribution en liquide, en principe accordée aux ressources financières du pratiquant, secret garanti, neutralité et bienveillance théoriques de l'interlocuteur, existence rassurante d'une hiérarchie, d'un ordre, d'une secte qui encadre la prise en charge du pénitent/de l'analysant, référence à un dogme écrit. Jusqu'à l'importance du mobilier qui conditionne et structure la libération de la parole : le guichet restreint du confessionnal comme l'orientation du divan désincarnent les deux voix, interdisent l'échange des regards et jusqu'à l'identification du partenaire.

De même que les longues marches quotidiennes (attestées par le mémorandum d'Odette mais aussi par les photographies d'Adèle, presque obèse en 1913 lorsqu'elle descend les marches de Saint-François-Xavier derrière les jeunes mariés, André et Suzanne, silhouette longiligne après la guerre, arpentant le jardin de *La Croix Saint-Gaud*) s'expliquent à mes yeux par une addiction aux endorphines, de même la résilience, après tant de drames, qui transparaît dans le Journal et dans sa relation avec Odette, je l'attribue aux vertus thérapeutiques de la confession.

Reste le témoignage de cette tante que j'ai interrogée au tout début de mon enquête et qui n'avait, pour tout souvenir de sa grand-mère, qu'une anecdote à me raconter : comment Adèle se relevait plusieurs fois dans la nuit du samedi au dimanche pour cracher sa salive dans son lavabo et s'assurer ainsi de communier à jeun le lendemain. Je me suis d'abord demandé si cette habitude extravagante ne relevait pas d'une sorte d'intransigeance radicale dans l'absorption de certains produits aujourd'hui appliquée dans les régimes alimentaires à la mode. Mais j'ai maintenant la réponse. Elle est plus prosaïque, plus mécanique, elle porte un nom : hypersialorrhée, ou ptyalisme, ou plus simplement hypersalivation. La consommation régulière, durant plusieurs décennies, de somnifères peut provoquer ce type de trouble. Adèle s'en plaint dans son Journal sans en détecter la cause. Elle préfère en donner à ceux qui l'entendent se relever la nuit pour cracher dans son lavabo une version différente, invoquer un respect spectaculaire du jeûne plutôt qu'une séquelle de sa toxicomanie.

« DES ÉCLAIRCIES, PARFOIS BELLES »

En mars 1925, il lui reste seize ans à vivre. C'est de cette période qu'est témoin Odette, née quelques semaines après et qui décrit dans le mémorandum une grand-mère originale, non conformiste, approuvant, enviant presque, elle qui n'est pas envieuse, la liberté dont jouit sa petite-fille, une grand-mère moins sujette aux colères qu'autrefois, colères devenues une sorte de légende, et lui confiant sans honte ni pudeur le secret de sa naissance illégitime, l'auréolant même d'une grâce romanesque.

Les horreurs traversées depuis la mort de Charles, la vieillesse et ses limitations progressives, les nouveaux deuils (Yves, le mari de Tudine en 1920, Pauline en 1921), tout pourrait contribuer à noyer cette dernière partie de sa vie dans une brume dense, comme ces interminables étés sombres et froids qu'elle a connus sur *sa* côte. Elle est pourtant rompue d'éclaircies, « parfois belles » comme disait ma météo téléphonique.

Le ciel est d'abord couvert, comme si le soleil ne s'était pas vraiment levé. D'un bord de la baie à l'autre, estompant les côtes et les maisons, une épaisse couche de nuages avance sous le vent sans se déchirer complètement, ses lambeaux se divisent, en laissant apparaître d'autres, d'un gris différent, veinés de noir dont les striures ou les franges superposées dessinent un motif discordant, comme les papiers peints de la chambre d'Adèle à la pension Maraux, le premier soir, comme eux chargés d'humidité et déchiquetés par les courants d'air.

Une journée qui ressemble à une nuit. Adèle la passe allongée sur sa banquette, dans le bow-window, à guetter le puits de lumière qui devrait bien finir par se creuser, au large.

De longues heures durant, rien ne vient. Les enfants qui jouent bruyamment aux cartes dans la pièce voisine (un jeu original, aux règles constamment adaptées aux contraintes familiales : nombre et âge des joueurs) s'interrompent seulement pour avaler des quantités invraisemblables de nourriture. Les boiseries de pitchpin craquent en permanence, des averses giclent de temps en temps sur les carreaux polis par l'air salé.

Soudain, sur la surface de la mer qui monte, au sud, à une distance encore impossible à estimer, une flaque de lumière isolée scintille, plus pâle, s'étend lentement vers le sud-ouest, caresse la pointe de Cancale qui jaillit soudain de la brume et dont Adèle pourrait presque compter les toits, léchés d'or blanc. Au nord, Granville est encore dans l'ombre mais une ombre qui se fait bleue, plus nette, plus tranchée, la vieille ville a des reflets d'étain, on dirait vraiment le couvercle d'une boîte en fer, comme celles des sablés du Mont-Saint-Michel, avec l'abbaye dessinée sur leur couvercle.

Adèle sent à cette idée la faim lui revenir, celle qui jette ses petits-enfants à intervalles réguliers dans la cuisine dont ils remontent la bouche pleine, juste à temps pour annoncer combien de levées ils feront dans cette partie.

Elle se lève, sort du salon, passe une tête par la porte du bureau, les regarde discrètement, étudie les regards concentrés des plus vieux, leur mine impassible, les doigts des plus jeunes crispés sur leurs cartes, encore un peu trop petits pour assurer la stabilité de leur éventail, lorsqu'on les a toutes distribuées et que se succèdent les tours de « sans atout ». Ne les regardant qu'eux, pas leur jeu, elle ne décrypte pas leurs commentaires allusifs, rapides, experts. Elle n'entend plus très bien de toute manière, ses yeux suffisent à la renseigner en général, pour ce qui l'intéresse, comme ce rayon doré qui a fugitivement investi le bureau, si vite éteint qu'il n'a même pas distrait les joueurs.

Elle lève la tête et constate que la percée de Cancale ne s'est pas élargie mais qu'au-dessus d'eux, dans le ciel de Saint-Pair, à l'arrière de la maison, du côté qui donne sur la campagne sur laquelle ouvre seule la fenêtre du bureau, les nuages se sont brièvement écartés, suffisamment pour éclairer les joues d'Odette, sa préférée, mais se ressoudant aussitôt, replongeant la pièce dans l'obscurité.

Odette a remarqué sa présence et lui sourit sans la révéler aux autres.

Adèle ferme la porte sans bruit. Elle ne se fait aucune illusion : la prochaine fois (dans quelques minutes sans doute) qu'un des enfants ira se ravitailler, il la laissera de nouveau ouverte, comme si, malgré sa surdité, elle était la seule à s'inquiéter du battement permanent contre le chambranle, souvent violent, assez en tout cas pour user le bois et le pêne, mais que personne d'autre n'entend.

Elle n'a pas oublié la faim qui l'a poussée à sortir de sa léthargie (elle a marché plus d'une heure ce matin, malgré le vent et les averses, et son vieux corps est rouillé, comme tout ici) et descend à la cuisine. Elle est vide à cette heure, ce qui explique les chapardages permanents et impunis des jeunes. Ils ont laissé justement, sur la table, une boîte de sablés du Mont-Saint-Michel ouverte. Adèle les imite et en emporte quatre dans le creux de sa main, elle se passera d'assiette (elle n'aimerait pas tomber par hasard sur «Le boulet qui me tuera n'est pas encore fondu», pas en ce moment, alors qu'elle lutte intérieurement pour que l'éclaircie se produise, mobilise toute sa volonté pour aider la progression encore fragile du soleil vers sa côte : pas une prière, non, elle ne mélange pas, mais un effort psychique comparable qui doit, si tout va bien, faire coïncider l'éclaircie et un regain de joie, lui rappeler sa quête, autrefois plus facilement couronnée de succès, et menée de concert avec Charles, LEUR quête donc du «moment parfait»).

Elle se réinstalle dans l'encoignure du bow-window et dévore les quatre sablés. Elle a peut-être somnolé un peu? Toujours est-il qu'elle a les yeux fermés lorsqu'elle est tout à coup consciente des cris dehors, des rires des plus petits qui résonnent dans le vent. À travers ses paupières, elle tente de mesurer leur degré d'optimisme : de combien de temps disposeront-ils vraiment pour s'ébattre dans le jardin ? L'éclaircie est-elle vraiment « belle » ? Adèle joue à l'estimer dans les variations de lumière qui traversent la membrane fine et ridée, plus intenses et dont le renforcement trouve un écho sonore dans les voix des enfants qui s'éloignent, déjà affairés à projeter une baignade. Soudain, la sensation de lumière s'accompagne d'une relative chaleur : Adèle rouvre les yeux, le ciel s'est entièrement dégagé par le sud, le soleil tombe sur la pelouse, troue les haies déplumées (le nouveau jardinier n'est pas seul responsable de leur aspect lamentable, les petits qui s'y cachent et le vent qui les secoue à longueur d'année n'arrangent rien).

Le bow-window se réchauffe comme une serre. Quelqu'un, à l'étage, sans doute le père d'Odette, qu'Adèle appelle secrètement « Le Prof » depuis que Marguerite l'a rencontré et voulu l'épouser : « Le Prof », avec une méfiance certaine, peut-être un brin de snobisme au début, mais avec une affection pudique et timide, au fil des ans. « Le Prof », à l'étage, a vu sa propre sieste troublée par l'éclaircie et descend maintenant l'escalier. Dans quelques minutes, il va entrer dans le bureau, indifférent aux reliefs de la partie de cartes abandonnée et aux miettes de sablés, et mettre un disque sur le vieux gramophone-valise.

Quelquefois, c'est une fausse alerte. Réfugiés dans la cabine de bains familiale, les baigneurs auront juste eu le temps de sortir de l'eau avant le grain suivant. « Le Prof » devra céder la place, personne ne remontera la manivelle du gramophone, les enfants reprendront leur partie.

Ou, au contraire, l'éclaircie sera belle. Elle durera. Au point d'effacer tout souvenir de la longue journée assombrie comme par une éclipse. Les plus âgés de ses petits-enfants nageront jusqu'à l'épuisement, les plus jeunes, qui ont joué à s'enterrer jusqu'au menton, remonteront couverts de sable, boucheront les canalisations à l'heure du bain, et Adèle et son gendre écouteront ensemble mais sans se le dire, dans la maison désertée, elle toujours couchée dans le bow-window, lui assis dans le bureau devant un livre de philosophie incompréhensible, l'intégralité de la symphonie n° 9 de Mahler, interrompue par les nombreux changements de disques : non, Adèle n'est pas si sourde, elle croit deviner le crissement du papier bible au contact du 78 tours, dans la pièce à côté. Elle peut refermer les yeux, le ciel n'a plus besoin qu'elle guette ses déchirements ni le soleil qu'elle amplifie ses rayons, les dirige vers elle. De toute manière, ils clignent vite sous la lumière démultipliée par les vitres du bow-window. Sereinement elle s'assoupit de nouveau, bercée par le quatrième mouvement (son préféré, et apparemment aussi celui du Prof, qui le repasse souvent, tout seul, lorsqu'il reste trop peu de temps avant le dîner pour entendre les autres).

L'humeur d'Adèle dans ces dernières années n'est pas aussi variable que la météo saint-pairaise. Mais, comme à Saint-Pair les éclaircies, ses « moments parfaits » semblent toujours se détacher sur un fond uniformément grisâtre.

C'est l'époque où dans son Journal elle s'exprime surtout au moyen de listes. Pas des pense-bêtes, mais des énumérations en partie énigmatiques, que je ne m'explique qu'en les interprétant comme les éléments les plus stables de son univers, ceux qu'elle a continûment appris à connaître, et aimés.

LE RAYON VERT :
Lorsqu'on est seul, on le manque souvent.
Mais lorsqu'on est plus nombreux à la maison, certains soirs d'été, il y a toujours quelqu'un pour le guetter.
Et ce n'est jamais la même personne.
Pourquoi ? Qu'est-ce qui, tel soir plutôt que tel autre, pousse tel membre de la famille, et pas tel autre, à sortir sur le perron, ou simplement à se lever pour scruter l'horizon, quelquefois même à se pencher par la fenêtre centrale

du bow-window, celle qu'on n'ouvre jamais lorsque j'y fais ma sieste, ou simplement à regarder à travers les vitres, et à signaler à tout le monde (à tous les indifférents qui, selon leur âge et leurs goûts, sirotent leur Brandy Alexander, *changent de disque pour mettre du jazz, ou recomptent les coquillages ramassés dans l'après-midi au bas du rocher Saint-Gaud), à les interrompre pour leur signaler que le soleil, dans quelques secondes, disque rose fuchsia aplati sur les îles Chausey, va sombrer ?*

Certains le voient toujours.

D'autres jamais.

Moi, ça dépend.

Avec Charles, autrefois, souvent.

Seule, ça marche mieux si j'ai bu deux Brandy Alexander.

Même le Prof a appris à se servir du shaker.

Pour moi, ça ne ressemble pas à un rayon d'ailleurs, mais à un point, d'un vert assez pâle, amande presque.

J'oublie souvent de faire un vœu.

Lorsqu'elle commence une liste, Adèle laisse plusieurs pages vierges à la suite et elle la complète, à des intervalles que je ne saurais mesurer. La couleur de l'encre, l'écriture même varient légèrement, plusieurs fois lorsque la liste est longue. Ces variations révèlent des ajouts successifs, jamais datés.

LES RETROUVAILLES :

Il y en a de toutes sortes.

Je ne peux jamais prévoir, quand je m'installe, dans la dernière semaine de juillet, à bord du Paris-Granville, comment elles vont se passer.

Que je sois seule ou non, qu'il fasse beau ou pas, que le

jardinier, le plombier ou le menuisier chargés de réparations plus ou moins importantes ait eu ou pas le temps de faire le nécessaire avant mon arrivée, aucun facteur extérieur ne décide du climat « psychologique » de mes retrouvailles avec la maison.

Un soir calme, la compagnie familière de Tudine, un papier peint en bon état là où, en septembre dernier, menaçaient des cernes noirs d'humidité : et pourtant, je me retourne des heures dans mon lit, me demande aigrement ce qui m'a pris de m'attacher autant à ce calvaire, me demande même si j'y suis si attachée que ça, au fond.

Une nuit de tempête, seule, découvrant que le sapin, au nord, derrière la maison, est tombé sans que personne m'en ait avertie, et je me coule pourtant avec délices sous mes draps de lin à la fois cassants et spongieux, je guette l'éclat rythmé du phare sur le mur, à droite de la coiffeuse, écoute sans crainte les volets tressauter, laissés ouverts à cause du vent, tenter vainement de se libérer de leurs attaches solidement scellées à la brique.

Les « retrouvailles », comme avec un amoureux.

Aucune ne m'a jamais déçue, avec Charles, mais je sais, par celles « du mardi », qu'il y en a des ratées.

À Saint-Pair, pareil : l'intimité immédiate, la reconnaissance de tout ce qui nous lie ; mais aussi, sans que j'aie pu l'anticiper, le doute.

La répulsion.

L'agressivité même à l'égard de ce lieu dont je me raconte que mon bonheur dépend.

LES BRUITS :
La mer, d'abord.
Même lorsqu'elle est basse, c'est ce silence que je remarque.

Son BRUIT, *quand elle monte,* variable à l'infini *: les nuits de calme plat, juste avant l'aube surtout, glissement doux mais ferme, comme le son amorti d'une soufflerie mécanique ; mêlé au mugissement du vent, certains soirs, les vagues claquant qui seules parviennent à le couvrir, par saccades, irrégulièrement ; gai, le jour, lorsque rebondissent sur l'eau les cris des enfants et, de plus en plus, de leurs parents (tout le monde apprend à nager maintenant :* TOUT LE MONDE *!).*

Les mouettes. *Je les entends aussi à Paris, dans certaines rues. C'est pour ça que j'aime me promener le long de la Seine.*

Pas rue Récamier, non, pas leur chemin.

Le bois, partout dans la maison : stylobates, plinthes, poutres, marches de l'escalier, portes qui grincent.

Craquent.

Sèchent.

Gonflent.

Vivent.

Moisissent aussi.

(Le vent n'est pas un bruit en soi. Il fait vibrer les autres, c'est tout.)

La Croix Saint-Gaud *comme un* ORGUE. *Un orchestre symphonique entre quatre murs.*

LE PHARE :

Mon repère, chaque nuit d'insomnie.

Lorsque le véronal commence à agir, je perds le compte des pulsations.

Je les oublie d'un été sur l'autre.

J'essaie parfois de ne pas penser à ma nuit de noces, au Grand Hôtel Rachinel (détruit l'année dernière, un nouveau est en chantier).

J'essaie parfois de m'en souvenir mieux.

Charles ne m'aide pas beaucoup.

Il ne me répond que ce que je sais déjà.

Mais il me calme quand j'ai l'impression qu'une colère monte.

Elles ne montent plus très fort, mes colères. Quand j'étais plus jeune, c'étaient des marées d'un coefficient élevé (plus de 120). Aujourd'hui, c'est morte-eau.

LES JOURS DE VENT :
On ne s'en aperçoit pas tout de suite.

Une tension commence par s'installer dans la maison, simplement parce qu'on y est tous retranchés et que, surtout la semaine de transition, ça fait beaucoup de monde.

Les parties de cartes, les gâteaux concoctés au sous-sol, les siestes : rien ne fonctionne comme d'habitude. Les joueurs lambinent, distraits sans le savoir par le sifflement sous les portes, les apprentis pâtissiers cherchent nerveusement l'ustensile pourtant posé sous leurs yeux, les paupières des dormeurs tressautent au rythme des volets de plus en plus secoués.

Le bruit, les courants d'air sont si fréquents ici qu'il leur faut une certaine constance, une certaine durée pour alerter enfin la maisonnée désœuvrée, lui faire comprendre que ses mouvements d'humeur ne cesseront qu'avec les rafales, dans un temps indéterminé. Fataliste, on observe alors, ça distrait, les vagues de plus en plus violentes à mesure que la mer s'avance, les haies déplumées agitant frénétiquement leurs moignons, les branches du petit bois inclinées dans la même direction que les chapeaux des rares promeneurs.

Car des familles venues pour la journée affrontent les éléments quand même. On les voit au loin, sur la grève : les enfants se laissent bousculer par les bourrasques, ouvrent exprès au maximum les pans de leurs vestes, les déploient face au vent et reculent à toute vitesse, poussés comme des feuilles mortes. Leurs parents, front baissé, s'arc-boutent au contraire, agrippent leur col et tentent vainement de progresser. Les uns et les autres finissent par rebrousser chemin, luttant cette fois, le vent dans le dos, pour n'être pas précipités contre les plongeoirs, là-bas, en face du casino.

Certains, munis de parapluies qu'ils ont eu la folie d'ouvrir, croyant voir venir un vrai grain (impossibles ensuite à refermer, évidemment), semblent sur le point de s'envoler.

Comme cette gouvernante-magicienne dans le livre que dévorent mes petites-filles cet été, qui atterrit un beau jour dans une famille londonienne, amenée par le souffle du vent d'est qui gonfle son parapluie, et qui vaut désormais à Tudine le surnom de « Marie Popin ».

Aucun bateau ou presque ne se risque en mer.

Le soir, les enfants sont à la fois surexcités et épuisés.

Les adultes aussi.

Je dors mal surtout depuis la mort de Charles. J'ai l'impression d'être le capitaine d'un navire menacé, redoute à chaque craquement plus violent que les précédents une avarie nocturne grave contre laquelle ni moi ni personne d'autre à bord ne pourra grand-chose.

Bizarrement, il y a des soirs de grand vent qui sont des « moments parfaits ».

L'ORDRE D'ARRIVÉE ET DE DÉPART
DES ENFANTS :

C'est André qui l'a fixé, au début, quand Marguerite a épousé le Prof et que sont nés les jumeaux, Charlie (il s'appelle Charles en fait, comme le MIEN, *mais on dit*

« Des éclaircies, parfois belles »

toujours Charlie) et Xavier. Impossible de tenir tous ensemble là-bas, a décidé André.

Il n'aime pas beaucoup le Prof. Mais il a bien compris, depuis la mort d'Aliénor (avant, même, peut-être l'a-t-il deviné ?), qu'il était hors de question de faire des commentaires sur les mariages qu'on conclurait dorénavant dans cette famille. D'ailleurs, Marguerite n'a demandé son avis à personne.

Possible de tenir tous ensemble dans la maison : sûr que si. On le fait bien, la semaine « de transition » (elle aussi décrétée par André, qui adore Marguerite et a le sens des convenances).

Mais pas de cohabiter pendant deux mois.

Août : c'est André qui commence, avec Suzanne et leurs ~~deux~~, ~~trois~~, ~~quatre~~, cinq enfants.

André l'a imposé au motif que son métier ne l'autorise pas à prendre plus d'un mois de vacances.

Le service de la Salpêtrière où il exerce toujours fonctionne au ralenti en août, mais pas en septembre.

Personne n'a jamais vérifié, mais j'ai, pour ma part, du mal à croire au surmenage dont André se plaint depuis si longtemps, lui, ce bébé dodu qui a viré si vite au père de famille bedonnant, obsédé par les équipements de son automobile, lui qui, à vingt-cinq ans (c'était avant la guerre, on riait encore souvent, franchement), s'était tant vexé lorsque, le voyant tirer de sa poche un calepin et marmonner : « C'est atroce : je préfère ne pas regarder tout ce que j'ai à faire la semaine prochaine… », j'avais pouffé. La fin d'un déjeuner de famille, un dimanche aux Binelles. Devant Suzanne (ils étaient déjà fiancés). Fou rire. Je ne pouvais plus m'arrêter. C'était irrésistible : ce petit menton rond dont j'avais l'impression d'avoir encore épongé la veille les traces de bouillie et qu'il hochait d'un air sinistre, le pouce glissé dans son calepin. Colère contenue du Grand Médecin (présence de Suzanne...).

Le Prof, lui, a trois mois de vacances. Il n'a qu'à s'adapter (dixit encore André).

Marguerite laisse faire. Elle est trop consciente de la gêne qu'elle infligerait à son mari (son frère, ça lui est davantage indifférent) en remettant en cause cette répartition de leurs familles dans le temps.

Moi, j'y trouve aussi mon compte. D'abord, une semaine de transition, avec ~~cinq~~, ~~six~~, ~~sept~~, *huit enfants, ça m'épuise. Les tensions entre mon fils et mon gendre, encore plus.*

Je me suis habituée au changement d'atmosphère.

Août : promenades sur la côte dans l'automobile ; enfants malades pour lesquels on ne s'inquiète jamais (leur père est médecin) ; repas trop bourratifs commandés par Suzanne ; importance des robes portées par mes petites-filles quand elles ont enfin l'âge d'aller danser au casino.

Septembre : musique choisie par le Prof sur les étagères du bureau, ou nouveaux disques apportés pour me les faire entendre ; enfants qui aiment mieux lire qu'aller à la plage ; entêtement de Tudine à les y accompagner quand même ; la voix douce de Marguerite quand elle s'adresse à eux ; moins de Brandy Alexander. Davantage de calme et pourtant davantage de joie.

LES PETITS-ENFANTS :
J'ai le droit d'avoir une préférence.
Une préférée, en l'occurrence. Odette.
Sans doute parce que j'allais mieux, à sa naissance.
Les autres, avant, trop occupée à pleurer, à retrouver le corps de Victor, à effacer les traces de la vie de ma mère.

Les autres, après : trop vieille pour m'intéresser vraiment à eux.

Je l'empêche de dormir, Odette. Aux Binelles, *à Saint-Pair, c'est toujours elle qui vient me rejoindre dans ma chambre, sous prétexte d'un dernier baiser avant d'aller se coucher. Et elle reste là des heures, couchée en rond au bout de mon lit comme un animal, à me réclamer des histoires qu'elle connaît déjà par cœur.*

La guerre de 70, le siège, les rats, Arabella et ses parents qui m'emmènent à Saint-Pair, le message de Père, envoyé « par ballon ».

Le couvent des Oiseaux, les autres filles, mal lavées, qui n'ont pas le droit de sortir en semaine, comme moi, moi qui ai mon bain du mercredi.

La palombière.

Jacques.

Le faire-part de mariage, rédigé en NOTRE *nom (et pas sous l'honorable patronage d'Oncle Jean).*

Je ne lui dis pas tout, bien sûr. Elle est si jeune, elle a tout le temps[1].

Sa mère nous laisse. Le Prof aussi. Je suis sûre qu'il m'aime bien, le Prof. Et puis il garde « notre secret »...

LES DÉJEUNERS DU JEUDI :

C'est le meilleur moyen que j'aie trouvé pour m'occuper de mes petits-enfants, ou en tout cas en avoir l'air. Le meilleur moyen de supporter ceux que je n'aime pas beaucoup. Que j'aime moins, disons.

---

1. Sur le fait qu'Adèle ait dû demander Charles en mariage, le mémorandum de tante Odette dit ceci : « J'adorais l'entendre raconter cette histoire : hélas, elle ne m'a jamais dit comment elle s'y était prise. »

Le jeudi, ils sont tous invités à déjeuner rue Récamier. Leurs mères aussi, naturellement, mais Suzanne vient rarement, trop contente d'avoir une demi-journée tranquille. Parce que je les garde TOUT L'APRÈS-MIDI.

Tudine trouve toujours de nouvelles idées pour les occuper.

Les autres jours, je me repose.

Je ne vois plus grand monde. Géraldine, Camille et Alice sont mortes. Herminie ne m'a pas reconnue la dernière fois que je suis allée la voir (il y a cinq ans déjà). Le téléphone a remplacé les « visites ». Le temps qu'on y perdait, quand j'étais jeune ! Le mien, de téléphone, je ne m'en sers pas souvent.

Les listes d'Adèle sont majoritairement liées à Saint-Pair, mais pas seulement. Une très longue rubrique est consacrée à la découverte qu'elle fait avec Tudine en 1920 — Tudine dont le mari, Yves, vient de mourir, et qui persuade sa patronne de partager avec elle la passion qu'elle nourrissait en secret, avec Yves, pour le cinéma.

LES FILMS :
L'Homme du large (5 fois)
Le Kid (3 fois)
Le Cheik (2 fois)
L'Atlantide (1 fois)
Les Deux Orphelines (3 fois)
Les Quatre Cavaliers de l'Apocalypse (1 fois)
Robin des Bois (3 fois)
Vingt ans après (2 fois)
* *Madame Dubarry (4 fois)*
Le Docteur Mabuse (1 fois)
Les Dix Commandements (8 fois)
L'Opinion publique (5 fois)
La Légende de Gösta Berling (7 fois)

Le Voleur de Bagdad (4 fois)
Salammbô (1 fois)
* *La Rue sans joie (7 fois)*
La Veuve joyeuse (4 fois)
La Ruée vers l'or (3 fois)
Ben Hur (6 fois)
Le Fantôme de l'opéra (5 ou 6 fois)
Madame Sans-Gêne (2 fois)
Le Chevalier à la rose (8 fois)
Le Pirate noir (3 fois)
Le Cuirassé Potemkine (1 fois)
* *Nana (4 fois)*
La Chair et le Diable (4 fois)
Le Cirque (2 fois)
Thérèse Raquin (1 fois)
L'homme qui rit (1 fois)
* *Loulou (6 fois)*
La nuit est à nous (5 fois)
Parade d'amour (7 fois)
* *Anna Christie (5 fois)*
* *L'Ange bleu (10 fois)*
Les Lumières de la ville (8 fois)
Le Mystère de la chambre jaune (1 fois)
L'Opéra de quat'sous (5 fois)
Le Million (3 fois)
Le Bal (7 fois)
* *La Chienne (1 fois)*
Dracula (1 fois)
La Blonde platine (2 fois)
Le Congrès s'amuse (3 fois)
L'Ennemi public (2 fois)
Mata Hari (2 fois)
Sérénade à trois (6 fois)

Boudu sauvé des eaux (1 fois)
Fanny (4 fois)
Grand Hôtel (4 fois)
Haute pègre (5 fois)
L'Adieu aux armes (1 fois)
Poil de carotte (1 fois)
Tarzan l'homme singe (10 fois)
Une heure près de toi (2 fois)
Carioca (3 fois)
King Kong (4 fois)
La Reine Christine (6 fois)
La Vie privée d'Henry VIII (5 fois)
Les Quatre Filles du docteur March (3 fois)
Pour être aimé (2 fois)
Angèle (3 fois)
Cléopâtre (3 fois)
* *La Dame aux camélias (6 fois)*
Le Grand Jeu (1 fois)
Les Misérables (2 fois)
L'homme qui en savait trop (5 fois)
New York-Miami (9 fois)
Le Voile des illusions (2 fois)
Zouzou (1 fois)
Anna Karenine (4 fois)
Capitaine Blood (3 fois)
Fantôme à vendre (7 fois)
* *La Femme et le Pantin (1 fois)*
La Kermesse héroïque (3 fois)
Le Danseur du dessus (4 fois)
Le Songe d'une nuit d'été (5 fois)
Avec le sourire (1 fois)
Les Révoltés du Bounty (2 fois)
Les 39 Marches (7 fois)

Les Temps modernes (3 fois)
Les Trois Lanciers du Bengale (1 fois)
Sylvia Scarlett (1 fois)
César (4 fois)
Jenny (6 fois)
L'Extravagant Mr. Deeds (7 fois)
La Belle Équipe (2 fois)
* *Le Roman de Marguerite Gautier (10 fois)*
Mayerling (8 fois)
Le Roman d'un tricheur (3 fois)
Topaze (1 fois)
Tarzan s'évade (5 fois)
Blanche-Neige et les sept nains (1 fois)
Drôle de drame (1 fois)
François Ier (1 fois)
Intermezzo (3 fois)
Les Perles de la couronne (2 fois)
Regain (4 fois)
Un carnet de bal (7 fois)
Une étoile est née (2 fois)
Entrée des artistes (3 fois)
Katia (4 fois)
La Bête humaine (2 fois)
La Femme du boulanger (2 fois)
Le Quai des brumes (1 fois)
Remontons les Champs-Élysées (4 fois)
Circonstances atténuantes (7 fois)
Fric Frac (2 fois)
Ils étaient neuf célibataires (2 fois)
La Règle du jeu (1 fois)

Plus d'une centaine de films en vingt ans, presque tous revus plusieurs fois, cela fait un total d'environ quatre cents séances. Une liste dont, biberonnée aux programmes télévisés du Ciné-Club le vendredi soir et du Cinéma de minuit le dimanche, cantonnée jusqu'à l'adolescence aux salles du Quartier latin, au noir et blanc et à la version originale (au grand dam de mes copines, résignées lorsqu'elles étaient invitées chez moi le mercredi à n'aller voir que des «vieux» films), j'ai vu presque tous les titres, et qui chez Adèle révèle simplement un éclectisme certain : mélodrames, comédies, musicales ou pas, drames historiques, films d'horreur, adaptations d'œuvres littéraires classiques et dessins animés, cinéma populaire ou d'avant-garde. Impossible de savoir si ceux qu'elle va revoir le plus souvent sont ses préférés ou ceux de Tudine. L'une des deux semble apprécier les comédies américaines, l'autre (ou la même ?) les mélodrames romantiques : peut-être ont-elles tout à fait les mêmes goûts ?

Plus de deux fois par mois en moyenne (les huit mois qu'elles ne passent ni aux *Binelles* ni à Saint-

Pair), elle et Tudine pénètrent discrètement dans une salle différente et tout ce qu'Adèle n'aimait pas au théâtre (la présence physique des acteurs, leur haleine, le craquement des planches sous leurs pas, leur odeur de transpiration, leur visage trop maquillé, leur voix trop haut placée pour elle, qui a toujours les meilleures places et sent tout, entend tout, remarque tout ce qui n'est pas la pièce, l'action, les sentiments, les mots), tout cela lui est miraculeusement épargné : l'écran lisse et propre, le rayon désincarné du projecteur lui permettent de plonger, sans distance, sans parasites, dans l'histoire racontée.

La première fois qu'elle accompagne Tudine, coup de chance, il s'agit d'un chef-d'œuvre : *L'Homme du large*, de Marcel L'Herbier, un film « teinté » dont les intertitres, en couleurs eux aussi, surimprimés aux images, assortis de dessins, fluidifient le récit. L'intrigue se déroule en Bretagne, sur une côte qui ressemble à la sienne (croit-elle : en fait, c'est surtout à Tudine, qui l'a choisi pour ça, que le film rappelle le décor de son enfance). Adèle est immédiatement accro. Inutile d'en informer ses enfants, elle fait bien ce qu'elle veut de ses après-midi.

Depuis la guerre et sa longue dépression entrecoupée des phases maniaques où elle s'est évertuée à gommer toute trace de l'indignité de ses parents, Adèle n'est plus jamais retournée au concert ni à l'Opéra. Elle n'imagine pas y aller seule, même lorsque au début des années vingt elle se met lentement à guérir. Le cinéma lui offre une forme de compensation, se dit-elle lorsqu'elle veut se convaincre qu'elle est dans son droit : au moins y entend-elle de la musique. Même après les débuts du parlant, l'orchestre continue d'y jouer pendant les intermèdes et en 1932 Adèle se précipite place de Clichy, très émue de voir se joindre ses deux passions, l'ancienne et la nouvelle, au Gaumont-Palace, pour la première séance accompagnée d'un « unit organ », un orgue de cinéma gigantesque, entièrement électrique (un quartier impossible, heureusement que c'est direct en métro, et surtout que le Madeleine et le Paramount, mieux situés, se dotent rapidement, eux aussi, d'instruments moins spectaculaires mais comparables).

Leur salle préférée, à toutes deux, est le Panthéon. D'abord parce qu'elle se trouve à une distance idéale de la rue Récamier pour faire l'aller et retour à pied (de plus, on monte pour y aller mais on descend pour en revenir, ce qui est appréciable, après plusieurs heures mal assises sur les sièges de bois). Ensuite parce que, refaite en 1930, elle est de dimensions modestes mais plus confortable, plus fréquentable du coup, semble-t-il à Adèle, que d'autres.

Peut-être enfin à cause de ce qui a failli compromettre la clandestinité de ces sorties frénétiques mais qui s'est finalement bien terminé : un mardi après-midi d'avril 1927, alors qu'elles sortent enchantées du *Chevalier à la rose* (c'est leur troisième fois), enchantées par le film mais aussi de découvrir que le jour est loin d'être tombé en cette première semaine du printemps que l'obscurité à l'intérieur de la salle leur a fait complètement oublier, alors que, saisies par la douceur de l'air et attentives aux caresses du soleil sur le toit de l'école élémentaire, de l'autre côté de la rue, elles s'arrêtent un moment au milieu du trottoir, indifférentes aux spectateurs, peu nombreux, qui les contournent, Adèle, la première, voit venir dans leur direction le Prof, qui remonte la rue de la Sorbonne l'air comme à son habitude absent mais le pas vif, le Prof qui les aperçoit aussitôt et devant qui elles n'ont pas le temps de feindre une occupation plus recommandable que celle trahie par leur présence, debout au pied des marches du cinéma d'où émergent encore quelques retardataires.

Le film dont les affiches criardes s'étalent dans leur dos a beau être l'adaptation par Richard Strauss lui-même de son opéra et avoir bénéficié d'excellentes critiques depuis sa première projection à Dresde, l'année dernière (à Dresde le compositeur a même, pour cette première, dirigé l'orchestre en personne !), Adèle est furieuse d'être ainsi prise sur le fait. Elle sent la colère monter, presque aussi forte qu'autrefois, contre le Prof, son costume élimé, la serviette de cuir avachi bourrée à craquer qu'il balance au bout de sa main droite, son visage triangulaire de renard et ce sourire de biais qui l'a toujours intimidée, depuis que Marguerite l'a invité à prendre le thé rue Récamier, cinq ans plus tôt. Certes, son affection spéciale à l'égard de la petite Odette (dont on va fêter les deux ans dimanche prochain) a rapproché Adèle de son gendre, n'empêche, il la met toujours un peu mal à l'aise, elle ne sait jamais de quoi lui parler, n'ose pas lui avouer qu'elle n'a jamais réussi à lire plus de quelques lignes de l'article savant qu'il a consacré à Kant, que la philosophie en général, Adèle n'y comprend rien et soupçonne même qu'elle n'a été inventée que pour permettre à des hommes comme le Prof de ne pas s'attarder à table et de se réfugier dans leur bureau sitôt leur café avalé.

Elle le regarde venir à leur rencontre sous le doux soleil d'avril et envisage avec horreur la nécessité d'expliquer à ses enfants qu'elle aime dorénavant plus que tout passer ses journées dans le noir, tout entière captivée par des visages géants s'embrassant en gros plan, des clochards qui trébuchent sur des râteaux ou des personnages historiques aux cils bizarrement fardés.

Non, plutôt mourir, rage-t-elle et elle sourit pourtant, poliment, au Prof qui les salue, ne fait aucun commentaire, ne leur demande pas si le spectacle leur a plu, comprend immédiatement que cette rencontre imprévue doit rester leur secret. La colère d'Adèle retombe brutalement. Elles retournent donc au cinéma du Panthéon aussi souvent qu'avant, malgré la proximité avec la bibliothèque de la Sorbonne où le Prof prépare ses cours et avec le lycée Louis-le-Grand où il enseigne aux classes de « première supérieure ». Ils ne s'y croiseront d'ailleurs plus jamais. Et il ne fera jamais aucune allusion à cette unique occasion.

Même à Odette, Adèle ne confiera pas cette vie parallèle qu'elle mène avec Tudine, leurs émois, leurs fous rires, leurs terreurs. Elle taira à tous sauf à son Journal ces expériences qui éclairent elles aussi ses dernières années, ces éclaircies, « parfois belles », que sont les heures passées dans ces caves à charbon où luisent, en deux dimensions, tous les aspects de l'humanité. Elle en parlera d'autant moins à Odette qu'une très forte proportion de ces films met en scène des pécheresses : des jeunes filles séduites et abandonnées, des épouses adultères, des meurtrières. Et, bien sûr, des prostituées, des femmes comme Mère, nombreuses, toujours damnées, mais qui ont parfois droit à l'amour. (Dans la longue liste du Journal, le titre de chacun de ces films est précédé d'un astérisque.)

ARABELLA

Depuis plusieurs mois, lorsque Arabella quitte son château mal chauffé du Wessex pour séjourner à Londres, elle descend à l'hôtel Savoy. C'est plus commode, explique-t-elle à Adèle, maintenant qu'ils ont vendu la maison de Mayfair. À l'entendre, la vente de la maison de Mayfair n'a pas eu d'autre but que de faciliter ces séjours (et pas du tout de rembourser les dettes d'Henry qui a spéculé sur toutes sortes de produits très rentables pendant dix ans mais a semble-t-il perdu la main, ou tout simplement souffert, « comme tout le monde », de la « situation »).

À la voir, assise dans un canapé de sa suite, les trois fenêtres grandes ouvertes sur la Tamise, son verre de *Brandy Alexander* à la main, Arabella n'a pas l'air le moins du monde affectée par cette fameuse « situation ». Nous sommes en mai 1934. Elle a soixante-seize ans mais toujours ses cheveux blonds de bébé, le visage lisse et rond. Les « problèmes » d'Henry sont assez récents pour que les sommes importantes investies dans cette éternelle jeunesse soient encore visibles. Elle a un peu grossi, depuis la dernière fois qu'Adèle l'a vue, à Saint-

Pair, il y a déjà douze ans, le dernier été qu'elle a passé à *La Saigue*, où elle a invité toute la famille à un *drink*, occasion de les initier au *Brandy Alexander*, un rite qu'on a instauré et conservé à *La Croix Saint-Gaud*. Mais dans son fourreau de satin noir, et à condition de ne pas allumer toutes les lampes (ce qu'elle se garde bien de faire, de toute façon il fait encore jour et le ciel de Londres est exceptionnellement clair ce soir du 17 mai 1934), Adèle a l'impression qu'Arabella pourrait être sa fille. Ça lui est parfaitement égal : elle n'a jamais envié la joliesse sophistiquée de sa cousine, plutôt considéré avec scepticisme les milliers d'heures englouties dans sa préservation.

Arabella a beaucoup insisté pour qu'Adèle la rejoigne à Londres. Et si Adèle s'est laissé convaincre, c'est surtout pour Odette à qui elle a promis un voyage pour son anniversaire : elle vient d'avoir neuf ans, ce qui est encore jeune pour voyager, c'est vrai, mais Adèle n'est pas sûre d'en avoir encore la force l'année prochaine. Arabella ne s'attendait certainement pas, en suppliant sa cousine de venir la retrouver au Savoy, à s'encombrer d'une fillette, mais Adèle l'a mise devant le fait accompli.

Le seul problème, lui explique maintenant Arabella en sirotant la fin de son cocktail, c'est qu'Henry n'a que trois places pour l'opéra, ce soir : il ne pouvait pas deviner, n'est-ce pas ? Odette, qui a suivi sa grand-mère toute la journée, assisté à la relève de la garde, visité Madame Tussaud, la Tour et terminé par une folle traversée de Harrods où elles se sont promis de retourner le lendemain, dort à poings fermés dans la chambre voisine.

Non, assure Adèle, ce n'est pas un problème. Odette, de toute manière, est un peu jeune pour Strauss. Car c'est de Strauss qu'il s'agit ce soir et Adèle s'est d'abord étonnée du soudain engouement de sa cousine pour la musique contemporaine : elle ne lui connaissait pas ces goûts. En vérité, Arabella d'une part est convaincue qu'elle va entendre des valses, confondant Richard avec Johann, s'émerveille d'autre part de la délicatesse d'Henry, qui a pris des places pour la création d'un opéra qui porte justement son nom à elle : *Arabella* !

Adèle se garde bien de lui expliquer quel genre de musique ils vont entendre (elle a découvert les premiers poèmes symphoniques de Strauss avec Charles, ils ont vu ensemble *Salomé* et *Ainsi parlait Zarathoustra* et, depuis qu'elle ne va plus à l'opéra, elle a suivi sa carrière grâce aux disques du Prof et, bien sûr, au film tiré du *Chevalier à la rose*). Elle évite aussi d'évoquer les souvenirs, vieux d'un an, d'une discussion inquiétante qui avait précisément l'*Arabella* de Strauss pour point de départ, moins une discussion d'ailleurs qu'un exposé (le Prof a toujours l'air d'enseigner, quoi qu'il dise), et dont Adèle a depuis tenté d'oublier les accents sinistres, focalisant son attention sur le décor idyllique dans lequel il l'a prononcé.

Août 1933. Pour la première fois depuis la guerre les Armand-Duval ne passent pas leurs vacances à Saint-Pair.

Yvonne, la fille de Tudine, s'est mariée en 1919 avec un soldat qu'elle a connu en le soignant à l'hôpital de Bellevue et suivi à Remiremont, dans les Vosges, où il est devenu pharmacien. Une année sur deux, Tudine, au lieu d'accompagner Adèle à Saint-Pair, va passer l'été là-bas, près de sa fille et de ses trois petits-enfants.

Cette fois, Yvonne et son mari ont insisté pour qu'Adèle vienne aussi, avec qui voudra. André a décliné l'invitation. Il est probablement soulagé de pouvoir enfin profiter de *La Croix Saint-Gaud* sans sa mère. C'est en tout cas ce que dit Adèle (qui n'y croit pas mais ne serait pas le moins du monde vexée si c'était vrai) à Marguerite, soucieuse de ne jamais mentionner l'antipathie qui persiste entre son fils et le Prof. Le Prof, lui, a paru ravi de suivre le reste de la famille dans l'Est, pour changer.

Ils n'ont d'ailleurs passé que deux jours à Remiremont, à côté de la pharmacie. Yvonne et son mari ont restauré une ancienne ferme à une vingtaine de kilomètres de là, au-dessus du Thillot, au cœur de la forêt, et c'est dans cet endroit isolé, radicalement étranger aux repères habituels d'Adèle, qu'ils ont passé deux mois, revenus à une vie presque sauvage, selon ses critères du moins.

Elle a d'emblée adoré la ferme : dès que l'automobile de Jean, le mari d'Yvonne, a quitté la vallée pour s'engager dans les lacets de la route qui mène au Bozon, Adèle s'est sentie perdue et, curieusement, retrouvée comme chez elle dans ce paysage inconnu. Tout ce qu'elle sait de l'Est, tout ce qu'elle imagine des montagnes elle le tient de *Heidi*, le roman de Johanna Spyri qu'elle lisait autrefois à haute voix à Marguerite. Les alpages suisses n'ont évidemment rien à voir avec ce coin de Haute-Saône qu'elle découvre, mais elle y trouve tout ce qu'elle a fantasmé à partir du roman et jamais eu à Saint-Pair.

La ferme est très isolée, au bout d'un chemin de terre perdu dans les sapins qui débouche soudain sur une vaste clairière avec, au centre, un étang. Rien que le mot « étang », au moment même où Adèle l'aperçoit, se pare d'une connotation romanesque (elle n'ira pas jusqu'à s'y baigner, même aux jours les plus orageux de ce mois d'août, mais les autres, oui, tous, puisque TOUT LE MONDE sauf elle sait nager — même le Prof). Attenant à la ferme — une grande bâtisse carrée — il y a un vrai jardin d'agrément, avec une longue table en bois sous un hêtre où ils déjeunent dehors (ce qu'on ne fait jamais à *La Croix Saint-Gaud*), à droite de l'étang, la cabane des ânes, et tout autour le cercle de la forêt qui semble s'être creusée, retirée, harmonieusement, gracieusement, pour leur bon plaisir.

Adèle a conscience que l'amour intense qu'elle éprouve aussitôt pour cette clairière, sa sensibilité au charme rustique des chambres dont les murs sont tout entiers couverts de planches de pin, un bois différent de celui qui orne SA maison, plus clair, plus laiteux, dont tous les meubles sont faits, certains décorés de motifs peints, elle a conscience que cette attraction qu'elle subit repose en grande partie sur un malentendu, sur une vision idéalisée de la nature et de la vie en montagne : Yvonne, rassurée au-delà de ses espérances de la voir si bien chez elle, ne cesse de lui répéter qu'en hiver, « c'est autre chose » et Adèle d'elle-même, très vite, se qualifie de « Marie-Antoinette », urbaine, privilégiée, mais sous le charme quand même.

Comme elle ne peut s'empêcher, où qu'elle soit, de penser à Saint-Pair et d'établir des comparaisons, elle cherche ce qui, commun à ces deux lieux si dissemblables, explique son coup de foudre. Ni les bruits des animaux, ni le panorama, ni la végétation, ni le goût des aliments.

En revanche, quelque chose peut-être dans la brûlure du soleil quand il y en a, la transparence de l'air, les couleurs violemment contrastées du ciel et des nuages, leur reflet dans l'eau, la température de cette eau dans laquelle elle a malgré tout fini par accepter de tremper un pied nu, une après-midi torride où ses petits-enfants l'ont convaincue de prendre place sur la plate-forme, faite de troncs solidement liés, qu'on pousse au milieu de l'étang et dont ils plongent, l'éclaboussant au passage, tandis que Jean, le mari d'Yvonne, et Pierre son fils aîné, qui ont pied presque partout, la propulsent d'une rive à l'autre.

L'altitude (modeste mais elle n'en connaît pas de supérieure) produit sur elle la même impression que la vue du grand large lorsqu'elle se blottit sur la banquette du bow-window à Saint-Pair : une impression romantique de pureté et de force qu'elle ne s'attendait pas à ressentir ailleurs. Elle marche moins longtemps dans les sentiers qui partent de la ferme que sur les falaises et les dunes de chez elle : ici, les côtes sont raides. Mais elle revient de ses promenades écourtées avec le même appétit, la même plénitude physique. Elle dort comme un bébé.

Elle évite de songer à la proximité de l'Alsace. Elle n'ira pas à Strasbourg. Elle ne cherchera pas la maison du juge Armand dans les rues de la Robertsau. Elle est là pour se détendre, pas pour raviver des souvenirs qui ne sont même pas les siens. (Dénégations éphémères : l'été 1937, lorsqu'elle reviendra pour la seconde et dernière fois au Bozon, le Prof la décidera à aller passer deux jours à Strasbourg, elle trouvera la maison d'enfance de Charles, entendra même le mythique orgue Silbermann, à l'église Saint-Thomas.)

C'est la veille du retour à Remiremont qu'ils ont cette discussion pénible à propos d'*Arabella*. Il fait si chaud ce soir-là qu'ils dînent sous le hêtre et que les enfants, qui portent encore leur maillot de bain, quittent la table pour aller se baigner lorsqu'on finit de boire l'apéritif (pas de *Brandy Alexander*, au Bozon, mais un vin blanc d'Alsace, bien sec, avec une goutte de liqueur de cassis) puis entre la truite (pêchée cet après-midi dans l'étang) et le fromage (du munster) et encore une fois après le dessert (une tarte aux mirabelles). Aucun d'eux n'est ivre, ils boivent beaucoup d'eau pour lutter contre la canicule et le Prof s'exprime posément. Mais ce qu'il dit est abominable et ouvre à Adèle des perspectives que même dans ses cauchemars les plus tenaces elle a toujours refusé d'envisager.

Au début, rien d'inquiétant pourtant : le Prof, qui lit l'allemand bien sûr (Kant, essentiellement, ou du moins était-ce ce que croyait Adèle jusque-là), partage l'amour de sa belle-mère pour la musique contemporaine et connaît Arabella (il était invité lui aussi, cinq ans plus tôt, au *drink* à *La Saigue*, a découvert comme eux tous ce jour-là la recette du *Brandy Alexander* et son origine : le mariage, en février 1922, de la princesse anglaise Victoria Alexandra, en l'honneur duquel a été créé ce cocktail); le Prof se met à parler du nouvel opéra de Strauss, dont il a lu une critique dans une revue allemande à laquelle il est abonné.

La première a eu lieu à Dresde trois mois plus tôt et a remporté un triomphe. Apparemment, il n'est question que d'art, dans l'exposé que leur en fait le Prof : le livret est le dernier d'Hofmannsthal, mort dans l'intervalle. L'argument est frivole mais la complexité musicale de l'œuvre, fascinante. Viennent pourtant les fausses notes, les détails menaçants : le directeur de l'opéra de Dresde a démissionné quelques semaines avant la représentation pour marquer son désaccord avec le nouveau régime, instauré fin janvier. La collaboration de Strauss, désormais privé d'Hofmannsthal, avec l'écrivain autrichien et juif Stefan Zweig risque de le compromettre. Il s'est exprimé là-dessus avec une détermination maladroite : sa propre belle-fille est juive et il place la musique au-dessus de toutes les considérations politiques du nouveau Reich. Adèle n'est pas sûre de comprendre toutes les implications du discours de son gendre mais ce qu'elle lit dans ses yeux la terrifie. Tandis que les dîneurs, indifférents ou accablés par la chaleur, s'égaillent autour de l'étang, elle reste à table, joue distraitement avec la part de tarte dont elle n'a pas réussi à avaler une seconde bouchée, du bout de sa fourchette, finit par croiser le regard du Prof et par trouver le courage de lui poser LA question, la seule, celle dont elle ne veut pourtant à aucun prix connaître la réponse.

« Oui », répond le Prof, sans baisser les yeux, sans ciller, conscient de ce qu'il lui annonce, à elle qui en a déjà connu deux : « Oui, une autre guerre, c'est bien possible. »

« Tu ne vas pas te changer ? » demande Arabella à Adèle qui n'a toujours pas touché à son verre, épuisée par sa journée de tourisme, mais excitée aussi à l'idée de retourner à l'opéra pour la première fois depuis plus de vingt ans.

Adèle baisse les yeux sur son tailleur de flanelle grise, pratique pour grimper et descendre les marches des autobus (Odette, évidemment, a tenu toujours à s'asseoir à l'étage) mais d'une élégance toute relative comparé au fourreau de satin de sa cousine. Elle fouille mentalement le contenu de l'armoire où elle a rangé elle-même ses affaires la veille : elle n'a rien prévu d'aussi élégant. Dans son souvenir, les Londoniens ne s'habillent pas spécialement pour aller au théâtre.

« Si, si, bien sûr », répond-elle sans voir du tout ce qu'elle va pouvoir mettre à la place. Une blouse propre, peut-être, suffirait ?

Lorsqu'elle revient dans le salon de la suite dix minutes plus tard, elle estime avoir fait le maximum (une blouse propre, en soie imprimée de dessins cachemire bleu marine et blanc, des boucles d'oreilles, des bas un peu plus fins et des chaussures un peu plus hautes) et redoute malgré tout la réprobation de sa cousine mais celle-ci, occupée à secouer le shaker, ne fait aucun commentaire. Elle se ressert, remarque le verre d'Adèle, toujours plein, se rassied un peu lourdement dans le canapé (lorsqu'elle se déplace, elle fait de nouveau son âge), boit deux grandes lampées et débite machinalement le programme de la soirée : Henry les rejoint directement à Covent Garden où elles iront en taxi (« dans un quart d'heure, ça te va ? J'espère qu'il n'y aura pas trop d'embouteillages »), puis, après le spectacle, ils souperont chez les amis qui partagent leur loge (« un jeune ménage, charmant, de grands mélomanes, tu vas les adorer »).

Adèle commence déjà à calculer à quelle heure elle pourra enfin se coucher, à se demander s'il y a moyen de sécher le dîner (elle tient beaucoup à être en forme le lendemain pour la suite des expéditions promises à Odette), mais Arabella qui semble un peu ivre a visiblement l'intention de mettre à profit ce quart d'heure qui leur reste avant de partir pour l'opéra et de confier à sa cousine les véritables motifs qui l'ont poussée à l'inviter avec tant d'insistance à Londres.

Finie la comédie de la désinvolture, la satisfaction affichée d'avoir vendu la maison de Mayfair, les ennuis d'Henry minimisés... « Autant te le dire, on est dans la merde. » Arabella a toujours aimé les mots déplacés : anglais lorsqu'elle est en France, français et de préférence argotiques quand elle est en Angleterre. Adèle en a un peu perdu l'habitude, mais les joues soudain affaissées d'Arabella lui font pitié plus que son langage ne la choque, elle ne bronche donc pas. « Bien sûr, il y a le château, mais pas question de s'en débarrasser, et les terres ne rapportent pas grand-chose. La loge, ce soir, c'est un cadeau. Pour nous remercier d'avoir soutenu la candidature du jeune ménage (enfin, du jeune mari) au club d'Henry. Nous n'avons plus les moyens de sortir comme avant. La suite au Savoy, ça, pas question d'y renoncer. Avec le produit de la vente de Mayfair, on peut se la payer encore un certain temps. Les bijoux, je m'en fiche, j'ai déjà commencé à les refiler. Je porte les faux. Mais ça ne change rien, j'ai toujours laissé les vrais au coffre. Henry ne vérifie pas. Ça couvre mes dépenses personnelles. Parce que l'héritage des parents, c'est comme le reste, on, enfin, Henry l'a investi, au début c'était grandiose mais maintenant... Bref, je vais vendre *La Saigue*. »

Adèle vide d'un coup son verre de brandy et se sent immédiatement ragaillardie, prête à affronter une longue soirée. Elle attend qu'Arabella lui dise clairement ce qu'elle veut. Elle comprend bien qu'elle n'est pas censée réagir à la seule nouvelle qui vient de lui être annoncée. Elles n'ont jamais partagé ce qui les attache l'une et l'autre très différemment à Saint-Pair. Adèle est restée à l'écart des quelques étés mondains qu'Arabella a organisés là-bas, à de rares exceptions près (une heure ou deux réservées à sa famille, pas mélangée aux autres invités de sa cousine, comme l'été du *Brandy Alexander*). Elle est incapable d'imaginer l'arrachement éventuel que constitue, pour Arabella, la vente de sa maison. Elle sait qu'au grand jamais elle, Adèle, ne ferait une chose pareille. La « maison du capitaine », plutôt mourir que de s'en séparer (depuis le bateau, la veille, elle a cherché, puis montré à Odette, en arrivant devant les falaises de Douvres, l'originale).

Arabella rote discrètement dans son mouchoir de dentelle, se lève, titube à peine, commence à rassembler ses affaires pour partir. Adèle l'imite. «Je n'ai pas la moindre envie d'y remettre les pieds. Mais il y a quelques meubles que je voudrais récupérer. Ils ont beaucoup de valeur et les acheteurs ne sont pas intéressés. C'est une famille nombreuse. Le père est général, je crois. Bref, j'aurais voulu que tu y ailles, l'été prochain, et que tu supervises leur déménagement. Il n'y a pas grand-chose, une coiffeuse, deux ou trois commodes, mais ça vaut cher, maintenant. Tu passes toujours l'été à Saint-Pair, non?»

Il parle beaucoup d'argent aussi, de dettes et de ruine, le dernier livret écrit par Hofmannsthal pour Strauss.

Arabella, celle de l'opéra, est la fille d'un joueur impénitent qu'il s'agit de marier au plus offrant pour restaurer la fortune familiale. Un argument léger, un contexte viennois typique des opérettes du XIXe, transcendés par une partition affolante de nouveauté, aux oreilles d'Adèle qui s'est habituée aux goûts légèrement datés de son gendre.

Un peu gênée au début par la coïncidence entre l'intrigue et la conversation qu'elle vient d'avoir avec sa cousine, Adèle est vite emportée par la musique et même, curieusement (est-ce l'influence de tous les films qu'elle va voir maintenant, sur la mise en scène ou sur elle, Adèle?), par le jeu des chanteurs, le décor, les costumes qu'elle observe comme elle ne l'a jamais fait auparavant, cramponnée à ses jumelles incrustées de nacre.

À peine a-t-elle le temps de se dire que si *Arabella*, bien que située à l'époque impériale, parle tant d'argent, c'est parce qu'il n'est question que de ça, depuis des années, surtout en Allemagne, le pays de Strauss.

À l'entracte, elle préfère rester dans la loge que les autres fuient très vite et très longtemps.

Seule, elle réfléchit plus avant au sujet de la pièce. Elle se rappelle un autre exposé du Prof (c'est lui qui l'a, sans jamais insister, incitée à exercer son esprit critique sur autre chose que la musique, à force de disserter à haute voix, les soirs où il est en forme, à *La Croix Saint-Gaud*, les soirs où il a bien avancé dans le livre qu'il essaie d'achever et dont Adèle ignore à peu près tout) : c'était il y a quatre, cinq, six ans, elle ne sait plus. Marguerite avait apporté comme toujours une pile de livres pour l'été et proposé à sa mère de piocher dedans. Adèle avait pris au hasard un court roman intitulé *Mademoiselle Else*, une chose étrange, très moderne aussi, sur un sujet voisin de celui d'*Arabella*, mais comme *Arabella* traité de manière extrêmement originale, Adèle n'a pas eu besoin des explications du Prof pour s'en rendre compte. Là-dedans aussi, l'héroïne, une jeune fille, doit trouver de l'argent pour sauver ses parents de la ruine. Mais on ne lui demande pas de se faire épouser, juste d'emprunter la somme nécessaire à un vieil homme, vague connaissance de son père. Il accepte mais exige de la voir d'abord nue. Elle se déshabille, pas seulement devant lui, mais devant les dizaines de clients de l'hôtel dans lequel se déroule le récit, puis se tue.

Elle a habilement orienté la conversation sur le livre le lendemain au dîner, et attendu les commentaires du Prof. Il a surtout insisté sur l'arrière-plan historique du texte. Adèle a un peu oublié les arguments de son gendre mais elle se demande ce qu'il penserait de l'opéra de Strauss. Elle-même, si elle a relevé les résonances contemporaines de cette obsession financière, est surtout, comme d'ailleurs lorsqu'elle a lu *Mademoiselle Else*, sensible au contraste avec sa propre histoire. Lorsque, dans un autre siècle, une autre vie, elle a demandé Charles en mariage, c'est elle qui l'a sauvé de la précarité, sinon de la misère, c'est elle qui avait l'argent, elle qui l'a acheté.

Bien sûr, elle pense aussi à Mère qui a vendu son corps puis fait un mariage d'amour.

Heureusement, comme le lui promet le résumé des actes II et III dans les pages du programme qu'elle feuillette en attendant la fin de la pause, l'opéra de Strauss est une histoire d'amour, comme celle de ses parents, comme la sienne. Et la musique passionnée qui s'élève bientôt de nouveau, à peine couverte par les bâillements de ses voisins, revenus encore un peu plus éméchés (vraiment l'ivresse n'est pas seyante, à l'âge d'Arabella), bouleverse d'autant plus Adèle qu'elle revit, en contemplant ces amoureux et en applaudissant à leur mésalliance, les semaines folles qui ont suivi son premier séjour en Angleterre, il y a plus de cinquante ans, l'espoir immense qui l'animait en recevant les premières lettres de Charles, ici à Londres, l'impatience de le revoir enfin maîtrisée lorsqu'elle a quitté le port de Douvres et suivi des yeux la direction indiquée par le capitaine, tout là-haut, le doigt pointé vers sa maison, toute blanche, toute simple, dominant le large.

LA SAIGUE

Elle mérite bien de donner son titre à un chapitre, la maison qu'Arabella vend donc à un général, père de huit enfants, ravi d'obtenir à si bon prix de quoi caser toute sa marmaille là où jamais depuis sa construction aucun jouet n'a dérangé l'ameublement à la mode l'année où elle a été inaugurée, aujourd'hui décalé, où aucun galop n'a retenti dans l'escalier, où jamais Arabella n'a « attendu » de quoi occuper les neuf chambres, briser les vases ou érafler les boiseries.

Adèle est partie pour Saint-Pair en avance cet été 34 pour superviser l'emballage et le déménagement des quelques meubles qu'Arabella veut récupérer. Elle arrive le 13 juillet en début d'après-midi, se repose une heure ou deux à *La Croix Saint-Gaud* qu'elle aime retrouver ainsi seule, c'est si rare, s'installe sur la banquette du bow-window et regarde la mer monter lentement sous un soleil tiède.

Le rendez-vous avec les déménageurs est prévu à quatre heures. Arabella lui a confié la clef. À quatre heures moins vingt, Adèle s'arrache au demi-sommeil qui la gagne si facilement ici, met son chapeau de paille, traverse son jardin, descend les marches de granit qui trouent la petite forêt de sapins, passe le portail, traverse la route de Jullouville, la longe sur quelques mètres en direction du village et bifurque à gauche, emprunte l'étroit raidillon qui rejoint directement l'impasse, en dessous, qui mène au rocher Saint-Gaud. Il fait soudain plus frais lorsqu'elle descend le sentier abrupt, de petites pierres roulent sous ses pieds mais elle n'a pas encore besoin de canne c'est au moins ça et elle émerge, cinquante mètres plus bas, dans l'impasse elle aussi ombragée. Elle ouvre le portail de bois blanc, pénètre dans le jardin de sa cousine.

Elle comprend maintenant pourquoi la rue est si sombre, au niveau de *La Saigue* : les arbres n'ont pas été élagués depuis des années et leurs branches ploient au-dessus de l'impasse, formant une voûte qui la recouvre entièrement. À l'intérieur, c'est une jungle. À gauche, la pelouse qu'elle a connue impeccablement tondue, les étés où Arabella venait encore, s'est muée en un champ informe, l'herbe a poussé, brûlé les jours de soleil, s'est couchée sous le vent, et les tiges, longues d'une cinquantaine de centimètres, se hérissent ou s'aplatissent par plaques, leur extrémité jaunie et desséchée. L'allée est elle aussi envahie de branches basses sous lesquelles Adèle est obligée parfois de se baisser pour avancer, les buissons de troènes, à droite et à gauche de la villa, qui ménageaient autrefois un accès au terrain qui s'étend de l'autre côté, face à la mer, sont si touffus qu'ils interdisent désormais tout passage. À l'oreille, Adèle devine pourtant que la mer doit être assez proche maintenant : bien qu'il y ait peu de vent aujourd'hui, elle entend les vagues se briser gaiement, un son net qui claque et chuinte en rythme.

La maison elle-même a moins souffert de ce relatif abandon. Les volets sont ouverts, la peinture s'écaille à peine. Adèle atteint le perron, lui aussi en partie obstrué par la végétation. Contrairement à ce qu'elle a craint un instant, la serrure n'est pas rouillée et elle ouvre sans peine la porte d'entrée.

Elle a visité l'intégralité de *La Saigue* la première fois qu'elle y est venue, il y a, combien ? Trente ? Non, trente-trois ans, l'été d'après la naissance de Marguerite. Une vraie visite guidée, sur les talons d'Arabella qui lui a TOUT montré, y compris les chambres mansardées du second, réservées aux domestiques, y compris la cave et ses innombrables pièces, chacune affectée à un besoin moderne ignoré d'Adèle lorsqu'elle a fait construire *La Croix Saint-Gaud* quinze ans plus tôt. Chaque fois qu'elle a pénétré derrière sa cousine dans une nouvelle chambre, salle de bains (*bedroom*, *bathroom*, comme il était inscrit sur les plans déroulés devant elle, un dimanche d'automne, mal calés par le métronome de Charles), Arabella l'a laissée admirer, a manifestement attendu une exclamation, une approbation, une remarque pertinente sur le choix du papier peint ou le raffinement des installations sanitaires et Adèle se souvient avoir eu conscience de la décevoir chaque fois, non par indifférence, mais par manque de confiance en elle, convaincue de n'avoir de toute manière pas les compétences nécessaires pour que son avis ait la moindre valeur aux yeux de son hôtesse.

Elle a tout oublié d'ailleurs, après cette unique visite des parties privées, aussitôt confondu les différentes chambres, à l'étage, gênée par ce sentiment inévitable d'errance qu'on éprouve les premières heures dans une maison inconnue, toujours perçue comme labyrinthique et qui cède vite, si on y séjourne, quelquefois le jour même, au plus tard le lendemain, lorsque le mélange de ce qu'on en a imaginé avant d'y entrer et la désorientation éprouvée en la découvrant réellement se transforme, qu'on s'approprie le lieu, y trouve ses repères.

Elle se souvient bien du hall en revanche, plus grand qu'à *La Croix Saint-Gaud* (tout est plus grand ici), et qui sent fort le moisi cette fois, se dirige sans hésiter vers la porte de droite, celle qui mène à la pièce du milieu, la seule qui traverse la maison dans toute sa largeur et d'où l'on peut voir à la fois le jardin (ou ce qu'il en reste et mérite peu ce nom) et la mer, de l'autre côté.

Le soleil, dont elle a oublié l'existence depuis qu'elle s'est engagée dans le raidillon, l'éblouit brutalement. Elle referme prudemment la porte derrière elle et s'étonne, par contraste avec les angles lumineux auxquels elle est habituée chez elle, de le voir lui aussi traverser toute l'étendue de cette longue salle où Arabella a organisé jadis de petits bals auxquels Adèle est allée quelquefois, avant la mort de Charles.

Elle s'avance, hypnotisée par la vue qu'on a d'ici, si différente, bien que distante de quelques centaines de mètres seulement, de celle qu'elle a de son bow-window, là-haut. La mer est proche en effet, elle sera haute dans moins de deux heures et les coefficients des marées sont élevés cette semaine (Adèle possède à Paris un double de l'almanach saint-pairais qui en précise les horaires et la force, et elle le consulte toujours avant de partir).

Elle gagne la grande porte-fenêtre qui ouvre à l'ouest, clignant à demi les yeux, essaie d'étudier le décor en se raccrochant à ce qu'elle croyait jusqu'à maintenant en connaître par cœur, pour l'avoir tant observé de chez elle, et n'y parvient pas, emportée par un sentiment d'étrangeté imprévisible.

Elle est pourtant venue à plusieurs reprises, mais sa curiosité était toujours distraite par le bavardage d'Arabella et de ses invités, l'importance accordée aux plats sophistiqués et aux boissons chères qu'elle leur servait. Aujourd'hui, Adèle peut enfin regarder dehors à loisir et, faute de se familiariser avec ce qu'elle voit, elle cherche à identifier ce qui la perturbe : le sable de la plage, derrière la balustrade de brique et de granit parfaitement identique à celle qui borde son jardin, en haut de la colline, ici à portée de la main, elle pourrait presque en compter les grains ; le soleil qui semble lui aussi s'être rapproché, au gré d'une mystérieuse révolution planétaire ; mais surtout la mer.

De son bow-window, à *La Croix Saint-Gaud*, la mer paraît plus large que profonde, le regard surplombe et couvre toute la baie et c'est le ciel qui domine le tableau. Ainsi vue de la *ballroom* d'Arabella, la mer se découpe différemment. Elle s'encadre dans la porte-fenêtre comme un mur d'eau, étroit, presque vertical, le regard bute à droite et à gauche et se réfugie vers un point invisible, extrêmement lointain, droit devant.

La Saigue, ce n'est pas la « maison du capitaine », c'est son BATEAU. Et même, se dit Adèle, les yeux perdus dans la masse liquide, d'un vert profond (elle qui semble toujours si uniformément claire, de chez elle), assez agitée finalement (le vent a dû se lever), qui absorbe tout, efface la présence des côtes, des maisons, de la civilisation alentour (qu'Adèle, depuis son premier été à *La Croix Saint-Gaud*, a vu progresser dans la baie, de plus en plus construite, sillonnée de routes plus larges et plus bruyantes) et même, songe-t-elle, pas un BATEAU. Plutôt un sous-marin, comme ceux dont Victor, enfant, lui rapportait parfois les prouesses techniques, lorsqu'il était tombé, aux *Binelles*, sur toute la collection des romans de Jules Verne offerte à Père par son voisin, leur éditeur, Hetzel.

Adèle a si souvent écouté Victor, distraite, intimement convaincue qu'il existe une distinction étanche entre les livres pour filles et pour garçons, et que Jules Verne, entrant dans la seconde catégorie, n'est pas pour elle (tant qu'à s'intéresser aux lectures de ses enfants, elle préfère *Heidi*), et s'est si souvent reproché par la suite cette distraction, entretenant, d'abord pour son malheur puis, de plus en plus avec les années, une espèce de bonheur, le souvenir de ces après-midi ensoleillées à Sèvres où son fils cadet lui racontait ses livres préférés tandis qu'indifférente elle pensait à autre chose.

Le sentiment de culpabilité, dans les premiers temps après la mort de Victor, a laissé la place à une tendre nostalgie : elle est capable de se souvenir, sinon de ces récits (qu'elle n'a pas vraiment suivis), du moins de l'atmosphère qui entourait ces moments de tête-à-tête avec son cadet, de la couleur des ombres sur la pelouse des *Binelles*, de l'odeur des rosiers, de la mèche brune sur le front grave de Victor, du bruit des pages qu'il coupe à côté d'elle. Elle éprouve alors presque les mêmes impressions que lorsqu'elle ressuscite d'autres moments du passé où figurent des survivants (André, Marguerite). De toute manière, le petit Victor qui dévorait Jules Verne n'est ni plus ni moins mort que le jeune André lorsque encore vêtu de culottes courtes il a commencé à claquer des portes ou Marguerite enfant prenant son premier bain de mer. Quant à Charles, elle a été vingt-six ans sa femme, puis vingt-six ans sa veuve sans que leur dialogue se rompe et c'est vaguement à lui qu'elle parle encore, mais intérieurement, en analysant ce qui la dérange ici, à *La Saigue*.

Un SOUS-MARIN, voilà ce qu'est cette pièce pourtant si claire mais qui se heurte à un mur d'eau qui éclipse le soleil, les îles Chausey posées sur l'horizon, les murs entre lesquels il se découpe. À droite et à gauche, de larges portes-fenêtres ouvrent sur d'autres salles de réception, le salon à droite, la salle à manger à gauche. Si Arabella a utilisé du pitchpin pour toutes les portes, boiseries, escalier, elle l'a fait peindre en blanc presque partout sauf dans le hall et cette clarté éblouit elle aussi (rien à voir avec la pénombre relevée d'éclats rouge sang que le bois simplement verni fait régner chez Adèle).

Il n'y a rien, sur la liste qu'Arabella lui a remise, aucun meuble, aucun objet dans ces trois pièces du rez-de-chaussée qui ait à ses yeux mérité d'être repris. Mais Adèle n'est pas pressée. Les déménageurs seront en retard, ils le sont d'ailleurs déjà, note mentalement Adèle qui, malgré son dépaysement, est encore capable d'estimer l'heure qu'il est d'après la progression de la mer, à quelques dizaines de mètres d'elle maintenant. Elle prend donc le temps d'examiner, sans le regard inquisiteur qu'Arabella posait autrefois sur elle lorsqu'elle la recevait, guettant devant ses talents de décoratrice une réaction adéquate qui ne venait jamais, les détails jadis enregistrés sans les remarquer vraiment.

Elle entre dans le salon à sa droite au bout duquel, plein nord, Arabella a ajouté une véranda pompeusement qualifiée sur le plan de *winter garden* (dans une maison qui, pas plus d'ailleurs qu'aucune autre résidence secondaire sur cette côte n'est alors habitée l'hiver — la plupart, même aujourd'hui, sont presque impossibles à chauffer), elle entre dans le salon lui aussi baigné d'une lumière aveuglante, avec ses quatre ouvertures : une porte-fenêtre plus large encore que dans la pièce centrale, donnant elle aussi sur la mer, une autre qui mène à la véranda au nord, avec deux étroites fenêtres de part et d'autre ; une au nord-ouest d'où l'on aperçoit la pointe de Granville, mais pas intégralement et comme grossie par des jumelles de marin, cette pointe qu'Adèle chez elle voit se profiler en entier, et de très loin, et qu'elle redécouvre donc sous un jour nouveau. Elle se dit qu'au fond, comme sur un écran de cinéma, le cadre est essentiel, au point de recréer le décor alors même qu'elle le sait par cœur, mais découpé différemment et filmé en plan rapproché.

La dernière fenêtre au nord-est plonge sur la jungle du jardin où Adèle remarque un portique dont elle avait oublié l'existence (et à quoi bon un portique, se demande-t-elle, quels enfants ont bien pu s'y balancer ? Serait-ce déjà un signe de la présence des nouveaux propriétaires, destiné à faire voler leurs huit enfants assez haut pour voir la mer, depuis ce côté de la maison, lorsqu'on aura taillé le bosquet de troènes ?).

Dans le salon, Arabella n'a rien coché, sur la liste qu'elle a dressée des meubles à emporter. Que ferait-elle, en effet, du canapé et des fauteuils dont les revêtements (un tissu William Morris, ça, Adèle croit s'en souvenir, mais lequel : « Chrysanthèmes » ? « Chèvrefeuilles » ?) sont tellement rongés d'humidité que la forme des fleurs est devenue indiscernable, qu'en ferait Arabella ? Et le papier peint assorti est lui aussi mangé de cernes noirs, de moisissures qui ne renseignent pas davantage Adèle sur le type de fleurs autrefois peintes à la main dans des ateliers anglais.

Quant aux deux colonnes de bois blanc qui encadrent la porte menant à la véranda, elles sont si démodées qu'Arabella, quand bien même elle se rappellerait leur existence et aurait le droit de redécorer le château de famille d'Henry, dans le Wessex, les mépriserait certainement. Deux colonnes en bon état, parfaitement inutiles, et que la présence d'enfants (s'il y en avait eu jusqu'à maintenant dans cette maison) aurait mises en danger, qui ne survivront probablement pas aux huit enfants du général, surmontées de chapiteaux pseudo-corinthiens (« Tellement 1900 ! » dirait aujourd'hui Arabella avec dédain comme elle parlerait des invasions barbares du haut Moyen Âge), sur lesquelles trônent encore deux barbotines vides (Adèle croit se souvenir qu'elles contenaient des fougères, autrefois, sans doute « tellement 1900 », elles aussi).

Derrière chacune de ces colonnes, elle retrouve les miroirs peints assortis, accrochés de part et d'autre de la porte-fenêtre qui ouvre sur la véranda, deux étroits miroirs où elle aurait du mal à reconnaître le reflet de sa propre silhouette, elle qui ne s'y est pas mirée depuis douze ans, et pas seulement parce qu'elle s'est tassée (légèrement : la marche et sa grande taille lui assurent encore un maintien droit, presque élancé, pas comme la pauvre Pauline, si bossue les dernières années) : car la surface de ces deux miroirs est presque entièrement recouverte de paysages peints qui leur ôtent toute utilité — des roseaux, des cygnes, la surface d'un étang, des volutes bleues, vertes et couleur d'or terni, du pur *Modern Style*, des miroirs qu'Adèle imagine bientôt brisés par les ballons que lanceront les huit enfants du général à travers le salon, les jours pluvieux.

Dans un effort sans doute relativement récent pour rajeunir le style de la villa, Arabella a fait une acquisition qu'Adèle avait oubliée, ou même pas eu l'occasion de voir le dernier été où elle a mis les pieds à *La Saigue*, l'été du *Brandy Alexander* : sur la cheminée dont le manteau est lui aussi verni de blanc (était : le verni s'écaille par plaques), une garniture composée d'une pendule et de deux vases assortis (vérification faite, on appelle ça des « cassolettes », dans le jargon des antiquaires), complètement anachroniques, tous trois parfaitement rectangulaires, en marbre blanc incrusté de motifs noirs géométriques (de l'onyx ?), « très Art déco », eux.

On sonne à la porte d'entrée. Adèle sursaute. Elle n'a pas entendu le camion des déménageurs pénétrer dans le jardin, se dit aussitôt qu'il n'a sûrement pas pu passer tant les branches sont basses et va les accueillir.

Le tour de la maison est vite fait. Sa liste à la main, elle les précède et vérifie les indications données par Arabella. Dans la chambre principale, au-dessus du salon, une commode Louis XVI (affreuse, sans doute un cadeau de Tante Jeanne à sa fille, mais d'une certaine valeur, sûrement), dans les autres, précisément décrites par Arabella pour que sa cousine s'y retrouve («première à gauche, celle avec le balcon», «chambre du milieu, lits jumeaux», etc.), Adèle identifie encore quelques tableaux, lampes et tapis qu'elle désigne aux déménageurs (l'un assez jeune, le chef, qui ne porte presque rien, l'autre, plus âgé, qui fait tout le boulot et ne récolte que des insultes, ce qui le rend immédiatement plus sympathique à Adèle). Ils ont laissé en effet leur camion dehors, dans l'impasse. Mais Adèle, après avoir supervisé l'emballage de leur cargaison, veillé à ce qu'ils utilisent suffisamment de papier et de tissu pour amortir d'éventuels chocs, s'abstient de les raccompagner jusqu'au portail. Elle n'est pas encore rassasiée du spectacle étrangement nouveau qu'elle a découvert tout à l'heure, et qu'elle peine à faire concorder avec son propre point de vue, là-haut, à *La Croix Saint-Gaud*.

La mer touche la digue maintenant. Son bruit est omniprésent, même fenêtres fermées. Du rez-de-chaussée, oui, vraiment, on se croirait à bord d'un navire. La balustrade n'est qu'à quelques mètres du salon et le vent a forci, faisant vibrer les vitres et secouant les volets, comme chez elle (oui : comme chez elle), sauf que c'est le fracas des vagues ici qui domine tout. Adèle colle le nez aux carreaux et guette la suivante.

Elle sent monter en elle un souvenir confus, peut-être plusieurs, conclut-elle en tentant de les démêler. Composé de deux images, l'une remémorée, l'autre inventée, le souvenir se précise.

À l'origine, au tout début de son histoire d'amour avec Saint-Pair, il y a la première nuit. Ce n'est pas son PREMIER SOUVENIR, non, celui-là, elle le sait maintenant, c'est le mariage de ses parents, l'église vide, pas de robe blanche, et elle, Adèle, entre eux (et pas non plus la palissade de la rue Barbet-de-Jouy). Mais le souvenir qui l'a ramenée ici, pour toujours : la petite chambre biscornue de la pension Maraux, au plafond mansardé, la porte qui claque violemment derrière elle et la montagne d'eau qui s'abat sur la fenêtre noire. Elle peut presque sentir les vibrations du voyage, des onze heures quarante à bord du Paris-Granville secouer ses nerfs de petite fille, entendre le cri essoufflé de Pauline derrière elle lorsque la porte a claqué, poussée par le même vent qui propulse la mer jusqu'à la frontière dérisoire de la vitre qui la sépare du jardin. Comme *La Saigue*, la pension Maraux était <u>vraiment</u> au bord de l'eau («était», parce qu'elle a été très abîmée par une tempête il y a cinq ans et qu'on l'a rasée pour construire un restaurant, à côté du casino), la dominant de deux-trois mètres seulement à marée haute, une fois par mois encore moins lorsque le coefficient est le plus élevé, et du coup aussi vulnérable, aussi crûment exposée à ces franges d'écume qui enjambent déjà la balustrade, ici, maintenant, laissant des flaques à l'extrême bout du jardin.

Ce même souvenir a une autre face, sa face imaginaire : les circonstances, les jours et les lieux qui l'ont fait naître puis précisée sont bien réels et Adèle (qui a toujours une excellente mémoire) se les rappelle parfaitement.

La première fois, c'est lorsqu'elle a entendu Arabella formuler le terme «hors d'eau» à propos de sa maison — encore à l'état de plan mais qui sera, assurait-elle, «hors d'eau» avant Pâques.

La nouveauté très technique, très professionnelle de ce jargon d'architecte dans la bouche de sa cousine l'a moins frappée, ce dimanche de novembre du siècle dernier (l'expression «siècle dernier», qui a longtemps fait sourire les gens de sa génération, encore assez illusoirement convaincus de leur jeunesse pour l'utiliser avec ironie, incapables au début de se considérer comme des antiquités, est devenue, formulée par les générations suivantes, un simple repère chronologique, sérieux, que seuls les vieillards comme Adèle ressentent comme une indifférence insolente d'historiens), cette affectation («je maîtrise parfaitement la terminologie des bâtisseurs»), prévisible de la part d'Arabella même si son projet même a surpris Adèle (qui n'avait jusqu'à ce dimanche après-midi jamais envisagé qu'Arabella vienne s'installer à Saint-Pair), l'a moins frappée, debout dans le salon de la rue Barbet-de-Jouy, penchée sur les plans de *La Saigue* étalés sur le piano, que le pressentiment néfaste qu'Adèle a aussitôt repoussé, lié à la situation du terrain acquis par Arabella dans cette partie récemment viabilisée de Saint-Pair, si précaire, si fragilement protégée des vagues.

Quelques mois plus tard, dans l'orangerie des *Binelles*, Adèle a éprouvé la même crainte, et la même satisfaction d'être en sécurité au sommet de sa colline à *La Croix Saint-Gaud*, lorsque Arabella est venue lui rendre visite. Elle, Adèle, était allongée sur son divan d'osier, parfaitement vacante, et enceinte. (Donc pas vacante, se reprend intérieurement Adèle qui reconstitue peu à peu le contexte dans lequel elle a élaboré le cauchemar d'une *Saigue* submergée par la mer, cauchemar qui est peut-être aujourd'hui, 13 juillet 1934, sur le point de se réaliser. Pas VACANTE, le contraire de ça, PLEINE, comme on le dit des bêtes lorsqu'elles «attendent». De nouveau ce paradoxe du vide et du plein. Dans le plein des goûters d'enfants, le vide presque métaphysique qui l'envahissait ; mais dans le vide des nuits d'insomnie, la plénitude de son être, mûr, rassemblé, unique. Pareil avec les bébés qui grandissent dans votre ventre : le corps qui se remplit et la tête qui se vide.)

La tête d'Adèle n'était pourtant pas tout à fait vide, cette après-midi de juin 1900, deux mois avant la naissance de Marguerite, quand Arabella est venue la voir à Sèvres, a rompu sa solitude de femme enceinte contrainte à l'immobilité, a admiré la modernité du Castel Henriette et lui a montré ses échantillons de papier peint. Qu'a-t-elle décidé finalement ? « Chrysanthèmes » ou « Chèvrefeuilles » ? Adèle regarde autour d'elle le papier peint du salon, de grandes taches vertes et beiges, des tiges à moitié effacées, des feuillages qui lui évoquent plutôt des légumes. William Morris ne devait pourtant pas proposer de motif « Choux-fleurs », ni « Artichauts » : pas assez chic.

Elle se souvient avoir pensé alors, les échantillons de papier peint répandus sur son bas-ventre, à demi soustraits à sa vue par la proéminence de l'utérus où pousse sa future fleur à elle, une Marguerite, avoir pensé (la grossesse permet de très loin mieux que tout autre état de penser frontalement à des tragédies) qu'Arabella et elle, chacune à sa manière, fabriquaient de la mort et de la destruction. Adèle s'apprêtait à mettre au monde un être mortel, Arabella à édifier une maison de bois deux mètres au-dessus d'une plage constamment recouverte d'eaux qui, à force de monter, finiraient un jour par l'engloutir.

Il doit être six heures. La mer semble pouvoir gagner encore un peu de terrain. Plusieurs vagues se sont écrasées à quatre mètres d'Adèle et le vent forcit toujours. Pour l'instant, Marguerite et *La Saigue* ont survécu. Ce sont d'autres bébés qu'elle a enterrés. Aliénor. Victor. Elle espère très raisonnablement mourir avant ceux qui lui restent (en vérité, elle enterrera aussi André, dans six ans, en septembre 40 et Marguerite, contrairement aux associations d'idées noires qui l'ont assaillie lorsqu'elle l'attendait, sera la seule de ses enfants qu'Adèle ne mènera pas d'un bord de la vie à l'autre, du début à la fin).

La pendule moderne, sur la cheminée, n'a pas été remontée depuis Dieu sait quand. Elle indique trois heures et quart. Machinalement, Adèle se retourne, s'en approche, déniche une petite clef dans la cassolette de gauche, soulève la vitre qui protège le cadran, introduit la clef dans l'orifice, sous le 6, et tourne, sans avoir même eu le temps de se demander si la rouille l'en empêcherait. La clef fonctionne gentiment, Adèle continue jusqu'à ce qu'elle bute et refuse d'aller plus loin. Un tic-tac léger, perceptible seulement parce qu'Adèle est juste à côté, tant le vacarme des vagues s'est encore accentué dans son dos, s'élève de la pendule. Elle déplace délicatement les aiguilles, certaine de ne pas se tromper de beaucoup en estimant qu'il est six heures cinq.

Elle n'a pas réfléchi à ce qui a provoqué son geste. Une envie de s'attarder, d'habiter encore un peu cette pièce désertée qui va bientôt être livrée aux assauts d'une horde d'enfants (ou bien ceux des militaires de carrière sont-ils particulièrement dociles ?). De s'acclimater progressivement à ce cadre qui continue de la déconcerter mais qu'elle sent, livré aux assauts de la mer qui gronde derrière elle, mieux accordé à son âge, à l'imminence de la fin ?

Bizarrement, elle a soudain envie d'une cigarette. Elle fume rarement depuis qu'elle n'erre plus la nuit dans des maisons où vit un homme, son mari, depuis que les boîtes qu'il garnissait lui-même sont toutes vides. De temps en temps, comme avec Robert, à la brasserie Mollard, parce qu'elle se moque bien de ce qu'on peut penser d'elle. Mais, là, ce soir, dans la lumière devenue flamboyante du soleil, se retournant pour observer la houle qui agite la mer au large et produit ces vagues immenses, méprisant l'insignifiant rempart de la digue, de la balustrade grise et rouge, Adèle a très envie d'en griller une.

Dans une maison normale, pas exposée comme celle-ci à une humidité ambiante qui pourrit les murs, les rideaux et les draps, une cigarette oubliée depuis douze ans dans un coffret, même coûteux, même efficacement hermétique serait sèche. Mais celle qu'elle découvre dans la boîte en bois de loupe, sur le buffet de la salle à manger, est fraîche et parfumée. Dans la cave, les allumettes abandonnées à côté du fourneau sont molles et le grattoir mouillé mais la flamme prend. Adèle remonte au rez-de-chaussée pour fumer sa cigarette et se poste dans la pièce centrale, sans crainte, aussi excitée devant les paquets d'écume qui égayent le bout de terrain pelé, mangé, brûlé par le sel, entre la maison et la balustrade que la petite fille de dix ans arrivant à la pension Maraux, épuisée par le train mais réveillée d'un coup par la mer, vue pour la première fois, et d'aussi près, explosant sous la fenêtre de la pension.

Adèle sait bien que ce n'est pas pour ce soir. Elle ne joue même pas à se faire peur. Mais elle joue quand même, autrement, avec une idée folle que seuls peuvent expliquer le goût subtil du tabac anglais oublié par Henry dans la salle à manger et l'excitation de sentir la fumée pénétrer dans sa gorge : elle pourrait passer la nuit ici.

Personne ne l'attend à *La Croix Saint-Gaud*. Les autres n'arrivent qu'après-demain. Si on téléphone et qu'elle ne répond pas, on croira qu'elle dort déjà. Elle n'a pas faim. Elle a mangé un sandwich dans le train et un autre en arrivant chez elle. Elle redoute un peu l'état du couvre-lit dans la chambre principale (de toute manière, elle compte s'étendre tout habillée dessus, pas question de le faire : d'abord elle n'a jamais bien su, ensuite les draps, s'il en reste quelque part, doivent sentir affreusement mauvais). Elle monte à l'étage. C'est une épaisse étoffe de laine. Quelques trous de mite quand même, à quoi s'attendre d'autre ? Mais l'odeur est supportable et les oreillers, recouverts du même tissu, moelleux.

Elle enlève son chapeau, s'allonge sur le lit face à la mer qu'elle regarde refluer progressivement, découvrir de nouveau une bande de sable. Le vent est tombé. Le soleil pénètre largement par les quatre fenêtres, disposées exactement à l'aplomb de celles du salon, juste au-dessous : celle qui donne à l'ouest, face à son lit (« son » lit, quelle rapide appropriation, se dit-elle), celle au nord-ouest, où se découpe la pointe de Granville, noire et trapue dans le contre-jour, celle qui ouvre sur une petite terrasse octogonale qui est aussi le toit de la véranda et enfin, à sa droite, celle qui donne au nord-est et par laquelle le jour la réveillera tôt sans doute, demain matin.

Adèle, qui a fait six heures de train, à peine une petite sieste, monté et descendu pas mal d'escaliers avec les déménageurs, s'endort là, jusqu'à onze heures du soir environ, déduit-elle en ouvrant les yeux de la position de la mer, tranquillement repartie vers son autre destination. Elle pourrait aller vérifier à la pendule du salon, dont le tic-tac, maintenant que la mer s'est retirée, retentit à travers le plancher, sous sa tête (le lit est appuyé à un mur dans lequel passe le conduit de la cheminée, ce qui explique sans doute qu'elle puisse entendre le son de la pendule à cette distance).

Non, ce n'est pas un tic-tac. Le bruit qui l'a sortie de son sommeil, c'est autre chose. Il n'est pas régulier et vient de plus loin. Adèle frissonne d'abord en croyant reconnaître l'écho de bombardements (elle en a tant rêvé), puis sourit, la tête soudain relâchée sur l'oreiller.

Le 13 juillet d'habitude, c'est aux *Binelles* qu'elle se trouve et on voit bien le feu d'artifice, du jardin. Ici, on doit le tirer sur la plage, devant le casino. Elle se lève, traverse la chambre et le faisceau du phare de Granville qui en balaie justement le plafond, s'approche de la fenêtre nord-ouest. Elle n'a pas besoin de se pencher pour voir les premières fusées (non, pas les premières, celles-là l'ont réveillée, mais les suivantes). Elle reste une demi-heure debout dans l'embrasure, un genou plié et posé sur l'appui de la fenêtre, les mains appuyées au mur et tient jusqu'au bouquet final.

Adèle a du mal à se rendormir. Mais de toute manière le véronal qu'elle continue d'emporter partout avec elle, même si ses insomnies ont presque disparu, est resté là-haut, à *La Croix Saint-Gaud*, au fond d'une des valises qu'elle n'a même pas défaites.

Elle ne veut surtout pas commencer à regretter ce qui l'a poussée à dormir là, ni à considérer son impulsion pour ce qu'elle est : un caprice d'enfant (cette rage qu'ils ont tous de vouloir impromptu dormir chez unetelle, ou inviter untel à dormir, au point qu'à certaines périodes, quand ses enfants avaient entre dix et quinze ans, et maintenant avec les plus âgés de ses petits-enfants quand ils sont à Saint-Pair on ne sait jamais précisément qui dort où). Elle essaie de se relaxer, force son corps à s'alourdir progressivement en partant des doigts de pied, très lentement, une jambe après l'autre, puis les mains, les bras. Les yeux ouverts, elle compte machinalement les pulsations du phare dont le faisceau, plus proche, plus large qu'à *La Croix Saint-Gaud* lui rappelle aussi la chambre de la pension Maraux et, dans la foulée, celle du Grand Hôtel Rachinel où elle a passé sa nuit de noces, situés comme *La Saigue* très près du bord de mer.

Ce qui s'empare de son esprit n'est pas vraiment un rêve (elle est convaincue qu'elle ne dort pas), plutôt une affabulation. L'hypothèse d'un raz-de-marée qui submergerait la maison d'Arabella se précise. Le lit qu'elle occupe : englouti. Dans le salon, au-dessous d'elle, les colonnes corinthiennes, depuis longtemps remontées à la surface et sans doute rejetées sur la côte, leurs nervures et leurs chapiteaux sculptés effacés, pareilles à du bois flotté, mêlées au sable des dunes peut-être, au nord de Granville ; les deux miroirs, fixés aux murs, résisteraient et refléteraient des images similaires aux motifs peints sur leur glace, des entrelacs d'algues, des silhouettes aquatiques ; la pendule Art déco : entraînée par son poids, écrasée au pied de la cheminée, ses jointures fracturées, le mécanisme d'horlogerie brisé en petits morceaux ; de gros fragments du marbre incrusté d'onyx susciteraient la perplexité des poissons qui finiraient par les frôler, indifférents.

La vision d'Adèle n'est pas que le prolongement de celles élaborées autrefois avec Charles, dès leur voyage de noces, et qui déroulaient des images fascinantes de la forêt de Scissy et de ses clochers, à des lieues sous la mer.

Elle a une conséquence directe. Si *La Saigue* est un jour recouverte par la montée des eaux, et pas seulement *La Saigue*, mais l'impasse tout entière, le raidillon qu'elle a descendu tout à l'heure, la route de Jullouville même et enfin, tant qu'elle y est, une partie de la colline au sommet de laquelle se dresse sa maison, si tout cela est définitivement immergé, alors *La Croix Saint-Gaud* se trouvera dans la même position que *La Saigue* aujourd'hui. La balustrade identique, de granit et de briques, qui sépare SA maison du reste de son terrain qui descend en pente raide jusqu'à la route en contrebas, dominera, comme ici ce soir, le bord de mer de quelques mètres, comme ici. La même vue, la même impression d'être dans un bateau, ou un sous-marin, c'est ce qu'elle aurait, elle, Adèle, depuis son lit familier, là-bas.

Cette rêverie lui permet de faire enfin coïncider les sensations disjointes qu'elle a éprouvées cet après-midi, errant d'une pièce à l'autre, tentant vainement d'accommoder son regard, conditionné par le spectacle auquel ses longues siestes dans le bow-window de *La Croix Saint-Gaud* l'ont habituée, à la perspective rapprochée que *La Saigue* impose. Elle est ici, et chez elle à la fois, et s'endort dans ce lieu hybride, anticipant le temps où les forces de la Nature l'auront modifié.

JUILLET 2012

Je n'ai pas organisé de week-end «no kids» cette année.

Ce dont j'étais capable l'été dernier malgré le deuil de mon père, je ne le referais pas cette fois, pas sans Jules.

Un week-end du même genre est reconstitué ailleurs, différemment, mais je n'ai pas voulu m'y joindre. Je suis donc partie seule avec une amie, Bénédicte, et sa fille de douze ans, Charlotte, qui entre avec beaucoup de grâce dans l'adolescence.

Bénédicte est la femme d'écrivain idéale. Malheureusement pour moi, il se trouve qu'elle en a déjà épousé un et que je suis une femme, sinon je me marierais avec elle. Elle est instinctivement douée pour demander : «Tu écris en ce moment ?» Ou : «Il parle de quoi ton livre ?» au moment le plus opportun, pour susciter la confidence et provoquer une mise au point salutaire.

Je la renseigne volontiers. J'ai presque terminé (mais même dans les commencements ou les phases préparatoires, jamais les questions de Bénédicte ne sont inutiles ou importunes) et, sentant l'écurie, galopant, mon texte avance assez vite. À la fin de son séjour à Saint-Pair, Bénédicte sait donc presque tout de la vie d'Adèle, y compris ses derniers chapitres : la guerre, bien sûr, puis l'infarctus d'André en septembre 40 et le cancer qui l'emportera, elle, en quelques semaines, à l'automne 41.

Il fait un temps magnifique depuis hier seulement. Le feu d'artifice qui devait être tiré le soir de notre arrivée a été reporté à cause du mauvais temps et il aura lieu tout à l'heure. Du coup, Charlotte va retrouver des copines qu'elle s'est faites au club de voile pour le regarder du village et nous restons seules, sa mère et moi.

Il est tard mais le soleil est loin d'être couché et la mer va monter très haut tout à l'heure. Nous ne sommes pas pressées de dîner et paressons, installées sur des chaises longues dans ce que Bénédicte appelle pompeusement le « solarium », pompeusement d'abord parce que du soleil, à Saint-Pair, il n'y en a pas très souvent, ou pas assez en général pour s'y tenir longtemps, et surtout parce qu'il s'agit en réalité d'un rectangle de mauvaises herbes d'environ douze mètres carrés, flanqué d'une sorte de cabanon en ruine.

Mais il a un mérite, c'est vrai : situé en contrebas du bout de jardin qui sépare la maison de la digue, côté mer, accessible par une volée de marches et masqué par une haie de troènes, il est abrité du vent et permet de bronzer sans avoir (trop) froid les jours comme aujourd'hui. En plus, comme il est beaucoup plus bas que le reste du terrain, on y a l'impression d'être sur la plage, tout en restant chez soi.

Bref, c'est le lieu que je préfère au monde (je veux

qu'on jette de là mes cendres dans l'eau, à marée haute) et il n'est pas question, lorsque la météo le permet, de le quitter avant d'avoir vu le rayon vert, même s'il est alors presque dix heures du soir, en juillet. Autour d'un vague pique-nique qui devait constituer notre apéro et sera finalement notre dîner, cuites par notre après-midi de bronzette sous une lumière aussi violente qu'à bord d'un bateau, nous sirotons un verre de blanc et Bénédicte me pose de nouvelles questions, sur *La Saigue* cette fois.

« Tu ne dis jamais *La Saigue*, quand tu parles de ta maison. Toujours "Saint-Pair". Du coup, ça me fait bizarre : j'ai longtemps cru que tu avais hérité la maison d'Adèle, *La Croix Saint-Gaud*. Que celle d'Arabella avait vraiment fini engloutie, comme la forêt de Scissy. Que c'était pour ça qu'on était si près de l'eau maintenant, et pas au sommet d'une colline, comme à leur époque. Tu les as connus, toi, les enfants du général ?

— Non. Quand mon père leur a racheté la maison, j'avais quatre ans. Le général était mort et eux adultes. J'étais très petite. Je me souviens qu'on y a passé un premier été comme locataires, qu'elle était en vente et que je désirais plus que tout au monde que mon père l'achète. Je ne connais pas les détails. Je suppose que les héritiers étaient trop nombreux pour se mettre d'accord.

— Elle s'était trompée dans ses prévisions, ton arrière-grand-mère…

— Ça dépend lesquelles. Pour le raz-de-marée, oui. Il n'a pas encore eu lieu. Mais pour l'état de la maison après le passage du général, ça, dans mon souvenir, elle avait vu juste. La première fois qu'on est entrés, il faisait nuit, on avait dû rouler environ cinq heures et j'étais crevée. Ma mère m'a portée dans ses bras pour monter l'escalier et, coincée entre son épaule et le mur, je regardais les bandes de papier peint déchiré qui pendouillaient partout. On n'avait rien dû repeindre ni réparer depuis le départ d'Arabella. Aujourd'hui, elle est bien vétuste, mais tu n'imagines pas ce que c'était à l'époque.

— Et *La Croix Saint-Gaud*, tu y as des souvenirs ?

— Pas d'y avoir dormi. Mon oncle, qui l'a gardée à la mort de ma grand-mère, n'avait pas vraiment d'enfants de mon âge. Mais j'allais y jouer quelquefois et puis il y avait la tradition du *Brandy Alexander*, sauf qu'on l'appelait autrement; on disait un *Alexandra* je crois : du vivant de mon oncle, une fois par été, toute la famille montait là-haut en boire un. Mais j'étais petite et je ne suis même pas sûre d'avoir jamais eu le droit d'y goûter. Peut-être en douce, dans le verre d'une cousine plus âgée.

— Dis donc, à propos, les nôtres sont vides... » Bénédicte soulève la bouteille. « Et ça aussi.

— J'y vais. »

Je me rhabille sommairement et monte les quelques marches jusqu'au jardin. Les vitres de la façade scintillent gaiement sous le soleil encore haut dans le ciel. Il n'y a presque pas de vent et il fait aussi chaud ici que dans le solarium. Je gravis le perron qui mène à la salle à manger (ce qu'est devenue la salle de bal d'Arabella), la pièce centrale du rez-de-chaussée, et la traverse pour gagner la cuisine (toujours fraîche, elle, et bien trop petite, installée déjà du temps du général dans ce qui était autrefois l'office, lorsque « les cuisines » se trouvaient à la cave). Je prends la dernière bouteille de blanc dans le frigidaire et retourne dans la salle à manger.

Un avion laisse une trace dans le ciel clair : il vient du sud-est et se dirige vers le nord-ouest. Le Rome-Reykjavík ? Mon père jouait toujours à deviner les parcours des avions qui survolaient la baie et j'essaie de l'imiter, tout aussi approximativement. Je reste plantée un moment, ma bouteille à la main, qui me rafraîchit agréablement la paume, devant la porte-fenêtre, comme Adèle le soir où elle est venue pour la dernière fois à *La Saigue*.

Qu'est-ce qui a changé depuis ? Qu'est-ce qui n'a pas changé ? À part les costumes de bain ? Il n'y a plus de cabines sur la plage de Saint-Pair, on s'y rend déjà à moitié déshabillé. Il y a les bruits de moteurs, presque incessants dans la baie un jour d'été comme aujourd'hui : jet-skis ? scooters des mers ? je ne saurais pas vraiment le dire : pas plus qu'Adèle, je ne pratique de sports nautiques. Il y a les avions, qu'Adèle ne pouvait pas voir, aussi abstraits que des vaisseaux spatiaux, tant on a l'impression ici d'être sur une autre planète. Et elles sont bien hasardeuses, les identifications que tentait mon père et que je formule à mon tour, souvent en moi-même, pour lui rendre hommage : tiens, le Rio-Rotterdam, ou peut-être le Lisbonne-Bruxelles ?

Une blague, rien auquel on croie, rien de réel, seulement un salut adressé à un univers dans lequel ces trajets existent, mais auquel n'appartient pas notre bout de côte, si peu civilisé. (Un des rares faits marquants de mon enfance saint-pairaise : le passage d'un supersonique et l'explosion assourdissante secouant les murs de la maison, provoquant la chute d'un miroir accroché dans une chambre du second étage, comme si notre monde parallèle avait heurté celui des humains, fracas infiniment bref rompant notre isolement immédiatement retrouvé.)

Mais les choses à Saint-Pair ont si peu bougé depuis mon enfance que j'ai tendance à croire qu'elles étaient grosso modo les mêmes du vivant d'Adèle. Le paysage, du moins regardé de là où je me trouve, est identique, bien que des maisons aient été construites, très proches. Le rythme des journées, soumis aux aléas du temps, les après-midi morcelés entre jeu de société devant un feu de cheminée et baignade soudain décidée dans l'allégresse d'une éclaircie. Les préoccupations locales (aller chercher les coquillages commandés ce matin à la poissonnerie, trouver un volontaire pour la mayonnaise). Les médisances, les ragots échangés mollement d'une villa à l'autre. Les accidents heureusement le plus souvent bénins qui conduisent tel ou tel membre de la famille élargie (tout le monde est cousin) à l'hôpital de Granville, et les interminables récits qui en sont transmis. Le nombre encore tragiquement élevé dans cette région d'enfants trisomiques ou manifestement handicapés mentaux croisés au marché, pendus au coude de leur mère. Les numéros de téléphone : on a eu beau leur ajouter, au fil des années, des préfixes successifs, ici on se contente toujours des quatre chiffres qui suivaient le 50, commun à tous, et à désigner telle ou telle villa voisine, familiale ou amie, comme on ferait des différents postes dans une entreprise (*La Croix Saint-Gaud*, c'est le 19 32, par exemple).

La véranda du salon a été détruite par une tempête quand j'étais enfant, il n'en reste qu'un socle dallé qui prolonge absurdement la pièce. La pendule a disparu depuis longtemps elle aussi, volée (la maison était souvent cambriolée quand j'étais plus jeune, avant qu'il n'y ait plus rien à y prendre). Mais contrairement aux prévisions catastrophistes d'Adèle, les colonnes et les miroirs peints sont toujours là, eux, encadrant cette porte-fenêtre qui ne mène plus nulle part. Ils ont survécu aux enfants du général. Au sommet des colonnes, dans les barbotines, ma mère avait disposé des fougères en plastique qui n'ont pas bougé, résistantes à tout, même à la poussière. J'entrevois mon visage, de loin, un peu flou (j'ai gardé mes lunettes de soleil qui n'ont pas de verres correcteurs), reflété dans le miroir de gauche au-dessus d'un cygne.

Et sur la cheminée il y a encore le bout de papier sur lequel j'ai noté l'horaire du train qu'a pris Jules à Pâques pour me rejoindre, la dernière fois qu'il est venu ici. Je ne le jetterai pas. Pas plus que, là-haut, je ne rangerai son peignoir de bain bleu marine, toujours accroché derrière la porte de ma salle de bains, ni le grand cendrier noir, son préféré, laissé sur sa table de nuit. Je n'ai pas touché non plus au plateau de Scrabble. Il s'était mis brusquement à faire beau, le dernier week-end, celui du deuxième tour des élections, et notre dernière partie, interrompue assez vite, est restée à sa place, sur le bureau, à côté du livre de science-fiction que Jules a eu le temps de finir mais n'avait pas envie de remporter avec lui.

Et pourtant cette fois je sais bien qu'il ne reviendra jamais.

La bouteille tiédit dans ma main. Bénédicte a bien compris, en acceptant de passer cette semaine à Saint-Pair avec moi, que nous éviterions tout attendrissement, toute mélancolie, ne parlerions pas de Jules. Quand j'aurai descendu les marches et me rallongerai près d'elle dans le solarium, il faudra qu'ait cessé de résonner dans ma tête la chanson qui m'a de nouveau fait monter les larmes aux yeux. Elles auront le temps de sécher derrière mes lunettes noires.

Mais j'ai encore quelques secondes pour me la fredonner à mi-voix — elle est si courte —, celle-là même que chantait Adèle au matin de son premier rendez-vous avec Charles : « Dis-lui de revenir, je l'attendrai toute la saison, que l'été va venir, que je suis toute seule à la maison, qu'il fait bon dehors, les cigales de l'été vont bientôt s'arrêter, et tout appelle à l'amour... Comme ça sans raison... Comme ça sans raison, mais... Dis-lui de revenir, je l'attendrai toute la saison, que l'été va mourir, que je suis toute seule à la maison. »

31 août 1939

On a bien servi du champagne, ce soir-là, même si, comme me l'avait précisé Odette en évoquant ce souvenir, « ce n'était pas le genre de la maison ». Elle n'en était d'ailleurs pas tout à fait sûre, elle pouvait aussi confondre, avouait-elle, avec une autre soirée, un autre anniversaire de sa mère, puisque Marguerite étant née un 31 août, on le fêtait toujours à *La Croix Saint-Gaud*, et toujours lorsque toute la famille y était réunie — cela tombait pendant la « semaine de transition » où André et le Prof faisaient l'effort de cohabiter pacifiquement.

Odette, qui avait quatorze ans, m'a dit en substance à Annecy qu'elle avait peut-être inventé cette scène, ou en tout cas inventé l'année, 1939, à cause de son climat « tchékhovien » (ça, c'est d'elle, je m'en rappelle) : un air de fin du monde reconstitué a posteriori dans son esprit à cause de ce qui a suivi — l'invasion de la Pologne dès le lendemain, et puis l'exode, la mort d'André, et enfin celle d'Adèle —, une fin du monde un peu slave (Odette connaissait-elle déjà Tchékhov à quatorze ans ?) ou conforme à ce qu'elle imaginait de l'agonie de la Russie impériale à partir de *La Cerisaie* ou de *La Mouette*. Des familles élégantes réunies dans leur propriété qui essaient de rire de leur décrépitude, tous vêtus de blanc, tolérants avec leurs domestiques, dissertant sur le sens de la vie quand la leur (ou en tout cas leur mode de vie) est condamnée à disparaître, s'enivrant au crépuscule.

Il aurait régné une ambiance de « datcha » en somme, ce soir-là, à *La Croix Saint-Gaud*, avec la mer dans le rôle du bois de bouleaux et Adèle dans celui de la matriarche presque octogénaire, aussi lucide que résignée à s'amuser de ce qu'elle voit, ou au contraire lointaine déjà, plus soucieuse de sa propre fin que de celle d'un monde qu'elle a déjà vu mourir tant de fois.

Je m'avise qu'Odette savait en vérité parfaitement qu'il s'agissait bien du 31 août 1939 : si elle a joué l'incertitude, c'est parce qu'elle n'avait pas encore décidé, à ce moment-là, si elle me donnerait ou non le Journal d'Adèle. C'était au début de ma visite, et elle a eu beau me dire, à la fin, qu'elle était impatiente de se débarrasser du coffret de cuir rouge et des archives qu'il contenait, je pense que ce qui l'y a poussée, c'est que je lui aie dit avoir lu son mémorandum, et m'y être suffisamment intéressée pour avoir eu envie de venir à Annecy.

Elle connaissait le contenu du Journal et se souvenait sûrement qu'Adèle insiste à plusieurs reprises sur notre propension à nous créer un premier souvenir, souvent légendaire, souvent destiné à éclipser le vrai (comme elle avec la palissade, écran commode à la réalité, le mariage de ses parents, un déni qu'elle commente). De même Odette était-elle consciente que son « dernier souvenir » de Saint-Pair était fabriqué, ne serait-ce que parce qu'elle y est retournée l'été suivant.

Elle avait surtout forcément lu l'avant-dernière entrée du Journal et le récit qu'Adèle y fait de cette soirée.

Adèle n'a rien vu ni lu de Tchékhov. Elle n'a jamais aimé aller au théâtre, et jamais eu l'idée, découragée peut-être par les cours médiocres sur la tragédie que dispensait sœur Marie-Rémi aux Oiseaux, de lire des pièces. Aucune de celles de Tchékhov n'a encore été adaptée au cinéma. Sa version du trente-neuvième anniversaire de sa fille, la seule qui lui reste, est donc différente du souvenir qu'Odette, influencée, elle, par *La Cerisaie*, en a gardé.

Il fait encore très beau ce 31 août, même s'il a plu quelques gouttes ce matin. Très chaud surtout. Il va sans doute y avoir de l'orage mais pour l'instant le ciel et la mer sont calmes, écrasés par la canicule. Les jeunes aussi, et comme la mer est basse et qu'on leur a demandé de faire un effort vestimentaire particulier en prévision du dîner d'anniversaire de Marguerite, ils sont rentrés de la plage beaucoup plus tôt que d'habitude et, tous habillés d'un blanc qui rehausse encore leur bronzage, se sont installés dans le bureau d'où, par la fenêtre ouverte, côté terre, s'échappent des éclats de voix. Adèle, qui se trouve au sous-sol dans la cuisine, peut capter des bribes de leurs débats animés. Elle est venue superviser la finition du gâteau. C'est Tudine qui l'a fait (bien que ce ne soit pas son boulot, mais elle réussit mieux les paris-brest que Mme Lamende, la pâtissière de Saint-Pair et c'est le dessert favori de Marguerite). Adèle a appris à Odette comment décorer la couronne de pâte à choux d'un « Joyeux anniversaire » avec la même crème au beurre qui a servi à garnir l'intérieur du gâteau.

C'est Odette qui manie la poche à douille et tente en même temps d'expliquer à sa grand-mère le principe du jeu, inconnu d'Adèle, qui rend les autres tellement bavards, à l'étage au-dessus. Il y a un meneur de jeu (ou une meneuse, c'est selon : mais Charlie est très bon, alors c'est souvent lui qui s'y colle). Il distribue une carte à chacun des joueurs (des cartes qu'Odette a confectionnées, de même qu'elle a contribué à l'invention des règles et des personnages). Chacun se voit donc décerner un rôle : en gros, la moitié des participants sont des gentils et l'autre des espions déguisés en gentils. Le meneur de jeu décrète alternativement qu'on est la nuit ou le jour. Chaque nuit, les espions (ceux que leur carte a désignés comme tels et qui ont seuls le droit d'ouvrir les yeux) tuent (sans bouger, hein, juste en le désignant du doigt) un des gentils « endormis » (ils ont les yeux fermés, eux).

Jusque-là, Adèle suit à peu près, même si elle est davantage concentrée sur les derniers préparatifs du dîner, s'inquiète de savoir si la table a été correctement mise, là-haut, s'il y aura assez de poisson (les jeunes, les garçons surtout, ont un de ces appétits, cette année !).

À chaque fois que le jour se lève, continue Odette, tous les participants ouvrent les yeux et découvrent un nouveau meurtre. Ils doivent alors se concerter pour déterminer le(s)quel(s) parmi eux sont des traîtres et les éliminer. Sachant, précise Odette en attaquant « anniversaire » d'une main un peu hésitante (non non, se dit Adèle, pas de raison d'hésiter : sa petite-fille préférée a laissé suffisamment de place, elle a même parfaitement calculé son coup, « joyeux » n'occupe qu'un petit tiers de la couronne), sachant que les traîtres s'expriment aussi et ont tout intérêt à orienter les soupçons des gentils sur l'un des leurs. D'où ces débats incessants dont les éclats parfois virulents descendent jusqu'à elles.

Les explications d'Odette ne permettent pas à Adèle de vraiment saisir les arguments développés là-haut, elle ne cherche pas sérieusement à comprendre d'ailleurs. Elle a cessé de s'angoisser aussi sur le polissage des couverts à poisson ou la quantité de salade de pommes de terre. Elle frissonne. Il fait nettement plus frais dans cette cuisine, installée au sous-sol et exposée au nord, que dans le reste de la maison mais ce n'est pas la seule raison. Elle songe que ses petits-enfants n'ont pas connu de guerre et qu'ils jouent adolescents aux espions comme ils jouaient plus jeunes avec leurs soldats de plomb : sans savoir. Elle se rassure en se rappelant les paroles apaisantes que lui répète son gendre, le Prof, depuis qu'il est arrivé à Saint-Pair, début août. Cette année, André a décrété qu'on inverserait l'ordre de présence des deux familles. Les « Marguerite » sont donc venus les premiers. Aucune raison à cette dérogation, s'est dit Adèle, aucune autre que le despotisme de son fils aîné qui s'aggrave avec les années au même rythme que sa dépression et son surpoids.

Du coup, c'est au Prof qu'Adèle a pu confier ses craintes, des craintes qu'il a commencé d'éveiller chez elle il y a déjà six ans, un soir, au Bozon, sous le peuplier, à propos de Strauss. S'il réussit à la détendre, ce n'est pas en niant qu'il va y avoir une guerre. Mais au contraire en la convainquant de se réjouir qu'elle ait lieu maintenant : André, son fils, a cinquante-deux ans. Il est médecin, il fera comme la dernière fois : soigner les soldats. Il ne risque rien. Il ne mourra pas. Ses petits-fils sont trop jeunes pour être appelés. Il faut être égoïste, Mère, lui répète le Prof. Ce qui compte, c'est vous. Et vous ne serez pas touchée. Moi non plus — ajoute-t-il parce qu'il est trop intelligent pour enrober de précautions oratoires conventionnelles la vérité, et la vérité c'est qu'ils ont beaucoup de sympathie l'un pour l'autre et qu'Adèle serait affectée s'il arrivait quelque chose au Prof — moi non plus je ne risque rien. J'ai été réformé. À cause de ma myopie. À l'époque, je me suis senti humilié. Mais aujourd'hui, avec Marguerite et les petits, je ne regrette pas. Je tiens beaucoup plus à la vie qu'aux idées finalement. Même s'il ne reconnaît plus dans ce Reich vociférant l'Allemagne des philosophes auxquels il a consacré sa vie. Pas cette fois, Mère, conclut-il chaque fois. Cette fois on ne vous prendra personne. Vous avez assez donné.

Et Adèle ne proteste pas. Elle est d'accord, elle est partante pour l'égoïsme. Elle se souvient de « La Théorie de Camille » : ce destin si peu enviable des hommes, qui doivent lorsqu'il le faut bander et se battre. Aux siens, si la guerre vient vite, n'incombera que la première de ces tâches.

Odette a rempli la poche à douille du reste de crème. Elle a libéré pile assez d'espace sur la couronne de pâte parsemée d'amandes effilées pour dessiner une marguerite.

À l'étage, les voix se sont tues. Charlie s'est assis au piano et joue un air de jazz, le seul qu'Adèle aime vraiment bien et qui couvre à peine le cliquetis des coupes de cristal que ses cousins doivent être en train de disposer sur la table basse du salon. Il est sept heures : André, Suzanne, le Prof, Marguerite et Tudine finissent de se changer et ne vont pas tarder à descendre. Odette a déjà sa robe de broderie anglaise sous le large tablier qu'elle a pris la précaution de nouer pour achever son œuvre. Quant à Adèle, elle ne porte que du noir depuis plus de trente ans et ne déroge pas même aujourd'hui à la règle mais elle a mis sa robe de soie.

Elles remontent toutes deux de la cuisine et émergent dans le hall où le soleil, à cette heure, réveille les boiseries de pitchpin d'éclats cramoisis. Elles clignent des yeux et pénètrent dans le salon au moment où Xavier installe adroitement la dernière des douze coupes (seuls les deux petits derniers d'André et Suzanne ne boiront pas de champagne) au sommet de la « fontaine du tsar ».

Ils sont tous réunis sur le perron pour LA photo. Une tradition familiale, répétée chaque été mais pas forcément le soir de l'anniversaire de Marguerite, ça dépend du temps. C'est André qui officie. Il a toujours préféré les nouvelles technologies (l'automobile, les appareils photo) à son travail de médecin. Il n'a guère l'air de se soucier de sa santé, d'ailleurs. Il a pris beaucoup de poids ces dernières années, fume et boit trop, et le sait.

Les jeunes sont placés devant par ordre de taille. Odette est la quatrième en partant de la droite et si je la reconnais, c'est surtout parce que Adèle précise dans son Journal qu'elle portait ce soir-là de la broderie anglaise : il ne restait plus rien de ce visage poupin ni de ces longues tresses brunes lorsque je l'ai vue à Annecy. Peut-être quelque chose de mûr pour son âge (elle a quatorze ans) dans le sourire mélancolique qu'elle offre à l'objectif me rappelle-t-il vaguement la vieille dame de l'Hôtel du Lac.

Derrière eux, assis sur les plus hautes marches, il y a Marguerite au centre, l'air assez jeune pour ses trente-neuf ans avec sa robe blanche décolletée, ses cheveux coupés court qui volettent dans la brise du soir et masquent en partie le regard ; à sa gauche, les lunettes du Prof, cerclées de fer, reflètent le soleil couchant, empêchant aussi de voir son expression ; à sa droite, Suzanne, qui a grossi presque autant que son mari, a le visage encore plus large qu'à vingt ans, mais les méplats toujours joliment accusés ; puis Tudine, dont le sourire exagéré contredit les yeux inquiets. Tudine a beaucoup plus peur qu'Adèle : sa fille, Yvonne, habite Remiremont, tout près de la frontière. L'aîné de ses petits-fils, dix-huit ans, fait son service militaire à Nancy. À elle, le Prof n'a pu tenir les mêmes discours qu'à Adèle. C'est elle qui cet été, à *La Croix Saint-Gaud*, ne dort plus. Sa patronne le sait mais n'ose pas lui proposer son véronal. Adèle entretient encore l'illusion que personne n'est au courant de ses crises d'insomnie, revenues plus fréquemment depuis quelque temps.

Debout derrière sa fille, son gendre, sa belle-fille et sa gouvernante, Adèle se tient toujours aussi droite et semble vraiment d'un autre siècle. Ses cheveux blancs, légèrement crêpés au-dessus du front et ramenés dans un chignon haut, son tour de cou en gros-grain et les manches gigot de sa robe de soie noire sont « très 1900 », aussi datés que les colonnes corinthiennes et les miroirs peints de *La Saigue*. Elle ne fixe pas l'objectif mais un point plus lointain, la tour du Loup peut-être, ou carrément l'horizon.

André ne figure jamais sur ces clichés annuels.

Ensuite, le groupe s'égaille de nouveau jusqu'à ce que Xavier remonte de la cave avec les bouteilles. C'est le Prof, beaucoup plus mince qu'André, dont le gabarit est un vrai handicap pour cela, entre autres, qui a la mission de faire couler le champagne dans la première coupe, au sommet de la fontaine. Il s'en acquitte sous les encouragements formulés relativement bas par les jeunes, encore envahis d'une appréhension respectueuse devant le fragile édifice de cristal. Les premières gouttes ruissellent d'étage en étage. Il faut s'arrêter au bon moment : lorsque celles du dessous seront pleines à ras bord. La première bouteille y passe, puis la seconde que le Prof vide précisément à la seconde où les bulles atteignent le bord gravé des plus basses. Il attend la fin des applaudissements pour distribuer les verres humides dont les plus précautionneux (ou les plus assoiffés) commencent par lécher le pied.

Charlie vide le sien d'une traite et va se remettre au piano, jouant cette fois un air qu'Adèle a entendu au cinéma, chanté par Maurice Chevalier et dont son petit-fils connaît aussi les paroles, qu'il tente de reprendre avec la gouaille de l'original : « Zavez-vous vu, le nouveau chapeau de Zozo ? C'est un chapeau, un chapeau rigolo. Sur le devant, on a posé trois plumes de paon et sur l'côté, un amour d'perroquet. Pour être original, il l'est, ça je vous le jure ! Ça n'est pas le bibi, le bibi de n'importe qui, etc. »

La fête peut démarrer.

Pas une fête « à tout casser ». Cela reste un dîner d'anniversaire à *La Croix Saint-Gaud* tout de même. Et si certains sont déjà un peu pompettes quand on passe à table, le dîner ressemble assez à tous ceux qu'on y prend en famille, à l'exception de son menu, plus luxueux : une terrine de foie gras qu'Yvonne a faite elle-même et envoyée de Remiremont à sa mère l'hiver dernier, puis un saumon entier, servi froid avec de la mayonnaise et de la salade de pommes de terre, et bien sûr le paris-brest. Autre différence : les convives, par égard pour Marguerite dont on ne doit pas gâcher la fête, évitent scrupuleusement de parler de la « situation ».

Si mon père ne figure pas sur cette photo, c'est qu'il est rentré tard ce soir-là de Jersey où il a disputé sa première vraie régate, à bord du voilier du parrain d'un copain. Ils ont dû attendre devant l'entrée du port de Granville que la mer ait assez monté pour que les portes s'ouvrent. C'est en vainqueur qu'il rejoint les autres pour le dessert.

Adèle ne dit pas qui a l'idée de le servir dans le jardin. Marguerite souffle d'abord ses douze bougies à table (il y a une faible brise dehors, mais même une faible brise, en haut de cette colline, c'est trop pour des bougies d'anniversaire), trois grandes pour les dizaines, neuf petites pour les unités et on passe ensuite au salon pour la distribution des cadeaux.

Seules les grandes personnes en font à Marguerite, c'est la règle, même si les plus jeunes apportent souvent leur contribution sous forme de coquillages prélevés dans leur collection et collés en forme de cœur sur un rectangle de carton, ou d'une aquarelle représentant la baie. Ce soir-là, Marguerite reçoit de son grand frère, sans doute choisi par Suzanne, un flacon de « Cuir de Russie » de Guerlain, de Suzanne elle-même un foulard de mousseline turquoise, de Tudine une photo des enfants, Charlie, Xavier et Odette, prise par un professionnel, une photo de studio présentée dans un cadre en cuir blanc grenu, d'Adèle une bague ornée d'une améthyste que Charles lui a offerte le jour de sa naissance, et de son mari, le Prof, *La Pitié dangereuse*, le dernier roman récemment traduit de Stefan Zweig.

Odette y ajoute une broche confectionnée avec un fragment de verre pilé bleu nuit ramassé sur la plage auquel elle a collé un minuscule brillant, du toc, tombé de la robe d'une de ses vieilles poupées.

Mon père lui a rapporté de son escapade à Jersey une boîte de confiseries alors inconnues en France : ronde, ornée d'un dessin très gueulard représentant un « Major » et une « Miss », élégamment vêtus à la mode « 1900 », comme sa grand-mère, elle contient toutes sortes de chocolats fourrés au caramel, à la pâte d'amandes, au praliné, tous enveloppés de papiers brillants de couleurs différentes ; la première boîte de *Quality Street* qui ait, sinon franchi la Manche, du moins pénétré dans la famille. Ce ne sera pas la dernière.

Tudine et Suzanne transportent la pile d'assiettes à dessert « napoléoniennes » et le paris-brest éteint sur la table de jardin. Chacun retrouve ou feint d'identifier comme sienne la coupe de champagne qui lui a été attribuée avant le dîner : il reste encore deux bouteilles que le Prof va chercher à la cave. Lorsqu'ils s'installent devant la maison, les plus âgés sur les chaises de fonte, les autres en tailleur à même la pelouse, la mer a beaucoup progressé et commence d'encercler la pointe du rocher Saint-Gaud. D'autres voiliers (les perdants, comme l'explique mon père à Adèle) rentrent penauds au port, d'autant plus penauds que le vent est tout à fait tombé et qu'ils peinent à avancer, leurs voiles faseyent mollement dans l'axe du soleil qui lambine lui aussi, tarde à descendre sur les îles Chausey.

Aidés par les bulles, les conversations se délitent, les rires fusent. Dans cette ambiance improvisée de pique-nique, les bonnes manières rigoureusement observées à table sont oubliées et même les parents terminent leur assiette en y passant le doigt qu'ils sucent ensuite, pour ne rien laisser perdre de la crème au beurre de Tudine. Certains « grands » posent une fesse sur la balustrade et personne ne songe à clamer l'avertissement rituel. Ils font d'ailleurs bien attention, conscients d'avoir trop bu.

Comme il fait beaucoup trop beau dehors et que le rayon vert est imminent, personne n'a envie de se mettre au piano. Le Prof a tourné la manivelle du gramophone-valise qui diffuse par la fenêtre ouverte du bureau un air de Tchaïkovski assez dansant pour que certains esquissent quelques pas sur l'herbe.

Adèle, carrée dans le plus confortable des sièges de jardin, sa coupe encore pleine posée sur la table à côté d'elle et son assiette, vide, elle, sur ses genoux (« Cette lettre est la seule preuve que j'aie contre votre mari... Brûlez-la, Madame » : Odette a veillé à lui donner sa favorite), Adèle jouit comme elle ne l'a pas fait depuis longtemps du spectacle. Ce n'est pas tant sa famille, sa descendance réunie sous ses yeux qui la captive, mais l'horizon rose vif, la silhouette sombre de la tour du Loup, les voiles paresseuses des bateaux de plaisance, les minuscules et innombrables îlots qui se découvrent à Chausey lorsque la mer envahit la plage de Saint-Pair, la surface étale, uniment violette de l'eau dont la frange phosphorescente, invisible d'ici, doit maintenant lécher la digue de *La Saigue*. Elle attrape sa coupe et la boit lentement, parie avec elle-même qu'elle la finira au moment exact où le soleil, déjà à moitié englouti, disparaîtra pour de bon, lui adressant un dernier clin d'œil, vert, évidemment, comme l'emballage du chocolat à la pâte d'amandes qu'Odette lui tend, elle qui seule a remarqué que l'assiette de sa grand-mère est vide. Adèle arrête son geste en souriant, lui fait signe d'attendre et avale sa dernière goutte de champagne — une de trop, mais elle a renoncé à être raisonnable ce soir : qu'importe si elle dort mal, ou pas du tout. Le liquide pétillant descend dans sa gorge et franchit l'élégant ruban blanc qui enserre son cou à la seconde où la mer engloutit définitivement le disque rose et où retentissent les exclamations, désappointées ou triomphantes (ou simulant le triomphe), des pique-niqueurs, dont certains assurent bruyamment qu'ils l'ont VU à d'autres qui, le dos tourné ou l'esprit excessivement scientifique, ne l'ont PAS VU.

Adèle a gagné son pari. Elle s'aperçoit trop tard qu'elle a négligé d'en fixer la mise, n'a pas fait de vœu.

Le soleil une fois couché, la soirée aurait pu s'achever tranquillement (André, Suzanne et Tudine sont déjà montés se coucher : ceux-là parce qu'ils ont trop mangé, celle-ci pour chercher vainement le sommeil, consciente qu'à tous points de vue c'est une obscurité menaçante qui doit à cette heure envahir les Vosges et que la seconde partie de l'humanité qui lui est aussi chère que la famille d'Adèle, à moins d'une centaine de kilomètres de la frontière allemande, est plus exposée, dans cette nuit qui y est déjà tombée, que les insouciants estivants rassemblés sur cette pelouse normande).

C'est sans compter avec l'énergie désespérée des jeunes qui décident brusquement d'aller prendre un « bain de minuit » anticipé (il n'est que dix heures). Branle-bas de combat pacifique dans les étages, chacun se précipite et revient, débraillé, une serviette de plage nouée sur le maillot qui n'a pas fini de sécher depuis la baignade d'avant le déjeuner ce matin, la pelouse se vide. Le gramophone s'est tu.

Adèle n'a pas sommeil. Elle ne veut pas pourtant recourir au véronal, tout à l'heure. L'insomnie, certaines nuits, n'est pas une perte de temps mais un moyen de l'étirer, et le sien est compté.

Elle pioche un chocolat enrobé de papier rouge dans la boîte déjà largement entamée et abandonnée près d'elle sur la table de fonte, le mâche avec gourmandise, puis se lève, monte une à une les marches du perron et va s'allonger sur sa banquette, dans l'encoignure du bow-window. Elle est persuadée d'être la dernière à s'attarder en bas. Les petits ont dévalé la colline en s'encourageant à grands cris. Les autres ont disparu. Elle sursaute donc en entendant la musique qui s'échappe soudain du bureau. C'est l'air de Chérubin dans *Les Noces*, le préféré de Marguerite. Sa fille cadette a toujours aimé Mozart davantage que les compositeurs plus récents qu'affectionnent Adèle et le Prof. Les jours où elle est d'humeur à participer aux conversations que sa mère et son mari renouent depuis des années, au fil d'une complicité intellectuelle qui la ravit, Marguerite s'interroge sur ses propres goûts : pourquoi apprécie-t-elle avec tellement plus de facilité les musiciens les plus anciens, elle qui n'aime que la littérature moderne ?

« Voi che sapete », se lamente gaiement Chérubin. Des fenêtres du bow-window, Adèle, invisible, regarde sa fille et son gendre s'avancer sur la pelouse, se diriger vers la balustrade, s'y appuyer prudemment face à la mer. Marguerite, fluette dans sa robe plissée largement ceinturée à la taille, les bras et les jambes nus et hâlés, a l'air d'une toute jeune fille ainsi vue de dos. À son âge, songe Adèle, elle-même allait tomber enceinte pour la dernière fois.

Elle revoit le jour de la naissance de Marguerite, trente-neuf ans plus tôt. Elle se le rappelle beaucoup plus nettement que les prénoms des voisines parisiennes avec qui elle organise encore les fêtes paroissiales, à Saint-Germain-des-Prés. Elle désapprouve cet usage des prénoms, une relative nouveauté introduite par les plus jeunes. Elle se rappelle mieux la naissance de Marguerite que les enterrements auxquels elle a assisté cette année, mieux même que les morts (Arabella par exemple ? Henry, oui, elle en est sûre, mais Arabella ? Adèle en aurait-elle seulement été informée ?).

Marguerite est née aux *Binelles*, comme tous les autres, comme leur mère et leur grand-mère avant eux. Un quatrième accouchement : autant dire une formalité. Aucun souvenir d'aucune douleur, juste du choc chaque fois hallucinant (littéralement : Adèle ressent l'accouchement et les semaines qui suivent comme une sorte de surdose hallucinogène) de cet individu tout neuf, déjà indépendant de sa vie à elle. Charles est entré, a pris sa petite fille dans ses bras, puis la lui a confiée le temps de sortir de sa poche un écrin de cuir vert. À chaque fois il lui a offert un cadeau mais celui-ci est particulier. Il a fait monter en bague une améthyste qui ornait jadis l'épingle de cravate de son père, le juge Armand. La monture est toute simple et la pierre, explique Charles à Adèle, est supposée préserver de l'ivresse. Elle lui a jeté un regard un peu ivre, précisément, et il lui a passé la bague au petit doigt. Elle était si grasse à l'époque ! Heureusement, elle n'a pas eu à faire ajuster l'anneau pour Marguerite qui la portera facilement à l'annulaire.

La nuit n'est pas encore tombée. Le ciel, d'un indigo très clair autour d'eux et encore strié de bandes dorées au-dessus de Chausey a la même couleur, se dit Adèle, que la voix de soprano qui lui tire d'étranges larmes de joie. Le Prof, d'un geste qu'elle ne lui a jamais vu faire, enlace tendrement la taille de Marguerite et pose un baiser sur ses lèvres. Adèle n'ose pas bouger. Elle ne se sent pas indiscrète, pas vraiment, mais ne veut surtout pas interrompre ce moment de tendresse dont elle se réjouit qu'il ait l'air si naturel aux amoureux qui, lui tournant le dos, découpent leur silhouette presque confondue sur ce décor qu'elle connaît par cœur. «Voi che sapete»... Elle ferme les yeux.

Lorsqu'elle les rouvre, ils ont disparu. Elle n'a pas entendu la musique s'arrêter, ni leurs pas dans l'escalier, pressés sans doute de retrouver l'intimité de leur chambre. Elle ne s'est pas endormie, durant ces quelques secondes. Elle a lutté pour repousser une autre vision, ancienne et familière celle-là, qui la hante depuis exactement vingt-cinq ans, celle de Victor escaladant la colline sur les traces de son aîné. Mais le souvenir de son fils perdu a ranimé par une association d'idées qui lui donne la force de soulever ses paupières une autre sensation familière : c'est lui, Victor, qui (passant des heures, enfant, à dévorer des histoires à dormir debout, d'expéditions sous-marines ou spatiales, sa mèche brune balayant les tranches dorées d'une énième édition Hetzel de Jules Verne, allongé dans l'herbe des *Binelles* à ses côtés), c'est lui qui, résumant pour elle, exalté, ces voyages dans l'espace, a donné forme au sentiment peut-être le plus fort, en tout cas le plus durable que sa mère ait jamais éprouvé : pour cette plage, pour cette côte désolée.

Une autre planète, voilà où elle a l'impression de s'être fixée : la lumière crue, aveuglante, qui déchire parfois le ciel si proche, les petits êtres qui sillonnent la vase beige au loin, les rides creusées dans le sable qui dessinent de larges ellipses comme à la surface d'un astre inconnu. Un autre monde. La fin de la terre.

Adèle n'a jamais eu l'occasion d'accroître ce sentiment que je connais aussi, que me donne comme à elle cette baie, d'être transportée en un point éloigné et vierge de l'univers : elle n'a jamais, contrairement à moi, approché les îles Chausey à la voile à l'heure où la mer se retire, jamais jeté l'ancre à une cinquantaine de mètres des rochers encore à moitié immergés, peu à peu découverts, révélant sur leurs flancs une épaisse couche de lichens jaune vif, des rochers qu'on dirait indépendants les uns des autres, grosses fleurs se déployant au milieu d'une eau transparente et glaciale. Elle n'a jamais plongé du bateau ni gagné à la nage une destination d'abord invisible, lutté avec confiance contre l'engourdissement (la température de l'eau y est rarement supérieure à 17°) en enchaînant les brasses vers ce point situé entre les rochers, senti enfin sous ses pieds le sol et pris appui sur le banc de sable qui soudain affleure. Jamais elle ne s'est redressée et tenue debout sur cette plage nouvellement renée qui à chaque marée regagne le fond pour s'en extraire, alternativement. Les minuscules coquillages concassés qui brûlent alors la plante des pieds, la lumière aveuglante qui les fait scintiller, les parures gluantes du varech aux parois des mégalithes naturels qui maintenant séparent cette plage de ses voisines, elles aussi sorties des eaux en quelques minutes, tout autour, tout concourt à faire de cette baignade unique, possible seulement lorsqu'une météo favorable coïncide avec une marée à fort coefficient, l'équivalent d'un voyage dans l'espace, et à transformer les baigneurs en astronautes.

Plus tard dans la nuit, Odette, rapidement dessalée dans une baignoire du second, ayant aperçu un rai de lumière sous la porte de sa grand-mère, vient frapper à la porte d'Adèle pour un dernier bonsoir. Comme d'habitude, ce bonsoir s'éternisera, cette fois presque jusqu'à l'aube, l'adolescente bercée par les récits toujours répétés de l'enfance d'Adèle aux *Binelles*, de sa jeunesse aux Oiseaux, de son mariage avec Charles. Rien que des souvenirs gais cette nuit-là : rien sur les guerres, rien sur les morts. Odette finira par s'assoupir sur le grand lit où le matelas vieux de cinquante ans creuse des ornières humides. Là-haut, Tudine ne fermera pas l'œil.

À l'heure à peu près où le cuirassé *Schleswig-Holstein* se mettra à bombarder la Westerplatte, au large de Dantzig, seules Adèle, Tudine et Odette entendront Xavier vomir par la fenêtre.

1ᵉʳ JANVIER 2012

Il a neigé trois jours et encore toute cette nuit mais il fait beau ce matin et je peux enfin me remettre au jogging. Pas sur la plage de Saint-Pair, trop courte et impraticable lorsque la mer est haute, mais sur celle de Jullouville, trois fois plus longue et dont la digue sur toute cette longueur est surmontée d'une promenade publique qui permet de courir sans se soucier des horaires de marée. Comme un ruisseau, le Thar, sépare les deux, j'ai l'habitude d'aller en voiture jusqu'à l'extrémité nord de la plage de Jullouville où je la gare, puis de courir une heure : jusqu'à l'école de voile, à l'extrémité sud, et retour.

Nous sommes les seuls, Jules et moi, à nous emmitoufler pour cette course. Les autres dorment encore. Quant à la plage de Jullou, elle est vide de tout promeneur, pêcheur, cavalier.

Le paysage ressemble à un collage : deux morceaux de cartes postales expédiées l'une de Méribel, l'autre de Tahiti, et nous à la jointure. À gauche, côté terre, les dunes enneigées d'où dépassent des cimes de sapins (un des rares arbres à supporter le climat d'ici, les jardins, résignés, en sont pleins) ont exactement la hauteur des remblais à l'arrivée d'un télésiège ; l'illusion est si parfaite que nous entendons presque cliqueter la machinerie, guettons pour rire l'éjection d'un groupe de skieurs accoutrés comme nous qui couperait imprudemment notre route, grisés par l'altitude. À droite, mer et ciel uniformément bleus, mais surtout plage de sable *blanc*, une blancheur toute provisoire comme nous le constatons en abandonnant la digue pour la rejoindre dès que la mer est suffisamment descendue : nos baskets brisent sans effort ni risque de glissade la fine couche de neige glacée qui recouvre la plage, modifiant le crissement familier qui forme l'unique bruit de fond de notre promenade, les deux premiers kilomètres. Avant que ne montent les endorphines, concentrés sur nos courbatures, le rythme de nos respirations et aujourd'hui l'effort pour oublier la température (plus savoyarde que tahitienne il faut le reconnaître), nous ne parlons qu'à peine, ou seulement pour râler.

Parvenus à la hauteur de l'ancien casino, nos muscles et notre nez se sont réchauffés, l'hormone sans laquelle nous n'irions pas courir, dont seuls les effets euphorisants prolongés expliquent notre assiduité commence à se manifester et, comme nous n'avançons pas plus vite qu'un marcheur normal, nous pouvons nous mettre à discuter.

Jules qui n'est arrivé que la veille au soir, trop tard pour entendre les (derniers ? nous l'espérons tous, à *La Saigue*) vœux du président Sarkozy, me demande où en est mon projet de livre sur Adèle. Il ne dit pas « Adèle » d'ailleurs mais « ta grand-mère, tu sais, la fille de la pute ? ». Je rectifie pour la énième fois : « Adèle est mon arrière-grand-mère et sa mère plutôt ce qu'on appelait à l'époque une demi-mondaine, ou une cocotte.

— OK : une pute de luxe alors.

— Si tu veux.

— Tu ne m'avais pas dit que tu avais l'intention d'aller à Annecy ? Voir ta tante, là, celle qui sait tout ?

— Tante Odette. Si.

— Et alors ?

— Alors je suis allée à Annecy il y a quinze jours pour une conférence, à la médiathèque, avec Anna. »

J'enlève ma veste en laine polaire et en noue les manches autour de ma taille sans m'arrêter de courir. J'ai encore un tout petit peu trop froid pour m'en passer mais ça me donne un prétexte pour m'interrompre. Jules attend encore quelques secondes avant de me relancer.

« Et tu l'as vue ? Tu l'as fait parler ? Elle est gâteuse ? Tu as appris des trucs ? »

Je rajuste mes mitaines et finis par répondre. Autant tout lui raconter.

« C'était vers la mi-décembre. On est parties un mardi en fin de matinée. Un trajet sinistre : rien que des champs marron, des lacs gris, tout ça sous une pluie molle. Anna corrigeait courageusement un paquet de copies pendant que moi je faisais des sudokus. Je n'avais même pas contacté le cousin susceptible de me donner les coordonnées de tante Odette. C'était pour elle que j'avais accepté ce voyage et j'imaginais déjà ton rire désapprobateur quand je te révélerais que j'avais passé deux jours à Annecy sans même connaître son adresse. Du coup, quand le train s'est arrêté à la gare d'Aix-les-Bains, j'ai profité de ce qu'il y avait du réseau et j'ai envoyé un SMS au cousin dont je supposais qu'il avait les coordonnées d'Odette, mais sans préciser pourquoi je cherchais à le joindre. On nous attendait à la bibliothèque à six heures, le train arrivait à quatre. On s'est blotties sous un parapluie et on a arpenté les rues pavées, admiré les canaux, les vitrines de Noël. On a même été jusqu'au bord du lac mais la nuit tombait déjà, on ne voyait rien. Alors on est entrées chez un chapelier et on a dû essayer à peu près tout le magasin. On a fini par acheter chacune une toque en fausse fourrure et puis on est allées dans un bistrot désert où on a bu un vin chaud. On était d'excellente humeur, grâce à nos chapeaux de folles et aussi au vin chaud (plus chargé en alcool qu'on n'en a l'impression : au goût, c'est la cannelle qui l'emporte). Mais pas au point de nous saouler. Quand on est montées sur l'estrade installée dans la bibliothèque, il y avait le public habituel (beaucoup de femmes seules, d'âges variés), plutôt fourni cette fois. Nous avons joué notre rôle : questions, réponses, ça roulait. Apéritif, puis dîner dans un restaurant typique avec les responsables de la bibliothèque, trop de tartiflette, trop de génépi, mauvaise nuit dans une chambre non-fumeur et seulement pourvue d'un velux, impossible à ouvrir sous cette pluie continue. Le lendemain matin, Anna s'est levée beaucoup plus tôt que moi. Elle devait rentrer à Paris par le premier train. Moi, j'avais prévu d'attendre le suivant et je l'ai regretté quand je l'ai vaguement entendue quitter sa chambre, à côté de la mienne, à l'aube. J'étais déjà réveillée, j'aurais mieux fait de partir avec elle. À défaut de rendre visite à tante Odette, qui vivait d'ailleurs peut-être à perpète, dans la périphérie d'Annecy, que je n'avais pas prévenue et dont j'avais oublié le nom de famille, si je l'avais jamais su, je me suis résignée à refaire la balade de la veille, sans shopping ni vin chaud cette fois, jusqu'à ce qu'il soit l'heure de partir pour la gare. Le cousin à qui j'avais envoyé un SMS ne m'a pas rappelée. »

Nous sommes maintenant arrivés à la hauteur du club de voile et il est temps de faire demi-tour. Jules n'a pas bronché. Il attend une suite qui ne vient pas, se lasse enfin de l'attendre.

« Et c'est tout ? Qu'est-ce que je suis censé faire déjà ? Ah oui : rire désapprobateur. » Il hennit vigoureusement (c'est à quoi son rire ressemble en général). La désapprobation n'est pas nettement exprimée dans ce seul hennissement et il le complète donc en la formulant plus explicitement, sa réprobation. « J'espère que c'était bien payé au moins ? Parce que te taper dix heures de train pour aller voir la seule personne qui peut faire progresser ton enquête et te contenter d'une toque en fourrure, c'est un peu crétin, non ?

— Même pas en fourrure. En fausse fourrure, la toque.

— Mouais. Une fausse toque. Une fausse enquête. Et toi tu es une vraie toquée. »

En temps normal, Jules est vivement encouragé à se moquer de moi. Il me houspille avec tant de gentillesse et d'à-propos qu'il a même le droit de s'en prendre à mon travail. Mais cette fois je me sens obligée de me défendre, d'argumenter, et ma justification, longuement mûrie depuis quinze jours, nous occupe jusqu'à l'ancien casino. Il y a d'abord ce que je sais d'Adèle : en gros, ce que m'a appris le mémorandum de tante Odette et dont je peux de mémoire dresser la liste, assez courte, en me cantonnant aux faits (qui sont pour certains plus détaillés dans son texte que je ne le fais ici) :

Sa mère, célibataire à sa naissance, a déjà deux enfants illégitimes dont un fils absent et une fille excessivement nerveuse, un peu dérangée peut-être, et elle vit luxueusement des cadeaux de ses amants. Elle mène une existence suffisamment scandaleuse pour que les enfants d'Adèle, cinquante ans plus tard, aient encore du mal à se marier dans la bonne société qu'ils fréquentent.

Son père est médecin, membre de l'Institut, il soigne l'aristocratie du faubourg Saint-Germain.

Adèle a environ quatre ans lorsqu'ils se marient et neuf ans à la mort de sa mère.

À dix ans, en septembre 1870, elle est envoyée pour la première fois à Saint-Pair avec une cousine éloignée. Elle passe ensuite l'hiver à Pontoise.

Elle fait ses études secondaires au couvent des Oiseaux. Elle a le droit de rentrer chez elle le mercredi soir et prend donc deux bains par semaine. Son père, un noceur, lui révèle les frasques d'une dame que les bonnes sœurs lui ont présentée comme une sainte. Il l'emmène chasser sans permis.

Elle prône les mariages d'amour, y compris à une amie qui accepte finalement un prétendant imposé.

À vingt ans, elle assiste à la mort subite de son père au cours d'une partie de chasse chez des inconnus.

Dans les mois qui suivent, un jeune homme auquel elle s'apprête à se fiancer est tué d'une balle dans la tête par un concierge pris de folie alors qu'il rend visite à un ami.

Adèle, riche mais relativement déshonorée par le passé de sa mère, rencontre chez des amis communs, mélomanes comme eux, un Alsacien exilé et pauvre. Ils s'aiment. Ils se marient contre l'avis de son tuteur. Elle exige de conserver son nom de jeune fille et qu'ils portent tous deux les deux.

Elle fait construire *La Croix Saint-Gaud*.

Elle a quatre enfants, deux fils, deux filles.

Elle recrute une gouvernante avec qui elle cohabitera jusqu'à sa mort et qui perd un petit garçon, envoyé en nourrice. Avant d'être engagée, elle a refusé de travailler chez la même amie d'Adèle qui a accepté un mariage imposé, à cause du mari, réputé harceleur.

La cousine éloignée avec qui elle a découvert Saint-Pair fait construire *La Saigue*.

Son mari meurt d'un cancer lorsqu'elle a quarante-huit ans.

Un de ses fils est tué dès août 14.

L'autre perd en même temps sa première petite fille.

Une de ses filles, après des déceptions sentimentales, s'engage comme infirmière et meurt d'une méningite en 19.

Adèle est de plus en plus bigote.

Elle marche des heures, tous les jours.

Elle est insomniaque.

Elle est colérique.

Son fils aîné meurt un an avant elle.

Ça, c'est ce que je sais. Évidemment, en allant interroger tante Odette, j'en apprendrais peut-être davantage et réduirais un peu l'immense champ de mon ignorance. Parce qu'il y a aussi tout ce que je ne sais pas. Mais plus j'y pense (et c'est la raison pour laquelle je me suis dégonflée, à Annecy), plus je mesure l'étendue de ce que je ne saurai jamais. De ce qui restera toujours invérifiable.

« Et si, objecte Jules, il y avait autre chose : imagine que ta tante Machin ait gardé un journal intime, des lettres, je ne sais pas ?

— Tu lis trop de polars. »

Nous nous laissons distraire un moment par une nuée de tout bébés mouettes qui font leurs premiers pas sur la bande de plage redevenue normalement beige là où la mer vient de se retirer.

Puis je reprends : « Non. Si j'écris sa biographie, elle sera improbable. Littéralement : je n'ai que très peu de preuves. Je ne peux faire que des hypothèses, des spéculations. Travailler à partir du peu que j'ai.

— Invente.
— Pardon ?
— Invente. »

Nous sommes presque revenus à notre point de départ : le poste de secours, au nord de la plage de Jullou, où nous avons laissé la voiture. Il ne nous reste plus que cinq minutes. Devant nous la frontière (presque imperceptible dans tout ce blanc) que trace en sinuant le Thar, puis la petite falaise qui garde l'entrée de Saint-Pair avec, tout en haut de la colline, *La Croix Saint-Gaud* dont les volets sont fermés. La neige a enfoui les nombreuses maisons récemment construites sur la falaise, leurs toits d'ardoises, leurs murs de pierre neufs sont entièrement recouverts et en clignant des yeux je peux m'imaginer comment la maison du capitaine s'offrait à la vue, de là où je me trouve, à l'époque d'Adèle : un modeste rectangle blanc souligné de traits de brique dominant des prés vierges, seule sur sa colline. Le rocher Saint-Gaud nous masque les villas plus basses, celles qui, comme *La Saigue*, donnent directement sur la plage de Saint-Pair. Seul anachronisme : dans le ciel entièrement dégagé, passe le Dublin-Athènes. Ou est-ce le Montréal-Istanbul ?

À la maison, personne n'est encore réveillé. Nous avons attendu jusqu'à minuit cinq hier, Jules et moi, pour les vœux réglementaires, mais les autres ont sans doute bu et traîné beaucoup plus tard, comme en témoigne le nombre de bouteilles vides amassées dans l'entrée. Du coup, nous mettons la musique assez bas. Le disque que nous écoutons ces derniers mois pour accompagner notre séance de stretching est un album de Massive Attack, toujours le même. Il est peut-être temps d'en changer. Nous installons nos tapis de yoga comme d'habitude dans l'ancienne salle à manger d'Arabella, longtemps dédiée au ping-pong quand j'étais plus jeune et transformée par mon père en bibliothèque il y a une vingtaine d'années.

C'est Jules qui revient à la charge. « Reprends ton histoire à partir d'Annecy. Invente la tante Odette. Invente d'autres documents, des lettres, des journaux intimes. Fais-en un roman. »

J'ai la tête en bas lorsqu'il achève sa phrase. Tout en étirant l'arrière de mes cuisses et de mes mollets, je contemple à travers les fenêtres du bow-window le paysage familier (il y a aussi un bow-window ici, à *La Saigue*, dans cette pièce) mais sens dessus dessous : le ciel bleu surmonté d'une mer calme, la pointe de Granville à gauche, le rocher Saint-Gaud à droite. Le même, mais transformé.

«Je peux inventer tante Odette. À défaut d'être allée la voir, je l'ai imaginée déjà : elle ressemblerait à l'héroïne du roman de Zweig, *Vingt-quatre heures de la vie d'une femme*, elle aurait connu une grande passion pour un homme plus jeune et vivrait seule avec ses souvenirs à l'Hôtel du Lac, comme un personnage d'Anita Brookner. Et toi ? Tu veux que je t'invente aussi, pendant qu'on y est ?

— Pourquoi pas ? De toute manière, tu ne fais que ça. Je te garantis que le Jules que tu vois en moi est un pur produit de ton imagination. Si tu ouvrais les yeux, tu partirais en courant. Vas-y, invente-moi. Ne te gêne pas. Mais s'il te plaît, ne me fais pas mourir dans d'atroces souffrances. D'abord, je suis tout à fait hostile à l'idée de mourir. Et tu sais qu'en plus je suis très douillet.»

Dans cette posture, je ne peux pas regarder Jules.

Mais je peux lui répondre, en toute honnêteté, que si je suis son conseil, si j'écris un roman et si Jules y est représenté, je déciderai plus tard de son sort. Et encore, si je veux.

LA DERNIÈRE LISTE

Les dernières pages du Journal d'Adèle se présentent encore sous forme de listes. Rien n'est daté. Mais, comme dans les précédentes, l'écriture et la couleur de l'encre sont parfois différentes d'une ligne, d'un paragraphe à l'autre et j'imagine qu'elle les a complétées aussi longtemps qu'elle a pu, tant que la maladie très rapide qui l'a tuée le 30 novembre 41 lui en a laissé la force, jusqu'au bout (ce même dimanche, un sous-marin allemand, le U026, est le premier à être coulé grâce à un radar de surface aérien ; les SS pénètrent dans le ghetto de Riga, en Lettonie, capturent plus de dix mille Juifs et les conduisent dans la forêt de Rumbula où ils sont exécutés et jetés dans des fosses communes ; au palais de Chaillot, on donne un festival Mozart : le chef d'orchestre, un Alsacien, sera décoré pour faits de résistance à la Libération).

Adèle qui a si souvent souffert d'insomnies y compte les chambres où elle l'a cherché comme on compte les moutons pour trouver le sommeil.

MES CHAMBRES :

Les Binelles
Il y a la chambre de Mère, où je suis née.

Je ne sais pas laquelle c'était.

Je me rappelle celle qu'elle occupait avec Père quand j'étais enfant. Aujourd'hui, elle n'existe plus. Elle correspond à la moitié de la salle de bains de Tudine et à un bout du couloir, au second étage. Si ma mémoire est exacte, le lit de mes parents était à peu près à l'endroit où se trouve maintenant sa baignoire.

Mais je ne suis même pas sûre d'être née dans cette chambre-là. Je sais si peu de choses, ou si peu de vraies, sur les années qui ont précédé leur mariage.

Il y a ma chambre d'enfant, que j'ai gardée jusqu'à mon mariage à moi. Les deux lits jumeaux (Arabella restait souvent dormir aux Binelles*) avaient une courtepointe en cretonne imprimée de petites fleurs rouges sur fond blanc, assorties aux rideaux.*

Elle donne sur la rue.

Il n'y passait pas grand monde quand j'étais petite.

Ou alors j'avais le sommeil plus lourd.

Je me souviens du temps où on a installé le premier lampadaire à bec de gaz. Au début, je me relevais des dizaines de fois tous les soirs pour essayer de tirer les rideaux au maximum. Je me persuadais que je ne pourrais pas dormir s'ils n'étaient pas parfaitement jointifs, si la lumière pouvait pénétrer. Son rayon tombait pile sur mon oreiller. Mais j'étais trop petite pour atteindre la partie supérieure des rideaux à fleurs. Appeler Pauline aurait créé un mini-drame. Alors je me suis habituée au triangle blanc projeté sur le mur, derrière les barreaux de cuivre de ma tête de lit.

Les fleurs ne ressemblaient à rien et on les appelait des cerises. On les a appelées comme ça jusqu'à ce que le tissu meure et que je sois obligée de tout remplacer.

On disait : qui dort dans la chambre aux cerises ? Ou : peux-tu aller vérifier que je ne l'ai pas oublié dans la chambre aux cerises ? Jusqu'à la naissance de Marguerite : c'est là que j'ai mis les rayures bleues et blanches. En vérité, on a continué à dire « l'ancienne chambre aux cerises » même du temps des rayures bleues et blanches.

Elles y sont encore.

C'est là que dort Odette.

Quand je me suis mariée, bien avant de faire LES TRAVAUX, *je me suis installée avec Charles dans ce qui était un petit salon, au premier. J'avais toujours bien aimé cette pièce qui ouvre sur le parc.*

On ne s'en servait pas souvent mais du coup j'allais m'y cacher pour avoir la paix. Il y avait une méridienne sur laquelle je restais des heures à ne rien faire, surtout à l'adolescence.

Non : pas à ne rien faire. À écouter les cris de Pauline qui me cherchait dans toute la maison et même dans le parc, par beau temps.

Je me souviens du jour où je suis allée commander le lit. J'étais fiancée. Je ne pensais qu'à ce que nous y ferions ensemble, Charles et moi. Mais le chef de rayon, au Bon Marché, était bien trop convenable pour s'en douter.

C'est un lit solide. Nous y avons effectivement beaucoup chassé le crocodile. Mes quatre enfants y sont nés.

Charles y est mort.

J'y dors encore aujourd'hui.

C'est MA chambre. Plus qu'aucune autre. Plus même que celle de Saint-Pair.

Je ne la vois même pas. Si j'étais aveugle, ce serait pareil. Je ne regarde pas vraiment par la fenêtre. Pas comme à Saint-Pair où le paysage change tout le temps et transforme la pièce aussi.

Aux Binelles, on entend de plus en plus de trains, surtout la nuit et qui s'arrêtent de moins en moins à la gare de Sèvres. Chaque fois je m'imagine leur trajet jusqu'à Granville.

C'est là que je cache mon coffret rouge.

Il faut que je parle à Tudine du coffret. De ce qu'elle devra en faire après ma mort : y ranger ce Journal, le mettre avec les portraits de Mère, dans la cave, rue Récamier, cette cave qui n'est pas vraiment à moi.

Il y a eu des rideaux en velours bleu roi, au début. Et puis, après LES TRAVAUX, quand la maison a été mieux chauffée, de la percale avec d'énormes fleurs vertes. Juste avant la guerre, j'ai fait mettre une laine écossaise, rose et grise.

Je mourrai avec.

Je mourrai probablement dans cette chambre.

Baar-bédjouy

J'y ai toujours eu la même chambre.

J'avais déjà un grand lit depuis longtemps (enfin, grand : un « trois-cuisses », comme dit Tudine) dans ma chambre de jeune fille, quand Père est mort et que j'ai rencontré Charles.

Quand j'ai beaucoup grossi, on dormait encore plus collés, tous les deux.

Je me souviens du matin, avant notre premier rendez-vous, à Saint-François-Xavier. La Princesse au petit *pois. Celle qui est si gâtée, si épargnée par le malheur qu'elle est désagréablement sensible à la moindre imperfection de son matelas. En voit son sommeil gâché. Je portais une robe à plumetis ce jour-là. Je l'ai gardée pendant des années, même si j'avais bien trop grossi pour la remettre.*

Une relique.

J'ai fini par en faire un déguisement pour Odette.

Le tapis, le couvre-lit, les tentures sur le mur au-dessus de la tête de lit, la tête de lit aussi d'ailleurs, sont imbibés de bébés Armand-Duval. Toutes ces fois où on ne souhaitait pas spécialement en faire et où ils finissaient en giclées qui imprégnaient les draps mais aussi, c'est selon, tout le reste, autour de nous.

Même chose dans la plupart des chambres que nous avons partagées.

Il faut décidément que je veille à ce que Tudine s'occupe de ce Journal quand je ne serai plus là.

Jamais je n'aurais voulu m'installer avec Charles dans la chambre de Père.

À la naissance d'Aliénor, je l'ai vidée et transformée en nursery.

De nos fenêtres, on voyait loin. Quand il faisait très chaud, Charles se relevait pour fumer une dernière cigarette, appuyé à la rambarde. Derrière lui, sans quitter le lit, je pouvais voir le dôme des Invalides. Et, à la fin, la tour Eiffel.

Je me souviens m'être chaque fois promis de me souvenir de ça, quand je serai vieille, quand je serai presque morte : la silhouette de Charles, nu, de dos, la taille un peu marquée pour un homme, ses cheveux bouclés, qui se découpaient sur la nuit claire, dans la fumée de sa cigarette. *Je me disais : c'est un moment parfait. Il faut m'en souvenir.*

Et le calme des jardins juste en dessous, plus profond encore les nuits d'hiver, quand la neige recouvre les toits et les allées de l'école.

Aucun regret quand j'ai décidé de la quitter, cette chambre. Mais le jour du déménagement, c'était une autre affaire. Je n'ai pas pu m'empêcher d'y remonter après le départ des derniers cartons. Vide, elle paraissait beaucoup plus petite. Et très sale : à cause du contraste entre les rectangles correspondant à la place du miroir et des tableaux, où le tissu était intact, un damas bleu ciel, et le reste des murs, gris-noir.

<u>La pension Maraux</u>
Honnêtement, j'ai tout oublié de la chambre en elle-même.

Mais je revois encore les ombres dessinées par les pans de mur inclinés, le courant d'air qui a claqué la porte et éteint la chandelle de Pauline, le premier soir, les lambeaux de papier peint.

Et, plus tard dans la nuit, quand on n'entendait presque plus le bruit des vagues, quand la mer qui nous avait accueillies en explosant contre la fenêtre est descendue, il y a eu, pour la première fois de ma vie, la caresse rythmée du phare de Granville sur les décrochements du plafond.

<u>La maison de Pontoise</u>
Pourquoi je m'en souviens si bien, de celle-là ?
Ah, si, sans doute à cause du Journal.
C'est là-bas que j'ai commencé à le tenir.

Il y avait un petit bureau Empire sous la fenêtre où je m'installais, toute fière de tenir un journal. Et une alcôve. C'est dans le Journal. Je l'ai relu. J'avais une écriture très maladroite, à peine formée pour une fille de dix ans. J'adore les alcôves. J'adore le mot « alcôve ». Voilà ce que je notais en pleine insurrection communarde.

<u>Le dortoir des Oiseaux</u>
Il y en a eu plusieurs évidemment. Mais ils se ressemblaient tous.
La cloche de la chapelle qui sonnait toutes les heures, même la nuit.
Ça sentait très mauvais. Surtout l'année où je dormais à côté de Marie-Hélène. Vers treize ans, elle s'est mise à puer sous les bras.
On se demandait, avec les autres filles, s'il fallait lui dire.
Je ne me souviens plus si on l'a fait.
L'odeur en tout cas s'est améliorée.

<u>La pension près de Cannes</u>
Père nous réservait toujours la même chambre, à Pauline et à moi, au rez-de-chaussée, ouvrant sur la terrasse où nous avons roulé presque nus sur les dalles une nuit, avec Charles, des années plus tard.
C'est l'époque où j'ai commencé à ne plus supporter de dormir avec Pauline.
J'avais beau grandir, on m'attribuait toujours un lit d'appoint, trop court, trop étroit. Pauline ronflait.
Je n'ai jamais réussi à m'habituer au Sud. Impossible après le choc de Saint-Pair.
J'étais partiale. Je trouvais tout moins bien.

Même la végétation.

Et pourtant il y avait un joli jardin qui descendait, sous la terrasse. Des citronniers. Mais moi je ne voyais que ces drôles de petites plantes en forme de pommes de terre frites, d'un vert luisant, qu'on appelait des « griffes de sorcière ». C'est comme ça en tout cas que les appelait la propriétaire de la pension.

Quand j'y suis retournée avec Charles, on s'est installés à l'étage. Je me disais que ça devait ressembler à ça une chambre italienne, ou espagnole : des volets clos toute la journée (il a plu tout le temps cette semaine-là, après le premier soir, mais il faisait quand même très chaud), des meubles en bois sculpté très foncé, presque noir, des rideaux poussiéreux et jaune vif, des tomettes au sol.

Je ne suis jamais allée ni en Italie ni en Espagne.

<u>Les relais de chasse</u>
Il y en a eu tant.

J'étais si fatiguée quand je finissais par aller me coucher : on se levait avant l'aube et on passait la journée dehors, par tous les temps.

Et la nourriture qu'on nous servait, notre butin, une nourriture pour hommes, était si lourde, si riche.

Je montais, me jetais sur le lit, assommée.

J'étais trop petite, trop peu initiée par Père à ces choses-là pour faire la différence entre un authentique pavillon Louis XIII et une copie Napoléon III.

L'important, c'était la qualité des couvertures. La plupart de ces chambres étaient mal chauffées, ou pas du tout.

Père et moi emportions toujours les nôtres, dans notre paquetage de chasseurs.

Tous les week-ends d'automne, soit une vingtaine, depuis mes quatorze jusqu'à mes vingt ans : une centaine de chambres environ.

J'ai dû coucher plusieurs fois dans la même d'une année sur l'autre, mais je ne m'en souviens plus.

Du coup, même s'il y en a eu des dizaines, c'est ma couverture que je revois. Un plaid écossais, rouge et jaune. Le seul lien entre elles toutes.

<u>Les Landes</u>
Non. Pas toutes. La dernière fois, c'était en septembre, bien plus au sud que d'habitude. Je n'avais pas pris mon plaid.

La chambre était vaste, simple et nue.

Les murs peints en vert amande, des rideaux presque transparents qui se tordaient sous l'orage, le premier soir.

J'avais laissé la fenêtre ouverte. Je faisais ma toilette pour le dîner. C'était exceptionnel. Une partie de chasse avec dames.

Je me brossais les cheveux en comptant les secondes entre les coups de tonnerre et les éclairs qui suivaient. Trois secondes égalent un kilomètre, comme me l'avait appris Jacques une nuit où nous rentrions de l'opéra, une nuit de juin : on passait sur le pont Royal quand la pluie s'est mise à tomber.

Je comptais les secondes en même temps que les coups de brosse. Mes cheveux étaient encore plus électriques que d'habitude. Ou j'en avais l'impression.

Plus que dix. Plus que quatre. Plus qu'une. Les murs de la maison ont semblé se craqueler, comme la digue devant La Saigue *le seul matin où je m'y suis réveillée.*

La foudre est tombée plus loin, dans la forêt. Le souffle de l'explosion. La mousseline blanche des rideaux s'est ruée à l'intérieur de la pièce, comme des voiles, de mariée ou de bateau. J'ai attendu que la pluie frappe de biais le plancher, qu'elle atteigne presque mes pieds avant de fermer la fenêtre.

Après le dîner, l'orage passé, je l'ai rouverte en me couchant.

L'odeur des pins mouillés, toute cette nuit-là : une des rares, avec la transpiration de Marie-Hélène, qui m'ait laissé un souvenir.

La nuit d'après, je ne la sentais plus. Je ne sentais plus rien, m'escrimais à ne rien sentir au milieu de ces inconnus. À l'aube, j'ai dû crier dans mon sommeil : elle est venue, celle des deux dames qui dormait dans la chambre contiguë. La plus brune, la plus grande surtout, dont je n'ai jamais su le nom mais dont je n'oublierai jamais l'étreinte, le buste et les épaules si larges, la robe de chambre de laine blanche où j'ai frotté mes joues.

L'Angleterre

Les chambres les plus chics sûrement où j'ai dormi (Henry et ses amis avaient vraiment beaucoup d'argent, et des femmes douées pour la décoration).

Enfin, <u>dormi</u> c'est beaucoup dire. Déjà que dans les autres, à part celles des relais de chasse où je tombais comme une masse, j'ai passé plus de temps à chercher le sommeil qu'à le trouver. Mais cet été-là, quand j'ai rejoint Arabella en Angleterre, je n'essayais même pas. Je relisais les lettres de Charles, récrivais inlassablement des réponses que je n'osais finalement pas lui envoyer. J'étais amoureuse. J'aimerais tant me souvenir exactement de l'effet que ça fait.

Me souvenir de ces chambres anglaises, ça, je n'y pense pas.

Si : il y avait cet exotisme incroyable des fenêtres à guillotine que je laissais souvent ouvertes la nuit. Il peut faire chaud en Angleterre, l'été.

Et puis les jardins étaient encore plus chics que les chambres. Je les ai beaucoup contemplés sous la lune. Mais je ne sais pas si je les voyais vraiment. La plupart du temps, j'étais occupée à presser le dos de ma main contre mes lèvres que j'entrouvrais. Et puis je les refermais sur un petit pli de peau, recherchant la sensation du baiser de Charles, dans la tribune de l'orgue.

La Touraine

Chez la belle-mère de Marie-Hélène, on avait sans doute voulu me faire plaisir. J'avais LA CHAMBRE DU PRINCE : *celle où avait dormi un Bourbon, je ne sais plus lequel, ni à quelle époque. On n'en était pas peu fier, dans la famille de Georges.*

Elle était immonde. Tout était laid. On ne s'était pas transmis qu'un nom à tiroirs et des prétentions à une quelconque noblesse d'âme (c'est tout ce qui reste à l'aristocratie, dans un pays républicain) mais aussi un goût pour les choses laides, dans cette famille. Ça, oui, de génération en génération manifestement. Et on s'était donné du mal en plus, pour LA CHAMBRE DU PRINCE ! *Un lit à baldaquin hideux. Un matelas auquel on s'était sans doute bien gardé de toucher depuis que le Prince lui avait fait l'honneur de ronfler dessus. Complètement défoncé. Une cheminée en marbre rose. Une tapisserie grisâtre représentant un couronnement où tous les personnages grimaçaient. Les rideaux du baldaquin rapiécés mais moisis. Et la pendule, sur la cheminée... Le musée des horreurs.*

Je n'y ai pas dormi non plus. Je comptais les heures. Plus que cent trois. Plus que trente-cinq. Plus que douze. Encore plus impatiente de retrouver Charles que de voir l'orage éclater sur la maison des Landes.

<u>Le Grand Hôtel Rachinel</u>
« No comment », comme dirait Arabella.

Ou alors si, mais il faudrait vraiment que Tudine ait l'occasion et le temps de cacher ce Journal, le jour venu.

Qu'est-ce que je peux dire de décent ?

Je tenais à peine sur mes jambes quand on est descendus du train, à Granville. Il y avait de la neige partout et Charles a fait une plaisanterie en rapport avec notre mariage. Un décor nuptial, quelque chose comme ça.

Le feu dans la cheminée.

Je n'étais pas du tout inquiète.

Et lui, quelques minutes après, qui me dit que je suis une catastrophe naturelle.

La chaleur intense dans la chambre, le feu entretenu à tour de rôle pour le seul plaisir de rejeter les couvertures et de la traverser, nus, jusqu'à la cheminée, de s'y accroupir, lui sous mon regard, moi sous le sien.

Et le rayon du phare, plus tard dans la nuit, quand j'ai commencé à m'intéresser à la chambre elle-même.

À autre chose qu'aux poils ondulant sur ses pectoraux en sueur, bouclant autour de mes doigts, à telle douceur de la peau au creux d'un coude, à telle couleur d'ambre soudain dans ses cheveux qui balayent mon ventre, à sa main jouant avec mon alliance dans nos rares moments de répit. Une liste de moments parfaits à elle seule, cette première nuit au Grand Hôtel Rachinel.

De ceux-là je me souviens. Je voudrais tant me souvenir de tous les autres, de tous ceux qui sur le moment m'ont paru parfaits et que j'étais si sûre de pouvoir retenir, pour les jours à venir, les jours sombres où il n'y en aurait plus.

Je pourrais dessiner cette chambre dans tous ses détails.
Le matelas était neuf.

Le lit très grand, presque aussi large que long. Des barreaux en bois tourné, à la tête et, plus courts, au pied. Des torsades de bois clair si fraîches contre mon ventre, le premier soir, lorsque Charles m'a gentiment et fermement agenouillée dos à lui, mon ventre et mes seins plaqués contre le bois et, à travers, contre le mur nu — et délicieusement rafraîchissant aussi: comme il avait raison! Tu as trop chaud, ça te fera du bien. Toujours cette façon d'étudier mon confort en même temps que mon plaisir.

Il y avait un dessus-de-lit en coton damassé, jaune bouton-d'or. J'ai vainement tenté de m'enrouler dedans la première fois que Charles m'a confié la mission d'aller tisonner les bûches: peine perdue. Son rire quand je l'ai laissé tomber à mes pieds et que je l'ai consulté du regard avant de marcher nue jusqu'au feu.

Le manteau de la cheminée en bois clair, assorti aux montants du lit.

Un fauteuil Voltaire tapissé de velours, jaune lui aussi. Quelques milliards de bébés Armand-Duval incrustés dans ce velours (ça c'était la troisième nuit, on commençait à se lasser du lit).

Une coiffeuse, toujours dans ce même bois, et son grand miroir: où nous ne nous sommes pas contentés de nous regarder pour vérifier notre allure avant de quitter la chambre, le matin. Il en a reflété de belles, cette semaine-là, je le sais, j'y jetais quelquefois un coup d'œil, et Charles aussi, je le sais, ils s'y croisaient quelquefois, nos coups d'œil.

Un petit bureau à gauche de la cheminée. Plutôt une simple table d'ailleurs, mais avec un sous-main de cuir vert. Inutile de dire que nous n'avons rien écrit, assis à ce bureau. Pas même de cartes postales à nos familles. Tolérance réservée aux jeunes mariés, en tout cas lorsque leur voyage de noces est si court: pas de nouvelles, bonnes nouvelles. En fait de sous-MAIN, le cuir a surtout été en contact avec d'autres parties de nos anatomies. Et probablement été nourri d'autres milliers de bébés Armand-Duval.

Des rideaux de soie jaune, doublés d'un molleton épais. Nous ne les fermions jamais. Qui aurait pu nous voir ? Un pêcheur armé de jumelles ? Un promeneur, les soirs où la mer était basse ? On n'y a même pas pensé. Une semaine à se balader nus devant ces vitres exposées, vivement éclairés par le feu, sans jamais nous demander si on nous épiait. La baie était à nous, un prolongement de ce qui se passait dans cette chambre. Une fois même, la cinquième nuit je crois: la chaleur était si suffocante à l'intérieur qu'on a ouvert la fenêtre. Nus. Moi contre le garde-corps. Lui derrière, tout contre moi.

La Croix Saint-Gaud

Il n'y a pas de rideaux du tout aux fenêtres de ma maison.

Contrairement au Grand Hôtel Rachinel, elle n'a pas vocation à être habitée autrement que l'été. Encore que je ne sois pas sûre qu'ils aient eu beaucoup de clients l'hiver, au Grand Hôtel Rachinel. En janvier 83, nous étions les seuls. Heureusement d'ailleurs. Comme ça, pas besoin de nous soucier du bruit qu'on faisait (que je faisais surtout).

En août et en septembre, les nuits sont moins courtes qu'en juin-juillet, mais courtes quand même.

Comme dans les pays du nord, comme ce que j'en imagine : des nuits presque blanches. La lumière qui survit longtemps au coucher du soleil. Le jour qui se lève tôt quand même, souvent maussade, comme un adolescent qui commence à goûter aux charmes de la grasse matinée.

Il y a des volets à La Croix Saint-Gaud, *bien sûr, mais on ne les ferme jamais la nuit, seulement le jour du départ. Et la fenêtre elle-même le moins souvent possible.*

Pas question de se priver de l'éclat du phare, aussi précis qu'un métronome. Ni du bruit de la mer. Ni de ses lueurs argentées (la hauteur du lit exactement calculée pour qu'on puisse voir jusqu'aux îles Chausey, les soirs de lune, sans même soulever la tête des oreillers).

Les plus belles heures dans cette chambre, les moments parfaits, c'est en fin de journée, quand je remonte sous prétexte de m'y reposer avant le dîner (moi qui ai passé presque tout l'après-midi à somnoler sur ma banquette, en bas) : le soleil entre de biais et allume toutes sortes de feux mouvants sur les boiseries de pitchpin (même les jours gris sont mouvementés, ils ont leur brillance eux aussi et lorsqu'il y a une éclaircie, c'est presque toujours à ces heures-là).

Je me rafraîchis un minimum, me change de plus en plus rarement. Sauf les soirs de fête. Pour l'anniversaire de Marguerite, en gros.

Mais je fais durer le plaisir. Les lumières s'assourdissent, de plus en plus sanglantes.

Le temps est toujours compté. Bientôt il faudra redescendre.

Il le faut sans doute déjà depuis un quart d'heure.

Rue Récamier

Aucun moment parfait dans cette chambre-là. Ou alors de ceux qu'on ne remarque même pas, indépendants du décor : comme lorsque je rentre de mes tours de Luxembourg, un peu exaltée par ma promenade et que je monte m'y changer avant d'aller à Saint-Germain-des-Prés.

Je marche moins. Moins longtemps. Moins vite.

Je crois que je déteste cet appartement. Mais je ne me vois pas bouger. Ce ne serait pas mieux ailleurs. Il est commode. Tudine a ses appartements au bout du long couloir en L. On ne se gêne pas.

Je n'ai pas changé la tenture aux murs de ma chambre. C'est une toile de Jouy mauve. Pas de mon âge, c'est évident. Jacques-Juste Barbet-de-Jouy a dirigé un temps la manufacture. C'est ce que dit le Prof. Et aussi que sa particule vient de là, de cette activité pourtant si triviale.

Je laisse les rideaux ouverts parce que de ma chambre, à l'angle de la rue de Sèvres, je peux voir non seulement le paquebot amarré derrière le square Boucicaut et son enseigne immense : LE BON MARCHÉ, *mais aussi un morceau de ciel qui se poursuit, à l'horizon que je ne peux pas voir, lui, au-dessus des* Binelles *et, plus loin encore, de* La Croix Saint-Gaud.

Mon orientation préférée, l'ouest. C'est pour ça que j'ai pris cette chambre. C'est pour ça que j'ai choisi l'appartement. Le premier que j'ai visité quand j'ai décidé de quitter Baar-bédjouy : trop grand sans André, trop triste sans Charles.

Encore plus triste rue Récamier quand je m'y suis finalement installée, après la guerre. Sans Victor. Sans Aliénor. Un peu trop grand de nouveau.

Mais maintenant il y a les petits, qui viennent tout mettre en désordre chaque jeudi. Et Odette qui dort là le samedi, de temps en temps.

Je me suis si peu intéressée à cet appartement, quand je l'ai acheté. Peut-être parce que je ne pensais pas y vivre si longtemps. Quelle horreur, si on m'avait dit à l'époque que je vivrais si vieille.

Je n'ai même pas remarqué la rôtisserie, au rez-de-chaussée. Elle a d'ailleurs fermé assez vite. Le quartier change. C'est un tailleur pour hommes qui a repris le local.

L'Hôtel de la Gare *à Charleville*

Je me demande pourquoi je m'impose ça. Parce que je me suis promis d'être aussi exhaustive que possible, en dressant cette liste de mes chambres ?

Celle-là, je m'en souviens atrocement bien.

Je n'y ai pourtant dormi qu'une fois. Il y en a eu d'autres, des chambres de fortune, quand j'accompagnais André dans les Ardennes ou en Belgique, longer des étals où étaient exposés des plaques d'identité, des montres, des couteaux de poche dont aucun n'avait jamais appartenu à Victor.

Ce matin-là, c'était le 24 février, il pleuvait, André fumait sous la marquise qui protégeait l'entrée de l'hôtel, juste sous ma fenêtre. Je pouvais le regarder à travers. S'il avait été un souverain en visite officielle et moi une anarchiste décidée à l'assassiner, si j'avais eu une arme, ma position aurait été idéale.

Je ne dis pas que j'ai voulu le tuer ce jour-là. Pas vraiment. Mais sans doute que les images cauchemardesques suscitées par les objets vainement étalés sous les yeux morts de femmes vêtues de noir comme moi, des images de corps *déchiquetés, de visages livides où je reconnaissais, là, sans hésitation, mon fils cadet, ma fille aînée, sans doute que ça m'a inspiré cette idée délirante d'assassinat terroriste.*

J'ai haï André, à Charleville.

Et puis il était déjà devenu si gros, si vieux, si lourd.

La veille, pendant le dîner, dans la salle à manger sinistre de l'hôtel, devant une soupe à l'oignon, André avait fini par me convaincre que nous avions retrouvé Victor. Ou plutôt retrouvé un louis d'or, cousu dans la doublure d'une vareuse. Il avait dit à son frère qu'il le ferait. Qu'il y aurait un louis cousu là.

Combien étaient-ils à avoir fait cette promesse ? Victor l'avait-il tenue ? André ne l'avait-il pas inventée ? Inventée quelques heures auparavant, dans le train qui nous emmenait à Charleville. Un dernier espoir. Une dernière chance. En finir avec ces allers et retours dans le Nord avec sa mère, loin de Suzanne et des enfants, à travers ces plaines où il pleuvait sans cesse, même aux beaux jours. Un louis d'or dans une enveloppe qui portait un numéro. Qui correspondait à une boîte, dans une nécropole, à une cinquantaine de kilomètres de là. Et à un soldat, dedans.

Ce n'était sûrement pas le prix des billets de train (le gouvernement n'en remboursait qu'un certain nombre : et tant pis pour les mères ou les veuves moins fortunées mais aussi obstinées que moi, elles payaient). Nous pouvions encore nous le permettre. Mais André n'y croyait plus.

Il ne me l'a pas dit comme ça. Mais il me regardait, par-dessus son bol de soupe à l'oignon, sous la suspension crasseuse de la salle à manger de l'hôtel, mâchait ses croûtons avec cet appétit malsain qui est le sien depuis quelque temps, et je sentais bien la colère qu'il essayait de maîtriser.

Elle montait en moi aussi.

Et pourtant je n'avais plus le cœur à l'affronter. Nos hurlements, nos combats homériques, comme disait son père en souriant quand André était si petit. S'enfermait dans sa chambre. Tudine et Yvonne le ravitaillaient en douce. Victor jouait les conciliateurs. Et ce soir-là, à Charleville, la ville de Charles ai-je pensé quand André m'a tendu mon billet de train, gare du Nord, Victor le conciliateur sur le point de déclencher entre nous une querelle qui n'aurait pas de fin, de faire exploser deux colériques à bout de forces.

Je ne dirais pas que c'est Victor qui, de l'au-delà, m'a calmée.

Non.

Mais l'heure que je passe chaque semaine à parler, dans l'obscurité, ou en tout cas à l'aveuglette, à un homme qui ne me connaît pas, alors, comme Adèle Armand-Duval, mais comme une âme en peine, singulière mais anonyme, cette heure hebdomadaire a eu pour effet, entre autres, de me faire accepter la mort de Victor. D'ailleurs, je ne dis plus « disparu » mais « mort », depuis peu. Je fais des progrès. Et déménager la boîte n° 6470 à Sèvres, la descendre dans le caveau de famille entre Aliénor, Charles et Jacqueline, c'est le dernier pas qui me reste à franchir pour accéder à la guérison complète.

Alors j'ai cédé.

Je n'ai pas touché à ma soupe. L'odeur m'en a poursuivie jusque dans ma chambre. L'odeur de la défaite. La mienne et celle d'André. De notre échec. Pas tant notre incapacité à retrouver le corps de Victor qu'à nous le dire clairement. Mensonges. C'est lui, forcément. Nous aurons une vraie messe. Avec un cercueil à présenter devant l'autel. Et pas d'Aliénor pour nous brouiller les idées avec de la poésie déprimante.

Curieusement, j'ai bien dormi, dans cette chambre. Mais je peux quand même la décrire avec précision.

Petite, mal aérée, sentant l'oignon ou autre chose d'aussi aigre. Un lit une place. Même pas vraiment un lit : un sommier aux ressorts rouillés, un matelas trop mince. Une patère pour mon manteau, derrière la porte dont la peinture s'écaille. Un coffre sur lequel j'ai posé mon sac de voyage en arrivant de la gare. Un tapis usé en chenille marron comme le couvre-lit.

Et malgré tout, je n'ai pas dormi comme ça depuis longtemps.

<u>Le Bozon du haut</u>
Je ne sais pas pourquoi on l'appelle comme ça. Y a-t-il un Bozon du bas ?

Je ne mentirais pas vraiment si je disais que c'est ma chambre préférée.

Bizarre. Une chambre où je n'ai dormi que deux étés.

Peut-être parce que ce sont des souvenirs très récents et des souvenirs heureux, les premiers vrais souvenirs heureux associés à un lieu nouveau, depuis tant d'années. Moins heureux sûrement que des chambres où j'ai été avec Charles, mais ces moments parfaits d'alors, je ne peux qu'essayer de les reconstituer, forcer ma mémoire, me trahir. Alors que le Bozon, c'était hier. Je n'ai pas besoin de faire d'efforts pour revivre mes nuits là-bas.

Même celle qui a suivi les sombres prédictions du Prof, sous le hêtre, c'était une belle nuit.

La fenêtre est petite. Elle suffit à peine à encadrer l'étang, pourtant petit lui aussi.

Pas de rideaux non plus, au Bozon. Une grande fraîcheur (après des journées chaudes et parfois un orage), conservée grâce aux murs épais de ce qui était une ferme.

Un lit double, aux montants de bois plein, un bois clair où sont peintes des fleurs des champs et des guirlandes.

Une commode et un bureau du même bois, peints eux aussi.

Les murs eux-mêmes plaqués de planches vernies.

Une armoire étroite dont le miroir reflète le clair de lune.

Le braiment des ânes.

Le vent dans les arbres, ce bruit de feuilles comme aux Binelles, mais pas tout à fait, comme purifié par l'air, l'altitude (je dors comme un bébé, au Bozon, est-ce pour cela ?).

La première fois, Odette a huit ans. Elle se couche à peu près à la même heure que moi (tôt, pour une fois, en ce qui me concerne). Mais elle fait souvent un crochet par ma chambre et prend l'habitude de poser une fesse sur mon lit.

Ces drôles d'édredons qu'ils ont, dans l'Est : des duvets moelleux, légers comme de la crème fouettée, aussi chauds que deux couvertures de laine et dont l'enveloppe tient seule lieu de drap.

Odette s'y enfonce presque jusqu'aux épaules lorsqu'elle vient s'y asseoir.

Elle me fait parler.

Je la, je me laisse faire. Elle veut surtout savoir ce que c'était d'avoir son âge, quand je l'avais, « dans l'ancien temps » comme elle dit. Alors je lui raconte de jolies choses : Mère et ses robes du soir. Ou de drôles : les terreurs de Pauline. Je m'arrête précisément avant la mort de Mère. Quand j'avais huit ans, l'âge d'Odette, j'étais encore la Princesse insouciante.

Mais depuis le premier été au Bozon, Odette a grandi et pose d'autres questions.

J'essaie d'être sincère.

Lui répondre m'aide à me souvenir.

Le Savoy

Quel luxe, comparé à la ferme du Bozon !

Et même pas les fenêtres à guillotine associées pour moi à l'Angleterre.

Arabella n'a pas changé. Elle aime le luxe ostentatoire, aussi ostentatoire qu'un palace anglais en est capable, c'est-à-dire pas tant que ça.

Moi, je n'aurais pas les moyens. D'ailleurs, je n'ai retenu qu'une seule chambre, pour Odette et moi. Je l'ai prévenue que je risquais de ronfler. Ça l'a fait rire. Je ne sais pas si je ronfle. Il y a si longtemps que je dors seule. Charles ronflait trop lui-même pour m'en faire la remarque. Et dans les dortoirs des Oiseaux ? Me l'auraient-elles dit ? Marie-Hélène, qui sentait si mauvais et à qui on n'osait pas le dire, me l'aurait-elle dit, si je ronflais ? Arabella. J'aurais pu demander à Arabella. Mais elle a une si mauvaise mémoire pour tout ce qui ne la concerne pas directement. Et même pour ça d'ailleurs.

Odette m'a affirmé que non. Le matin, je me réveille avant elle et je la regarde dormir comme je n'ai jamais pris le temps de regarder dormir mes propres enfants. Elle a l'air moins sérieuse dans son sommeil. J'ai bien fait d'organiser ce voyage cette année.

Arabella ! Pas ma vieille amie égocentrique. La musique de Strauss à Covent Garden, le deuxième soir, *dont les échos se prolongent une partie de la nuit dans la grande chambre si peu typique, si peu anglaise, si internationale.*

Strasbourg
J'ai oublié le nom de l'hôtel. Moins chic que le **Savoy***, mais tout aussi international. Rien d'alsacien.*

Le soir de notre arrivée, avec Odette, Marguerite et le Prof, j'étais affreusement déçue. Moi qui espérais enfin retrouver quelque chose de l'enfance de Charles, qui m'étais rendue aux arguments du Prof («Faites-le, Mère. Après, il sera peut-être trop tard. Et non, ne me jetez pas un regard coquet, je ne parle pas de votre âge, mais de ce qui peut se passer bientôt, par ici»), moi qui avais accepté de laisser les autres au Bozon et d'aller chercher des traces de Charles dans le quartier de la Robertsau.

Un grand hôtel moderne, impersonnel, dans une rue commerçante. On aurait aussi bien pu être à Nantes ou à Clermont-Ferrand, pour ce que j'en imagine.

On a dîné à l'hôtel. J'étais fatiguée, mais surtout trop déprimée pour sortir. Le voyage assez long finalement. De la choucroute. Forcément. «Forcément», a insisté le Prof.

J'ai mal dormi dans cette chambre. Indigeste, la choucroute.

On y est resté moins longtemps que prévu, à Strasbourg. Même après notre balade à la Robertsau, j'étais mal à l'aise. Peut-être à cause de ce qui m'avait décidée à y aller : l'avenir immédiat, la guerre de nouveau probable.

Heureusement qu'il y a eu le Silbermann. C'était le dernier jour, un dimanche, on avait déjà quitté l'hôtel, j'avais déjà réussi à oublier la chambre. Il y avait foule dans l'église Saint-Thomas. L'organiste était excellent. J'ai bien pleuré, sous ma voilette.

La Saigue

Qu'est-ce qui m'a pris encore ? Une lubie du grand âge ? Un sentiment de liberté comme j'ai peu eu l'occasion d'en éprouver ?

La volonté plutôt de reposer mes sens déroutés par la proximité de la mer, de m'habituer à cette nouvelle vision de ma baie.

L'idée a dû germer quand j'ai remonté la pendule, dans le salon.

Je ne sais plus si le lit était confortable.

Je ne me souviens plus des meubles.

J'ai dormi (vraiment dormi ?), j'ai rêvé comme sur le pont d'un bateau, comme à la belle étoile. Puis il y a eu le feu d'artifice. Je l'ai regardé comme une gamine, en entier. J'ai sombré dans un demi-sommeil, calme avant que ne remonte la mer et que la digue, la roche ne tremblent sous la maison.

Bercée comme à bord, cet été où Charles m'avait emmenée jusqu'à Guernesey. Je devrais me rappeler la chambre de la petite pension où nous avons dormi : mais non. Il y avait sûrement des fenêtres à guillotine pourtant. Je revois le visage rond de la patronne, plus jeune que nous, mais pas la chambre.

Et à l'aube le fracas de l'eau juste sous ma fenêtre (mon hublot ?) qui s'est d'abord accordé à mon rêve, à ces images fascinantes de La Saigue engloutie et de La Croix Saint-Gaud à son tour en première ligne, offerte aux raz-de-marée.

L'étroite ouverture au nord-est, à droite du lit, a achevé de me réveiller tout à fait, une lueur rose pâle et *or s'en est déversée, il devait être six heures et demie, à peine, les nuits sont plus courtes en juillet.*

J'ai souri, ballottée par le roulis sonore des vagues et j'ai pensé au bulletin météorologique consulté à la gare de Granville, la veille, à ma descente du train, ce bulletin qu'ils affichent tous les jours, en saison, pour remonter le moral aux estivants désespérés. Que disait-il hier, déjà ? Que prévoyait-il pour aujourd'hui ? Ah oui. « Une impression de soleil l'emportera. »

Saint-Pair, août 2012

Le 11 septembre	13
2011	21
La Croix Saint-Gaud	29
Le week-end «no kids»	35
La rue Barbet-de-Jouy	49
Rigolette	57
Annecy	69
Les Binelles	113
Les Oiseaux	133
Jacques	149
La palombière	157
Allegro maestoso	187
Le Roman d'un jeune homme pauvre	207
La forêt de Scissy	237
Les photos	255
La maison du capitaine	263
Tudine	277
Pâques 2012	281
Le vide et le plein	297

Hors d'eau	313
6 mai 2012	319
Les Binelles, juin 1900	327
La bande du mardi	335
Aliénor	347
Le secret des *Binelles*	367
« Victor demande à sa mère d'y aller »	373
Novembre 1916	413
« Aliénor demande à sa mère d'y aller »	425
Mars 1925	441
« Des éclaircies, parfois belles »	453
Arabella	479
La Saigue	495
Juillet 2012	519
31 août 1939	527
1er janvier 2012	551
La dernière liste	563

CRÉDITS PHOTOGRAPHIQUES

Martial Caillebotte : *Marie et Geneviève à la plage*, photo © Comité Caillebotte.

Joseph-Désiré Court : *Rigolette cherchant à se distraire en l'absence de Germain*, Musée des Beaux-Arts de Rouen. Photo © Musée des Beaux-Arts de Rouen, distr. RMN - GP/Philippe Bernard.

Anthonis Mor : *Portrait de Guillaume Ier de Nassau, prince d'Orange et Stadhouder*, Museumslandschaft Hessen Kassel.

Isadora Duncan dans son pavillon de Bellevue, Bibliothèque nationale de France, Paris. Photo © BNF.

DU MÊME AUTEUR

Aux Éditions P.O.L

JULIETTE OU LA PARESSEUSE, 1999 (Folio n° 3412).
L'HEURE ANGLAISE, 2000 (Folio n° 4463).
COLLOQUE SENTIMENTAL, 2001 (Folio n° 3846).
HAPPY END, 2005 (Folio n° 4723).
L'EXCUSE, 2008 (Folio n° 5095).
ADÈLE ET MOI, 2013 (Folio n° 5793).

Aux Éditions Honoré Champion

LA SCÈNE EUROPÉENNE, HENRY JAMES ET LE ROMANESQUE EN QUESTION, 2000.

Aux Éditions Klincksieck

LES RÉCITS DE RÊVES DANS LA FICTION, coll. «50 questions», 2006.

COLLECTION FOLIO

Dernières parutions

5456. Italo Calvino — *Le sentier des nids d'araignées*
5457. Italo Calvino — *Le vicomte pourfendu*
5458. Italo Calvino — *Le baron perché*
5459. Italo Calvino — *Le chevalier inexistant*
5460. Italo Calvino — *Les villes invisibles*
5461. Italo Calvino — *Sous le soleil jaguar*
5462. Lewis Carroll — *Misch-Masch* et autres textes de jeunesse
5463. Collectif — *Un voyage érotique. Invitation à l'amour dans la littérature du monde entier*
5464. François de La Rochefoucauld — *Maximes* suivi de *Portrait de de La Rochefoucauld par lui-même*
5465. William Faulkner — *Coucher de soleil* et autres Croquis de La Nouvelle-Orléans
5466. Jack Kerouac — *Sur les origines d'une génération* suivi de *Le dernier mot*
5467. Liu Xinwu — *La Cendrillon du canal* suivi de *Poisson à face humaine*
5468. Patrick Pécherot — *Petit éloge des coins de rue*
5469. George Sand — *Le château de Pictordu*
5470. Montaigne — *Sur l'oisiveté* et autres Essais en français moderne
5471. Martin Winckler — *Petit éloge des séries télé*
5472. Rétif de La Bretonne — *La Dernière aventure d'un homme de quarante-cinq ans*
5473. Pierre Assouline — *Vies de Job*
5474. Antoine Audouard — *Le rendez-vous de Saigon*
5475. Tonino Benacquista — *Homo erectus*
5476. René Fregni — *La fiancée des corbeaux*

5477.	Shilpi Somaya Gowda	*La fille secrète*
5478.	Roger Grenier	*Le palais des livres*
5479.	Angela Huth	*Souviens-toi de Hallows Farm*
5480.	Ian McEwan	*Solaire*
5481.	Orhan Pamuk	*Le musée de l'Innocence*
5482.	Georges Perec	*Les mots croisés*
5483.	Patrick Pécherot	*L'homme à la carabine. Esquisse*
5484.	Fernando Pessoa	*L'affaire Vargas*
5485.	Philippe Sollers	*Trésor d'Amour*
5487.	Charles Dickens	*Contes de Noël*
5488.	Christian Bobin	*Un assassin blanc comme neige*
5490.	Philippe Djian	*Vengeances*
5491.	Erri De Luca	*En haut à gauche*
5492.	Nicolas Fargues	*Tu verras*
5493.	Romain Gary	*Gros-Câlin*
5494.	Jens Christian Grøndahl	*Quatre jours en mars*
5495.	Jack Kerouac	*Vanité de Duluoz. Une éducation aventureuse 1939-1946*
5496.	Atiq Rahimi	*Maudit soit Dostoïevski*
5497.	Jean Rouaud	*Comment gagner sa vie honnêtement. La vie poétique, I*
5498.	Michel Schneider	*Bleu passé*
5499.	Michel Schneider	*Comme une ombre*
5500.	Jorge Semprun	*L'évanouissement*
5501.	Virginia Woolf	*La Chambre de Jacob*
5502.	Tardi-Pennac	*La débauche*
5503.	Kris et Étienne Davodeau	*Un homme est mort*
5504.	Pierre Dragon et Frederik Peeters	*R G Intégrale*
5505.	Erri De Luca	*Le poids du papillon*
5506.	René Belleto	*Hors la loi*
5507.	Roberto Calasso	*K.*
5508.	Yannik Haenel	*Le sens du calme*
5509.	Wang Meng	*Contes et libelles*
5510.	Julian Barnes	*Pulsations*
5511.	François Bizot	*Le silence du bourreau*

5512.	John Cheever	*L'homme de ses rêves*
5513.	David Foenkinos	*Les souvenirs*
5514.	Philippe Forest	*Toute la nuit*
5515.	Éric Fottorino	*Le dos crawlé*
5516.	Hubert Haddad	*Opium Poppy*
5517.	Maurice Leblanc	*L'Aiguille creuse*
5518.	Mathieu Lindon	*Ce qu'aimer veut dire*
5519.	Mathieu Lindon	*En enfance*
5520.	Akira Mizubayashi	*Une langue venue d'ailleurs*
5521.	Jón Kalman Stefánsson	*La tristesse des anges*
5522.	Homère	*Iliade*
5523.	E.M. Cioran	*Pensées étranglées* précédé du *Mauvais démiurge*
5524.	Dôgen	*Corps et esprit. La Voie du zen*
5525.	Maître Eckhart	*L'amour est fort comme la mort et autres textes*
5526.	Jacques Ellul	*«Je suis sincère avec moi-même» et autres lieux communs*
5527.	Liu An	*Du monde des hommes. De l'art de vivre parmi ses semblables.*
5528.	Sénèque	*De la providence* suivi de *Lettres à Lucilius (lettres 71 à 74)*
5529.	Saâdi	*Le Jardin des Fruits. Histoires édifiantes et spirituelles*
5530.	Tchouang-tseu	*Joie suprême* et autres textes
5531.	Jacques de Voragine	*La Légende dorée. Vie et mort de saintes illustres*
5532.	Grimm	*Hänsel et Gretel* et autres contes
5533.	Gabriela Adameşteanu	*Une matinée perdue*
5534.	Eleanor Catton	*La répétition*
5535.	Laurence Cossé	*Les amandes amères*
5536.	Mircea Eliade	*À l'ombre d'une fleur de lys...*
5537.	Gérard Guégan	*Fontenoy ne reviendra plus*
5538.	Alexis Jenni	*L'art français de la guerre*
5539.	Michèle Lesbre	*Un lac immense et blanc*
5540.	Manset	*Visage d'un dieu inca*

5541.	Catherine Millot	O Solitude
5542.	Amos Oz	*La troisième sphère*
5543.	Jean Rolin	*Le ravissement de Britney Spears*
5544.	Philip Roth	*Le rabaissement*
5545.	Honoré de Balzac	*Illusions perdues*
5546.	Guillaume Apollinaire	*Alcools*
5547.	Tahar Ben Jelloun	*Jean Genet, menteur sublime*
5548.	Roberto Bolaño	*Le Troisième Reich*
5549.	Michaël Ferrier	*Fukushima. Récit d'un désastre*
5550.	Gilles Leroy	*Dormir avec ceux qu'on aime*
5551.	Annabel Lyon	*Le juste milieu*
5552.	Carole Martinez	*Du domaine des Murmures*
5553.	Éric Reinhardt	*Existence*
5554.	Éric Reinhardt	*Le système Victoria*
5555.	Boualem Sansal	*Rue Darwin*
5556.	Anne Serre	*Les débutants*
5557.	Romain Gary	*Les têtes de Stéphanie*
5558.	Tallemant des Réaux	*Historiettes*
5559.	Alan Bennett	*So shocking !*
5560.	Emmanuel Carrère	*Limonov*
5561.	Sophie Chauveau	*Fragonard, l'invention du bonheur*
5562.	Collectif	*Lecteurs, à vous de jouer !*
5563.	Marie Darrieussecq	*Clèves*
5564.	Michel Déon	*Les poneys sauvages*
5565.	Laura Esquivel	*Vif comme le désir*
5566.	Alain Finkielkraut	*Et si l'amour durait*
5567.	Jack Kerouac	*Tristessa*
5568.	Jack Kerouac	*Maggie Cassidy*
5569.	Joseph Kessel	*Les mains du miracle*
5570.	Laure Murat	*L'homme qui se prenait pour Napoléon*
5571.	Laure Murat	*La maison du docteur Blanche*
5572.	Daniel Rondeau	*Malta Hanina*
5573.	Brina Svit	*Une nuit à Reykjavík*
5574.	Richard Wagner	*Ma vie*
5575.	Marlena de Blasi	*Mille jours en Toscane*

5577.	Benoît Duteurtre	*L'été 76*
5578.	Marie Ferranti	*Une haine de Corse*
5579.	Claude Lanzmann	*Un vivant qui passe*
5580.	Paul Léautaud	*Journal littéraire. Choix de pages*
5581.	Paolo Rumiz	*L'ombre d'Hannibal*
5582.	Colin Thubron	*Destination Kailash*
5583.	J. Maarten Troost	*La vie sexuelle des cannibales*
5584.	Marguerite Yourcenar	*Le tour de la prison*
5585.	Sempé-Goscinny	*Les bagarres du Petit Nicolas*
5586.	Sylvain Tesson	*Dans les forêts de Sibérie*
5587.	Mario Vargas Llosa	*Le rêve du Celte*
5588.	Martin Amis	*La veuve enceinte*
5589.	Saint Augustin	*L'Aventure de l'esprit*
5590.	Anonyme	*Le brahmane et le pot de farine*
5591.	Simone Weil	*Pensées sans ordre concernant l'amour de Dieu*
5592.	Xun zi	*Traité sur le Ciel*
5593.	Philippe Bordas	*Forcenés*
5594.	Dermot Bolger	*Une seconde vie*
5595.	Chochana Boukhobza	*Fureur*
5596.	Chico Buarque	*Quand je sortirai d'ici*
5597.	Patrick Chamoiseau	*Le papillon et la lumière*
5598.	Régis Debray	*Éloge des frontières*
5599.	Alexandre Duval-Stalla	*Claude Monet - Georges Clemenceau : une histoire, deux caractères*
5600.	Nicolas Fargues	*La ligne de courtoisie*
5601.	Paul Fournel	*La liseuse*
5602.	Vénus Khoury-Ghata	*Le facteur des Abruzzes*
5603.	Tuomas Kyrö	*Les tribulations d'un lapin en Laponie*
5605.	Philippe Sollers	*L'Éclaircie*
5606.	Collectif	*Un oui pour la vie ?*
5607.	Éric Fottorino	*Petit éloge du Tour de France*
5608.	E.T.A. Hoffmann	*Ignace Denner*
5609.	Frédéric Martinez	*Petit éloge des vacances*

5610.	Sylvia Plath	*Dimanche chez les Minton et autres nouvelles*
5611.	Lucien	*« Sur des aventures que je n'ai pas eues ». Histoire véritable*
5612.	Julian Barnes	*Une histoire du monde en dix chapitres ½*
5613.	Raphaël Confiant	*Le gouverneur des dés*
5614.	Gisèle Pineau	*Cent vies et des poussières*
5615.	Nerval	*Sylvie*
5616.	Salim Bachi	*Le chien d'Ulysse*
5617.	Albert Camus	*Carnets I*
5618.	Albert Camus	*Carnets II*
5619.	Albert Camus	*Carnets III*
5620.	Albert Camus	*Journaux de voyage*
5621.	Paula Fox	*L'hiver le plus froid*
5622.	Jérôme Garcin	*Galops*
5623.	François Garde	*Ce qu'il advint du sauvage blanc*
5624.	Franz-Olivier Giesbert	*Dieu, ma mère et moi*
5625.	Emmanuelle Guattari	*La petite Borde*
5626.	Nathalie Léger	*Supplément à la vie de Barbara Loden*
5627.	Herta Müller	*Animal du cœur*
5628.	J.-B. Pontalis	*Avant*
5629.	Bernhard Schlink	*Mensonges d'été*
5630.	William Styron	*À tombeau ouvert*
5631.	Boccace	*Le Décaméron. Première journée*
5632.	Isaac Babel	*Une soirée chez l'impératrice*
5633.	Saul Bellow	*Un futur père*
5634.	Belinda Cannone	*Petit éloge du désir*
5635.	Collectif	*Faites vos jeux !*
5636.	Collectif	*Jouons encore avec les mots*
5637.	Denis Diderot	*Sur les femmes*
5638.	Elsa Marpeau	*Petit éloge des brunes*
5639.	Edgar Allan Poe	*Le sphinx*
5640.	Virginia Woolf	*Le quatuor à cordes*
5641.	James Joyce	*Ulysse*
5642.	Stefan Zweig	*Nouvelle du jeu d'échecs*

5643.	Stefan Zweig	*Amok*
5644.	Patrick Chamoiseau	*L'empreinte à Crusoé*
5645.	Jonathan Coe	*Désaccords imparfaits*
5646.	Didier Daeninckx	*Le Banquet des Affamés*
5647.	Marc Dugain	*Avenue des Géants*
5649.	Sempé-Goscinny	*Le Petit Nicolas, c'est Noël !*
5650.	Joseph Kessel	*Avec les Alcooliques Anonymes*
5651.	Nathalie Kuperman	*Les raisons de mon crime*
5652.	Cesare Pavese	*Le métier de vivre*
5653.	Jean Rouaud	*Une façon de chanter*
5654.	Salman Rushdie	*Joseph Anton*
5655.	Lee Seug-U	*Ici comme ailleurs*
5656.	Tahar Ben Jelloun	*Lettre à Matisse*
5657.	Violette Leduc	*Thérèse et Isabelle*
5658.	Stefan Zweig	*Angoisses*
5659.	Raphaël Confiant	*Rue des Syriens*
5660.	Henri Barbusse	*Le feu*
5661.	Stefan Zweig	*Vingt-quatre heures de la vie d'une femme*
5662.	M. Abouet/C. Oubrerie	*Aya de Yopougon, 1*
5663.	M. Abouet/C. Oubrerie	*Aya de Yopougon, 2*
5664.	Baru	*Fais péter les basses, Bruno !*
5665.	William S. Burroughs/ Jack Kerouac	*Et les hippopotames ont bouilli vifs dans leurs piscines*
5666.	Italo Calvino	*Cosmicomics, récits anciens et nouveaux*
5667.	Italo Calvino	*Le château des destins croisés*
5668.	Italo Calvino	*La journée d'un scrutateur*
5669.	Italo Calvino	*La spéculation immobilière*
5670.	Arthur Dreyfus	*Belle Famille*
5671.	Erri De Luca	*Et il dit*
5672.	Robert M. Edsel	*Monuments Men*
5673.	Dave Eggers	*Zeitoun*
5674.	Jean Giono	*Écrits pacifistes*
5675.	Philippe Le Guillou	*Le pont des anges*
5676.	Francesca Melandri	*Eva dort*

5677.	Jean-Noël Pancrazi	*La montagne*
5678.	Pascal Quignard	*Les solidarités mystérieuses*
5679.	Leïb Rochman	*À pas aveugles de par le monde*
5680.	Anne Wiazemsky	*Une année studieuse*
5681.	Théophile Gautier	*L'Orient*
5682.	Théophile Gautier	*Fortunio. Partie carrée. Spirite*
5683.	Blaise Cendrars	*Histoires vraies*
5684.	David McNeil	*28 boulevard des Capucines*
5685.	Michel Tournier	*Je m'avance masqué*
5686.	Mohammed Aïssaoui	*L'étoile jaune et le croissant*
5687.	Sebastian Barry	*Du côté de Canaan*
5688.	Tahar Ben Jelloun	*Le bonheur conjugal*
5689.	Didier Daeninckx	*L'espoir en contrebande*
5690.	Benoît Duteurtre	*À nous deux, Paris !*
5691.	F. Scott Fitzgerald	*Contes de l'âge du jazz*
5692.	Olivier Frébourg	*Gaston et Gustave*
5693.	Tristan Garcia	*Les cordelettes de Browser*
5695.	Bruno Le Maire	*Jours de pouvoir*
5696.	Jean-Christophe Rufin	*Le grand Cœur*
5697.	Philippe Sollers	*Fugues*
5698.	Joy Sorman	*Comme une bête*
5699.	Avraham B. Yehoshua	*Rétrospective*
5700.	Émile Zola	*Contes à Ninon*
5701.	Vassilis Alexakis	*L'enfant grec*
5702.	Aurélien Bellanger	*La théorie de l'information*
5703.	Antoine Compagnon	*La classe de rhéto*
5704.	Philippe Djian	*"Oh..."*
5705.	Marguerite Duras	*Outside suivi de Le monde extérieur*
5706.	Joël Egloff	*Libellules*
5707.	Leslie Kaplan	*Millefeuille*
5708.	Scholastique Mukasonga	*Notre-Dame du Nil*
5709.	Scholastique Mukasonga	*Inyenzi ou les Cafards*
5710.	Erich Maria Remarque	*Après*
5711.	Erich Maria Remarque	*Les camarades*
5712.	Jorge Semprun	*Exercices de survie*
5713.	Jón Kalman Stefánsson	*Le cœur de l'homme*

5714.	Guillaume Apollinaire	« *Mon cher petit Lou* »
5715.	Jorge Luis Borges	*Le Sud*
5716.	Thérèse d'Avila	*Le Château intérieur*
5717.	Chamfort	*Maximes*
5718.	Ariane Charton	*Petit éloge de l'héroïsme*
5719.	Collectif	*Le goût du zen*
5720.	Collectif	*À vos marques !*
5721.	Olympe de Gouges	« *Femme, réveille-toi !* »
5722.	Tristan Garcia	*Le saut de Malmö*
5723.	Silvina Ocampo	*La musique de la pluie*
5724.	Jules Verne	*Voyage au centre de la terre*
5725.	J. G. Ballard	*La trilogie de béton*
5726.	François Bégaudeau	*Un démocrate : Mick Jagger 1960-1969*
5727.	Julio Cortázar	*Un certain Lucas*
5728.	Julio Cortázar	*Nous l'aimons tant, Glenda*
5729.	Victor Hugo	*Le Livre des Tables*
5730.	Hillel Halkin	*Melisande ! Que sont les rêves ?*
5731.	Lian Hearn	*La maison de l'Arbre joueur*
5732.	Marie Nimier	*Je suis un homme*
5733.	Daniel Pennac	*Journal d'un corps*
5734.	Ricardo Piglia	*Cible nocturne*
5735.	Philip Roth	*Némésis*
5736.	Martin Winckler	*En souvenir d'André*
5737.	Martin Winckler	*La vacation*
5738.	Gerbrand Bakker	*Le détour*
5739.	Alessandro Baricco	*Emmaüs*
5740.	Catherine Cusset	*Indigo*

Composition : IGS-CP à L'Isle-d'Espagnac (16)
Impression Maury Imprimeur
45330 Malesherbes
le 22 mai 2014.
Dépôt légal : mai 2014.
Numéro d'imprimeur : 190348.

ISBN 978-2-07-045714-4. / Imprimé en France.

261339